CB058901

Italo Svevo
A CONSCIÊNCIA DE ZENO

TRADUÇÃO *Ivo Barroso*
APRESENTAÇÃO *António Lobo Antunes*
INTRODUÇÃO *José Nêumanne*
POSFÁCIO *Alfredo Bosi*

24ª EDIÇÃO

EDITORA
NOVA
FRONTEIRA

Copyright da tradução © by Ivo Barroso
Copyright da apresentação © by António Lobo Antunes

Direitos de edição da obra em língua portuguesa no Brasil adquiridos pela EDITORA NOVA FRONTEIRA PARTICIPAÇÕES S.A. Todos os direitos reservados. Nenhuma parte desta obra pode ser apropriada e estocada em sistema de banco de dados ou processo similar, em qualquer forma ou meio, seja eletrônico, de fotocópia, gravação etc., sem a permissão do detentor do copirraite.

EDITORA NOVA FRONTEIRA PARTICIPAÇÕES S.A.
Rua Candelária, 60 – 7º andar – Centro – 20091-020
Rio de Janeiro – RJ – Brasil
Tel.: (21) 3882-8200

Imagem de capa: Amedeo Modigliani, *Retrato de Paul Guillaume*. Óleo sobre tela. Musée de l'Orangerie, Paris.

CIP-Brasil. Catalogação na fonte
Sindicato Nacional dos Editores de Livros, RJ

S974c
24. ed.
    Svevo, Italo, 1861-1928
      A consciência de Zeno / Italo Svevo; tradução Ivo Barroso; apresentação António Lobo Antunes; introdução José Nêumanne; posfácio Alfredo Bosi. - 24. ed. - Rio de Janeiro: Nova Fronteira, 2020.
      392 p.

Tradução de: La coscienza di Zeno
ISBN 9786556400464

1. Romance italiano. I. Barroso, Ivo. II. Antunes, António Lobo. III. Nêumanne, José. IV. Bosi, Alfredo. V. Título.

19-61457   CDD: 853
                      CDU: 82-31(45)

Vanessa Mafra Xavier Salgado - Bibliotecária - CRB-7/6644
19/11/2019 25/11/2019

Sumário

Apresentação, por António Lobo Antunes 7
Introdução: Cabra-cega nos espelhos, por José Nêumanne 9

1. Prefácio 15
2. Preâmbulo 17
3. O fumo 19
4. A morte de meu pai 41
5. A história de meu casamento 67
6. A mulher e a amante 147
7. História de uma sociedade comercial 245
8. Psicanálise 353

Posfácio: Uma cultura doente?, por Alfredo Bosi 383

Apresentação

Parece desajeitado mas não é, descuidado e nada tem disso, dá a sensação que o autor vai tropeçar em si mesmo e não tropeça nunca. Italo Svevo, amigo de Joyce, publicou pouco e sentiu-se, com toda a razão, injustiçado pelos seus contemporâneos e esquecido pela crítica que não foi capaz de o entender. *A consciência de Zeno* é um livro magnífico, todo em contenção apesar dos abandonos aparentes. É muito curiosa a forma como o autor, ao mesmo tempo professor e aluno do dito Joyce, que muito lhe quis e sempre o admirou
 (a admiração de Joyce não contava grande coisa nessa época)
 pega e larga no texto que começa pela vontade de um homem em deixar de fumar e que Svevo, frase a frase, transforma numa vida inteira, através de uma escrita personalíssima. Continua a ser espantosa a frescura técnica desta obra, cheia de descobertas formais e de soluções de escrita que ainda hoje se encontram longe de haverem sido exploradas. Talvez o sejam no dia em que aqueles que batem palavras no computador aprenderem a ler — que é coisa que duvido.

António Lobo Antunes

Introdução
Cabra-cega nos espelhos

Ettore não era guerreiro como seu ilustre xará, Heitor, o comandante das tropas troianas derrotadas pelos gregos. E Schmitz não era ferreiro, significado do sobrenome alemão que o autor de *A consciência de Zeno* tinha quando lançou este romance importantíssimo na história da literatura universal, o qual não perpetuou. Pois, por decisão de Lívia, a mulher, seus pósteros e mesmo parentes colaterais, os descendentes dos irmãos, terminaram mesmo foi usando o sobrenome do pseudônimo que ele adotou para assinar suas obras literárias, Italo Svevo. Italo era, sim, italiano, apesar de viver na cidade de Trieste, à época de sua vida, na virada do século XIX para o XX, pertencente ao Império Austro-húngaro, aquele de Francisco José e da belíssima imperatriz Sissi. E esse sobrenome expunha de qualquer maneira seus laços sanguíneos com a cultura germânica, uma vez que é um gentílico em italiano de uma região alemã. Apesar de se considerar um autêntico latino, Italo queria registrar no pseudônimo Svevo sua admiração pela literatura e pela música produzidas na pátria de Goethe e Mann.

Ettore Schmitz, aliás Italo Svevo, de ascendência judaica, pertencente a família originária da Renânia, grande e abastada (o pai era um rico comerciante de vidros), tinha um aspecto bem burguês, com um sorriso bonachão em que o bigode espesso não conseguia esconder o ar zombeteiro desenhado pelos lábios finos em curva sutil e "giocôndica". E ele, de fato, ganhou a vida primeiro como bancário e depois como fabricante e vendedor de tintas submarinas, com as quais se pintam os cascos dos navios abaixo da linha-d'água. Nunca dependeu de direitos autorais para viver. Nem podia. No último decênio do século XIX, quando trabalhava num banco, tentou se lançar como escritor em Trieste com dois livros, *Uma vida* e *Senilidade*. Em família ele se demonstrou tão desgostoso com o desprezo voltado pelos críticos a sua obra que os parentes se surpreenderam com a edição de *A consciência de Zeno*, em 1923.

A bênção, tio James

Em 1980, portanto 57 anos depois, a Editora Nova Fronteira lançou a primeira tradução brasileira, magnificamente elaborada pelo poeta Ivo Barroso, dando oportunidade ao público brasileiro de conhecer este romance, o maior da literatura universal abordando um tema fundamental do século XX, a psicanálise. Escalado pelo ficcionista e jornalista cearense Mário Pontes, à época editor do suplemento semanal *Livro — Guia semanal de ideias e publicações* do *Jornal do Brasil*, para escrever a respeito dessa edição, localizei em São Paulo um italiano com o sobrenome do pseudônimo do autor. Filho de Ottavio, irmão caçula de Ettore/Italo, ex-gerente de vendas de motores da indústria de eletrodomésticos Arno, empresa familiar brasileira oriunda da Itália, Mario era um fiel guardião da memória do tio escritor, tendo em seu poder testemunhos impressos das dificuldades que este enfrentou para se afirmar no competitivo planeta das vaidades da literatura italiana.

"Quando *A consciência de Zeno* foi lançado na Itália, ninguém se incomodou. Mas meu tio mandou o livro para James Joyce, seu amigo e ex-professor de inglês, e este, entusiasmado, o remeteu para o crítico francês Benjamin Cremieux, com uma carta particularmente significativa. Cremieux o entregou a Valéry Larbaud, que fez a tradução francesa.[1] A partir dessa primeira tradução foi que a crítica francesa se interessou pelo livro. E só depois de ser bem recebido na França, o romance obteve repercussão na Itália", contou Mario, violoncelista amador que cursou o Conservatório de Viena e foi um frequente espectador das sessões musicais realizadas na casa ampla de Ettore/Italo, que, apesar de amador, era um virtuose ao violino. Coincidência interessante é que um dos mais importantes romances brasileiros contemporâneos, *Zero*, embora nada tenha a ver com *Zeno*, também foi publicado primeiramente em tradução e só depois editado aqui no Brasil. E, para a coincidência ser ainda mais espantosa, a obra de Ignácio de Loyola Brandão foi lida em italiano, língua em que Svevo escrevia, antes de ser impressa em português.

O crítico Alfredo Bosi dá início a seu ensaio "Uma cultura doente?", publicado em *Céu, inferno: ensaios de crítica literária e ideologia* e

---

[1] Na verdade, Larbaud traduziu apenas três capítulos do livro, para a revista francesa *Navire d'argent*. A tradução integral foi levada a cabo posteriormente por Paul-Henri Michel. (N.E.)

reproduzido à guisa de posfácio nas edições mais recentes deste romance, com uma citação de Svevo sobre a amizade íntima que mantinha com o genial romancista irlandês, que foi também seu professor de inglês. "James Joyce chegou a Trieste em setembro de 1903. Foi por acaso. Procurava um emprego e o encontrou na Escola Berlitz de nossa cidade. Emprego medíocre. Mas chegava a Trieste trazendo no bolso, além do pouco dinheiro para a longa viagem, dois manuscritos: grande parte das líricas que seriam publicadas sob o título de *Música de câmara* e algumas das novelas dos *Dublinenses*. Todo o restante da obra, até o *Ulisses*, nasceu em Trieste. Aliás, também parte do *Ulisses* nasceu à sombra de San Giusto, porque Joyce morou entre nós durante alguns meses depois da guerra. Em 1921 fui eu o encarregado de levar-lhe, de Trieste a Paris, as anotações para o último episódio. Eram alguns quilos de papel solto, que nem sequer ousei tocar, para não lhe alterar a ordem, que me pareceu instável", escreveu Svevo em *Saggi e pagine sparse*, citado pelo mestre Bosi, que no mesmo texto nos introduz o outro lado da amizade reproduzindo um trecho de carta escrita por Joyce, de Paris, em 30 de janeiro de 1924, a Svevo a respeito deste romance. "Estou lendo com muito prazer. Por que se desespera? Deve saber que é sem comparação o seu melhor livro... Por enquanto duas coisas me interessam: o tema; nunca teria pensado que o fumo pudesse dominar uma pessoa daquele modo. Segundo: o tratamento do tempo no romance."

Antitabagista *avant la lettre*

Nos quase cem anos de que distamos do lançamento deste livro, a indiferença com que foi recebido foi vastamente compensada pela imensa fortuna crítica que passou a acolhê-lo depois do pontapé inicial dado pelo mestre dublinense. Suas conexões com *Ulisses* são tão repetidas e óbvias que há até quem considere Svevo o inspirador de Leopold Bloom, a mítica criação de Joyce, que por sua vez teria na outra personagem, Stephen Dedalus, um *alter ego*. Seria Zeno Cosini também um *alter ego* de Svevo?

Essa pergunta me remete a questões ainda não aprofundadas pela crítica. Joyce foi o primeiro a registrar o espanto do leitor diante dos malefícios causados pelo tabagismo, o que torna seu amigo em Trieste um pioneiro da luta contra o tabaco, que se tornou um cavalo de batalha da higiene e da saúde politicamente correta neste século XXI. Esse pioneirismo tem sido associado a outro, qual seja a adoção da psicanálise do austríaco (e como Svevo de ascendência judaica) Sigmund Freud como tema de exposição e crítica ao mesmo tempo. Mas ainda não foi devidamente estudado o fato de o método utilizado pelo romancista — da terapia de um tratamento psicanalítico por meio de uma narrativa literária — ter sido adotado na psicanálise moderna por um de seus expoentes, o americano Rollo May, ilustre representante da moderna psicoterapia existencial e autor do clássico *A coragem de criar*.

A memória como ficção

Outra faceta ainda não devidamente explorada da obra de Svevo é o fato de, apesar de suas exaustivamente estudadas conexões com a de seu professor de inglês em Trieste, ela se lhe contrapor, abrindo as portas da percepção para um tipo de narração, se não antijoyciana, no mínimo não joyciana. *A consciência de Zeno* brinca com as armadilhas da memória, mostrando que, em vez de relatar, esta, na verdade, reinventa as lembranças. Mais que registro documental, ela é um gênero de ficção. Na edição do jornal que reproduziu minha entrevista com Mario Svevo, o escritor Salim Miguel escreveu uma resenha, "Zeno *versus* Freud", na qual resume magnificamente isso: "Zeno oscila entre a verdade e a mentira, numa ficção inventada por ele mesmo sobre sua própria realidade, procurando iludir seu psicanalista — ou se iludir. E a dúvida se aprofunda: será que fala a verdade, quando não mente? Será que falta à verdade, quando mente? Mentira e verdade se interpenetram naquele mundo. Se nos lembrarmos de que Zeno por sua vez é ficção (o quanto de verdade e mentira consciente ou inconsciente o autor nele colocou?), estaremos diante de uma estrutura romanesca de jogo de espelhos."

Jogo de espelhos lembra quem? Jorge Luis Borges, é claro. A ideia é que essa brincadeira de gato e rato entre autor e leitor, que o portenho transformou na alternativa mais interessante e criativa à pesquisa linguística de James Joyce para se tornar o veio dominante da prosa do futuro, já era contida neste romance instaurador. Se o gênio de Dublin usava sua sesquipedal erudição linguística para propor ao leitor uma espécie de jogo de armar, fazendo do texto literário o que as crianças fazem com peças que se encaixam para formar figuras à escolha da imaginação delas, o de Buenos Aires e, antes dele, o de Trieste propõem uma armadilha sutil em que a inteligência do leitor não é exigida para descobrir as raízes etimológicas do texto, mas a própria natureza deste. Onde está a mentira? Onde está a verdade? É uma sequência de cenas de luz e sombra brincando de cabra-cega literária, a que o leitor é convidado a passear nos limites incertos da personalidade múltipla de Ettore-Italo-Zeno. Pode-se até dizer que Joyce foi o principal responsável pela aceitação daquele que apresentaria a saída para o impasse trazido à baila por *Ulisses*, mas principalmente por *Finnegans Wake*. O ar irônico do falso bonachão registrado na mais reproduzida foto do romancista italiano provoca até uma comichão neste escriba desautorizado a voar tão alto, levando-o a crer que, da mesma forma como "realiza um romance de linha psicanalítica", mas "faz, igualmente, a própria crítica da psicanálise, questionando sua validade científica como um todo" (*apud* Salim Miguel, na resenha citada), este também escancara as portas que Joyce lhe abriu para mostrar que há outras vias pelas quais a literatura de boa cepa pode trafegar.

Não há, é claro, parentesco evidente entre este romance caudaloso e as ficções curtas e os poemas de Borges. Mas é fascinante imaginar que ambos operam com maestria a narrativa numa língua canônica, que Joyce consideraria caduca, para conduzir o leitor pelo território indefinido entre a mentira que pode ser uma verdade incômoda e a verdade que talvez seja uma mentira conveniente. Só isso já justifica a fortuna crítica que esta obra-prima acumulou e a fama que ela amealhou, com justiça, de ter sido a fonte em que muitos dos melhores encontraram seus instrumentos literários mais argutos para expor as próprias dúvidas e escarnecer de certezas sob encomenda.

José Nêumanne[2]

---

[2] Jornalista e escritor, é editorialista e articulista de *O Estado de S. Paulo* e, nos últimos 45 anos, já trabalhou nas redações do *Jornal do Brasil*, da *Folha de S. Paulo* e do SBT. Como escritor, se destaca como romancista, ensaísta e, principalmente, poeta.

1 – Prefácio

Sou o médico de quem às vezes se fala neste romance com palavras pouco lisonjeiras. Quem entende de psicanálise sabe como interpretar a antipatia que o paciente me dedica.

Não me ocuparei de psicanálise porque já se fala dela o suficiente neste livro. Devo escusar-me por haver induzido meu paciente a escrever sua autobiografia; os estudiosos de psicanálise torcerão o nariz a tamanha novidade. Mas ele era velho, e eu supunha que com tal evocação o seu passado reflorisse e que a autobiografia se mostrasse um bom prelúdio ao tratamento. Até hoje a ideia me parece boa, pois forneceu-me resultados inesperados, os quais teriam sido ainda melhores se o paciente, no momento crítico, não se tivesse subtraído à cura, furtando-me assim os frutos da longa e paciente análise destas memórias.

Publico-as por vingança e espero que o autor se aborreça. Seja dito, porém, que estou pronto a dividir com ele os direitos autorais desta publicação, desde que ele reinicie o tratamento. Parecia tão curioso de si mesmo! Se soubesse quantas surpresas poderiam resultar do comentário de todas as verdades e mentiras que ele aqui acumulou!...

Doutor S.

2 – Preâmbulo

Rever a minha infância? Já lá se vão mais de dez lustros, mas minha vista cansada talvez pudesse ver a luz que dela ainda reverbera, não fosse a interposição de obstáculos de toda espécie, verdadeiras montanhas: todos esses anos e algumas horas de minha vida.

O doutor recomendou-me que não me obstinasse em perscrutar longe demais. Os fatos recentes são igualmente preciosos, sobretudo as imagens e os sonhos da noite anterior. Mas é preciso estabelecer uma certa ordem para poder começar *ab ovo*. Mal deixei o consultório do médico, que deverá estar ausente de Trieste por algum tempo, corri a comprar um compêndio de psicanálise e li-o no intuito de facilitar-me a tarefa. Não o achei difícil de entender, embora bastante enfadonho.

Depois do almoço, comodamente esparramado numa poltrona de braços, eis-me de lápis e papel na mão. Tenho a fronte completamente descontraída, pois eliminei da mente todo e qualquer esforço. Meu pensamento parece dissociado de mim. Chego a vê-lo. Ergue-se, torna a baixar... e esta é sua única atividade. Para recordar-lhe que é meu pensamento e que tem por obrigação manifestar-se, empunho o lápis. Eis que minha fronte se enruga ao pensar nas palavras que são compostas de tantas letras. O presente imperioso ressurge e ofusca o passado.

Ontem tentei um abandono total. A experiência terminou no sono mais profundo e não obtive outro resultado senão um grande descanso e a curiosa sensação de haver visto alguma coisa importante durante o sono. Mas esqueci-me do que era, perdendo-a para sempre.

Graças ao lápis que hoje trago à mão, mantenho-me desperto. Vejo, entrevejo imagens bizarras que não podem ter qualquer relação com meu passado: uma locomotiva que resfolega pela encosta acima a arrastar inúmeros vagões; sabe-se lá de onde vem e para onde vai e o que estará fazendo nestas recordações?!

Na minha sonolência, recordo que o compêndio assegurava, por este sistema, ser possível recordarmos a primeira infância, a dos cueiros. De repente, vejo uma criança de fraldas, mas por que tem de ser eu? Não se parece nada comigo; na verdade, acho que se trata do bebê de minha cunhada, nascido há poucas semanas e que ela mostrava a todos como se fosse um milagre, porque tinha as mãos tão pequenas e os olhos tão grandes. Pobre criança! Ainda bem que se trata de recordar a minha infância! Não saberia encontrar um jeito de te aconselhar, agora que vives a tua, sobre a importância de recordá-la para o bem de tua inteligência e de tua saúde. Quando chegarás a saber que seria bom se pudesses reter na memória a tua vida, até mesmo as partes que te possam repugnar? E, no entanto, inconsciente, vais investigando o teu pequeno organismo à procura do prazer, e as tuas deliciosas descobertas te levarão à dor e à doença, para as quais contribuirão até mesmo aqueles que mais te querem. Que fazer? É impossível tutelar teu berço. No teu seio — garotinho! — se vai processando uma combinação misteriosa. Cada minuto que passa, lança-lhe um reagente. Há demasiadas possibilidades de doenças para ti, porque não é possível que sejam puros todos esses minutos. E além disso — pequerrucho! — és consanguíneo de pessoas que conheço. Os minutos que agora passam até que podiam ser puros, mas tal não foram decerto os séculos que te prepararam.

Eis-me bem afastado das imagens que prenunciam o sono. Vejamos amanhã.

3 – O fumo

O médico com quem falei a esse respeito disse-me que iniciasse meu trabalho com uma análise histórica da minha propensão ao fumo:

— Escreva! Escreva! O que acontecerá, então, é que você vai se ver por inteiro.

Acredito, inclusive, que a respeito do fumo posso escrever aqui mesmo, à minha mesa, sem necessidade de ir sonhar ali naquela poltrona. Não sei como começar e invoco a assistência de todos os cigarros, todos iguais àquele que tenho na mão.

Hoje, descubro de repente algo de que não mais me recordava. Os primeiros cigarros que fumei já não se encontram à venda. Pelos anos 70, havia deles na Áustria, vendidos em caixinhas de papelão, estampadas com o brasão da águia de duas cabeças. Aí está: em volta de uma dessas caixas agrupam-se de repente várias pessoas, mostrando um ou outro traço fisionômico, suficientes para sugerir-lhes o nome mas não tanto para deixar-me comovido pelo inesperado do encontro. Procuro buscar mais e vou para a poltrona: as pessoas esfumam-se, dando lugar a indivíduos cômicos, que escarnecem de mim. Com desconforto, retorno à mesa.

Uma das figuras, de voz meio rouca, era Giuseppe, adolescente de minha idade, e a outra, meu irmão, um ano mais novo que eu, já falecido há tanto tempo. Parece que Giuseppe ganhava muito dinheiro do pai e nos presenteava com aqueles cigarros. Tenho certeza, porém, de que os oferecia mais a meu irmão do que a mim. Vem daí a necessidade que enfrentei para conseguir outros por conta própria. Sucedeu, portanto, que passei a roubar. No verão, meu pai deixava sobre uma cadeira, na sala de jantar, seu colete, em cujo bolso havia sempre alguns trocados: eu catava as moedas necessárias para adquirir a preciosa caixinha e fumava um cigarro após o outro, os dez que ela continha, para não conservar por muito tempo o fruto comprometedor de meu furto.

Todas essas coisas jaziam em minha consciência ao alcance da mão. Só agora ressurgem porque não sabia antes que pudessem ter importância. Mas com isso já registrei a origem do hábito pernicioso e (quem sabe?) talvez assim já esteja curado. Para certificar-me, vou acender um último cigarro, que talvez atire fora em seguida, enojado.

Recordo-me de que meu pai um dia me surpreendeu com o colete dele na mão. Eu, com uma desfaçatez que agora não teria e que ainda hoje me repugna (é possível que tal sentimento de repulsa venha a ter mesmo grande importância em minha cura), disse-lhe que fora assaltado pela curiosidade de contar os botões de seu colete. Meu pai riu dessa minha disposição para a matemática ou para a alfaiataria e não percebeu que eu tinha os dedos metidos no bolsinho. Seja dito em meu louvor que bastou aquele riso, provocado por uma inocência que não havia em mim, para impedir-me para sempre de roubar. Ou melhor... roubei outras vezes, mas sem sabê-lo. Meu pai deixava pela casa charutos virgínia fumados a meio, equilibrados à borda das mesas e das cômodas. Eu imaginava que era a sua maneira de jogá-los fora e pensava também que nossa velha criada Catina dali os poria no lixo. Comecei a fumá-los às escondidas. O simples fato de apossar-me deles já vinha invadido por uma sensação de estremecer, ao dar-me conta do mal que me estava reservado. Mas mesmo assim fumava-os até sentir a fronte coberta de suores frios e o estômago embrulhando. Não se pode dizer que na infância eu fosse isento de força de vontade.

Sei perfeitamente como meu pai me curou também desse hábito. Num dia de verão, eu tinha voltado de uma excursão escolar, cansado e banhado de suor. Mamãe ajudou-me a tirar as vestes e, depois de envolver-me num roupão, me pôs a dormir num sofá onde ela própria sentou-se também para fazer uma costura. Eu estava quase adormecido, mas, com os olhos ainda cheios de sol, custava a entregar-me ao sono. A deliciosa sensação que naquela idade encontramos no repouso que se segue a uma grande fadiga aparece-me agora como uma imagem própria, tão evidente como se eu ainda estivesse lá, junto daquele corpo que não existe mais.

Recordo a sala grande e fresca onde nós, crianças, brincávamos e que hoje, nestes tempos ávidos de espaço, foi dividida em duas. Meu irmão não aparece nesta cena, o que muito me surpreende, pois creio que certamente participara da excursão e teria, portanto, igual direito ao repouso. Também teria sido posto a dormir, no outro braço do sofá? Olho para o local, mas me parece vazio. Vejo apenas a mim, a delícia do repouso, minha mãe, e depois meu pai cujas palavras sinto ecoar. Entrara sem perceber que eu ali estava, pois chamou em voz alta:

— Maria!

Mamãe, com um gesto acompanhado de um leve movimento dos lábios, apontou para mim, pois me supunha imerso no sono acima do qual eu ainda vagava em plena consciência. Agradou-me tanto que papai tivesse de tratar-me com aquela consideração que permaneci imóvel.

Ele pôs-se a lamentar em voz baixa:

— Devo estar maluco. Estou quase certo de ter deixado ainda há pouco um charuto apagado em cima daquela cômoda e não consigo encontrá-lo. Estou cada vez pior. Não me lembro de nada.

Também em voz baixa, mas que traía uma hilaridade contida apenas pelo temor de despertar-me, minha mãe respondeu:

— E olha que ninguém esteve aqui na sala depois do almoço.

Papai murmurou:

— Exatamente por isso acho que estou doido!

Voltou-se e saiu.

Entreabri os olhos e espreitei minha mãe. Ela havia voltado a atenção à costura, mas continuava a sorrir. Decerto não achava que papai fosse ao ponto de estar doido para sorrir assim de seu temor. Aquele sorriso me permaneceu de tal forma impresso na lembrança que um dia o revi nos lábios de minha mulher.

Mais tarde, a falta de dinheiro já não constituía obstáculo à satisfação de meu vício, mas bastavam as proibições para incitá-lo.

Lembro-me de haver fumado muito, escondido em todos os lugares possíveis. Recordo-me particularmente de uma meia hora passada no interior de um porão sombrio, por força da indisposição física que em seguida me assaltou. Estava em companhia de dois outros garotos de quem guardei na memória apenas a ridícula infantilidade de suas roupas: dois pares de calças curtas que ainda estão hirtos em minha memória como se os corpos que as animavam já não tivessem sido eliminados pelo tempo. Tínhamos muitos cigarros e queríamos saber quem seria capaz de fumar a maior quantidade em menos tempo. Ganhei a parada, ocultando heroicamente o mal-estar que me adveio do estranho exercício. Depois saímos para o ar livre e para o sol. Tive de cerrar os olhos para não cair desmaiado. Logo me recompus e vangloriei-me da proeza. Um dos garotos então me disse:

— Não me importo de ter perdido. Eu só fumo enquanto gosto.

Recordo-me da observação sadia, mas não da face certamente saudável do menino que a proferiu, embora devesse estar olhando para ele no momento.

Àquela época eu não sabia se amava ou odiava o fumo e o gosto do cigarro, bem como o estado a que a nicotina me arrastava. Quando compreendi que odiava tudo aquilo, a coisa foi pior. E só fui compreendê-lo por volta dos vinte anos. Nessa época sofri durante algumas semanas de violenta dor de garganta acompanhada de febre. O médico prescreveu-me repouso e abstenção absoluta de fumar. Recordo a impressão que a palavra *absoluta* me causou, enfatizada pela febre: abriu-se diante de mim um vazio enorme sem que houvesse alguém que me ajudasse a resistir à intensa pressão que logo se produz em torno de um vazio.

Quando o doutor se foi, meu pai (mamãe já havia morrido há muitos anos), com uma guimba de charuto na boca, ainda ficou algum tempo me fazendo companhia. Ao ir-se embora, depois de me haver passado ternamente a mão sobre a testa escaldante, disse:

— E nada de fumar, está ouvindo?

Fui invadido por enorme inquietude. Pensei: "Já que me faz mal, nunca mais hei de fumar, mas antes disso quero fazê-lo pela última vez." Acendi um cigarro e logo me senti relevado da inquietude, apesar de a febre talvez aumentar e de sentir a cada tragada que as amígdalas me ardiam como se tocadas por um tição. Fumei o cigarro até o fim com a determinação de quem cumpre uma promessa. E, sempre experimentando dores horríveis, fumei muitos outros enquanto estive acamado. Meu pai ia e vinha com seu charuto na boca, dizendo:

— Muito bem! Mais alguns dias de abstenção e estará curado!

Bastava esta frase para me fazer desejar que ele se fosse logo, a fim de que eu pudesse correr imediatamente para o cigarro. Às vezes fingia mesmo dormir para induzi-lo a ir-se mais depressa.

Aquela enfermidade foi a causa de meu segundo distúrbio: o esforço para libertar-me do primeiro. Meus dias acabaram por ser um rosário de cigarros e de propósitos de não voltar a fumar, e, para ser franco, de tempos em tempos são ainda assim. A ciranda do último cigarro começou aos vinte anos e ainda hoje está girando. Minhas resoluções são agora menos drásticas e, à medida que envelheço, torno-me mais indulgente para com minhas fraquezas. Ao envelhecermos, sorrimos da vida e de todo o seu conteúdo. Posso assim dizer que, desde há algum tempo, tenho fumado muitos cigarros... que não serão os últimos.

Na folha de rosto de um dicionário encontro um registro meu feito com bela caligrafia e alguns ornatos:

"Hoje, 2 de fevereiro de 1886, deixo de estudar leis para me dedicar à química. Último cigarro!"

Tratava-se de um "último cigarro" muito importante. Recordo todas as esperanças que o acompanharam. Havia perdido o gosto pelo direito canônico, que me parecia distanciado da vida, e corri para a ciência, que é a própria vida, se bem que reduzida a uma retorta. Aquele último cigarro representava o próprio anseio de atividade (também manual) e de meditação sóbria, serena e sólida.

Para fugir das cadeias de combinações do carbono, em que não acreditava, resolvi voltar ao direito. Muito pior! Foi um erro igualmente registrado com um último cigarro, cuja data encontro inscrita numa página de livro. Também este foi importante. Eu me resignava a voltar às implicações do direito com os melhores propósitos, abandonando para sempre as cadeias de carbono. Convenci-me da falta de pendor para a química até mesmo pela minha inabilidade manual. Como poderia tê-la, se continuava a fumar como um turco?

Agora que estou a analisar-me, assalta-me uma dúvida: não me teria apegado tanto ao cigarro para poder atribuir-lhe a culpa de minha incapacidade? Será que, deixando de fumar, eu conseguiria de fato chegar ao homem forte e ideal que eu me supunha? Talvez tenha sido essa mesma dúvida que me escravizou ao vício, já que é bastante cômodo podermos acreditar em nossa grandeza latente. Avento esta hipótese para explicar minha fraqueza juvenil, embora sem convicção definida. Agora que sou velho e que ninguém exige nada de mim, passo com frequência dos cigarros aos bons propósitos e destes novamente aos cigarros. Que significam hoje tais propósitos? Como aquele velho hipocondríaco, descrito por Goldoni, será que desejo morrer são depois de ter passado toda a vida doente?

Certa vez, quando era estudante, ao mudar de uma pensão, tive que mandar pintar de novo as paredes do quarto, porque eu as havia coberto de datas. Devo ter mudado de quarto exatamente porque aquele se havia transformado em cemitério de minhas boas intenções e já não achava possível formular outras naquele mesmo lugar.

Creio que o cigarro, quando se trata do último, revela muito mais sabor. Os outros têm, sem dúvida, seu gosto especial, porém menos intenso. O último deriva seu sabor do sentimento de vitória sobre nós mesmos e da esperança de um futuro de força e de saúde. Os outros têm a sua importância porque, acendendo-os, afirmamos a nossa liberdade e o futuro de força e de saúde permanece, embora um pouco mais distanciado.

As datas inscritas nas paredes de meu quarto eram de cores variadas e algumas até a óleo. O propósito, refeito com a fé mais ingênua, encontrava expressão adequada no vigor do colorido que devia fazer esmaecer o da intenção precedente. Algumas delas gozavam de minha preferência pela concordância dos algarismos. Recordo uma data do século passado que me pareceu a lápide capaz de selar para sempre o túmulo de meu vício: "Nono dia do nono mês de 1899." Significativa, não é mesmo? O novo século trouxe-me datas igualmente musicais: "Primeiro dia do primeiro mês de 1901." Ainda hoje sinto que se fosse possível repetir a data eu saberia como iniciar nova vida.

Mas outras datas viriam e, com um pouco de imaginação, qualquer uma delas poderia adaptar-se a uma boa intenção. Recordo, pelo fato de que me pareceu conter um imperativo supremamente categórico, a seguinte data: "Terceiro dia do sexto mês de 1912 às 24 horas." Soa como se cada número dobrasse a parada do antecedente.

O ano de 1913 deu-me um momento de hesitação. Faltava o décimo terceiro mês para fazê-lo corresponder ao ano. Mas não se pense que seja necessário tamanho acordo numa data para dar ensejo a um último cigarro. Muitas datas, que encontro consignadas em livros ou quadros preferidos, despertam a atenção pela sua inconsequência. Por exemplo, o terceiro dia do segundo mês de 1905, às seis horas! Nesta há também um ritmo, quando se observa que cada uma das cifras é como uma negação da precedente. Muitos acontecimentos, quase todos, desde a morte de Pio IX ao nascimento de meu filho, pareceram-me dignos de ser festejados com o férreo propósito de sempre. Todos na família se admiram de minha memória para os aniversários alegres ou tristes e atribuem isso à minha bondade!

Para atenuar-lhe a aparência ridícula, tentei dar um conteúdo filosófico à enfermidade do último cigarro. Assume-se uma atitude altiva e diz-se: "Nunca mais!" Porém, o que é feito da atitude se mantemos a promessa? Só podemos reassumi-la se renovamos o propósito. Além disso, o tempo para mim não é essa coisa insensata que nunca para. Para mim, só para mim, ele retorna.

A doença é uma convicção, e eu nasci com essa convicção. Não me lembraria da que contraí aos vinte anos se não a tivesse naquela época relatado a um médico. Curioso como recordamos melhor as palavras ditas que os sentimentos que não chegaram a repercutir no ar.

Fora ver esse médico que me disseram curar doenças nervosas com emprego da eletricidade. Pensei poder extrair da eletricidade a força que me faltava para deixar o fumo.

O doutor tinha uma barriga enorme e sua respiração asmática acompanhava as batidas da máquina elétrica, posta em funcionamento desde a primeira consulta; isso me desiludiu, porque esperava que o doutor, examinando-me, descobrisse o veneno que me inquinava o sangue. Em vez disso, declarou que me achava em perfeita saúde e, já que me deixava de má digestão e de insônia, admitiu que eu tivesse carência de ácidos no estômago e um movimento peristáltico preguiçoso (disse tal palavra tantas vezes que nunca mais a esqueci). Chegou a prescrever certo ácido que me arruinou o estômago de tal forma que até hoje sofro de excesso de acidez.

Quando compreendi que por si mesmo ele jamais chegaria a descobrir que a nicotina me contaminava o sangue, quis ajudá-lo, aventando-lhe a hipótese de que minha indisposição pudesse ser atribuída a isso. Ergueu os grandes ombros com enfado.

— Movimento peristáltico... ácido... a nicotina nada tem a ver com isso!

Submeti-me a setenta aplicações elétricas e elas teriam continuado se eu não resolvesse que já eram o bastante. Mais do que à espera de um milagre, corria ao consultório na esperança de convencer o médico a me proibir de fumar. Quem sabe as coisas tomariam outro rumo se meus propósitos fossem fortificados por uma tal proibição?

Mas vamos à descrição de minha doença, tal como a relatei ao médico: "Não consigo estudar e, nas raras vezes em que me deito cedo, permaneço insone até os primeiros toques de sinos. É por isso que hesito entre a química e o direito, pois ambas as ciências exigem um trabalho que começa em hora fixa, ao passo que não sei quando conseguiria levantar-me."

— A eletricidade cura qualquer insônia — sentenciou o esculápio, olhos sempre voltados para o mostrador do aparelho em vez de tê-los fixos no doente.

Cheguei a conversar com ele como se o homem fosse capaz de compreender a psicanálise em que eu, timidamente, me iniciava. Contei-lhe sobre o meu problema com as mulheres. Uma só não me bastava, nem mesmo muitas. Queria-as todas! Pelas ruas, minha excitação era enorme: à medida que passavam, as mulheres eram minhas. Olhava-as com insolência pela necessidade de sentir-me brutal. No pensamento despia-as todas, deixando-as apenas de sapatos, tomava-as nos braços e só as soltava quando tinha certeza de conhecê-las bem.

Sinceridade e fôlego desperdiçados! O doutor resfolegava:

— Espero que as aplicações elétricas não o venham curar desse mal. Era o que faltava! Jamais empregaria estas ondas se pudesse temer semelhante efeito.

Contou-me uma anedota que achava saborosíssima. Um doente, que se queixava da mesma moléstia que eu, consultou um médico famoso para pedir que o curasse; o médico, tendo conseguido fazê-lo perfeitamente, foi obrigado a se mudar da cidade, senão o outro o teria esfolado vivo.

— A minha excitação não é normal! — gritava eu. — Vem do veneno que arde em minhas veias!

O doutor murmurava com expressão amargurada:

— Ninguém está feliz com sua sorte.

Foi para convencê-lo que fiz o que ele não se dispunha a fazer: estudei minha enfermidade através de todos os seus sintomas. Minha distração! Até esta me impedia de estudar. Quando me preparava em Graz para o primeiro exame de direito, anotei cuidadosamente todos os testes de que necessitava até a prova final. Acontece que, poucos dias antes do exame, percebi que estudava só as matérias de que iria precisar alguns anos mais tarde. Por isso tive de trancar matrícula. É bem verdade que mesmo as outras matérias eu pouco havia estudado por causa de uma vizinha que, de resto, só me brindava com sua descarada provocação. Quando chegava à janela, eu não via mais o texto. Só um imbecil se comportaria assim. Recordo a carinha pequenina e clara da moça na janela: oval, circundada de airosos cachinhos louros. Eu a contemplava, sonhando esmagar contra o meu travesseiro aquela brancura emoldurada de ouro.

O esculápio murmurou:

— Sempre há na excitação alguma coisa de bom. Verá que na minha idade é inútil excitar-se.

Hoje sei com certeza que ele não entendia nada do assunto. Tenho 57 anos e estou certo de que, se não deixar de fumar ou se não for curado pela psicanálise, em meu leito de morte meu último olhar será de desejo pela minha enfermeira, se esta não for minha mulher e se minha mulher tiver permitido que ela seja bela!

Fui sincero como se me confessasse: a mulher não me atraía como um todo, mas... fragmentariamente. Em todas apreciava os pezinhos bem calçados; em muitas o colo delicado ou mesmo portentoso; e sempre os seios pequenos, pequeninos. E continuava enumerando as partes anatômicas femininas, quando o doutor me interrompeu:

— Estas partes formam uma mulher inteira.

Disse então algo importante:

— O amor saudável é aquele que se resume numa mulher apenas, íntegra, inclusive de caráter e inteligência.

Até então eu não conhecera tal amor e, quando este me sobreveio, nem mesmo ele conseguiu restaurar-me a saúde, embora para mim seja importante recordar que detectava a doença ali onde os doutos só viam saúde, acabando assim por confirmar o meu diagnóstico.

Na pessoa de um amigo leigo encontrei quem melhor entendeu a meu respeito e de minha doença. Não tive com isso grande vantagem, mas em minha vida vibrou uma nota nova que ecoa ainda hoje.

Meu amigo era um senhor rico que ornava seus ócios com estudos e trabalhos literários. Falava muito melhor do que escrevia e por isso o mundo não poderá avaliar o bom literato que perdeu. Era grande e gordo e quando o conheci estava empenhado num regime de emagrecimento. Em poucos dias chegara a tão excelentes resultados que os conhecidos se aproximavam dele na rua para comparar sua própria gordura com a progressiva magreza deste amigo. Tinha-lhe inveja porque conseguia fazer tudo quanto desejava, e por isso não o larguei enquanto durou seu tratamento. Fazia-me tocar-lhe a barriga que a cada dia diminuía mais, e eu, roído de despeito, para enfraquecer-lhe a determinação, dizia:

— Mas, concluída a dieta, o que fará você com toda esta pelanca?
Com grande calma, que tornava cômico seu rosto emaciado, respondia:
— Daqui a dois dias começarei as massagens.
Seu tratamento fora preparado em todos os detalhes e não tenho dúvida de que ele os cumpria com estrita regularidade.

Acabou por inspirar-me grande confiança e um dia descrevi-lhe a minha enfermidade. Recordo-me perfeitamente da minha descrição. Expliquei-lhe que me parecia muito mais fácil deixar de comer três vezes por dia do que ter de tomar a cada instante a fatigante resolução de não fumar outro cigarro. Com tal resolução em mente não nos sobrava tempo para mais nada, pois só Júlio César sabia fazer várias coisas ao mesmo tempo. É verdade que ninguém vai querer que eu trabalhe enquanto estiver vivo o meu procurador Olivi, mas de que modo explicar que uma pessoa como eu não saiba fazer outra coisa no mundo senão sonhar ou arranhar o violino, para o qual, aliás, não tenho a menor vocação?

O gordo emagrecido não respondeu imediatamente. Era homem metódico e primeiro meditou com vagar. Depois, com ar doutoral, que lhe cabia dada a sua superioridade de argumentação, explicou-me que eu estava realmente sofrendo mais por causa de minhas resoluções do que propriamente pelo cigarro. Devia tentar deixar o vício sem uma expressa determinação. Em mim — segundo ele — com o correr do tempo se haviam formado duas personalidades, uma que comandava e outra que lhe era escrava, a qual, tão logo enfraquecia a vigilância, contrapunha-se à vontade do senhor pelo simples amor à liberdade. Era necessário conceder-lhe liberdade absoluta e ao mesmo tempo encarar meu vício como algo de novo que visse pela primeira vez. Era preciso não combatê-lo, mas descurá-lo, tratando-o com total indiferença, voltando-lhe as costas como se faz a alguém que achamos indigno de nossa companhia. Simples, não é mesmo?

Na verdade, a coisa pareceu-me simples. É certo que, tendo conseguido com grande esforço eliminar de meu espírito quaisquer propósitos, cheguei a não fumar por várias horas, mas, estando a boca isenta do gosto do fumo, senti um sabor inocente como o que devem sentir os recém-nascidos e veio-me o desejo de um cigarro; mal o fumei, porém, adveio o remorso e de novo retornei à resolução que havia tentado suprimir. Tratava-se de uma via mais longa, mas o fim era o mesmo.

O safado do Olivi um dia deu-me uma ideia: fortalecer minha resolução mediante uma aposta.

Creio que Olivi sempre teve o mesmo aspecto com que ainda o vejo. Sempre o vi assim, um pouco curvo, conquanto robusto, e sempre me pareceu velho, como velho o vejo agora que conta oitenta anos. Trabalhou e trabalha para mim, mas não gosto dele, pois penso que me impediu de fazer o trabalho que ele faz.

Vamos apostar! Quem fumar primeiro paga a aposta e depois ambos recuperamos a liberdade de fumar. Dessa forma, o procurador, que me fora imposto para impedir que eu dilapidasse a herança de meu pai, tentava diminuir a de minha mãe, então administrada livremente por mim!

A aposta revelou-se perniciosa. Já não era alternadamente senhor e escravo, mas só escravo, e de Olivi, de quem não gostava! Logo voltei a fumar. Depois pensei enganá-lo, fumando às escondidas. Mas, neste caso, para que a aposta? Tratei de procurar uma data que guardasse certa relação com a do início da aposta para poder fumar um último cigarro e assim, de certa forma, iludir-me de estar a cumpri-la. Mas a rebelião continuava, e fumei tanto que acabei angustiado. Para libertar-me do peso da consciência, fui a Olivi e confessei-lhe tudo.

O velho embolsou sorridente o dinheiro da aposta e, em seguida, sacou um grosso charuto, que acendeu e se pôs a fumar com volúpia. Não tive mais dúvida de que ele cumprira a promessa. Compreende-se que os outros sejam diferentes de mim.

Meu filho acabava de completar três anos quando minha mulher teve uma ideia excelente. Insistiu para que eu me internasse por algum tempo numa casa de saúde, a fim de desintoxicar-me. Aceitei incontinenti, primeiro porque queria que meu filho, ao chegar à idade da razão, pudesse considerar-me equilibrado e sereno, e também pela razão mais urgente de Olivi andar adoentado e ameaçar abandonar-me. Tendo eu assim de assumir suas atividades de um momento para o outro, considerava-me pouco apto para tamanha atividade com toda aquela nicotina no corpo.

A princípio, pensamos na Suíça, o clássico país dos sanatórios, mas depois soubemos que um certo dr. Muli acabara de abrir uma clínica em Trieste. Encarreguei minha mulher de procurá-lo, e ele se dispôs a colocar à minha disposição um pequeno apartamento fechado, onde eu ficaria sob cuidados de uma enfermeira, auxiliada por outras pessoas. Ao falar-me do assunto, minha mulher ora sorria, ora gargalhava clamorosamente. Divertia-lhe a ideia de fazer-me encerrar, e eu, de boa vontade, também ria com ela. Era a primeira vez que se associava às minhas tentativas de cura. Até então não levava minha doença a sério e dizia que o fumo não passava de uma forma um tanto estranha, mas não das piores, de viver.

Acho que constituiu para ela surpresa agradável constatar que depois de nosso casamento jamais lamentei a perda de minha liberdade, preocupado que estava em lamentar outras coisas.

Fomos à casa de saúde no dia em que Olivi me comunicou sua decisão inabalável de deixar os serviços no mês seguinte. Preparamos uma valise com alguma roupa e seguimos naquela tarde para ver o dr. Muli.

Recebeu-nos pessoalmente à porta. Tratava-se de um belo jovem. Estávamos em pleno verão e ele, pequenino, nervoso, a face bronzeada pelo sol, na qual brilhavam ainda melhor os seus vívidos olhos negros, era a imagem da elegância, na indumentária toda branca do colete aos sapatos. Logo despertou minha admiração, embora evidentemente eu também me sentisse objeto da sua.

Um pouco embaraçado, compreendendo a razão de sua admiração, disse-lhe:

— Vejo que o senhor não acredita nem na minha necessidade de tratamento nem na sinceridade com que a ele me entrego.

Com um leve sorriso, que me ofendeu, retorquiu:

— Por quê? Pode acontecer perfeitamente que o cigarro lhe seja mais prejudicial do que nós médicos julgamos. Só não compreendo por que o senhor, em vez de querer deixar de fumar *ex abrupto*, não tenha antes decidido diminuir o número de cigarros que fuma por dia. Pode-se fumar, o que não se deve é exagerar.

Na verdade, à força de querer deixar de todo o fumo, a eventualidade de fumar menos nunca me havia ocorrido. Mas, chegando-me naquele momento, o conselho não conseguiu senão esmorecer o meu propósito. Tomei, porém, uma decisão:

— Em todo caso, já que estou aqui, deixe-me tentar a cura.

— Tentar? — riu o médico com ar de superioridade. — Uma vez iniciado o tratamento, a cura é quase certa. Se o senhor não quiser usar de força física para com a pobre Giovanna, não poderá sair daqui. As formalidades para libertar-se levariam tanto tempo que o senhor até lá esqueceria o vício.

Estávamos no apartamento que me era destinado e ao qual chegamos descendo ao térreo depois de havermos subido antes ao segundo piso.

— Está vendo? Aquela porta trancada impede a comunicação com a outra parte do térreo onde está a saída. Nem mesmo Giovanna tem as chaves. Ela própria, para chegar à rua, tem que subir ao segundo andar e só ela tem a chave da porta que cruzamos no patamar. Além disso, há sempre um vigilante no segundo andar. O que não é mau para uma casa de saúde destinada a recém-nascidos e parturientes.

E pôs-se a rir, talvez ante a ideia de me haver trancado junto com as crianças.

Chamou Giovanna e apresentou-a a mim. Era uma criatura de idade indefinida, que podia variar dos quarenta aos sessenta anos. Tinha olhos pequeninos e de intensa luminosidade, emoldurados por cabelos grisalhos. O doutor lhe disse:

— Este é o senhor com quem você deve estar pronta até para brigar.

A mulher perscrutou-me a face, ruborizou-se e redarguiu com voz estrídula:

— Cumprirei meu dever, mas de maneira alguma irei lutar com o senhor. Se me ameaçar, chamarei o enfermeiro que é um homem forte, e se ele não vier logo, deixarei o senhor ir para onde bem quiser, pois não estou aqui para arriscar a pele! Soube depois que o doutor lhe havia confiado aquele encargo mediante a promessa de uma compensação bastante polpuda, o que contribuíra para amedrontá-la. Mas no momento suas palavras me irritaram. Em boa coisa eu me havia metido voluntariamente!

— Ora, vai arriscar coisa nenhuma! — gritei. — Quem está pensando que lhe vai tocar na pele? —Voltei-me para o doutor. — Faça saber a essa senhora que não quero ser importunado! Trouxe comigo alguns livros e exijo que me deixem em paz.

O doutor interveio com algumas palavras de admoestação a Giovanna. Esta, para justificar-se, voltou a atacar-me:

— Tenho duas filhas menores e preciso viver.

— Não lhe darei a honra de matá-la — respondi num tom que decerto não seria de acalmar a pobrezinha.

O doutor fez com que ela fosse ao andar superior a pretexto de buscar qualquer coisa e, para sossegar-me, propôs-me colocar outra pessoa no lugar dela, ajuntando:

— Não é má pessoa e, depois que lhe recomendei para ser mais discreta, estou certo de que não lhe dará motivo de queixa.

No intuito de demonstrar que não dava a menor importância à pessoa encarregada de vigiar-me, manifestei minha concordância em aturá-la. Sentindo desejo de acalmar-me, tirei do bolso o penúltimo cigarro e fumei-o avidamente. Expliquei ao doutor que havia trazido apenas dois comigo e que iria deixar de fumar à meia-noite em ponto.

Minha mulher despediu-se de mim juntamente com o doutor. Disse-me sorrindo:

— Já que você assim resolveu, aguente firme.

Seu sorriso, que eu amava tanto, pareceu-me zombeteiro e foi exatamente nesse instante que germinou em meu espírito um sentimento novo que levaria uma tentativa iniciada com tanta seriedade a falir miseravelmente. Senti-me logo mal e percebi o que me fazia sofrer quando me deixaram só. Um estúpido e amargo ciúme pelo jovem doutor. Ele era bonito, livre! Por que minha mulher não haveria de gostar dele? Seguindo-a, ao saírem, ele havia observado seus pés elegantemente calçados. Desde que me casara, era a primeira vez que sentia ciúmes. Que tristeza! Isso decorria certamente de meu abjeto estado de prisioneiro! Lutei! O sorriso de minha mulher era o seu sorriso de sempre e não um escárnio por me haver afastado de casa. Contudo, partira dela a ideia de me fazer internar, embora não desse nenhuma importância ao meu vício; sem dúvida, fizera-o para me agradar. Além de tudo, não era nada fácil para alguém enamorar-se de minha mulher. Se o doutor lhe havia reparado os sapatos, era certamente porque queria comprar uns iguais para a sua amante. Então, fumei meu último cigarro; ainda não era meia-noite, mas 11 horas, hora inteiramente impossível para um último cigarro.

Abri um livro. Lia sem prestar atenção e comecei a ter visões. A página sobre a qual fixava os olhos cobria-se de fotografias do dr. Muli em toda a glória de sua beleza e elegância. Não consegui resistir! Chamei Giovanna. Talvez conversando me aquietasse.

Ela chegou e de imediato me deitou um olhar desconfiado. Foi dizendo com sua voz estrídula:

— Não pense que vai afastar-me de meu dever.

Menti, para acalmá-la, dizendo que isso nem me passava pela cabeça, mas que estava sem vontade de ler e preferia conversar um pouco. Fi-la sentar-se à minha frente. É bem verdade que me repugnava seu aspecto de velha e os olhos juvenis e espertos que contrastavam com os dos animais tímidos. Tinha pena de mim mesmo por ter que suportar tal companhia! É certo que, mesmo em liberdade, não sei escolher as companhias que mais me convêm, porque em geral são os outros que me escolhem, tal como fez minha mulher.

Pedi a Giovanna que me distraísse e, como respondesse nada saber que merecesse minha atenção, pedi que falasse da família dela, já que quase todos neste mundo têm a sua.

Aquiesceu e pôs-se a contar como fora obrigada a internar as duas filhas em instituições de caridade.

Comecei a ouvir com agrado a sua história e achei graça na facilidade com que despachou os 18 meses de gravidez. Mas a mulher tinha índole polêmica e eu já não conseguia ouvi-la quando quis provar que agira assim dada a exiguidade de seu salário e que o doutor fora injusto quando alguns dias antes afirmara que duas coroas por dia bastavam, de vez que a instituição de caridade mantinha a família dela. Gritava:

— E o resto? Embora tenham roupa e comida, há muitas coisas de que precisam! — E desfiou uma série de coisas que precisava prover para as filhas e de que não me recordo mais, já que, para proteger meus ouvidos da voz estrídula, afastei meu pensamento para outros assuntos. Mas tinha os tímpanos feridos e achei que fazia jus a uma compensação:

— Não dava jeito de arranjar um cigarrinho, um só? Sou capaz de lhe dar dez coroas, mas amanhã, pois agora não tenho nenhum dinheiro comigo.

Giovanna ficou terrivelmente espantada com a minha proposta. Começou a vociferar; queria chamar imediatamente o enfermeiro e levantou-se para sair.

Para fazê-la calar-se, desisti de meu intento e, ao acaso, só para dizer qualquer coisa e dominar-me, perguntei:

— Mas nesta prisão não haverá pelo menos algo que se beba?

Giovanna foi pronta na resposta e, para minha surpresa, num tom de conversação adequada, sem gritar:

— Isso, sim! O doutor, antes de ir embora, entregou-me esta garrafa de conhaque. Ainda nem abri. Veja, está intacta.

Encontrava-me em tais condições que não via outra saída para mim senão a embriaguez. Eis aonde me havia conduzido a confiança em minha mulher!

Naquele momento, pareceu-me que o vício do fumo não valia o esforço a que me deixara arrastar. Já não fumava havia meia hora e nem pensava verdadeiramente nisso, ocupado que andava em imaginar minha mulher em companhia de Muli. Podia estar de todo curado, mas sentia-me irremediavelmente ridículo!

Destapei a garrafa e servi-me um cálice do líquido amarelo. Giovanna observava-me de boca aberta, mas hesitei em oferecer-lhe um trago.

— Pode conseguir outra garrafa quando acabar esta?

Giovanna, sempre no mais cordial tom de conversação, garantiu-me:

— Tantas quantas quiser! Para atender seu pedido, a senhora que toma conta da despensa tem ordens para se levantar nem que seja à meia-noite!

Nunca sofri de avareza e Giovanna logo teve o seu cálice cheio até a borda. Mal acabou de dizer obrigada e já havia entornado o cálice, voltando os olhos ávidos para a garrafa. Foi, portanto, ela mesma quem me deu a ideia de embriagá-la. Mas não foi fácil!

Não saberia repetir exatamente o que essa mulher me contou após haver ingerido vários cálices, em seu puro dialeto triestino, mas tive afinal a impressão de encontrar-me em presença de alguém que, não fossem as minhas preocupações, teria estado a ouvir com prazer.

Antes de mais nada confidenciou-me que era bem assim que gostava de trabalhar. Todo mundo devia ter direito a passar algumas horas por dia em uma boa poltrona, diante de uma garrafa de bebida, dessas que não fazem mal.

Tentei falar por minha vez. Perguntei-lhe se era assim que ela trabalhava quando o marido ainda vivia.

A mulher pôs-se a rir. Em vida, o marido bateu-lhe mais do que beijou-a e, em comparação com o que teve de trabalhar para ele, tudo agora não passava de um verdadeiro descanso, mesmo antes de minha chegada para o tratamento.

Depois Giovanna ficou pensativa e perguntou-me se eu achava que os mortos viam o que fazem os vivos. Anuí vagamente. Mas ela queria saber se os mortos, quando chegavam ao além, adquiriam conhecimento de tudo que se passara na terra quando ainda eram vivos.

Por um momento a pergunta valeu para distrair-me um pouco. Fora formulada numa voz cada vez mais baixa, Giovanna com receio de que os mortos pudessem ouvi-la.

— Então, hein — disse-lhe —, você andou enganando seu marido?

Ela fez um gesto para que não falasse alto e em seguida confessou que o havia traído, mas só durante os primeiros meses do casamento. Depois habituara-se às surras e acabara por amar o marido.

Para manter viva a conversa, perguntei:

— Quer dizer que a mais velha é filha de outro homem?

Sempre em voz baixa admitiu que sim, tendo em vista certas semelhanças notadas posteriormente. Compungia-lhe haver traído o esposo. Afirmava-o, mas sempre a rir, pois são coisas de que nos rimos mesmo quando nos doem. Mas só depois que ele morreu; antes, visto que não sabia, a coisa não tinha a menor importância.

Tocado por certa simpatia fraternal, tentei aliviar-lhe a dor, dizendo que decerto os mortos sabiam de tudo, mas que pouco ligavam para certas coisas.

— Só os vivos sofrem com isso! — exclamei batendo com o punho sobre a mesa.

Senti uma contusão e nada melhor do que a dor física para despertar ideias novas. Súbito ocorreu-me que, enquanto me torturava com o pensamento de que minha mulher estaria aproveitando minha reclusão para trair-me, talvez o médico ainda se achasse ali na casa de saúde, o que me faria recuperar a tranquilidade. Pedi a Giovanna que fosse ver, informando que tinha necessidade de perguntar algo ao doutor e prometendo a recompensa de uma garrafa inteira. A mulher protestou, retrucando que não gostava de beber tanto assim, mas logo aquiesceu em ir e senti que subia trôpega pela escada de madeira até o segundo andar, de onde poderia sair de nossa clausura. Depois, voltou a descer, mas escorregou, provocando grande barulho seguido de gritos.

— Que o diabo te carregue! — murmurei com ímpeto. Se ela tivesse quebrado o pescoço, minha situação estaria bastante simplificada.

Ao contrário, regressou aos risos, achando-se já naquele estado em que a dor não dói tanto. Disse-me haver falado com o enfermeiro que estava prestes a deitar-se, mas que permaneceria à disposição dela mesmo na cama, caso me tornasse perigoso. Ergueu a mão e com o indicador estendido acompanhou aquelas palavras com um gesto de ameaça atenuado por um sorriso. Depois, mais secamente, acrescentou que o doutor não havia voltado desde que saíra junto com minha mulher. Desde aquela hora! A enfermeira estivera até pouco à espera de que ele voltasse, pois havia um doente que precisava ser medicado por ele. Mas desistiu de esperar.

Encarei-a, tentando descobrir se o sorriso que lhe contraía a face era estereotipado ou inteiramente novo, produzido pelo fato de o doutor encontrar-se em companhia de minha mulher, em vez de estar comigo, seu paciente. Fui tomado por uma ira que me punha a cabeça a girar. Devo dizer que, como sempre, em meu espírito lutavam duas personalidades; a mais racional delas me dizia: "Imbecil! Por que acha que sua mulher trai você? Não precisaria interná-lo para ter essa oportunidade." A outra, a que certamente queria fumar, também me chamava de imbecil e gritava: "Ignora você a comodidade que advém da ausência do marido? E com o doutor, a quem você está pagando!"

Giovanna, sem parar de beber, falava:

— Esqueci de fechar a porta do segundo andar. Mas não quero subir e descer de novo dois andares. Seja como for, há gente lá embaixo e o senhor se daria mal se tentasse escapar.

— Nem pense nisso! — disse eu com o mínimo da hipocrisia necessária para enganar a pobre. Depois ingeri também uns goles de conhaque e declarei que, tendo bebida à vontade, já não fazia questão dos cigarros. A mulher acreditou imediatamente em mim e então contei que, na verdade, não queria afastar-me do fumo. Minha mulher, sim, é que o queria. Pois quando eu chegava a fumar uma dezena deles ficava insuportável. Qualquer mulher que estivesse ao meu alcance corria risco.

Giovanna pôs-se a rir ruidosamente, abandonando-se na poltrona.

— E a sua mulher é quem o impede de fumar os dez cigarros de que necessita?

— Ela mesma! Pelo menos costumava impedir.

Giovanna não era nada tola, mesmo com todo aquele conhaque no sangue. Foi tomada por um acesso de riso que quase a fez cair da poltrona; contudo, quando o fôlego permitiu, com palavras espaçadas pintou um magnífico esboço do que minha doença lhe sugeria:

— Dez cigarros... meia hora... põe-se o despertador... e depois...
Corrigi-a:

— Com dez cigarros preciso de cerca de uma hora. Depois, para chegar ao pleno efeito é necessário ainda meia hora, dez minutos a mais, dez minutos a menos...

Giovanna ficou subitamente séria e levantou-se sem grande esforço da poltrona. Disse que ia deitar-se, sentia um pouco de dor de cabeça. Convidei-a a levar a garrafa consigo, pois eu já havia bebido o suficiente. Para disfarçar, disse-lhe que no dia seguinte queria que me trouxesse um bom vinho.

Ela, porém, não pensava em vinho. Antes de sair com a garrafa sob o braço lançou-me um olhar que me deixou aturdido.

A porta ficara aberta; passados alguns instantes caiu em meio ao quarto um pacote que logo apanhei: continha 11 cigarros exatamente. Para estar segura, a pobre Giovanna mostrara-se pródiga. Cigarros ordinários, húngaros. Mas o primeiro que acendi revelou-se ótimo. Senti-me profundamente aliviado. A princípio pensei que regozijava por haver logrado aquela casa, excelente para encerrar crianças, não um homem como eu. Depois me ocorreu que tinha iludido igualmente a minha mulher, pagando-lhe na mesma moeda. Não fosse assim, por que então meu ciúme se havia transformado numa curiosidade tão suportável? Fiquei tranquilo onde estava, fumando os cigarros nauseabundos.

Meia hora depois, recordei que precisava escapar daquela casa onde Giovanna estava à espera de sua recompensa. Tirei os sapatos e saí para o corredor. A porta do quarto de Giovanna mantinha-se entreaberta e, a julgar pela sua respiração regular e rumorosa, pareceu-me que dormia. Subi com toda a cautela até o segundo andar e uma vez atravessada aquela porta que era o orgulho do dr. Muli voltei a calçar os sapatos. Alcancei o patamar e me pus a descer as escadas, lentamente para não despertar suspeitas.

Chegava ao primeiro andar quando uma senhorita com seu algo elegante uniforme de enfermeira veio atrás de mim, perguntando cortesmente:

— O senhor está à procura de alguém?

Era engraçadinha e eu teria acabado com prazer junto dela os meus dez cigarros. Sorri um tanto agressivo.

— O dr. Muli não está?

Mostrou-se um pouco surpresa:

— A esta hora nunca está aqui.

— Não poderia dizer-me onde poderei encontrá-lo? Tenho em casa uma pessoa enferma que necessita dos cuidados dele.

Delicadamente forneceu-me o endereço do médico e eu o repeti várias vezes para fingir que desejava decorá-lo. E não teria mais pressa em afastar-me se ela, impaciente, não me tivesse voltado as costas. Estava acabando por ser posto para fora de minha prisão.

À saída, uma mulher prontificou-se a abrir-me a porta. Não tinha um níquel comigo e murmurei:

— Da próxima vez lhe darei algum.

Não se pode prever o futuro. Comigo as coisas costumam repetir--se: não se excluía a hipótese de eu voltar a passar por ali.

A noite estava clara e agradável. Tirei o chapéu para melhor sentir a brisa da liberdade. Contemplei as estrelas com admiração, como se as visse pela primeira vez. No dia seguinte, longe da casa de saúde, iria deixar de fumar. Mas, até lá, num café que ainda estava aberto, tratei de conseguir cigarros de boa qualidade, já que me seria impossível encerrar minha carreira de fumante com aqueles que me dera a pobre Giovanna. O rapaz que me atendeu conhecia-me e vendeu-me fiado.

Quando cheguei a casa, toquei furiosamente a campainha. De início, a empregada veio à janela, e em seguida, após um tempo que não me pareceu de todo breve, surgiu minha mulher. Eu a esperava pensando com perfeita frieza: "Tudo indica que o dr. Muli esteja aqui." Mas, tendo-me reconhecido, minha mulher fez ecoar pela rua deserta uma gargalhada tão sincera que seria suficiente para apagar qualquer suspeita.

Depois de entrar, demorei pelos cantos um olhar inquisidor. Minha mulher, a quem prometi contar no dia seguinte as minhas aventuras, que ela já imaginava quais fossem, não tardou a perguntar:

— Mas por que você não vai deitar-se?

Para justificar-me, disse:

— Acho que você aproveitou a minha ausência para mudar aquele armário de lugar.

É verdade que, em casa, acho as coisas sempre fora dos lugares e é igualmente verdade que minha mulher quase sempre é quem as muda, mas naquele momento eu perscrutava todos os cantos apenas para ver se por ali estaria escondido o elegante e minúsculo corpo do dr. Muli.

De minha mulher recebi mas foi uma boa notícia. Ao voltar da casa de saúde, encontrou na rua o filho de Olivi que lhe contara estar o velho muito melhor depois que tomara um remédio prescrito pelo novo médico a quem consultara.

Ao deitar-me, achei que fizera bem em deixar a casa de saúde, pois tinha tempo suficiente para curar-me aos poucos. Meu filho, que dormia no quarto ao lado, ainda não estava certamente em idade de julgar-me ou imitar-me. Não havia pressa absolutamente nenhuma.

4 – A morte de meu pai

Com o médico ausente, não sei na verdade se a biografia de meu pai é necessária. Descrevê-lo minuciosamente poderia parecer que minha cura estivesse condicionada a analisá-lo primeiro, e chegar-se-ia assim a um impasse. Se tenho a coragem de prosseguir é porque sei que, se meu pai necessitasse desse tratamento, seria por algum mal totalmente diverso do meu. De toda maneira, para não perder tempo, direi dele somente o que puder reavivar as recordações de mim mesmo.

"15.4.1890, às 4h30. Meu pai morreu. U.S." Para os menos avisados as duas últimas letras não significam *United States*, mas *ultima sigaretta* [último cigarro]. É a anotação que encontro num volume de filosofia positiva de Ostwald sobre o qual passei várias horas cheio de esperança e que nunca cheguei a compreender. Ninguém acreditaria mas, malgrado aquela forma, essa anotação registra o acontecimento mais importante de minha vida.

Minha mãe faleceu quando eu não tinha ainda 15 anos. Escrevi versos em sua memória, o que não equivale exatamente a chorar a sua morte e, na minha dor, fui sempre assaltado pelo sentimento de que a partir daquele instante deveria iniciar-se para mim uma vida séria e de trabalho. A própria dor acenava para uma vida mais intensa. Depois, um sentimento religioso sempre vivo atenuou e deliu a grave perda. Minha mãe continuava a viver, embora distante de mim, e poderia compartilhar dos sucessos que eu viesse a alcançar. Uma bela comédia! Recordo exatamente o meu estado de então. A morte de minha mãe e a salutar emoção que me causou fizeram-me sentir que tudo deveria melhorar para mim.

Já a morte de meu pai foi uma grande e verdadeira catástrofe. O paraíso deixou de existir e eu, aos trinta anos, era um homem desiludido. Morto também! Ocorreu-me pela primeira vez que a parte mais importante e decisiva de minha vida ficava irremediavelmente para trás. Minha dor não era exclusivamente egoísta, como se poderia depreender destas palavras. Ao contrário! Chorava por ele e por mim apenas porque ele havia morrido. Até então eu passara de cigarro a cigarro e de uma universidade a outra, com uma confiança indestrutível em minha capacidade. Contudo, creio que aquela confiança que tornava a vida tão doce teria continuado, quem sabe até hoje, se meu pai não tivesse morrido. Com ele morto já não havia um futuro para onde assestar minhas resoluções.

Muitas vezes, ao pensar nisto, fico intrigado pelo fato estranho de que essa desesperança quanto ao meu futuro só se veio a produzir com a morte de meu pai, e não antes. Tudo isso ocorreu muito recentemente e para recordar a minha intensa dor e todos os pormenores de minha desventura não tenho necessidade de sonhar, segundo querem estes senhores da psicanálise. Recordo tudo, mas não compreendo nada. Até sua morte, nunca vivi para meu pai. Nunca fiz nenhum esforço para aproximar-me dele e, quando podia fazer isso sem ofendê-lo, até me afastava dele. Na universidade todos o conheciam pelo apelido que eu lhe dava: *O Velho Silva Mão-Aberta*. Foi preciso a doença para ligar-me a ele; doença que foi logo a morte, pois durou pouco e o médico o deu por desenganado. Quando me achava em Trieste, nos víamos vez por outra, uma hora por dia no máximo. Nunca estivemos tão juntos e por tanto tempo quanto por ocasião de sua morte. Quem dera o tivesse assistido melhor e chorado menos! Não estaria tão doente! Era difícil o nosso convívio, até porque entre nós dois nada havia de comum intelectualmente. Olhando-nos, mostrávamos ambos o mesmo sorriso de tolerância, nele tornado mais amargo por uma viva ansiedade paterna com relação ao meu futuro; em mim, ao contrário, todo indulgência, certo que estava de suas fraquezas já agora destituídas de consequências, tanto que as atribuía em parte à sua idade. Ele foi o primeiro a duvidar de minha força de vontade e — ao que me parece — um pouco cedo demais. Suspeito, embora sem apoio de uma convicção científica, que duvidasse de mim pelo fato mesmo de ser seu filho, o que contribui — e aqui com perfeita base científica — para aumentar minha falta de confiança nele.

Meu pai passava por hábil comerciante, embora eu soubesse que seus negócios desde muito eram administrados por Olivi. Nessa incapacidade para o comércio residia toda a semelhança entre nós; não havia outras. Posso dizer que eu representava a força e ele a fraqueza. O que venho registrando neste relato já prova que em mim existe e sempre existiu — talvez para minha maior desventura — um impetuoso impulso para o melhor. Todos os meus sonhos de equilíbrio e de força não podem ser definidos de outra maneira. Meu pai não conhecia nada disto. Vivia perfeitamente de acordo com aquilo que fizeram dele e devo observar que nunca se esforçou no sentido de aperfeiçoar-se. Fumava o dia inteiro e, após a morte de mamãe, quando não conseguia dormir, fumava durante a noite. Bebia, conquanto com discrição, tal um *gentleman*, à hora do jantar, o suficiente para assegurar-se de que dormiria, mal deitasse a cabeça no travesseiro. Considerava o fumo e o álcool dois bons medicamentos.

No que respeita às mulheres, soube pelos parentes que minha mãe tivera alguns motivos de ciúme. Parece mesmo que aquela suave mulher teve, uma ou outra vez, de intervir violentamente para manter o marido nos eixos. Ele se deixava levar por ela, a quem amava e respeitava, e creio que ela nunca chegou a obter dele a confissão de alguma infidelidade, morrendo assim na convicção de se ter enganado. No entanto, os bons parentes relatam que chegou a apanhar o marido quase em flagrante delito com sua própria costureira. Ele desculpou-se, alegando distração, com tal firmeza que acabou sendo acreditado. Não houve maiores consequências, a não ser a de que minha mãe nunca mais foi à costureira nem deixou que meu pai lá fosse. Creio que, fosse eu a estar nesse embrulho, acabaria confessando tudo, de preferência a abandonar a costureira, visto que crio raízes onde quer que me detenha.

Meu pai sabia defender sua tranquilidade como autêntico *pater familias*. Mantinha essa tranquilidade em casa e em seu espírito. Lia apenas insossos livros morais, não por hipocrisia mas conforme a mais sincera convicção: acredito que aceitasse piamente a verdade dessas prédicas morais e que sua consciência se acalmasse com essa predisposição sincera para a virtude. Agora que envelheço e me aproximo daquele tipo de patriarca também sinto que a imoralidade preconizada é mais recriminável que a ação imoral. Pode-se chegar ao assassínio por ódio ou por amor; mas à instigação do assassínio só se chega por crueldade.

Tínhamos tão pouco em comum que ele me confessou ser eu uma das pessoas que mais o inquietavam no mundo. Meu anseio de saúde me havia levado a estudar o corpo humano. Ele, ao contrário, conseguira apagar da memória qualquer noção sobre o funcionamento da prodigiosa máquina. Para ele o coração não pulsava e não havia necessidade alguma de estarmos a recordar a função das válvulas e das veias a fim de explicar o funcionamento do organismo. Nada de movimentos, porquanto a experiência ensinava que tudo quanto se move acaba por parar. Até mesmo a Terra para ele era imóvel e solidamente plantada sobre suas bases. Naturalmente nunca afirmara tal coisa taxativamente, mas sofria quando eu lhe expunha um ou outro conceito com o qual não concordasse. Interrompeu-me desgostoso um dia em que lhe falei sobre os antípodas. Afligia-lhe a ideia daquela gente a andar de cabeça para baixo...

Reprovava-me duas outras coisas: a minha distração e a minha tendência de rir das coisas mais sérias. No que respeita à distração, a única diferença entre nós é que ele anotava numa agenda tudo aquilo de que se queria lembrar, revendo-a várias vezes ao dia. Supunha que assim acabava com a distração e não sofria mais com isso. Quis impor-me também o uso da agenda, mas nela não cheguei a registrar senão alguns últimos cigarros.

Quanto ao meu desprezo pelas coisas sérias, creio que meu pai tinha o defeito de considerar como tais demasiadas coisas deste mundo. Vejamos um exemplo: quando, depois de passar do estudo do direito ao da química, e com seu consentimento retornar ao primeiro, disse-me bonachão:

— Mas fique sabendo que você está doido.

Não me senti de fato ofendido e, bastante grato pela sua condescendência, quis premiá-lo fazendo-o rir. Fui consultar-me com o dr. Canestrini com o fim de obter um certificado. A coisa não foi fácil, pois tive para isso de submeter-me a longos e minuciosos exames. Depois de obtê-lo, levei-o triunfalmente a meu pai; ele, porém, não soube achar graça. Num tom amargurado e com lágrimas nos olhos, exclamou:

— Ah! Você está realmente doido!

Esse foi o prêmio de minha fatigante e inócua comediota. Nunca me perdoou e jamais riria do incidente. Consultar um médico por troça? Fazer expedir por troça uma declaração com selos e tudo? Coisa de doido!

Em suma, comparado com ele, eu representava a força e às vezes penso que o desaparecimento daquela criatura fraca, diante da qual eu me elevava, foi sentido por mim como uma quebra de energia.

Recordo que sua fraqueza ficou patente quando o canalha do Olivi convenceu-o a fazer seu testamento. Olivi tinha pressa em obter um documento que poria todos os meus negócios sob sua tutela, mas parece que teve bastante trabalho para induzir o velho a um gesto tão penoso. Finalmente, meu pai decidiu-se, conquanto seu amplo rosto sereno ensombrecesse. Pensava constantemente na morte como se com isso tivesse um contato com ela.

Uma noite perguntou-me:

— Você acha que tudo acaba com a morte?

Penso com frequência no mistério da morte, mas não estava ainda preparado para dar-lhe a opinião que me pedia. Para ser-lhe agradável, arquitetei uma teoria tranquilizadora sobre o nosso destino:

— Creio que o prazer sobreviva, pois que a dor não é mais necessária. A decomposição seria uma espécie de prazer sexual. Em todo caso há de ser acompanhada de uma sensação de felicidade e repouso, visto que a recomposição é muito fatigante. A morte deve ser a recompensa da vida!

Foi um belo fiasco. Estávamos ainda à mesa após o jantar. Ele, sem responder, levantou-se da cadeira, tomou um último gole de vinho e disse:

— Já não são horas de filosofar, principalmente com você!

E saiu. Segui-o preocupado e pensei ficar junto dele para distraí-lo de pensamentos tristes. Mas ele me afastou, dizendo que eu lhe havia feito pensar na morte e nos prazeres que teve.

Não conseguia esquecer o testamento, embora ainda não me houvesse falado a esse respeito. Recordava-se dele toda vez que me via. Uma noite explodiu:

— Quero dizer-lhe que fiz meu testamento.

Eu, para afastá-lo do seu íncubo, refiz-me logo da surpresa que sua comunicação produzira e retruquei:

— Eu não me darei a esse trabalho, pois espero que meus herdeiros morram antes de mim!

Ele inquietou-se por eu rir de um assunto tão sério e reavivou seu velho desejo de punir-me. Foi-lhe assim fácil contar-me que bela peça me pregava colocando-me sob a tutela de Olivi.

Devo dizê-lo: comportei-me como um bom rapaz; abstive-me de fazer objeções de qualquer natureza, a fim de arrancá-lo dos pensamentos que o faziam sofrer. Declarei que me submeteria incondicionalmente à sua última vontade.

— Talvez — acrescentei — saiba comportar-me de maneira a que o senhor se veja inclinado a modificar suas disposições.

Isso lhe agradou bastante, inclusive porque notava que eu lhe atribuía uma longa vida, a bem dizer longuíssima. Contudo, quis de mim o juramento imediato de que, se ele não viesse a dispor de outra forma, eu não iria interferir nas atribuições de Olivi. Tive que jurar, já que não se contentava com minha palavra de honra. Mostrou-se tão meigo a partir de então que, quando me torturo de remorsos por não tê-lo amado devidamente antes da morte, reevoco como paliativo aquela cena. Para ser sincero, devo dizer que a resignação às suas disposições testamentárias foi para mim bem fácil, pois a ideia de que seria forçado a não trabalhar me pareceu então bastante simpática.

Cerca de um ano antes de sua morte, eu soube uma vez intervir de maneira bastante eficiente em favor de sua saúde. Confiando-me que se sentia mal, forcei-o a procurar um médico, tendo-o até acompanhado ao consultório. O doutor prescreveu um remédio qualquer e pediu que voltasse algumas semanas depois. Mas meu pai não quis, dizendo que odiava os médicos tanto quanto os coveiros; e não tomou o remédio porque isso também lembrava médicos e coveiros. Ficou algumas horas sem fumar e, durante uma refeição, sem beber. Sentiu-se muito bem quando pôde livrar-se do tratamento, e eu, vendo-o alegre, não pensei mais nisso.

Depois voltei a vê-lo triste. Mas seria absurdo esperar vê-lo sempre contente, velho e solitário que agora era.

Uma noite em fins de março cheguei a casa mais tarde que de costume. Nada de mau: havia caído nas mãos de um amigo erudito que queria confiar-me algumas ideias sobre as origens do cristianismo. Era a primeira vez que alguém me imaginava interessado no assunto e me dispus à longa dissertação só para não melindrar esse amigo. Chuviscava e fazia frio. Tudo parecia esfumado e maçante, inclusive os gregos e os hebreus de que falava o amigo, embora eu me tivesse resignado àquele sofrimento por bem umas duas horas. Minha fraqueza de sempre! Aposto que mesmo hoje sou incapaz de qualquer resistência, e se alguém realmente quisesse poderia por algum tempo induzir-me a estudar até mesmo astronomia.

Entrei no jardim que circunda a nossa casa. A ela se chega por um curto caminho ensaibrado. Maria, nossa criada, esperava-me à janela e, sentindo-me avizinhar, gritou na escuridão:

— É o sr. Zeno?

Maria era uma daquelas empregadas como já não existem hoje. Estava conosco há uns 15 anos. Depositava mensalmente na Caixa de Pensões uma parte de seu salário para quando chegasse à velhice, pecúlio que, contudo, de nada lhe serviu, pois morreu em nossa casa pouco tempo depois de meu casamento, trabalhando sempre.

Contou-me que meu pai havia chegado já há algumas horas, mas que tinha resolvido esperar-me para jantar. Como insistisse para que jantasse sem esperar por mim, o velho mandara-a embora com palavras meio ásperas. Depois, perguntou por mim várias vezes, inquieto e ansioso. Maria deu a entender que meu pai não se sentia bem. Atribuía-lhe certa dificuldade de falar e respiração ofegante. Devo dizer que, à força de estar sempre só com o velho, Maria às vezes encasquetava a ideia de que ele andava mal. A pobre mulher pouco tinha a fazer naquela casa solitária e achava que todos íamos morrer antes dela, após a experiência que tivera no caso de minha mãe.

Corri à sala de jantar com alguma curiosidade, mas ainda sem preocupação. Meu pai ergueu-se repentinamente do sofá em que estava reclinado e recebeu-me com uma alegria que só não conseguiu comover-me porque nela perpassava antes de tudo uma expressão de censura. Isso bastou para tranquilizar-me, pois a alegria pareceu-me sinal de saúde. Não percebi nenhum traço do balbuciar e da respiração opressa de que falara Maria. E, em vez de reprovar-me, foi ele quem se desculpou por haver insistido em esperar.

— Que vou fazer? — disse-me o bonachão. — Somos só os dois neste mundo e queria vê-lo antes de deitar-me.

Ah! Bem que eu podia ter-me comportado com simplicidade, tomando nos braços o pobre pai que a doença havia tornado terno e afetuoso! Em vez disso, comecei a fazer um frio diagnóstico: o velho Silva tão sensível? Devia estar doente. Olhei-o suspicaz e não achei nada melhor para dizer do que esta reprovação:

— Mas por que esperou até agora para jantar? Podia ter comido e depois esperado por mim!

Riu jovialmente.

— Come-se melhor a dois.

Essa disposição podia ser também um sinal de apetite: tranquilizei-me e me pus a comer. Com suas chinelas de casa, passo infirme, aproximou-se da mesa e ocupou o lugar costumeiro. Ficou a ver-me comer, depois de engolir apenas umas poucas colheres e afastar o prato de sua frente como se este lhe repugnasse. O riso ainda permanecia em seu rosto. Só recordo, como se fosse ontem, que nas duas ou três vezes que o encarei afastou o olhar de mim. Dizem que isso é sinal de falsidade; hoje, no entanto, sei que é sinal de doença. O animal enfermo não se deixa olhar pelas frestas através das quais se poderia detectar a doença, a debilidade.

Parecia à espera de que eu lhe contasse como havia passado aquelas horas em que esteve à minha espera. E vendo que atribuía tanta importância a isso, parei por um instante de comer e disse-lhe que estivera até aquela hora discutindo as origens do cristianismo.

Fitou-me, duvidoso e perplexo:

—Você também se preocupa agora com a religião?

Era evidente que eu lhe teria dado uma grande alegria se me dispusesse a discutir o assunto com ele. Em vez disso, eu, que durante a vida de meu pai me sentia combativo (mas não depois), respondi com uma dessas frases vulgares que se ouvem todos os dias nos cafés próximos à universidade:

— Para mim a religião não passa de um fenômeno como outro qualquer que precisa ser estudado.

— Fenômeno? — volveu ele, desconcertado. Procurou uma resposta pronta e abriu a boca para dá-la. Depois hesitou, voltou os olhos para o segundo prato, que Maria naquele momento lhe apresentava, e nem tocou nele. Como que para calar melhor a boca, meteu-lhe um toco de charuto, que acendeu mas que logo deixou apagar. Com isso obtivera uma pausa para refletir tranquilamente. Por um instante observou-me, resoluto:

—Você não vai querer rir da religião?

Eu, no papel de estudante vadio que sempre fui, respondi com a boca cheia:

— Nada de rir! Quero estudá-la!

Calou-se e ficou a olhar longamente o toco de charuto descansado à beira do prato. Compreendo agora por que me disse aquilo. Compreendo agora tudo quanto passou por aquela mente perturbada e fico surpreso de não o haver compreendido então. Creio que me faltava no espírito o afeto que nos faz compreender tantas coisas. Depois, foi-me tão fácil! Ele evitava enfrentar o meu ceticismo: uma luta difícil demais para ele naquele momento; eu, porém, esperava poder atacá-lo suavemente de flanco, como convinha a um enfermo. Recordo que, quando falou, sua respiração se mostrava entrecortada e suas palavras, hesitantes. É muito cansativo prepararmo-nos para um combate. Julguei que ele não se resignaria a ir deitar-se sem antes me haver posto em meu lugar; assim, preparei-me para uma discussão que afinal não houve.

— Eu — disse ele, sem tirar os olhos da ponta do charuto já agora apagado — sinto que tenho grande experiência e conhecimento da vida. Ninguém vive inutilmente tantos anos. Sei de muitas coisas, mas não consigo ensiná-las a você como queria. Ah, se eu pudesse! Vejo o âmago das coisas e sei distinguir o que é justo e verdadeiro daquilo que não é.

Não havia o que discutir. Murmurei pouco convicto e sem deixar de comer:

— É mesmo?

Não queria ofendê-lo.

— Pena que você tenha chegado tão tarde. Antes eu estava menos cansado e saberia dizer-lhe algumas coisas.

Pensei que quisesse ainda me repreender por ter chegado tarde e propus deixarmos a discussão para outro dia.

— Não se trata de discussão — respondeu em devaneio —, mas de algo muito diferente. Algo que não se pode discutir e que você também compreenderia tão logo lhe dissesse. O difícil é dizê-lo!

Aqui, tive uma dúvida:

— O senhor não está se sentindo bem?

— Não posso dizer que estou mal, mas me sinto muito cansado e agora vou dormir.

Fez soar a campainha, embora ao mesmo tempo tivesse chamado a criada de viva voz. Quando Maria chegou, perguntou-lhe se a cama estava feita. Ergueu-se de repente e saiu arrastando as chinelas. Ao passar por mim, inclinou a cabeça para oferecer a face ao beijo de costume.

Vendo-o movimentar-se assim pouco seguro, tive novamente a impressão de que estivesse mal e voltei a perguntar-lhe. Repetimos ambos outra vez as mesmas palavras e ele confirmou que estava cansado, mas não doente. Acrescentou:

— Agora vou pensar nas palavras que lhe direi amanhã. Verá como elas o convencerão.

— Papai — exclamei comovido —, terei muito prazer com isso!

Vendo-me tão disposto a submeter-me à sua experiência, hesitou em deixar-me: tinha que aproveitar momento tão favorável! Passou a mão pela fronte e sentou-se na cadeira sobre a qual se apoiara para inclinar-se ao beijo. Ofegava levemente.

— Curioso! — falou. — Não consigo dizer-lhe nada, nada mesmo.

Olhou em torno como se buscasse fora de si o que em seu interior não chegava a apreender.

— E afinal sei tantas coisas, sei todas elas. Talvez por causa de minha longa experiência.

Agora sentia menos a incapacidade de expressar-se, pois até sorria ante a própria força, a própria grandeza.

Não sei por que não chamei logo o médico. Em vez disso, devo confessar com pena e remorso: achei que as palavras de meu pai eram ditadas por uma presunção que tantas vezes julguei surpreender nele. Não podia, contudo, fugir à evidência de sua fraqueza e só por isso não discuti com ele. Agradava-me vê-lo feliz na ilusão de ser tão forte, quando na verdade era fraquíssimo. Lisonjeava-me o afeto que demonstrava por mim, manifestando desejo de transmitir-me a ciência de que se julgava possuidor, embora eu estivesse convicto de que nada aprenderia com ele. Para lisonjeá-lo também e dar-lhe tranquilidade, disse que não devia esforçar-se em encontrar logo as palavras que lhe faltavam, porque em ocasiões semelhantes os sábios mais ilustres punham as coisas mais complexas num cantinho do cérebro para se simplificarem por si mesmas.

Respondeu:

— O que procuro não é nada complicado, na verdade. Trata-se mesmo de encontrar uma palavra, uma única, e hei-de encontrá-la! Mas não hoje, porque quero dormir imediatamente, sem me perturbar por qualquer pensamento.

Mas não se ergueu da cadeira. Hesitante e perscrutando por um instante o meu semblante, disse:

— Tenho medo de não conseguir dizer-lhe o que penso, só porque você tem a mania de rir de tudo.

Sorriu como se quisesse pedir para não me ressentir de suas palavras, ergueu-se da cadeira e ofereceu pela segunda vez a face. Renunciei a convencê-lo de que neste mundo havia muita coisa de que se podia e se devia rir e quis afiançar-lhe isto com um forte abraço. Meu gesto foi talvez forte demais, pois ele se desvencilhou de mim mais perturbado ainda, embora compreendesse o meu afeto, saudando-me afavelmente com a mão.

— Vamos dormir! — disse, alegre, e saiu seguido por Maria.

Uma vez só (estranho também isso!), não pensei na saúde de meu pai; comovido e — posso dizê-lo — com todo o respeito filial deplorei que um espírito como aquele, aspirando a metas tão elevadas, não tivesse tido a oportunidade de uma melhor educação. Hoje que escrevo, depois de me haver avizinhado da idade que meu pai tinha àquela época, sei por experiência que um homem pode ter a consciência de possuir um elevado intelecto, mesmo quando essa consciência é a única prova que tem disso. Basta isto: enchemos os pulmões de ar e sentimos como a natureza é grandiosa e como se nos apresenta imutável: é assim que manifestamos e participamos da mesma inteligência que concebeu a Criação. É certo que o sentimento de inteligência de meu pai no último instante lúcido de vida foi originado por sua repentina inspiração religiosa, tanto é verdade que se dispôs a falar-me depois de saber que eu andara ocupado com as origens do cristianismo. Contudo, agora sei que tal sentimento era também o primeiro sintoma de um edema cerebral.

Maria veio tirar a mesa e disse que lhe parecia que meu pai adormecera imediatamente. Depois, também eu me recolhi, inteiramente despreocupado. Lá fora o vento soprava e gemia. No calor da cama, era para mim como uma canção de ninar que se afastava cada vez mais, à medida que eu mergulhava no sono.

Não sei quanto tempo dormi. Fui despertado por Maria. Creio que várias vezes viera a meu quarto chamar-me e depois correra de volta. Em meu sono profundo passei a princípio por certa inquietação, depois entrevi a velha que se agitava pelo quarto e finalmente compreendi. Quis mesmo despertar, e quando finalmente consegui ela já não estava no quarto. O vento continuava a embalar-me e, para dizer a verdade, confesso que segui em direção ao quarto de meu pai com a insatisfação de ter sido arrebatado ao sono. Recordo que Maria achava meu pai sempre em perigo. Ai dela se ele agora não estivesse se sentindo realmente mal!

O quarto de meu pai, nada grande, tinha móveis demais. Depois da morte de minha mãe, para melhor poder esquecer, mudara de aposentos, levando consigo para o novo ambiente, bem menor, todo o seu mobiliário. O quarto, escassamente iluminado por um bico de gás acima da mesinha de cabeceira muito baixa, estava imerso na sombra. Maria amparava meu pai a jazer de costas, mas com uma parte do tronco desbordando do leito. O rosto de meu pai coberto de suor parecia corado à luz do gás. Tinha a testa apoiada sobre o peito da fiel Maria. Gemia de dor e a boca estava tão inerte que a saliva escorria pelo queixo. Olhava imóvel para a parede em frente e não se voltou quando entrei.

Maria disse-me que ouvira seu gemido e que correra a tempo de impedir que caísse. A princípio — assegurava a mulher — estava mais agitado, ao passo que agora parecia relativamente tranquilo, mas ela não quis arriscar deixá-lo sozinho. Queria talvez desculpar-se por me haver chamado, embora já lhe tivesse dito que fizera bem. Ela chorava ao falar comigo, enquanto eu, ao contrário, ordenava-lhe que se acalmasse, a fim de não aumentar com seus lamentos a inquietação do instante. Eu ainda não compreendera de todo o que ocorria. A pobre mulher fez um esforço para aquietar os seus soluços.

Aproximei-me do ouvido de meu pai e gritei:

— Por que está gemendo, papai? Não se sente bem?

Creio que me ouviu, pois o gemido enfraqueceu e ele volveu os olhos na minha direção como se procurasse ver-me, mas não chegou a encarar-me. Várias vezes gritei-lhe no ouvido a mesma pergunta, sempre com o mesmo resultado. Minha resistência esmoreceu. Meu pai, naquele instante, estava muito mais próximo da morte que de mim, pois meu grito já não o atingia. Fui tomado de grande pavor e recordei imediatamente as palavras trocadas na véspera: poucas horas depois, ele já se punha a caminho para ver quem de nós tinha razão. Curioso! Minha dor vinha acompanhada de remorso. Deixei cair a cabeça sobre o próprio travesseiro de meu pai e chorei desesperadamente, emitindo os mesmos soluços que ainda há pouco reprovara a Maria.

Tocou a ela então acalmar-me, mas o fez de modo estranho. Exortava-me à calma, falando de meu pai como se ele já tivesse morrido, embora o velho ainda gemesse com os olhos abertos até demais.

— Pobrezinho! — dizia. — Morrer assim, com estes cabelos tão lindos! — Acariciava-o. Era verdade. A cabeça de meu pai era cingida por uma bela cabeleira branca encaracolada, enquanto que eu aos trinta anos já tinha cabelos bastante ralos.

Não me lembrava de que neste mundo havia médicos e que era suposto vez por outra nos trazerem a salvação. Eu já via a morte naquela face transtornada pela dor e nada mais esperava. Foi Maria quem teve a ideia do médico e correu a acordar o jardineiro para mandá-lo ao centro.

Fiquei sozinho a amparar meu pai por minutos que me pareceram intermináveis. Recordo que tentei comunicar às minhas mãos, que seguravam aquele corpo torturado, toda a doçura que havia invadido meu coração. Palavras, ele já não as podia ouvir. Como fazer para dizer-lhe quanto o amava?

Quando o jardineiro apareceu, fui até meu quarto escrever um bilhete, com dificuldade de concatenar poucas palavras que dessem ao doutor uma ideia do caso, para que trouxesse consigo imediatamente medicação necessária. Não deixava continuamente de ver diante de mim a indubitável iminência da morte de meu pai e me perguntava: "Que hei de fazer agora neste mundo?"

Seguiram-se longas horas de espera. Conservo lembrança bastante nítida daquelas horas. Depois da primeira, tornou-se desnecessário amparar meu pai, que jazia inconsciente no leito. Cessara o gemido e a insensibilidade era completa. Apresentava respiração precipitada, que eu imitava quase inconscientemente. Mas eu não consegui respirar por muito tempo naquele ritmo, concedendo-me pausas na esperança de que o enfermo me acompanhasse. Ele, contudo, continuava infatigável. Tentamos inutilmente fazer com que tomasse uma colherada de chá. Sua inconsciência diminuía quando se tratava de defender-se de nossa intervenção. Resoluto, cerrava os dentes. Mesmo em sua inconsciência não o abandonava uma indomável obstinação. Ainda muito antes do amanhecer, a respiração mudou de ritmo. Caracterizava-se por períodos iniciados por movimentos lentos, que podiam aparecer os de um homem são, aos quais se seguiam outros precipitados, terminado por uma pausa aterradora, que a Maria e a mim parecia o prenúncio da morte. Mas o ciclo recomeçava sempre, com sua música de tristeza infinita, desprovida de cor. Aquela respiração nem sempre igual, mas permanentemente rumorosa, acabou por incorporar-se ao próprio quarto. A partir daquele dia, esteve ali sempre, por muito, muito tempo!

Passei algumas horas estendido num sofá, enquanto Maria continuava sentada junto ao leito. Naquele sofá chorei minhas lágrimas mais férvidas. O pranto oblitera as nossas culpas e nos permite acusar, sem reservas, o destino. Chorava por perder o pai por quem sempre vivera. Não importa que lhe tivesse prestado tão pouca companhia. Meus esforços por me tornar melhor não eram feitos para dar satisfação a ele? O sucesso que eu anelava deveria ser por certo minha vitória diante dele, que sempre duvidara de mim, mas lhe seria também um consolo. Agora, já não podia esperar por mim e partia convicto de minha incurável fraqueza. De fato, minhas lágrimas eram amargas.

Enquanto escrevo ou quase gravo estas dolorosas recordações no papel, descubro que a imagem que me obcecou desde a primeira tentativa de perscrutar o passado, a locomotiva que arrasta uma série de vagões ladeira acima, surgiu em meu espírito, ouvindo daquele sofá a respiração de meu pai. É exatamente assim que fazem as locomotivas que arrastam pesos enormes: emitem baforadas regulares, que depois aceleram para terminar numa parada, também esta perigosa, porque quem a ouve teme que a máquina e seus vagões se precipitem morro abaixo.

Curioso! Meu primeiro esforço para evocar o passado conduziu-me precisamente àquela noite, às horas mais importantes da minha vida.

O dr. Coprosich chegou ainda antes do amanhecer, acompanhado de um enfermeiro que trazia uma caixa de medicamentos. Tivera que vir a pé, pois não encontrara condução devido ao mau tempo.

Recebi-o a chorar e ele me tratou com grande bondade, encorajando-me a ter esperança. Contudo, devo logo dizer que, depois desse nosso encontro, há neste mundo poucos homens a quem voto mais antipatia que ao dr. Coprosich. Ainda hoje vive, decrépito e gozando da estima de todos. Quando o vejo caminhar pelas ruas, trêmulo e inseguro, à procura de um pouco de ar e de exercício, sinto renovar-se em mim a aversão.

Àquela época o doutor teria pouco mais de quarenta anos. Dedicara-se com afinco à medicina legal e, conquanto fosse notoriamente italiano, as autoridades imperiais lhe confiavam as perícias mais importantes. Era homem magro e nervoso, a face pequenina posta em relevo pela calvície que simulava uma fronte amplíssima. Outro defeito que lhe dava também importância: quando tirava os óculos (e o fazia sempre que queria meditar), os olhos míopes miravam para o lado ou por cima de seu interlocutor e mostravam o curioso aspecto dos olhos sem cor das estátuas, ameaçadores ou, talvez, irônicos. Eram então desagradáveis. Mas, se tinha de dizer ainda que uma única palavra, voltava a pôr os óculos no nariz e eis que seus olhos se tornavam novamente como os de um bom burguês qualquer que examina acuradamente as coisas de que fala.

Sentou-se na antecâmara e repousou por alguns minutos. Pediu-me que lhe contasse exatamente o que havia ocorrido desde o primeiro sinal de perigo até o momento de sua chegada. Tirou os óculos e fitou com seus olhos enviesados a parede atrás de mim.

Procurei ser exato, o que não foi fácil, em consequência do estado em que me achava. Lembrava-me ainda que o dr. Coprosich não suportava que pessoas não versadas em medicina usassem terminologia médica numa afetação de entender da matéria. E quando acabei por me referir àquilo que me parecia uma "respiração cerebral", voltou a pôr os óculos, dizendo: "Devagar com as definições. Veremos depois do que se trata." Cheguei a falar também do estranho comportamento de meu pai, de sua ânsia de ver-me, de sua pressa em recolher-se. Não lhe relatei seus estranhos discursos: talvez com medo de ser forçado a falar algo sobre as respostas que então eu lhe dera. Contei, todavia, que ele não conseguia exprimir-se com exatidão e parecia pensar com intensidade em alguma coisa que se agitava em seu cérebro e que ele não conseguia formular. O médico, no que tirou os óculos do nariz, exclamou triunfante:

— Eu sei o que ele tem no cérebro!

Eu também sabia, mas não disse para não molestar o dr. Coprosich: edema.

Passamos ao quarto do doente. Com ajuda do enfermeiro, virou e revirou aquele pobre corpo inerte por um tempo que me pareceu longo demais. Auscultou-o e examinou-o. Em vão tentou fazer com que o próprio paciente o ajudasse.

— Basta! — disse em certo ponto. Aproximou-se de mim com os óculos na mão, olhando para o chão e, com um suspiro, disse:

— Tenha coragem! É gravíssimo.

Voltamos ao meu quarto, onde ele lavou as mãos e o rosto. Tinha para tanto tirado os óculos e quando ergueu a face para enxugá-la a fronte molhada parecia a testa estranha de um amuleto feito por mãos inexperientes. Recordou-se de que o havíamos consultado uns meses antes e mostrou-se surpreso por não termos voltado depois. Chegou a insinuar que talvez o tivéssemos abandonado por outro médico; quando o consultamos, chegou a dizer que meu pai necessitava de tratamento. Ao repreender-me, assim sem os óculos, mostrou-se terrível. Tinha erguido a voz e queria uma explicação. Seus olhos buscavam-na por toda parte.

Certo que tinha razão e eu merecia a reprimenda. Devo dizer aqui que estou seguro de que não foram aquelas palavras que me fizeram odiar o dr. Coprosich. Desculpei-me, dando-lhe conta da aversão de meu pai por médicos e medicamentos; falava quase chorando, e o doutor, com generosa bondade, procurou tranquilizar-me, afirmando que mesmo que tivéssemos recorrido a ele antes tudo o que sua ciência poderia fazer seria quando muito retardar a catástrofe a que agora assistíamos, nunca impedi-la.

Contudo, como continuasse a perguntar pelos antecedentes da enfermidade, acabou encontrando novos argumentos para reprovar-me. Queria saber se meu pai nos últimos meses se havia queixado de sua condição de saúde, de seu apetite ou do sono. Não lhe pude informar nada com exatidão; nem mesmo se meu pai comia muito ou pouco à mesa em que nos sentávamos todos os dias juntos. A evidência de minha culpa aterrou-me, embora o médico não insistisse verdadeiramente em suas perguntas. Soube por mim que Maria o achava sempre moribundo e que eu a criticava por isso.

Limpou os óculos, olhando para o alto.

— Dentro de uma ou duas horas provavelmente recuperará a consciência, ao menos em parte — disse.

— Então há alguma esperança?

— Absolutamente! — respondeu seco. — Mas as sanguessugas nunca falham nestes casos. Estou certo de que recuperará em parte a consciência, mas em seguida perderá a razão.

Ergueu os ombros e colocou a toalha no lugar. Aquele erguer de ombros significava certo desdém pelo que fazia, e isso me encorajou a falar. Sentia-me aterrorizado só de pensar que meu pai pudesse voltar de seu torpor apenas para ver a própria morte; no entanto, sem aquele erguer de ombros eu não teria tido coragem para dizer isto ao doutor:

— Doutor! — supliquei. — Não lhe parece uma maldade fazê-lo voltar a si?

Rompi a chorar. Trazia sempre em meus nervos agitados o desejo de chorar e então deixei-me levar sem resistência para que o médico visse as minhas lágrimas e me perdoasse pelo juízo que eu ousara emitir sobre a sua atuação.

Com grande bondade disse-me:

— Vamos, acalme-se. O enfermo, não sendo médico, nunca terá consciência bastante para avaliar o estado em que se encontra. Não vamos dizer-lhe que está moribundo; portanto, nada saberá. Pode sobrevir algo pior: que ele enlouqueça. Prevendo isto, trouxe comigo uma camisa de força, e o enfermeiro vai ficar aqui.

Mais apavorado do que nunca, roguei-lhe que não aplicasse as sanguessugas. Então, com toda a calma, disse-me que o enfermeiro certamente já o teria feito, pois dera-lhe ordens ao sair do quarto de meu pai. Irritei-me. Poderia haver ação mais deprimente que a de recuperar os sentidos de um enfermo, sem a menor esperança de salvação, só para expô-lo ao desespero ou ao risco de ter de suportar — com angústia! — a camisa de força? Com toda a energia, mas sempre acompanhando minhas palavras com o pranto que implorava indulgência, declarei que me parecia crueldade inominável não se deixar morrer em paz quem estava definitivamente condenado.

Odeio este homem porque ele, a essa altura, se irritou comigo. Jamais pude perdoá-lo. Estava tão agitado que se esqueceu de colocar os óculos; mesmo assim descobriu perfeitamente onde se achava a minha face para fixá-la com os olhos terríveis. Falou que eu parecia querer partir até mesmo o tênue fio de esperança que ainda nos restava. Disse-me isso exatamente assim, de maneira crua.

O conflito era iminente. Chorando e gritando objetei que ele próprio havia, há poucos instantes, excluído qualquer esperança de salvação para o doente. A casa era minha e as pessoas que nela habitavam não deviam servir a experimentos para os quais havia outros lugares neste mundo!

Com grande severidade, e uma calma que a tornava quase ameaçadora, respondeu:

— Eu lhe defini o estado da ciência naquele instante. Mas quem pode afirmar o que pode acontecer daqui a meia hora ou até amanhã? Mantendo seu pobre pai com vida, pretendo deixar aberto o caminho a todas as probabilidades.

Pôs então os óculos e, com seu aspecto de empregado pedante, acrescentou ainda algumas intermináveis observações sobre a importância que podia ter a intervenção do médico no destino econômico de uma família. Meia hora a mais de respiração era possível de decidir o destino de um patrimônio.

Se eu chorava ainda, era mais por autocomiseração de ter que ouvir tais coisas em semelhante momento. Sentia-me exausto e parei de discutir. Ademais, as sanguessugas já haviam sido aplicadas!

O médico é um ser poderoso quando se encontra à cabeceira de um doente; por isso tratei o dr. Coprosich com todo o respeito. Deve ter sido este o motivo por que não ousei propor uma junta médica, do que me arrependi anos a fio. Hoje, até mesmo aquele remorso desapareceu, juntamente com todos os outros sentimentos de que falo aqui com a frieza de quem descreve fatos ocorridos a um estranho. Em meu coração perdura apenas, desde então, o sentimento de antipatia por esse médico que se obstina em viver até hoje.

Um pouco mais tarde, retornamos ainda uma vez ao quarto de meu pai. Encontramo-lo a dormir, reclinado sobre o lado direito. Tinham-lhe posto um esparadrapo sobre a têmpora para cobrir as feridas provocadas pelas sanguessugas. O doutor quis logo certificar-se de que o enfermo havia recobrado a consciência e gritou-lhe ao ouvido. O doente não manifestou qualquer reação.

— É melhor assim! — disse eu com grande firmeza, mas sem deixar de chorar.

— O efeito esperado não poderá falhar! — respondeu o médico. — Não vê que a respiração já se modifica?

Na verdade, ofegante e fatigada, a respiração já não obedecia aos ciclos que me haviam horrorizado.

O enfermeiro disse qualquer coisa ao médico, que anuiu. Tratava-se de experimentar no doente a camisa de força. Tiraram a indumentária da valise e ergueram meu pai, obrigando-o a ficar sentado na cama. Então ele abriu os olhos: pareciam ofuscados, ainda não afeitos à luz. Eu continuava a soluçar, temendo que pudessem de repente abrir-se e ver tudo. Em vez disso, quando a cabeça do doente retornou ao travesseiro, os olhos voltaram a cerrar-se, como os de um boneco.

O doutor, triunfante:

— A reação foi totalmente diversa — murmurou.

Sim: era algo diverso, o que para mim representava ameaça ainda maior. Beijei meu pai com respeito na testa e desejei-lhe em meu pensamento: "Oh! Durma! Durma até chegar ao sono eterno!"

Foi assim que augurei a morte de meu pai, mas o médico não percebeu, pois falou benevolamente:

— Deve admitir que lhe causou satisfação vê-lo voltar a si!

Quando o doutor partiu, raiava a madrugada. Uma alvorada fosca, hesitante. O vento que ainda soprava em rajadas pareceu-me menos violento, embora continuasse a levantar a neve gelada.

Acompanhei-o ao jardim. Exagerava os atos de cortesia para disfarçar meu rancor. Meu rosto demonstrava apenas consideração e respeito. Só quando o vi afastar-se pela alameda aliviei meu esforço de contenção. Pequenino e obscuro em meio à neve ele oscilava e detinha-se a cada rajada para melhor resistir. O alívio que senti não bastou e tive necessidade de ações mais violentas, depois de tamanho esforço. Caminhei alguns instantes pela alameda, na friagem, a cabeça descoberta, pisoteando furiosamente a neve alta. Não sei, contudo, se essa ira pueril era dirigida realmente contra o médico ou antes contra mim. Contra mim, sem dúvida, contra mim que desejara a morte de meu pai e que não ousara confessá-lo. Meu silêncio convertia aquele desejo, inspirado pelo mais puro afeto filial, num verdadeiro delito que me pesava horrivelmente.

O doente continuava adormecido. Só pronunciou duas palavras que não consegui perceber, no mais calmo tom de conversa, estranhíssimo porque contrastava com a respiração ofegante. Estaria próximo da consciência e do desespero?

Maria achava-se agora sentada ao pé da cama junto com o enfermeiro. Este inspirou-me confiança e só me aborreci com suas exigências excessivamente conscienciosas. Opôs-se à sugestão de Maria de dar ao enfermo uma colher de sopa, que ela reputava santo remédio. O médico não falara em sopa e o enfermeiro queria que se esperasse a sua volta para se tomar uma decisão tão importante. Seu tom era mais imperioso do que a situação requeria, e a pobre empregada não voltou a insistir, nem mesmo eu. Tive, porém, outra expressão de desgosto.

Insistiram para que eu fosse descansar; bastavam duas pessoas para assistir o doente; mais tarde eu faria companhia ao enfermeiro; agora podia repousar no sofá. Deitei-me e adormeci imediatamente, com completa e agradável perda da consciência e — estou seguro — não interrompida por qualquer vislumbre de sonho.

Já agora, na noite passada, depois de haver estado boa parte do dia de ontem entretido em evocar estas recordações, tive um sonho tão nítido, tão real, que me transportou de um salto, através do tempo, àqueles dias. Via-me junto ao doutor exatamente ali onde havíamos discutido sobre as sanguessugas e a camisa de força, na sala que tem hoje aspecto inteiramente diverso, pois passou a ser o quarto do casal. Eu o instruía sobre a melhor maneira de tratar meu pai, enquanto ele (não o velho e decadente de hoje, mas o homem vigoroso e agitado de então), cheio de ira, os óculos na mão e os olhos desencontrados, gritava que não valia a pena tamanhos percalços. Falava assim: "As sanguessugas iriam trazê-lo de volta à vida e ao sofrimento e é melhor não aplicá-las!" Ao passo que eu batia com o punho sobre um livro de medicina e gritava: "As sanguessugas! Quero as sanguessugas! E também a camisa de força!"

Parece que me agitei no sonho, pois fui despertado por minha mulher. Sombras distantes! Creio que para vos vislumbrar seja necessário um instrumento óptico, que inverte vossa imagem.

Aquele sono tranquilo é a última recordação que guardo desse dia a que se seguiu uma infinidade de horas sempre iguais. O tempo havia melhorado; dir-se-ia que melhorava igualmente o estado de meu pai. Ele se movimentava livremente pelo quarto e começava a correr da cama para a poltrona, em busca de ar. Através das janelas fechadas, olhava por instantes o jardim coberto de neve que ofuscava ao sol. Quase sempre que entrava naquele quarto estava pronto a discutir com meu pai para reconhecer a consciência que Coprosich esperava voltar. E, embora a cada dia ele demonstrasse ouvir e compreender melhor, a consciência permanecia distante.

Infelizmente devo confessar que, junto ao leito de morte de meu pai, acomodei em meu espírito um grande ressentimento que se apoderou de minha dor e adulterou-a. Esse rancor era dirigido em primeiro lugar a Coprosich e aumentava com o meu esforço de dissimulá-lo. Em seguida, dirigia-o a mim mesmo por não ter sabido retomar a discussão com o doutor para dizer-lhe claramente que não dava um níquel por toda a sua ciência e que preferia ver meu pai morto se com isso pudesse encerrar seu sofrimento.

Acabei por voltá-lo contra o próprio enfermo. Quem já teve de passar dias e semanas à cabeceira de um doente inquieto, sem ter em si a menor tendência para enfermeiro, bancando o espectador passivo de tudo quanto os outros fazem, certamente me compreenderá. Além de tudo, necessitava de um bom repouso para aclarar as ideias e melhor avaliar o sofrimento de meu pai e o meu próprio. Em vez disso, tinha de esforçar-me para fazê-lo ingerir os remédios e às vezes impedi-lo de sair do quarto. O conflito sempre gera algum rancor.

Uma noite, Carlo, o enfermeiro, veio chamar-me para que eu presenciasse uma nova melhora de meu pai. Corri com o coração agitado ante a ideia de que o velho pudesse tornar-se cônscio de seu estado e atribuí-lo a mim.

Meu pai achava-se de pé em meio ao quarto, só com a roupa de baixo e tendo na cabeça o seu barrete de dormir de seda encarnada. Embora continuasse sua grande dificuldade de respirar, pronunciava de tempos em tempos algumas palavras coerentes. Quando entrei, ordenou a Carlo:

— Abra!

Queria que abríssemos a janela. Carlo argumentou que não podia fazê-lo por causa do frio intenso. Meu pai, por alguns instantes, esqueceu-se do próprio pedido. Foi sentar-se em uma poltrona próxima da janela e ali ficou procurando alívio. Quando me viu, esboçou um sorriso e perguntou:

— Você dormiu?

Não creio que chegasse a ouvir minha resposta. Não havia readquirido aquele tipo de consciência que eu tanto temia. Quando se está morrendo tem-se outras preocupações que não a de pensar na morte. Todo o seu organismo mostrava-se entregue à respiração. E em vez de ouvir-me preferiu gritar de novo a Carlo:

— Abra!

Não tinha repouso. Saía da poltrona para se pôr de pé. Em seguida, com grande dificuldade e com auxílio do enfermeiro, deitava-se na cama, apoiando-se primeiro por um instante sobre o lado esquerdo para logo virar-se sobre o direito, no qual conseguia permanecer alguns minutos mais. Pedia de novo o auxílio do enfermeiro para voltar a levantar-se e acabava retornando à poltrona, onde afinal vez por outra permanecia por mais tempo.

Nesse dia, passando do leito à poltrona, deteve-se diante do espelho e, contemplando-se, murmurou:

— Pareço um mexicano!

Penso que foi para espantar a horrenda monotonia de correr de um lado a outro que ele então sentiu o desejo de fumar. Chegou a encher a boca com uma única tragada para logo expeli-la, sufocado.

Carlo viera chamar-me para assistir a um momento de inequívoca consciência do enfermo.

— Então estou mesmo gravemente enfermo? — perguntara angustiado. Esse grau de consciência não voltou a manifestar-se. Em vez disso, teve em seguida um instante de delírio. Ergueu-se do leito imaginando despertar de uma noite de sono num hotel em Viena. Deve ter sonhado com Viena por sentir desejo de refrescar a boca ardente na água pura e gelada que recordava existir nessa cidade. Chegou a mencionar o frescor que o aguardava numa fonte que via próxima de si.

No mais, era um doente inquieto, embora dócil. Eu o temia porque sempre receava vê-lo exacerbar-se quando compreendesse a situação em que se achava e porque a sua passividade não chegava a atenuar minha imensa fadiga; ele, porém, aceitava obediente qualquer proposta que lhe fosse feita porque sempre esperava que alguma delas viesse salvá-lo de sua opressão. O enfermeiro ofereceu-se para ir buscar-lhe um copo de leite e ele aceitou com verdadeira alegria. Com a mesma ansiedade com que então esperou pelo leite, quis ser dispensado de tomá-lo após ingerir um gole; como não fosse imediatamente atendido, deixou cair o copo no chão.

O doutor jamais se mostrava insatisfeito com o estado do enfermo. A cada dia constatava uma melhora, conquanto visse a catástrofe iminente. Certa feita veio de carro e teve pressa em retirar-se. Recomendou-me que insistisse com o doente para que permanecesse deitado o maior tempo possível, pois a posição horizontal favorecia a circulação. Chegou a recomendar diretamente a meu pai que agisse assim, e ele, embora parecesse entender perfeitamente, permaneceu de pé em meio ao quarto, voltando logo à sua distração, ou melhor, ao que parecia ser sua meditação sobre a doença.

Durante a noite que se seguiu, tive pela última vez o receio de ver o retorno da consciência que eu tanto temia. Ele estava sentado na poltrona junto à janela e contemplava através da vidraça, na noite clara, o céu totalmente estrelado. A respiração continuava ofegante, mas ele parecia não sofrer, absorto que estava na contemplação. Talvez por causa da respiração, dava a impressão de fazer com a cabeça sinais de assentimento.

Pensei espavorido: "Ei-lo a dedicar-se aos problemas que sempre evitou." Tentei descobrir o ponto exato do céu fixado por ele. Sempre de busto ereto, observava com o esforço de quem espia através da fresta de uma janela muito alta. Pareceu-me que contemplava as Plêiades. Creio que em toda a sua vida jamais observara por tanto tempo uma coisa tão distante. De repente, virou-se para mim, sempre de busto ereto.

—Você viu? Viu?

Tentou regressar às estrelas, mas não conseguiu: deixou-se cair exausto no encosto da poltrona e quando lhe perguntei o que me desejava mostrar, já não me entendia nem se lembrava do que vira ou de que quisesse que eu visse alguma coisa. A palavra que sempre procurou transmitir-me havia-lhe fugido para sempre.

A noite foi longa mas, devo confessar, não especialmente fatigante para mim ou para o enfermeiro. Deixávamos o doente fazer o que bem entendia, e ele caminhava pelo quarto em sua estranha roupa, sem saber que o esperava a morte. Em dado momento, tentou sair para o corredor onde fazia frio. Impedi-o de fazê-lo e obedeceu de imediato. De outra feita, ao contrário, o enfermeiro, que levava à risca a recomendação do médico, quis impedi-lo de levantar-se, mas meu pai se rebelou. Saiu de seu marasmo, ergueu-se chorando e xingando, e eu consegui que lhe dessem liberdade de mover-se à vontade. Aquietou-se de repente e voltou à sua vida silenciosa e à desesperada busca de alívio.

Quando o médico voltou, ele se deixou examinar, tentando até mesmo respirar profundamente, como o doutor lhe recomendava. Depois voltou-se para mim.

— Que disse ele?

Abandonou-me por um instante, mas logo voltou a falar-me:

— Quando vou sair daqui?

O médico, encorajado por tanta docilidade, exortou-me a pedir-lhe que permanecesse por mais tempo no leito. Meu pai só ouvia as vozes a que estava acostumado: a minha, a de Maria e a do enfermeiro. Eu não acreditava na eficácia das recomendações; não obstante as fiz, pondo na voz até mesmo um certo tom de ameaça.

— Está bem — prometeu meu pai e, nesse exato momento, levantou-se e foi para a poltrona.

O médico observou-o e, resignado, murmurou:

—Vê-se que a mudança de posição lhe proporciona um pouco de alívio.

Deitei-me em seguida; não consegui dormir. Pensava no futuro, indagando por que e para quem haveria de perseverar nos meus esforços de aperfeiçoamento. Chorei bastante, antes por mim mesmo do que pelo infeliz que perambulava sem repouso no quarto.

Quando me levantei, Maria foi descansar e eu fiquei junto à cama de meu pai com o enfermeiro. Estava cansado e abatido; meu pai mais irrequieto do que nunca.

Ocorreu então a cena de que jamais me esquecerei e que estendeu sua sombra imensa para ofuscar toda a minha coragem, toda a minha alegria. Para esquecer essa dor foi necessário que todos os meus sentimentos se embotassem com o tempo.

O enfermeiro me disse:

— Seria bom se conseguíssemos mantê-lo na cama. O doutor dá muita importância a isso!

Até esse instante achava-me meio reclinado sobre o sofá. Levantei-me e encaminhei-me ao leito onde, mais ansioso do que nunca, o doente jazia deitado. Estava decidido: haveria de obrigar meu pai a permanecer pelo menos meia hora no repouso requerido pelo médico. Não era este o meu dever?

De repente, meu pai tentou revirar para a beira da cama, a fim de subtrair-se à minha pressão e levantar-se. Com a mão vigorosa apoiada sobre seu ombro, impedi-o de fazê-lo, enquanto com voz alta e imperiosa ordenava-lhe que não se movesse. Momentaneamente aterrorizado, obedeceu. Depois exclamou:

— Estou morrendo!

E ergueu-se da cama. Por minha vez, surpreendido com o grito, relaxei a pressão dos dedos, o que lhe permitiu sentar-se à beira da cama, bem à minha frente. Creio que então sua ira aumentou ao ver-se — ainda que apenas por um instante — constrangido em seus movimentos; decerto pareceu-lhe que eu não só lhe tolhia o ar de que tanto precisava como também lhe roubava a luz, interpondo-me entre ele e a janela. Com um esforço supremo conseguiu ficar de pé, ergueu a mão o mais alto que pôde, como se soubesse que não conseguiria comunicar-lhe outra força senão a de seu próprio peso, e deixou-a cair contra a minha face. Depois tombou sobre o leito e dele para o chão. Estava morto!

Não atinei logo com isso, mas senti o coração contrair-me na dor da punição que ele, moribundo, ainda me quisera aplicar. Com a ajuda de Carlo, ergui-o e recoloquei-o no leito. Chorando, igual a uma criança castigada, gritei-lhe ao ouvido:

— Não tenho culpa! O maldito doutor é quem quer obrigá-lo a permanecer deitado!

Era mentira. Em seguida, ainda como uma criança chorosa, acrescentei a promessa de que não o perturbaria mais:

— Pode fazer o que quiser.

O enfermeiro disse:

— Morreu.

Tiveram que afastar-me à força do quarto. Meu pai estava morto e eu não podia mais provar-lhe minha inocência!

Quando fiquei só, procurei acalmar-me. Pensava: era inadmissível que meu pai, fora de seu raciocínio normal, tivesse resolvido punir-me e conseguisse dirigir seu golpe com tal precisão contra o meu rosto.

Como ter certeza de que minha suposição era correta? Cheguei a pensar em dirigir-me a Coprosich. Ele, como médico, poderia dizer-me algo sobre a capacidade de querer e de agir dos moribundos. Talvez eu tivesse sido vítima de um ato provocado pelo seu esforço de tentar respirar! Mas não cheguei a falar com ele. Era-me impossível revelar-lhe a maneira como meu pai se despedira de mim. A ele, exatamente, que já me havia acusado de falta de afeto filial!

Para mim foi como um segundo golpe muito grave ouvir Carlo, o enfermeiro, naquela noite, contar a Maria, na cozinha:

— O velho ergueu a mão no alto e a última coisa que fez foi esbofetear o filho. — Carlo vira tudo e, por seu intermédio, Coprosich ficaria sabendo.

Ao retornar ao quarto do defunto, observei que o haviam vestido e que o enfermeiro lhe penteara a bela cabeleira branca. A morte já havia enrijecido aquele corpo que jazia soberbo e ameaçador. As grandes mãos, potentes, bem formadas, pareciam lívidas; repousavam, porém, com tamanha naturalidade que pareciam prontas a agarrar e a punir. Não quis, não consegui vê-lo mais.

Depois, no funeral, voltei a lembrar-me de meu pai, fraco e bom, como sempre o vira desde a minha infância, e me convenci de que a bofetada que me dera, moribundo, não fora de fato proposital. Fiz-me bom e afável, e a lembrança de meu pai me acompanhou sempre, tornando-se-me cada vez mais cara. Era como um sonho delicioso: estávamos então perfeitamente de acordo, eu reassumindo meu papel de fraco e ele o do mais forte.

Regressei à religião de minha infância e durante muito tempo nela permaneci. Imaginava meu pai capaz de ouvir-me, e que eu pudesse dizer-lhe que a culpa não fora minha, mas do médico. A mentira não tinha importância, agora que ele compreendia tudo e eu também. Durante algum tempo os colóquios com meu pai seguiam meigos e discretos como um amor ilícito, pois que aos olhos dos outros continuei a zombar das práticas religiosas, enquanto na verdade — e quero aqui confessá-lo — a todo instante e fervorosamente rezava por intenção de sua alma. A verdadeira religião é exatamente aquela de que não se tem necessidade de professar em alta voz para obter — embora raramente — o conforto que algumas vezes nos é indispensável.

5 – A história de meu casamento

No espírito de um jovem de origem burguesa o conceito da vida humana associa-se ao da carreira e, na mocidade, o que se entende por carreira é a de Napoleão. Não que necessariamente o jovem sonhe em tornar-se imperador, já que é possível assemelhar-se a Napoleão permanecendo em escala muito inferior. A vida mais intensa pode ser sintetizada pelo mais rudimentar dos sons, o da onda do mar, que, a partir do momento em que se forma, muda sem cessar até o instante em que morre! Eu também aspirava a transformar-me e desfazer-me, a exemplo de Napoleão e da onda.

Minha vida constituía-se de uma única nota, sem variações, certamente alta e invejada por muitos, mas horrivelmente tediosa para mim. Meus amigos dedicaram-me durante toda a vida sempre a mesma estima, e creio que eu mesmo, a partir da idade da razão, não terei mudado muito o conceito que fazia de mim.

Daí talvez ter-me vindo a ideia de casar-me apenas pelo cansaço de emitir e ouvir aquela mesma nota. Quem não o experimentou ainda julga que o casamento é muito mais importante do que na verdade é. A companheira que se escolhe renovará, piorando ou melhorando, nossa raça nos filhos, e a natureza que assim o quer, mas que de moto próprio mão saberia encaminhar-nos a isso, persuade-nos de que a mulher empreenderá igualmente nossa renovação, embora a rigor isto não passe de uma ilusão curiosa não autorizada por nenhum texto. Na verdade, podemos viver um ao lado do outro, sem alterações, a não ser uma nova antipatia por essa outra pessoa tão diferente de nós ou por uma certa inveja desse alguém que nos parece superior.

O curioso de minha aventura matrimonial é que fiz conhecimento de início com meu futuro sogro e a ele uni-me por amizade e admiração antes de saber que fosse pai de mocinhas casadouras. É, pois, evidente que não foi uma resolução predeterminada o que me encaminhou em direção à meta que eu não previa. Desdenhei de uma moça que por um instante me pareceu a indicada para mim e não obstante continuei ligado ao meu futuro sogro. Chego a sentir-me inclinado a acreditar no destino.

O desejo de novidade que havia em meu espírito encontrou perfeita satisfação em Giovanni Malfenti, pessoa completamente diversa de mim e de quantas com quem até então eu buscara a companhia e a amizade. Eu era bastante culto, com passagem por duas universidades e por um período de profunda inércia que reputo bastante instrutiva. Ele, ao contrário, era grande negociante, ativo e tacanho. Contudo, de sua ignorância adivinha-lhe força e serenidade, e eu me deslumbrava simplesmente em contemplá-lo, invejando-o.

O sr. Malfenti contava então cinquenta anos, dispunha de saúde de ferro, num corpo imenso e alto, pesando mais de cem quilos. As poucas ideias que se lhe agitavam no bestunto emanavam dele com tamanha clareza, desentranhadas com tal assiduidade, que se tornavam partes dele, seus membros, seu caráter. Eu era muito pobre de ideias desse gênero e agarrei-me a ele para enriquecer-me.

Passei a frequentar o Tergesteo[3] por indicação de Olivi, que me dizia ser esse um bom exórdio à minha atividade comercial e um lugar onde poderia recolher informações que lhe seriam úteis. Aboletei-me à mesa em que pontificava o meu futuro sogro e dela nunca mais me afastei, parecendo-me ter finalmente acesso a uma verdadeira cátedra comercial, que há tanto tempo procurava.

Ele percebeu imediatamente minha admiração e correspondeu com uma amizade que logo me pareceu paternal. Teria ele intuído de início como tudo haveria de acabar? Certa vez, quando, empolgado pelo exemplo de sua grande atividade, confessei meu desejo de livrar-me de Olivi para gerir pessoalmente meus negócios, tratou de dissuadir-me, parecendo inclusive alarmado com o meu propósito. Nada obstava que eu me dedicasse ao comércio, mas devia permanecer solidamente amparado por Olivi, a quem ele conhecia.

Estava totalmente disposto a instruir-me e chegou mesmo a anotar com sua própria letra em minha agenda três mandamentos que reputava suficientes para fazer prosperar qualquer empresa: 1. Não é preciso saber trabalhar, mas está perdido aquele que não sabe fazer com que os outros trabalhem para si. 2. Só há um grande remorso, o de não ter sabido agir em seu próprio interesse. 3. No comércio a teoria é utilíssima, mas só se deve aplicá-la depois de fechado o negócio.

---

[3] O café da Bolsa de Valores da cidade de Trieste. (N.T.)

Guardei de cor estes e muitos outros axiomas seus, que, no entanto, pouco me valeram.

Quando admiro uma pessoa, trato imediatamente de parecer-me com ela. Passei a copiar Malfenti. Tinha loucura para ser astuto e logo pensei que o fosse. Certa vez cheguei mesmo a pensar que era mais astuto que ele. Supunha ter encontrado um erro em sua organização comercial e quis revelá-lo a ele para assim conquistar sua estima. Um dia, na mesa do Tergesteo, interrompi-o quando, discutindo um negócio, chamou seu interlocutor de imbecil. Adverti-o de que achava insensato que estivesse a proclamar sua esperteza aos quatro ventos. O verdadeiro astuto em matéria de comércio, dizia-lhe eu, devia fazer com que os outros o julgassem tolo.

Achou-me graça. A fama de astúcia era utilíssima. Todos lhe vinham pedir conselhos e lhe traziam novidades frescas, enquanto ele lhes dava conselhos utilíssimos confirmados por uma experiência que remontava à Idade Média. Não raro tinha oportunidade de, ao mesmo tempo, obter notícias e vender mercadorias. Enfim — e neste ponto pôs-se a berrar porque lhe pareceu ter finalmente encontrado o argumento decisivo —, para vender ou comprar vantajosamente, o mais certo era recorrer ao astuto. Do tolo nada se pode esperar senão induzi-lo a abrir mão de qualquer lucro, mas as mercadorias de que dispõe hão de ser sempre mais caras do que as do astuto, porque já fora ludibriado desde a aquisição original.

Eu era a pessoa mais importante para ele naquela mesa. Revelou-me seus segredos comerciais, que nunca traí. Tinha razão de confiar em mim, tanto que chegou a me passar para trás em duas ocasiões, quando já seu genro. Na primeira vez a sua astúcia custou-me bastante caro, mas como foi Olivi o verdadeiro enganado, a partida não me doeu tanto. Pedira-me Olivi que o sondasse prudentemente sobre determinado negócio e eu o fiz. A operação resultou de tal forma desastrosa que Olivi jamais me perdoou e toda vez que eu abria a boca para lhe dar alguma informação perguntava: "Quem foi que lhe disse? Seu sogro?" Para defender-me tive que acobertar Malfenti e acabei por sentir-me mais embrulhão do que embrulhado. Uma sensação maravilhosa.

De outra feita, banquei de fato o imbecil; nem por isso, contudo, cheguei a nutrir rancor pelo meu sogro. Ele provocava ora minha inveja, ora minha hilaridade. No meu infortúnio não via senão a aplicação exata dos princípios que tão bem me explicara. Conseguiu até rir-se de tudo comigo, jamais confessando haver-me enganado e sempre insistindo em que se ria apenas do aspecto cômico de minha desdita. Só uma vez confessou haver-me ludibriado, isso no dia do casamento de sua filha Ada (não comigo), depois que o champanhe transtornou aquele corpanzil que se abeberava exclusivamente de água pura.

Contou-me então o fato, lutando para vencer o riso que lhe dificultava a fala:

— Aconteceu que o decreto passou! Eu, acabrunhado, já estava fazendo as contas do quanto seria meu prejuízo, quando de repente entra meu genro declarando sua intenção de fazer negócios. "Eis aqui uma boa oportunidade", digo-lhe. E ele se precipita sobre o contrato para assiná-lo, receoso de que Olivi pudesse aparecer a tempo de querer dissuadi-lo. E a operação se concretizou!

Terminou a história fazendo-me grandes elogios:

— Conhece os clássicos de cor. Sabe quem disse isto, quem disse aquilo. Não sabe é ler os jornais!

E era verdade! Se tivesse encontrado o decreto que saíra sem destaque num dos cinco jornais que habitualmente lia, talvez não caísse na esparrela. Bastava compreender de um relance o texto e avaliar-lhe as consequências, embora não fosse assim tão fácil, pois se tratava da redução da taxa alfandegária de determinada mercadoria que com isso teria seu preço interno reduzido.

No dia seguinte, meu sogro desmentiu a confissão. O caso readquiria o aspecto de antes.

— O vinho excita a imaginação — afirmou serenamente, deixando positivado que o decreto em questão fora realmente publicado, só que dois dias depois de assinado o contrato. Nunca levantou a suposição de que eu não saberia interpretá-lo mesmo que o tivesse visto. Senti-me lisonjeado, mas não era por gentileza que me poupava, e sim por achar que todos se atinham aos próprios interesses ao ler os jornais. Já no meu caso, quando leio um jornal, sinto-me transformado em opinião pública e, diante de uma redução alfandegária, sou antes levado a pensar em Cobden e no liberalismo do que na oportunidade de fazer bons negócios.

Em outra ocasião, porém, consegui conquistar sua admiração por mim tal como sou, ou seja, por minhas piores qualidades. Já havia algum tempo que tanto eu quanto ele possuíamos ações de uma fábrica de açúcar de que esperávamos resultados extraordinários. Contudo, as ações baixavam continuamente, dia após dia, e meu sogro, que não estava acostumado a nadar contra a corrente, desfez-se das suas e aconselhou-me a que fizesse o mesmo. Perfeitamente de acordo, dispus-me a dar ordem de venda ao meu corretor e disso tomei nota numa agenda que naquela época acabara de adotar. Mas, como se sabe, ninguém anda a apalpar os bolsos durante o dia; assim, por várias noites, tive a surpresa de recair sobre aquela anotação já no momento de deitar-me, tarde demais para qualquer providência. Uma vez fiquei tão contrariado que cheguei a gritar de raiva e, para não ter que dar explicações desnecessárias à minha mulher, disse que havia mordido a língua. Outra vez, transtornado com tamanha imprevidência, mordi as mãos. "Só faltam os pés agora!", disse ela criticando. Só não houve outros incidentes porque já estava habituado. Olhava com ar estúpido aquele maldito livrinho, fino demais para chamar a atenção durante o dia e de que só me dava conta à noite ao deitar.

Um dia, uma chuvarada imprevista obrigou-me a me refugiar no Tergesteo. Ali encontrei por acaso meu corretor, que veio informar-me terem as ações quase dobrado de preço no espaço de uma semana.

— Bom, agora vendo! — exclamei triunfante.

Corri ao meu sogro, que já sabia do aumento de preço das ações e se queixava de haver vendido as suas e, um pouco menos, de me haver induzido a vender as minhas.

— Mas não se queixe! — disse ele rindo. — Esta é a primeira vez que você perde por ter seguido o meu conselho.

O outro negócio não havia resultado de um conselho seu, mas de uma proposta sua, o que, no entender dele, era muito diferente.

Pus-me a rir de satisfação.

— Mas não cheguei a seguir o conselho! — Como se não me tivesse bastado a sorte, tentei gabar-me um pouco do caso. Contei-lhe que as ações só seriam vendidas no dia seguinte e, assumindo um ar de importância, tentei convencê-lo de que dispusera de informações confidenciais que me esquecera de dar-lhe e que me haviam inclinado a não levar em conta o conselho dele.

Furioso e vexado falou sem olhar-me de frente.

— Quando se tem uma cachola como a sua não se deve meter em negócios. E quando se faz uma sujeira destas, não se deve confessá-la. Você tem ainda muito o que aprender.

Não me agradava irritá-lo. Era muito mais divertido quando me passava para trás. Por isso contei sinceramente como as coisas se tinham passado.

— Como vê, é exatamente uma cabeça aérea igual à minha que deve dedicar-se aos negócios.

Amansado, riu-se comigo:

— O que você teve não foi propriamente lucro, mas uma indenização. Os seus miolos já custaram tanto a você que é justo que venham agora reembolsá-lo de uma parte dos prejuízos!

Não sei por que me detenho tanto em narrar os dissídios que tive com meu sogro, os quais na verdade foram poucos. Eu lhe queria realmente bem, e a prova é que buscava sua companhia, embora ele tivesse o hábito dos gritos para melhor expor seus pensamentos. Meus tímpanos aprenderam a suportar os berros. Se as gritasse menos, suas teorias imorais teriam sido mais ofensivas e, se tivesse recebido melhor educação, sua força pareceria menos importante. Embora fosse tão diferente dele, creio que sempre me correspondeu com afeto semelhante. Não tivesse ele morrido tão cedo, hoje eu saberia com maior certeza. Mesmo depois de meu casamento, continuou a dar-me lições assiduamente, temperadas não raro com gritos e insolências que eu acatava convicto de merecê-los.

Casei-me com sua filha. A natureza misteriosa conduziu-me a isso e logo se verá com que violência imperativa. Até hoje, vez por outra, perscruto a face de meus filhos para ver se juntamente com o queixo fino, indício de fraqueza, juntamente com meus olhos sonhadores, que lhes transmiti, não existe neles pelo menos algum traço da força descomunal do avô que escolhi para eles.

À beira de seu túmulo chorei bastante, embora seu último adeus para mim não tenha sido exatamente afetuoso. No leito de morte, revelou invejar minha rica saúde que me permitia mover-me livremente, ao passo que ele estava confinado à cama. Surpreso, perguntei que mal lhe havia feito para que desejasse ver-me doente. Respondeu assim:

— Se pudesse livrar-me desta doença rogando-a a você, saiba que o faria sem pestanejar! Não tenho nada dos seus pruridos humanitários!

Não havia nisso nada de ofensivo: era mera tentativa de, como da outra vez, impingir-me um produto aviltado. E ainda assim amavelmente, pois não me desagradava ver minha fraqueza explicada em termos dos "pruridos humanitários" que me atribuía.

Em seu túmulo, bem como em todos os outros junto a que chorei, minha dor foi dedicada também àquela parte de mim que se enterrava com o morto. Que perda para mim era ficar privado de um segundo pai, ordinário, ignorante, lutador feroz que fazia sobressair minha fraqueza, minha cultura, muita timidez. Eis a verdade: sou um tímido! Não teria descoberto isto se não estivesse aqui a analisar meu sogro. Quem sabe eu me teria conhecido melhor se ele continuasse ao meu lado!

Não demorei muito a perceber que na mesa do Tergesteo, onde se divertia em se mostrar tal qual era, e até um tanto pior, Giovanni Malfenti se impunha uma reserva: nunca falava de sua vida particular ou, quando forçado a isso, só o fazia de maneira discreta, numa voz um pouco mais suave que a habitual. Nutria grande respeito pela família e talvez considerasse que nem todos os que se sentavam àquela mesa fossem dignos de suas confidências. O máximo que ali consegui saber a seu respeito é que as quatro filhas tinham nomes com a inicial "A", coisa, segundo ele, vantajosamente prática, pois todas as peças de roupa e objetos com aquela inicial podiam passar de uma filha a outra, sem necessidade de qualquer alteração. Chamavam-se (logo retive de cor os nomes): Ada, Augusta, Alberta e Anna. À mesa dizia-se ainda que todas eram muito bonitas. Essa inicial impressionou-me bem mais do que seria admissível. Sonhava com aquelas jovens atadas umas às outras pelo nome, como mercadoria a ser vendida por atacado. A inicial lembrava algo mais: como me chamo Zeno, tinha a impressão de que, se me quisesse casar, só no estrangeiro poderia encontrar uma mulher cujo nome começasse por "Z".

Terá sido por mero acaso que, antes de apresentar-me na casa de Malfenti, eu tivesse desfeito uma ligação bastante antiga, com uma mulher que talvez merecesse um tratamento melhor? Seria um acaso que dá o que pensar. A decisão de concretizar o rompimento foi tomada por motivo bastante fútil. A pobre coitada achou que a melhor maneira de prender-me seria despertando o meu ciúme. A suspeita, ao contrário, foi suficiente para levar-me a abandoná-la de vez. Não podia ela imaginar que, àquela altura, eu estivesse invadido pela ideia de casar-me, só não admitindo fosse com ela por julgar que assim a novidade não me pareceria suficientemente grande. A suspeita que fez nascer em mim por artifício era uma demonstração da superioridade do matrimônio, no qual tais dúvidas não devem existir. Afinal, quando se desfez a suspeita, cuja inconsistência não tardei a sentir, agarrei-me logo ao fato de que aquela mulher gastava muito. Hoje, após 24 anos de honesto matrimônio, já não advogo o mesmo parecer.

Para essa mulher, o rompimento foi uma verdadeira sorte, pois casou-se pouco depois com alguém de destaque, alcançando a meta ambicionada ainda antes de mim. Mal me havia casado, vim a encontrá-la em casa de meu sogro, de quem o marido era grande amigo. Víamo-nos com frequência, e por muitos anos, enquanto a mocidade durou, sempre existiu entre nós a máxima reserva e jamais fizemos qualquer alusão ao passado. Um dia, contudo, perguntou-me à queima-roupa, com o rosto já circundado por cabelos grisalhos, embora juvenilmente ruborizado:

— Por que você me abandonou?

Fui sincero, por não dispor do tempo necessário a arquitetar uma mentira:

— Nem sei mais. Há tantas coisas que ignoro sobre minha vida.

— Pois lamento — disse (e eu quase já me inclinava a fim de acolher o elogio que ela parecia prometer). — Depois de velho você se tornou uma pessoa agradável. — Endireitei-me num impulso. Não havia motivo para agradecimentos.

Um dia, fiquei sabendo que a família Malfenti estava de volta a Trieste após uma viagem de recreio bastante demorada, a que se seguiu uma temporada de verão no campo. Não cheguei a tomar nenhuma iniciativa para ser convidado à casa, pois Giovanni se antecipou.

Mostrou-me uma carta de um antigo íntimo seu, em que este pedia notícias minhas: fora meu colega de estudos e eu lhe dedicava bastante simpatia enquanto o supus destinado a tornar-se um grande químico. Presentemente, ao contrário, já não lhe dava nenhuma importância, pois acabara por se transformar num grande comerciante de adubos e, como tal, não merecia respeito. Giovanni Malfenti convidou-me precisamente por eu conhecer aquele amigo e — compreende-se — nesse caso nada protestei.

Recordo-me dessa primeira visita como se tivesse sido ontem. Era uma tarde acinzentada e fria de outono; recordo até mesmo a satisfação que me invadiu ao tirar o sobretudo na tepidez da sala. Sentia-me como se entrasse num porto seguro. Ainda agora me admiro da cegueira que então me parecia pura clarividência. Eu buscava a salvação, a honorabilidade. É certo que naquela inicial "A" estavam encerradas quatro moças; três delas seriam logo eliminadas e a quarta haveria de ser submetida a um exame severíssimo. Devo ter sido um juiz bastante rigoroso, embora não saiba descrever ao certo as qualidades que viria a exigir de minha futura esposa.

No elegante salão fartamente mobiliado em dois estilos diferentes — um à Luís XIV, outro veneziano com profusão de dourados impressos até mesmo sobre couro —, dividido em duas partes pelos móveis como na época se usava, fui encontrar Augusta, que lia, a sós, junto a uma das janelas. Estendeu-me a mão, sabia meu nome e chegou a dizer-me que estavam à minha espera, pois o pai a prevenira de minha visita. Em seguida, saiu para chamar a mãe.

Eis que das quatro jovens com a mesma inicial uma para mim já não contava. Como tiveram coragem de achá-la bonita? A primeira coisa que se notava nela era o estrabismo tão pronunciado que, evocando-a mais tarde, conseguia personificá-la toda. Os cabelos, não muito abundantes, eram louros, de um tom esmaecido, isento de luz, e o corpo, embora interessante, era um pouco gordo demais para a idade. Nos poucos instantes em que estive só, pensei: "Se as outras são parecidas com esta!..."

Pouco depois o grupo das jovens reduziu-se a duas. Uma delas, que entrou em companhia da mãe, não tinha mais que oito anos. Linda menina de cabelos anelados, brilhantes, longos e caídos sobre os ombros! Sua face gorduchinha e suave fazia pensar nos querubins contemplativos (enquanto esteve calada) tais como Rafael os figurava.

Minha sogra... Realmente, eu mesmo experimento certo escrúpulo ao falar dela com tamanha liberdade. Há muitos anos lhe dedico um sentimento filial, mas é que estou contando uma velha história em que ela não figurou como minha amiga, e cuido não lhe fazer referências neste fascículo (que ela, de resto, não verá) senão com palavras totalmente respeitosas. Ademais, sua intervenção foi tão breve que eu poderia esquecê-la: um empurrãozinho no momento exato, não mais forte que o necessário para me fazer perder o eventual equilíbrio. Talvez o tivesse perdido mesmo sem sua intervenção e, além disso, quem sabe se ela queria de fato o que por fim aconteceu? Era tão bem-educada que não lhe poderia acontecer, como ao marido, um momento de indiscrição provocado pelo álcool. Na verdade, nunca lhe ocorreu nada semelhante e talvez eu esteja contando uma história que não conheço devidamente. Não sei, portanto, se foi devido à sua astúcia ou à minha estolidez que acabei por me casar com a filha que eu não queria.

Contudo, posso dizer que à época da primeira visita minha sogra era ainda muito atraente. Elegante inclusive no modo de vestir, luxuoso sem ser ostensivo. Tudo nela era suave e adequado.

Eu tinha, pois, nos meus próprios sogros um exemplo da integração conjugal com que sonhava. Sempre haviam sido felizes, ele vociferando e ela sorrindo, um sorriso que ao mesmo tempo significava assentimento e compaixão. Ela amava o rude marido, que deve tê-la conquistado e conservado à custa dos bons negócios. Não era o interesse, mas uma admiração verdadeira o que a unia a ele, uma admiração de que eu participava e que, assim, compreendia perfeitamente. A intensa vitalidade que ele desenvolvia em ambiente restrito — uma jaula em que só havia uma mercadoria e dois inimigos (os dois contratantes) e onde nasciam e se descobriam sempre novas combinações e relacionamentos — animava maravilhosamente a vida de ambos. O marido contava-lhe todos os negócios e a esposa era tão sensata que jamais lhe dava conselhos com receio de desencaminhá-lo. Ele sentia necessidade daquela assistência muda e não raro corria para casa a fim de monologar, convicto de estar recebendo conselhos da mulher.

Não foi para mim surpresa quando soube que a traía e que ela, não obstante soubesse, não lhe votava rancor. Eu já tinha um ano de casado quando um dia Giovanni, perturbadíssimo, contou-me que havia perdido uma carta de muita responsabilidade e queria ver os papéis que me havia entregue na esperança de encontrá-la no meio deles. Já, alguns dias mais tarde, todo contente, informou-me que a encontrara em sua própria carteira. "Era de alguma mulher?", perguntei-lhe, e ele acenou que sim com a cabeça, gabando-se da sua boa estrela. Mais tarde, eu, para me defender, num dia em que ele me acusava de haver perdido uns documentos, disse à minha mulher e à minha sogra que gostaria de ter a sorte do velho cujas cartas voltavam sozinhas a seu lugar na carteira. Minha sogra pôs-se a rir com tamanha satisfação que não tive dúvida de ter sido ela quem fizera a carta voltar ao seu lugar. Evidentemente no relacionamento deles tal fato não tinha importância. Cada um faz amor como sabe, e o deles, segundo penso, não era o modo mais estúpido.

A sra. Malfenti acolheu-me com grande gentileza. Desculpou-se por trazer consigo a pequena Anna, mas não havia quem pudesse ficar com ela naquele instante. A menina olhava-me, estudando-me com olhos sérios. Quando Augusta voltou à sala e sentou-se num pequeno sofá posto defronte àquele em que eu e a sra. Malfenti estávamos, a menina foi reclinar-se sobre o colo da irmã, passando a observar-me com uma perseverança que me divertia, antes de saber os pensamentos que passavam por aquela cabecinha.

A conversa foi, a princípio, arrastada. A senhora, como todas as pessoas bem-educadas, era bastante enfadonha ao primeiro encontro. Perguntava-me demais sobre o amigo que se pretendia fosse meu introdutor naquela casa e de quem eu nem sequer lembrava o primeiro nome.

Entraram finalmente Ada e Alberta. Respirei: eram de fato bonitas e traziam à sala a luz que até então lhe faltara. Ambas morenas, altas e esbeltas, mas muito diferentes uma da outra. A escolha que eu devia fazer nada tinha de difícil. Alberta não contava então mais que 17 anos. Igual à mãe — conquanto morena —, tinha a pele rósea e transparente, o que aumentava a infantilidade de seu aspecto. Ada, ao contrário, já era mulher, com seus olhos sérios numa face que chegava a ser azulada de tão nívea, emoldurada por uma espessa cabeleira, encaracolada, embora disposta com graça e rigor.

É difícil remontar à doce origem de um sentimento que se tornou depois tão violento, mas estou certo de que não experimentei por Ada o que se costuma chamar de paixão à primeira vista. Assim mesmo, tive imediatamente a convicção de que era ela a mulher de quem eu precisava para assegurar-me a saúde moral e física por meio de uma santa monogamia. Quando volto a pensar no assunto, surpreende-me constatar que a paixão tenha falhado, embora aquela convicção haja permanecido. É sabido que nós, os homens, não buscamos na esposa as qualidades que adoramos ou desprezamos na amante. Parece, pois, que não cheguei a ver desde logo toda a graça e a beleza de Ada; em vez disso me encantei em admirar uma seriedade e uma energia que lhe atribuí, qualidades essas, um tanto mitigadas, que eu admirava em seu pai. Como depois vim a crer (e creio ainda) que eu não me enganara e que Ada desde menina era possuidora de tais qualidades, pude considerar-me um bom observador, mas um observador um tanto cego. Naquela primeira vez contemplava Ada com um só desejo: o de enamorar-me, porquanto precisava de passar por isso para desposá-la. Apliquei-me com a energia que sempre dedico às minhas práticas higiênicas. Não sei dizer quando o consegui; talvez já naquele reduzido período de tempo de minha primeira visita.

O pai deve ter falado bastante a meu respeito com as filhas. Elas sabiam, entre outras coisas, que eu havia pulado nos meus estudos da faculdade de direito para a de química, para de novo — infelizmente! — retornar à primeira. Tentei explicar: quando a gente se limita a uma única universidade, a maior parte do conhecimento nos passa despercebida. E falava:

— Se não estivesse agora disposto a levar a vida a sério — e não disse que tal seriedade só me ocorrera há pouco tempo, desde quando resolvera casar-me —, ainda estaria pulando de faculdade em faculdade.

Depois, só por graça, comentei que achava curioso o fato de que abandonava a faculdade exatamente na época dos exames.

— Por puro acaso — dizia com um sorriso de quem quer fazer crer que está contando uma mentira. A verdade, porém, é que eu havia mudado de objetivos nas ocasiões mais diferentes.

Parti assim na conquista de Ada e continuei sempre no propósito de fazê-la rir-se de mim ou à minha custa, sem lembrar que a havia escolhido por sua seriedade. Não deixo de ser um tanto estranho, mas devo ter-lhe parecido perfeitamente desequilibrado. Nem toda a culpa, no entanto, me cabe e vê-se isso pelo fato de que Augusta e Alberta, às quais não havia preferido, julgavam-me diferentemente. Mas Ada, que era já madura a ponto de andar lançando seus belos olhos à procura do homem com quem se casaria, era incapaz de amar a pessoa que a fazia rir. Ria, ria bastante, talvez até demais, e seu riso cobria de um aspecto ridículo a pessoa que o provocava. Era decerto uma inferioridade que acabaria por prejudicá-la, embora tenha antes prejudicado a mim. Se tivesse sabido calar-me a tempo, talvez as coisas tivessem corrido de outra forma. Pelo menos eu lhe teria dado uma oportunidade de falar, de revelar-se, e com isso poderia defender-me.

As quatro moças estavam sentadas no pequeno sofá, um tanto comprimidas para que Anna pudesse sentar-se nos joelhos de Augusta. Eram belas assim juntas. Constatei-o com íntima satisfação, vendo que me sentia magnificamente propenso à admiração e ao amor. Verdadeiramente belas! Os cabelos descorados de Augusta serviam para dar relevo às negras cabeleiras das outras.

Eu me referira à universidade e Alberta, que cursava o penúltimo ano ginasial, pôs-se a falar de seus estudos. Lamentou-se do latim, que achava muito difícil. Eu disse que não me admirava, pois o latim não era língua para mulheres, e achava mesmo que já entre os antigos romanos as mulheres falavam italiano. Para mim, ao contrário — asseverei —, o latim constituía matéria predileta. Pouco depois, contudo, cometi a imprudência de fazer uma citação em latim que Alberta acabou por corrigir. Um verdadeiro desastre! Não dei importância ao caso e disse a Alberta que depois de passar algum tempo na universidade ela também teria que rever o seu latim.

Ada, que estivera ultimamente com o pai alguns meses na Inglaterra, informou que naquele país muitas jovens aprendiam o latim. Em seguida, com voz sempre séria, isenta de qualquer musicalidade, um pouco mais baixo do que a que se esperaria de sua gentil figurinha, contou que as mulheres inglesas tinham uma vida muito diferente das nossas. Associavam-se para fins beneficentes, religiosos ou mesmo econômicos. Suas irmãs incentivavam-na a falar, pois queriam ouvir de novo coisas que pareciam maravilhosas a jovens de nossa cidade àquela época. E, para satisfazê-las, Ada contou que havia mulheres presidindo sociedades, mulheres jornalistas, secretárias e propagandistas políticas que subiam à tribuna para falar a centenas de pessoas sem se envergonhar e sem se confundir quando se viam interrompidas ou refutadas em seus argumentos. Falava com simplicidade, sem carregar nas cores, alheia a qualquer intenção de nos maravilhar ou divertir.

Eu apreciava essa maneira simples de narrar, já que no meu caso era impossível abrir a boca sem desfigurar pessoas ou coisas, pois de outra forma me parecia inútil falar. Sem ser orador, sofria da doença da palavra. Para mim, a palavra devia ser um acontecimento em si e por isso não devia ser aprisionada por nenhum acontecimento.

A verdade é que eu sentia um ódio especial pela pérfida Álbion e acabei por manifestá-lo sem temor de ofender Ada, que de resto não manifestara nem ódio nem amor pela Inglaterra. Eu lá havia passado alguns meses, mas não conseguira conhecer nenhum inglês de boa cepa, havendo perdido em viagem algumas cartas de recomendação obtidas junto a parceiros comerciais de meu pai. Por isso, em Londres, só frequentara famílias francesas e italianas e acabei por pensar que todas as pessoas de bem naquela cidade fossem oriundas do continente. Meus conhecimentos do inglês eram bastante limitados. Com a ajuda dos amigos, no entanto, pude compreender algo na vida daqueles insulares e fui informado principalmente sobre a antipatia que votavam a quantos não fossem ingleses.

Descrevi às meninas o sentimento pouco agradável que me adveio daquela estada entre inimigos. Teria, contudo, resistido e suportado a

Inglaterra pelos seis meses que meu pai e Olivi queriam infligir-me a fim de que estudasse o comércio inglês (coisa que nunca consegui, pois, ao que parece, ele é exercido somente em lugares recônditos), se não me tivesse acontecido uma aventura desagradável. Eu entrara numa livraria à procura de um dicionário. Lá dentro, sobre um banco, repousava estendido um magnífico e gordo gato angorá cujo pelo macio convidava a carícias. Pois bem! Só porque o acariciei suavemente, o maldito atacou-me traiçoeiramente, arranhando-me com força a mão. A partir desse instante não consegui mais suportar a Inglaterra e no dia seguinte já me encontrava em Paris.

Augusta, Alberta e também a sra. Malfenti riram à vontade. Ada, contudo, surpreendida, achou que não havia compreendido bem. Fora o livreiro que me havia atacado e mordido a mão? Tive que repetir a história, o que é desagradável, pois sempre se repete mal.

Alberta, a douta, quis ajudar-me:

— Os antigos costumavam orientar-se em suas decisões importantes pelo movimento dos animais.

Não aceitei a ajuda. O gato inglês não funcionava como oráculo; fora o próprio destino.

Ada, com os grandes olhos arregalados, quis outras explicações:

— E o gato representou para o senhor todo o povo inglês?

Que azar o meu! Embora verdadeira, aquela aventura me parecia instrutiva e interessante como se tivesse sido inventada com objetivos precisos. Para compreendê-la, não bastava recordar que na Itália, onde conheço e amo tanta gente, a ação daquele gato não teria adquirido tamanha importância? Em vez disso, falei:

— O certo é que nenhum gato italiano seria capaz de tal ação.

Ada ria, ria, não parava de rir. Mas eu, não satisfeito com o sucesso alcançado, acabei por estragar toda a aventura, aduzindo-lhe explicações ulteriores.

— O próprio livreiro mostrou-se surpreendido com a atitude do gato que se portava tão bem com outros clientes. O caso tinha ocorrido por se tratar de mim ou porque eu fosse italiano. *It was really disgusting*, e tive que fugir.

Nesse momento aconteceu algo que deveria advertir-me e salvar-me. A pequena Anna, que até então estivera imóvel a observar-me, pôs-se em voz alta a exprimir o sentimento de Ada.

Gritou:

— Não acham que ele é doido, doido de pedra?

A sra. Malfenti repreendeu-a:

— Quer ficar quieta? Não tem vergonha de se meter na conversa dos mais velhos?

A repreensão só serviu para piorar. Anna gritou:

— Ele é doido! Fala com os gatos! Precisamos arranjar logo uma corda para amarrá-lo!

Augusta, vermelha de desapontamento, ergueu-se e carregou com a menina da sala, advertindo-a ao mesmo tempo que me pedia desculpas. Ainda na porta, a pequena víbora conseguiu fixar-me nos olhos, fazer-me uma careta horrível e gritar:

— Vai acabar amarrado!

Eu fora agredido tão inesperadamente que custei a encontrar um modo de defender-me. Senti-me, porém, um tanto aliviado ao perceber que Ada lastimava a expressão que encontrara um sentimento que era seu. A impertinência da irmã nos havia aproximado.

Contei-lhes, a rir satisfeito, que eu possuía em casa um certificado com firma reconhecida atestando de maneira insofismável minha sanidade mental. Souberam assim da partida que eu havia pregado ao meu velho. Propus trazer o certificado para mostrá-lo a Anninha.

Quando fiz menção de levantar-me, não me deixaram partir. Queriam primeiro que me esquecesse dos arranhões que me tinham sido infligidos por aquele outro gato. Pediram-me para ficar mais um pouco e ofereceram-me uma xícara de chá.

É certo que senti, vagamente e logo de início, que, para ser agradável a Ada, teria que me mostrar um pouco diferente do que era; julguei que me seria fácil tornar-me o ser que ela queria. Continuando a falar da morte de meu pai, pareceu-me que, se revelasse a grande dor que ainda me pesava, a séria Ada poderia compartilhá-la comigo. De repente, no esforço de parecer-me com ela, perdi a naturalidade e por isso acabei — como logo se verá — por afastar-me dela. Disse que a dor por uma perda semelhante era tal que, se eu tivesse filhos, trataria de fazer com que me amassem menos para evitar que mais tarde sofressem tanto com minha partida. Fiquei um tanto embaraçado quando me perguntaram como eu me comportaria para alcançar tal escopo. Havia de maltratá-los e castigá-los? Alberta, rindo, acrescentou:

— O método mais seguro talvez seja matá-los.

Percebi que Ada estava imbuída do desejo de não desagradar-me. Por isso hesitava; mas todo o seu esforço não conseguia fazê-la vencer a hesitação. Depois disse que, por bondade, eu poderia assim organizar a vida de meus filhos, mas não lhe parecia justo que alguém vivesse a se preparar para a morte. Insisti em meu ponto de vista e afirmei que a morte era a verdadeira mentora da vida. Pensava permanentemente na morte e tinha apenas um desgosto: a certeza de que iria morrer. Todas as outras coisas se tornavam tão pouco importantes que eu não tinha para elas senão um jovial sorriso ou um riso igualmente jovial. Deixei-me levar a dizer coisas que eram menos verídicas, em especial quando estava com ela, que já se tornava uma parte muito importante de minha vida. Na verdade, creio haver-lhe falado assim no desejo de fazê-la saber que eu era um homem divertido. Em geral a alegria me ajudava a fazer a boa figura que me havia favorecido junto às mulheres.

Pensativa e hesitante, ela me confessou que não apreciava semelhante estado de espírito. Menosprezando o valor da vida, tornávamo-la ainda mais precária do que a natureza predestinara que fosse. Na verdade, estava dizendo que eu não lhe agradava; como, porém, conseguira fazê-la hesitante e pensativa, isso já me parecia grande vitória.

Alberta citou um filósofo da Antiguidade cuja concepção da vida se assemelhava à minha e Augusta disse que achava o riso uma coisa muito boa. O pai gostava muito de rir.

— Sempre que os negócios lhe andam bem — completou a sra. Malfenti, sorrindo.

Interrompi finalmente aquela visita memorável.

Nada há mais difícil neste mundo do que se fazer o casamento que se quer como se pretende. Vê-se, pelo meu exemplo, em que a decisão de casar-me precedera de muito a própria escolha da noiva. Por que não me dispus a ver umas quantas mulheres antes de escolher a minha? Não! Pareceu-me pura perda de tempo e não quis dar-me ao trabalho. Uma vez escolhida a moça, podia pelo menos tê-la analisado melhor e assegurar-me de que ela estaria disposta a vir ao meu encontro no meio do caminho, como acontece nos romances de amor que acabam bem. Em vez disso, escolhi a moça de voz um tanto grave e cabeleira um pouco rebelde severamente presa e pensei que, sendo séria, não recusaria um homem inteligente, nada feio, rico e de boa família como eu. Desde as primeiras palavras que trocamos senti algumas dissonâncias, mas a dissonância é o caminho da harmonia. Devo ainda confessar que pensei: "Ela deve permanecer como é, pois assim me agrada, estando eu disposto a mudar se ela o quiser." No fundo era bem modesto, pois é sem dúvida mais fácil a gente modificar-se do que reeducar os outros.

Com pouco a família Malfenti tornou-se o centro de minha vida. Passava as noites em casa de Giovanni, que se tornara mais afável e íntimo comigo depois que me apresentara à família. Foi essa afabilidade que me fez ficar afoito. A princípio, visitava a casa apenas uma vez por semana, depois mais frequentemente e, por fim, ia lá todas as noites passar algumas horas. Para insinuar-me naquela casa não faltavam pretextos e creio não me enganar admitindo que estes até me fossem oferecidos. Às vezes levava comigo o violino e lia um pouco de música com Augusta, a única da casa que sabia tocar piano. Pena que Ada não tocasse, pena também que eu tocasse tão mal e pena ainda que Augusta fosse pior musicista. Via-me obrigado a eliminar alguns trechos mais difíceis das peças executadas sob o falso pretexto de que há muito não pegava no instrumento. Entre amadores o pianista é quase sempre melhor do que o violinista, e Augusta tinha uma técnica razoável; no entanto, eu, que tocava pior, nunca me contentava com sua execução e pensava: "Se eu tivesse uma técnica assim, como tocaria melhor!" Ao mesmo tempo que eu julgava Augusta, as outras julgavam a mim e, como soube mais tarde, de modo nada favorável. Augusta teria de bom grado continuado com os saraus; tendo percebido que Ada se enfastiava deles, simulei duas ou três vezes haver esquecido o violino, e Augusta por fim não perguntou mais por ele.

E dizer que com Ada eu não passava apenas as horas em que permanecia naquela casa. A moça não me saía da mente o dia inteiro. Era a mulher que eu havia escolhido, já portanto minha, e adornei-a com todos os predicados para que o prêmio da vida me parecesse mais belo. Emprestei-lhe todas as qualidades de que sentia falta, para que, além de minha companheira, ela fosse também uma espécie de segunda mãe que me conduzisse por uma vida íntegra, viril, de lutas e conquistas.

Em meus sonhos, até fisicamente embelezei-a, antes de apresentá-la aos outros. Na vida real, andei correndo atrás de muitas mulheres e boa parte delas se deixou conquistar. No pensamento conquistei-as todas. Naturalmente, não as embelezo alterando-lhes os traços; faço como um amigo meu, pintor sensibilíssimo, que, quando retrata mulheres bonitas, pensa intensamente em outras coisas belas, como, por exemplo, porcelana fina. Um sonho perigoso, pois pode-se conferir novo poder às mulheres com quem se sonhou e que, vistas de novo à luz da realidade, conservam algo das frutas, das flores ou da porcelana de que foram adornadas.

É-me penoso relatar meu namoro com Ada. Passei mais tarde por um período interminável de minha vida em que me esforçava por esquecer aquela estúpida aventura de que me envergonhava a ponto de gritar e protestar. "Mas aquele idiota era mesmo eu?!" Quem haveria de ser! Como o protesto confere sempre algum conforto, eu insistia. O caso não teria tanta importância se tivesse ocorrido dez anos antes, quando eu estava com vinte! Mas ser punido com tamanha imbecilidade só pelo fato de que havia resolvido casar-me é algo que me parece injusto. Eu, que já tinha passado por toda espécie de aventura, guiado sempre por um espírito resoluto que chegava inclusive à desfaçatez, eis que de repente me transformava no rapazinho tímido que procura aflorar a mão da bem-amada, de preferência sem que ela perceba, para depois adorar aquela parte do próprio corpo que teve a glória de um tal contato. Essa aventura, que foi a mais cândida de minha vida, até hoje, já velho, recordo-a como se fosse a mais torpe. Era fora de propósito, deslocada no tempo, como um rapaz de dez anos que ainda se aferra ao seio de sua ama. Uma vergonha!

E como explicar minha longa hesitação em dizer claramente à moça: "Então? Quer ou não casar comigo?" Eu chegava àquela casa levado por meus sonhos; contava os degraus que me conduziam ao primeiro andar, dizendo para mim que, se fossem ímpares, estava provado que ela me amava, sabendo bem que eram 43. Chegava a ela armado de resolução e acabava falando de outras coisas. Ada estava a ponto de manifestar-me o seu desdém, e eu calado! Em seu lugar eu já teria expulso aquele rapazola de trinta anos a pontapés no traseiro!

Devo dizer que de certa forma eu não me comportava exatamente como um colegial enamorado que se cala à espera de que a bem-amada lhe salte ao pescoço. Nada disso. Eu queria declarar-me, só que mais tarde. Esperava tornar-me um pouco mais nobre, mais forte, mais digno da minha divina eleita. Isso poderia acontecer de um momento para outro. Por que não esperar?

Envergonho-me de não haver percebido antes que caminhava para um malogro. Ada era uma criatura inteiramente ingênua, mas na imaginação eu a transformara numa namoradeira das mais consumadas. Daí ter sido totalmente injusto meu enorme rancor quando ela afinal me fez compreender que não queria nada comigo. Eu tanto havia confundido o sonho com a realidade que não conseguia convencer-me de que ela jamais me tivesse beijado.

Equivocar-se a respeito das mulheres chega a ser um sinal de inferioridade masculina. Eu jamais me enganara antes e quero crer que só me enganei a respeito de Ada por haver desde o princípio falseado minhas relações com ela. Aproximei-me não para conquistá-la, mas para casar-me, e o casamento é uma via insólita do amor, uma via larga e cômoda, mas que não conduz à meta, embora muito se aproxime dela. O amor ao qual se chega através dela está despido de sua característica principal: a sujeição da fêmea. O macho, assim, se prepara para sua função com grande inércia, a qual pode estender-se a todos os sentidos, inclusive aos da vista e da audição.

Eu levava diariamente flores às três mocinhas e lhes presenteava com as minhas extravagâncias, principalmente, numa leviandade incrível, com trechos de minha autobiografia.

Ocorre lembrarmo-nos com mais fervor do passado quando o presente adquire uma importância especial para nós. Diz-se mesmo que os moribundos, em seu último delírio, reveem toda a sua vida. O meu passado então se agarrava a mim com a violência do último adeus, pois eu tinha a sensação de afastar-me muito dele. E por isso falava sem cessar desse passado às três meninas, encorajado pela grande atenção que Augusta e Alberta demonstravam, o que talvez compensasse a desatenção de Ada. Augusta, com sua boa índole, comovia-se facilmente, e Alberta, ao ouvir as descrições de minhas escapadas de estudante, ficava corada de desejo de vir um dia a passar por aventuras semelhantes.

Muito tempo depois soube por Augusta que nenhuma das três moças levava a sério as minhas narrativas. Isso, para Augusta, as fazia mais preciosas, pois, se inventadas por mim, tornavam-se ainda mais pessoais do que se fosse o destino que mas houvesse imposto. Para Alberta, mesmo as partes em que não acreditava pareciam agradáveis, porquanto lhe forneciam ótimas sugestões. A única que se indignava com minhas mentiras era a circunspecta Ada. Assim os meus esforços para distraí-las acabavam sendo algo como o atirador que consegue acertar no alvo de seu companheiro ao lado.

No entanto, as aventuras eram em grande parte verdadeiras. Não sei precisar exatamente em que proporção, pois, tendo-as contado a tantas outras mulheres antes de fazê-lo às filhas de Malfenti, é natural que as alterasse para que soassem mais atraentes. Eram verdadeiras a partir do momento em que não as podia mais modificar. Já não me importa hoje provar que eram autênticas. Não pretendo desenganar Augusta, que adora julgá-las de minha invenção. Quanto a Ada, creio que terá hoje mudado de opinião e as considera verdadeiras.

Meu total insucesso com Ada manifestou-se exatamente no instante em que julguei oportuno declarar-me. Acolhi a evidência com surpresa e a princípio com incredulidade. Ela não disse uma única palavra que patenteasse sua aversão por mim; cerrei, no entanto, os olhos para não ver aqueles pequenos gestos que não me expressavam grande simpatia. Ademais, eu não havia propriamente pronunciado a palavra adequada e podia assim imaginar que Ada ignorasse minha intenção de desposá-la, suspeitando em vez disso que o estudante frívolo e muito pouco virtuoso, ou seja, eu, quisesse coisa diferente.

O mal-entendido prolongava-se sempre por causa das minhas intenções demasiadamente matrimoniais. É verdade que então desejava Ada inteiramente, a quem, na imaginação, emprestava uma face ainda mais suave, mãos ainda menores e uma cintura ainda mais fina. Desejava-a como mulher e amante. Mas é decisivo o modo como nos aproximamos pela primeira vez de uma mulher.

Eis que por várias vezes consecutivas fui recebido naquela casa por uma das outras três irmãs. A ausência de Ada foi na primeira vez levada à conta de uma visita de obrigação que tivera de fazer; na segunda, um mal-estar; na terceira, não me deram qualquer explicação, até o momento em que eu, alarmado, tive de perguntar por ela. Augusta, a quem eu havia por acaso feito a pergunta, nada respondeu. Respondeu Alberta, que parecia estar ali de propósito para prestar-lhe assistência: Ada fora passar uns tempos com a tia.

Quase perdi o fôlego. Era evidente que Ada me evitava. No dia anterior eu ainda havia suportado a sua ausência e prolongara a visita na esperança de que ela acabasse por surgir. Naquele outro dia, no entanto, permaneci ainda por alguns instantes, incapaz de abrir a boca, e logo, pretextando uma repentina dor de cabeça, levantei-me para sair. Curioso que o primeiro sentimento que me assaltou ao esbarrar na resistência de Ada fosse de cólera e desdém! Pensei até em recorrer a Malfenti para chamar a filha à ordem. Um homem a fim de casar-se é capaz de tais ações, à maneira de seus antepassados.

A terceira ausência de Ada devia tornar-se ainda mais significativa. Quis o acaso que eu descobrisse estar ela em casa, reclusa em seu quarto.

Devo antes de mais nada dizer que naquela casa havia outra pessoa que eu jamais conseguira conquistar: a pequena Anna. Diante das outras ela nunca mais me agrediu, pois haviam-na exemplado duramente. De quando em quando, também ela vinha ter com as irmãs e punha-se a ouvir minhas balelas. Quando me levantava para sair, acompanhava-me até a porta, pedia-me docilmente que me inclinasse para ela, erguia-se na ponta dos pezinhos e, quando conseguia chegar exatamente à altura de meu ouvido, dizia, baixando a voz para não ser ouvida senão por mim:

— Você é doido, completamente doido!

O engraçado é que diante das outras a fingida me tratava por senhor. Se estava presente a sra. Malfenti, ela corria a refugiar-se nos braços da mãe, que a acariciava dizendo:

— A Anninha agora está tão educada, não é mesmo?

Eu não protestava e a gentil Anninha continuou a me chamar de doido. Acolhia sua declaração com um sorriso vil que podia parecer de reconhecimento. Esperava que a menina não tivesse coragem de contar sua agressão aos adultos e não queria que Ada viesse a saber do juízo que de mim fazia a irmãzinha. A menina acabou realmente por embaraçar-me. Quando falava com as outras, se por acaso os meus olhos se fixavam nos dela, eu tinha de encontrar um modo de desviá-los imediatamente, sem com isso chamar atenção. A verdade, porém, é que me ruborizava. Parecia-me que a danadinha podia prejudicar-me com o juízo que de mim fazia. Passei a trazer-lhe presentes, que não serviram para amansá-la. Deve ter percebido a sua influência e a minha fraqueza, e na presença dos outros olhava-me com ar insolente e inquisidor. Creio que todos nós temos na consciência, como no corpo, certos pontos delicados e secretos sobre os quais preferimos não pensar. Não sabemos exatamente o que são, mas sabemos que existem. Eu afastava os olhos daquela criança que queria penetrar-me.

Contudo, no dia em que, desolado e abatido, ia saindo daquela casa e a peralta me obrigou mais uma vez a inclinar-me para ouvir seus desaforos, voltei-me com uma expressão transtornada de verdadeiro louco, ergui no ar as mãos ameaçadoras com os dedos crispados, e a menina saiu correndo a gritar.

Com isso cheguei a ver Ada nesse mesmo dia, tendo sido ela quem acorreu aos gritos da irmã. A criança contou soluçando que eu a havia ameaçado rudemente porque me chamara de doido:

— Se ele é doido mesmo! Que mal tem em dizer?

Eu não prestava atenção à menina, estupefato ao perceber que Ada estava em casa. As irmãs, portanto, haviam mentido, ou pelo menos Alberta, a quem Augusta havia transferido o encargo, eximindo-se igualmente de fazê-lo! Num instante adivinhei toda a verdade. Disse a Ada:

— Que prazer em vê-la. Julguei que se achava em casa de sua tia.

Ela não respondeu imediatamente, ocupada que estava com a irmã aos prantos. Aquela delonga em obter as explicações com que me julgava no direito, fez-me o sangue subir à cabeça. Faltavam-me as palavras. Dei mais um passo em direção à porta da rua e, se Ada não houvesse falado, teria saído daquela casa para não voltar nunca mais. Na minha ira pareceu-me facílimo renunciar ao sonho que então julguei ter durado demais.

Ela, porém, ruborizada, voltou-se para mim e disse que havia acabado de chegar, vinda da casa da tia.

Tanto bastou para acalmar-me. Como estava linda assim, maternalmente inclinada sobre a menina que continuava esperneando! Seu corpo era tão flexível que parecia ter diminuído para melhor acolher a irmã pequenina. Fiquei a admirá-la, considerando-a novamente minha.

Senti-me tão sereno que quis apagar todo o ressentimento pouco antes manifestado, e fui gentilíssimo com Ada e também com Anna. Falei, rindo sem maldade:

— Chama-me tanto de doido que quis mostrar-lhe como era realmente a cara e os gestos de um louco. Peço desculpas! A você também, Anninha, que não deve ter medo de mim, pois sou um louco manso.

Ada, por sua vez, também se mostrou gentil. Repreendeu a irmãzinha, que continuava a soluçar, e pediu-me desculpas por ela. Se, por sorte, Anninha tivesse escapado furiosa, eu teria tido coragem de falar. Diria uma dessas frases que se encontram nos livros de gramática estrangeira, construídas de propósito para facilitar a vida dos que não conhecem a língua do país em que se encontram: "Posso pedir a vosso pai que me conceda a vossa mão?" Era a primeira vez que sentia desejo de casar-me; portanto, encontrava-me em território totalmente desconhecido. Até ali, meu tratamento com as mulheres com as quais me relacionara havia sido completamente diferente. Começava por deitar-lhes as mãos sem pedir permissão a ninguém.

Não cheguei a pronunciar sequer aquelas poucas palavras. Até elas requeriam um certo lapso de tempo! Tinham que ser acompanhadas de uma expressão facial de súplica, difícil de esboçar imediatamente após minha luta com Anna e também com Ada, principalmente agora que do fundo do corredor avançava a figura da sra. Malfenti, atraída pela algazarra da menina.

Estendi a mão a Ada, que me abriu cordialmente a sua, e disse:

— Até amanhã. Peça desculpas por mim à sua mãe.

Hesitei, contudo, em largar a mão que repousava tão confiante na minha. Sentia que, se a abandonasse, estaria renunciando à oportunidade única que a jovem me ensejava, disposta que se revelava a tratar-me cortesmente, para recompensar-me das malcriações da irmã. Segui a inspiração do momento, inclinei-me sobre a mão e aflorei-a com os lábios. Em seguida abri a porta e saí às pressas, não sem antes ter visto que Ada, que até então havia abandonado a mão direita enquanto com a esquerda segurava a irmã agarrada ao seu vestido, ficara a olhar espantada para a mão que sofrera o contato de meus lábios, como se quisesse descobrir se nela havia alguma coisa escrita. Não creio que a sra. Malfenti tivesse visto o que ocorrera.

Detive-me um instante na escada, espantado também eu com meu ato absolutamente imprevisto. Não seria possível retornar à porta que se fechara atrás de mim, tocar de novo a campainha e pedir para dizer a Ada aquelas palavras que ela havia buscado inutilmente em sua própria mão? Preferi não fazê-lo. Seria falta de dignidade demonstrar tamanha impaciência. Depois, tendo-lhe prevenido que voltaria no dia seguinte, com isso lhe prenunciava minhas explicações. Tudo dependia agora dela, de me propiciar a oportunidade para dá-las. Já não podia mais contar lorotas a três jovens, pois acabara de beijar a mão de uma delas.

O resto do dia foi desagradável. Sentia-me inquieto e ansioso. Procurava acalmar-me, dizendo que toda a minha inquietude provinha da impaciência de ver resolvido o meu assunto. Parecia-me que, se Ada me houvesse recusado, teria podido calmamente correr à procura de outras mulheres. Todo o meu apego por ela era fruto de minha livre resolução, a qual podia ser anulada por outra que lhe fosse contrária! Não compreendi que, naquele instante, não havia outras mulheres no mundo para mim e que tinha realmente necessidade de Ada.

Até mesmo a noite que se seguiu pareceu-me longuíssima; passei-a quase totalmente insone. Após a morte de meu pai, abandonara meus hábitos de noctâmbulo; agora, depois de tomada a resolução de casar-me, teria sido estranho retornar a eles. Tinha-me, pois, deitado bem cedo, ansiando por mergulhar no sono que faz passar o tempo depressa.

Durante o dia aceitara com a mais cega confiança as explicações de Ada para as suas três ausências da sala de visitas nas horas em que lá estive, confiança devida à minha inabalável convicção de que a mulher eleita jamais poderia mentir. Durante a noite, porém, essa confiança diminuiu. Comecei a imaginar se não teria sido eu mesmo a informá-la de que Alberta — quando Augusta se havia recusado a falar — alegara em seu favor a visita à tia. Não me lembrava bem das palavras que lhe havia dirigido num momento de transtorno, mas creio estar certo de lhe haver mencionado aquela desculpa. Que pena! Se não o houvesse feito, talvez ela, para escusar-se, inventasse outra coisa qualquer, e eu, apanhando-a na mentira, já dispusesse do esclarecimento que desejava.

Neste ponto poderia perceber a importância que Ada assumira para mim, porquanto, a fim de acalmar-me, dizia a mim mesmo que, se ela não me quisesse, eu renunciaria para sempre ao casamento. Sua recusa mudaria a minha vida. E continuava a sonhar, confortando-me no pensamento de que talvez aquela recusa representasse uma felicidade para mim. Recordava o filósofo grego que previa arrependimentos tanto para os que se casavam quanto para os que permaneciam solteiros. Em suma, não me achava ainda incapaz de rir da minha aventura; era incapaz apenas de dormir.

Só caí no sono ao amanhecer. Ao despertar, era tão tarde que só umas poucas horas me separavam do momento em que a visita aos Malfenti me era permitida. Não havia assim necessidade de exercitar a minha fantasia à procura de outros indícios que me esclarecessem os sentimentos de Ada. No entanto, é difícil impedir que o nosso próprio pensamento se ocupe de um assunto que nos importa. O homem seria um animal mais feliz se soubesse como fazê-lo. Enquanto me preparava com exagerado cuidado, não pensava em outra coisa: fizera bem em beijar a mão de Ada ou fizera mal em não tê-la beijado logo na boca?

Naquela exata manhã tive uma ideia que suponho me terá prejudicado bastante, privando-me da pouca iniciativa viril que minha curiosa euforia de adolescente me havia proporcionado. Uma dolorosa dúvida: e se Ada quisesse casar comigo só por instigação dos pais, sem amar-me e até sentindo certa aversão por mim? Porque era certo que todos na família, ou seja, Giovanni, a sra. Malfenti, Augusta e Alberta me queriam bem; podia duvidar apenas de Ada. No horizonte delineava-se o próprio enredo dos romances populares em que a "mocinha" era obrigada pela família a um casamento odioso. Só que eu não permitiria. Eis a nova razão por que devia falar com Ada, ou seja, com ela a sós. Não bastava que lhe dirigisse a frase feita que trazia pronta comigo. Olhando-a nos olhos, perguntaria: "Você me ama?" Se dissesse sim, eu a estreitaria nos braços para sentir-lhe a vibração da sinceridade.

Assim, supunha estar preparado para tudo. E acabaria por chegar àquela espécie de exame sem ter revisto exatamente as páginas do texto sobre o qual me caberia falar.

Fui recebido apenas pela sra. Malfenti, que me fez acomodar a um ângulo do grande salão e começou logo a conversar vivamente, impedindo-me de perguntar pelas filhas. Eu permanecia um tanto distraído e repetia mentalmente a lição para não me esquecer dela no momento oportuno. De repente, fui chamado à atenção como por um toque de trombeta. A senhora estava elaborando um preâmbulo. Assegurava-me a amizade de todos da família, a sua, do marido, das filhas, inclusive da pequena Anna. Já nos conhecíamos há bastante tempo. Víamo-nos regularmente há quatro meses.

— Há cinco! — apressei-me em corrigir, pois havia feito os cálculos na véspera, ao recordar que minha primeira visita ocorrera no outono e agora estávamos em plena primavera.

— Sim! Cinco! — disse a senhora, pensativa, como se revisse os meus cálculos. Depois, com ar de reprovação: — O que acho é que o senhor está comprometendo a Augusta.

— A Augusta? — perguntei, supondo ter ouvido mal.

— Sim! — confirmou a senhora. — O senhor alimenta esperanças e com isso a compromete.

Ingenuamente deixei transparecer o meu sentimento:

— Mas se quase não vejo a Augusta.

Ela teve um gesto de surpresa, e (ou pareceu-me?) surpresa dolorosa.

Ao mesmo tempo, eu pensava intensamente numa maneira de explicar aquilo que me parecia um equívoco, do qual imediatamente percebi a importância. Revi-me mentalmente em cada uma daquelas visitas ao longo de cinco meses a observar Ada. Tinha tocado com Augusta e até, na verdade, vez por outra falava mais com ela, que estava a me ouvir, do que com Ada, mas apenas para que ela transmitisse a Ada as minhas conversas seguidas de sua aprovação. Devia falar claramente com a senhora e dizer-lhe do meu interesse por Ada? Pouco antes eu tinha resolvido que só falaria com Ada para sondar seus sentimentos. Talvez, se tivesse falado claramente com a sra. Malfenti, as coisas se passassem agora de outra maneira e, não sendo possível casar-me com Ada, também não me teria casado com Augusta. Deixando-me conduzir pela resolução que tomara antes de estar com a sra. Malfenti e ouvir as coisas surpreendentes que ela dizia, calei-me.

Pensava intensamente; sentia-me um pouco confuso. Queria compreender, queria adivinhar, e sem perda de tempo. Quanto mais se arregalam os olhos, menos nitidamente se veem as coisas. Entrevi a possibilidade de que me quisessem fechar a porta. Logo a excluí. Eu era inocente, já que não fazia a corte a Augusta a quem queriam proteger. Talvez me atribuíssem intenções sobre Augusta a fim de não comprometerem Ada. E por que proteger daquela maneira Ada, que já não era mais nenhuma criança? Eu estava certo de não tê-la agarrado pelos cabelos senão em sonhos. Na realidade, só lhe havia aflorado a mão com os meus lábios. Não queria que me fosse interdito o acesso àquela casa; antes de abandoná-la, queria falar com Ada. Assim, perguntei com voz trêmula:

— A senhora diga-me o que devo fazer para não desagradar a ninguém.

Ela hesitou. Eu teria preferido tratar desses assuntos com Giovanni, que pensava aos berros. Depois, decidida, embora fazendo um visível esforço para se mostrar cortês, o que transparecia no tom de sua voz, respondeu:

— O melhor será vir menos frequentemente à nossa casa por uns tempos, ou seja, em vez de vir todos os dias, venha duas ou três vezes por semana.

É certo que, se me tivesse dito rudemente que me fosse embora e não voltasse mais, eu, sempre seguindo o meu propósito, lhe teria suplicado que me tolerasse na casa, ao menos por mais um ou dois dias, a fim de esclarecer minhas relações com Ada. Em vez disso, suas palavras, mais brandas do que eu temia, deram-me coragem de manifestar meu sentimento:

— Mas se a senhora assim deseja, não porei mais os pés nesta casa!

Sucedeu o que eu previa. Ela protestou, voltou a falar da estima que todos me votavam e suplicou que não me agastasse com ela. E eu me mostrei magnânimo, prometi-lhe tudo o que queria, ou seja, abster-me de vir ali por uns quatro ou cinco dias, para retornar depois com certa regularidade, todas as semanas, duas ou três vezes, e, acima de tudo, que não lhe guardaria rancor.

Depois de feitas as promessas, quis dar-lhe uma prova de que as cumpriria e levantei-me para sair. A senhora protestou, sorrindo:

— Pode ficar mais um pouco, porque a mim o senhor não compromete em nada.

Como eu insistisse em ir embora, alegando um compromisso de que só então me recordava, embora fosse verdade que não via a hora de ficar só para refletir melhor sobre a extraordinária aventura que me acontecia, a senhora pediu-me insistentemente que ficasse mais, dizendo-me que assim lhe daria a prova de que não me zangara com ela. Permaneci, exposto à tortura de ouvir continuamente o palavrório vazio com que agora atacava as modas femininas que ela se recusava a seguir, ou com que discorria sobre teatro ou sobre o tempo seco que anunciava a primavera.

Pouco depois senti-me contente por ter permanecido, pois percebi que tinha necessidade de um esclarecimento ulterior. Sem a menor cerimônia interrompi a senhora, cujas palavras já nem ouvia, e perguntei:

— E todos da família sabem que a senhora ia pedir para me afastar desta casa?

A princípio pareceu que ela não se recordava mais do nosso pacto. Depois protestou:

—Afastar-se desta casa? Mas é apenas por uns dias, fique bem claro. Não direi nada a ninguém, nem mesmo a meu marido, e lhe ficaria grata se o senhor mantivesse a mesma discrição.

Prometi; prometi até que, se me fosse pedida alguma explicação por que não aparecia mais com a mesma frequência, alegaria um pretexto qualquer. Por ora, dei fé às palavras da senhora e fiquei imaginando que Ada pudesse ficar admirada e sentida com a minha ausência imprevista. Uma ideia agradabilíssima!

Permaneci mais um pouco, sempre à espera de que me viesse alguma inspiração para continuar, enquanto a senhora falava do preço dos comestíveis que nos últimos tempos se tornara altíssimo.

Em vez de outra inspiração, quem chegou foi tia Rosina, irmã de Giovanni, mais velha e muito menos inteligente do que ele. Havia, contudo, alguns traços de sua fisionomia moral que bastavam para caracterizá-la como irmã dele. Antes de mais nada a mesma consciência um tanto cômica dos seus próprios direitos e dos deveres dos outros, de vez que era destituída de qualquer meio para impor-se, e padecia também do vício de elevar frequentemente a voz. Acreditava-se com tamanhos direitos na casa do irmão que — como logo apreendi — por muito tempo considerou a sra. Malfenti quase como intrusa. Era solteirona e vivia com uma única criada de quem falava sempre como se se referisse à pior inimiga. Quando estava para morrer, recomendou a minha mulher que vigiasse a casa até que se fosse embora aquela que a assistira durante toda a vida. Todos em casa suportavam-na com medo de sua agressividade.

Assim, fui ficando. Tia Rosina gostava mais de Ada que das outras sobrinhas. Veio-me o desejo de conquistar-lhe também a amizade e busquei uma frase amável com que me dirigir a ela. Recordei-me vagamente de que na última vez que a vira (ou melhor, que a entrevira, já que então não sentia a menor vontade de estar com ela) as sobrinhas, mal ela saíra, observaram que a tia estava de maus bofes. Uma delas chegou a dizer:

— Deve ter-se enfurecido em alguma discussão com a empregada!

Encontrei o que buscava. Fitando afetuosamente a carranca enrugada da velha senhora, disse:

— A senhora está muito melhor agora.

Antes não tivesse pronunciado tal frase. Olhou-me espantada e protestou:

— Estou sempre na mesma. Por que haveria de estar melhor?

Queria saber quando a vira pela última vez. Não recordava precisamente a data e tive de lembrar-lhe que havíamos passado uma tarde inteira juntos, sentados naquele mesmo salão com as três mocinhas, mas não na parte em que nos achávamos agora, e sim na outra. Estava disposto a demonstrar-lhe meu interesse, embora as explicações que ela exigia tornassem a coisa tediosa. Minha falsidade me pesava, provocando-me verdadeira dor.

A sra. Malfenti interveio sorridente:

— O senhor não queria de maneira alguma dizer que a tia Rosina está mais gorda?

Diabo! Ali estava a razão do ressentimento de tia Rosina, que era muito gorda, como o irmão, e fazia tudo para emagrecer.

— Gorda? Claro que não! Referia-me simplesmente ao bom aspecto da senhora.

Tentava manter uma fisionomia afetuosa e fazia esforços para não dizer alguma impertinência.

Nem assim tia Rosina pareceu satisfeita. Não estivera doente nos últimos tempos e não compreendia por que pudesse parecer melhor. E a sra. Malfenti veio dar-lhe razão:

— É mesmo uma de suas características não mudar de aspecto — disse, voltando-se para mim. — Não lhe parece?

Ora se me parecia! Era evidente. Levantei-me rápido. Estendi com grande cordialidade a mão a tia Rosina, esperando amansá-la; ela concedeu-me a sua sem olhar para o meu lado.

Mal atravessei o pórtico da casa, meu estado de espírito modificou-se. Que alívio! Não tinha mais que estudar as intenções da sra. Malfenti nem fingir satisfação diante de tia Rosina. Na verdade, acho que, se não fosse pela rude intervenção desta última, a ardilosa sra. Malfenti teria conseguido perfeitamente o seu escopo e eu teria saído daquela casa satisfeito com o bom tratamento que todos ali me dispensavam. Corri aos saltos escada abaixo. Tia Rosina fora uma espécie de comentário às intenções da sra. Malfenti.

Queria que me afastasse de sua casa por uns tempos? Que boazinha a cara senhora! Pois iria satisfazê-la muito além de sua expectativa; jamais me voltaria a ver! Haviam-me torturado, ela, a tia, até mesmo Ada! Com que direito? Só porque queria casar-me? E já nem pensava mais nisso! Como era bela a liberdade!

Durante um bom quarto de hora corri pelas ruas acompanhado de um sentimento de exaltação. Depois senti necessidade de uma liberação ainda maior. Devia encontrar um jeito de assinalar de modo definitivo a minha vontade de não mais pôr os pés naquela casa. Afastei a ideia de escrever uma carta de despedida. Meu abandono tornar-se-ia mais desdenhoso ainda se não comunicasse a minha intenção. Como se eu simplesmente me esquecesse de procurar Giovanni e toda a sua família.

Achei uma forma discreta e delicada, embora um tanto irônica, de assinalar o meu desígnio. Corri a um florista e escolhi um magnífico ramo de flores que enderecei à sra. Malfenti, acompanhado apenas do meu cartão de visita, no qual escrevi simplesmente a data. Não me ocorria nada mais. Uma data de que nunca me esqueci e de que talvez não se esqueceram Ada e sua mãe: 5 de maio, aniversário da morte de Napoleão.

Ordenei o envio imediato. Era importantíssimo que as flores chegassem no mesmo dia.

E agora? Já fizera tudo; não podia fazer mais nada! Ada e toda a sua família estavam segregadas de mim e eu teria de permanecer à espera de que algum deles viesse procurar-me, dando-me assim ensejo de dizer ou fazer alguma coisa mais.

Corri para o meu estúdio para refletir e ficar trancado. Se desse azo à minha espantosa impaciência, teria logo voltado a correr àquela casa, arriscando-me a chegar antes de meu ramo de flores. Pretextos é que não me faltariam. Poderia ter esquecido o guarda-chuva!

Não quis fazer semelhante coisa. Com o envio das flores eu firmara uma belíssima atitude que me impunha a mim mesmo conservar. O caso era manter-me firme, competindo a eles o primeiro passo.

O recolhimento que busquei em meu pequeno estúdio, e do qual esperava algum alívio, só serviu para esclarecer as razões do meu desespero, exaltando-me até as lágrimas. Eu amava Ada! Não sabia ainda se era aquele o verbo, e assim continuei a análise. Não queria apenas que fosse minha, mas que se tornasse minha esposa. Ela, com sua face marmórea num corpo acerbo; ela, com sua seriedade, incapaz de compreender o meu espírito, o qual eu não lhe haveria de ensinar, mas antes a ele renunciar para sempre; ela, que me encaminharia para uma vida de inteligência e de trabalho. Eu a queria por inteira e tudo aspirava dela. Acabei por concluir que o verbo era exato: eu amava Ada.

Pareceu-me haver pensado uma coisa muito importante, que me poderia guiar. Bastava de hesitações! Não importava saber se ela me amava ou não. O importante era obtê-la, e já nem pensava em falar com ela, porquanto Giovanni me poderia concedê-la. Forçoso era esclarecer tudo de uma vez, para chegar logo à felicidade, ou, em vez disso, esquecer tudo e curar-me. Por que haveria de sofrer tanto naquela expectativa? Quando soubesse — e só por meio de Giovanni poderia sabê-lo — que eu havia perdido Ada definitivamente, pelo menos não teria mais que lutar contra o tempo, que então passaria lentamente sem que eu sentisse necessidade de empurrá-lo. Uma coisa definitiva é sempre calma, de vez que dissociada do tempo.

Corri imediatamente à procura de Giovanni. Aliás, duas corridas. A primeira em direção a seu escritório, situado na rua que continuamos a chamar das Casas Novas, já que assim a designavam nossos avós. Velhas casas altas que ensombrecem uma rua próxima da beira-mar, quase deserta ao entardecer, e onde eu podia chegar com rapidez. Enquanto caminhava, preparei da maneira mais sucinta possível a frase a ser-lhe dirigida. Bastaria manifestar minha determinação de casar com sua filha. Não precisava nem conquistá-lo nem convencê-lo. Aquele homem de negócios haveria de saber responder mal ouvisse a minha pergunta. A única questão que me preocupava era decidir se numa ocasião assim eu devia falar em língua castiça ou dialeto.

Giovanni, porém, havia saído do escritório e fora para o Tergesteo. Encaminhei-me para lá. Mais lentamente, pois sabia que na Bolsa teria que esperar algum tempo para falar com ele a sós. Depois, chegando à rua Cavana, tive que diminuir o passo por causa da multidão que obstruía o caminho estreito. Foi no instante em que me debatia por romper aquela multidão que tive finalmente, como numa visão, a certeza há tanto tempo buscada. Os Malfenti queriam que me casasse com Augusta e não com Ada, pela simples razão de que Augusta estava apaixonada por mim e Ada não. E não devia estar mesmo, senão não teria intervindo para dividir-nos. Disseram-me que eu comprometia Augusta; na verdade, era ela quem se comprometia a si mesma por amar-me. Compreendi tudo naquele momento, com viva clareza, como se alguém da família me tivesse dito. E pressenti que Ada estaria de acordo para que eu fosse afastado daquela casa. Ela não me amava e não me haveria de amar nem que fosse para que a irmã me pudesse amar. Na congestionada rua Cavana conseguira pensar mais acertadamente do que na solidão de meu estúdio.

Hoje, quando recordo os cinco dias memoráveis que me conduziram ao matrimônio, surpreende-me o fato de meu ressentimento não se haver mitigado ao descobrir que a pobre Augusta me amava. Eu, expulso da casa dos Malfenti, amava Ada iradamente. Por que não me trouxe alguma satisfação a nítida ideia de que a sra. Malfenti me afastava em vão, já que eu permanecia ali de qualquer forma, bem vizinho a Ada, ou seja, no coração da irmã? Em vez disso, parecia-me uma nova ofensa o pedido da sra. Malfenti de ou não comprometer Augusta ou esposá-la. Pela fria jovem que me amava nutria todo o desdém que não admitia tivesse por mim sua bela irmã, amada por mim.

Acelerei mais o passo; desviei-me, contudo, e retornei em direção a casa. Não mais sentia necessidade de falar com Giovanni; agora, sabia claramente como conduzir-me, e com uma evidência tão desesperadora que talvez encontrasse finalmente a paz ao dissociar-me do tempo que corria lento. Além do mais era perigoso falar com Giovanni, aquele mal-educado. A sra. Malfenti exprimira-se de um modo que só cheguei a perceber quando me vi na rua Cavana. O marido era capaz de comportar-se contrariamente. Talvez me dissesse de improviso: "Por que quer casar com Ada? Ora essa! Não seria melhor se casasse com Augusta?" Ele tinha um axioma de que me lembrava e que poderia guiá-lo naquele caso: "Deve-se sempre explicar claramente o negócio ao nosso adversário porque só assim se pode estar certo de que o compreendemos melhor do que ele!" E então? A consequência seria um rompimento formal. O tempo então poderia caminhar ao seu bel-prazer, pois eu já não teria qualquer motivo para inserir-me em sua marcha: teria chegado ao ponto morto!

Recordei-me ainda de outro axioma de Giovanni e a ele me agarrei porque me propiciava grande esperança. Soube agarrar-me a ele durante cinco dias, durante cinco dias que converteram a minha paixão em doença. Giovanni costumava dizer que não se devia ter pressa de chegar à liquidação de um negócio quando dessa liquidação não se esperava alguma vantagem: todos os negócios acabam por se liquidarem mais cedo ou mais tarde, coisa que se prova pelo fato de, na história do mundo, que é tão longa, tão poucos assuntos ficarem em suspenso. Desde que não se proceda à sua liquidação, qualquer negócio pode evoluir para uma situação vantajosa.

Não me lembrei de outros axiomas de Giovanni que provavam o contrário, agarrei-me, portanto, àquele. Já era algo a que podia agarrar-me. Pus-me na firme determinação de não agir antes de saber qualquer coisa de novo que fizesse o assunto pender a meu favor. Com isso tive tamanho prejuízo que talvez, a partir daí, nenhum propósito meu me acompanhou por tanto tempo.

Mal acabara de firmar tal propósito, recebi um bilhete da sra. Malfenti. Reconheci a letra no envelope e, antes de abri-lo, alimentei a ilusão de que bastara o meu propósito férreo para que ela se arrependesse de me haver maltratado e corresse ao meu encalço. Quando percebi que continha apenas um cartão com as letras P.R., acusando o recebimento das flores, atirei-me na cama e mordi com força o travesseiro, como para agarrar-me a ele e impedir-me de sair correndo a romper meu compromisso. Que irônica serenidade emanava daquelas simples iniciais! Muito maior do que a expressa pela data aposta por mim em meu bilhete e que já encerrava em si um propósito e até mesmo uma reprovação. *Remember*, disse Carlos I momentos antes de lhe cortarem a cabeça, decerto pensando naquele dia! Eu também havia exortado minha adversária a recordar e a temer aquela data!

Foram cinco dias e cinco noites terríveis, dos quais assinalei a madrugada e o crepúsculo que significavam o fim e o princípio de cada um, avizinhando-me da hora de minha liberdade, a liberdade de poder novamente lutar por meu amor.

Preparava-me para a luta. Sabia agora como queria a minha amada que eu fosse. É-me fácil recordar os propósitos que fiz na ocasião, antes de mais nada porque tornei a fazer idênticos em época mais recente e, ademais, porque os anotei numa folha de papel que conservo até hoje. Propunha-me tornar-me pessoa mais séria. O que significava que não devia mais contar aquelas anedotas que faziam todos rirem, mas que me degradavam, fazendo-me amado pela feia Augusta e desprezado pela minha Ada. Depois, havia a intenção de estar todos os dias às oito da manhã em meu escritório, aonde já não ia há tanto tempo, não para discutir sobre os meus direitos com Olivi, mas para trabalhar com ele e poder assumir no devido tempo a direção de meus negócios. Tal deliberação devia ser posta em prática numa ocasião mais tranquila, quando também deixaria de fumar, ou seja, ao recuperar a minha liberdade, já que não havia necessidade de piorar ainda mais aquele horrível interregno. A Ada caberia um marido perfeito. Além disso, havia vários outros propósitos, como o de dedicar-me a leituras sérias, de praticar meia hora de esgrima todos os dias e de cavalgar duas vezes por semana. As 24 horas do dia não seriam suficientes.

Durante esses dias de segregação, o ciúme mais doentio foi o meu companheiro de todas as horas. Era um propósito heroico querer corrigir-me de todos os defeitos naquela preparação para conquistar Ada ao fim de algumas semanas. E enquanto isso? Enquanto me sujeitava à mais dura constrição, haveriam de estar tranquilos os outros cavalheiros da praça, ou estariam buscando uma forma de me roubar a dama? Devia haver certamente entre eles algum que não precisava de tanto exercício para ser bem recebido. Eu sabia, ou julgava saber, que, quando Ada encontrasse alguém que lhe servisse, haveria facilmente de se deixar enamorar. Quando, em tais dias, eu cruzava por algum senhor bem-vestido, bem-posto e sereno, odiava-o porque o achava digno de Ada. Desses dias, o que mais recordo é o ciúme, baixado como uma névoa sobre a minha vida.

Não se pode acoimar de ridículo o receio atroz de que Ada me fosse então arrebatada, mormente quando se sabe como as coisas se passaram. Quando me lembro daqueles tempos de paixão, sinto profunda admiração pela minha alma profética.

Várias vezes, de noite, passei sob as janelas daquela casa. No alto, continuavam aparentemente a divertir-se como nos tempos em que eu também por lá andava. À meia-noite, ou pouco antes, apagavam-se as luzes da sala de visitas. E eu fugia com temor de ser surpreendido por algum visitante que estivesse deixando a casa.

Todas as horas desses dias foram penosas também pela impaciência. Por que ninguém perguntava por mim? Por que Giovanni não se manifestava? Não devia estar admirado de não me ver nem em sua casa nem no Tergesteo? Acaso ele também estaria de acordo em que eu fosse afastado? Não raro interrompia os meus passeios noturnos e diurnos e corria para casa a fim de certificar-me de que ninguém viera à minha procura. Não conseguia deitar-me na dúvida e despertava a pobre Maria para interrogá-la. Passava horas à espera no local da casa em que fosse mais facilmente encontrável. Ninguém veio à minha procura e, se eu não tivesse resolvido tomar a iniciativa, decerto ainda estaria solteiro.

Uma noite fui ao clube jogar. Havia muitos anos que não aparecia por lá em razão de uma promessa feita ao meu pai. Parecia-me agora que tal promessa não devia ser considerada válida, já que meu pai não poderia prever as dolorosas circunstâncias em que me achava e a minha urgente necessidade de buscar uma distração. A princípio, ganhei uma pequena fortuna, que me pesou por me parecer uma recompensa pelo meu infortúnio amoroso. Depois, perdi, o que também me pesou por me parecer fracassar no jogo da mesma forma como fracassara no amor. Logo senti repugnância pelo jogo: não era digno de mim nem de Ada. Tão puro me tornava aquele amor!

De tais dias sei ainda que os devaneios de amor eram aniquilados pela dura realidade. O sonho era agora diferente. Sonhava com a vitória em vez de com o amor. Meu sonho foi uma vez adornado pela presença de Ada. Estava vestida de noiva e subia comigo ao altar; só que, quando ficamos a sós, não nos entregamos ao amor, apesar de tudo. Era seu marido e havia adquirido o direito de perguntar-lhe: "Como pôde permitir que me tratassem desta maneira?" E não me apressei em exercer outros direitos.

Encontro em meu cofre alguns rascunhos de cartas a Ada, a Giovanni e à sra. Malfenti. Pertencem àqueles dias. À sra. Malfenti dirigia uma missiva singela, a título de despedida, antes de empreender uma longa viagem. Não me recordo, contudo, de haver tido tal intenção. Não poderia deixar a cidade enquanto não estivesse certo de que ninguém viria mesmo à minha procura. Que desventura se alguém viesse e não me encontrasse! Nenhuma daquelas cartas chegou a ser enviada. Creio mesmo que as teria escrito apenas para fixar no papel meus pensamentos.

Desde muito me considerava enfermo, de uma enfermidade que antes fazia sofrer aos outros que a mim. Foi então que conheci a enfermidade "dolorosa", uma quantidade de sensações físicas desagradáveis que me deixaram bastante infeliz.

Começou assim. Por volta de uma da manhã, incapaz de conciliar o sono, levantei-me e caminhei pela noite serena até encontrar um café distante, onde nunca estivera antes e onde naturalmente não encontraria nenhum conhecido, coisa bastante agradável, pois queria continuar uma discussão com a sra. Malfenti, que comecei ainda na cama e na qual não queria que ninguém interferisse. A sra. Malfenti me fizera novas reprovações. Dissera que eu havia tentado "manobrar" com suas filhas. Na verdade, se tentei fazer qualquer coisa dessa natureza fora exclusivamente com Ada. Suava frio só de pensar que talvez em casa dos Malfenti levantassem naquele momento contra mim semelhantes reprovações. O ausente nunca tem razão, e podiam aproveitar-se de meu afastamento para se unirem contra mim. Na luz viva do café sabia defender-me melhor. É verdade que alguma vez tentei tocar por baixo da mesa o pé de Ada e creio havê-lo conseguido, com o consentimento dela. Depois descobri que havia apenas comprimido o pé da mesa, o qual certamente não poderia reclamar.

Fingia interesse pelo jogo de bilhar. Um senhor, apoiado numa muleta, aproximou-se e veio sentar-se ao meu lado. Pediu uma limonada; como o garçom esperasse também pelo meu pedido, acabei, por distração, ordenando outra para mim, embora eu não suporte o sabor do limão. Nesse ínterim, a muleta, apoiada sobre o sofá em que estávamos sentados, resvalou para o chão e eu me inclinei para apanhá-la num movimento quase instintivo.

— Oh, Zeno! — disse o pobre coxo, reconhecendo-me no momento em que ia agradecer-me.

— Túlio! — exclamei surpreso, estendendo-lhe a mão. Tínhamos sido colegas de escola e já não nos víamos há muitos anos. Sabia que ele, após concluir os cursos secundários, ingressara num banco onde ocupava boa posição.

Eu estava de tal forma distraído que de repente lhe perguntei como ficara com a perna direita mais curta a ponto de ter que usar muleta.

De ótimo humor, contou-me que há seis meses sofria de um reumatismo que lhe acabara por afetar a perna.

Apressei-me em sugerir-lhe vários remédios. É a melhor maneira de podermos simular uma viva participação sem que nos custe grande esforço. Ele já provara todos. Mesmo assim sugeri-lhe ainda:

— E por que você não está na cama a uma hora destas? Não acho que lhe possa fazer bem expor-se ao ar da madrugada.

Ele retrucou com bonomia; achava que também a mim o ar da noite não havia de fazer bem, embora quem não sofre de reumatismo possa perfeitamente, enquanto tiver vida, dar-se a esse luxo. O direito de recolher-se ao leito tarde da noite era admitido até mesmo na Constituição austríaca. De resto, contrariamente à opinião geral, o calor e o frio nada tinham a ver com o reumatismo. Ele havia estudado seu mal e não fazia outra coisa no mundo senão pesquisar-lhe as causas e as curas. Mais do que para obter a cura, conseguira do banco uma prolongada licença a fim de aprofundar-se nesse estudo. Depois, revelou que estava fazendo um estranho tratamento. Ingeria diariamente grandes quantidades de limão. Naquele dia já devorara uns trinta, mas esperava com o treino chegar a consumir ainda mais. Confidenciou-me que, segundo ele, os limões eram bons também para muitas outras doenças. Desde que os vinha usando, sentia menos fastio pelo excesso de fumo, a que igualmente estava condenado.

Senti um arrepio ante a visão de tanto ácido; logo em seguida, porém, ocorreu-me uma visão um pouco mais alegre da vida: os limões não me agradavam, mas, se eles me dessem a liberdade de fazer o que eu devia ou queria sem causar-me dano e libertando-me de qualquer outra constrição, de bom grado haveria de ingerir também eu uma quantidade daquelas. A liberdade completa consiste em poder fazer aquilo que se quer desde que se possa fazer também alguma coisa de que se goste menos. A verdadeira escravidão é estar condenado à abstenção: Tântalo e não Hércules.

Depois, Túlio também fingiu interesse em saber de mim. Obstinava-me em não contar-lhe sobre o meu amor infeliz, mas carecia de um desabafo. Falei com tal exagero dos meus males (que assim classifiquei, embora cônscio de serem leves) que acabei com lágrimas nos olhos, enquanto Túlio começava a sentir-se um tanto melhor, acreditando-me mais enfermo do que ele.

Perguntou-me se eu trabalhava. Todos por aí diziam que eu não fazia nada e temi que ele me invejasse num momento em que eu tinha absoluta necessidade de comiseração. Menti! Contei-lhe que trabalhava em meu escritório, não muito, mas pelo menos seis horas por dia e que, além disso, os negócios muito embrulhados que herdara de meu pai e de minha mãe davam-me o que fazer por outras seis horas.

— Doze horas por dia! — comentou Túlio e, com um sorriso satisfeito, concedeu-me aquilo que eu ambicionava, a sua comiseração: — Não o invejo, meu caro!

A conclusão era exata e fiquei tão comovido que tive de lutar para conter as lágrimas. Senti-me mais infeliz do que nunca, e num mórbido estado de compaixão por mim mesmo compreende-se que eu me mostrasse bastante vulnerável.

Túlio voltara a falar da doença, que era sua principal distração. Havia estudado a anatomia da perna e do pé. Contou-me a rir que, quando se anda rápido, o tempo que se gasta para dar um passo não é mais que meio segundo, mas nesse meio segundo nada menos que 54 músculos se movem. Fiquei maravilhado e imediatamente corri com o pensamento para as minhas pernas em busca da máquina monstruosa. Creio havê-la encontrado. Naturalmente não esmiucei as 54 engrenagens; ocorreu, porém, uma complicação enorme que se desengrenou toda a partir do momento em que nela fixei minha atenção.

Saí do café mancando um pouco e durante alguns dias não parei de mancar. O caminhar tornou-se para mim um esforço tremendo, até ligeiramente dolorido. Àquele emaranhado de articulações parecia agora faltar óleo, e elas, ao mover-se, iam-se lesionando cada qual por sua vez. Dias depois, fui vítima de outro mal mais grave de que ainda falarei e que amenizou o primeiro. Mas até hoje, se alguém me observa enquanto me locomovo, os 54 movimentos se embaraçam e fico na iminência de cair.

Também esta lesão devo-a a Ada. Muitos animais tornam-se presa dos caçadores ou de outros animais quando estão amando. Eu era então uma presa da doença e estou certo de que se tivessem falado sobre a máquina monstruosa em qualquer outra ocasião não lhe teria dado a menor importância.

Alguns rabiscos numa folha de papel que conservei recordam-me de outra estranha aventura desses tempos. Além das anotações sobre um último cigarro acompanhadas da expressão de certeza de que poderia curar-me da moléstia dos 54 movimentos, há uma tentativa de poesia... sobre uma mosca. Se não soubesse o contrário, poderia imaginar que tais versos proviessem de uma jovem de família que tratasse os insetos por "vós"; visto que, porém, eram mesmo escritos por mim, devo admitir que, se passei por aquilo, não há nada que afinal não nos possa acontecer.

Eis como nasceram os versos. Voltara para casa tarde da noite e em vez de deitar-me demorava-me no estúdio onde acendera a luz do gás. Uma mosca atraída pela claridade pôs-se a azucrinar-me. Consegui acertar-lhe um golpe, de leve para não sujar-me. Esqueci-a e só mais tarde percebi como, em cima da mesa, lentamente ela começava a reanimar-se. Estava parada, ereta e parecia mais alta que a princípio porque uma das patinhas estropiara-se e não podia flexionar-se. Com as duas patas posteriores alisava assiduamente as asas. Tentou mover-se, mas virou de costas. Endireitou-se e voltou ao seu assíduo mister.

Foi então que escrevi os versos, espantado por haver descoberto que aquele pequeno organismo penetrado por tamanha dor fosse orientado em seu esforço ingente por duas convicções errôneas: em primeiro lugar, alisando com tanta obstinação as asas ilesas, o inseto revelava desconhecer de que órgão derivava a dor; além disso, a assiduidade de seu esforço demonstrava que em sua mente minúscula existia a convicção fundamental de que a saúde é um dom comum a todos e que devemos fatalmente recuperá-la se a perdemos. Eram erros perfeitamente desculpáveis num inseto cuja vida dura apenas uma estação, e não lhe sobra tempo para adquirir experiência.

Então veio o domingo. Transcorria o quinto dia de minha última visita aos Malfenti. Eu, que trabalho tão pouco, sempre conservei grande respeito pelo dia festivo que divide a vida em breves períodos, tornando-a assim mais suportável. Aquele dia festivo encerrava também para mim uma semana fatigante e me dava direito à alegria. Meus planos tinham sofrido qualquer alteração, mas decidi que, para aquele dia, eles não deviam valer e que iria ver Ada. Não haveria de comprometer aqueles planos com qualquer palavra, e era bom revê-la porque havia ainda a possibilidade de que as coisas já tivessem mudado em meu favor e seria tolice continuar a sofrer sem motivo.

Assim, ao meio-dia, com a pressa que as minhas pobres pernas me permitiam, corri à cidade perfazendo o caminho que a sra. Malfenti e suas filhas deviam percorrer ao retornarem da missa. Era um domingo cheio de sol e, caminhando, pensei que talvez na cidade me esperasse a novidade tão ansiada, o amor de Ada!

Tal não se deu, mas por um instante mantive-me na ilusão. A sorte favoreceu-me de maneira incrível. Encontrei-me face a face com Ada, que se achava só. Perdi o passo e o fôlego. Que fazer? A minha intenção seria afastar-me para o lado e deixá-la passar apenas com uma saudação comedida. Contudo, na minha mente estabeleceu-se certa confusão, pois ali havia outras intenções anteriores, dentre as quais eu me lembrava de uma, segundo a qual eu devia falar-lhe claramente e saber de sua boca o meu destino. Não me afastei do caminho; quando ela me cumprimentou como se nos houvéssemos separado a não mais que cinco minutos, segui a seu lado.

Ela me dissera:

— Bom dia, sr. Cosini! Estou com muita pressa.

E eu:

— Permite-me acompanhá-la por um instante?

Aquiesceu sorrindo. Devia então falar-lhe? Ela acrescentou que ia diretamente para casa; compreendi que não dispunha de mais que cinco minutos para dizer-lhe o que queria, e já perdera alguns instantes calculando se o tempo seria suficiente para as coisas importantes que eu tinha a dizer. Era melhor não dizer nada que ficar tudo pelo meio. Eu já estava perturbado pelo fato de que em nossa cidade, naquele tempo, era um ato comprometedor para uma moça de família deixar-se acompanhar na rua a sós por um rapaz. E ela o permitira. Não era o suficiente para me contentar? Enquanto a contemplava, tentava sentir de novo em sua integridade o meu amor enevoado pela ira e pela dúvida. Reaveria ao menos os meus sonhos? Ela me parecia pequena e grande ao mesmo tempo, na harmonia de suas linhas. Os sonhos retornavam em bando mesmo junto dela, uma presença real. Era o meu modo de desejar, e voltei-me para eles com intensa alegria. Desaparecera de meu ânimo qualquer traço de ira ou de rancor.

Atrás de nós, porém, ouviu-se um chamado hesitante:

— Senhorita, se me dá licença?

Voltei-me indignado. Quem ousaria interromper as explicações que eu nem havia começado? Um jovem imberbe, moreno e pálido, fitava-a com olhos ansiosos. Ao meu lado, encarei Ada na louca esperança de que ela invocasse a minha proteção. Teria bastado um simples sinal para que me atirasse sobre o indivíduo, exigindo-lhe satisfações por sua audácia. E quem dera tivesse insistido! Estaria livre de meus males, se fora dada a oportunidade de um ato brutal de força física.

Ada não fez nenhum sinal. Com um sorriso espontâneo que lhe modificou ligeiramente o desenho da face, e também o brilho do olhar, disse, estendendo-lhe a mão:

— Ah! O sr. Guido!

O prenome me fez mal: ela, pouco antes, me chamara pelo nome de família.

Examinei o sr. Guido. Vestia-se com rebuscada elegância e trazia na mão direita enluvada uma bengala com imenso castão de marfim, que eu não seria capaz de usar ainda que me pagassem bom dinheiro por quilômetro percorrido. Não me reprovei por imaginar em semelhante figura uma ameaça para Ada. Há muitas pessoas equívocas que se vestem elegantemente e até usam bengalas como aquela.

O sorriso de Ada me reverteu ao mais comum das relações mundanas. Ada fez as apresentações. E sorri, também eu! O sorriso de Ada recordava um pouco o ondular de uma água límpida aflorada de leve pela brisa. O meu também lembrava um movimento parecido, só que provocado por uma pedra que se atira na água.

Chamava-se Guido Speier. Meu sorriso tornou-se um pouco mais espontâneo, pois logo surgiu a ocasião de dizer qualquer coisa antipática:

— O senhor é alemão?

Cortesmente reconhecia que, a julgar pelo nome, todos poderiam pensar assim. Na verdade, os documentos de família provavam que eram italianos há vários séculos. Falava toscano com grande fluência, enquanto eu e Ada estávamos condenados ao nosso pobre dialeto.

Fitava-o para compreender melhor o que dizia. Era um rapaz de muito boa aparência: os lábios naturalmente entreabertos deixavam ver uma boca de dentes brancos e perfeitos. Seus olhos eram vivazes e expressivos e, quando tirou o chapéu, pude ver que seus cabelos escuros e um pouco anelados cobriam todo o espaço que a mãe natureza lhes havia destinado, ao passo que uma boa parte da minha cabeça já fora invadida pela fronte.

Eu o teria odiado mesmo se Ada não estivesse presente, mas sofria com aquele ódio e procurei amenizá-lo. Pensei: "É jovem demais para Ada!" E pensei que a confiança e a gentileza que ela lhe dispensava fossem devidas a uma ordem do pai. Talvez se tratasse de pessoa importante para os negócios de Malfenti e pareceu-me que em semelhante caso toda a família fosse compelida à colaboração. Perguntei:

— O senhor vai estabelecer-se em Trieste?

Respondeu-me que já estava na cidade há um mês e que abrira uma casa comercial. Respirei! Bem que eu tinha adivinhado.

Eu caminhava a manquejar, embora desenvolto, cuidando para que ninguém percebesse. Olhava Ada e tentava esquecer todo o resto, inclusive o outro que a acompanhava. No fundo, sou um homem do presente e não penso no futuro, a menos que ele ofusque o presente com sombras evidentes. Ada caminhava entre nós e mostrava no rosto uma expressão estereotipada, um vago ar de contentamento que chegava quase ao sorriso. Aquela ventura me parecia nova. Para quem era aquele sorriso? Não seria para mim, a quem ela não via há tanto tempo?

Prestei atenção ao que diziam. Falavam de espiritismo e percebi logo que Guido introduzira na casa dos Malfenti a mesa levitante.

Ardia de desejo de assegurar-me que o doce sorriso que vagueava nos lábios de Ada fosse para mim e intrometi-me no assunto de que falavam, improvisando uma história espírita. Nenhum poeta teria conseguido improvisar sobre um tema dado melhor do que eu. Sem ainda saber a que ponto chegaria, comecei por declarar que passara a acreditar nos espíritos depois de um caso que me havia acontecido na véspera, naquela mesma rua... ou melhor... na rua paralela àquela em que estávamos e que podíamos avistar dali. Depois falei do professor Bertini, a quem Ada também havia conhecido, e que morrera havia pouco em Florença, onde fora viver depois de aposentado. Soubemos de sua morte através de uma breve notícia num jornal da terra, mas eu me havia esquecido disso de tal forma que, quando pensava no professor Bertini, via-o passear pelas Cascine em seu merecido repouso. Ora, no dia anterior, num ponto que indiquei da rua paralela à que estávamos percorrendo, fui abordado por um senhor que me conhecia e que eu tinha a certeza de conhecer. Seu modo de andar era curioso, como o de certas mulheres que saracoteiam para melhor marcar o passo...

— Sem dúvida que podia ser o Bertini! — disse Ada rindo.

O riso era para mim; encorajado, continuei:

— Estava certo de que o conhecia, mas não consegui lembrar-me de quem se tratava. Falamos de política. Não resta dúvida de que era o Bertini, pois falou muitas asneiras com aquela sua voz de ovelha...

— Também a voz! — ria ainda Ada, olhando-me ansiosa para saber o fim da história.

— Sim! Só podia ser o Bertini — disse eu, fingindo pavor com todo um talento de artista que se perdera em mim. — Apertou-me a mão para se despedir e lá se foi na sua ginga. Segui-o por alguns passos forçando a lembrança. Só atinei que havia falado com Bertini quando já o tinha perdido de vista. Com Bertini, morto havia mais de um ano!

Logo em seguida, Ada parou diante do portão de sua casa. Apertando a mão a Guido, disse-lhe que o esperava à noite. Depois, cumprimentando a mim, disse-me que viesse também à casa para fazer levitar a mesa, caso não me aborrecesse.

Não contestei nem agradeci. Queria analisar o convite antes de aceitá-lo. Pareceu-me haver soado como um ato de cortesia forçada. Era boa! Para mim o domingo acabara com aquele encontro. No entanto, quis mostrar-me cortês para deixar abertas todas as possibilidades, inclusive a de aceitar o convite. Perguntei-lhe por Giovanni, com quem queria falar. Ela respondeu que o encontraria no escritório, aonde fora premido por um assunto urgente.

Guido e eu ficamos por um instante a contemplar a elegante figurinha que desaparecia na obscuridade do átrio da casa. Não sei o que Guido pensava naquele momento. Quanto a mim, sentia-me infelicíssimo; por que não fizera ela o convite primeiro a mim e depois a Guido?

Retornando juntos por nosso caminho, quase até o ponto em que havíamos encontrado Ada, Guido, cortês e desenvolto (desenvoltura era de fato o que eu mais invejava nos outros), falou da história que eu inventara e que ele tomara a sério. Na verdade, reduzia a minha narrativa ao seguinte: em Trieste, mesmo depois de Bertini haver morrido, vivia alguém que dizia tolices, caminhava de um modo que parecia mover-se nas pontas dos pés e tinha até mesmo uma voz estranha. Eu devia tê-lo conhecido naqueles últimos dias e, por um instante, recordara-me de Bertini. Não me desagradava que Guido desse tratos à bola para justificar a minha invenção. Eu decidira não odiá-lo, já que não passava de um comerciante importante aos olhos de Malfenti; mas era antipático pela sua elegância rebuscada e pela sua bengala. E como eu não via a hora de me ver livre dele, tornava-se mais antipático ainda. Percebi que concluía:

— É possível também que a pessoa com quem o senhor falou fosse bem mais jovem que Bertini, caminhasse como um militar, tivesse uma voz máscula e que a única semelhança fosse limitada ao fato de ambos dizerem tolices. Tanto bastou para que sua mente se fixasse em Bertini. Embora, para admitir isso, fosse necessário crer que o senhor seja muito distraído.

Não consigo ajudá-lo em seus esforços:

— Eu, distraído? Que ideia! Sou um homem de negócios. Estaria mal se fosse distraído.

Depois pensei que perdia tempo. Queria encontrar-me com Giovanni. Já que havia visto a filha, poderia ver também o pai, que era muito menos importante. E devia fazê-lo imediatamente se ainda quisesse encontrá-lo no escritório.

Guido continuava a parafusar sobre que parte do milagre se poderia atribuir à desatenção de quem o pratica ou de quem o presencia. Quis despedir-me e mostrar-me pelo menos tão desenvolto quanto ele. Daí decorreu uma tal precipitação em interrompê-lo e me ver livre que chegava a parecer grosseria:

— Para mim os milagres existem ou não existem. Não compete complicá-los mais do que já são. Compete crer ou não crer e em ambos os casos é tudo muito simples.

Não queria demonstrar antipatia por ele, tanto é verdade que com as minhas palavras acreditava até fazer-lhe uma concessão, já que sou positivista convicto e não creio em milagres. Mas era uma concessão feita com grande mau humor.

Afastei-me claudicando mais que nunca e esperei que Guido não sentisse necessidade de olhar para trás.

Era mister que eu falasse a Giovanni. Com isso saberia de que modo comportar-me àquela noite. Fora convidado por Ada, e do comportamento de Giovanni poderia depreender se devia aceitar o convite ou antes recordar-me de que este contrariava expressamente os desejos da sra. Malfenti. Convinha que as minhas relações com aquela gente fossem bem claras; se para consegui-lo não bastasse o domingo, dedicaria a isto igualmente a segunda-feira. Continuava a contrariar os meus propósitos e nem me dava conta. Até me parecia estar seguindo uma resolução tomada após cinco dias de meditação. Assim designava a minha atividade daqueles dias.

Giovanni acolheu-me com uma saudação em voz alta, o que me fez bem, e convidou-me a sentar numa poltrona encostada à parede de frente para a sua escrivaninha.

— Espere só um instante! Em cinco minutos falarei com você! — E logo em seguida: — Está mancando?

Fiquei rubro! Eu, porém, estava no meu dia de improvisações; disse-lhe que havia escorregado ao sair de um café e cheguei a designar o local do acidente. Temendo que pudesse atribuir a queda ao fato de estar a minha mente enevoada pelo álcool, ajuntei rindo o detalhe de que quando caí me encontrava na companhia de uma pessoa atacada de reumatismo que mancava.

Um empregado e dois carregadores se achavam de pé junto à mesa de Giovanni. Devia ter havido um engano qualquer em alguma entrega de mercadorias, e Giovanni estava no meio de uma de suas intervenções violentas no funcionamento de seu armazém, do qual raramente se ocupava a fim de poder ter a mente livre para só fazer — como dizia — aquilo que ninguém mais podia fazer por ele. Gritava mais que de costume, como se quisesse gravar no ouvido de seus empregados as suas instruções. Creio que se tratava de estabelecer a maneira de como se devia processar o relacionamento entre o escritório e o armazém dali para o futuro.

— Este papel — gritava Giovanni, passando da mão direita à esquerda uma folha de papel retirada de dentro de um livro — será assinado por você, e o empregado que o receber há de lhe dar um idêntico, assinado por ele.

Fixava o olhar em seus interlocutores, ora através dos olhos, ora por cima das lentes, e concluiu com um outro berro:

— Compreendeu bem?

Queria repetir a explicação desde o princípio, mas com isso eu estaria perdendo muito tempo. Invadia-me o sentimento curioso de que, se me apressasse, poderia bater-me melhor por Ada; em seguida, contudo, ocorreu-me com grande surpresa a ideia de que ninguém me esperava e que eu não esperava ninguém, e que não havia solução para mim. Interrompi Giovanni, estendendo-lhe a mão:

— Vou logo mais à sua casa.

Voltou-se para mim, enquanto os empregados permaneciam à parte.

— Por que você não aparece há tanto tempo? — perguntou com simplicidade.

Fui tomado por uma emoção que me confundiu. Esta era a pergunta que Ada não me fizera e a que eu me julgava com direito. Se estivéssemos a sós, teria dito francamente a Giovanni que a pergunta me provava sua inocência naquilo que eu sentia agora como sendo uma conspiração contra mim. Só ele era inocente e merecedor de minha confiança.

Talvez naquele instante não pensasse com tamanha clareza, prova disso é o fato de que não tive paciência de esperar que os empregados se retirassem. Ademais, queria estudar se Ada talvez não fizera a pergunta, impedida pelo inopinado aparecimento de Guido.

O próprio Giovanni impediu-me de falar, manifestando grande pressa em retornar ao seu trabalho.

— Então nos vemos logo. Vai ouvir tocar um violinista como jamais ouviu. Apresenta-se como um diletante ao violino só porque tem tanto dinheiro que não se digna fazer da música a sua profissão. Pretende dedicar-se ao comércio. — Encolheu os ombros como num ato de desprezo. — Eu, que também amo o comércio, no lugar dele só venderia notas. Não sei se o conhece? É um certo Guido Speier.

— Ah, sim?! — disse simulando complacência, meneando a cabeça e abrindo a boca, fazendo em suma todos os movimentos de que ainda era capaz. Então o belezoca ainda sabia tocar violino? — É mesmo? Tão bem assim? — Esperava que Giovanni estivesse brincando e com o exagero de seus elogios quisesse significar que Guido não passava de mero arranhador de cordas. Mas ele meneava a cabeça com verdadeira admiração. Voltei a estender-lhe a mão:

— Até logo!

Aviei-me mancando para a porta. Deteve-me uma dúvida. Talvez fosse melhor não aceitar o convite e, assim sendo, devia prevenir Giovanni. Dei meia-volta para tornar a ele; percebi então que me observava com grande atenção, inclinando o corpo à frente para me ver melhor. Sendo mais do que eu podia suportar, fui-me embora!

Um violinista! Se era verdade que tocava tão bem, eu, simplesmente, estava perdido. Se ao menos eu não tocasse violino ou não me tivesse deixado induzir a tocá-lo em casa dos Malfenti... Levara meu instrumento àquela casa não para conquistar com a música o coração daquela gente, mas como um pretexto para prolongar as minhas visitas.

Que imbecil eu fora! Podia ter usado de tantos outros pretextos menos comprometedores!

Ninguém poderá dizer que eu me entregue a ilusões a meu respeito. Sei que possuo alta sensibilidade musical e não é por afetação que busco a música mais erudita; mas esta mesma desenvolvida sensibilidade me adverte e há anos me tem advertido de que nunca chegarei a tocar de modo a proporcionar prazer a quem me ouve. Se, apesar disso, continuo a tocar, faço-o pela mesma razão por que continuo a me tratar. Poderia tocar bem se não estivesse doente e corro atrás da saúde mesmo quando pratico o equilíbrio nas quatro cordas do violino. Há uma leve paralisia em meu organismo que se revela em sua integridade quando toco violino e por isso é mais facilmente curável. Até o ser mais rude, quando sabe o que são as terças, as quartas e as sextas, passa de umas às outras com exatidão rítmica como a sua vista sabe passar de uma cor a outra. Comigo, ao contrário, quando executo uma daquelas figuras, a ela me apego e não me liberto mais, e assim ela se intromete na figura seguinte e a deforma. Para manter as notas em seu lugar preciso, tenho que marcar o tempo com o pé e com a cabeça, mas adeus desenvoltura, adeus serenidade, adeus música. A música que provém de um organismo equilibrado é, ela própria, o tempo que ela cria e exaure. Quando eu a produzir assim, estarei curado.

Pela primeira vez pensei abandonar o campo de batalha, deixar Trieste e partir em busca de lenitivo. Nada havia que pudesse esperar. Ada estava perdida para mim. Tinha certeza disso! Não sabia perfeitamente bem que ela só se casaria com um homem após havê-lo avaliado e pesado como se se tratasse de conceder-lhe uma láurea acadêmica? Parecia-me ridículo, porque na verdade o violino entre seres humanos não devia pesar tanto na escolha de um marido; isso, porém, não me salvava. Sentia a importância daquele som. Era decisiva como para os pássaros canoros.

Entoquei-me em meu estúdio, enquanto os demais ainda festejavam o domingo! Tirei o violino da caixa, indeciso se o fazia em pedaços ou se ia tocá-lo. Depois, experimentei-o como se lhe fosse dar o último adeus; por fim, pus-me a estudar a eterna Kreutzer. Naquele mesmo lugar tinha feito o arco percorrer tantos e tantos quilômetros que na minha desorientação voltei a percorrer maquinalmente outros tantos.

Todos aqueles que se dedicam a essas malditas cordas sabem como, desde que se viva isolado, se acredita que cada pequeno esforço traz um correspondente progresso. Se assim não fosse, quem aceitaria suportar os trabalhos forçados sem termo, como se se tivesse a desgraça de ter matado alguém? Depois de algum tempo, pareceu-me que minha luta com Guido não estava definitivamente perdida. Quem sabe não me seria dado intervir entre Guido e Ada com um violino vitorioso?

Não se tratava de uma presunção, mas do meu costumeiro otimismo, de que nunca soube libertar-me. Qualquer ameaça de infortúnio a princípio me aterroriza; logo, porém, a esqueço na certeza inabalável de que saberei evitá-lo. Ali, pois, não se tratava senão de fazer mais benévolo o meu juízo sobre minha capacidade como violinista. Nas artes em geral sabe-se que o juízo seguro nasce da comparação, coisa que me faltava. Além do mais, o próprio violino ecoa tão próximo do ouvido que encontra fácil o caminho do coração. Quando, exausto, parei de tocar, disse para mim:

— Bravo, Zeno, você ganhou o seu pão.

Sem a menor hesitação, dirigi-me à casa dos Malfenti. Tinha aceito o convite e agora não podia faltar. Pareceu-me de bom augúrio que a empregada me acolhesse com um sorriso gentil, perguntando se estivera doente, pois não vinha há tanto tempo. Dei-lhe uma gorjeta. Por sua boca, toda a família, de que ela era a representante, me fazia aquela pergunta.

Conduziu-me ao salão imerso na obscuridade mais profunda. Chegando da plena luz da sala de entrada, por um instante fiquei sem nada ver e não ousei mover-me. Depois, distingui várias figuras dispostas em torno de uma pequena mesa, ao fundo do salão, bastante longe de mim.

Fui saudado pela voz de Ada que, na obscuridade, pareceu-me sensual. Sorridente, uma carícia:

— Sente-se daquele lado e não perturbe os espíritos! — Se a coisa continuaria assim, eu certamente não os iria perturbar.

De outro ponto da periferia da mesa ecoou outra voz, a de Alberta ou talvez de Augusta:

— Se quiser tomar parte na invocação, aqui ainda há um lugar livre.

Eu estava decidido a não permitir que me pusessem de parte e avancei resoluto para o ponto de onde proviera a saudação de Ada. Dei uma joelhada contra o pezinho da mesa veneziana que, aliás, era toda pés. Senti uma dor intensa, mas não me deixei trair e fui despencar sobre uma cadeira que me era trazida não sei por quem, entre duas das moças, uma das quais, a que estava à minha direita, pensei que fosse Ada e a outra, Augusta. Logo, para evitar qualquer contato com esta última, cheguei para o lado da outra. Contudo, na dúvida de que talvez me tivesse enganado, perguntei à vizinha da direita, para escutar-lhe a voz:

— Já conseguiram alguma comunicação com os espíritos?

Guido, que me pareceu sentado bem à minha frente, interrompeu-me, dizendo imperiosamente:

— Silêncio!

Em seguida, menos agressivo:

— Concentrem-se e pensem intensamente no morto que desejarem invocar.

Não tenho a menor aversão pelas tentativas, sejam quais forem, de estabelecer uma comunicação com o Além. Estava inclusive triste por não ter sido eu a introduzir a mesa espírita na casa dos Malfenti, já que suscitava tamanho êxito. Mas, como não estava disposto a obedecer às ordens de Guido, não me concentrei em coisa nenhuma. Depois, tanto me havia reprovado por ter permitido que as coisas chegassem àquele ponto sem haver dito uma palavra clara a Ada que, uma vez tendo a pequena ao lado, naquela obscuridade tão propícia, haveria de esclarecer tudo. Fui obstado apenas pelo encantamento de tê-la tão próxima de mim, depois de haver temido perdê-la para sempre. Adivinhava a maciez do vestido tépido que me roçava as roupas e pensei que, estando assim juntos um do outro, pudesse com o pé apalpar-lhe a maciez de seus sapatos de verniz. Isso era mais que um prêmio, após um martírio que durara tanto.

Guido falou novamente:

— Peço a todos que se concentrem. Supliquem agora ao espírito que invocaram para que se manifeste fazendo girar a mesa.

Agradava-me vê-lo sempre ocupado com a mesa. Agora, era evidente que Ada aquiescia suportar quase todo o meu peso! Se não me amasse, não haveria de suportá-lo. Era chegada a hora das explicações. Retirei a mão de cima da mesa e vagarosamente passei-lhe o braço pela cintura:

— Eu te amo, Ada! — disse em voz baixa, aproximando meu rosto do seu para me fazer ouvir melhor.

A moça não respondeu imediatamente. Depois, um sopro de voz, a de Augusta, disse-me:

— Por que ficou tanto tempo sem vir?

A surpresa e o desprazer quase me fizeram cair da cadeira. Súbito senti que era preciso eliminar de uma vez por todas aquela intrometida do meu destino, embora devesse usar o resguardo que um bom cavalheiro como eu tem de tributar à mulher que o ama, por mais feia que seja. E que amor tinha ela por mim! No meu sofrimento senti o seu amor. Só o amor seria capaz de levá-la a não me dizer que era Augusta e não Ada, e a me fazer a pergunta que em vão eu esperara de Ada, e que ela certamente estava pronta a fazer-me tão logo me voltasse a ver.

Segui meu instinto e não lhe dei resposta imediata; após uma breve hesitação, disse-lhe:

— Ainda bem que foi a você que fiz esta confissão, Augusta, a você que acho tão compreensiva!

Voltei a minha cadeira ao seu equilíbrio natural. Não pudera esclarecer o assunto com Ada, mas em relação a Augusta o fizera completamente. Entre nós já não podia haver quaisquer mal-entendidos.

Guido advertiu novamente:

— Se não quiserem manter silêncio, é inútil passarmos nosso tempo aqui no escuro!

Ele não sabia, mas eu necessitava ainda de um pouco de obscuridade para isolar-me e propiciar-me recolhimento. Descobrira o meu erro, e o único equilíbrio que então conseguira fora o de minha cadeira.

Haveria de falar com Ada, mas em plena luz. Suspeitei que à minha esquerda estivesse Alberta, e não ela. Como certificar-me? A dúvida quase me fez tombar à esquerda e, para readquirir equilíbrio, apoiei-me sobre a mesa. Todos puseram-se a gritar:

— A mesa mexeu!

Esse ato involuntário podia conduzir-me ao esclarecimento. De onde vinha a voz de Ada? Mas Guido, cobrindo com sua voz a dos demais, impôs aquele silêncio que eu, de bom grado, lhe teria também imposto. Depois, com voz mudada, súplice (imbecil!), falou ao espírito que supunha presente:

— Eu vos suplico, dizei vosso nome indicando-o pelas letras de nosso alfabeto!

Ele previa tudo: tinha receio de que o espírito se valesse do alfabeto grego...

Continuei a representar a comédia, sempre espreitando na obscuridade à procura de Ada. Após breve hesitação, levantei a mesinha sete vezes seguidas de modo a produzir a letra G. A ideia pareceu-me boa e embora o U que se seguia custasse inúmeros movimentos acabei por ditar todo o nome de Guido. Estou quase certo de que, ao lhe ditar o nome, era comandado pelo desejo de relegá-lo entre os espíritos.

Quando o nome de Guido se formou, Ada falou finalmente:

— Algum antepassado seu? — sugeriu. Estava sentada ao lado dele. Tive vontade de empurrar a mesa de modo a metê-la entre ambos, separando-os.

— É possível — disse Guido. Ele se acreditava possuidor de antepassados, mas isso não me inquietava. Sua voz se mostrava alterada por uma emoção verdadeira, dando-me a alegria que invade o esgrimista, ao perceber que seu adversário é menos temível do que supunha. Não estava fazendo aquelas experiências por zombaria. O imbecil acreditava nelas! Todas as debilidades encontram facilmente em mim condescendência, mas não a dele.

Voltou a dirigir-se ao espírito:

— Se seu nome é Speier, faça um movimento apenas. Se não, mova a mesa duas vezes seguidas. — Já que ele desejava antepassados, satisfi-lo movendo a mesinha duas vezes.

— Meu avô! — murmurou Guido.

Depois a conversa com o espírito caminhou mais rápida. Foi-lhe perguntando se queria dar notícias. Respondeu que sim. De negócios ou de outra natureza? De negócios! Essa resposta foi preferida porque, para dá-la, bastava-me mover a mesa uma só vez. Guido perguntou então se se tratava de boas ou de más notícias. As más deviam ser assinaladas por dois movimentos e eu — desta vez sem a menor hesitação — quis mover a mesa duas vezes. Contudo, o segundo movimento me foi obstado, de modo que alguém em torno da mesa desejava que as notícias fossem boas. Ada, quem sabe? Para conseguir o segundo movimento, apoiei-me com força sobre o móvel e venci facilmente. As notícias eram más!

Por causa da luta, o segundo movimento tornou-se excessivo e pôs todos os participantes de sobreaviso.

— Estranho! — murmurou Guido. Logo, decidido, gritou: — Basta! Basta! Há alguém aqui que quer divertir-se à nossa custa!

Foi uma ordem a que muitos obedeceram ao mesmo tempo, e imediatamente o salão ficou inundado pelas luzes acesas em mais de um ponto. Guido parecia pálido! Ada enganava-se a respeito daquele indivíduo e eu lhe havia aberto os olhos.

No salão, além das três moças, estavam a sra. Malfenti e uma outra mulher, cuja vista me inspirou embaraço e mal-estar, pois julguei fosse tia Rosina. Por motivos distintos, as duas senhoras receberam de minha parte uma saudação comedida.

O engraçado é que eu ficara só à mesa, ao lado de Augusta. Estava de novo a comprometer-me, mas não podia conformar-me em ficar, como todos os demais, à volta de Guido, que com certa veemência explicava como havia percebido que a mesa fora movida não por um espírito, mas por algum brincalhão de carne e osso. Não fora Ada, mas ele mesmo, quem tentara impedir que a mesa falasse demais. Dizia:

— Retive a mesa com todas as minhas forças para impedir que se movesse pela segunda vez. Alguém deve ter-se apoiado inteiramente sobre ela para vencer a minha resistência.

Que belo espiritismo aquele: um esforço potente não podia provir de um espírito!

Observei a pobre Augusta para ver que aspecto mostrava após minha declaração de amor à irmã. Estava muito vermelha, embora me olhasse com um sorriso benévolo. Só então se decidiu a confirmar ter ouvido a minha declaração:

— Não direi a ninguém! — disse-me em voz baixa, o que me agradou bastante.

— Obrigado — murmurei, apertando-lhe a mão, que, apesar de não delicada, tinha linhas perfeitas. Estava disposto a tornar-me um bom amigo de Augusta; até então isso não fora possível, já que não consigo fazer amizade com pessoas feias. Mas sentia uma certa simpatia por aquela cintura que eu havia estreitado e que achei mais delicada do que a princípio imaginei. Sua fisionomia era também discreta, enfeada apenas por um olhar estrábico que lhe quebrava a harmonia. Decerto eu exagerara essa fealdade a ponto de estendê-la a todo o corpo.

Tinham mandado trazer limonada para Guido. Aproximei-me do grupo que ainda continuava em torno dele e esbarrei na sra. Malfenti, que de lá saía. Rindo, perguntei-lhe:

— Não precisará ele de um cordial? — E ela teve um leve movimento de desprezo com os lábios:

— Ele nem parece um homem! — disse abertamente.

Iludi-me na esperança de que minha vitória fora de importância decisiva. Ada não podia pensar de modo diverso da mãe. A vitória teve, de repente, o efeito que não podia deixar de ter num homem como eu. Esvaiu-se-me todo o rancor e não quis permitir que Guido continuasse a sofrer. Sem dúvida, o mundo haveria de ser menos rude se houvesse mais gente como eu.

Sentei-me ao lado dele e, sem prestar atenção aos outros, disse:

— Peço-lhe desculpas, sr. Guido. Fui tentado por uma brincadeira de mau gosto. Fui eu que manobrei a mesa de modo a pensarem que estava sendo guiada por um espírito. Não o teria feito se soubesse que seu avô tinha o mesmo nome seu.

A face do jovem, que empalideceu ainda mais, deixou trair o quanto a minha declaração lhe era importante. Não quis, no entanto, admiti-lo e disse:

— Estas senhoras são muito amáveis! Não tenho nenhuma necessidade de conforto. O assunto não tem a menor importância. Agradeço-lhe por sua sinceridade, mas já havia adivinhado que alguém havia tentado se passar por meu avô.

Riu, satisfeito, e continuou:

— O senhor é muito forte! Eu devia ter percebido que a mesa só podia ter sido movida pelo outro único homem que estava em nossa companhia.

Na verdade, eu havia demonstrado ser mais forte, mas logo deveria sentir-me mais fraco do que ele. Ada olhava-me com uma expressão pouco amável e me agrediu, as faces esfogueadas:

— Lastimo que se permitisse fazer uma brincadeira destas!

O ar faltou-me e respondi, balbuciando:

— Só queria brincar! Não imaginei que alguém levasse a sério essa história da mesa.

Era um pouco tarde para atacar Guido e, se eu tivesse um ouvido sensível, teria percebido que jamais, numa luta contra ele, a vitória seria minha. A ira que Ada me demonstrava era bastante significativa. Como não percebi que estava toda do lado dele? Obstinei-me, porém, na ideia de que ele não a merecia por não ser o homem a quem o seu olhar sério buscava. Já a sra. Malfenti não o havia percebido?

Todos me apoiaram, agravando com isso minha situação. A sra. Malfenti disse a rir:

— Foi uma brincadeira que deu bastante certo.

Tia Rosina ainda mantinha o corpanzil vibrante de tanto rir e dizia com admiração:

— Certíssimo!

Desagradou-me a excessiva amabilidade de Guido. Para ele, já agora, o mais importante era ter certeza de que as más notícias que a mesa trazia não provinham de um espírito. Disse-me:

— Aposto que o senhor não moveu a mesa de propósito desde o início. Fê-lo sem querer, e só depois é que resolveu movê-la por malícia. De modo que a experiência conserva uma certa importância até o ponto em que o senhor resolveu sabotá-la com a sua inspiração.

Ada voltou-se para mim, observando-me com curiosidade. Estava a ponto de manifestar a Guido uma devoção excessiva, perdoando-me só por ele me haver concedido o seu perdão. Eu a impedi:

— Mas não! — disse resoluto. — Já estava cansado de esperar que os espíritos se manifestassem e resolvi ajudá-los para me divertir.

Ada voltou-me as costas com um tal movimento de ombros que tive a sensação de levar uma bofetada. Até mesmo os caracóis de sua nuca me pareceram significar desdém.

Como sempre, em vez de olhar e ouvir, estava totalmente ocupado com meus pensamentos. Oprimia-me o fato de que Ada comprometia-se horrivelmente. Eu experimentava uma forte dor, como diante da revelação de que minha mulher me traía. Apesar de sua demonstração de afeto por Guido, ainda podia ser minha, embora sentisse que jamais haveria de perdoar sua conduta. Será o meu pensamento lento demais para saber seguir os acontecimentos que se desenvolvem, sem esperar que no meu cérebro se apaguem as impressões deixadas pelos acontecimentos precedentes? Devo, contudo, seguir pela via que me impus. Uma cega, verdadeira obstinação. Quis inclusive tornar meu propósito mais forte, registrando-o novamente. Aproximei-me de Augusta, que me olhava ansiosa, com um sorriso sincero e encorajador nos lábios; disse-lhe sério e enrubescido:

— Creio que esta há de ser a última vez que venho à sua casa, porque hoje mesmo vou declarar o meu amor a Ada.

— Não faça isto — disse-me súplice. — Não se dá conta do que ocorre? Eu ficaria muito triste se o visse sofrer.

Ela continuava a interpor-se entre mim e Ada. Com o propósito de causar-lhe despeito, retruquei:

— Falarei com Ada por ser de meu dever. Mas para mim é de todo indiferente o que ela possa responder.

Arrastei-me de novo em direção a Guido. Junto dele, olhando-me num espelho, acendi um cigarro. No reflexo vi-me muito pálido, coisa que para mim é razão para empalidecer ainda mais. Lutei para reconstituir-me e mostrar-me desenvolto. No duplo esforço, com a mão distraída agarrei o copo de Guido. Depois de tê-lo agarrado, não me ocorreu nada melhor senão bebê-lo.

Guido pôs-se a rir:

— O senhor vai ficar sabendo todos os meus segredos, pois eu já tinha bebido desse copo.

O sabor do limão sempre me desagradou. Aquele deve ter-me parecido de fato venenoso, porque, antes de mais nada, beber no mesmo copo equivaleu para mim a um contato odioso com Guido; e depois, porque fui atingido ao mesmo tempo pela expressão de impaciência irada que se estampou na fisionomia de Ada. Esta chamou imediatamente a empregada e mandou providenciar outro copo de limonada, insistindo em suas ordens, apesar de Guido afirmar que já não tinha sede.

Dessa vez fui verdadeiramente compassivo. Ela comprometia-se cada vez mais.

— Desculpe-me, Ada — disse-lhe humildemente, fitando-a como se ela esperasse de mim uma explicação qualquer. — Eu não queria desagradá-la.

Depois, invadiu-me o temor de que meus olhos se banhassem de lágrimas. Quis salvar-me do ridículo. Gritei:

— Entrou um pouco de limão no meu olho!

Cobri os olhos com o lenço; assim, não tive mais necessidade de vigiar as minhas lágrimas, e tanto bastou para impedir-me de soluçar.

Jamais me esquecerei daquela obscuridade por trás do lenço. Não só encobria as minhas lágrimas, mas também um momento de loucura. Imaginava que lhe dissera tudo, que ela me compreendia e me amava, mas que eu jamais poderia perdoá-la.

Afastei o lenço do rosto, deixei que todos vissem meus olhos lacrimosos, fiz um esforço para rir e para que todos também rissem:

— Aposto que o sr. Giovanni faz limonada com ácido cítrico.

Nesse instante chegou Giovanni, que me cumprimentou com a cordialidade de costume. Senti com isso um pequeno conforto, que pouco durou, pois ele acrescentou em seguida que viera mais cedo só para ouvir Guido tocar. Parou um instante para perguntar a razão das lágrimas que me banhavam os olhos. Contaram-lhe sobre a minha suspeita quanto à qualidade da sua limonada e ele riu.

Tive o mau caráter de associar-me com entusiasmo ao pedido de Giovanni para que Guido tocasse. Insistia: não viera eu aquela noite especialmente para ouvir o violino de Guido? E o curioso é que esperava alegrar Ada com minhas solicitações a Guido. Olhei-a à espera de sua aprovação pela primeira vez naquela noite. Que coisa estranha! O certo não seria falar-lhe e perdoá-la? Em vez disso, vi apenas suas costas e os caracóis desdenhosos de sua nuca. Ela correra a tirar o violino da caixa.

Guido pediu que o deixassem concentrar-se por uns 15 minutos. Parecia hesitante. Depois, ao longo do tempo em que o conheci, tive a experiência de que ele sempre hesitava antes de fazer qualquer coisa que lhe pedissem, mesmo as mais simples. Ele só fazia o que lhe agradava e, antes de atender a qualquer pedido, procedia a uma indagação no seu íntimo, a fim de saber o que seu interior desejava.

Contudo, naquele memorável serão, esse foi o quarto de hora mais feliz. Minha conversa caprichosa divertiu a todos, Ada inclusive. Era certamente por causa de minha excitação, mas também de meu supremo esforço por vencer o violino ameaçador que cada vez mais se avizinhava... E o breve espaço de tempo que os outros, por minha causa, acharam tão divertido, eu o recordo como dedicado a uma luta fatigante.

Giovanni havia contado que presenciara uma cena dolorosa no bonde em que se metera para voltar à casa. Uma mulher tentou descer quando o veículo ainda estava em movimento, e de forma tão desastrada que acabou por escorregar e ferir-se. Giovanni descrevia com um pouco de exagero a sua ânsia, ao perceber que a mulher se preparava para o salto, tornando óbvio que cairia e rolaria talvez pelo chão. Era doloroso prever aquilo e não ter tempo de salvá-la.

Saí-me com uma tirada. Contei que havia descoberto um remédio para as vertigens que no passado me fizeram sofrer. Quando via um acrobata exercitando-se nas alturas, ou quando via pular do bonde andando uma pessoa idosa ou pouco ágil, libertara-me das minhas ânsias augurando a estes todo o mal. Cheguei a modular as palavras com que augurava às pessoas que caíssem e se esborrachassem. Isso me tranquilizava enormemente, porquanto podia assistir, absolutamente imóvel, à ameaça da desgraça. Se os meus augúrios em seguida não se concentravam, sentia-me ainda mais contente.

Guido ficou encantado com a ideia, que lhe parecia uma descoberta psicológica. Analisava-a, tal como apreciava fazer com todas as ninharias, e não via a hora de provar o remédio. Fazia, porém, uma ressalva: que os maus agouros não acarretassem mais desgraças. Ada associou-se ao seu riso e dirigiu-me também um olhar de admiração. Eu, pacóvio, senti grande satisfação. E descobri não ser verdade que nunca haveria de perdoá-la: também isso era uma grande vantagem.

Rimos juntos muito tempo, como dois bons camaradas que se querem bem. Em certo momento eu ficara numa parte do salão onde tia Rosina ainda falava sobre o caso da mesa. Bastante gorda, imóvel em sua poltrona, falava comigo sem fitar-me. Encontrei um modo de fazer ver aos demais que a conversa me enfadava e todos passaram a observar-me, sem que a tia os visse rindo discretamente.

Para aumentar a hilaridade, resolvi dizer-lhe sem qualquer preâmbulo:

— Mas a senhora está bem melhor, até mais jovem.

A coisa seria engraçada se ela se tivesse aborrecido. Mas, em vez de se zangar, mostrou-se gratíssima e contou que de fato havia melhorado muito após uma enfermidade recente. Fiquei tão surpreso com a resposta que meu rosto deve ter assumido um aspecto muito cômico, de modo que a esperada hilaridade não falhou. Pouco depois, esclareceu-se o enigma. A senhora não era tia Rosina, e sim tia Maria, irmã da sra. Malfenti. Tinha eu assim eliminado daquele salão uma fonte de mal-estar para mim, mas não a maior.

Em dado momento, Guido pediu o violino. Dispensava pelo menos aquela noite o acompanhamento do piano para executar a *Chaconne*. Ada entregou-lhe o violino com um sorriso de encorajamento. Ele não a viu, pois tinha os olhos no instrumento como se quisesse segregar-se com este e sua inspiração. Depois foi colocar-se no meio do salão e, voltando as costas para uma boa parte do pequeno auditório, aflorou levemente as cordas com o arco para afiná-lo e executou alguns arpejos. Interrompeu-se e disse com um sorriso:

— Que coragem a minha! Não pego no violino desde a última vez que toquei aqui!

Charlatão! Voltava as costas também a Ada. Eu a observava ansiosamente para ver se isso a aborrecia. Não parecia! Estava com o cotovelo apoiado sobre a mesa e o queixo posto na mão, em recolhimento para ouvir.

Depois, à minha frente, o grande Bach surgiu em pessoa. Jamais, nem antes nem depois, voltei a ouvir daquela maneira a beleza de uma música nascida de quatro cordas como uma estátua de Miguel Ângelo de um bloco de mármore. Só o meu estado de espírito era novo para mim e foi isso que me induziu a olhar para o alto, estático, como a uma coisa novíssima. Em vão lutava para manter a música longe de mim. Em vão pensava: "Bobagem! O violino é uma sereia e não é preciso que se tenha um coração de herói para fazer os outros chorarem com ele!" Fui assaltado pela música que me prendia. Parecia exprimir todo o meu pensamento e dor com indulgência, mitigando-os com sorrisos e carícias. Mas era Guido quem falava! E eu buscava subtrair-me ao seu fascínio, dizendo: "Para saber fazer isso basta dispor de um organismo rítmico, mão segura e capacidade de imitação; tudo o que não tenho, coisa que não constitui inferioridade, mas desventura."

Eu protestava, e Bach seguia seguro como o destino. A apaixonante melodia das cordas altas mergulhava à procura de um *basso ostinato* que nos surpreendia, não obstante o ouvido e o coração já o pressentirem, dada a sua precisão! Um átimo mais tarde, e o canto se teria dissolvido antes de ser alcançado pela ressonância; um átimo antes, e ela se teria sobreposto ao canto, destroçando-o. Tal não ocorria com Guido: não lhe tremia a mão nem mesmo executando Bach, o que me deixava em verdadeira inferioridade.

Hoje que escrevo, disponho de todas as provas disto. Não me gabo de ter então percebido o fato com tanta clareza. Na ocasião, estava repleto de ódio e nem aquela música, que eu aceitava como a minha própria alma, conseguiria aplacá-lo. Em seguida, o transcurso da vida comum de todos os dias acabou por anulá-lo sem que eu a isso opusesse qualquer resistência. Compreende-se! A vida vulgar sabe operar tais milagres. Seria horrível se os gênios não se apercebessem disso!

Guido encerrou a execução magistralmente. Ninguém aplaudiu, exceto Giovanni, e por alguns instantes ninguém quebrou o silêncio. Depois, contudo, senti desejo de dizer algo. Como ousei fazê-lo diante de pessoas que já me haviam ouvido tocar? Era como se meu violino, que em vão anelava produzir uma música assim, se pusesse a criticar o outro, em que — não se podia negá-lo — a música se transformava em vida, luz e ar.

— Magnífico! — disse, num tom mais de concessão que de aplauso.
— Contudo, não entendo por que no final separou aquelas notas que Bach indicou como *legato*.

Eu conhecia a *Chaconne* nota por nota. Foi numa época em que supunha que, para progredir, devia enfrentar empresas semelhantes, e durante muitos meses passei o tempo a analisar compasso por compasso de algumas composições de Bach.

Senti que os presentes não tinham para mim senão objeção e desprezo. No entanto, continuei, contra toda a hostilidade:

— Bach — acrescentei — é tão discreto na escolha de seus meios que não admite adulterações desse tipo.

Eu provavelmente tinha razão, mas era igualmente certo que não teria sabido usar o arco sequer para obter aquelas mesmas adulterações.

Súbito, Guido se mostrou tão despropositado quanto eu. Declarou:

—Talvez Bach desconhecesse a possibilidade dessa expressão. É um presente que faço a ele.

Passava por cima de Bach, mas naquele ambiente ninguém protestou, enquanto que haviam escarnecido de mim só por haver tentado passar por cima dele.

Aconteceu então algo de somenos importância, mas que para mim foi decisivo. De um quarto bastante longe ecoaram os gritos de Anninha. Como soubemos depois, ela havia caído e machucado o lábio. Assim, por alguns minutos, fiquei sozinho com Ada, pois todos saíram a correr do salão. Guido, antes de seguir os demais, depôs o seu precioso violino nas mãos de Ada.

— Quer que eu segure o violino? — perguntei a ela, vendo-a hesitante em seguir os outros. Na verdade, ainda não tinha percebido que a ocasião tão ansiada por mim se havia finalmente apresentado.

Ela hesitou e, assaltada por estranha desconfiança, apertou mais o violino contra si.

— Não — respondeu —, não preciso ir com os outros. Não deve ter sido nada grave. Anna grita por tudo.

Sentou-se com o violino e pareceu-me que com esse ato convidava-me a falar. De resto, como poderia ir embora sem falar-lhe? Que haveria de fazer depois na minha insônia? Via-me a revirar da esquerda à direita em minha cama, ou a correr pelas ruas e tascas à procura de distração. Não! Não devia abandonar aquela casa sem antes procurar esclarecimento e tranquilidade.

Procurei ser breve e simples. Ou a isso fui levado porque já me faltava o fôlego. Disse-lhe:

— Ada, eu a amo. Por que não permite que eu fale com seu pai?

Olhou-me surpresa e apavorada. Temi que se pusesse a gritar como a irmãzinha lá dentro. Sabia que seu olhar sereno e sua face de linhas tão precisas não conheciam o amor, mas nunca a vira tão longe do amor como naquele instante. Começou a falar e pronunciou algo que devia ser uma espécie de exórdio. Eu, porém, queria a definição precisa: sim ou não! Sua hesitação me ofendia. Para abreviar a coisa e induzi-la à decisão, questionei seu direito de refletir:

— Mas como ainda não percebeu tudo? Você não pode imaginar que eu esteja interessado por Augusta!

Quis dar ênfase às minhas palavras, mas, na precipitação acabei por calcular mal, e o pobre nome de Augusta foi acompanhado de um tom e de um gesto de desprezo.

Foi assim que tirei Ada do embaraço. Ela não se ateve senão à ofensa que eu fazia à irmã:

— Por que me acha superior a Augusta? Duvido muito que ela consinta em ser sua esposa!

Depois recordou-se de que me devia ainda uma resposta:

— Quanto a mim... espanta-me que lhe tenha passado tal coisa pela cabeça.

A frase cruel era para vingar Augusta. Em minha grande confusão, fiquei imaginando que tais palavras podiam ter outro sentido; se tivesse levado uma bofetada, creio que hesitaria em estudar a razão. Por isso, insisti:

— Pense bem, Ada. Não sou mau partido. Sou rico... Um pouco estranho talvez, mas será fácil corrigir-me.

Ela foi mais tolerante, embora voltasse a falar da irmã:

— Pense você também, Zeno. Augusta é boa pessoa e daria excelente esposa. Não estou querendo falar por ela, mas creio...

Grande era a minha satisfação por ter sido chamado por Ada pela primeira vez por meu prenome. Não seria um convite para falar ainda mais claro? Talvez eu a tivesse perdido, ou pelo menos não quisesse de imediato casar-se comigo; não obstante, era necessário evitar que se comprometesse ainda mais com Guido, sobre quem eu lhe devia abrir os olhos. Fui previdente e antes de tudo disse-lhe que estimava e respeitava Augusta, mas de maneira alguma desejava desposá-la. Repeti-o para fazer-me entender mais claramente: "não queria desposá-la". Pretendia assim acalmar Ada, que podia pensar que eu quisesse ofender Augusta.

— Ótima, excelente, amável pessoa, a Augusta; só que não foi feita para mim.

Em seguida, precipitei-me a falar, pois do corredor chegavam rumores e a palavra podia ser-me cortada de um momento para outro.

— Ada! Esse homem também não é para você. É um imbecil! Não viu como sofria com as respostas da mesa? Não reparou na bengala dele? Sabe tocar violino, é verdade, mas até os idiotas podem fazê-lo. Todas as suas palavras revelam um estúpido...

Ada, após ouvir-me com aspecto de quem não se resolve a admitir no sentido próprio as palavras que lhe são dirigidas, interrompeu-me. Ergueu-se, sempre com o violino e o arco nas mãos, e voltou a dirigir-me palavras ofensivas. Fiz o que pude para esquecê-las e consegui. Recordo apenas que me perguntou em voz alta como ousava falar assim dele e dela! Arregalei os olhos de surpresa, pois achava que falava exclusivamente dele. Esqueci as muitas palavras de desdém que ela me dirigiu, mas não a sua face, bela, nobre e sadia, enrubescida pelo desdém e cujas linhas com a indignação se tornavam mais precisas, quase marmóreas. Jamais esquecerei; e quando penso em meu amor da juventude, revejo a bela, nobre e sadia face de Ada no momento em que me eliminou definitivamente de seu destino.

Retornaram todos em grupo em volta da sra. Malfenti, que trazia Anninha pelo braço ainda em prantos. Ninguém se ocupou de mim nem de Ada, e eu, sem me despedir de ninguém, deixei o salão; no corredor apanhei meu chapéu. Curioso! Ninguém veio reter-me. Então, eu próprio me retive, lembrando-me de que não convinha faltar com as regras da boa educação, devendo, antes de ir embora, cumprimentar a todos. A verdade é que, sem dúvida, a convicção de que em breve começaria para mim uma noite pior do que as cinco precedentes foi o que me impediu de abandonar aquela casa. Eu, que tivera afinal o desejado esclarecimento, ansiava agora por outra necessidade: a de paz, paz com todos. Se conseguisse eliminar toda animosidade em meu relacionamento com Ada e os demais, ser-me-ia mais fácil o sono. Por que haveria de subsistir tal aspereza? Não me cabia tê-la nem mesmo com relação a Guido, pois, se este não tinha para mim nenhum mérito, não lhe cabia igualmente a culpa de ter sido preferido por Ada!

Pareceu que ela foi a única pessoa a se dar conta de minha escapadela até o corredor; quando me viu retornar, olhou-me com expressão ansiosa. Temia um escândalo? Quis logo tranquilizá-la. Passei ao seu lado e murmurei:

— Desculpe se ofendi você!

Tomou-me a mão e, tranquilizada, apertou-a. Senti grande conforto. Cerrei por um instante os olhos para isolar-me com minha alma e ver quanta paz lhe acarretara aquele gesto.

Quis o destino que, enquanto ainda se ocupavam da menina, eu sentasse ao lado de Alberta. Não dera por isso; só notei sua presença quando me disse:

— Não aconteceu nada. O perigo é a presença de papai que, se a vê chorando, lhe dá uma bela surra.

Cessei de analisar-me porque me vi inteiro! Para obter a paz, devia proceder de modo a que minha presença jamais fosse interdita naquele salão. Contemplei Alberta! Parecia-se com Ada! Era um pouco mais nova e trazia no semblante sinais ainda não desvanecidos da infância. Erguia com facilidade a voz, e seu riso amiúde excessivo provocava-lhe contrações da face que enrubescia. Curioso! Nesse instante recordei-me de uma recomendação de meu pai: "Escolha uma mulher jovem, pois será mais fácil educá-la a seu modo." A recordação foi decisiva. Olhei de novo Alberta. No pensamento, apliquei-me em despi-la e pareceu-me tão suave e tenra quanto a podia imaginar.

Disse-lhe:

— Escute, Alberta! Tive uma ideia: já pensou que está na idade de casar?

— Não pretendo casar! — respondeu, sorrindo e olhando-me com brandura, sem embaraço nem rubor. — Quero continuar os meus estudos. Mamãe é da mesma opinião.

— Por que não continuar os estudos depois de casada?

Veio-me uma ideia, que me pareceu espirituosa, e logo exprimi-a:

— Eu inclusive penso iniciar os meus depois de casado.

Riu satisfeita; percebi, porém, que perdia tempo, pois não seria com tais inépcias que conquistaria uma mulher e a paz. Precisava ser sério. E no caso era fácil, já que o acolhimento fora bem diverso do de Ada.

Mostrei-me realmente sério. Minha futura mulher tinha que saber de tudo. Com voz comovida confessei:

— Ainda há pouco, dirigi a Ada a mesma proposta que agora lhe faço. Ela recusou com desdém. Você pode imaginar o estado em que me encontro.

Essas palavras, acompanhadas de um gesto de tristeza, não passavam de minha última declaração de amor a Ada. Tornava-me demasiadamente sério; por isso, acrescentei sorrindo:

— Mas acho que, se você aceitar minha proposta, ficarei felicíssimo e esquecerei tudo e todos por sua causa.

Ela, por sua vez, se pôs séria e disse:

—Você não deve ofender-se, Zeno, porque me entristeceria. Tenho muita estima por você. Sei que você é uma boa alma e, sem se dar conta, sabe de fato muitas coisas, ao passo que os meus professores sabem exatamente só aquilo que sabem. Não pretendo casar. Posso mudar de opinião, mas por ora tenho apenas uma meta: quero ser escritora. Veja a confiança que deposito em você. Nunca falei disso a ninguém e espero que não me traia. De minha parte, prometo-lhe que não revelarei a ninguém sua proposta.

— Pelo contrário, pode dizê-la a todos! — interrompi-a com despeito. Sentia-me novamente sob a ameaça de ser expulso daquele salão e tratei de amparar-me. Só havia uma forma de atenuar em Alberta o orgulho de me ter rejeitado; aferrei-me a ela tão logo a descobri. Disse-lhe:

— Agora vou fazer a mesma proposta a Augusta e direi a todos que me caso com ela porque as duas outras irmãs me recusaram!

Ria-me com o exagerado bom humor que se havia apossado de mim em seguida à estranheza de meu procedimento. Não era na palavra que eu aplicava o espírito de que tanto me orgulhava, mas na ação.

Olhei em torno à procura de Augusta. Ela ia em direção ao corredor, levando uma bandeja com um copo pelo meio contendo um calmante para Anninha. Seguia-a apressado e chamei-a pelo nome; ela encostou-se à parede e esperou-me. Cheguei diante dela e perguntei de chofre:

— Augusta, você gostaria que nos casássemos?

A proposta era sem dúvida rude. Ia casar com ela e ela comigo, e não lhe perguntava o que pensava disso, nem imaginava que eu pudesse ser levado a dar explicações. Fazia apenas aquilo que todos esperavam de mim!

Augusta ergueu os olhos arregalados de surpresa, fazendo com que o olho estrábico parecesse ainda mais diferente do outro. Sua face aveludada e branca, a princípio, empalideceu e logo depois congestionou-se. Agarrou com a mão direita o copo que tremia sobre a bandeja. Com um fio de voz disse-me:

—Você está brincando e isso não se faz.

Temi que se pusesse a chorar e tive a curiosa ideia de consolá-la falando-lhe da minha tristeza.

— Não estou brincando — disse sério e triste. — Primeiro pedi a mão de Ada, que me recusou com ira; depois pedi a de Alberta, e ela recusou-me também, com belas palavras. Não guardo rancor nem de uma nem de outra. Apenas me sinto muito, muito infeliz.

Diante de minha dor, Augusta recompôs-se e olhou-me comovida, refletindo intimamente. Seu olhar semelhava uma carícia que não me causava prazer.

— Devo então saber e recordar sempre que você não tem amor por mim? — perguntou.

Que significava essa frase sibilina? O prelúdio de um consentimento? Queria dizer que se lembraria daquilo por todo o tempo que estivesse a meu lado? Invadiu-me a sensação da pessoa que, para matar-se, se coloca numa posição perigosa e depois se vê obrigada a grandes esforços para salvar-se. Não teria sido melhor que Augusta também me repelisse e que me fosse dado voltar são e salvo para o meu estúdio, onde, no entanto, naquele mesmo dia me havia sentido tão mal? Respondi:

— É certo. Amo apenas Ada, mas me casarei com você...

Estava para dizer-lhe que não admitia a ideia de ser um estranho para Ada; por isso me contentava em ser cunhado dela. Seria demasiado, e Augusta novamente poderia acreditar que eu queria menosprezá-la. Assim, retruquei apenas:

— Não consigo mais viver sozinho.

A jovem permanecia encostada à parede de cujo apoio talvez necessitasse, embora já parecesse mais calma e conseguisse segurar a bandeja só com uma das mãos. Eu estava salvo; devia, portanto, abandonar aquela casa ou permanecer ali e casar-me? Dirigi-lhe outras palavras, mais por impaciência de esperar as dela, que custavam a vir:

— Sei que sou bom sujeito e acho que é possível viver facilmente em minha companhia, ainda que não haja um grande amor.

Esta era uma frase que nos longos dias precedentes eu havia preparado para Ada, a fim de induzi-la a conceder-me o sim, mesmo sem sentir por mim um grande amor.

Augusta ofegava levemente e permanecia muda. O silêncio podia inclusive significar uma recusa, a mais delicada recusa que se pudesse imaginar: quase corri em busca de meu chapéu, em tempo ainda de pô-lo sobre a cabeça sã e salva.

Em vez disso, Augusta, decidindo-se, com um movimento digno do qual jamais me esquecerei, endireitou-se e abandonou o apoio da parede. No corredor, já por si estreito, aproximou-se mais de mim, que estava bem em frente dela, e disse:

— Zeno, você precisa de uma mulher que queira viver a seu lado e tome conta de você. Hei-de ser essa mulher.

Estendeu-me a mão gorducha que eu quase instintivamente beijei. Evidentemente já não havia possibilidade de agir de outra forma. Devo, no entanto, confessar que nesse momento fui invadido por uma satisfação que me inundou o peito. Não havia mais o que resolver. Tudo estava resolvido. Ocorrera o esclarecimento total.

Foi assim que noivei. Fomos logo cumprimentadíssimos. Meu sucesso era um pouco semelhante ao grande êxito do violino de Guido, a julgar pelos aplausos de todos. Giovanni beijou-me a face e passou a tratar-me por filho. Com excessiva expressão de afeto, asseverou-me:

— Há muito que me sentia seu pai, desde que comecei a lhe dar conselhos sobre negócios.

Minha futura sogra também me ofereceu a face, que aflorei levemente. Àquele beijo não teria escapado nem se fosse casar-me com Ada.

—Veja que eu adivinhava tudo — disse-me com incrível desenvoltura, a que eu não soube nem quis protestar.

Em seguida, abraçou a filha e a dimensão de seu afeto revelou-se no soluço que se lhe escapou, interrompendo suas manifestações de alegria. Eu não conseguia suportar a sra. Malfenti; devo porém dizer que esse soluço, pelo menos por toda essa noite, coloriu de uma luz simpática e imponente o meu noivado.

Alberta, radiante, apertou-me a mão:

— Quero ser uma irmãzinha para você.

E Ada:

— Parabéns, Zeno! — Depois, em voz baixa: — Não se esqueça: jamais um homem que supõe ter agido com precipitação procedeu tão acertadamente quanto você.

Guido reservou-me uma grande surpresa:

— Desde a manhã desconfiei que você estava interessado numa destas jovens, mas não cheguei a perceber qual delas.

Quer dizer que não deviam ser lá muito íntimos, do contrário Ada certamente lhe teria falado a meu respeito! Será que eu agira de fato precipitadamente?

Logo em seguida, no entanto, Ada falou:

— Quero que goste de mim como irmão. O que passou fica esquecido. Nada direi a Guido.

Afinal significava algo belo ter provocado tanta alegria numa família. Só então podia comprazer-me mais porque me sentia cansado e com sono. O que provava ter eu agido com grande previsão. Enfim, passaria uma noite calma.

Durante a ceia, Augusta e eu recebemos em silêncio as manifestações que nos foram feitas. Ela sentiu necessidade de desculpar-se por sua incapacidade de participar da conversa:

— Não sei o que dizer. Não se esqueçam de que, há meia hora apenas, não sabia o que estava para acontecer.

Ela sempre dizia a verdade exata. Pairava entre o riso e o pranto e me olhava embaraçada. Quis acariciá-la também com o olhar, mas não sei se consegui.

Nessa mesma noite à mesa recebi outra lição. E foi o próprio Guido quem ma deu.

Parece que, pouco antes de eu chegar e tomar parte na sessão espírita, Guido se havia referido ao fato de que eu lhe afirmara naquela manhã não ser uma pessoa distraída. Deram-lhe em seguida tantas provas de que eu mentira que, para vingar-se (ou talvez para mostrar que sabia desenhar), fez duas caricaturas minhas. Na primeira, representava-me com o nariz para o ar, apoiado no cabo de um guarda-chuva espetado à terra. Na segunda, o guarda-chuva se havia partido e o cabo me penetrara pela espinha. As duas caricaturas atingiam o escopo de causar hilaridade mediante o artifício banal de manter o indivíduo que me devia representar — na verdade, bastante semelhante a mim, embora caracterizado por uma extensa calva — absolutamente imperturbável em ambos os desenhos, decorrendo daí que minha distração era tanta a ponto de não mudar de aspecto, não obstante trespassado pelo guarda-chuva.

Todos riram muito, e até demais. Compungiu-me intensamente a tentativa bem-sucedida de lançar-me no ridículo. E foi então que pela primeira vez me senti atingido por uma dor lancinante. Naquela noite senti doer-me o antebraço esquerdo e a bacia. Uma queimadura incisiva, uma formigação dos nervos como se ameaçassem contrair-se. Aturdido, levei a mão direita ao quadril e com a esquerda agarrei o antebraço dolorido. Augusta perguntou:

— Que foi?

Respondi que sentia dor no local contundido pela queda que tive no café e da qual também se havia falado naquela tarde.

Fiz em seguida uma enérgica tentativa de libertar-me da dor. Pareceu-me que só me curaria se conseguisse vingar-me da injúria que me fora feita. Pedi um pedaço de papel e lápis e tentei desenhar um indivíduo esmagado por uma mesa que lhe caía em cima. Pus ao lado uma bengala que lhe escapara da mão em consequência do tombo. Ninguém reconheceu a bengala; por isso, a ofensa não se concretizou da forma que eu previra. Então, para que reconhecessem o indivíduo e a razão de se encontrar naquela posição, escrevi embaixo: "Guido Speier às voltas com a mesa." De resto, tudo quanto se via do pobre infeliz sob a mesa eram as pernas, que podiam parecer as de Guido, não as tivesse eu estropiado de propósito e o espírito de vingança não interviesse para piorar o meu desenho já de si bastante infantil.

A dor insistente fez-me trabalhar com grande pressa. É verdade que nunca o meu organismo fora invadido por tamanho desejo de ferir e, se tivesse à mão um sabre em vez daquele lápis que eu não sabia manejar, talvez tivesse alcançado a minha cura.

Guido riu sinceramente de meu desenho e observou com brandura:

— Não acho que a mesa me tenha maltratado assim!

Não o havia de fato maltratado e era essa injustiça o que mais me compungia.

Ada recolheu os desenhos de Guido e disse que queria conservá-los. Fitei-a como a querer exprimir-lhe minha reprovação e ela teve que desviar os olhos dos meus. Tinha o direito de reprová-la porque ela contribuía para aumentar o meu sofrimento.

Encontrei uma aliada em Augusta. Pediu-me que pusesse à margem de meu desenho a data de nosso noivado porque também ela queria guardar a garatuja. Uma cálida onda de sangue inundou as minhas veias graças a essa demonstração de afeto; pela primeira vez reconheci o quanto era importante para mim. A dor, contudo, não cessou e pensei que, se aquele ato de afeição tivesse vindo de Ada, decerto teria provocado em minhas veias tamanha vaga de sangue que todos os detritos acumulados em meus nervos teriam sido varridos para sempre.

Essa dor nunca mais me abandonou. Agora, na velhice, sofro menos com ela, porque, quando me ataca, sei suportá-la com indulgência: "Ah! Você está aí, prova evidente de que já fui jovem?!" Mas na mocidade foi o contrário. Não digo que a dor tenha sido grande, embora, vez por outra, me impedisse o livre movimento ou me mantivesse desperto por noites inteiras. Isso ocupou boa parte de minha vida. Queria curar-me! Por que haveria de carregar por toda a vida em meu corpo o estigma do vencido? Tornar-me, sem mais, o monumento ambulante da vitória de Guido? Era necessário apagar de meu corpo essa dor.

Assim, tiveram início os tratamentos. Logo, porém, a origem odiosa da doença se perdeu, e agora foi inclusive difícil reencontrá-la. Não podia ser de outra forma: eu confiava nos médicos que me curaram e acreditava neles sinceramente quando atribuíam a dor ora ao metabolismo, ora à circulação deficiente, depois à tuberculose ou a várias infecções, das quais uma até vergonhosa. Devo, portanto, confessar que todos os tratamentos me propiciaram alguma forma de alívio temporário que, a cada vez, parecia confirmar o eventual diagnóstico. Mais cedo ou mais tarde, revelava-se este menos preciso, mas não de todo errôneo, já que em mim nenhuma função é idealmente perfeita.

Só uma vez ocorreu um verdadeiro erro: uma espécie de charlatão em cujas mãos caí obstinou-se por muito tempo em atacar o meu nervo ciático com seus vesicatórios e acabou sendo escarnecido por minha dor que, sem mais nem menos, durante o tratamento, saltou da anca para a nuca, longe, portanto, de qualquer relação com o nervo ciático. O terapeuta irritou-se, pôs-me dali para fora e lá fui eu — recordo-me perfeitamente — sem me sentir ofendido, pelo contrário, surpreso de que a dor, embora tivesse mudado de lugar, permanecesse a mesma. Mantinha-se irritante e inatingível, tal como ao torturar-me a anca. É estranho como todas as partes de nosso corpo sabem doer da mesma forma.

Todos os outros diagnósticos continuam a viver sem alterações em meu corpo, disputando entre si a primazia. Há dias em que estou com diátese úrica e outros em que a diátese desaparece, ou melhor, é substituída por uma inflamação das veias. Tenho gavetas e mais gavetas cheias de medicamentos e são, dentre todas as minhas gavetas, as únicas que mantenho arrumadas. Amo os meus remédios e sei que, quando abandono um deles, mais cedo ou mais tarde a ele hei de retornar. De resto, não creio haver perdido meu tempo. Quem sabe desde quando e de que moléstia já teria morrido, se a minha dor, na ocasião oportuna, não tivesse simulado todas as doenças para induzir-me a curá-las antes que elas de fato me abatessem.

Contudo, embora sem saber explicar a natureza íntima dessa dor, sei o momento exato em que ela surgiu. Exatamente por causa daquele desenho melhor que o meu. A gota d'água que fez transbordar o copo! Estou seguro de que antes não sentia essa dor. Quis explicar a origem dela a um médico, mas não fui compreendido. Quem sabe? Talvez a psicanálise possa trazer à luz toda a perturbação por que passou meu organismo naqueles dias, especialmente nas poucas horas que se seguiram ao meu pedido de casamento.

Também não foram poucas aquelas horas!

Quando, já tarde, a reunião foi desfeita, Augusta despediu-se de mim com ternura:

— Até amanhã!

O convite agradou-me porque provava que eu havia atingido o meu escopo, nada havia acabado, tudo continuaria no dia seguinte. Ela fixou-me os olhos e encontrou nos meus uma viva anuência capaz de confortá-la. Desci os degraus, sem mais contá-los, perguntando-me:

— Será que a amo?

Trata-se de uma dúvida que me acompanhou por toda a vida, até hoje posso pensar que o amor eivado de tanta dúvida é o verdadeiro amor.

Contudo, nem ao haver saído daquela casa, foi-me possível deitar-me, após a longa noitada, e recolher o fruto da minha atividade sob a forma de um sono prolongado e restaurador. Fazia calor. Guido sentiu vontade de tomar um sorvete e convidou-me a ir com ele à confeitaria. Segurou-me o braço amigavelmente, e eu, igualmente amigável, apoiei-me no dele. Era uma pessoa muito importante para mim e não saberia recusar-lhe nada. O grande cansaço que deveria ter-me conduzido ao leito tornava-me ainda mais condescendente.

Entramos no mesmo café em que Túlio me transmitira a sua moléstia e nos sentamos a uma mesa do canto. Na rua, sofri muito com a dor, que eu ainda não imaginava como a companheira fiel que haveria de ser, e pareceu-me por alguns instantes que ia passar, agora que eu estava sentado.

A companhia de Guido foi definitivamente terrível. Procurava informar-se com grande curiosidade sobre os meus amores com Augusta. Suspeitaria que eu o enganasse? Disse-lhe descaradamente que me havia apaixonado por Augusta desde a primeira visita à casa dos Malfenti. Minha dor me tornava loquaz, até com vontade de gritar. Por isso, falei demais e, se Guido se mostrasse um pouco mais atento, teria percebido que eu não estava assim tão enamorado de Augusta. Falei do que achava mais interessante na figura dela, ou seja, de seu olho estrábico, que de tão torto fazia pensar que o resto do corpo estava fora de esquadro. Depois, quis explicar por que não me havia declarado antes. Talvez Guido estivesse surpreso por me ter visto chegar àquela casa no último instante para ficar noivo. Rugi:

— Saiba que essas moças estão habituadas a grande luxo, e andei em dúvida se tinha condições para sustentar situação semelhante.

Desagradou-me ter de falar assim também de Ada, mas não havia remédio; era tão difícil isolar Augusta de Ada! Continuei baixando a voz para melhor vigiar-me:

— Tive que fazer meus cálculos. Achei que meu dinheiro não bastava. Então comecei a imaginar uma maneira de ampliar meus negócios...

Disse mais que, para fazer tais avaliações, tive de despender largo tempo e por isso me abstive de visitar os Malfenti por cinco dias. Por fim, entregue a si mesma, a língua chegou a um pouco de sinceridade. Estava a ponto de chorar de dor e, amparando a anca, murmurei:

— Cinco dias é muito tempo!

Guido mostrou-se satisfeito por descobrir em mim pessoa tão previdente.

Observei com secura:

— Um homem previdente não agrada mais que um leviano!

Guido riu:

— Curioso que os previdentes sintam necessidade de defender os levianos!

Depois, sem transição, contou-me secamente que estava a ponto de pedir a mão de Ada. Havia-me arrastado ao café para fazer aquela confissão, ou quem sabe estava aborrecido por ter ficado a me ouvir falar de mim mesmo por tanto tempo e agora procurava desforrar-se?

Estou quase seguro de que no momento consegui demonstrar a maior surpresa e a maior condescendência. Contudo, não tardei a encontrar uma forma de agredi-lo energicamente:

— Agora compreendo por que Ada gostou tanto do seu Bach adulterado! Você tocou bem, mas há certas coisas que não podemos profanar.

O bote era forte e Guido enrubesceu de dor. Foi delicado na resposta, pois lhe faltava ali o apoio de todo o seu pequeno público entusiasta.

— Meu Deus! — começou para ganhar tempo. — Quando se toca, às vezes somos levados por um capricho. Naquela sala poucos conheciam Bach e eu lhes apresentei uma versão um pouco modernizada.

Parecia satisfeito com o achado; eu, por minha vez, estava igualmente satisfeito, pois aquilo me pareceu um pedido de desculpa, um ato de submissão. Tanto bastou para apaziguar-me; ademais, por coisa alguma deste mundo haveria de litigar com o futuro marido de Ada. Proclamei que raramente me fora dado ouvir um diletante que tocasse tão bem.

A ele não bastou: observou que só poderia ser considerado um diletante pelo fato de não se apresentar como profissional.

Era isso o que queria? Dei-lhe razão. Era evidente que não podia ser considerado um diletante.

Assim, voltamos às boas.

Depois, ao acaso, pôs-se a falar mal das mulheres. Fiquei de boca aberta! Agora que o conheço melhor, sei que se lança a discorrer desenfreadamente em qualquer direção, quando vê estar agradando o interlocutor. Eu falara pouco antes do luxo das senhoritas Malfenti, e ele voltou a citar o fato para enumerar todas as outras qualidades negativas das mulheres. Meu cansaço impedia-me interrompê-lo; limitava-me a fazer contínuos sinais de assentimento, já bastante fatigantes para mim. Não fora isso, é claro que teria protestado. Achava-me no direito de dizer mal de mulheres da espécie de Ada, Augusta e de minha futura sogra; ele, porém, não tinha razão alguma para investir contra o sexo representado por Ada, a quem amava.

Era instruído, e apesar do cansaço fiquei a ouvi-lo com admiração. Muito tempo depois, descobri que se havia apropriado das geniais teorias do jovem suicida Weininger. Na ocasião, contudo, senti o peso de uma segunda derrota, após a de Bach. Veio-me a suspeita de que ele pretendia curar-me. Se não, por que insistiria em convencer-me de que as mulheres não são boas nem geniais? Acho que a cura não se efetivou porque foi administrada por ele. Ainda assim, retive aquelas teorias e mais tarde aperfeiçoei-as com a leitura de Weininger. Não chegam a curar, é verdade, mas constituem uma cômoda companhia quando se corre atrás das mulheres.

Depois de tomar o sorvete, Guido sentiu necessidade de uma lufada de ar puro e convenceu-me a acompanhá-lo num passeio até a periferia da cidade.

Recordo: há dias que se ansiava, na cidade, por um pouco de chuva para aplacar os rigores de um verão antecipado. Nem sequer me dera conta do calor. Naquela noite, o céu começara a cobrir-se de leves nuvens brancas, dessas que pressagiam chuva abundante; no entanto, uma lua enorme avançava pelo céu intensamente azul nos pontos ainda límpidos, uma daquelas luas de face rechonchuda que o povo acredita capaz de comer as nuvens. Era evidente que por onde ela passava o céu ficava limpo.

Quis interromper o tagarelar de Guido, que me constrangia a anuir continuamente com a cabeça — uma tortura — e descrevi para ele o beijo da lua descoberto pelo poeta Zamboni: como era doce aquele beijo no centro de nossa noite em confronto com a injustiça que Guido ao meu lado comentava! Falando e saindo do torpor em que havia caído à força de assentir, pareceu-me que a dor se atenuava. Era o prêmio de minha rebelião, e insisti nele.

Guido teve que deixar por um momento em paz as mulheres e olhar para cima. Mas por pouco! Localizando, segundo as minhas indicações, a pálida imagem da mulher na face da lua, retornou ao seu argumento com uma piada, de que muito riu, apenas ele, na rua deserta:

— Aquela mulher vê tantas coisas! Pena que, sendo mulher, não consiga recordar-se de nada.

Fazia parte de sua teoria (ou da de Weininger) que a mulher não pode ser genial dada a sua incapacidade de recordar-se.

Chegamos à altura da Via Belvedere. Guido disse que caminhar por uma pequena subida lhe faria bem. Ainda dessa vez o acompanhei. No alto, com um desses movimentos que assentam melhor a rapazes mais jovens, ele estirou-se sobre a mureta de sustentação que havia no local. Pareceu-lhe realizar um ato de bravura expor-se assim a uma queda de uma dezena de metros. De início, senti o arrepio habitual ao vê-lo exposto a tal perigo; em seguida, lembrei-me do princípio sobre que havia excogitado na mesma noite, num rasgo de improvisação, para libertar-me daquele afã, e pus-me a augurar fervorosamente que ele caísse.

Nessa posição continuava a invectivar contra as mulheres. Dizia agora que precisavam de brinquedos como as crianças, embora de alto preço. Recordei que Ada dissera gostar muito de joias. Seria dela que Guido falava? Tive então uma ideia incrível! Por que não empurrar Guido naquela queda iminente? Não seria justo suprimir aquele que me arrebatava Ada sem amá-la? No momento, pareceu-me que, mal o houvesse morto, poderia correr ao encontro de Ada para reclamar meu prêmio. Na noite estranha e enluarada, parecia-me que ela ouvia como Guido a infamava.

Devo confessar que eu me preparava verdadeiramente para matar Guido! De pé, ao lado dele, que estava estendido sobre o baixo parapeito, examinei friamente como deveria agarrá-lo para concretizar devidamente o meu intento. Depois, descobri que não tinha necessidade nem mesmo de agarrá-lo. Ele estava deitado com os braços cruzados sob a cabeça; bastaria um empurrão de chofre para colocá-lo irremediavelmente fora de equilíbrio.

Veio-me outra ideia que me pareceu tão importante quanto a grande lua que avançava no céu limpando-o das nuvens: tinha concordado em casar-me com Augusta para ficar seguro de dormir bem aquela noite. Como dormiria em paz se viesse a assassinar Guido? Esta reflexão salvou-me a mim e a ele. Quis abandonar imediatamente aquela posição em que me achava acima de Guido e que me induzia à ação. Dobrei os joelhos, inclinei-me sobre mim mesmo, quase chegando a ponto de tocar a terra com a cabeça.

— Ai! Que dor, que dor! — gritei.

Apavorado, Guido ergueu-se a perguntar-me o que era. Continuei a me lamuriar com menos intensidade, mas sem responder. Sabia a razão por que me lamentava: porque tivera a intenção de matar e talvez porque não tivesse conseguido fazê-lo. A dor e o lamento tudo perdoavam. Desejei gritar que não tivera a intenção de matar e queria gritar também que não era minha culpa se não conseguira fazê-lo. Tudo era culpa da minha doença e da minha dor. Em vez disso — recordo perfeitamente — minha dor desapareceu completamente naquele instante e meu lamento permaneceu como pura comédia, à qual em vão tratei de dar conteúdo, evocando a dor e restaurando-a para senti-la e sofrer com ela. Mas foi um esforço vão, porque ela só retornou quando quis.

Como de hábito, Guido procedia por hipóteses. Entre outras coisas, perguntou-me se não se tratava da mesma dor provocada pela queda no café. A ideia pareceu-me boa e concordei.

Tomou-me pelo braço e cordialmente ajudou-me a levantar. Depois, com todo o cuidado, sempre segurando-me, fez-me descer a pequena ladeira. Quando chegamos embaixo, declarei que me sentia num pouco melhor e achava que podia caminhar mais depressa, embora sempre apoiado nele. Assim, finalmente podia ir dormir! Era a primeira satisfação verdadeira que experimentava naquele dia. Guido era ali meu empregado, pois quase me carregava às costas. Era eu, enfim, quem lhe impunha a minha vontade.

Achamos uma farmácia ainda aberta e ele teve a ideia de que fosse deitar-me acompanhado de um calmante. Construiu toda uma teoria sobre a dor real e sobre seu sentimento exagerado: uma dor que se multiplicava pela exasperação que ela própria havia produzido. Com aquele frasco teve início minha coleção de medicamentos, e foi bem-feito que tivesse sido indicado por Guido.

Para dar base mais sólida à sua teoria, admitiu que eu já viesse sofrendo daquela dor há muitos dias. Senti não concordar com ele. Afirmei que naquela noite, em casa dos Malfenti, eu não sentira dor alguma. No momento em que me era concedida a realização de meu grande sonho, é evidente que não poderia sofrer.

Eu estava sinceramente ansioso para ser como me imaginava e repetia várias vezes a mim mesmo: "Amo Augusta, não amo Ada. Amo Augusta e hoje realizei o meu grande sonho."

Assim fomos caminhando pela noite de lua. Suponho que Guido se cansasse com o meu peso, porque finalmente emudeceu. Propôs-me, contudo, acompanhar-me até o quarto. Recusei e, quando me foi permitido cerrar a porta de casa às suas costas, suspirei de alívio. Certamente Guido deve ter emitido o mesmo suspiro.

Subi as escadas de minha casa de quatro em quatro degraus e em dez minutos estava no leito. Dormi de imediato e, no breve período que precede o sono, não me lembrei de Ada nem de Augusta, apenas de Guido, tão terno, bom e paciente. Claro que não me esquecia de que pouco antes sentira vontade de matá-lo; isso, porém, não tinha nenhuma importância, já que as coisas que ninguém sabe e que não deixam traço são como se nunca existissem.

No dia seguinte cheguei à casa de minha futura esposa um pouco titubeante. Não estava seguro se os votos feitos na noite anterior tinham o valor que eu supunha dever atribuir-lhes. Descobri que de fato tinham, e para todos. Até mesmo Augusta estava certa de que noivara, mais certa inclusive do que eu podia imaginar.

Foi um noivado trabalhoso. Tenho a impressão de havê-lo anulado várias vezes e refeito com grande fadiga outras tantas, e surpreende-me que ninguém se tivesse dado conta disso. Nunca tomei por inteiro as iniciativas do casamento; parece, contudo, que me comportei como noivo bastante amoroso. De fato, beijava e estreitava ao peito a irmã de Ada todas as vezes que tinha essa oportunidade. Augusta sofria as minhas agressões como supunha que uma noiva devesse aceitá-las, e eu me comportava relativamente bem, mais porque a sra. Malfenti só nos deixava a sós por breves instantes. Minha noiva era muito menos feia do que eu imaginava, e descobri sua maior beleza quando a beijava: o rubor! No lugar em que eu beijava surgia uma flama em minha honra e eu beijava, mais com a curiosidade da experimentação do que com o fervor do amante.

Não faltava, porém, o desejo, tornando um pouco mais leve esse período penoso. Ai de mim se Augusta e a mãe não me impedissem de queimar aquela chama de uma vez, como eu frequentemente desejava! Como teria continuado a viver agora? Ao menos assim o meu desejo continuou a dar-me, nas escadarias daquela casa, a mesma ânsia de quando as subia em conquista de Ada. Os degraus irregulares prometiam-me que naquele dia mostraria a Augusta o que era o noivado que ela queria. Sonhava com uma ação violenta que me devolvesse todo o sentimento de liberdade. Não era outra coisa o que eu queria e acho estranho que, quando Augusta percebeu o que eu queria, tenha interpretado a coisa como uma expressão de febre amorosa.

Em minha recordação, esse período se divide em duas fases. Na primeira, a sra. Malfenti nos mantinha vigiados por Alberta ou mandava para a sala a pequena Anna acompanhada da professora. Ada, portanto, não entretinha qualquer relacionamento conosco, e eu dizia a mim mesmo que era preferível assim, embora, por outro lado, me lembre obscuramente de haver pensado que me teria sido grande satisfação beijar Augusta na presença de Ada. Com que violência haveria de fazê-lo!

A segunda fase começou quando Guido oficializou seu noivado com Ada e a sra. Malfenti, como pessoa prática que era, uniu os dois casais no mesmo salão para que se vigiassem reciprocamente.

Lembro-me, na primeira fase, que Augusta se mostrava plenamente satisfeita comigo. Quando não a agarrava, tornava-me de uma loquacidade extraordinária. Era uma necessidade. Para justificá-la, meti na cabeça a ideia de que, tendo de esposar Augusta, devia igualmente empreender a sua educação. Educava-a para a doçura, o afeto e sobretudo para a fidelidade. Não me recordo exatamente da forma que dava às minhas prédicas, das quais uma delas me foi evocada por Augusta, que nunca as esqueceu. Ouvia-me atenta e submissa. Eu, uma vez, no ardor da eloquência, proclamei que, se um dia ela descobrisse uma traição minha, isto lhe daria o direito de pagar-me na mesma moeda. Ela, indignada, protestou que seria incapaz de trair-me nem mesmo com minha permissão e que, diante da minha infidelidade, só lhe caberia o direito de chorar.

Creio que tais prédicas, feitas apenas com o escopo de dizer alguma coisa, acabaram por exercer benéfica influência sobre o meu casamento. Surtiram o efeito de despertar no espírito de Augusta sentimentos que eram sinceros. Sua fidelidade jamais foi posta à prova porque jamais soube das minhas traições; o seu afeto e sua doçura permaneceram inalterados durante os longos anos que passamos juntos, como a induzi a prometê-lo.

Quando Guido pediu a mão de Ada, teve início a segunda fase de meu noivado, com uma intenção que formulei assim: "Sinto-me perfeitamente curado do amor a Ada!" Até então acreditava que o rubor de Augusta era suficiente para curar-me; vê-se, no entanto, que nunca conseguimos curar-nos devidamente! A lembrança daquele rubor levou-me a pensar que ele agora também havia de existir entre Guido e Ada. Isto, mais que tudo, acabaria com todo o meu desejo.

É da primeira fase o desejo de violentar Augusta. Na segunda mostrei-me muito menos excitado. A sra. Malfenti decerto não se enganara quando organizou a nossa vigilância com tão pouco incômodo para si.

Recordo-me que uma vez, por brincadeira, comecei a beijar Augusta. Em vez de caçoar comigo, Guido pôs-se por sua vez a beijar Ada. Pareceu-me pouco delicado da sua parte, porque ele não o fazia castamente como eu, por respeito a eles; beijava Ada bem na boca, chegando até a sugá-la. Estou certo de que naquela época eu já me acostumara a considerar Ada como irmã, mas não me achava preparado para vê-la usada daquela maneira. Duvido que um irmão de verdade gostasse de ver a irmã manipulada assim.

Por isso, em presença de Guido, nunca mais beijei Augusta. Guido, pelo contrário, tentou uma vez, em minha presença, puxar Ada de encontro a si, mas ela o repeliu e ele não voltou a repetir a tentativa.

Confusamente recordo-me dos muitos serões que passamos juntos. A cena, que se repetiu ao infinito, imprimiu-se em minha memória: estávamos sentados os quatro em torno de uma fina mesa veneziana sobre a qual ardia uma grande lâmpada de petróleo, coberta por uma cúpula de tecido verde que ensombrecia tudo, exceto os trabalhos de agulha a que as duas moças se dedicavam: Ada, um lenço de seda que tinha livre na mão; Augusta, uma pequena tela redonda. Vejo Guido perorar e deve ter acontecido com frequência que fosse eu o único a lhe dar razão. Recordo-me ainda da cabeça de Ada, com os cabelos negros levemente ondulados, sobre os quais a luz amarelada e verde compunha um estranho efeito.

Discutia-se sobre essa luz e a verdadeira cor dos cabelos. Guido, que também sabia pintar, explicou-nos como se analisava uma cor. Também desse seu ensinamento nunca mais me esqueci, e ainda hoje, quando quero perceber melhor a cor de uma paisagem, cerro os olhos até que a visão se limite a uma estreita linha e não se veja senão a pouca luz que se condensa na verdadeira cor. Contudo, quando me dedico a semelhante análise, em minhas retinas, logo após as imagens reais, quase como reação física de minha parte, reaparece a luz amarelada e verde e os cabelos escuros sobre os quais pela primeira vez eduquei meus olhos.

Não posso esquecer uma noite, especialmente marcada por uma expressão de ciúme de Augusta e seguida por reprovável indiscrição de minha parte. De brincadeira, Guido e Ada se sentaram longe de nós, do outro lado do salão, junto à mesa Luís XIV. Quase peguei um torcicolo, voltando-me para falar com eles. Augusta repreendeu-me:

— Deixe-os! Eles, sim, é que sabem tratar de amor.

Eu então, com grande inabilidade, contei-lhe em voz baixa que não devia acreditar naquilo, pois Guido não gostava de mulher. Com isso pensava desculpar-me da minha intromissão no assunto dos dois pombinhos. Ao contrário, uma indiscrição malévola fez-me relatar a Augusta os conceitos que Guido expressara sobre as mulheres, tal como fizera em minha companhia, mas nunca em presença de qualquer outro membro da família. A lembrança dessas palavras amargurou-me por vários dias, ao passo que a lembrança de ter querido assassinar Guido não me perturbou por mais que uma hora. Assassinar, ainda que à traição, é ato de mais hombridade que prejudicar um amigo, revelando uma confidência sua.

A essa época, Augusta já não tinha motivos para ciúmes de Ada. Não foi para vê-la que torci o pescoço daquela maneira. Guido, com sua loquacidade, ajudava-me a preencher o longo tempo. Eu já lhe queria bem e passava boa parte de meus dias com ele. Queria-lhe igualmente bem pela consideração em que me tinha e que transmitia aos outros. Até mesmo Ada agora me ouvia atentamente quando eu falava.

Todas as noites esperava com impaciência o som do gongo que nos chamava à mesa, e desses jantares recordo principalmente a minha perene indigestão. Comia demais pela necessidade de me manter ativo. Durante o jantar, esfuziava de palavras afetuosas para Augusta, tanto quanto me permitisse a boca cheia; seus pais podiam ter apenas a desagradável impressão de que meu grande afeto diminuía com minha brutal voracidade. Surpreenderam-se que, no retorno da lua de mel, eu não voltasse com tanto apetite. Desapareceu este quando não se exigiu mais de mim que demonstrasse uma paixão que eu não sentia. Não é permitido mostrar frieza com a futura esposa diante de seus pais quando estamos prestes a ir para a cama com ela! Augusta recorda especialmente as palavras afetuosas que eu lhe murmurava à mesa. Entre uma garfada e outra devo ter inventado frases magníficas e fico surpreso quando Augusta me repete algumas, porquanto não as reconheço minhas.

Até mesmo meu sogro, o esperto Giovanni, se deixou enganar e, enquanto viveu, sempre que queria dar um exemplo de grande paixão amorosa, citava meu amor por sua filha, ou seja, por Augusta. Sorria, como bom pai que era, mas esse fato só aumentava seu desprezo por mim, pois, segundo ele, um verdadeiro homem não depõe todo o seu destino nas mãos de uma mulher e, sobretudo, não pode esquecer que, além da sua, há outras mulheres neste mundo. Donde se vê que nem sempre fui julgado com justiça.

Minha sogra, ao contrário, não acreditava no meu amor, nem mesmo depois que a própria Augusta depositou nele a mais plena confiança. Durante muitos anos ela me observou com olhar desconfiado, receosa do destino da sua filha predileta. Também por esta razão estou convicto de que ela me guiou nos dias que me conduziram ao noivado. Era impossível enganar aquela mulher que deve ter conhecido meu espírito melhor do que eu.

Chegou finalmente o casamento e até nesse dia passei por uma última hesitação. Devia estar em casa da noiva às oito da manhã; em vez disso, às 7h45 ainda me encontrava na cama, fumando desesperadamente e olhando para a janela em que brilhava, iridescente, o primeiro raio de sol daquele inverno. Pensava em abandonar Augusta! Tornava-se evidente o absurdo de meu casamento, agora que já não me importava a proximidade de Ada. Não resultaria nenhuma tragédia se não me apresentasse para a cerimônia! E mais: Augusta revelara-se noiva amável, mas não se podia saber de fato como se comportaria no dia seguinte às bodas. E se me tratasse de idiota por ter-me deixado prender daquele modo?

Por sorte chegou Guido, e eu, em vez de resistir, desculpei-me por meu atraso, alegando imaginar que fosse outra a hora estabelecida para as núpcias. Em vez de reprovar-me, Guido pôs-se a contar como ele tantas vezes por distração faltara a compromissos. Até em matéria de distração queria ser superior a mim, e vi-me obrigado a não lhe dar ouvidos para poder deixar a casa. Foi assim que acabei saindo às carreiras para casar-me.

Cheguei bastante tarde. Ninguém me reprovou; todos, menos a noiva, se contentaram com certas explicações que Guido dava em meu lugar. Augusta estava tão pálida que seus lábios ficaram lívidos. Se não posso dizer que a amava, também é certo que não queria causar-lhe mal. Tentei reparar o atraso e cometi a estupidez de atribuí-lo a três causas distintas. Era demais, e contava com tamanha precisão o que eu havia meditado em meu leito, contemplando o sol hibernal, que chegamos a retardar a partida para a igreja a fim de dar a Augusta tempo suficiente para recompor-se.

No altar pronunciei o sim distraidamente, porque, na minha viva compaixão por Augusta, cogitava de uma quarta explicação para justificar o meu atraso, que me parecia a melhor de todas.

Contudo, ao sairmos da igreja, notei que Augusta recuperara a cor. Senti um certo despeito, pois o meu sim não me pareceu nada suficiente para assegurar-lhe o meu amor. E preparava-me para tratá-la com toda a rudeza, se ela se refizesse a ponto de chamar-me idiota por me ter deixado prender daquela maneira. Em vez disso, em casa, aproveitando um momento em que ficamos a sós, disse-me:

— Jamais me esquecerei que, mesmo sem me amar, você casou comigo.

Não protestei; aquilo era tão evidente que se fazia inútil protestar. Abracei-a cheio de compaixão.

Depois, nunca mais se falou deste assunto entre mim e Augusta porque o casamento é coisa bem mais simples que o noivado. Uma vez casados não se discute mais sobre o amor e, quando se sente a necessidade de falar disso, a animalidade logo intervém para refazer o silêncio. Às vezes essa animalidade torna-se tão humana que complica e falsifica as coisas, ocorrendo que, ao se inclinar sobre uma cabeleira feminina, se faça o esforço por evocar uma luz que não existe nela. Fecham-se os olhos e a mulher se transforma em outra, para, passado o amor, voltar de novo a ser ela. A ela dedicamos toda nossa gratidão, que é ainda maior se o esforço resultou bem-sucedido. É por isso que, se eu tivesse de nascer de novo (a mãe natureza é capaz de tudo!), de bom grado me casaria com Augusta; jamais, porém, seria noivo dela.

Na estação Ada apresentou a face ao meu beijo fraterno. Só então a vi, atarantado em meio a toda aquela gente que viera despedir-se de nós; súbito pensei: "Foi você mesma que me meteu nestes lençóis!" Aproximei meus lábios de seu rosto aveludado, cuidando para nem de leve tocá-lo. Foi a primeira satisfação do dia, pois nesse instante senti a vantagem que provinha de meu casamento: tinha-me vingado, recusando aproveitar-me da única ocasião que surgia de beijar Ada! Depois, enquanto o trem corria, sentado ao lado de Augusta, pensei se procedera bem. Não comprometera minha amizade com Guido. Sofria mais, no entanto, quando pensava que talvez Ada sequer percebesse que eu não lhe havia beijado a face que me oferecera.

Ela percebera, mas só vim a sabê-lo quando, por seu turno, partiu com Guido muitos meses depois, naquela mesma estação. Ela beijou a todos. A mim apenas ofereceu a mão com grande cordialidade. Apertei-a com frieza. Sua vingança chegava um pouco tarde, pois as circunstâncias eram completamente diferentes. Após meu retorno da viagem de núpcias, mantivemos um relacionamento fraternal, não havendo explicações para o fato de me ter excluído de seu beijo.

6 – A mulher e a amante

Em minha vida houve vários períodos em que me acreditei no caminho da saúde e da felicidade. Contudo, tal crença nunca foi tão forte quanto por ocasião da viagem de núpcias e das semanas que se seguiram ao nosso retorno. Começou com uma descoberta que me surpreendeu: eu amava Augusta como ela a mim. Desconfiado a princípio, desfrutava a felicidade de um dia, sempre na suposição de que tudo mudaria no seguinte. Contudo, uns se seguiam aos outros, semelhantes todos, luminosos, em que perdurava a amabilidade de Augusta e — eis a surpresa — a minha! A cada manhã encontrava nela o mesmo afeto comovido e em mim o mesmo reconhecimento que, se não era amor, se lhe assemelhava muito. Quem haveria de prevê-lo, quando andei saltitando de Ada para Alberta e desta para Augusta? Descobri que não fora um paspalhão cego, guiado pelos outros, mas pessoa habilíssima. Vendo-me surpreso, Augusta dizia:

— Mas por que se surpreende? Não sabia que o casamento é assim? Até eu, mais ignorante do que você, sabia!

Não sei se depois ou antes do afeto, formou-se em meu espírito uma esperança, a grande esperança de poder vir a parecer-me com Augusta, que era a saúde personificada. Durante o noivado, sequer entrevira essa saúde, ocupado em estudar primeiro a mim mesmo, depois Ada e Guido. A lâmpada de petróleo que ardia naquele salão jamais chegou a iluminar os escassos cabelos de Augusta.

Já não me refiro ao seu rubor! Quando este desapareceu com a simplicidade com que as cores da aurora desaparecem à luz direta do sol, Augusta seguiu o mesmo caminho que as mulheres de sua estirpe sabem trilhar nesta terra, essas mulheres que tudo conseguem alcançar dentro da lei e da ordem ou que então a tudo renunciam. Conquanto a soubesse malfundada, por ter seu embasamento em mim, eu amava, adorava aquela segurança. Diante dela devia ao menos comportar-me com a modéstia que adotava em relação ao espiritismo. Tal segurança podia bem existir; por isso podíamos também ter fé na vida.

Ela, contudo, me espantava; todas as suas palavras, todos os seus atos eram pautados como se no fundo imaginasse a vida eterna. Não que afirmasse isto; surpreendeu-me inclusive uma vez, quando senti necessidade de lhe recordar a brevidade das coisas. Mas como!? Ela estava certa de que tudo iria perecer, o que não obstava a que, agora que nos havíamos casado, permanecêssemos juntos, para sempre juntos. Ignorava, portanto, que quando a gente se une neste mundo é só por um período demasiado breve, e não chegamos a compreender como é possível que se atinja uma intimidade após decorrer um tempo infinito e nunca mais se volte a rever por outra infinidade. Compreendi definitivamente o que era a perfeita saúde humana quando percebi que o presente para ela era uma verdade tangível na qual ela podia segregar-se e encontrar conforto. Procurei ser admitido nesse ambiente e nele tentei permanecer, decidido a não zombar nem de mim, pois esse esforço não podia ser superior à minha doença e eu devia pelo menos evitar conspurcar aquela que se havia confiado a mim. Assim é que, no esforço de protegê-la, soube por algum tempo comportar-me como um homem são.

Ela conhecia tudo o que era capaz de aborrecer-me; em se tratando dela, porém, essas coisas mudavam de aspecto. Se até a Terra girava, não era cabível que tivéssemos tonteiras! Pelo contrário! A Terra girava, e tudo o mais permanecia nos respectivos lugares. Essas coisas imóveis tinham importância imensa: o anel de casamento, todas as joias e vestidos, o verde, o preto, o de passeio, que ia logo para o armário quando chegava em casa, e o de noite, que de maneira alguma podia ser usado durante o dia, mesmo que não me conformasse em meter-me numa casaca. As horas de refeição eram mantidas com rigor, bem como as de sono. Aquelas horas existiam; por isso deviam estar sempre no devido lugar.

Aos domingos ela ia à missa e eu a acompanhava de vez em quando para ver como suportava a imagem da dor e da morte. Ela, porém, não encarava assim, e aquela visita infundia-lhe paz por toda uma semana. Lá ia também nos dias santos, que sabia de cor, ao passo que eu, se fosse religioso, haveria de permanecer na igreja o dia inteiro, para assegurar minha beatitude.

Havia, pois, também aqui embaixo um mundo de autoridade que lhe dava segurança. Havia a administração austríaca ou italiana, que velava pela segurança nas ruas e nos lares, e em relação à qual eu me empenhava em partilhar de seu respeito. Depois, havia os médicos, que tinham feito todos os estudos regulares para nos salvarem quando — livrai-nos

Deus! — alguma doença nos era destinada. Eu lançava mão todos os dias dessa autoridade: ela, ao contrário, nunca. Por esse motivo, eu sabia o destino atroz que me esperava quando a doença me atingisse, enquanto ela, nas mesmas condições, apoiada solidamente aqui e além, achava sempre que havia lugar para a salvação.

Estou analisando a sua saúde, mas não consigo fazê-lo, pois me acode que, ao analisá-la, converto-a em doença. E ao escrever sobre ela, começo a duvidar sobre se aquela saúde não careceria de cura ou tratamento. Vivendo ao seu lado durante tantos anos, jamais me ocorreu essa dúvida.

Que importância atribuía ela a mim em seu pequeno mundo! Devia manifestar meu desejo a propósito de tudo, na escolha dos alimentos ou das roupas, das companhias ou das leituras. Era obrigado a uma grande atividade que não me aborrecia. Colaborava para a constituição de uma família patriarcal e eu próprio me tornava o patriarca que no passado odiei e que agora me surgia como o símbolo da saúde. Uma coisa é sermos o patriarca; outra bem diferente é venerar alguém que se arroga tal dignidade. Queria a saúde para mim à custa de atribuir a doença aos não patriarcas, e especialmente durante a viagem aconteceu-me assumir por vezes de bom grado uma atitude de estátua equestre.

Contudo, mesmo durante a viagem, nem sempre foi fácil a imitação a que me propusera. Augusta queria ver tudo, como se estivéssemos numa excursão de estudos. Não lhe bastava visitar o Palácio Pitti; queria percorrer as inumeráveis salas, detendo-se pelo menos por alguns instantes diante de cada objeto de arte. Recusei-me a ir além da primeira sala, vendo apenas esta, e meu único trabalho foi o de arranjar um pretexto para a minha negligência. Passei cerca de metade do dia em frente dos retratos dos fundadores da casa dos Médici e descobri que se pareciam com Carnegie e Vanderbilt. Maravilhoso! Não obstante, eram da minha raça! Augusta não partilhava da minha admiração. Sabia o que eram os ianques, mas ainda não sabia bem quem era eu.

Sua própria saúde fraquejou afinal; Augusta teve de renunciar aos museus. Contei-lhe que uma vez no Louvre embirrei de tal maneira com tantas obras de arte que estive a ponto de fazer a *Vênus de Milo* em pedaços. Resignada, Augusta replicou:

— Ainda bem que a gente só visita os museus na lua de mel. Depois, nunca mais!

Na verdade, falta à vida a monotonia dos museus. Há dias que são dignos de moldura, embora ao mesmo tempo se mostrem tão ricos de sons conflitantes, linhas, cores e luzes que ardem, e por isso não entediam.

A saúde impele à atividade e à aceitação de um mundo de enfados. Após os museus, começavam as compras. Augusta, antes de nela morar, conhecia a nossa casa melhor que eu e sabia que num quarto faltava um espelho, que outro precisava de um tapete, que num terceiro havia um lugar ideal para um bibelô. Comprei móveis para um salão inteiro e, de todas as cidades em que pernoitamos, sempre expedíamos alguma coisa para casa. Eu era de opinião que teria sido mais oportuno e menos dispendioso adquirir todas aquelas coisas em Trieste. Agora tínhamos que cuidar da remessa, do seguro e da liberação alfandegária.

— Você não sabe que o destino das mercadorias é viajar? Afinal, não é negociante? — E ria.

Tinha quase razão. Objetei:

— As mercadorias viajam para ser vendidas e para ganharmos dinheiro com isso. Caso contrário, o melhor é deixá-las tranquilas para que também fiquemos tranquilos!

Contudo, seu espírito empreendedor era uma das coisas que nela eu mais apreciava. Que delícia aquele empreendimento tão ingênuo! Ingênuo porque era preciso ignorar a história do mundo para imaginar que se fez um bom negócio com a simples aquisição de um objeto; é por ocasião da venda que se conhece a conveniência da aquisição.

Eu me acreditava em plena convalescença. As minhas lesões se mostravam menos venenosas. Meu aspecto geral era agora, permanentemente, o de um homem feliz. Pareceu-me algo como um dever que naqueles dias memoráveis eu tivesse assumido perante Augusta, e foi o único voto que não quebrei senão por breves instantes, quando a vida riu mais forte do que eu. Nossa relação foi e permaneceu sempre sorridente, porque eu me ria dela, pensando que não soubesse, e ela, que me achava tão inteligente, sorria de mim, de meus erros, que se gabava de ter conseguido corrigir. Eu me mantive aparentemente feliz, ainda quando a doença voltou com toda a sua força. Feliz como se a dor fosse sentida por mim como uma excitação.

Nosso longo caminho através da Itália, apesar da minha nova disposição, não foi isento de infortúnios. Tínhamos viajado sem cartas de recomendação e, não raro, pareceu-me que os estranhos ao redor fossem nossos inimigos. Embora ridículo, não consegui superar esse temor. Podia ser assaltado, insultado ou principalmente caluniado — quem iria proteger-me?

Houve mesmo um momento em que senti uma verdadeira crise de medo, da qual por sorte ninguém se apercebeu, nem mesmo Augusta. Costumava pegar todos os jornais que me ofereciam na rua. Parando um dia diante de uma banca, veio-me o temor de que o jornaleiro, por ódio, me acusasse de roubo, já que eu comprara dele apenas um jornal, tendo vários outros embaixo do braço, adquiridos pelo caminho e nem sequer abertos. Corri célere dali, seguido por Augusta, a quem não revelei a razão de minha pressa.

Travei conhecimento com um cocheiro e um guia junto dos quais pelo menos me sentia seguro de não ser acusado de furtos ridículos.

Entre o cocheiro e eu havia alguns evidentes pontos de contato. Ele apreciava os vinhos dos Castelli e contou-me que a bebida inchava os seus pés. Ia para o hospital e, uma vez curado, voltava com recomendações de renunciar ao vinho. Fizera então um propósito que considerava tão férreo que, para materializá-lo, dera um nó na corrente do relógio. Quando o conheci, a corrente pendia-lhe sobre a pança, mas sem nó. Convidei-o a vir visitar-me em Trieste. Descrevi o sabor de nosso vinho, tão diverso do seu, a fim de assegurar-lhe o êxito da cura drástica. Não me quis ouvir; recusou o convite com uma expressão facial em que se estampava a nostalgia.

Quanto ao guia, afeiçoei-me a ele por me parecer superior aos seus colegas. Não é difícil saber muito mais de história do que eu, mas até Augusta, com seu senso de exatidão e seu *Baedeker*, verificou a correção de muitas de suas indicações. Além disso, era jovem e nos levava quase a correr pelas ruas semeadas de estátuas.

Quando perdi esses dois amigos, fui-me embora de Roma. O cocheiro, depois que recebeu de mim uma boa quantia, fez-me ver como o vinho às vezes lhe atacava inclusive a cabeça e atirou-se contra uma solidíssima construção romana. O guia resolveu um dia afirmar que os antigos romanos conheciam perfeitamente a eletricidade e faziam largo uso dela, chegando a declamar alguns versos latinos em abono de sua afirmação.

Fui então atacado por outra pequena enfermidade, da qual nunca me curaria. Uma coisa de nada: o medo de envelhecer e sobretudo o medo de morrer. Creio que tudo se originou de uma forma especial de ciúme. A velhice causava-me temor pelo fato de me aproximar da morte. Enquanto estivesse vivo, Augusta certamente não haveria de me trair; admitia, porém, que, mal viesse a morrer e fosse sepultado, após providenciar para que meu túmulo fosse mantido em ordem e se rezassem em minha intenção as missas necessárias, ela imediatamente procuraria um sucessor, a fim de introduzi-lo neste mesmo mundo de saúde e regularidade que eu agora desfrutava. Sua bela saúde não poderia morrer apenas porque eu estivesse morto. Eu tinha tal fé naquela saúde que só podia vê-la perecer se esmagada por um trem a toda a velocidade.

Recordo-me de que uma noite, em Veneza, passávamos de gôndola por um desses canais cujo silêncio profundo era a todo instante interrompido pelas luzes e pelos rumores das ruas que sobre ele de imprevisto passavam. Augusta, como sempre, observava e cuidadosamente registrava as coisas: um jardim verde e fresco, surgido de uma base de lodo deixada à tona pelo refluxo das águas; um campanário refletido na superfície turva; uma viela comprida e escura tendo ao fundo um rio de luzes e de gente. Eu, ao contrário, na obscuridade, sentia apenas o pleno desconforto de mim mesmo. Pus-me então a falar do tempo que passava rápido e de que em breve ela estaria fazendo de novo esta viagem de núpcias em companhia de outro. Estava tão convicto do que lhe dizia que me pareceu contar-lhe uma história já acontecida. E achei descabido que chorasse para negar a verdade daquela história. Talvez me houvesse compreendido mal e pensasse que lhe atribuía a intenção de assassinar-me. Nada disso! Para melhor explicar-me, descrevi as circunstâncias eventuais de minha morte: minhas pernas, que já sofriam de uma circulação deficiente, acabariam por gangrenar, e a gangrena, dilatando cada vez mais, atingiria um órgão qualquer indispensável para eu manter os olhos abertos. Então os meus se fechariam e — adeus patriarca! Seria necessário fabricar outro.

Ela continuou a soluçar; seu pranto, na imensa tristeza daquele canal, significou algo muito importante para mim. Seria provocado pela consciência de sua tremenda saúde, coisa que a levava ao desespero? Então a humanidade inteira haveria de soluçar nesse pranto. Contudo, mais tarde descobri que ela sequer tinha consciência do que era de fato a saúde. Os saudáveis não se analisam a si próprios, sequer se contemplam no espelho. Só os doentes sabemos algo sobre nós mesmos.

Foi então que contou como me havia amado ainda antes de conhecer-me. Amara-me desde o momento em que seu pai pronunciara meu nome e se referira a mim nos seguintes termos: Zeno Cosini, um ingênuo, que arregala os olhos quando ouve falar de qualquer sagacidade comercial e corre a anotá-la num livro de preceitos, que perde logo em seguida. E se não me dera conta de seu embaraço em nosso primeiro encontro, isso levava a crer que também eu devia estar confuso.

Recordei que, ao ver Augusta pela primeira vez, fui surpreendido pela sua feiura, visto que estava na expectativa de que as quatro moças de inicial "A" daquela casa fossem todas belíssimas. Sabia agora que me amava desde há muito, mas o que provava isto? Não lhe dei a satisfação de desmentir-me: quando eu morresse, ela se casaria com outro. Mitigado o pranto, apoiou-se mais em mim, de súbito, sorrindo, perguntou:

— Onde encontraria o seu sucessor? Não vê como sou feia?

Na verdade, provavelmente me seria concedido algum tempo de putrefação tranquila.

O medo de envelhecer não me abandonou mais, e sempre pelo receio de passar a outrem minha mulher. Esse medo não se atenuou nem quando a traí, mas também não aumentou à ideia de que podia igualmente perder a amante. Uma coisa nada tinha a ver com a outra. Quando o medo de morrer me atormentava, corria para Augusta como as crianças que estendem ao beijo da mãe a mãozinha ferida. Encontrava sempre palavras novas para confortar-me. Na viagem de núpcias atribuía-me mais trinta anos de juventude, e ainda hoje o faz. Eu, ao contrário, já sabia que as semanas de alegria da lua de mel me haviam sensivelmente aproximado dos horríveis esgares da agonia. Augusta podia dizer o que quisesse, minhas contas estavam feitas: cada semana a mais era uma semana a menos.

Quando percebi que as crises se tornavam mais frequentes, evitei cansá-la com a mesma história de sempre; para alertá-la de minha necessidade de conforto, bastava murmurar: "Pobre Cosini!" Ela sabia então exatamente o mal que me aturdia e apressava em cobrir-me com seu grande afeto. Assim, consegui obter dela todo o conforto, mesmo quando a causa da dor era totalmente diversa. Uma vez, amargurado pela dor de tê-la traído, murmurei por engano: "Pobre Cosini!" Foi bom que o fizesse, pois até nessa ocasião ela me propiciou um conforto precioso.

De regresso da viagem de núpcias, tive a surpresa de morar numa casa que nunca fora tão cômoda e acolhedora. Augusta introduziu nela todos os confortos que havia na sua própria, além de muitos outros que ela mesma inventou. O quarto de banho, que na minha memória de homem sempre esteve ao fundo do corredor, a meio quilômetro do quarto de dormir, transferiu-se para o lado do quarto do casal e foi provido de um número maior de torneiras e pias. Um quartinho junto à sala de jantar foi convertido numa pequena sala íntima, para o café. Coberta de tapetes e dotada de grandes poltronas forradas de couro, ali ficávamos a conversar todos os dias por uma boa hora após as refeições. Contra o meu desejo, havia ali todo o necessário para fumar. Até o meu pequeno estúdio, embora eu proibisse, sofreu algumas modificações. Temia que as alterações o tornassem odioso; logo, porém, percebi que só então se fizera habitável. Augusta dispôs a iluminação de modo a que eu pudesse ler sentado à mesa, refestelado na poltrona ou reclinado sobre o sofá. Para o violino foi providenciada uma estante com uma pequena lâmpada, que iluminava a partitura sem ferir os olhos do executante. Também ali, e contra a minha vontade, havia todos os apetrechos necessários para fumar tranquilamente.

Com isso houve muitas obras em casa, acarretando certa desordem que transtornava a nossa paz. Para ela, que obrava para a eternidade, o breve incômodo podia não ter importância; para mim, no entanto, a coisa era bastante diversa. Opus-me energicamente quando manifestou desejo de implantar em nosso jardim uma pequena lavanderia acarretando obrigatoriamente a construção de mais um cômodo. Augusta asseverava que ter uma lavanderia em casa era uma garantia para a saúde dos bebês. Como os bebês ainda não tinham vindo, não via a menor necessidade de me deixar incomodar antecipadamente por eles. Em todo caso ela trouxe para a minha velha casa um instinto oriundo do ar livre e, nos seus pruridos de amor, semelhava à andorinha que pensa logo no ninho.

Eu também tinha meus pruridos de amor e trazia para casa flores e joias. Minha vida modificou-se completamente com o casamento. Renunciei, após uma frouxa tentativa de resistência, a dispor do tempo a meu gosto e submeti-me ao mais rígido horário. No que respeita a isto, minha educação surtiu esplêndido êxito. Um dia, logo após essa viagem de núpcias, deixei-me inocentemente persuadir de não ir almoçar em casa; após ter comido qualquer coisa num bar, fiquei na rua até a noite. Quando regressei, já à hora do jantar, encontrei Augusta à minha espera, quase morta de fome, pois não havia almoçado. Não me dirigiu qualquer censura, mas não se deixou convencer de que agira mal por me esperar. Suavemente, embora com firmeza, declarou que, como não a havia prevenido, teria esperado por mim para o almoço até a hora do jantar. E não foi por brincadeira! Outra vez, ao me deixar conduzir por um amigo e ficar fora de casa até as duas da manhã, deparei-me com Augusta à minha espera, batendo os dentes de frio, pois a estufa se apagara. Daí resultou uma leve indisposição, que tornou inesquecível a lição que me fora infligida.

Um dia quis dar-lhe uma grande satisfação: iria trabalhar! No íntimo ela assim o desejava, e eu próprio achei que seria útil à minha saúde. É natural sentirmo-nos menos doentes quando temos pouco tempo para isso. Entreguei-me ao trabalho e, se nele não persisti, não foi de fato culpa minha. Entreguei-me a ele com os melhores propósitos e com verdadeira humildade. Não reclamei a decisão dos negócios, queria apenas controlar os livros. Diante do calhamaço em que a escrita era disposta com a regularidade das casas numa rua, sentia-me tão cheio de respeito que chegava a escrever com a mão trêmula.

O filho de Olivi, rapazinho sobriamente elegante, com imensos óculos, dotado de todas as ciências comerciais, foi encarregado de minha instrução, e dele na verdade nada tenho a queixar-me. Provocou-me alguns enfados com sua ciência econômica e a teoria da oferta e da procura, que me parecia mais evidente do que ele queria admitir. Via-se nele, porém, certo respeito pelo patrão, que admirei mais por ser evidente que não o havia aprendido do pai. O respeito pela propriedade devia fazer parte da ciência econômica. Jamais me censurou pelos erros de escrita que eu amiúde cometia; inclinava-se a atribuí-los à minha inexperiência e ministrava-me explicações absolutamente supérfluas.

O pior foi que, à força de ver como se faziam negócios, veio-me a vontade de também fazê-los. Cheguei a simbolizar claramente nos livros de registro a minha própria bolsa, e quando registrava um importe no débito de um cliente parecia-me ter à mão, em vez da pena, a pazinha do crupiê que recolhe as fichas esparsas sobre a mesa de jogo.

O jovem Olivi mostrava-me também a correspondência; eu lia todas as cartas com cuidado e — devo dizê-lo — a princípio com a esperança de compreendê-las melhor do que os outros. Uma oferta vulgaríssima conquistou um dia a minha mais apaixonada atenção. Ainda antes de lê-la, senti no peito algo que logo reconheci como o obscuro pressentimento que vez por outra me ocorria junto às mesas de jogo. É difícil descrever tal pressentimento. Consiste em certa dilatação dos pulmões que nos leva a respirar com volúpia o ar, mesmo enfumaçado. Contudo, há algo mais: sabemos que se dobrarmos a aposta nos sentiremos melhor ainda. Só que se precisa de prática para entender tudo isso. É preciso que se tenha deixado a mesa de jogo com os bolsos vazios e a dor de haver perdido uma inspiração; então, nunca mais se deixará outra passar. Quando se deixa passar a oportunidade, não há mais esperança para esse dia, pois as cartas sempre se vingam. Diante, porém, do pano verde é bastante mais perdoável não ter sentido a inspiração do que diante de um tranquilo livro de contabilidade; na verdade, percebi isto claramente ao gritar para mim: "Compre logo essa fruta seca!"

Falei com toda a delicadeza a Olivi, naturalmente sem revelar minha inspiração. Respondeu-me que negócio de tal natureza só os fazia por conta de terceiros, quando podia realizar algum pequeno lucro. Com isso eliminava de meus negócios a possibilidade da inspiração e a reservava apenas a terceiros.

A noite reforçou minha convicção: o pressentimento estava, portanto, em mim. Respirava tão bem que não podia dormir. Augusta percebeu minha inquietação e tive que revelar o motivo. Ela, de repente, teve a mesma inspiração que eu e no sono chegou a murmurar:

— Você não é o patrão?

É verdade que de manhã, antes que eu saísse, disse pensativa:

— Não convém melindrar o Olivi. Quer que eu fale com papai sobre isso?

Não quis, pois sabia que também Giovanni dava pouco peso às inspirações.

Cheguei ao escritório decidido a lutar pela minha ideia, inclusive para me vingar da insônia sofrida. A batalha durou até o meio-dia, quando expirava o prazo da aceitação da oferta. Olivi permaneceu irredutível e encerrou o caso com a observação de costume:

— O senhor está querendo restringir as atribuições que me foram dadas pelo falecido senhor seu pai?

Ressentido, retornei por um momento aos livros, no firme propósito de não mais me ingerir nos negócios. O sabor das passas, no entanto, ficara em minha boca e todos os dias no Tergesteo eu me informava sobre o preço delas. Nada mais me importava. O preço subia lentamente, como se tivesse necessidade de contrair-se para dar um salto.

De repente, de um dia para outro, deu um pulo formidável. A colheita fora péssima, e só agora se sabia. Estranha coisa a inspiração! Não havia previsto a colheita escassa, apenas o aumento de preço.

As cartas se vingaram. Já não conseguia restringir-me aos livros e perdi todo o respeito pelos meus mestres, tanto que Olivi agora não mais me parecia tão seguro de ter agido bem. Ri-me, e troçar dele passou a ser minha principal ocupação.

Apareceu uma segunda oferta a um preço quase dobrado. Olivi, para me sossegar, veio pedir minha opinião; triunfante, declarei que não comeria uva por aquele preço. Olivi, ofendido, murmurou:

—Vou manter-me dentro do sistema que segui durante toda a vida.

E pôs-se a procurar compradores. Encontrou um para uma quantidade bastante reduzida; sempre com as melhores intenções, voltou a mim e perguntou hesitante:

— Compro, para satisfazer este pequeno pedido?

Respondi, carrancudo:

— Eu já teria comprado antes de aceitar a encomenda.

Olivi acabou perdendo a força de sua própria convicção e deixou a venda a descoberto. O preço da passa continuou a subir e perdemos tudo quanto se podia perder com tão pequena quantidade.

Olivi agastou-se comigo e declarou que havia arriscado só para me ser agradável. O patife esquecera que eu lhe havia aconselhado a jogar no vermelho e ele, em vez disso, jogara no preto. Nossa disputa tornou-se irreconciliável. Olivi apelou para o meu sogro, dizendo que administrada por nós dois a firma estaria sempre em perigo e que, se a minha família assim o desejava, ele e o filho se retirariam da empresa para deixar-me o campo livre. Meu sogro decidiu imediatamente em favor de Olivi. Disse-me:

— O caso das passas é bastante elucidativo. Vocês são duas pessoas que não podem trabalhar juntas. Quem deve afastar-se? Você, que sem ele teria feito um único bom negócio, ou quem há meio século vem administrando a firma sozinho?

Até Augusta foi induzida pelo pai a convencer-me de não me intrometer em meus próprios negócios.

— Parece que a bondade e a ingenuidade — me disse — fazem você inapto para os negócios. Fique em casa comigo.

Irado, retirei-me para a minha tenda, ou seja, para o meu estúdio. Por algum tempo ao acaso arranhei o violino; depois, senti desejo de uma atividade mais séria; pouco faltou para que retornasse à química e em seguida ao direito. Por fim, e não sei verdadeiramente por quê, dediquei-me por algum tempo aos estudos religiosos. Pareceu-me voltar àqueles iniciados quando da morte de meu pai. Talvez a volta fosse uma enérgica tentativa de aproximar-me de Augusta e de sua saúde. Não me bastava ir à missa com ela; queria percorrer outros caminhos, fosse lendo Renan ou Strauss, o primeiro com prazer, o segundo suportado como uma punição. Só me refiro a isto para mostrar o desejo de ligar-me a Augusta. Ela não percebeu esse desejo quando me viu com uma edição crítica do Evangelho nas mãos. Preferia a indiferença à ciência; assim, não soube apreciar o máximo indício de afeto que lhe dava. Quando, como de hábito, interrompendo sua toalete ou suas ocupações caseiras, chegava à porta de meu quarto para dizer-me uma palavra qualquer, vendo-me inclinado sobre aqueles textos, torcia a boca:

— Ainda metido nisto?

A religião de que Augusta tinha necessidade não exigia tempo para ser adquirida ou praticada. Uma genuflexão e o imediato retorno à vida! Nada mais. Comigo a religião assumia feição totalmente diversa. Se tivesse tido uma verdadeira fé, nada mais no mundo teria significado para mim.

Meu refúgio magnificamente organizado era vez por outra visitado pelo tédio. Tratava-se mais de uma ânsia, pois, embora me sentisse com forças para trabalhar, estava sempre à espera de que a vida me impusesse alguma tarefa. Nessa expectativa saía muitas vezes e passava horas seguidas no Tergesteo ou num café.

Vivia numa simulação de atividade, uma atividade aborrecidíssima.

A visita de um amigo da universidade, obrigado a retornar de alguma pequena cidade da Estíria para tratar-se de uma grave enfermidade, foi a minha Nêmesis, apesar de não mostrar qualquer aspecto desta. Chegou a mim após ter passado um mês de cama em Trieste, coisa que tornara sua doença, uma nefrite, de aguda em crônica, provavelmente incurável. Ele, porém, achava estar melhor e preparava-se alegremente para se transferir logo, durante a primavera, a algum lugar de clima mais ameno que o nosso, onde contava readquirir plenamente a saúde. Talvez o ter-se demorado demasiadamente na terra natal lhe fora fatídico.

Considerava a visita desse homem tão enfermo, conquanto alegre e sorridente, como nefasta para mim; talvez estivesse errado: essa visita assinala apenas um estágio em minha vida, pelo qual necessariamente eu precisava passar.

Meu amigo, Enrico Copler, surpreendeu-se de que nada soubesse a seu respeito e de sua doença, da qual Giovanni devia ter sido informado. Mas Giovanni, também doente, não tinha tempo para mais ninguém e não me dissera nada, embora todos os dias de sol viesse dormir algumas horas ao ar livre em minha casa.

Entre os dois enfermos passou-se uma tarde agradabilíssima. Falou-se dos respectivos males, coisa que constitui a melhor distração para um doente e que não é demasiado triste para os sãos que estão a ouvir. Só houve uma discrepância: por que Giovanni tinha necessidade do ar livre que era interdito ao outro? A dissensão foi superada quando se levantou um pouco de vento, induzindo o próprio Giovanni a buscar a nossa companhia no pequeno quarto aquecido.

Copler contou acerca da sua doença, que não lhe provocava dores, mas lhe tolhia os movimentos. Só agora, sentindo-se melhor, tinha consciência do quanto estivera doente. Como falasse dos remédios ministrados, o meu interesse mostrou-se mais vivo. O médico lhe aconselhara entre outros um eficaz sistema para obter sono profundo sem envenená-lo com verdadeiros soníferos. Era exatamente daquilo que eu mais necessitava!

Meu pobre amigo, sentindo minha necessidade de remédios, imaginou por um instante que eu padecesse da sua mesma doença; aconselhou-me a fazer examinar-me, auscultar-me e analisar-me.

Augusta pôs-se a rir gostosamente, declarando que eu não passava de um doente imaginário. Sobre a face emaciada de Copler passou algo como um ressentimento. Súbito, virilmente, libertou-se do estado de inferioridade a que parecia condenado, acrescentando com grande ênfase:

— Doente imaginário? Pois bem, prefiro ser um doente de verdade. Antes de mais nada, um doente imaginário é uma monstruosidade ridícula; além disso, para ele não existem remédios, ao passo que a farmácia, como se vê por mim, dispõe sempre de alguma coisa eficaz para os verdadeiros doentes!

Suas palavras pareciam as de um homem são e eu — quero ser sincero — sofri com elas.

Meu sogro associou-se a ele com grande energia; suas palavras, porém, não chegaram a lançar desprezo pelo doente imaginário, pois traíam de modo demasiado claro sua inveja pelo são. Disse que, se estivesse bom como eu, em vez de aborrecer o próximo com suas lamentações, haveria de correr a seus bons e caros negócios, principalmente agora que havia conseguido reduzir o volume da barriga. Estava longe de saber que seu emagrecimento não seria considerado um sintoma favorável.

Por causa da invectiva de Copler, eu mostrava um aspecto verdadeiramente doentio, de doente maltratado. Augusta sentiu necessidade de intervir a meu favor. Acariciando a mão que eu abandonara sobre a mesa, disse que a minha doença não perturbava ninguém e que ela não estava nem mesmo convicta de que me achava enfermo, pois, caso contrário, eu não poderia demonstrar tanta alegria de viver. Com isso, Copler voltou ao estado de inferioridade a que estava condenado. Era inteiramente só no mundo e, se podia lutar contra mim em matéria de saúde, não conseguia contrapor a mim um afeto semelhante ao que Augusta me ofertava. Sentindo a viva necessidade de uma enfermidade, resignou-se a confessar-me mais tarde o quanto me invejava por isso.

A discussão continuou nos dias seguintes em tom mais calmo, enquanto Giovanni dormia no jardim. Copler, depois de pensar melhor, afirmava agora que o doente imaginário era um doente real, mais intimamente e até mais radicalmente que os demais. Isso porque seus nervos eram propensos a acusar uma doença quando esta não existia, ao passo que sua função normal seria a de dar um alarme por meio da dor para provocar a busca de alívio.

— Isto! — concordava eu. — Como, por exemplo, nos dentes, cuja dor só se manifesta quando o nervo está exposto e, para curá-la, é preciso destruir o nervo.

Acabamos concordando que o real valia bem o doente imaginário. Em sua própria nefrite faltara, e faltava ainda, um aviso dos nervos, enquanto os meus, ao contrário, eram talvez tão sensíveis que me avisariam da doença de que eu morreria com vinte anos de antecedência. Eram, portanto, nervos perfeitos; sua única desvantagem era conceder-me poucos dias alegres neste mundo. Tendo conseguido incluir-me entre os doentes, Copler ficou satisfeitíssimo.

Não sei por que o pobre enfermo tinha a mania de falar de mulheres e, quando a minha não estava presente, não se falava de outra coisa. Ele pretendia afirmar que as doenças reais, pelo menos aquelas que ele conhecia, causavam o enfraquecimento do sexo, o que era uma boa defesa do organismo, ao passo que na doença imaginária, devida apenas à superexcitação dos nervos laboriosos (segundo o seu diagnóstico), o sexo era patologicamente ativo. Corroborei sua teoria com minha experiência e nos compadecemos mutuamente. Ignoro por que não lhe quis dizer que me achava longe de qualquer deslize, e já de há muito tempo. Teria pelo menos podido confessar-lhe que me considerava convalescente, para não dizer são, pois isso o ofenderia demasiado, mesmo porque isto de considerar-se são quando se conhecem todas as mazelas de nosso organismo é coisa bastante difícil.

— Então você deseja todas as mulheres belas que encontra? — inquiriu Copler mais uma vez.

— Nem todas! — murmurei, para mostrar-lhe que não estava tão doente assim. Eu já não desejava Ada, a quem via todas as noites. Ela era para mim a própria mulher proibida. O farfalhar de suas saias não me dizia nada, e se me fosse permitido levantá-las com minhas próprias mãos, haveria de ser a mesma coisa. Por sorte não me havia casado com ela. Essa indiferença era, ou me parecia ser, uma genuína manifestação de saúde. Talvez o meu desejo por ela tivesse sido tão violento que se exauriu por si próprio. A minha indiferença se estendia ainda a Alberta que, no entanto, era tão bonita em seu vestidinho bem-composto e sério da escola. A posse de Augusta teria sido suficiente para acalmar meu desejo por toda a família Malfenti? Teria sido de fato algo bastante moral!

Talvez não lhe falasse de minhas virtudes porque no pensamento trazia sempre Augusta, e mesmo agora, falando com Copler, com um frêmito de desejo, pensava em todas as mulheres a que havia renunciado por ela. Pensei nas mulheres que andavam pelas ruas, todas cobertas, e das quais, no entanto, os órgãos sexuais secundários se tornavam tão importantes, ao passo que os da mulher possuída perdiam a importância como se a posse os houvesse atrofiado. Sempre me perseguia o desejo de aventura; a aventura que começava pela admiração de umas botas, de uma luva, de uma saia, de tudo aquilo que cobre e altera a forma. Mas esse desejo não era ainda uma culpa. Copler, contudo, não agia bem em analisar-me. Explicar a alguém a natureza de que é feito é um modo de autorizá-lo a proceder do modo como deseja. Copler fez ainda pior, embora não pudesse prever aonde suas palavras e ações me haveriam de conduzir.

As palavras de Copler estão fixas de tal forma em minha mente que, quando as recordo, reevocam todas as sensações que a elas se associam, as coisas e as pessoas. Eu acompanhara meu amigo ao jardim, pois ele devia tornar à casa antes do anoitecer. De minha vivenda, que jaz sobre uma colina, descortinava-se a vista do porto e do mar, hoje interceptada por novas construções. Ali ficamos a olhar longamente o mar encrespado por uma leve brisa que refletia, em miríades de pontos luminosos e róseos, a luz tranquila do céu. A península istriana propiciava repouso aos olhos com sua suavidade verde a avançar em arco enorme no mar como sólida penumbra. Os molhes e os diques pareciam pequenos e insignificantes na sua forma rigidamente linear, e a água nas pequenas bacias era obscurecida pela sua imobilidade ou pela sua turbidez. No vasto panorama a paz era minúscula em comparação com todo aquele rubor espelhado nas águas, e nós, deslumbrados, logo em seguida voltamos as costas ao mar. Sobre a pequena esplanada diante da casa, já pairava, em confronto, a noite.

Diante do pórtico, numa grande poltrona, a cabeça coberta por um boné e protegida ainda pela gola erguida do sobretudo, as pernas envoltas por uma coberta, meu sogro dormia. Paramos para vê-lo. Tinha a boca arreganhada, o maxilar inferior pendente como uma coisa morta e a respiração rumorosa e ofegante. A cada instante a cabeça pendia sobre o peito e ele, sem despertar, a reerguia. Havia ainda um movimento de suas pálpebras como se tivesse querido abrir os olhos para readquirir mais facilmente o equilíbrio, e sua respiração mudava de ritmo. Uma verdadeira interrupção do sono.

Foi esta a primeira vez que a doença de meu sogro se me apresentou com tal evidência que me deixou compungido.

Copler falou, em voz baixa:

— Precisamos curá-lo. Provavelmente sofre também de nefrite. Isto não é sono: sei o que significa esse estado. Pobre diabo!

Acabou por aconselhar que chamássemos um médico.

Giovanni deu pela nossa presença e abriu os olhos. Pareceu de repente menos abatido e troçou com Copler:

—Você não se arrisca por estar aí fora? O ar livre não lhe fará mal?

Parecia-lhe haver dormido gostosamente e não sabia que lhe faltara ar diante do vasto mar que lho mandava tanto! A sua voz era rouca e a palavra interrompida pelo respirar ofegante; tinha a tez cor de terra e, erguendo-se da poltrona, sentiu-se gelado. Correu a abrigar-se em casa. Vejo-o ainda a mover-se pela esplanada, o cobertor sob o braço, arquejante mas sorrindo, enquanto nos acenava de dentro.

—Vê como procede o doente real? — perguntou-me Copler, que não conseguia livrar-se de sua ideia fixa. — Está moribundo e não vê que está doente.

Pareceu-me também a mim que o doente real sofria pouco. Meu sogro e bem assim Copler já há muitos anos que repousam no cemitério de Sant'Ana, mas houve um dia em que passei diante de seus túmulos e não pude deixar de pensar que, pelo fato de estarem há tantos anos sob suas lápides, não se invalidava a tese sustentada por um deles.

Antes de deixar seu antigo domicílio, Copler liquidara seus negócios, de modo que, como eu, nada tinha que fazer. Contudo, mal deixara o leito, não sabendo ficar parado e, à falta de atividade própria, começou a ocupar-se dos assuntos alheios, que lhe pareciam muito mais interessantes. À época ri disso; mais tarde, porém, eu também deveria degustar o agradável sabor dos negócios alheios. Dedicava-se à beneficência e, estando disposto a viver apenas dos juros de seu capital, não se podia dar ao luxo de fazer filantropia a expensas próprias. Por isso organizava coletas e angariava dinheiro dos amigos e conhecidos. Registrava tudo como bom homem de negócios que era, e pensei que aquele livro era o seu viático e que eu, no caso dele, condenado a uma existência curta e privado de família como ele, teria aumentado seu saldo com prejuízo de meu capital. Contudo, ele era o saudável imaginário e não tocava senão nos juros que lhe cabiam, não sabendo resignar-se a admitir que o futuro seria breve.

Um dia assaltou-me com o pedido de algumas centenas de coroas a fim de adquirir um piano para uma pobre moça que já vinha sendo subvencionada por mim juntamente com outros, por seu intermédio, com uma pequena mesada. Era necessário agir com presteza para aproveitar uma boa ocasião. Não soube eximir-me, mas, um pouco por malícia, observei-lhe que eu teria feito melhor negócio se não tivesse saído aquele dia de casa. Sou de tempos em tempos sujeito a ataques de avareza.

Copler apanhou o dinheiro e lá se foi com uma breve palavra de agradecimento; o efeito de minhas palavras se fez sentir poucos dias depois, e de modo bastante importante. Veio informar-me que o piano já fora entregue em casa da srta. Carla Gerco e que esta e a sua mamãe me pediam a honra de uma visita para os devidos agradecimentos. Copler tinha medo de perder o cliente e queria prender-me, fazendo-me saborear o reconhecimento dos beneficiados. A princípio, quis furtar-me àquela maçada, dizendo-lhe que estava absolutamente convicto de que ele sabia fazer a beneficência mais acertada; insistiu tanto, porém, que acabei por condescender:

— A moça é bonita? — perguntei de troça.

— Lindíssima — respondeu ele —, mas não é carne para os nossos dentes.

Bastante curioso que pusesse os meus dentes junto com os seus, em perigo de comunicar-me as suas cáries. Contou-me sobre a honestidade daquela desgraçada família que havia perdido há alguns anos o cabeça do casal e que, embora na mais negra miséria, havia vivido em perfeita honestidade.

O dia estava insuportável. Soprava um vento gelado e eu invejava Copler metido em seu sobretudo. Eu tinha que segurar os cabelos com a mão para não sair voando. Contudo, estava de bom humor, pois ia recolher a gratidão devida à minha filantropia. Percorremos a pé a Corsia Stadion, atravessamos o Jardim Público. Era uma parte por onde eu raramente passava. Entramos numa dessas casas que os nossos avós costumavam construir há quarenta anos para especulação imobiliária, em zonas distantes da cidade que com o tempo a ela se vão ligando; tinha um aspecto modesto, apesar de mais conspícuo do que as casas que se constroem hoje em dia com as mesmas intenções. A escada ocupava uma área muito estreita, sendo por isso bastante íngreme.

Paramos no primeiro andar, onde cheguei muito antes que meu amigo, bem mais lento que eu. Surpreendeu-me ver que das três portas que davam para o corredor as duas laterais trouxessem afixado o cartão de visitas de Carla Gerco, presos com percevejos, ao passo que a porta do fundo também trazia um cartão, mas com outro nome. Copler explicou-me que as senhoras tinham à direita a cozinha e o quarto de dormir; à esquerda, só havia um quarto, o estúdio da srta. Carla. Tinham conseguido sublocar uma parte do andar ao fundo para diminuir as despesas do aluguel, apesar do incômodo de terem que atravessar o corredor para passar de um aposento ao outro.

Batemos à esquerda, na porta do estúdio onde mãe e filha, avisadas de nossa visita, nos esperavam. Copler fez as apresentações. A mãe, senhora muito tímida, trajando um pobre vestido preto, cabeça inteiramente branca, recebeu-me com um pequeno discurso certamente preparado: sentiam-se honradas com a minha visita e me agradeciam o valioso regalo que lhes fizera. Depois disso não abriu mais a boca.

Copler assistia a tudo como um mestre que num exame oficial estivesse a ouvir as lições que com grande sacrifício ensinara aos alunos. Corrigiu a senhora, dizendo-lhe que eu não apenas prodigara o dinheiro para o piano, mas igualmente contribuía para o auxílio mensal que ele lhes coletava. Um amigo da precisão, ele.

A srta. Carla ergueu-se da cadeira em que estava sentada junto ao piano, estendeu-me a mão e disse uma simples palavra:

— Obrigada!

Era pelo menos mais sucinto. Minha carga filantrópica começava a pesar-me. Também eu estava ali ocupando-me de negócios alheios como um doente real qualquer! Que haveria de ver em mim aquela graciosa senhorita? Uma pessoa de grande respeito, mas não um homem! E era de fato graciosa! Creio que se esforçava por parecer mais jovem do que era, com a saia curta demais para a moda da época, a menos que usasse em casa uma roupa dos tempos em que ainda não havia terminado de crescer. Sua cabeça, no entanto, era a de uma mulher-feita e, a julgar pelo penteado bastante rebuscado, de mulher que quer agradar. As grossas tranças escuras estavam dispostas de modo a cobrir as orelhas e em parte também o pescoço. Sentia-me tão compenetrado de minha dignidade e temia tanto o olhar inquisidor de Copler que a princípio mal fitei a jovem; agora, porém, apreciava-a inteira. Sua voz tinha uma suavidade especial quando falava e, com uma afetação que acabou por se tornar natural, comprazia-se em estender as sílabas como se quisesse acariciar os sons que conseguia produzir. Por esse detalhe e ainda pelo fato de que certas vogais suas eram excessivamente longas, mesmo para uma triestina, achei que sua linguagem tinha qualquer coisa de estrangeiro. Soube depois que certos professores, para ensinar a emissão da voz, alteram o valor das vogais. Era, de fato, uma pronúncia inteiramente diversa da de Ada. Nela tudo soava como palavra de amor.

Durante a visita, a srta. Carla sorriu sem parar, talvez imaginando ter assim conseguido estereotipar na face o sinal da gratidão. Era um sorriso um tanto forçado, o verdadeiro aspecto da gratidão. Mais tarde, quando poucas horas depois comecei a idealizar Carla, imaginei que havia naquela face uma luta entre a alegria e a dor. Contudo, nada disso encontrei posteriormente nela, e uma vez mais aprendi que a beleza feminina simula sentimentos com os quais nada tem a ver. Da mesma forma por que a tela em que está pintada uma batalha não possui qualquer sentimento heroico.

Copler parecia satisfeito com as apresentações, como se as duas senhoras fossem obras suas. Descreveu-as: estavam sempre satisfeitas com seu destino e trabalhavam. Disse palavras que pareciam extraídas de um livro escolar e, anuindo maquinalmente, eu parecia querer afirmar que havia aprendido a lição e por isso sabia como devem ser as mulheres virtuosas que vivem sem dinheiro.

Depois pediu a Carla que nos cantasse uma coisa qualquer. Ela recusou, dizendo-se resfriada. Propunha fazê-lo em outra ocasião. Percebi com simpatia que ela receava a nossa crítica; como sentisse o desejo de prolongar a visita, associei-me aos pedidos de Copler. Cheguei a dizer que ela talvez não me visse nunca mais, já que era muito ocupado. Copler, embora sabedor da minha absoluta inatividade, confirmou com grande respeito o que eu dizia. Foi-me, portanto, fácil compreender seu desejo de que eu não mais voltasse a ver Carla.

Esta tentou ainda uma vez eximir-se; Copler, porém, insistiu com uma palavra que parecia um comando e ela obedeceu: como era fácil convencê-la!

Cantou "A minha bandeira". De meu macio sofá acompanhava o seu canto. Tinha um ardente desejo de admirá-la. Como seria bom descobri-la dotada de talento! Ao contrário, tive a surpresa de ouvir que sua voz, quando cantava, perdia toda a musicalidade. O esforço adulterava-a. Carla também não sabia tocar e seu acompanhamento estropiado tornava mais pobre ainda a pobre música. Julguei que estivesse diante de uma escolar e analisei se pelo menos o volume de voz era razoável. Era até abundante! Na estreiteza do ambiente meus tímpanos sofriam. Pensei, para poder continuar a encorajá-la, que era apenas uma questão de escola errada.

Quando terminou de cantar, associei o meu ao abundante e espalhafatoso aplauso de Copler. Dizia ele:

— Imagine o efeito que fará esta voz quando acompanhada por uma grande orquestra.

Isto era de fato verdadeiro. Aquela voz necessitava de uma orquestra poderosa e completa. Eu disse com grande sinceridade que me reservava o prazer de voltar a ouvi-la dali a alguns meses e que só então me pronunciaria sobre o valor de sua escola. Acrescentei, menos sinceramente, que sem dúvida aquela voz merecia uma escola de primeira ordem. Depois, para atenuar o que pudesse ter passado de desagradável nas minhas primeiras palavras, filosofei sobre a necessidade que as vozes excelsas tinham de encontrar uma escola à altura. O superlativo justificava tudo. Porém, depois, quando estava só, fiquei maravilhado com aquela necessidade de ser sincero com Carla. Será que já a amava? Mas se nem sequer a vira direito!

Enquanto descíamos as escadas de onde emanava um odor dúbio, Copler ainda insistia:

— Ela tem voz muito forte. Voz de teatro.

Ele não sabia que àquela altura eu já sabia algo mais: aquela voz era própria para um ambiente pequeníssimo onde se pudesse admirar a expressão de ingenuidade de sua arte e onde se pudesse sonhar infundir-lhe vida e sofrimento.

Ao deixar-me, Copler disse que me avisaria quando o professor de Carla organizasse um concerto público. Tratava-se de um maestro ainda pouco conhecido na cidade, mas que certamente se tornaria celebridade. Copler estava certo disto, embora o maestro já fosse bastante velho. Ao que parece, a celebridade deveria chegar-lhe agora, depois que Copler o conhecera. Duas fraquezas de moribundos, a do maestro e a de Copler.

O curioso é que senti necessidade de relatar essa visita a Augusta. Talvez possa admitir que o tenha feito por prudência, visto que Copler participara dela e eu não me sentia inclinado a pedir-lhe segredo. Na verdade, contudo, narrei-lhe tudo com grande satisfação. Foi para mim um grande alívio. Até então a única coisa de que me reprovava no caso era tê-lo ocultado a Augusta. Depois de contá-lo, senti-me totalmente inocente.

Fez-me algumas perguntas sobre a moça, e se era bonita. Achei difícil responder: disse que a pobre coitada me parecia muito anêmica. Depois ocorreu-me uma boa ideia:

— Que tal se você se ocupasse dela?

Augusta tinha tanto o que fazer na sua nova casa e na velha casa da família, onde a convocavam para ajudar na assistência ao pai enfermo, que nem pensou mais nisto. No fundo, porém, a ideia era de fato boa.

Copler veio a saber por Augusta que eu lhe relatara nossa visita e, esquecendo-se das qualidades que ele mesmo havia atribuído ao doente imaginário, disse em presença de Augusta que em breve deveríamos fazer nova visita a Carla. Confiava plenamente em mim.

Na minha ociosidade, fui tomado da vontade de rever a moça. Não ousei correr à sua casa, temendo que Copler viesse a saber. Os pretextos, contudo, não me teriam faltado. Poderia procurá-la para oferecer-lhe uma ajuda maior, às escondidas de Copler; só que antes precisei certificar-me de que ela, por conveniência pessoal, estaria propensa a calar-se. E se aquele doente de verdade já fosse amante dela? Eu nada sabia de fato sobre os doentes reais e podia acontecer perfeitamente que ele tivesse o costume de sustentar suas amantes com o dinheiro dos outros. Nesse caso, bastaria uma única visita minha a Carla para comprometer-me. Não podia pôr em perigo a paz de minha reduzida família, ou seja: não a poria em perigo enquanto meu desejo por Carla não aumentasse.

Mas este aumentava constantemente. Já conhecia aquela moça muito melhor do que quando lhe estendi a mão para me despedir dela. Recordo especialmente aquela trança negra que cobria seu pescoço níveo e que seria necessário afastar-se com o nariz para se conseguir beijar a pele que ocultava. Para estimular meu desejo, bastava-me pensar que num determinado andar desta mesma pequena cidade em que eu vivia habitava uma bela rapariga que poderia ser minha se me dispusesse a ir lá! A luta contra o pecado torna-se dificílima em tais circunstâncias porque é necessário que a renovemos a cada hora e cada dia, desde que a moça continue morando lá no seu andar. As longas vogais de Carla me chamavam, e talvez fosse o próprio som delas que me pusesse na alma a convicção de que, quando a minha resistência desaparecesse, outras resistências não haveriam de existir. Porém, para mim era claro que eu me podia enganar e que talvez Copler visse as coisas com maior exatidão; até esta dúvida servia para diminuir minha resistência, visto que a pobre Augusta podia ser salva de uma traição minha pela própria Carla que, como mulher, tinha a missão da resistência.

Por que o meu desejo haveria de infundir-me remorsos quando parecia destinado a salvar-me do tédio que àquela época me assaltava? Na verdade, não prejudicava minhas relações com Augusta; pelo contrário. Eu lhe dizia agora não apenas as palavras de afeto que sempre tinha para com ela, mas ainda aquelas que em meu espírito se iam formando para a outra. Nunca houvera tamanha doçura em minha casa, e Augusta mostrava-se encantada com isto. Eu era sempre preciso naquilo que chamava de o horário da família. Minha consciência é de tal forma delicada que, à minha maneira, já então me preparava para atenuar meu futuro remorso.

A prova de que a minha resistência não falhou de todo está no fato de que cheguei a Carla não de um salto, senão que por etapas. A princípio, durante vários dias, cheguei apenas até o Jardim Público, aliás com a sincera intenção de gozar aquele verde que parecia ainda mais puro em meio ao cinzento das casas e ruas que o circundam. Depois, não tendo tido a sorte de encontrá-la por acaso, como sempre esperava, passei do jardim a passear bem embaixo das janelas. Fi-lo com grande emoção que me lembrava inclusive a deliciosa sensação do jovem que vislumbra o amor pela primeira vez. Há tanto tempo que eu estava afastado não do amor, mas dos caminhos que a ele conduzem.

Mal saía do jardim quando dei cara a cara com minha sogra. A princípio, tive uma suspeita curiosa: assim tão cedo, de manhã, naquele lugar tão afastado de onde morávamos? Quem sabe também ela traía o marido doente. Soube logo em seguida que estava sendo injusto, pois viera à procura do médico, após uma noite insone passada à cabeceira do marido. O médico lhe dissera palavras de conforto, mas ela estava tão agitada que logo me deixou sem ao menos surpreender-se de me encontrar naquele lugar distante, visitado apenas por velhos, crianças e babás.

Bastou-me, contudo, vê-la para sentir-me aferrado à minha família. Caminhei de volta para casa em passo resoluto, a cujos tempos marcados murmurava: "Nunca mais! Nunca mais!" Naquele instante, a mãe de Augusta na sua aflição me dera o sentimento de todos os meus deveres. Foi uma boa lição e bastou por todo aquele dia.

Augusta não estava em casa; fora ver o pai em companhia do qual permaneceu durante a manhã inteira. À mesa do jantar, disse-me que haviam discutido, em face do estado de Giovanni, se deviam transferir a data do casamento de Ada, marcado para dali a uma semana. Giovanni já se sentia melhor. Ao que parece, teria sido levado a comer demais ao jantar e a indigestão assumira o aspecto de um agravamento do mal.

Comentei que já sabia daquelas notícias pela mãe, com quem me encontrara por acaso no Jardim Público. Embora Augusta igualmente não se admirasse daquele meu passeio, senti necessidade de dar-lhe explicações. Contei que ultimamente me dera a vontade de passear pelo Jardim Público. Lá, sentava-me a um banco e lia o meu jornal. Depois acrescentei:

— Aquele Olivi! Não sabe o mal que me faz, condenando-me a tamanha ociosidade.

Augusta, que se sentia um tanto culpada em relação a isso, teve uma chorosa expressão de dor. Senti-me então satisfeitíssimo. Achava-me realmente em estado de graça, pois havia passado a tarde inteira em meu estúdio e podia certamente acreditar que estivesse definitivamente curado de qualquer desejo perverso. Voltei a ler o Apocalipse.

E ainda que ficasse admitido que eu tinha livre trânsito para caminhar todas as manhãs até o Jardim Público, tamanha se fizera minha resistência à tentação que, ao sair no dia seguinte, tomei propositadamente a direção oposta. Estava à procura de uma casa de música para adquirir um novo método de violino que me fora aconselhado. Antes de sair, soube que meu sogro havia passado uma ótima noite e que viria à nossa casa de carro ao anoitecer. Senti-me satisfeito não só em relação a meu sogro, mas ainda a Guido, que finalmente iria poder casar. Tudo corria bem: eu estava salvo e meu sogro também.

Mas foi exatamente a música que me reconduziu a Carla! Entre os métodos que o vendedor me oferecia estava por engano um que não era de violino, mas de canto. Li atentamente o título: *Tratado completo da arte do canto (Escola de Garcia) contendo uma relação sobre a memória no que se refere à voz humana apresentada à Academia das Ciências de Paris.*

Deixei que o vendedor se ocupasse de outros clientes e pus-me a ler o opúsculo. Devo dizer que lia com uma sofreguidão provavelmente semelhante à do rapazinho depravado que folheia uma revista pornográfica. Ali estava o caminho para chegar a Carla: ela precisava daquela obra e seria indignidade de minha parte se não lha desse a conhecer. Comprei-a e retornei a casa.

A obra de Garcia constava de duas partes, uma prática e outra teórica. Continuei a leitura com a intenção de chegar a entendê-la tão bem que pudesse dar meus conselhos a Carla, quando fosse visitá-la em companhia de Copler. Até lá podia aproveitar meu tempo e ainda continuaria a dormir meu sono tranquilo, embora sobressaltado sempre pelo pensamento da aventura que me esperava.

Foi a própria Augusta que fez com que os acontecimentos se precipitassem. Interrompeu minha leitura para vir falar-me, inclinou-se sobre mim e roçou-me a face com os lábios. Perguntou-me o que eu fazia e, ao saber que se tratava de um novo método, pensou que fosse para violino e não se preocupou em observar melhor. Eu, quando me deixou, exagerei o perigo que havia corrido e pensei que para minha segurança faria bem em não conservar o livro em meu estúdio. Era necessário levá-lo logo ao seu destino; assim, vi-me constrangido a me precipitar na direção da aventura. Havia encontrado algo mais que um pretexto para proceder conforme o meu desejo.

Não tive mais qualquer hesitação. Chegando ao patamar, decidi-me logo pela porta da esquerda. Porém, diante dela parei um instante para ouvir os sons da balada "A minha bandeira", que ressoavam triunfantes pela escada. Pareceu-me que, durante todo aquele tempo, Carla não havia parado de cantar a mesma coisa. Àquela infantilidade, sorri cheio de afeto e de desejo. Abri depois cuidadosamente a porta sem bater e entrei na ponta dos pés. Queria vê-la sem mais tardança. No pequeno ambiente a voz era de fato agradável. Cantava com grande entusiasmo e mais calor do que por ocasião de nossa primeira visita. Estava reclinada para trás do espaldar da poltrona para poder emitir melhor todo o fôlego de seus pulmões. Só vi a cabeça emoldurada pelas grossas tranças e recuei tomado de uma emoção profunda por haver ousado tanto. Ela, contudo, havia chegado à nota final, que não queria acabar mais, e regressei ao patamar, fechando atrás de mim a porta sem que ela me percebesse. Também aquela última nota havia oscilado para cima e para baixo antes de atingir o tom exato. Carla sabia, portanto, alcançar a nota exata e impunha-se agora a intervenção de Garcia para ensinar-lhe a consegui-lo mais rápido.

Bati à porta quando me senti mais calmo. Logo ela correu a abrir; não esquecerei jamais a sua figura gentil, apoiada ao umbral enquanto me fixava com os grandes olhos escuros antes de conseguir reconhecer-me na obscuridade.

Eu me havia acalmado tanto que chegara a readquirir todas as minhas hesitações. Correra a trair Augusta, mas pensava que, se nos dias precedentes me havia contentado em chegar somente ao Jardim Público, mais facilmente agora poderia parar diante daquela porta, entregar aquele livro comprometedor e vir-me embora plenamente satisfeito. Foi um breve instante cheio de bons propósitos. Recordei-me até mesmo de um estranho conselho que me fora dado para libertar-me do fumo e que me podia valer também naquela ocasião: vez por outra, para satisfazer a vontade de fumar, bastava acender o fósforo e em seguida jogar fora com ele o cigarro.

Poderia facilmente ter agido assim, pois Carla, ao me reconhecer, ficou vermelha e ameaçou fugir envergonhada — como soube depois — por estar trajada simplesmente com um pobre e gasto vestidinho de casa.

Uma vez reconhecido, senti necessidade de desculpar-me:

— Trouxe-lhe este livro que creio será de seu interesse. Se quiser, posso deixá-lo aqui e ir-me embora.

O som das palavras — ou assim me pareceu — era bastante brusco, mas não o seu significado, porque ao fim deixara a seu arbítrio decidir se eu devia ir-me embora ou esperar e trair Augusta.

Ela decidiu imediatamente; agarrou-me a mão para forçar-me a entrar. A emoção obscureceu-me a vista e admito que tenha sido provocada não pelo doce contato da mão, mas por aquela familiaridade que me pareceu decisiva do meu destino e do de Augusta. Ainda assim, creio ter entrado com certa relutância e, quando reevoco a história de minha primeira traição, tenho o sentimento de que só procedi desse modo porque a isso fui induzido.

A face de Carla era de fato bela assim enrubescida. Fiquei agradavelmente surpreso ao perceber que, se não era esperado, pelo menos ela sonhava com a minha visita. Disse-me com grande satisfação:

— O senhor então sentiu vontade de voltar a ver-me? De rever a pobrezinha que tanto lhe deve?

Decerto, se quisesse, poderia tê-la agarrado logo entre os braços, mas não pensava nisso. Pensava tão pouco que nem sequer respondi às suas palavras, que me pareceram comprometedoras, e me pus a falar sobre o método Garcia e a utilidade que para ela havia de ter o livro. Falei com uma precipitação que me levou a proferir alguma palavra menos considerada. Aquele método seria capaz de ensinar-lhe a maneira de tornar as notas firmes como o metal e doces como o ar. Ter-lhe-ia ensinado como uma nota só pode representar uma linha reta ou um plano, mas um plano verdadeiramente liso.

Meu fervor desapareceu quando me interrompeu para manifestar sua dúvida dolorosa:

— Mas o senhor não gosta da minha maneira de cantar?

Fiquei aturdido com a pergunta. Eu fizera uma crítica rude, mas sem consciência disso, e protestei a minha boa-fé. Protestei com tal êxito que, embora sem deixar de falar do canto, pareceu-me estar falando do amor que de maneira tão imperiosa me havia arrastado até aquela casa. E minhas palavras foram tão amorosas que deixaram, apesar de tudo, transparecer uma parte de sinceridade:

— Como pode pensar em semelhante coisa? Estaria aqui se assim fosse? Fiquei ali no corredor durante longo tempo a deliciar-me com seu canto, admirável e excelso canto em sua ingenuidade. Só acho que para ser perfeito necessita de algo que me foi dado aqui trazer-lhe.

Que força, no entanto, representava em meu espírito o pensamento de Augusta para que eu continuasse afirmando obstinadamente que não viera arrastado pelo desejo!

Carla ouviu minhas palavras de elogio, que não estava sequer em condições de analisar. Não era muito culta, mas, para minha grande surpresa, percebi que não era destituída de bom senso. Contou-me que ela própria tinha grandes dúvidas sobre seu talento e sobre a sua voz: sentia que não estava fazendo progressos. Não raro, após certa quantidade de horas de estudo, permitia-se a distração e o prêmio de cantar "A minha bandeira", esperando descobrir na própria voz alguma qualidade nova. Mas era sempre a mesma coisa: fora bem e até sempre bastante bem como lhe asseguravam quantos a ouviam e até eu mesmo (aqui seus belos olhos negros enviaram-me um terno lampejo interrogativo que demonstrava a necessidade de ser assegurada no sentido de minhas palavras que ainda lhe pareciam um tanto dúbias), mas não fizera nenhum verdadeiro progresso. O maestro disse que em arte não havia progressos lentos, só grandes saltos que conduziam ao objetivo e que um belo dia ela haveria de despertar artista feita.

— É algo muito demorado, contudo — acrescentou, olhando o vazio e revendo talvez todas as suas horas de tédio e de dor.

Ser honesto é antes de tudo ser sincero, e de minha parte teria sido honestíssimo, aconselhando a pobre moça a abandonar o canto e tornar-se minha amante. Mas eu ainda não tinha chegado tão longe do Jardim Público e, além disso, não estava muito seguro de meu juízo crítico na arte do canto. Por alguns instantes fiquei fortemente preocupado com uma única pessoa: o insuportável Copler que passava os fins de semana em minha vila em minha companhia e de minha mulher. Seria aquele o momento adequado para pedir à moça que não mencionasse a Copler a minha visita? Não o fiz por não saber como disfarçar a pergunta, no que procedi bem, porque dias depois meu amigo piorou e logo após morreu.

Não obstante, disse-lhe que o método Garcia estava em condições de dar-lhe tudo aquilo que ela buscava, e por um instante, mas só por um instante, ela duvidou da eficácia daquela magia. Eu lia os ensinamentos de Garcia e explicava-os em italiano e, quando não bastava, repetia-os em triestino, mas ela não sentia nada de novo na garganta e o livro só teria eficácia para ela se pudessem manifestar-se naquele ponto. O mal é que, eu também, pouco depois, tive a convicção de que o livro não valia grande coisa em minhas mãos. Relendo umas três vezes aquelas frases e não sabendo o que fazer delas, vinguei-me de minha incapacidade, criticando-o abertamente. Eis que o autor perdia seu tempo e o meu para provar que, embora a voz humana fosse capaz de produzir vários sons, não era justo considerá-la um instrumento apenas. Até o próprio violino devia ser considerado uma reunião de instrumentos. Talvez procedesse mal em manifestar a Carla minhas críticas, mas junto de uma mulher que queremos conquistar é difícil abstermo-nos de aproveitar a ocasião que se apresenta para demonstrarmos nossa própria superioridade. Ela de fato admirou-me por isso, e a bem dizer fisicamente, afastou de si o livro, que era o nosso Galeotto, mas que não nos acompanhou até a culpa. Não me decidira ainda a abandoná-lo e trouxe-o comigo em outra visita. Quando Copler morreu, já não tive necessidade dele. Haviam-se rompido quaisquer possíveis laços entre aquela casa e a minha, e assim o meu procedimento não podia ser freado senão por minha consciência.

A essa altura já nos havíamos tornado bastante íntimos, de uma intimidade superior a quanto se poderia esperar daquela meia hora de conversação. Creio que a concordância sobre um juízo crítico propicia a intimidade. A pobre Carla aproveitou-se dessa intimidade para pôr-me a par de suas tristezas. Após a intervenção de Copler, vivia-se modestamente naquela casa, mas sem grandes privações. A maior preocupação das duas senhoras era pensar no futuro. Copler, é verdade, trazia-lhes o subsídio com regularidade, mas não permitia que contassem com ele; não queria comprometer-se para o futuro e preferia que fossem elas a tratar disso. Além do mais, não dava o dinheiro abertamente: era o verdadeiro patrão daquela casa e queria ser informado das mínimas despesas. Ai se permitissem despesa não previamente aprovada por ele! A mãe de Carla, havia pouco, se sentira indisposta, e Carla, para atender aos afazeres domésticos, descurara por alguns dias de cantar. Tendo sido informado pelo maestro, Copler fez uma bruta cena e foi-se embora, dizendo que não valia a pena convencer pessoas caritativas a ampará-la. Por alguns dias viveram aterrorizadas, temendo que ele as tivesse abandonado ao destino. Depois, quando veio outra vez, renovou as condições do pacto e estabeleceu exatamente quantas horas por dia Carla devia sentar-se ao piano e quantas podia dedicar aos afazeres de casa. Ameaçou inclusive vir surpreendê-las a qualquer hora do dia.

— Certamente — concluía a moça — ele só quer o nosso bem, mas enfurece-se tanto por coisas de nenhuma importância, que um dia, na ira, acabará por nos colocar no olho da rua. Mas agora que também o senhor se ocupa de nós, já não há este perigo, não é verdade?

E novamente apertou-me a mão. Como não respondesse de imediato, ela, temendo que me sentisse solidário com Copler, acrescentou:

— Até o sr. Copler o considera uma pessoa caridosa!

Esta frase queria ser um elogio dirigido a mim, mas também a Copler.

Sua figura, apresentada com tanta antipatia por Carla, era nova para mim e despertava minha simpatia. Queria parecer-me com ele; contudo, o desejo que me havia levado àquela casa me tornava tão diverso! É bem verdade que ele subsidiava as duas mulheres com dinheiro de outrem, mas dava a esse trabalho uma parte de sua própria vida. Aquele poder que exercia sobre elas era realmente paterno. Tive porém uma dúvida: e se ele fosse levado àquele trabalho unicamente por volúpia? Sem hesitar, perguntei a Carla:

— Copler nunca lhe pediu um beijo?

— Nunca! — respondeu ela com vivacidade. — Quando está contente com meu trabalho, manifesta secamente a sua aprovação, aperta-me a mão e lá se vai. Outras vezes, quando está aborrecido, recusa até mesmo o aperto de mão e nem percebe que fico a chorar temerosa. Um beijo para mim seria, naquele momento, uma liberação.

Como me pusesse a rir, Carla explicou-se melhor:

— Aceitaria reconhecida o beijo desse velho senhor a quem tanto devo!

Eis a vantagem dos doentes reais; parecem mais velhos do que na verdade são.

Fiz uma fraca tentativa de semelhar-me a ele. Sorrindo para não assustar muito a pobre moça, disse-lhe que também eu, quando me ocupava de alguém, acabava por tornar-me muito imperioso. Inclusive eu concordava que, quando se estuda uma arte, deve-se fazê-lo seriamente. Depois compenetrei-me tão bem de meu papel que até deixei de sorrir. Copler tinha razão em mostrar-se severo com uma jovem incapaz de compreender o valor do tempo: precisava lembrar-se sempre de quantas pessoas faziam sacrifícios para ajudá-la. Eu estava realmente sério e ríspido.

Chegou, contudo, a hora do almoço, e especialmente naquele dia não quis deixar Augusta à espera. Estendendo a mão a Carla, percebi o quanto estava pálida. Desejei confortá-la:

— Esteja segura de que sempre farei o possível para apoiá-la junto a Copler e os demais.

Ela agradeceu, mas parecia abatida. Depois, soube que, vendo-me chegar, ela dera logo pelas minhas verdadeiras intenções e, pensando que já estivesse enamorado, julgou-se salva. Depois, ainda — principalmente quando me preparei para ir-me embora — pensou que talvez estivesse enamorado apenas de sua arte e, se não cantasse ou se não fizesse progressos, eu também haveria de abandoná-la.

Pareceu-me abatidíssima. Fui tomado de compaixão e, visto que não havia tempo a perder, tranquilizei-a com os meios que ela própria indicara como os mais eficazes. Já estava à porta quando a puxei para mim, afastei cuidadosamente com o nariz a grossa trança que caía sobre o colo, atingi-o com os lábios e até mesmo rocei-o com os dentes. Tinha a aparência de uma brincadeira, e ela própria acabou por rir quando a larguei. Até aquele momento permanecera surpresa e inerte em meus braços.

Seguiu-me até o patamar e, ao começar eu a descer as escadas, perguntou sorrindo:

— Quando volta?

— Amanhã ou talvez depois! — respondi, já agora incerto. Em seguida, mais resoluto: — Virei amanhã com certeza! — Ao que, no propósito concebido para não me comprometer demais, acrescentei: — Continuaremos com as lições de Garcia.

Ela não mudou de expressão nesse breve tempo: concordou com a primeira promessa malsegura, concordou reconhecida com a segunda e concordou também com meu terceiro propósito, sempre sorrindo. As mulheres sempre sabem o que querem. Não houve hesitações nem por parte de Ada, que me repeliu, nem de Augusta, que me agarrou, nem muito menos de Carla, que me deixou à vontade.

Na rua, senti-me logo muito mais próximo de Augusta que de Carla. Respirei o ar fresco, livre, e tive o pleno sentimento de minha liberdade. Não praticara mais que uma brincadeira, e esta não podia perder esse caráter, de vez que terminara naquele pescoço e sob aquela trança. Enfim, Carla aceitara aquele beijo como uma promessa de afeto e sobretudo de assistência.

Nesse dia à mesa, porém, comecei verdadeiramente a sofrer. Entre mim e Augusta pairava minha aventura, como uma grande sombra fosca que me parecia impossível minha mulher também não a visse. Sentia-me diminuído, culpado e doente, e sentia uma dor ao lado como um reflexo, que revelasse a grande ferida que me ia na consciência. Enquanto fingia comer distraidamente, procurei alívio num férreo propósito: "Não volto mais lá", pensei, "ou, se por precaução, tiver que revê-la, será pela última vez". Não era muito o que se exigia de mim afinal: apenas um esforço, o de não voltar a ver Carla.

Augusta sorrindo perguntou-me:

— Esteve com Olivi? Você parece tão preocupado...

Pus-me a rir também eu. Era um grande alívio poder falar. As palavras não eram aquelas passíveis de trazer a paz definitiva porque, para dizê-las, seria preciso confessar e depois prometer, mas, não podendo ser de outra forma, era já um belo alívio poder pronunciar aquelas. Falei profusamente, sempre alegre e bondoso. Depois, achei algo ainda melhor: falei sobre a pequena lavanderia que ela tanto desejava e que eu até então havia recusado fazer, dando-lhe imediata permissão para construí-la. Ficou tão comovida com a permissão não solicitada que se ergueu e veio dar-me um beijo. Era evidentemente um beijo que apagava aquele outro, e com isso logo me senti melhor.

Foi assim que ficamos com uma lavanderia, e até hoje, quando passo diante da minúscula construção, recordo que Augusta sonhou com ela, mas foi Carla quem a conseguiu.

Passamos uma tarde encantadora, ressumada de afeto. Na solidão, a minha consciência era mais importuna. A palavra e o afeto de Augusta serviam-me para acalmá-la. Saímos juntos. Acompanhei-a até a casa da mãe e passei mesmo todo o serão em companhia dela.

Antes de cair no sono, como me ocorre amiúde, observei demoradamente minha mulher, que já dormia entregue à sua respiração suave. Mesmo dormindo era toda organizada, as cobertas vindo até o queixo e os cabelos pouco abundantes reunidos numa fina trança enrolada na nuca. Pensei: "Não quero causar-lhe sofrimentos. Nunca!" Adormeci tranquilo. No dia seguinte, definiria minhas relações com Carla e arranjaria uma forma de assegurar à pobre moça meios de subsistência para o futuro, sem que por isso fosse obrigado a dar-lhe beijos.

Tive um sonho curioso: não só beijava o pescoço de Carla, mas ainda o comia. Contudo, era um tal pescoço que não sangravam as feridas que eu lhe infligia com selvagem volúpia, e por isso permanecia sempre coberto por sua pele branca e inalterado na sua forma levemente recurva. Carla, abandonada entre meus braços, não parecia sofrer com as mordidas. Em vez dela, sofreu-as Augusta, que surgiu de improviso. Para tranquilizá-la, eu lhe dizia: "Não comerei tudo; deixarei um pedaço para você."

O sonho só teve a configuração de pesadelo quando acordei em meio à noite e a mente enevoada pôde recordá-lo; antes não, porque, enquanto durou, nem mesmo a presença de Augusta conseguiu empanar o sentimento de satisfação que ele me dava.

Mal despertei, tive plena consciência da força de meu desejo e do perigo que este representava para Augusta, e mesmo para mim. Talvez no regaço da mulher que dormia ao meu lado já se iniciasse uma outra vida de que seria eu o responsável. Quem sabe o que haveria de pretender Carla, quando fosse minha amante? Ela parecia ansiosa por usufruir o que até então lhe havia sido negado, e como iria eu fazer para sustentar duas famílias? Augusta solicitava a útil lavanderia, a outra haveria de querer uma coisa qualquer, igualmente custosa. Revi as feições de Carla a acenar-me sorridente do patamar depois do beijo. Ela já sabia que eu estava em suas garras. Fiquei aterrado e, ali, sozinho na obscuridade, não consegui reprimir um gemido.

Minha mulher, logo desperta, perguntou-me o que eu tinha, e respondi com uma breve palavra, a primeira que me ocorreu à mente ao recuperar-me do pavor de me ver interrogado num momento em que me pareceu gritar uma confissão:

— Pensava na velhice próxima!

Riu e procurou consolar-me sem, contudo, interromper o sono a que se agarrava. Dirigiu-me a frase habitual, sempre que me via preocupado com o tempo a correr célere:

— Não pense nisto, que ainda somos novos... O sono está tão bom!

A exortação foi útil: não pensei mais naquilo e adormeci de novo. A palavra na noite é como um raio de luz. Ilumina um trecho da realidade em confronto com o qual se dissipam as edificações da fantasia. Por que me sentia tão temeroso em relação à pobre Carla, de quem ainda não era amante? Evidente que eu fizera tudo para temer minha situação. Enfim, o bebê que eu havia evocado no seio de Augusta até então não dera outro sinal de vida senão a construção da lavanderia.

Levantei-me sempre acompanhado dos melhores propósitos. Corri ao meu estúdio e preparei num envelope um pouco de dinheiro que queria oferecer a Carla no mesmo instante em que lhe anunciasse a minha despedida. Contudo, deixaria claro que me prontificava a mandar-lhe pelo correio outras importâncias de que viesse a necessitar, bastando escrever-me para um endereço que lhe faria saber. No momento exato em que me propunha sair, Augusta convidou-me com um doce sorriso a acompanhá-la à casa de meu sogro. Havia chegado de Buenos Aires o pai de Guido para assistir ao casamento, e precisávamos ir lá conhecê-lo. Ela certamente estava menos preocupada com o pai de Guido do que comigo. Queria renovar o encanto do dia anterior. A coisa, porém, não era mais a mesma: a mim parecia mau deixar transcorrer muito tempo entre meu bom propósito e a sua execução. Enquanto caminhávamos pela rua, um ao lado do outro e, na aparência, seguros de nosso afeto, uma outra já se considerava amada por mim. Isto era mau. Senti aquele passeio como uma verdadeira, autêntica constrição.

Fomos encontrar Giovanni realmente melhor. Só não podia calçar as botinas por causa de uma certa inchação nos pés, a que ele não dava qualquer importância e eu, àquela altura, tampouco. Achava-se na sala de visitas com o pai de Guido, a quem me apresentou. Augusta logo nos deixou para ir ao encontro da mãe e da irmã.

O sr. Francesco Speier pareceu-me homem muito menos instruído que o filho. Era baixo, gordo, na casa dos sessenta, com poucas ideias e pouca vivacidade, talvez porque ouvisse bastante mal em consequência de alguma enfermidade. Misturava algumas palavras espanholas ao seu italiano:

— Cada *volta* que *vengo* a Trieste...

Os dois velhos falavam de negócios, e Giovanni escutava atentamente, uma vez que aqueles negócios eram muito importantes para o destino de Ada. Estive a ouvir distraidamente. Percebi que o velho Speier decidira liquidar seus negócios na Argentina e entregar a Guido todos os seus *duros* para aplicá-los na fundação de uma firma comercial em Trieste; ele depois retornaria a Buenos Aires onde vivia com a mulher e a filha na pequena propriedade que lhes restava. Não compreendi por que contava tudo aquilo a Giovanni em minha presença, e até hoje não sei.

A mim pareceu-me que os dois, em certo ponto, deixaram de falar, fitando-me como se esperassem de mim algum conselho; para ser amável observei:

— Não deve ser pequena essa propriedade, já que lhe basta para viver!

Giovanni gritou logo:

— Que está dizendo? — A detonação da voz recordava os seus melhores dias, mas a verdade é que, se não tivesse gritado tanto, o sr. Francesco não teria percebido a minha observação. Agora, ao contrário, empalideceu e disse:

— Espero que Guido não me falte com o pagamento dos juros deste capital.

Giovanni, sempre gritando, procurou tranquilizá-lo:

— Não só os juros! Até o dobro se for o caso! Não é seu filho?

O sr. Francesco, contudo, não parecia muito seguro e esperava mesmo de mim uma palavra que o tranquilizasse. Não me fiz de rogado e fui até exaustivo, pois o velho agora ouvia com mais dificuldade ainda.

Depois, a conversa entre os dois homens de negócio continuou, e evitei a todo custo qualquer outra intervenção. Giovanni observava-me de tempos em tempos por cima dos óculos para vigiar-me e sua respiração pesada parecia uma ameaça. Continuou falando por algum tempo até que me perguntou a certa altura:

— Não acha?

Anuí calorosamente.

Mais caloroso ainda devia parecer o meu assentimento, porquanto meu ato refletia a fúria que se agitava em meu interior. Que estava fazendo ali naquele lugar, perdendo um tempo precioso para realizar meus bons intentos? Obrigavam-me a negligenciar numa obra que era tão útil para mim e para Augusta! Preparava uma desculpa para ir-me embora, mas nesse instante o salão foi invadido pelas mulheres acompanhadas de Guido. Este, logo após a chegada do pai, havia presenteado a futura esposa com um magnífico anel. Ninguém notou minha presença ou veio cumprimentar-me, nem mesmo a pequena Anna. Ada já trazia no dedo a joia esplendorosa e, sempre com o braço apoiado ao ombro do noivo, mostrava-a agora ao pai. Até mesmo as senhoras admiravam com ar extático.

Os anéis não me diziam nada. Eu não usava nem mesmo a aliança de casado, que me impedia a circulação do sangue! Sem me despedir, passei pelo salão, avancei para a porta da rua e fiz menção de sair. Augusta, porém, percebeu minha tentativa de fuga e me agarrou a tempo. Fiquei preocupado com seu ar de transtorno. Seus lábios estavam pálidos como no dia de nosso casamento, pouco antes de sairmos para a igreja. Disse-lhe que tinha um assunto urgente a tratar. Depois, tendo-me oportunamente lembrado que poucos dias antes, por um capricho, comprara uns óculos levíssimos que ainda não estreara, mas que trazia no bolso do colete onde os sentia agora, disse-lhe que tinha uma consulta marcada com o oculista para examinar a vista que desde algum tempo eu achava cansada. Ela respondeu que podia ir-me logo em seguida; antes devia despedir-me do pai de Guido. Fiz um movimento de impaciência, mas acabei por aquiescer.

Voltei ao salão e todos me cumprimentaram gentilmente. Eu agora, certo de que não seria difícil escapar, cheguei mesmo a ter um momento de bom humor. O pai de Guido, meio confuso entre toda aquela parentela, perguntou-me:

— Será que nos veremos antes de meu regresso a Buenos Aires?

— Oh! — disse eu. — Sem dúvida: *cada volta* que o senhor *venga* a esta casa, provavelmente me encontrará!

Todos riram e saí triunfalmente, acompanhado inclusive por um cumprimento bastante alegre por parte de Augusta. Saíra tão corretamente após cumprir as formalidades legais que podia caminhar em segurança. Contudo, outro motivo me libertava das dúvidas que até aquele momento me haviam detido: corria para longe da casa de meu sogro a fim de afastar-me dali o mais rápido possível, ou seja, até a casa de Carla. Em casa dele, e não pela primeira vez (assim me parecia), suspeitavam de que eu conspirasse vilmente contra os interesses de Guido. Inocentemente e na maior distração eu mencionara a propriedade na Argentina, e logo Giovanni interpretou minhas palavras como se fossem premeditadas para prejudicar a imagem de Guido junto ao pai. Eu não teria dificuldades de explicar-me com Guido se houvesse necessidade disso; com Giovanni e os demais, que me achavam capaz de semelhantes maquinações, bastava a vingança. Não que me dispusesse a trair deliberadamente Augusta. Fazia, porém, às claras aquilo que me agradava.

Uma visita a Carla não implicava ainda nada de mal, e mesmo, se por ali viesse a encontrar por acaso a minha sogra como da outra vez, e se ela me perguntasse o que estava fazendo, ter-lhe-ia respondido sem hesitar:

— Ora essa! Vou à casa de Carla! — Tratava-se, assim, da única vez em que ia ver Carla sem me lembrar de Augusta. Tanto me ofendera a atitude de meu sogro!

Chegando ao patamar, não ouvi o eco da voz de Carla. Senti um instante de terror: teria saído? Bati e entrei em seguida, antes que alguém me desse permissão. Carla estava ali, e com ela encontrava-se também a mãe. Costuravam numa associação que podia ser frequente, mas que eu presenciava pela primeira vez. Trabalhavam as duas a coser a bainha de um lençol, uma oposta à outra. Eis que eu correra ao encontro de Carla e a encontro em companhia da mãe. Não era a mesma coisa. Não podiam atuar nem os bons nem os maus propósitos. Tudo continuava a permanecer em suspenso.

Carla ergueu-se excitada, enquanto a velha lentamente tirou os óculos e guardou-os num estojo. Eu, contudo, arranjei um modo de parecer indignado por outra razão que não a de me ver interdito de esclarecer a minha situação. Não eram aquelas as horas que Copler lhe destinava ao estudo? Cumprimentei amavelmente a velha senhora embora me fosse difícil simular tal ato de gentileza. Cumprimentei também Carla, quase sem olhar para ela. Disse-lhe:

— Vim para ver se podíamos extrair daquele livro — e indiquei a obra de Garcia, sobre a mesa no mesmo lugar em que o havíamos deixado — alguma coisa de útil.

Sentei-me no mesmo lugar ocupado no dia anterior e fui logo abrindo o livro. Carla a princípio tentou sorrir; como, porém, não correspondi à sua gentileza, sentou-se com certa solicitude de obediência ao meu lado e ficou observando. Estava hesitante; não compreendia. Fixei-a e percebi que em sua face se desenhava algo que podia significar desdém e obstinação. Imaginei que era assim que recebia as reprimendas de Copler. Só que não estava ainda certa de que as minhas reprimendas fossem de fato as mesmas que Copler lhe endereçava, porque — como me disse mais tarde — recordava que eu a havia beijado no dia anterior e por isso se achava para sempre isenta de minha ira. Mostrava-se, portanto, sempre pronta a converter aquele desdém num sorriso amigável. Devo dizer aqui, já que mais tarde não terei tempo, que a presunção de me haver domesticado definitivamente apenas com o beijo que me concedera desagradou-me enormemente: uma mulher que pensa assim é muito perigosa.

Mas naquele momento a minha intenção era a mesma de Copler, carregada de reprovações e ressentimentos. Pus-me a ler em voz alta exatamente a parte que havíamos lido no dia anterior e que eu próprio havia pedantemente criticado, já agora não fazendo os mesmos comentários, mas pesando uma ou outra palavra que me pareciam mais significativas.

Com voz um pouco trêmula, Carla interrompeu-me:

— Acho que já tínhamos lido esta parte!

Fui assim finalmente obrigado a usar minhas próprias palavras. Às vezes, nossas palavras podem dar-nos um pouco de satisfação. As minhas não apenas foram mais brandas que meu ânimo e o meu comportamento como imediatamente me reconduziram à vida social:

—Veja, senhorita — e acompanhei em seguida o apelativo afetuoso com um sorriso que podia ser igualmente de amante —, queria rever este assunto antes de passarmos a outro. Talvez ontem o tenhamos julgado um tanto precipitadamente, e um amigo meu ainda há pouco advertiu-me que, para compreender tudo quanto o autor afirma, é preciso estudá-lo todo.

Achei finalmente que devia dar alguma atenção à pobre senhora, que certamente, no curso de sua vida e por mais infeliz que fosse, jamais se havia encontrado numa situação semelhante. Enviei-lhe também um sorriso, que me custou mais esforços do que o enviado a Carla:

— O assunto não é muito interessante — disse-lhe —, mas pode ser acompanhado com alguma vantagem mesmo por aqueles que não se ocupam do canto.

Continuei a ler obstinadamente. Carla decerto se sentia melhor, e em seus lábios carnosos errava algo que parecia um sorriso. A velha, ao contrário, mostrava sempre a aparência de um animal prisioneiro e permanecia naquele cômodo só porque a sua timidez a impedia de encontrar uma desculpa para retirar-se. De minha parte, estava determinado a não trair o meu desejo de pô-la para fora dali. Seria uma coisa desagradável e comprometedora.

Carla mostrou-se mais decidida: pediu-me com muita delicadeza que interrompesse por um momento a leitura e, voltando-se para a mãe, disse-lhe que podia retirar-se e que acabariam o trabalho do lençol mais tarde.

A senhora aproximou-se de mim, hesitante sobre se devia estender-me a mão. Apertei-a imediatamente com afeto e disse:

— Compreendo que esta leitura não seja nada interessante.

Parecia até que eu deplorava a sua saída. A senhora lá se foi afinal, depois de ter deixado sobre uma cadeira o lençol que até então segurava de encontro ao peito. Carla seguiu-a por um instante até o corredor para dizer-lhe qualquer coisa, enquanto eu me impacientava por tê-la finalmente junto de mim. Voltou, fechou a porta atrás de si e, retornando ao seu lugar, trazia de novo em torno da boca algo de rígido que recordava obstinação numa face infantil. Disse:

— Estudo todos os dias a esta hora. E logo hoje tinha que acontecer este trabalho de urgência!

— Mas não vê que não me importa nada o seu canto? — gritei, agredindo-a com meu abraço violento, que me levou a beijá-la primeiro na boca e logo depois no mesmo ponto em que a beijara na véspera.

Curioso! Ela pôs-se a chorar intensamente e desvencilhou-se de mim. Disse soluçando que sofrera muito ao me ver entrar daquela maneira. As lágrimas não são motivadas pela dor, mas pela história. Chora-se quando se protesta contra a injustiça. Era, de fato, injusto obrigar ao estudo aquela bela moça que se podia beijar.

Enfim, a coisa andava pior do que eu imaginava. Tive de explicar-me e, para fazê-lo imediatamente, não dispus do tempo necessário a inventar alguma história e acabei contando a verdade inteira. Disse-lhe de minha impaciência por vê-la e beijá-la. Tinha a intenção de vir bem cedo; naquele propósito havia inclusive passado toda a noite. Naturalmente não soube dizer o que pretendia fazer vindo até ela, mas isso não importava. Era verdade que sentira a mesma dolorosa impaciência quando quis ir a sua casa para dizer-lhe que iria abandoná-la para sempre e quando corri para tomá-la em meus braços. Depois contei-lhe os acontecimentos da manhã e sobre como minha mulher obrigou-me a sair com ela, levando-me à casa de meu sogro, onde eu tivera que ficar imobilizado a ouvir como transcorriam negócios que não me diziam respeito. Por fim, com grande esforço, consegui desvencilhar-me e percorrer o longo caminho a passo célere, para encontrar o quê?... O quarto todo engolido por aquele lençol!

Carla explodiu de rir, pois compreendeu que em mim não havia nada de Copler. O riso em sua bela face parecia o arco-íris, e beijei-a de novo. Ela não respondia às minhas carícias, recebia-as submissa, uma atitude que adoro talvez porque amo o sexo fraco em proporção direta à sua fraqueza. Pela primeira vez contou-me que soubera através de Copler que eu amava muito a minha mulher.

— Por isso — acrescentou, e vi passar em sua bela face a sombra de um propósito sério — entre nós não pode haver mais que uma bela amizade.

Não acreditei muito naquele propósito tão sensato porque a própria boca que o exprimia já não sabia subtrair-se aos meus beijos.

Carla falou demoradamente. Queria evidentemente despertar minha compaixão. Recordo tudo o que me disse, no que só vim a acreditar quando ela desapareceu de minha vida. Enquanto a tive a meu lado, sempre a tomei por uma mulher que mais cedo ou mais tarde se aproveitaria de sua ascendência sobre mim para me arruinar e à minha família. Não acreditei quando asseverou nada querer além de segurança para si e para a mãe. Agora, tenho certeza de que nunca foi intuito seu obter de mim mais do que o quanto necessitava, e quando me lembro dela envergonho-me de havê-la compreendido e amado tão mal. Essa pobre mulher jamais obteve nada de mim. Eu lhe teria dado tudo, pois sou daqueles que pagam as próprias dívidas. Mas esperava sempre que ela me pedisse.

Contou-me sobre o estado de desespero em que se viu com a morte do pai. Por meses e meses ela e a velha foram obrigadas a trabalhar dia e noite nuns bordados que um comerciante lhes encomendara. Ela acreditava ingenuamente que a Providência Divina haveria de ajudá-la, e vez por outra se punha à janela para olhar a rua por onde esperava que este chegasse. Mas quem veio foi Copler. Agora ela se dizia contente com seu estado atual, mas ambas passavam noites inquietas porque a ajuda obtida era bastante precária. E se chegasse o dia em que ela não tivesse nem voz nem talento para cantar? Copler haveria de abandoná-las. Além disso, ele vivia dizendo que ela devia estrear num teatro dentro em breve. E se a estreia redundasse num verdadeiro fracasso?

Sempre no intuito de despertar compaixão, contou-me que a desgraça financeira de sua família havia até mesmo desfeito o seu sonho de amor: o noivo acabou por abandoná-la.

E eu, sempre longe da compaixão, perguntei-lhe:

— E esse noivo beijava você muito? Assim como faço?

Ela riu porque eu a impedia de falar. Vi diante de mim um homem que me assinalava o caminho.

Já de há muito passara a hora em que eu devia estar em casa para o almoço. Quis ir-me embora. Bastava por aquele dia. Achava-me bem longe do remorso que me mantinha desperto durante a noite, e a inquietude que me arrastara à casa de Carla desaparecera de todo. Mas não me sentia tranquilo. Talvez seja este meu destino. Não tinha remorsos, porquanto Carla me prometera quantos beijos quisesse em nome de uma amizade que não podia ofender Augusta. Pareceu-me descobrir a razão do descontentamento que de hábito fazia serpentear dores imprecisas pelo meu organismo. Carla via-me sob uma luz falsa! Carla podia desprezar-me, vendo-me tão desejoso de seus beijos, mas devotado a Augusta! Essa mesma Carla que dava sinais de estimar-me tanto pela necessidade que ela tinha de mim!

Decidi conquistar sua estima e dirigi-lhe palavras que deviam doer--me como a recordação de um crime vil, como uma traição cometida por livre escolha, sem necessidade e sem vantagem alguma.

Estava quase à porta e, com ar de pessoa serena que a contragosto se confessa, disse-lhe:

— Copler lhe falou do afeto que dedico à minha mulher. É verdade: tenho grande estima por ela.

Depois contei-lhe por alto a história de meu casamento, sobre como me apaixonei pela irmã mais velha de Augusta, que não queria saber de mim, pois estava apaixonada por outro, e sobre como depois tentei casar-me com a outra irmã, que também me rechaçou, e sobre como enfim me acomodei ao casar-me com ela.

Carla acreditou imediatamente na veracidade da história. Depois eu soube que Copler ouvira algo em minha casa e lhe contara algumas particularidades não de todo verdadeiras, mas quase, que eu agora retificava e confirmava.

— E sua mulher é bonita? — perguntou pensativa.

— É uma questão de gosto — respondi.

Havia um centro repressor qualquer que ainda agia em mim. Afirmei que estimava minha mulher, mas ainda não dissera que a amava. Não revelei que me agradava, mas também que não me pudesse agradar. Naquele momento pareceu-me estar sendo muito sincero; agora sei que traí com aquelas palavras ambas as mulheres e todo o amor, o meu e o delas.

Para falar a verdade, ainda não me sentia tranquilo; devia, portanto, faltar alguma coisa. Lembrei-me do envelope dos bons propósitos e ofereci-o a Carla. Ela o abriu e restituiu-o, dizendo-me que poucos dias antes Copler lhe levara a mesada e que por ora não tinha qualquer necessidade de dinheiro. Minha inquietude aumentou por força de minha antiga convicção de que as mulheres realmente perigosas não aceitam pouco dinheiro. Percebeu meu mal-estar e com deliciosa ingenuidade (da qual me dou conta somente agora ao escrever) pediu-me umas poucas coroas a fim de comprar uns pratos que lhes faziam falta depois de uma catástrofe que ocorrera na cozinha.

Em seguida, aconteceu algo que deixou um sinal indelével em minha memória. No momento de ir-me embora, beijei-a, e ela, desta vez, com toda a intensidade respondeu ao meu beijo. Meu veneno fizera efeito. E disse-me com absoluta ingenuidade:

— Gosto do senhor porque sua bondade é tal que nem a riqueza conseguiu estragá-lo.

E acrescentou com malícia:

— Agora sei que não devemos fazê-lo esperar, mas que este é o nosso único perigo.

No patamar perguntou-me ainda:

— Posso mandar para longe o professor de canto e também o sr. Copler?

Descendo rapidamente a escada, respondi:

—Veremos!

Eis que algo ainda permanecia em suspenso nas nossas relações; todo o resto estava claramente estabelecido.

Disso me sobreveio tamanho mal-estar que, quando cheguei lá fora, indeciso encaminhei-me em direção oposta à de minha casa. Tive quase o desejo de voltar imediatamente à casa de Carla para explicar-lhe ainda uma coisa: meu amor por Augusta. Podia fazê-lo porquanto não dissera que não a amava. Apenas, como conclusão à verdadeira história que lhe havia contado, esquecera de dizer que agora eu amava verdadeiramente Augusta. Carla, contudo, deduzira que de fato eu não amava minha mulher; por isso correspondera tão fervidamente ao meu beijo, sublinhando-o com uma declaração de amor. Pareceu-me que, não fora esse episódio, eu poderia suportar mais facilmente o olhar confiante de Augusta. E pensar que pouco antes ficara alegre por saber que Carla conhecia meu amor por minha mulher e que assim, por decisão sua, a aventura que eu buscara me viria oferecida na forma de uma amizade temperada de beijos.

No Jardim Público sentei-me num banco e, com a bengala, tracei distraidamente no saibro aquela data. Depois ri amargamente: sabia que tal data não assinalaria o fim de minhas traições. Ao contrário, elas iniciavam naquele dia. Onde poderia encontrar forças para não voltar a ver a mulher tão desejável que me esperava? Ademais, já assumira compromissos, compromissos de honra. Dela recebera beijos e não me fora dado recompensá-la senão com alguma louça! Na verdade, era uma conta não saldada o que ora me ligava a Carla.

O almoço foi triste. Augusta não me pediu explicações pelo meu atraso e eu não lhas dei. Receava trair-me, tanto mais que, no breve percurso entre o jardim e a casa, eu brincara com a ideia de revelar-lhe tudo, e a história de minha traição poderia assim estar inscrita na minha face honesta. Este seria o único meio de salvar-me. Contando-lhe tudo, me poria sob sua proteção e sob sua vigilância. Seria um ato de tal decisão que eu poderia assinalar de boa-fé aquela data como um encaminhamento à honestidade e à salvação.

Falamos de muitas coisas sem importância. Procurei ser alegre, mas sequer consegui tentar parecer afetuoso. Ela parecia ansiosa; decerto esperava uma explicação que não veio.

Depois do almoço, Augusta voltou ao seu trabalho de separar em armários especiais nossa roupa de inverno. Dei com ela várias vezes durante a tarde, toda imersa no tal trabalho, lá, ao fundo do longo corredor, ajudada pela criada. Seu grande aborrecimento não lhe interrompia a atividade.

Inquieto, passei de nosso quarto de dormir ao banheiro. Quis chamar Augusta e dizer-lhe pelo menos que a amava porque para ela — pobre simplória! — isto teria bastado. Em vez disso, continuei a meditar e a fumar.

Passei naturalmente por várias fases. Houve inclusive um momento em que aquele acesso de virtude foi interrompido pela viva impaciência de ver chegar o dia seguinte para correr à casa de Carla. Pode ser que até esse desejo fosse inspirado por algum bom propósito. No fundo, a grande dificuldade estava em empenhar-me sozinho no cumprimento do dever. A confissão, que me traria o apoio de minha mulher, pareceu-me impensável; restava, portanto, Carla, em cuja boca eu podia selar meu juramento com um último beijo! Quem era Carla? A própria chantagem não seria o maior perigo a correr junto dela! No dia seguinte, ela se tornaria minha amante: quem sabe o que depois conseguiria de mim! Só a conhecia pelo que dela me contava o imbecil do Copler e com base em informações provenientes de outrem; um homem mais previdente do que eu, como por exemplo Olivi, não teria aceito manter com ela nem sequer relações comerciais.

Toda a bela e sã atividade de Augusta nos arranjos da casa estaria conspurcada. A cura drástica do matrimônio que eu havia adotado na minha fatigante procura da saúde estaria por terra. Eu permaneceria mais doente do que nunca e exposto aos meus danos e aos dos outros.

Posteriormente, quando de fato me tornei amante de Carla, voltando a pensar naquela triste tarde, não cheguei a compreender por que antes de comprometer-me mais a fundo não fui detido por algum propósito mais firme. Tinha lamentado tanto minha traição antes de cometê-la que talvez parecesse ter sido fácil evitá-la. Podemos rir das boas intenções que ocorrem depois do acontecido, como também das que o antecedem, pois não valem de nada. Nas horas angustiosas de então, marquei em grossos caracteres no meu livro de endereços, na letra C (Carla), aquela data com a seguinte nota: "Última traição." Mas a primeira traição efetiva, que conduziu a traições ulteriores, só teve lugar no dia seguinte.

Já de tarde, sem nada melhor que fazer, tomei um banho. Sentia o corpo imundo, queria lavar-me. Quando, porém, estava no banho, pensei: "Para limpar-me deveria dissolver-me todo nesta água." Corri a vestir-me, mas tão sem vontade que nem me enxuguei devidamente. O dia desapareceu e fiquei à janela a observar as folhas novas e verdes das árvores do jardim. Senti um arrepio; com certa satisfação pensei que fosse de febre. Não desejei a morte, apenas a doença, uma doença que me servisse de pretexto para fazer o que queria ou que me impedisse de fazê-lo.

Depois de haver hesitado algum tempo, Augusta veio procurar-me. Vendo-a tão meiga e destituída de rancor, senti aumentar em mim os arrepios, a ponto de me fazerem bater os dentes. Atemorizada, obrigou-me a recolher-me ao leito. Batiam-me sempre os dentes de frio; como sabia não ter febre, impedia-a de chamar o médico. Pedi-lhe que apagasse a luz, que se sentasse ao meu lado e ficasse em silêncio. Não sei por quanto tempo permanecemos assim: reconquistei o necessário calor e até mesmo alguma confiança em mim. Tinha, contudo, a mente ainda tão ofuscada que, quando Augusta quis de novo chamar o médico, disse-lhe que sabia a razão de meu mal-estar e que lhe contaria mais tarde. Voltava ao meu propósito de confessar. Não me restava outra saída para libertar-me de tanta opressão.

Foi assim que ficamos ainda por algum tempo mudos. Mais tarde, Augusta ergueu-se da poltrona e veio deitar-se ao meu lado. Senti medo: talvez ela tivesse adivinhado tudo. Tomou-me a mão, acariciou-a, depois apoiou a sua levemente sobre a minha testa para ver se ardia, e por fim disse:

— Você devia esperar por isso! Por que essa surpresa dolorosa?

Fiquei impressionado com palavras tão estranhas, ao mesmo tempo pronunciadas através de um soluço sufocado. Era evidente que não aludia à minha aventura. Pois, como poderia eu prevê-la ou imaginar que me afetaria daquela maneira? Com certa rudeza perguntei:

— Mas que quer você dizer? Que devia prever eu?

Murmurou confusa:

— A chegada do pai de Guido para o casamento de Ada...

Finalmente compreendi: pensava que eu sofria com a iminência do casamento da irmã. Pareceu-me que estava sendo realmente injusta comigo: eu não era culpado de semelhante delito. Senti-me puro e inocente como um recém-nascido e imediatamente liberto de qualquer opressão. Saltei da cama:

— Você crê que eu sofra com o casamento de Ada? Está louca! Desde que me casei, nunca mais pensei nela. Nem me lembrava mais que o sr. *Cada Volta* havia chegado!

Abracei-a e beijei-a cheio de desejo, e minha inflexão foi marcada por tal sinceridade que ela se envergonhou de sua suspeita.

Sua face ingênua também ficou aliviada de quaisquer preocupações e fomos logo para a mesa do jantar. Naquela mesma mesa, onde havíamos sofrido tanto poucas horas antes, sentávamo-nos agora como dois bons companheiros em férias.

Recordou-me que eu havia prometido contar a razão de meu mal-estar. Fingi uma doença, a doença que me deveria propiciar a faculdade de fazer sem culpa tudo quanto me agradasse. Contei-lhe que já em companhia de dois velhos senhores, de manhã, me sentira profundamente deprimido. Depois, fora apanhar os óculos que o oculista me prescrevera. Talvez aquele sinal de velhice tivesse piorado a minha depressão. E fiquei a vagar pelas ruas da cidade por horas e horas. Contei-lhe até mesmo alguns dos meus delírios imaginários que, havia tanto, me faziam sofrer, e recordo que continham inclusive um esboço de confissão. Não sei qual a relação deles com a doença imaginária, mas falei ainda de nosso sangue que circulava sem parar, nos mantinha de pé, e nos fazia capazes de pensamentos e ações e, por isso, de culpa e remorso. Ela não compreendeu que se tratava de Carla; a mim, porém, pareceu que lhe havia dito.

Depois do jantar, pus os óculos e fingi durante algum tempo ler o jornal, mas aqueles vidros enevoavam-me a vista. Tive uma espécie de alegre tontura, como se me achasse ligeiramente alcoolizado. Disse que não conseguia compreender o que estava lendo. Continuava a bancar o doente.

Passei a noite a bem dizer insone. Esperava o abraço de Carla com imenso desejo. Queria de fato a jovem das grossas tranças fora do lugar e de voz tão musical, quando a nota não lhe era imposta. Fazia-se desejável até mesmo pelo que já havia sofrido por ela. Fui perseguido durante toda a noite por um férreo propósito. Haveria de ser sincero com Carla antes de torná-la minha e lhe diria toda a verdade acerca de minhas relações com Augusta. Na minha solidão pus-me a rir: era bastante original isto de ir à conquista de uma mulher tendo nos lábios a declaração de amor por outra. Talvez Carla retornasse à sua passividade! E por quê? Por ora nenhum ato seu poderia diminuir o apreço de sua submissão, da qual me parecia poder estar seguro.

Na manhã seguinte, ao vestir-me, murmurava as palavras que lhe diria. Antes de ser minha, Carla deveria saber que Augusta, com seu caráter e também com sua saúde (e levaria algum tempo para explicar o que entendo por saúde, coisa que serviria igualmente para a edificação de Carla), havia conseguido conquistar o meu respeito e também o meu amor.

Ao tomar o café, estava tão absorto na preparação desse tão elaborado discurso que Augusta não obteve de mim outro sinal de afeto senão um leve beijo antes de eu sair. Que importava, se era todo seu! Corria para Carla a fim de reacender minha paixão por Augusta.

Mal entrei no quarto onde Carla tinha o seu estúdio, senti um tal alívio por encontrá-la só que imediatamente agarrei-a e comecei a abraçá-la com paixão. Apavorou-me a energia com que me repeliu. Uma verdadeira violência! Parecia não querer saber de mim e fiquei de boca aberta em meio à sala, dolorosamente desiludido.

Mas Carla logo se recuperou, murmurando:

— Não vê que a porta estava aberta e que alguém vinha descendo as escadas?

Assumi o aspecto de um visitante cerimonioso para dar tempo a que passasse o importuno. Depois fechamos a porta. Ela empalideceu vendo que eu dava a volta à chave. Assim, tudo estava claro. Pouco depois murmurou entre os meus braços, com voz sufocada:

— Você quer mesmo?

Já não me chamava de senhor, e isto foi decisivo. Daí eu ter respondido sem hesitar:

— Não quero outra coisa!

Esquecera que antes desejava esclarecer-lhe algo.

Logo depois quis falar de minhas relações com Augusta, eu que não conseguira fazê-lo antes. Mas o momento era difícil. Falar de outra coisa com Carla naquele instante seria como diminuir a importância da sua entrega. Até o mais insensível dos homens sabe que não se pode fazer uma coisa destas, embora todos saibam que não há comparação entre a importância da entrega antes que ocorra e imediatamente depois. Seria uma grande ofensa para uma mulher, que nos abrisse os braços pela primeira vez, ouvir-nos dizer-lhe: "Antes de mais nada, quero esclarecer algo que lhe disse ontem..." Mas que ontem? Tudo o que aconteceu no dia anterior deve parecer indigno de ser mencionado e se ocorre que um cavalheiro não venha a sentir assim, tanto pior para ele, devendo proceder de modo a que ninguém mais dê por isso.

Eu era sem dúvida um indivíduo assim, pois na minha simulação cometi um engano, que na minha sinceridade não faria. Perguntei-lhe:

— Como foi que você se entregou a mim? Como mereci uma coisa destas?

Queria mostrar-me grato ou reprová-la? Provavelmente não passava de uma tentativa para iniciar as explicações.

Um pouco surpresa, ela olhou para cima, a fim de observar minha reação.

— Pois eu julguei que você é que me tinha possuído — e sorriu afetuosamente para provar que não era sua intenção repreender-me.

Recordei que as mulheres exigem que se diga que elas foram possuídas. Depois, ela própria percebeu que se havia enganado, que as coisas se tomam e as pessoas se entregam; murmurou:

— Estava à sua espera. Era o cavalheiro que devia libertar-me. Decerto é pena que você seja casado, mas, visto que não ama sua mulher, pelo menos sei que a minha felicidade não destrói a de ninguém.

Senti-me de tal forma atacado por minha dor lombar que tive de renunciar a abraçá-la. Então a importância de minhas palavras inconsideradas não fora exagerada por mim? Era exatamente a minha mentira que havia induzido Carla a tornar-se minha? Se lhe quisesse falar de meu amor por Augusta, Carla teria o direito de reprovar-me por havê-la enganado! Emendas e explicações não eram mais possíveis naquele momento. Em seguida, haveria a oportunidade de explicar e esclarecer. À espera de que esta se apresentasse, eis que se constituía um novo vínculo entre mim e Carla.

Ali, ao lado de Carla, renasceu toda a minha paixão por Augusta. Eu não tinha agora senão um desejo: correr para minha verdadeira mulher, só para vê-la entregue ao seu trabalho de formiga assídua, a cuidar de nossa roupa numa atmosfera de cânfora e naftalina.

Mas permaneci fiel ao meu dever, que foi gravíssimo em função de um episódio que muito me perturbou a princípio, pois que me pareceu outra ameaça, vinda a mim daquela esfinge com a qual eu tratava. Carla contou-me que pouco depois de eu haver saído no dia anterior chegara o professor de canto e que ela o pusera na rua.

Não consegui ocultar um gesto de contrariedade. Era o mesmo que avisar Copler de nossa mancebia.

— Que dirá Copler?! — exclamei.

Pôs-se a rir e refugiou-se, desta vez por iniciativa sua, entre os meus braços.

— Não havíamos combinado pô-lo também pela porta afora?

Era uma graça, mas já não podia conquistar-me. Logo assumi uma atitude que me ficava bem, a do pedagogo, porque me propiciava a possibilidade de desafogar o rancor que me ia no fundo da alma por aquela mulher que não me permitia falar como eu desejara a respeito de minha esposa. Neste mundo é preciso trabalhar — disse-lhe — porque, como ela já devia saber, este era um mundo mau, onde os fortes dominam. E se eu viesse a morrer? Que aconteceria a ela? — Levantei a hipótese de meu abandono de um modo que ela própria não podia ofender-se e de fato até se comoveu. Depois, com a evidente intenção de humilhá-la, disse que com minha mulher bastava eu manifestar um desejo qualquer para vê-lo satisfeito.

— Pois bem! — disse resignada. — Mandaremos informar ao professor que volte! — A seguir tentou infundir-me a antipatia que o maestro lhe provocava. Todos os dias devia aguentar a companhia daquele velhote antipático que a obrigava a repetir vezes sem fim os mesmos exercícios que não conduziam a nada, a nada mesmo. Ela só se lembrava de ter passado alguns dias agradáveis quando o maestro esteve doente. Esperou mesmo que morresse, mas não teve esta sorte.

Por fim, tornou-se inclusive violenta em seu desespero. Repetiu, exagerando-o, seu lamento por não ter tido sorte na vida: era uma desgraçada, não tinha remédio. Quando lembrava que me havia amado imediatamente porque lhe pareceu que as minhas ações, as minhas palavras, os meus olhares eram para ela uma promessa de vida menos difícil, menos trabalhosa, menos desagradável, sentia até vontade de chorar.

Foi assim que conheci os seus soluços, os quais me importunavam; eram violentos a ponto de sacudir, penetrando-o, seu débil organismo. Parecia-me sentir imediatamente um brusco assalto ao meu bolso e à minha vida. Perguntei-lhe:

— Mas você acha que minha mulher não faz nada em casa? Neste momento em que estamos aqui a conversar, ela tem os pulmões infestados pela cânfora e a naftalina.

Carla soluçou:

— As roupas, os móveis, os vestidos... Ela é que é feliz!

Pensei irritado que ela quisesse fosse eu a correr para comprar-lhe todas aquelas coisas, a fim de lhe proporcionar a ocupação que eu preferia. Não demonstrei irritação, graças aos céus, e obedeci à voz do dever que gritava: "Acaricia a jovem que se entregou a ti!" Acariciei-a. Passei a mão suavemente pelos seus cabelos. Daí resultou que seus soluços se acalmaram e suas lágrimas fluíram abundantes e incontidas como a chuva que se segue à trovoada.

—Você é o meu primeiro amante — disse ainda —, e espero que não deixe de me amar!

Aquela sua comunicação, de que eu era o seu primeiro amante, designação que preparava o lugar para um segundo, não me comoveu muito. Era uma declaração que chegava atrasada, pois havia bem uma meia hora o argumento fora abandonado. Além disso, configurava uma nova ameaça. Uma mulher crê que tem todos os direitos sobre o seu primeiro amante. Com doçura murmurei-lhe ao ouvido:

—Você também é a primeira amante que tenho... desde que me casei.
A doçura da voz mascarava a tentativa de equiparar as duas situações.

Pouco depois deixei-a porque não queria de modo algum chegar a casa tarde para o almoço. Antes de sair tirei de novo do bolso o envelope que eu chamava dos bons propósitos, já que fora criado por um ótimo propósito. Tinha necessidade de pagar para me sentir mais livre. Carla de novo recusou o dinheiro e então me aborreci fortemente, mas soube impedir a manifestação desse aborrecimento, gritando palavras carinhosíssimas. Gritava para não espancá-la, mas ninguém poderia percebê-lo. Disse-lhe que chegara ao máximo dos meus desejos possuindo-a, e agora queria ter a sensação de possuí-la ainda mais, mantendo-a completamente. Por isso devia fazer tudo para não me aborrecer, pois eu podia sofrer muito. Querendo ir-me às pressas, resumi em poucas palavras meu conceito, que se tornou — assim gritado — muito brusco.

—Você é minha amante, não é? Portanto, tenho de sustentá-la.

Ela, aturdida, deixou de resistir e tomou o envelope, enquanto me olhava ansiosa, estudando o que seria a verdade, o meu grito de ódio ou talvez as palavras de amor com que lhe era entregue tudo quanto ela desejara. Acalmou-se um pouco quando, antes de partir, aflorei levemente com os lábios sua fronte. Na escada, veio-me a dúvida de que ela, dispondo daquele dinheiro e tendo sentido que me encarregava de seu futuro, iria pôr na rua o próprio Copler, quando este de tarde viesse à sua casa. Tive vontade de subir de novo as escadas para exortá-la a não comprometer-me com semelhante ato. Mas não havia tempo e tive de correr para casa.

Temo que o médico que vai ler este manuscrito venha a pensar que Carla também seria um assunto interessante para a psicanálise. Poderá parecer-lhe que aquela entrega, precedida do despedimento do professor de canto, fora bastante precipitada. Também a mim me parecia que ela esperava demasiadas concessões como prêmio de seu amor. Passaram-se meses e meses para que eu compreendesse melhor a pobre moça. Talvez se tivesse deixado prender para libertar-se da inquietante tutela de Copler, e fosse para ela surpresa bastante dolorosa perceber que se havia entregue em vão, pois eu continuava a exigir exatamente o que mais lhe custava, ou seja, o canto. Estava ainda em meus braços e eu já lhe fazia saber que devia cantar. Daí, uma ira e uma dor que não encontravam as palavras justas. Por motivos diversos acabamos os dois por dizer estranhíssimas palavras. Quando começou a me amar, readquiriu todo o natural que a atitude calculada lhe roubara. Eu jamais consegui ser natural com ela.

Enquanto me apressava, ia pensando: "Se soubesse o quanto amo minha mulher, decerto se comportaria de outra maneira." E quando ela o soube, de fato comportou-se de maneira diversa.

Em plena rua, respirei a liberdade e não senti a dor de havê-la comprometido. Restava ainda bastante tempo até o dia seguinte e talvez conseguisse encontrar uma saída para as dificuldades que me ameaçavam. Correndo para casa tive até coragem de insurgir-me contra nosso sistema social, como se fosse o culpado de minhas transgressões. Achava eu que ele devia ser suficientemente flexível para permitir que de tempos em tempos (não sempre) se pudesse prevaricar sem temor das consequências, mesmo com as mulheres que deveras não amamos. Não havia sinais de remorso em mim. Daí eu pensar que o remorso não nasce do arrependimento de uma ação má já cometida, mas da visão de nossa própria disposição pecaminosa. A parte superior do corpo inclina-se para olhar e julgar a outra parte, que acha disforme. Sente asco, e isto se chama remorso. Na tragédia clássica a vítima não retornava à vida; o remorso, contudo, desaparecia. Coisa que significava que a deformidade era curada e que, portanto, as lamentações dos outros não tinham nenhuma importância. Onde haveria lugar em mim para o remorso, quando corria com tanto afeto e com tanta satisfação para a minha legítima esposa? Há muito que não me sentia tão puro.

Ao almoço, sem qualquer esforço, mostrei-me alegre e afetuoso para com Augusta. Não houve naquele dia nenhuma nota desafinada entre nós. Nada de excessos: portei-me como devia portar-me com a mulher que era honesta e fielmente minha. Houve vezes em que se registraram excessos de afetuosidade de minha parte, mas só quando no meu espírito se travava uma luta entre as duas mulheres e, excedendo-me nas manifestações de afeto, era-me mais fácil ocultar a Augusta que entre nós havia, pelo menos por ora, a sombra bastante forte de outra mulher. Por isso posso mesmo dizer que Augusta me preferia quando eu não era inteira nem sinceramente seu.

Eu próprio estava um tanto surpreso com minha calma e atribuía-a ao fato de que conseguira fazer com que Carla aceitasse o envelope dos bons propósitos. Não que com isso acreditasse estar quite com ela. Parecia-me, porém, haver começado a pagar uma indulgência.

Infelizmente durante todo o tempo que durou meu relacionamento com Carla, o dinheiro foi minha preocupação principal. Em várias ocasiões pus algum de parte em lugares bem escondidos da biblioteca, para estar preparado a fazer face a qualquer exigência da amante que eu tanto temia. Assim, aquele dinheiro, que Carla deixou ao abandonar-me, acabou servindo para pagar coisas bem diversas.

Devíamos passar a noite em casa de meu sogro para um jantar do qual participariam apenas os membros da família e que devia substituir o tradicional banquete de casamento, que teria lugar dali a dois dias. Guido queria aproveitar a melhora de Giovanni e casar-se logo, pois não acreditava que ela fosse duradoura.

Fui com Augusta bem cedo aquela noite para a casa dos sogros. No caminho, recordei-lhe que no dia anterior ela suspeitara de que eu ainda sofresse com esse evento. Envergonhou-se de tal suspeita e valorizei minha inocência. Nem me lembrava mais de que a solenidade da noite era a preparação do casamento!

Embora não houvesse outros convidados senão os da família, os sogros quiseram que o jantar fosse preparado com todo o requinte. Augusta foi chamada a ajudar na decoração da mesa. Alberta não queria envolver-se. Não fazia muito tempo, obtivera um prêmio num concurso para comédias em um ato, e agora se preparava alegremente para a reforma do teatro nacional. Assim, ficamos diante daquela mesa apenas nós, eu e Augusta, ajudados por uma criada e por Luciano, empregado do escritório de Giovanni, que demonstrava possuir talento tanto para as tarefas burocráticas quanto para as domésticas.

Ajudei a levar flores para a mesa e a distribuí-las em boa ordem.

— Veja — disse, brincando com Augusta — que eu também contribuo para a felicidade deles. Se me pedisse para lhes preparar o leito nupcial, eu o faria com a mesma serenidade!

Procuramos, depois, pelos noivos que haviam regressado de uma visita de cerimônia. Estavam escondidos no canto mais discreto do salão e até o momento em que os encontramos suponho que andassem aos beijos. A noiva nem sequer havia tirado seu traje de passeio e estava linda, enrubescida pelo calor.

Creio que os noivos, para ocultar o traço dos beijos que haviam trocado, queriam dar a impressão que estavam discutindo ciência. Era uma tolice, mas igualmente uma impropriedade! Queriam afastar-nos de sua intimidade ou pensavam que seus beijos podiam magoar alguém? Isto talvez tenha prejudicado meu bom humor. Guido dizia que Ada não acreditava em sua afirmação de que há certas vespas capazes de paralisar, com uma ferroada, outros insetos às vezes mais fortes do que elas, mantendo-os depois imóveis, vivos e frescos, para alimento de sua descendência. Eu me lembrava de que havia algo assim monstruoso na natureza, mas naquele instante não quis dar ganho de causa a Guido:

— Você acha que eu sou uma vespa, para me fazer tal pergunta? — respondi rindo.

Deixamos os noivos para que se ocupassem de coisas mais agradáveis. Eu, contudo, começava a achar a tarde longa demais e tive vontade de ir para o meu estúdio e lá esperar pela hora da festa.

Na sala de estar encontramos o dr. Paoli, que saía do quarto de meu sogro. Era um médico que não obstante jovem já conquistara boa clientela. Muito louro, branco e rosado como um bebê. Seu físico, porém, era poderoso e seu olhar grave emprestava um ar sério e imponente a toda a sua pessoa. Os óculos faziam seus olhos parecerem ainda maiores e seu olhar se agarrava às coisas como uma carícia. Agora que conheço bem tanto ele quanto o dr. S. — o da psicanálise —, acho que os olhos deste são inquisidores por intenção, enquanto os do dr. Paoli o são por força de uma insopitável curiosidade. Paoli vê nitidamente o seu cliente, mas também a mulher deste e a cadeira em que ela se senta. Só Deus sabe qual dos dois conhece melhor os seus clientes! Durante a doença de meu sogro fui frequentemente ao consultório do dr. Paoli para convencê-lo de não levar ao conhecimento da família que a catástrofe era iminente; recordo que um dia, olhando-me mais demoradamente do que era de meu gosto, ele disse sorridente:

— O senhor adora sua mulher!

Era homem observador, porque na verdade eu adorava minha mulher, na época em que ela sofria tanto com a doença do pai e em que eu a traía diariamente.

Disse-nos que Giovanni estava bem melhor do que no dia anterior. Além disso, não se mostrava preocupado porque a época do ano era favorável, e em sua opinião os noivos podiam tranquilamente seguir viagem após o casamento.

— Naturalmente — acrescentava com cautela —, não ocorrendo complicações imprevisíveis. — Seu prognóstico concretizou-se, pois que advieram complicações imprevisíveis.

No instante de despedir-se, recordou-se de que conhecíamos um certo Copler, a cuja casa fora chamado naquele mesmo dia para uma consulta. Encontrou o enfermo atacado de paralisia renal. Referiu-se ao fato de que a enfermidade fora precedida de uma horrível dor de dentes. E aqui fez um prognóstico grave, embora, como de hábito, atenuado por uma dúvida:

— Se passar desta noite, é possível até que ainda viva muitos anos.

Augusta, compungida, teve os olhos cheios de lágrimas e me pediu que corresse logo a ver o nosso pobre amigo. Após uma hesitação, aquiesci ao seu desejo, e de bom grado, pois minha alma de súbito encheu-se de Carla. Como fora rude com a pobre moça! Eis que, com a morte de Copler, ela ficaria lá sozinha, no seu patamar, já não de todo comprometida, de vez que seria removido o único elo que a ligava ao meu mundo. Era preciso correr até ela para apagar a impressão que lhe devia ter causado minha dura atitude da manhã.

Contudo, por prudência, fui antes de mais nada visitar Copler. Para poder dizer a Augusta o que tinha visto.

Já conhecia o modesto mas decente e cômodo apartamento onde Copler morava na Corsia Stadion. Um velho inquilino havia sublocado a ele três de seus cinco aposentos. Fui recebido por este, um homem gordo, ofegante, olhos irritados, que caminhava inquieto de um lado para outro, depois de ter constatado que Copler agonizava. O velho falava em voz baixa, sempre ofegando, como se temesse perturbar a tranquilidade do moribundo. Eu também baixei a voz. É uma forma de respeito, como nós homens o sentimos; é possível que o moribundo preferisse sentir-se acompanhado em seu último instante por vozes claras e fortes que lhe recordassem a vida.

O velho informou-me que o moribundo estava sendo assistido por uma irmã de caridade. Cheio de respeito, detive-me por alguns instantes diante da porta do quarto em que o pobre Copler, no seu estertor, com ritmo exato, media os últimos instantes. A respiração ruidosa compunha-se de dois sons: hesitante o que era produzido pelo ar que ele inspirava; precipitado o que brotava do ar expulso. Pressa de morrer? Uma pausa seguia-se aos dois sons e pensei que, quando aquela pausa se alongasse, uma nova vida começaria.

O velho quis que eu entrasse no quarto, mas não entrei. Já fora fitado por mais de um moribundo com expressão de censura.

Não esperei que a pausa se alongasse e corri para a casa de Carla. Bati à porta de seu estúdio, fechada a chave, e ninguém respondeu. Impaciente, comecei a dar-lhe pequenos pontapés e às minhas costas abriu-se a porta do outro quarto. A voz da mãe de Carla perguntou:

— Mas quem é? — Depois a velha apareceu temerosa e, ao me reconhecer à luz amarelada que emanava da cozinha, percebi que sua face se cobria de intenso rubor, salientado pela nítida brancura de seus cabelos. Carla não estava, e ela prontificou-se a passar por dentro para abrir-me a porta do estúdio e receber-me no cômodo que achava ser o único digno de mim. Pedi-lhe para não se incomodar, entrei no compartimento da cozinha e sentei-me sem mais numa cadeira de pau. No fogareiro, sob uma panela, ardia um modesto monte de carvão. Disse-lhe que não se incomodasse comigo e cuidasse da refeição. Ela tranquilizou-me. Cozinhava feijão, que de resto nunca ficava suficientemente cozido. A pobreza da refeição que preparava na casa cujas despesas eu agora deveria sustentar sozinho abrandou-me e atenuou a raiva sentida por não ter encontrado a amante à minha espera.

A senhora permanecia de pé, embora eu insistisse várias vezes para que sentasse. Súbito, contei que viera para dar à srta. Carla uma péssima notícia: Copler estava à morte.

A velha deixou cair os braços e imediatamente sentiu necessidade de sentar-se.

— Meu Deus! — murmurou. — E que faremos agora?

Logo se deu conta de que a sorte de Copler era mais negra que a sua, acrescentando com pesar:

— Pobre senhor! Era tão bom!

Tinha a face já banhada pelas lágrimas. Ela, evidentemente, não sabia que, se o pobre homem não tivesse morrido a tempo, teria sido posto para fora daquela casa. Também isso me tranquilizou. Estava circundado pela mais absoluta discrição!

Quis tranquilizá-la e comuniquei-lhe que eu continuaria a fazer por elas tudo quanto Copler fizera até então. Protestou, dizendo que não lamentava por ela, já que se sabia amparada por pessoas tão bondosas, mas pelo destino daquele que fora seu grande benfeitor.

Quis saber de que doença morrera Copler. Relatei-lhe como o trespasse se anunciara, recordei-lhe a discussão que tivera certa vez com Copler sobre a utilidade da dor. Eis que no seu caso os nervos dentais começaram a reagir pedindo ajuda, pois a um metro de distância deles os rins tinham deixado de funcionar. Estava tão indiferente ao destino do amigo de quem vira há pouco o estertor que continuava a entreter-me com suas teorias. Se pudesse ainda ouvir-me, dir-lhe-ia que era possível compreender que os dentes do doente imaginário pudessem doer verdadeiramente por causa de uma enfermidade que se manifestava a alguns quilômetros de distância.

Pouco havia mais de conversa possível entre a velha e eu; por isso aquiesci em esperar Carla no estúdio. Apanhei o livreto de Garcia e tentei ler algumas páginas. Mas a arte do canto não me tocava muito.

A velha voltou para onde eu estava. Mostrava-se inquieta com a demora de Carla. Disse que a filha saíra para comprar uns pratos de que tinham necessidade urgente.

Minha paciência estava a ponto de exaurir-se. Contrariado, perguntei:

— Como foi que quebraram os pratos? Por que não prestam mais atenção?

Assim me libertei da velha, que voltou para a cozinha a lamentar-se:

— Foram só dois... por culpa minha...

Isto me provocou um momento de hilaridade, pois estava a par de que todos os pratos da casa tinham sido destruídos, não pela velha, mas por Carla. Fiquei sabendo mais tarde que a filha não era nada paciente com ela, daí o enorme receio de falar das atividades da moça com os seus protetores. Parece que, certa vez, por ingenuidade, contou a Copler que Carla se aborrecia terrivelmente com as lições de canto. Copler agastou--se com Carla, que ficou furiosa com a mãe.

Foi assim que, quando minha deliciosa amante finalmente apareceu, amei-a violentamente, com fúria. Ela, encantada, sussurrava:

— E eu que duvidava do seu amor! Passei o dia inteiro perseguida pelo desejo de matar-me, sentindo que me havia entregue a um homem que em seguida me tratou tão mal!

Expliquei-lhe que não raro sou afligido por terríveis dores de cabeça, e, ao me encontrar num estado em que, se não tivesse resistido valentemente, teria corrido para junto de Augusta, bastou falar nos meus males para conseguir dominar-me. Estava fazendo progressos. Choramos juntos o pobre Copler, até juntos demais!

De resto, Carla não era indiferente ao fim atroz de seu benfeitor. Ao falar dele, estava pálida:

— Eu me conheço bem! — disse. — Vou ficar por muito tempo com medo de estar sozinha. Quando vivo, ele já me fazia tanto medo!

E pela primeira vez, timidamente, propôs que eu passasse a noite em sua companhia. Não tinha a menor intenção de fazê-lo e não saberia prolongar nem mesmo por meia hora minha permanência naquele quarto. Mas, sempre atento para não demonstrar à pobre moça meu verdadeiro ânimo, do qual eu era o primeiro a condoer-me, fiz algumas objeções à proposta, dizendo-lhe que tal coisa não era possível, já que a velha mãe habitava a mesma casa. Com indisfarçável desdém ela arqueou os lábios.

— Trazemos a cama para cá; ela não se atreveria de espiar-me.

Contei-lhe então sobre o banquete à minha espera em casa; logo, porém, senti necessidade de dizer-lhe que nunca me seria possível passar uma noite com ela. No propósito de bondade que havia feito pouco antes, consegui domar toda a aspereza de minha voz, que permaneceu afetuosa, mas pareceu-me que, se fizesse outra concessão qualquer ou apenas deixasse esperar, isto equivaleria a uma nova traição a Augusta, que eu não queria cometer.

Naquele momento senti quais eram os meus vínculos mais fortes com Carla: meu propósito de afeto e as mentiras que lhe dissera sobre minhas relações com Augusta e que aos poucos, devagarinho, no curso do tempo, era preciso atenuar e até mesmo anular. Por isso iniciei essa obra na mesma noite, naturalmente com a devida prudência, pois era ainda demasiado fácil recordar o fruto que obtivera com a minha mentira. Disse-lhe que eram muito fortes as obrigações que sentia para com minha mulher, pessoa tão digna de ser melhor amada e a quem jamais daria o desgosto de saber que eu a traía.

Carla abraçou-me:

— É por isso que amo você: bom e afetuoso como o senti desde a primeira vez. Jamais tentarei causar mal àquela pobrezinha.

A mim não agradava ouvi-la chamar minha mulher de pobrezinha, mas fiquei reconhecido à pobre Carla pela sua indulgência. Era ótimo que não odiasse minha mulher. Quis demonstrar-lhe o meu reconhecimento e olhei em torno à procura de um sinal de afeto. Acabei por encontrá-lo. Também ela fazia jus à sua lavanderia: permiti-lhe dispensar definitivamente o professor de canto.

Carla teve um ímpeto de afeto que me constrangeu, mas que suportei valentemente. Depois, disse-me que de maneira alguma abandonara o canto. Cantava o dia inteiro, só que à sua maneira. Queria mesmo que eu ouvisse uma canção. Mas eu não tinha tempo e aproveitei para sair às pressas. Creio que, naquela noite, ela voltou a pensar em suicídio, mas nunca lhe dei tempo para revelar-me isso.

Voltei à casa de Copler para depois levar a Augusta as últimas notícias do doente, a fim de que ela pensasse que eu passara em companhia dele todas as horas de minha ausência. Copler já falecera havia duas horas, logo após minha saída. Acompanhado do velho aposentado, que continuava a andar de um lado para outro no corredor, entrei na câmara mortuária. O cadáver jazia vestido sobre a nudez do colchão. Tinha nas mãos um crucifixo. Em voz baixa o aposentado contou-me que todas as formalidades tinham sido cumpridas e que uma sobrinha do extinto passaria a noite junto ao cadáver.

Assim pude ir-me embora, sabendo que ao meu pobre amigo era concedido todo aquele pouco que ainda lhe podia ocorrer; contudo, ainda permaneci alguns minutos a fitá-lo. Muito apreciaria que de meus olhos brotasse uma lágrima sincera pelo pobre que tanto lutara contra a sua doença, a ponto de tentar um acordo com esta.

— É doloroso! — disse.

A doença, para a qual havia tantos medicamentos, matara-o brutalmente. Parecia uma irrisão. Mas a minha lágrima falhou. A face emaciada de Copler nunca pareceu tão forte como na rigidez da morte. Dava a impressão de ter sido produzida por um escalpelo num mármore colorido, e ninguém conseguiria prever a iminência da putrefação. Era, porém, uma verdadeira vida o que manifestava aquela face: desaprovava desdenhosamente talvez a mim, o doente imaginário, ou talvez Carla, que não queria cantar. Estremeci por um momento, parecendo-me que o morto recomeçava a estertorar. Não demorei, no entanto, a recuperar minha calma de crítico, ao perceber que aquilo que me parecera um estertor nada mais era do que o ofegar, aumentado pela emoção, do aposentado junto a mim.

Em seguida, este acompanhou-me à porta e pediu-me que, se soubesse de alguém que quisesse alugar um quartinho, recomendasse o seu:

—Veja o senhor que mesmo em tais circunstâncias eu soube cumprir o meu dever, e até mais que isto, muito mais!

Pela primeira vez ergueu a voz, na qual ecoou um ressentimento, sem dúvida destinado ao pobre Copler que lhe deixava livre o quarto sem o devido aviso prévio. Saí a correr, prometendo tudo o que ele me pedia.

Em casa de meu sogro cheguei no momento em que os convidados se acomodavam à mesa. Pediram-me notícias e eu, para não comprometer a alegria do banquete, disse que Copler ainda vivia e que restava, pois, alguma esperança.

Pareceu-me que a reunião corria um tanto triste. Talvez eu tivesse essa impressão à vista de meu sogro, condenado a uma sopinha e a um copo de leite, enquanto à sua volta todos se regalavam com os manjares mais requintados. Sem ter muito com que distrair-se, empregava o tempo a observar os outros comerem. Vendo que o sr. Francesco se dedicava ativamente aos acepipes, murmurou:

— E pensar que é dois anos mais velho do que eu!

Depois, quando o sr. Francesco entrou no terceiro copo de vinho branco, resmungou em voz baixa:

— É o terceiro! Pena que não seja de fel!

O augúrio não me teria perturbado se também eu não estivesse comendo e bebendo àquela mesa e não soubesse que a mesma metamorfose seria augurada ao vinho que passava por minha boca. Por isso comecei a comer e beber às escondidas. Aproveitava as oportunidades em que meu sogro enterrava o enorme nariz no copo de leite ou respondia a alguma pergunta que lhe era dirigida para engolir grandes bocados ou sorver plenos goles de vinho. Alberta, apenas no intuito de fazer rir aos outros, avisou Augusta de que eu estava bebendo demais. Minha mulher, de brincadeira, ameaçou-me com o dedo. Não o fez por mal, mas já agora não valia a pena comer às escondidas. Giovanni, que até então mal dera acordo da minha presença, dirigiu-me por cima dos óculos um olhar de verdadeiro ódio. Disse:

— Nunca abusei da comida ou da bebida. Quem faz isto não é um homem deveras, mas um... — e repetiu várias vezes a última palavra, que não era de fato um elogio.

Sob o efeito do vinho, a palavra ofensiva, acompanhada de um riso geral, despertou-me no ânimo um desejo de vingança verdadeiramente irracional. Ataquei meu sogro no que ele tinha de mais fraco: a sua doença. Gritei que não era homem de fato não o que abusava de comida, mas o que de repente se adaptava às prescrições do médico. Eu, no lugar dele, seria, ao contrário, independente. No casamento de minha filha — quando nada pelo afeto que lhe dedicasse — não haveria de permitir que me impedissem de comer e de beber.

Giovanni observou com ira:

— Queria ver você no meu lugar!

— Não basta que eu esteja no meu? Deixei por acaso de fumar?

Era a primeira vez que dispunha da oportunidade de gabar-me de minha fraqueza e de imediato acendi um cigarro, a fim de ilustrar na prática as minhas palavras. Todos riram e contaram ao sr. Francesco como a minha vida andava cheia de últimos cigarros. Aquele, contudo, não era dos últimos e eu me sentia forte e combativo. Logo perdi o apoio dos demais, quando servi vinho a Giovanni em seu grande copo de água. Tinham medo de que ele bebesse e gritavam para impedi-lo, até que a sra. Malfenti conseguiu pegar o copo e afastá-lo dali.

— Confessa que você queria matar-me? — perguntou calmamente Giovanni, observando-me com curiosidade. — Ou foi o vinho que você tomou? — Ele não fizera um só gesto para aproveitar-se do vinho que lhe oferecera.

Senti-me verdadeiramente aviltado e vencido. Quase atirei-me aos pés de meu sogro para pedir-lhe perdão. Mas também isto me pareceu um impulso do vinho, e me contive. Pedir perdão seria confessar minha culpa, ao passo que o banquete continuava e duraria o bastante para oferecer-me a oportunidade de reparar a brincadeira tão malsucedida. Há tempo para tudo neste mundo. Nem todos os bêbados são presas imediatas de todas as sugestões do vinho. Quando bebo em demasia, analiso meus impulsos da mesma forma que quando estou sóbrio e provavelmente com o mesmo resultado. Continuei a observar-me para compreender como havia chegado ao pensamento malévolo de prejudicar meu sogro. E percebi que estava cansado, mortalmente cansado. Se todos soubessem o dia que eu passara haveriam de perdoar-me. Por bem duas vezes havia tomado e abandonado violentamente uma mulher e por duas vezes retornara à minha, para renegá-la também por duas vezes. Minha sorte foi que, por associação, surgiu na minha lembrança, de repente, o cadáver sobre o qual em vão tentara chorar, e o pensamento fixado nas duas mulheres desapareceu; caso contrário, teria acabado por falar em Carla. Não tive sempre o desejo de confessar-me, mesmo quando a ação do vinho não mais me fazia magnânimo? Acabei por falar de Copler. Queria que todos soubessem que eu perdera um grande amigo naquele dia. Haveriam de desculpar minha atitude.

Gritei que Copler morrera, morrera mesmo, e que me calara até ali para não entristecer a todos. Vejam! Vejam! Eis que finalmente senti correr-me lágrimas nos olhos e tive que voltar o rosto para ocultá-las.

Todos riram, pois não acreditavam em mim; interveio então a obstinação, que é verdadeiramente o caráter mais evidente do vinho. Descrevi o morto:

— Parecia esculpido por Miguel Ângelo, ali rígido, na pedra mais incorruptível.

Houve silêncio geral, interrompido por Guido ao exclamar:

— E agora você não sente mais necessidade de não nos entristecer?!

A observação era justa. Eu estava quebrando um propósito que fizera! Não seria o caso de reparar a falha? Pus-me a rir desconjuntadamente:

— Foi uma peça! Ele está vivo e bem melhor.

Todos me fitaram sem compreender.

— Está melhor — acrescentei a sério —, reconheceu-me e até me sorriu.

Todos acreditaram, mas a indignação foi geral. Giovanni declarou que, não fora o receio de passar mal com o esforço que teria de fazer, sem dúvida atirava-me um prato na cabeça. Era de fato imperdoável que eu perturbasse a festa com a invenção de semelhante notícia. Se fosse verdade, eu não sentiria culpa. Não seria melhor voltar a repetir-lhes a verdade? Copler estava morto e, mal me visse sozinho, haveria de encontrar lágrimas prontas para chorá-lo, espontâneas e abundantes. Procurei as palavras; contudo, a sra. Malfenti com seu grave ar de grande dama interrompeu-me:

—Vamos deixar por ora o pobre enfermo. Pensaremos nisso amanhã!

Obedeci imediatamente, até mesmo com um pensamento que se afastou em definitivo do morto: "Adeus! Espere-me! Voltarei a você mais tarde!"

Chegara a hora dos brindes. Giovanni obtivera permissão do médico para sorver uma taça de champanhe na ocasião. Gravemente observou como lhe deitavam o líquido na taça e recusou-se a levá-la aos lábios antes de inteiramente cheia. Depois de pronunciar uma saudação séria e sem floreios a Ada e Guido, sorveu lentamente a bebida até a última gota. Olhando-me de esguelha, disse-me que o último sorvo tinha sido à minha saúde. Para anular o augúrio, que eu sabia mau, cruzei os dedos em figa com mãos sob a toalha.

A lembrança dessa noite permaneceu para mim um tanto confusa. Sei que por iniciativa de Augusta, àquela mesa, disseram um mundo de coisas boas a meu respeito, citando-me como marido-modelo. Tudo me era perdoado, e até meu sogro se mostrou mais gentil comigo.

Percebi, contudo, que, embora desejasse que o marido de Ada fosse tão bom quanto eu, queria que ele fosse ao mesmo tempo melhor negociante e principalmente uma pessoa... e procurava a palavra. Não a encontrou, e ninguém à nossa volta reclamou-a; nem mesmo o sr. Francesco, que por me ter visto pela primeira vez naquela manhã pouco podia conhecer-me. Em meu canto não me ofendi. Como mitiga a alma da gente o sentimento de ter grandes erros a reparar! Aceitava de espírito aberto todas as insolências, desde que acompanhadas daquele afeto que eu não merecia. E na minha mente, confusa pelo cansaço e pelo vinho, completamente sereno, acariciei a imagem do bom marido que não se torna menos bom por ser adúltero. Era preciso ser bom, bom, bom, e o resto não importava. Enviei com a mão um beijo a Augusta, que o acolheu com um sorriso de reconhecimento.

Depois àquela mesa quiseram aproveitar-se de minha embriaguez para rir, e fui obrigado a fazer um brinde. Acabei por aceitar porque no momento pareceu-me coisa decisiva professar meus bons propósitos em público. Não que duvidasse de mim, pois me sentia tal como me descrevi; haveria porém de sentir-me ainda melhor quando tivesse firmado um propósito diante de tantas pessoas que de certo modo o iriam corroborar.

Foi assim que no brinde falei só de mim e de Augusta. Narrei pela segunda vez naquele dia a história de meu casamento. Eu a falsificara para Carla, calando sobre o fato de estar enamorado de minha mulher; agora falsificava-a de outra forma, pois que não falei de duas pessoas muito importantes na história de meu casamento, ou seja, Ada e Alberta. Contei minhas hesitações, das quais não sabia consolar-me por me haverem privado tanto tempo da felicidade. Depois, por cavalheirismo, atribuí também hesitações a Augusta. Que, aliás, as negou, sorrindo vivazmente.

Recuperei o fio do discurso com alguma dificuldade. Contei como finalmente empreendemos a viagem de núpcias e como andamos fazendo amor por todos os museus da Itália. Estava enterrado até o pescoço na mentira e me referi a alguns pormenores inventados, que não serviam a propósito algum. E depois se diz que no vinho é que está a verdade.

Augusta interrompeu-me uma segunda vez para pôr as coisas nos devidos lugares e contou como teve de evitar os museus para que minha presença não pusesse em perigo as obras de arte. Não lhe ocorria que assim revelava a falsidade não apenas daquele particular, mas de toda a história! Se algum observador atento estivesse à mesa, logo teria descoberto a natureza do amor que eu projetava num ambiente onde não podia chegar a termo.

Retomei o longo e desenxabido discurso, contando a chegada à nossa casa e como ambos nos pusemos a perfeccioná-la fazendo isto e aquilo, entre outras coisas até mesmo uma lavanderia.

Sempre sorridente, Augusta me interrompeu de novo:

— Esta não é uma festa em nossa homenagem, mas em honra de Ada e Guido! Fala a respeito deles!

Todos anuíram ruidosamente. Ri-me também ao dar-me conta de que por obra minha havíamos chegado a uma verdadeira alegria ruidosa que é pragmática em ocasiões semelhantes. Mas não encontrei nada mais a dizer. Pareceu-me estar falando há horas. Engoli vários outros copos de vinho um após outro.

— À saúde de Ada! — Ergui-me por um momento para ver se ela estava fazendo figas embaixo da mesa. — À saúde de Guido! — e acrescentei, após haver emborcado o vinho: — De todo o coração! — esquecendo-me que no primeiro brinde essa declaração não fora ajuntada.

— Ao vosso primeiro filho!

E teria bebido outros copos por todos os filhos futuros caso não fosse finalmente atalhado. Por aqueles pobres inocentes eu teria bebido todo o vinho que havia à mesa.

Depois tudo ficou ainda mais nebuloso. Claramente recordo uma única coisa: minha principal preocupação era não deixar perceber que estava embriagado. Mantinha-me ereto e falava pouco. Desconfiava de mim mesmo. Sentia necessidade de analisar cada uma de minhas palavras antes de pronunciá-las. Enquanto a conversação geral se desenvolvia, eu era forçado a renunciar a ela, porque não me sobrava tempo para aclarar minhas túrbidas ideias. Quis eu próprio iniciar um assunto, e a certa altura disse a meu sogro:

— Soube que o *Extérieur* caiu dois pontos?

Disse algo que na verdade não era da minha competência e que ouvira na Bolsa; só queria falar de negócios, assunto sério de que uma pessoa embriagada raramente se lembra. Mas parece que para meu sogro o assunto não passara indiferente; olhou-me como se eu fosse uma ave agourenta. Com ele eu não conseguia acertar uma.

Passei então a dar atenção à minha vizinha, Alberta. Falamos de amores. O assunto interessava-lhe na teoria, e a mim, pelo menos naquele momento, não me interessava na prática. Além do mais, era agradável falar dele. Pediu-me que lhe expusesse algumas ideias e descobri de repente uma que me pareceu provir diretamente de minha experiência do dia. A mulher era um objeto que variava de preço mais que qualquer ação da Bolsa. Alberta não me compreendeu bem e pensou que estivesse a repetir uma coisa já sabida de todos, ou seja, que o valor da mulher variava com a idade. Quis explicar-me com mais clareza: a mulher podia ter alto valor a certa hora da manhã, nenhum valor ao meio-dia, para valer à tarde o dobro do que valera de manhã e acabar à noite por ter valor negativo. Expliquei o conceito do valor negativo: uma mulher estaria cotada a esse valor quando um homem calculava que soma estaria pronto a pagar para mandá-la para os quintos dos infernos.

Contudo, a pobre comediógrafa não via a justeza de minha descoberta, enquanto eu, recordando a oscilação dos valores daquele dia sofrida por Carla e por Augusta, apreciava devidamente a exatidão de minha teoria. Pena que o vinho interviesse, quando quis explicar-me melhor, e desviei-me inteiramente do tema.

— Veja só — disse-lhe —, admitindo que você tenha neste momento o valor x, pelo simples fato de permitir que eu esfregue o meu pé contra o seu, seu valor aumentará imediatamente pelo menos para dois x.

Acompanhei sem hesitar minhas palavras com o ato.

Corada, surpresa, retirou o pé e, querendo mostrar-se espirituosa, observou:

— Mas isto já é prática e não teoria. Vou chamar Augusta.

Devo confessar que eu também sentia aquele pezinho como algo bem diverso de uma árida teoria, mas protestei gritando com o ar mais cândido do mundo:

— É pura teoria, puríssima, e é engano da sua parte interpretar de outra maneira.

As fantasias geradas pelo vinho são tão reais quanto os verdadeiros acontecimentos.

Por muito tempo eu e Alberta não nos esquecemos de que eu tocara uma parte de seu corpo, prevenindo-a de que o fazia por prazer. A palavra tinha relevado o ato e o ato a palavra. Até o dia em que se casou, teve sempre para mim um sorriso envergonhado, e daí por diante uma vergonha irada. As mulheres são assim. Cada dia que passa, traz-lhes uma nova interpretação do passado. Deve ser uma vida pouco monótona, a delas. Comigo, ao contrário, a interpretação do meu ato foi sempre a mesma: o furto de um pequeno objeto de intenso sabor, e só por culpa de Alberta em certa época procurei recordar-lhe aquele ato, embora mais tarde tivesse pago qualquer preço para esquecê-lo de todo.

Recordo ainda que antes de deixar a casa ocorreu outra coisa bem mais grave. Fiquei, um instante, a sós com Ada. Giovanni já fora deitar-se havia algum tempo e os outros se despediam do sr. Francesco que partia para o hotel acompanhado de Guido. Fitei Ada longamente, toda vestida de rendas brancas, os ombros e os braços desnudos. Fiquei durante muito tempo mudo, embora sentisse necessidade de dizer-lhe alguma coisa; mas, após analisá-la, acabei por suprimir todas as frases que me vieram aos lábios. Recordo que cheguei a analisar a possibilidade de dizer-lhe: "Como estou feliz por ver você finalmente casada e casada com meu grande amigo Guido. Agora tudo estará acabado entre nós." Queria dizer uma mentira porque todos sabiam que entre nós tudo já se acabara havia vários meses, mas pareceu-me que aquela mentira seria um belíssimo elogio e é certo que uma mulher, assim vestida, pede elogios e gosta de recebê-los. Porém, após longa reflexão, não lhe fiz nenhum. Suprimi as palavras porque no mar de vinho em que eu boiava encontrei uma tábua que me salvou. Pensei que fazia mal em arriscar o afeto de Augusta só para ser amável com Ada, que não gostava de mim. Mas, na dúvida que por alguns instantes me turvou a mente, e também no esforço de me libertar daquelas palavras, lancei a Ada um tal olhar que ela se ergueu e saiu, voltando-se de repente para observar-me espavorida, pronta talvez a sair correndo.

Recordamos um olhar talvez melhor que uma palavra, porque não há em todo o vocabulário nenhuma que saiba desnudar uma mulher. Sei hoje que aquele olhar falseava as palavras que eu idealizara, simplificando-as. Através dos olhos de Ada, havia tentado penetrar além dos vestidos e até mesmo da epiderme. E decerto significava: "Quer vir para a cama comigo?" O vinho é um grande perigo, principalmente porque não traz a verdade à tona. Até mesmo o contrário da verdade: revela especialmente nossa história passada e esquecida e não nossa vontade atual; atira caprichosamente à luz as ínfimas ideias com as quais em época mais ou menos recente nos entretivemos e das quais já não lembramos; não faz caso daquilo que esquecemos e lê tudo quanto ainda restou perceptível em nosso coração. E sabemos que não é possível anular nada tão radicalmente, como se faz com uma letra de câmbio malgirada. Toda nossa história é sempre legível, e o vinho grita-a, passando por cima de tudo quanto a vida depois acrescentou a ela.

Para voltar a casa, eu e Augusta tomamos um tílburi. Na escuridão pareceu fosse meu dever abraçar e beijar minha mulher, porque em situações semelhantes muitas vezes procedi assim e temia que, se não o fizesse, ela poderia pensar que algo entre nós havia mudado. Nada havia mudado entre nós: até isto o vinho gritava! Ela havia casado com Zeno Cosini que, imutável, se achava a seu lado! Que importa se naquele dia eu tivesse possuído outras mulheres, cujo número o vinho, para me tornar mais feliz, aumentava, acrescendo-lhe não sei mais se Ada ou se Alberta?

Recordo que, ao adormecer, revi por um instante a face marmórea de Copler em seu leito de morte. Parecia exigir justiça, ou seja, as lágrimas que eu lhe prometera. Mas não as verti nem mesmo naquele momento, pois o sono me abraçou, aniquilando-me. Antes, porém, desculpei-me com o fantasma: "Espere ainda mais um pouco. Em breve estarei com você!" Com ele não estive nunca mais, pois não assisti nem mesmo ao seu enterro. Tínhamos tanto que fazer em casa, e quanto a mim, também fora, que não sobrou tempo para ele. Falamos dele uma ou outra vez, mas só para rirmos, recordando que minha bebedeira o fizera morrer e ressuscitar várias vezes. Seu nome acabou proverbial em família, e quando os jornais, como acontece amiúde, anunciam e desmentem a morte de alguém, lá em casa dizemos: "Como o pobre Copler."

Na manhã seguinte, acordei com um pouco de dor de cabeça. Preocupou-me um tanto a dor do lado, provavelmente porque, enquanto durou o efeito do vinho, não chegando a senti-la, perdi-lhe o hábito. Mas no fundo não estava triste. Augusta contribuiu para a minha serenidade, dizendo-me que teria sido desagradável se eu não fosse àquele jantar, pois antes de minha chegada ela tivera a impressão de estar num funeral. Portanto, não devia ter remorsos de meu procedimento. Depois, senti que só uma coisa não me tinha sido perdoada: o olhar à irmã!

Quando nos encontramos à tarde, Ada estendeu-me a mão com uma ansiedade que só aumentou a minha. Talvez lhe pesasse na consciência aquela fuga nada delicada. Mas também o meu fora um papelaço. Recordava exatamente o movimento dos olhos e compreendi que, quem o tivesse experimentado, não podia esquecer aquele olhar. Era preciso repará-lo com uma atitude estudadamente fraterna.

Quando se sofre por ter bebido demais, diz-se que não há melhor cura que tomar outra bebida. Naquela manhã, andei a reanimar-me em casa de Carla. Fui vê-la com o desejo de viver mais intensamente, e é isto o que reconduz ao álcool; a caminho, desejei que ela me propiciasse uma intensidade de vida diversa da que me dera no dia anterior. Estava imbuído de propósitos pouco precisos, mas de todo honestos. Sabia não poder abandoná-la logo, mas podia encaminhar-me lenta, lentamente para aquele ato bastante moral. Até lá haveria de continuar a falar bem de minha mulher. Sem dar por isso, Carla um belo dia acabaria sabendo o quanto eu amava minha esposa. Trazia no bolso do casaco um outro envelope com dinheiro para fazer face a qualquer ocorrência.

Já estava em casa de Carla há um quarto de hora quando ela me reprovou com uma palavra cuja exatidão fê-la durante muito tempo ressoar em meu ouvido: "Como você é rude no amor!" Não estava cônscio de o ter sido na ocasião. Começara a falar sobre minha mulher e os elogios tributados a Augusta haviam soado aos ouvidos de Carla como reprovações que eu dirigisse a esta.

Depois, foi Carla quem me feriu. Para passar o tempo, contei-lhe como me havia aborrecido no banquete, principalmente no brinde que eu fizera e que se mostrara absolutamente fora de propósito. Carla observou:

— Se você amasse sua mulher, não proporia brindes de mau gosto à mesa dos pais dela.

E me deu até um beijo para me recompensar do pouco amor que eu dedicava à minha mulher.

No entanto, aquele desejo de intensidade vital, que me trouxera a Carla, havia de me levar de volta a Augusta, única pessoa com quem podia falar de meu amor por ela mesma. O vinho que eu tomava para curar-me já era demais, ou já pedia outro vinho. Mas nesse dia as minhas relações com Carla deviam tornar-se mais cordiais, atingindo finalmente aquela simpatia de que — como soube mais tarde — a pobre jovem era merecedora. Ela, por várias vezes, se oferecera a cantar uma cançoneta, desejosa de saber a minha opinião. Eu nada queria com aquela cantoria e pouco me importava a sua ingenuidade. Disse-lhe que, tendo renunciado aos estudos, não valia a pena cantar.

Ora, isto no fundo era uma grave ofensa, e Carla sofreu com ela. Sentada ao meu lado, para não me deixar ver as lágrimas, fitava imóvel as mãos cruzadas sobre o peito. Repetiu sua censura:

— Como você deve ser rude com quem não ama, se é assim comigo!

Bom diabo que sou, deixei enternecer-me por aquelas lágrimas e pedi a Carla que me ensurdecesse com sua grande voz naquele pequeno ambiente. Ela então começou a hesitar e foi preciso inclusive ameaçá-la de ir-me embora se não atendesse ao meu pedido. Devo reconhecer que me pareceu por um instante ter mesmo encontrado um pretexto para reconquistar pelo menos temporariamente a minha liberdade; diante da ameaça, porém, minha humilde serva correu a sentar de olhos baixos diante do piano. Dedicou-se por brevíssimo instante ao recolhimento e passou a mão pelo rosto como para afastar uma névoa. Conseguiu-o com uma presteza que me surpreendeu, e sua face, quando desvelada por aquela mão, não lembrava em nada o sofrimento de antes.

Tive, de repente, uma grande surpresa. Carla dizia a cançoneta, narrava-a, sem gritar. Os gritos — como depois me disse — eram-lhe impostos pelo professor; agora livrara-se de ambos. A cançoneta triestina

Fazzo, l'amor xe vero
Cossa ghe xe de mal
Volé che a sedes'ani
Stio là come un cocal...[4]

é uma espécie de narrativa ou confissão. Os olhos de Carla brilhavam de malícia e confessavam mais do que as palavras. Não havia o perigo de afetar os tímpanos e me aproximei dela, surpreso e encantado. Sentei-me a seu lado e ela repetiu para mim a cançoneta, entrecerrando os olhos para expressar de maneira mais sutil e mais pura como aqueles 16 anos ansiavam pela liberdade e pelo amor.

---

[4] "Faço o amor, é verdade; que mal pode haver nisso? Querias que aos 16 anos eu ficasse por aí como uma coruja?..." (N.T.)

Pela primeira vez reparei devidamente no rosto de Carla: uma forma oval puríssima, interrompida pela profunda e arquejada cavidade dos olhos e dos zigomas tênues, tornados quiçá ainda mais puros por uma branquidão nívea, agora que sua face estava à luz e voltada para mim, e não ofuscada por qualquer sombra. Pediam afeto e proteção as linhas doces daquela carne que parecia transparente, mas que ocultava tão bem o sangue e as veias, talvez débeis demais para aparecer.

Ora, sentia-me pronto a conceder-lhe todo esse afeto e proteção, incondicionalmente, até mesmo no momento em que viesse a me achar disposto a retornar a Augusta, pois a jovem naquele instante não pedia mais que um afeto paternal, que eu podia conceder-lhe sem incidir em traição. Que delícia! Ficava em companhia de Carla, proporcionava-lhe o que sua bela face pedia, sem com isto afastar-me de Augusta! Meu afeto por Carla tornou-se terno. A partir de então, quando sentia necessidade de honestidade e de pureza, não me ocorria mais abandoná-la, era só permanecer em sua companhia e mudar de assunto.

Esta nova doçura devia-se ao seu rostinho oval que eu acabara de descobrir, ou ao seu talento para a música? Inegavelmente ao seu talento! A estranha cançoneta triestina termina com uma estrofe em que a mesma jovem proclama estar velha e perdida e não precisa mais de liberdade senão para morrer. Carla continuava a instilar malícia e alegria naqueles pobres versos. Era, contudo, a juventude que se fingia de velha para melhor proclamar os seus direitos.

Ao terminar, encontrando-me em plena admiração, ela pela primeira vez, além de me amar, também me quis verdadeiramente bem. Sabia que a cançoneta me agradava mais do que o canto lírico que lhe ensinava o professor.

— Pena — acrescentou com tristeza — que não se possa extrair disso o necessário para viver, a menos que se queira andar pelos cafés-concerto.

Convenci-a facilmente de que as coisas não eram bem assim. Havia no mundo muitos grandes artistas que recitavam mais do que cantavam.

Fez-me citar alguns nomes. Ficou contente em saber quão importante sua arte poderia ser.

— Bem sei — acrescentou ingenuamente — que esse tipo de canto é bem mais difícil que o outro, em que basta gritar até perder o fôlego.

Sorri apenas e não discuti. Sua arte era certamente difícil, e ela sabia disso, pois era a única que conhecia. A cançoneta custara-lhe prolongado estudo. Ensaiara vezes sem conta, corrigindo a entonação de cada palavra, de cada nota. Agora estudava outra nova, mas só dali a algumas semanas estaria em condições de cantá-la. Antes disso não queria que eu a ouvisse.

Seguiram-se momentos deliciosos na sala onde até então só se haviam passado cenas de brutalidade. Eis que diante de Carla se esboçava uma carreira. A carreira que me livraria dela. Muito parecida com a que Copler havia sonhado! Propus-lhe arranjar um professor. Ela, a princípio, horrorizou-se com a palavra; depois, deixou-se convencer facilmente, quando lhe disse que devia experimentar, podendo despedi-lo quando bem entendesse, caso o achasse aborrecido ou pouco útil.

Também com Augusta estive naquele dia em ótimas relações. Meu espírito estava tranquilo como se houvesse regressado de um passeio e não da casa de Carla, assim como o pobre Copler devia sentir-se ao deixar aquela casa nos dias em que não lhe davam motivos para enfurecer-se. Aproveitei-me da ocasião como se tivesse chegado a um oásis. Para mim e para a minha saúde teria sido gravíssimo se meu longo relacionamento com Carla se desenvolvesse em meio a uma perene agitação. A partir desse dia, como resultado da beleza estética, as coisas se processaram mais calmas, com leves interrupções, necessárias para reanimar tanto meu amor por Carla quanto por Augusta. Cada uma de minhas visitas a Carla representava, sem dúvida, uma traição a Augusta, mas tudo era logo esquecido num banho de saúde e bons propósitos. E o bom propósito não era brutal e excitante como nos tempos em que tinha o desejo de declarar a Carla que não haveria de voltar a vê-la. Eu era suave e paternal: eis que continuamente pensava na carreira dela. Abandonar todos os dias uma mulher para correr-lhe atrás no dia seguinte representava uma fadiga que o meu pobre coração não saberia suportar. Assim, em vez disso, Carla permanecia em meu poder e eu a encaminhava ora numa direção, ora noutra.

Por muito tempo os bons propósitos foram suficientemente fortes para induzir-me a correr pela cidade em busca de um professor que servisse a Carla. Brincava com esse bom propósito e não tomava atitude alguma. Até que um belo dia, Augusta me segredou que ia ser mãe, e então meu propósito agigantou-se de um momento para outro, e Carla teve seu professor.

Eu só hesitara muito porque era evidente que, mesmo sem professor, Carla saberia entregar-se a um trabalho verdadeiramente sério em prol de sua nova arte. Cada semana apresentava-me uma nova cançoneta, cuidadosamente ensaiada nos gestos e na dicção. Certas notas mereciam ser mais trabalhadas, mas talvez ela conseguisse afinar-se sozinha. A prova decisiva de que Carla era uma verdadeira artista residia no modo como aperfeiçoava continuamente suas cançonetas sem jamais renunciar ao que de melhor conseguira nas primeiras tentativas. Insistia com ela frequentemente para que me repetisse sua primeira produção; de cada vez que a ouvia, encontrava sempre algum acento novo ou eficaz. Dada a sua ignorância, era extraordinário que, no esforço de atingir uma expressão forte, jamais lhe acontecesse conspurcar sua interpretação com acentos falsos ou exagerados. Artista que era, acrescentava cada dia uma pequena pedra ao edifício, deixando o resto permanecer intato. A cançoneta melhorava, embora o sentimento que a ditava ficasse estereotipado. Carla, antes de cantar, passava sempre a mão pelo rosto, e por trás daquela mão criava-se um instante de recolhimento que bastava para introduzi-la no espírito da comediazinha que ela devia arquitetar. Uma comédia nem sempre pueril. O mentor irônico de *Rosina, que nasceste num casebre* ameaçava, mas não muito seriamente. Parecia que a cantora se dava conta de que era a história de sempre. O pensamento de Carla era bem outro, mas acabava por chegar ao mesmo resultado:

— Tenho simpatia por Rosina, pois de outra forma não valeria a pena cantar esta cançoneta — dizia ela.

Acontecia a Carla às vezes, inconscientemente, reacender o meu amor por Augusta e o meu remorso. Era o que se dava todas as vezes em que se permitia atitudes ofensivas contra a posição tão solidamente ocupada por minha mulher. Permanecia vivo o seu desejo de ter-me todo para si por uma noite inteira; confessou-me que lhe parecia, pelo fato de jamais termos dormido juntos, não sermos totalmente íntimos. Querendo acostumar-me a ser mais doce com ela, não me recusei terminantemente a satisfazê-la, mas quase sempre pensei que não seria possível tal coisa, a menos que estivesse disposto a encontrar Augusta pela manhã debruçada à janela onde me teria esperado a noite inteira. Além disso, não seria uma nova traição à minha mulher? Vez por outra, ou seja, quando corria à casa de Carla cheio de desejo, sentia-me propenso a contentá-la; súbito, porém, via a impossibilidade e a inconveniência de tal ato. Com isso, por outro lado, não se chegou por longo tempo nem a eliminar a perspectiva da coisa nem a realizá-la.

Em princípio, estávamos de acordo: mais cedo ou mais tarde haveríamos de passar uma noite inteira juntos. Contudo, a possibilidade já se esboçava, pois eu convencera o sr. Gerco a despedir os inquilinos que dividiam o andar de Carla em duas partes, e ela agora tinha finalmente seu próprio quarto de dormir.

Acontece que, pouco depois do casamento de Guido, meu sogro foi acometido de uma crise que deveria levá-lo ao túmulo, e eu tive a imprudência de contar a Carla que minha mulher passaria uma noite à cabeceira do pai, a fim de permitir que minha sogra repousasse um pouco, Não consegui ver-me livre: Carla queria a todo custo que eu passasse em sua companhia a noite que seria tão dolorosa para a minha mulher. Não tive coragem de rebelar-me contra tal capricho; aquiesci com o coração pesado.

Preparei-me para o sacrifício. Não fui à casa de Carla pela manhã; corri para lá, à noite, cheio de desejo, tentando convencer-me de que era infantil pensar que ia trair mais gravemente Augusta por fazê-lo num momento em que ela sofria por outro motivo. Por isso cheguei quase a impacientar-me com a pobre Augusta, que me retinha para mostrar-me as coisas de que necessitava para o jantar, à noite, e para o café da manhã.

Carla recebeu-me no estúdio. Pouco depois, chegou a mãe, que fazia de criada e nos serviu um saboroso jantar, ao qual acrescentei os doces que trouxera. A velha voltou depois para tirar a mesa e eu estava de fato desejoso de deitar-me; na verdade, era cedo demais e Carla convenceu-me de que eu devia ouvi-la cantar um pouco. Acabou por desfiar todo o seu repertório, o que constituiu sem dúvida a melhor parte daquelas horas, pois a ansiedade com que eu esperava a minha amante serviu para aumentar o prazer que sempre me proporcionava a cançoneta de Carla.

— O público haveria de cobrir você de flores e aplausos — declarei-lhe um certo instante, esquecido de que seria impossível manter todo um público no estado de ânimo em que eu me achava.

Fomos deitar afinal na mesma cama do pequeno quarto desprovido de enfeites. Parecia um corredor bloqueado por uma parede. Eu ainda não tinha sono e me desesperava ao pensamento de que, mesmo que o tivesse, ser-me-ia impossível dormir com tão pouco ar à minha disposição.

Carla foi chamada pela voz tímida de sua mãe. Ela, para responder, foi até a porta e entreabriu-a. Ouvi como perguntava à velha o que queria, num tom de voz ríspido. Timidamente a outra pronunciou palavras cujo sentido não percebi, e Carla gritou antes de bater a porta na cara da mãe:

— Deixe-me em paz! Já disse que esta noite vou dormir aqui!

Assim, fiquei sabendo que Carla, atormentada à noite pelo medo, costumava dormir sempre em companhia da mãe no antigo quarto, onde havia outra cama, ficando vaga aquela em que agora íamos dormir. Era certamente por medo que ela me induzira a fazer aquele papelão com Augusta. Confessou com alegria maliciosa, de que não participei, que se sentia mais segura comigo do que com sua mãe. Deu-me o que pensar aquela cama ali, nas proximidades do estúdio solitário. Nunca a tinha visto. Estava com ciúmes! Pouco antes achara desrespeitosa a atitude de Carla para com a mãe. Que diferença de Augusta, que renunciara à minha companhia para assistir os seus genitores. Sou especialmente sensível a faltas de respeito para com os pais, uma vez que eu próprio suportei com muita resignação as implicâncias do meu.

Carla não percebeu nem meu ciúme nem meu desprezo. Suprimi as manifestações de ciúmes, recordando não ter direito a isso, já que passava boa parte do dia na esperança de que alguém me carregasse com a amante. Não havia igualmente sentido em fazer ver à pobre jovem o meu desprezo, pois que já imaginava uma maneira de abandoná-la definitivamente, conquanto o meu desdém fosse agora aumentado pelas razões que pouco antes haviam provocado os meus ciúmes. O que importava era fugir o mais rápido possível daquele minúsculo quarto onde não havia mais que um metro cúbico de ar, além de estar quentíssimo.

Não me recordo do motivo de que lancei mão para afastar-me rapidamente. Lembro que me pus a me vestir de repente. Falei numa chave que esquecera de entregar à minha mulher e sem a qual ela, se houvesse necessidade, não poderia entrar em casa. Mostrei-lhe a chave que não era outra senão a que trago sempre no bolso, apresentada, porém, como a prova tangível da veracidade de minhas asserções. Carla sequer tentou deter-me; vestiu-se e acompanhou-me até embaixo para iluminar o caminho. Na escuridão das escadas, pareceu observar-me com um olhar inquisidor que me perturbou: começaria a compreender-me? Não era assim tão fácil, visto que eu sabia simular bastante bem. Para agradecer-lhe por me deixar sair, continuava de quando em quando a aplicar meus lábios sobre suas faces e simulava estar invadido ainda do mesmo entusiasmo que me conduzira a ela. Não tive, pois, qualquer dúvida quanto ao bom resultado de minha simulação. Pouco antes, com uma inspiração de amor, Carla me dissera que o feio nome de Zeno, impingido por meus genitores, não era decerto aquele que se apropriava a mim. Ela gostaria que eu me chamasse Dário e ali, na escuridão, despediu-se de mim chamando-me por esse nome. Depois, percebendo que o tempo estava ameaçador, ofereceu-se para ir lá em cima buscar-me um guarda-chuva. Eu, porém, não conseguia de maneira alguma suportá-la por mais tempo, e corri, segurando sempre na mão a chave em cuja autenticidade eu próprio já começava a acreditar.

 A profunda escuridão da noite era interrompida de tempos em tempos por fulgores que ofuscavam. O uivo dos trovões parecia longíssimo. O ar ainda estava tranquilo e sufocante como se fosse o quartinho de Carla. Até as grossas gotas d'água que caíam eram tépidas. No alto, evidente, havia uma ameaça, e pus-me a correr. Tive a sorte de encontrar na Corsia Stadion um portão ainda aberto e iluminado, no qual me refugiei a tempo! Em seguida, o temporal abateu-se sobre a cidade. O crepitar da chuva foi interrompido por um furioso vendaval que parecia trazer consigo o rugido dos trovões que agora soavam próximos. Estremeci! Seria verdadeiramente comprometedor se eu fosse atingido por um raio, àquela hora, na Corsia Stadion! Ainda bem que eu era conhecido, até por minha mulher, como pessoa de hábitos bizarros, capaz de passear por ali à noite, de modo que havia sempre uma desculpa para tudo.

 Tive de permanecer no portão mais de uma hora. Parecia sempre que o tempo queria amainar; de repente, contudo, retornava o seu furor, e cada vez de outra forma. Agora caía granizo.

 O porteiro da casa veio fazer-me companhia e tive de dar-lhe um trocado para retardar o momento de fechar o portão. Depois chegou um senhor vestido de branco e encharcado da chuva. Era velho, magro e seco. Nunca mais voltei a vê-lo, mas nunca mais esqueci o fulgor de seus olhos negros e a energia que emanava de toda a sua minúscula figura. Praguejava por estar ensopado daquela maneira.

 Sempre gostei de entreter-me com pessoas a quem não conheço. Com elas sinto-me são e salvo. É um autêntico repouso. Basta tomar cuidado para não mancar, e tudo corre bem.

 Quando finalmente o tempo acalmou, corri imediatamente, não para a minha casa, mas para a de meu sogro. Pareceu-me que devia naquele momento correr rápido ao apelo e gabar-me de lá estar.

Meu sogro havia adormecido e Augusta, assistida por uma irmã de caridade, pôde vir ao meu encontro. Disse-me que fizera bem em vir e atirou-se chorosa nos meus braços. Presenciara o pai sofrer horrivelmente.

Percebeu que eu estava encharcado. Fez-me repousar numa poltrona e cobriu-me com um cobertor. Por algum tempo pôde ficar ao meu lado. Eu me sentia muito cansado, e durante o pouco tempo que ela conseguiu ficar comigo, lutei para não dormir. Sentia-me também muito inocente por não tê-la traído, passando toda uma noite longe do domicílio conjugal. Tão bela era a minha inocência que tentei aumentá-la. Comecei a pronunciar palavras que pareciam uma confissão. Disse-lhe que me sentia fraco e culpado e, como neste ponto ela olhasse para mim pedindo explicações, logo tirei o corpo fora e, mergulhando na filosofia, argumentei que o sentimento de culpa perseguia todos os meus pensamentos e cada uma de minhas respirações.

— Os religiosos também pensam assim — disse Augusta —; quem sabe não somos punidos por culpas que ignoramos?

Dizia palavras aptas a acompanharem suas lágrimas, que continuavam a correr. Pareceu-me que ela não compreendera bem a diferença entre meu pensamento e o dos religiosos, mas não quis discutir e, ao som monótono do vento recrudescido, com a tranquilidade que me dera o ímpeto de confissão, peguei num sono longo e restaurador.

Quando chegou a vez do professor de canto, tudo foi resolvido em poucas horas. Eu já o escolhera havia algum tempo e, para dizer a verdade, decidi-me por seu nome antes de mais nada por ser o professor de canto mais em evidência de Trieste. Para não comprometer-me, a própria Carla foi quem tratou do assunto. Nunca cheguei a vê-lo, mas devo afirmar que agora sei muito a respeito dele, e é uma das pessoas que mais estimo neste mundo. Devia ser uma dessas criaturas simplórias, o que é estranho para um artista que vivia de sua arte, esse Vittorio Lali. Em suma, um homem de se invejar, pois que, além de genial, era também saudável.

Logo verifiquei que a voz de Carla se amaciara, tornando-se mais flexível e segura. Tínhamos receio de que o professor puxasse por ela, como fez o escolhido por Copler. Ele deve ter-se adaptado aos desejos de Carla, mantendo-se sempre no gênero que ela preferia. Só muitos meses depois, ela percebeu que a voz se firmara, afinando-se. Já não cantava cançonetas triestinas, depois nem mesmo as napolitanas, mas passara a antigas canções italianas, a Mozart e Schubert. Recordo especialmente uma "Ninna Nanna" atribuída a Mozart; nos dias em que mais sinto a tristeza da vida e lamento a perda daquela mulher que foi minha e não amei, essa canção de ninar ecoa em meus ouvidos como uma censura. Revejo então Carla representando o papel da mãe que arranca do seio os sons mais doces para fazer dormir o seu filhinho. Contudo, ela, que fora amante inesquecível, não podia ser boa mãe, já que era má como filha. Vê-se que o saber cantar como mãe é uma característica capaz de encobrir quaisquer outras.

Contou-me Carla a história de seu professor. Após alguns anos de estudo no Conservatório de Viena, viera para Trieste onde teve a sorte de trabalhar para o nosso maior compositor, então quase cego. Escrevia as composições que o mestre lhe ditava, dele merecendo aquela confiança que os cegos concedem por inteiro. Assim, ficou conhecendo seus projetos, suas amadurecidas convicções, seus sonhos sempre juvenis. Logo familiarizou-se com toda espécie de música, inclusive a que convinha a Carla. Esta descreveu-me a aparência física do maestro: jovem, louro, tendendo ao robusto; negligente no vestuário, uma camisa branca nem sempre muito limpa, uma gravata que já tinha sido preta, larga e flutuante, um chapéu de feltro de abas despropositadas. Homem de poucas palavras — segundo Carla, e devo acreditar, pois como se tornasse um pouco mais falante em sua companhia, alguns meses depois ela própria veio participar-me —, estava inteiramente voltado à tarefa que assumira.

Depressa os meus dias passaram a sofrer complicações. De manhã, trazia para a casa de Carla, além do amor, um amargo ciúme, que se tornava muito menos amargo ao longo do dia. Parecia-me impossível que aquele rapaz não se aproveitasse da fácil e apetitosa presa. Carla mostrava-se surpresa por eu pensar uma coisa destas, mas sua surpresa me fez pensar ainda mais. Não se lembrava mais de como as coisas se haviam passado entre nós?

Um dia, cheguei à sua casa furioso de ciúme e ela, espavorida, propôs-me imediatamente despedir o maestro. Não creio que seu espanto fosse produzido exclusivamente pelo medo de se ver sem meu apoio, pois ela me deu à época demonstrações de afeto de que não podia duvidar; vez por outra estas me faziam feliz, embora, quando me encontrava em outro estado de ânimo, me aborrecessem, parecendo-me atos hostis a Augusta, aos quais, e por muito que me custasse, eu era obrigado a associar-me. Sua proposta embaraçou-me. Quer me encontrasse no momento do amor ou do arrependimento, não queria aceitar um sacrifício seu. Força era manter uma comunicação qualquer entre os meus dois estados de ânimo e eu não queria diminuir minha já escassa liberdade de passar de um a outro. Por isso não concordei em aceitar tal proposta que, no entanto, serviu para me tornar mais cauto, e mesmo quando me exasperavam os ciúmes eu sabia como ocultá-los. Meu amor tornava-me tão irritado que por fim passei a considerar Carla um ser inferior, independentemente de desejá-la ou não. Ou a tratava como se me traísse ou não lhe dava importância alguma. Isso quando não a odiava, ou nem lembrava que ela existia. Eu pertencia ao ambiente de saúde e de honestidade em que reinava Augusta e ao qual retornava de corpo e alma tão logo Carla me deixava livre.

Dada a absoluta sinceridade de Carla, sei exatamente por quanto tempo ela me foi fiel, e meu ciúme recorrente de hoje não pode ser considerado senão manifestação de um recôndito senso de justiça. Devia tocar-me o que eu merecesse. Quem primeiro se enamorou foi o maestro. Creio que as manifestações iniciais de seu amor foram certas palavras que Carla me referiu com ar de triunfo na acepção de que se tratava de seu primeiro triunfo artístico a merecer um elogio também de minha parte. Ele lhe dissera estar de tal forma afeiçoado ao seu dever de professor que, se ela não pudesse pagar as lições, ele continuaria a ministrá-las de graça. Tê-la-ia esbofeteado, mas sobreveio o momento em que pude fingir estar alegre com esse verdadeiro triunfo. Ela esqueceu logo depois o esgar que deve ter vislumbrado em minha face, igual ao de quem ferra os dentes num limão, e aceitou serena o tardio louvor. Contara-lhe ele seus dissabores, que afinal não eram muitos: música, miséria e família. A irmã dera-lhe grandes preocupações e ele soubera transmitir a Carla uma verdadeira antipatia por aquela desconhecida. Tal antipatia pareceu-me bastante comprometedora. Cantavam canções de sua autoria, que achei bastante chochas, fosse quando Carla me inspirava amor, fosse quando me parecia um trambolho. Pode ser, contudo, que fossem boas, ainda que nunca ouvisse depois falarem delas. O homem foi mais tarde reger orquestras nos Estados Unidos e talvez por lá até cantem essas canções.

Um dia, ela contou-me que ele a pedira em casamento e ela recusara. Então passei dois quartos de hora verdadeiramente terríveis: o primeiro em que me senti invadido por tanta ira que queria esperar o professor para expulsá-lo a pontapés; o segundo, quando não consegui conciliar a possibilidade de manter minha aventura amorosa diante daquele casamento, que era no fundo uma coisa bela e moral, além de simplificar bastante minha posição quanto à carreira de Carla, que ela imaginava iniciar em minha companhia.

Por que motivo o bendito professor se apaixonara daquela maneira e com tal rapidez? Já então, após um ano de relacionamento, tudo se havia abrandado entre mim e Carla, inclusive o cenho de preocupação que eu tinha ao deixá-la. Meus remorsos eram agora suportabilíssimos e, conquanto Carla tivesse ainda razão de me achar rude no amor, parecia enfim habituada a ele. Coisa que lhe deve ter sido inclusive fácil conseguir, pois eu já não era tão brutal quanto nos primeiros dias; depois de suportar aquele primeiro excesso, o resto, em comparação, deve ter-lhe parecido bastante suave.

Por isso mesmo, quando já não dava tanta atenção a Carla, sempre achei que eu não havia de ficar contente no dia em que viesse à procura de minha amante e não a encontrasse mais. É verdade que então seria ótimo poder voltar para Augusta sem o habitual *intermezzo* com Carla, e naquele momento eu me sentia muitíssimo capaz disso; antes, porém, queria provar. Meus propósitos deviam girar em torno do seguinte: "Amanhã vou insistir com ela para que aceite a proposta do maestro, mas hoje farei tudo para impedir." E com grande esforço continuei a comportar-me como amante. Agora, ao dizê-lo, após haver registrado todas as fases de minha aventura, poderia parecer que tentasse fazer com que minha amante se casasse com outro e continuasse minha, o que seria a política de um homem mais sensato e mais equilibrado do que eu, embora outro tanto corrupto. Contudo, não é verdade: queria que se casasse com o professor, mas que o decidisse apenas no dia seguinte. É por isso que só então cessou para mim aquele estado que me obstino em qualificar de inocência. Não era mais possível adorar Carla durante uma breve parte do dia e depois odiá-la por 24 horas contínuas, e acordar cada manhã ignorante como um recém-nascido e viver o dia, tão semelhante aos precedentes, surpreendendo com a aventura que este pudesse trazer e que eu devia saber de cor. Isto não era mais possível. Estava colocado diante da eventualidade de perder para sempre a minha amante, se não soubesse domar o desejo de libertar-me. De repente, domei-o!

Foi assim que num dia, quando já não me importava com Carla, que lhe fiz uma cena de amor cuja falsidade e veemência muito se assemelhavam àquela que, presa do vinho, fizera a Augusta na noite do tílburi. Só que desta vez estava sóbrio e acabei por comover-me de fato ao som de minhas palavras. Disse-lhe que a amava, que não sabia mais viver sem ela; por outro lado, achava estar exigindo o sacrifício de sua vida, visto que eu não podia oferecer-lhe nada capaz de equiparar-se com o que lhe prometia Lali.

Houve inclusive uma nota nova em nossas relações, aliás não desprovidas de muitas horas de ardente amor. Ela ouvia as minhas palavras contentíssima. Algum tempo depois, tentou convencer-me de que não era o caso de afligir-me tanto por estar Lali enamorado dela. Ela nem pensava nisso!

Agradeci-lhe, sempre com o mesmo fervor que, no entanto, já não me comovia. Sentia um certo peso no estômago: evidentemente estava mais comprometido do que nunca. Meu aparente fervor, em vez de diminuir, aumentou, só para permitir-me dizer algumas palavras de admiração pelo pobre Lali. Não queria de modo algum perdê-lo, queria salvá-lo, mas no dia seguinte.

Quando se tratou de manter ou de despedir o professor, chegamos a um acordo. Eu não queria privá-la do casamento e ao mesmo tempo de sua carreira. Ela própria confessou-me que gostaria de mantê-lo: a cada lição tinha a prova da necessidade de sua assistência. Assegurou-me que eu podia viver tranquilo e confiante: amava a mim e a mais ninguém.

Obviamente minha traição se havia ampliado e distendido. Prendia-me à minha amante por uma nova afetuosidade, que me atava com novos vínculos e invadia um território até ali exclusivamente reservado ao meu afeto legítimo. Mas, de volta a casa, até mesmo essa afetividade desaparecia ou se refletia aumentada sobre Augusta. Não nutria, em relação a Carla, senão uma profunda desconfiança. Quem pode afirmar o que havia de verdade naquela proposta de casamento? Não me surpreenderia se um dia desses Carla, mesmo sem haver casado com o professor, me presenteasse com um filho dotado de grande talento musical. E recomeçaram os férreos propósitos que eu fazia ao sair da casa de Carla, para abandoná-los quando de volta à sua companhia e retomá-los mal a deixava outra vez. Todos, aliás, sem consequências de qualquer espécie.

E nem houve outras consequências com as novidades que se seguiram. O verão passou e levou consigo meu sogro. Tive em seguida muito que fazer na nova casa comercial de Guido, onde trabalhei mais do que em qualquer outro lugar, inclusive nas várias faculdades universitárias. Dessa minha atividade hei de falar mais tarde. Passou também o inverno até que surgiram no meu pequeno jardim as primeiras folhas verdes, que não me encontraram tão deprimido como as do ano anterior. Nasceu minha filha Antônia. O professor de Carla permaneceu à nossa disposição, mas, por essa época, ela não queria saber dele, nem eu tampouco.

Houve, contudo, graves consequências nas minhas relações com Carla, por causa de acontecimentos que, na verdade, não seriam considerados importantes. Passaram quase inadvertidamente e foram marcados apenas pelas consequências que deixaram em seu rastro.

Precisamente no início da primavera, acabei cedendo à insistência de Carla para passearmos juntos pelo Jardim Público. Aquilo me parecia altamente comprometedor, mas Carla queria tanto passear de braços dados comigo ao sol que acabei por concordar. Não devia ter concordado nunca, nem por um minuto, em bancarmos marido e mulher, porque essa primeira tentativa acabou muito mal.

Para melhor aproveitar a inesperada tepidez que vinha do céu, no qual o sol parecia ter readquirido há pouco seu império, sentamo-nos a um banco da praça. O jardim, nas manhãs dos dias feriados, ficava deserto e parecia-me que, se estivesse ali quieto, o risco de ser surpreendido talvez fosse menor. Em vez disso, apoiado com a axila na muleta, a passos lentos, mas enormes, aproximou-se de nós Túlio, o dos 54 músculos, e, sem olhar-me, sentou-se ao nosso lado. Depois, ergueu a cabeça, seu olhar encontrou-se com o meu e cumprimentou-me:

— Há quanto tempo! Como vai? E então, já não tem tanto o que fazer?

Aproximou-se ainda mais de mim e no primeiro impacto movi-me no sentido de impedir que visse Carla. Mas ele, logo após haver-me apertado a mão, perguntou:

— Sua senhora?

Esperava ser apresentado.

Submeti-me:

— Srta. Carla Gerco, amiga de minha mulher.

Depois, continuei a mentir, e sei pelo próprio Túlio que a segunda mentira bastou para revelar tudo. Com um sorriso forçado, disse:

— Esta moça também sentou-se por acaso aqui, sem reparar em mim.

O mentiroso devia ter presente que, para ser acreditado, não é preciso dizer senão as mentiras necessárias. Com seu bom senso popular, quando nos encontramos novamente, Túlio disse:

— Você deu explicações demais e percebi logo que mentia e que aquela beleza era sua amante.

Eu já havia perdido Carla e com grande volúpia confirmei que ele acertara em cheio, mas contei-lhe com tristeza que ela me havia abandonado. Não acreditou e fiquei-lhe reconhecido. Pareceu-me que sua incredulidade fosse um bom augúrio.

Carla foi tomada por um mau humor que eu jamais vira. Sei agora que sua rebelião começou a partir daquele momento. Não percebi logo, pois estava prestando atenção ao que me dizia Túlio, contando-me sobre sua enfermidade e as curas a que se submetera, e por isso estava de costas para ela. Mais tarde aprendi que uma mulher, mesmo quando se deixa tratar com menos gentileza, salvo em certos instantes, jamais admite ser renegada em público. Manifestou seu desdém mais em relação ao pobre coxo do que a mim, e não lhe respondeu quando este lhe dirigiu a palavra. Eu próprio não estava atento a Túlio pois naquele momento não chegava a interessar-me pela sua cura. Fitava os seus olhos miúdos para ver se percebia o que ele imaginava do encontro. Sabia que estava aposentado e que, tendo o tempo inteiramente livre, podia facilmente invadir com sua tagarelice todo o pequeno ambiente social de nossa Trieste de então.

Passada uma longa meditação, Carla ergueu-se para deixar-nos. Murmurou:

— Até a vista. — E foi-se embora.

Sabia que estava furiosa comigo e, sempre tendo em conta a presença de Túlio, procurei conquistar o tempo necessário para aplacá-la. Pedi-lhe permissão para acompanhá-la a casa, já que seguiria na mesma direção. Sua seca despedida significava a bem dizer o abandono e foi a primeira vez em que seriamente o temi. A dura ameaça me tirava o fôlego.

Mas a própria Carla não sabia ainda aonde a levaria o seu passo decisivo. Dava vazão a uma irritação momentânea, que em breve iria esquecer.

Esperou-me; depois, seguiu ao meu lado sem nada dizer. Quando chegamos a casa, foi tomada por uma onda de pranto que não me perturbou, pois que a induziu a refugiar-se nos meus braços. Expliquei-lhe quem era Túlio e os prejuízos que sua maledicência me poderia causar. Vendo que continuava a chorar, mas sempre nos meus braços, ousei um tom mais resoluto: queria então comprometer-me? Não havíamos combinado que tudo faríamos para poupar a mulher inocente que, além de minha esposa, era a mãe de minha filha?

Parece que Carla arrependeu-se, mas quis ficar sozinha para acalmar-se. Escapei, contente da vida.

Deve ter sido dessa aventura que lhe veio a cada instante o desejo de se mostrar comigo em público e passar por minha mulher. Parece que, não querendo casar-se com o professor, tentava constranger-me a ocupar uma parte maior do lugar que a ele recusava. Importunou-me muito tempo para que arranjasse dois ingressos para o teatro; entraríamos cada um por um dos lados da fila e acabaríamos sentados um junto do outro, como por acaso. Com ela voltei apenas algumas vezes mais ao Jardim Público, aquele marco miliário de minhas transgressões, ao qual agora chegávamos pelo outro extremo. Nada além disso! Contudo, minha amante acabou por parecer-se muito comigo. Sem qualquer razão, a cada instante, discutia em meio a acessos de cólera imprevistos. Logo se arrependia deles, mas bastavam para tornar-me cada vez melhor e mais dócil. Não raro a encontrava banhada em lágrimas e de maneira alguma conseguia obter uma explicação para a sua dor. Talvez a culpa fosse minha, por não insistir o suficiente para obtê-la. Quando a conheci melhor, ou seja, quando ela me abandonou, não precisei de outras explicações. Premida pelas necessidades, ela se havia precipitado naquela aventura comigo, que não lhe dava a devida importância. Entre os meus braços tornou-se mulher, e — agrada-me supô-lo — mulher honesta. Naturalmente não atribuo isto a qualquer mérito meu, tanto mais que arquei com todos os prejuízos.

Nasceu-lhe um novo capricho, que a princípio me surpreendeu e logo após me comoveu ternamente: queria ver minha mulher, jurava que não se aproximaria dela e que se comportaria de modo a não ser percebida. Prometi que havia de preveni-la quando soubesse que minha mulher sairia a uma determinada hora. Poderia vê-la, mas não na vizinhança de minha casa, lugar deserto onde qualquer pessoa sozinha podia ser observada; melhor seria numa rua qualquer movimentada da cidade.

Naquele ínterim minha sogra foi acometida de uma enfermidade nos olhos e teve que andar com uma venda por vários dias. Aborrecia-se mortalmente e, para induzi-la a seguir rigidamente o tratamento, suas filhas se revezavam junto dela: minha mulher pela manhã, Ada até as quatro da tarde precisamente. Com instantânea resolução eu disse a Carla que minha mulher deixava a casa de minha sogra todos os dias exatamente às quatro da tarde. Nem hoje sei por que desejei que Ada passasse aos olhos de Carla como sendo minha mulher. É certo que, depois daquele fatal pedido de casamento que lhe fizera o maestro, eu sentia necessidade de vincular melhor a minha amante a mim e talvez imaginasse que quanto mais bela Carla achasse minha mulher tanto mais apreciaria o homem que sacrificava por ela (por assim dizer) uma tal mulher. Augusta naquele tempo não passava de uma sadia ama de leite. Pode ter influído sobre a minha decisão até mesmo a prudência. Tinha certamente razão de temer os humores de minha amante e, se ela se deixasse levar a qualquer ato precipitado com Ada, isto não teria importância, já que esta me dera provas de que jamais tentaria difamar-me junto a minha verdadeira mulher.

Se Carla me comprometesse com Ada, eu haveria de contar-lhe tudo e, para dizer a verdade, com certa satisfação.

Contudo, minha política logrou um êxito não de todo previsível. Induzido por certa ansiedade, corri na manhã seguinte à casa de Carla muito antes da hora de costume. Fui encontrá-la inteiramente mudada em relação ao dia anterior. Uma grande seriedade invadira a nobre forma oval de seu rosto. Quis beijá-la, mas me repeliu, deixando-me em seguida aflorar suas faces com meus lábios, apenas para induzir-me a ouvi-la docilmente. Sentei-me diante dela do outro lado da mesa. Sem se precipitar, tomou uma folha de papel em que estivera a escrever até o momento de minha chegada e a repôs entre as partituras de música que jaziam sobre a mesa. Não dei maior atenção àquela folha; só mais tarde soube que se tratava de uma carta escrita a Lali.

Contudo, hoje sei que mesmo naquele instante o ânimo de Carla estava invadido pela dúvida. Seu olhar sério pousava indagador sobre o meu; depois, voltava-o para a luz da janela, a fim de melhor isolar-se e estudar sua própria disposição de espírito. Quem sabe! Se eu tivesse logo adivinhado melhor aquilo que se debatia em seu interior, teria podido conservar ainda a minha deliciosa amante.

Contou-me sobre seu encontro com Ada. Esperou-a diante da casa de minha sogra e, quando a viu sair, reconheceu-a logo.

— Não havia como enganar-me. Você descreveu-me seus traços tão bem. Oh! Como deve conhecê-la!

Calei-me por um instante para dominar a comoção que me embargava a garganta. Depois continuou:

— Não sei o que houve entre vocês dois, mas não quero atraiçoar mais aquela mulher tão bela e tão triste! Vou escrever hoje mesmo ao professor de canto, comunicando que estou disposta a casar-me com ele.

— Triste! — gritei surpreso. — Você se engana redondamente, a não ser que no momento um sapato apertasse o pé dela!

Triste, Ada? Se vivia a sorrir; naquela manhã mesmo eu a vi sorridente por um instante em minha casa.

Mas Carla estava mais bem informada do que eu:

— Qual sapato apertado! Ela tinha o passo de uma deusa a caminhar sobre nuvens!

Cada vez mais entusiasmada, contou-me que conseguira trocar uma palavra — Oh! Amabilíssima! — com Ada. Ela deixara cair o lenço e Carla recolheu-o, devolvendo-o. Sua breve palavra de agradecimento comoveu Carla até as lágrimas. E entre as duas a coisa não acabou por aí: Carla afirmava que Ada notara que ela chorava e que se despediu dela com um olhar aflito de solidariedade. Para Carla tudo estava claro: minha mulher sabia que eu a atraiçoava e sofria! Daí seu propósito de não mais voltar a ver-me e casar-se com Lali.

Não sabia como defender-me! Era-me fácil falar com toda a antipatia a respeito de Ada, mas não de minha mulher, a sadia ama de leite que de modo algum percebia o que me andava na alma, inteiramente devotada ao seu mister. Perguntei a Carla se não havia notado a dureza do olhar de Ada, e se não percebera que sua voz era baixa e rude, desprovida de qualquer doçura. Para reaver sem tardança o amor de Carla, eu teria atribuído de bom grado a Augusta muitos outros defeitos, mas isso não era possível, pois há cerca de um ano que junto à minha amante eu não fazia outra coisa senão elevar minha mulher aos píncaros celestes.

Encontrei outra saída. Eu próprio fui tomado de grande emoção, que fez brotar lágrimas aos meus olhos. Achava-me no direito de compadecer-me por mim mesmo. Sem que o quisesse, metera-me numa enrascada na qual me sentia infelicíssimo. Aquela confusão entre Ada e Augusta era insuportável. A verdade é que minha mulher não era tão bela quanto Ada e que esta (a quem Carla votara tanta compaixão) tinha grandes defeitos para mim. De modo que Carla era verdadeiramente injusta ao julgar-me.

Minhas lágrimas tornaram Carla mais meiga:

— Dário, querido! Como me fazem bem as suas lágrimas! Deve haver um mal-entendido qualquer entre vocês dois e isto é o momento de esclarecerem tudo. Não quero julgá-lo severamente, mas não voltarei a trair aquela mulher tão linda, nem quero ser a causa de suas lágrimas. Isto eu juro!

A despeito do juramento, acabou por traí-la pela última vez. Queria afastar-se de mim para sempre com um último beijo, mas aquele beijo eu só o concebia de uma forma; caso contrário, me despediria cheio de rancor. Resignou-se. E murmuramos ambos:

— Pela última vez!

Foi um instante delicioso. O propósito feito a dois surtia uma eficácia que apagava qualquer culpa. Éramos inocentes e felizes! Meu benévolo destino reservara-me um instante de perfeita felicidade.

Sentia-me tão feliz que continuei a comédia até o momento de nos despedirmos. Não nos veríamos mais! Ela recusou o envelope que eu trazia sempre no bolso do casaco e não quis nem mesmo uma lembrança minha. Era preciso apagar de nossa nova vida os traços dos erros passados. Então beijei-a paternalmente na fronte, como a princípio ela tanto desejara.

Depois, já na escada, tive uma hesitação porque a coisa ia ficando um tanto séria; se tivesse certeza de que ela ainda estaria à minha disposição na manhã seguinte, o pensamento do futuro não me teria ocorrido tão depressa. Ela, do alto do patamar, me via descer e eu, procurando sorrir, gritei-lhe:

— Até amanhã!

Ela recuou surpresa, quase apavorada, e afastou-se dizendo:

— Nunca mais!

Eu sentia o alívio de ter ousado pronunciar a palavra que podia conduzir-me a um outro último abraço quando viesse a querê-lo. Livre de desejos e livre de compromissos, passei um belo dia com minha mulher e depois no escritório de Guido. Devo dizer que a falta de compromissos me aproximava de minha mulher e de minha filha. Eu era para elas algo mais do que de hábito: não apenas gentil, mas um verdadeiro pai que dispõe e ordena com serenidade, com a mente voltada para o lar. Ao ir deitar-me, disse para mim mesmo em forma de deliberação:

— Todos os dias deviam ser iguais a este.

Antes de adormecer, Augusta sentiu necessidade de confidenciar-me um grande segredo: ela o soubera da mãe naquele mesmo dia. Dias antes Ada surpreendera Guido abraçando a criada. Ada quis bancar a orgulhosa; em seguida, porém, a doméstica mostrou-se insolente e Ada acabou por despedi-la. No dia anterior estavam ansiosas para saber como Guido encararia o fato. Se se queixasse, Ada pediria a separação. Mas Guido pôs-se a rir, protestando que Ada não vira bem; contudo, não se opunha a que, embora inocente, a criada, por quem dissera sentir verdadeira antipatia, fosse posta na rua. Parece que as coisas agora estavam em paz.

A mim o que importava era saber se Ada realmente vira mal quando surpreendeu o marido em tal atitude. Havia alguma possibilidade de engano? Pois que é preciso recordar que, quando duas pessoas se abraçam, têm posições diversas de quando uma limpa os sapatos da outra. Eu estava de excelente humor. Sentia necessidade de mostrar-me justo e sereno no julgamento de Guido. Ada era certamente de caráter ciumento e pode ser que tivesse, em função da distância, confundido as duas posições.

Com voz triste Augusta disse estar certa de que Ada vira bem e que até então julgara mal por excesso de afeto. E acrescentou:

— Antes tivesse casado com você!

Eu, que me sentia cada vez mais inocente, presenteei-a com a frase:

— Resta saber se eu teria feito melhor negócio casando-me com ela e não com você!

Depois, antes de adormecer, murmurei:

— Grande safado! Manchar assim o próprio lar!

Eu era bastante sincero ao reprovar-lhe exatamente aquela parte da ação que eu não tinha por que reprovar a mim mesmo.

Na manhã seguinte, levantei com o vivo desejo de que ao menos esse primeiro dia viesse a parecer-se com o precedente. Era provável que Carla não estivesse mais do que eu empenhada nas intenções deliciosas do dia anterior, e eu me sentia inteiramente livre. Tinham sido belos demais para ser comprometedores. Decerto a ânsia de saber o que Carla pensava daquilo me fazia correr. Meu desejo seria encontrá-la pronta para outra deliberação. A vida correria depressa, rica de fruições sem dúvida, mas ainda mais de esforços para melhorar, e cada um dos meus dias seria dedicado em grande parte ao bem e, em pequeníssima, ao remorso. A ânsia tinha razão porque, em todo aquele ano tão rico de propósitos para mim, Carla não tivera senão um: demonstrar que me queria bem. Ela o havia mantido e daí decorria uma certa dificuldade de inferir se agora lhe seria fácil aceitar o novo propósito que rompia com o antigo.

Carla não estava em casa. Foi uma grande desilusão e mordi os dedos de raiva. A velha fez com que eu entrasse na cozinha. Disse-me que Carla estaria de volta antes da tarde. Informara que ia comer fora; por isso no fogão não havia nem mesmo a pequena chama que ali ardia habitualmente:

— O senhor não sabia? — perguntou-me a velha, arregalando os olhos de surpresa.

Pensativo e distraído, murmurei:

— Ela me disse ontem, mas não pensei que essa comunicação ficasse valendo para hoje.

Fui-me embora em seguida, após haver-me despedido gentilmente. Eu rangia os dentes, mas sem deixar perceber. Era necessário tempo para eu ter coragem de me aborrecer publicamente. Entrei no Jardim Público e ali passeei por uma meia hora, deixando passar o tempo para compreender melhor as coisas. Eram tão claras que já não se compreendia mais nada. De repente, sem qualquer complacência, via-me obrigado a manter um propósito semelhante. Estava mal, realmente mal. Claudicava e lutava até mesmo com uma espécie de aflição. Costumo sentir esse tipo de aflição: respiro perfeitamente, mas conto as respirações uma por uma, porque de outra forma sinto que, se não estivesse atento, poderia morrer sufocado.

Àquela hora devia ir ao meu escritório, ou melhor, ao de Guido. Mas não era possível afastar-me assim daquele lugar. Que faria depois? Bem diverso era este dia do antecedente! Se ao menos soubesse o endereço do maldito professor que, à força de cantar à minha custa, me havia carregado com a amante...

Acabei por voltar para junto da velha. Encontrara uma forma de fazer com que Carla quisesse voltar a ver-me. O mais difícil era fazer com que ela estivesse a meu alcance. O resto não apresentava a menor dificuldade.

Encontrei a velha sentada junto a uma janela da cozinha, absorta em cerzir meias. Ergueu os óculos e, quase temerosa, dirigiu-me um olhar interrogador. Hesitei! Depois perguntei-lhe:

— Sabe que Carla resolveu casar-se com o Lali?

Pareceu-me que contava esta novidade a mim mesmo. Carla me dissera pelo menos duas vezes, mas eu lhe prestara pouca atenção no dia anterior. Aquelas palavras de Carla haviam repercutido em mim, e bem claramente, porque eu as recordava, mas resvalaram sem penetrar mais fundo. Agora é que me atingiam as vísceras, que se contorciam de dor.

A velha também pareceu olhar-me hesitante. Com certeza receava cometer alguma indiscrição que lhe poderia ser reprovada. Depois explodiu, numa alegria evidente:

— Carla lhe disse? Então deve ser verdade. Penso que faz muito bem! Que acha o senhor?

Sorria de prazer a maldita velha, que sempre julguei informada de minhas relações com Carla. Tê-la-ia espancado de bom grado; limitei-me, contudo, a dizer que preferia esperar que o professor alcançasse uma posição social. Em suma, a coisa me parecia um tanto precipitada.

Na sua alegria a senhora mostrou-se pela primeira vez loquaz comigo. Não era do meu parecer. Quando se casava jovem, podia-se fazer carreira depois de casado. Qual a necessidade de fazê-la antes? Carla tinha poucas necessidades. O canto já lhe haveria de custar menos, visto que o marido seria ao mesmo tempo professor.

Estas palavras, que podiam significar uma censura à minha avareza, deram-me uma ideia que me pareceu magnífica e que me trouxe um momento de alívio. No envelope que trazia sempre no bolso do casaco devia haver agora uma bela soma. Tirei-o do bolso, fechei-o e entreguei-o à velha para que o desse a Carla. Tinha talvez o desejo de pagar afinal de um modo decoroso a minha amante, mas o desejo mais forte era o de revê-la e reavê-la. Carla haveria de tornar a me ver, tanto no caso de querer restituir-me o dinheiro quanto no de achar conveniente aceitá-lo, pois teria sentido necessidade de agradecer-me. Respirei: nem tudo estava acabado para sempre!

Disse à velha que o envelope continha pouco dinheiro, o restante do que lhes fora destinado pelos amigos do pobre Copler. Depois, bastante tranquilizado, mandei dizer a Carla que eu permanecia sendo seu bom amigo para toda a vida e que, se tivesse necessidade de um auxílio, poderia contar comigo sem acanhamento. Com isso pude fornecer-lhe meu endereço, que era o do escritório de Guido.

Parti com passo muito mais elástico do que aquele que me levara até lá.

Nesse dia, porém, tive uma violenta altercação com Augusta. Tratava-se de coisa de pouca importância. Eu dizia que a sopa estava salgada e ela afirmava o contrário. Tive um acesso imbecil de irritação porque me pareceu que ela zombava de mim e puxei com toda a violência a toalha da mesa, fazendo cair por terra a louça. A criança, que estava no colo da babá, começou a gritar, o que me mortificou grandemente, pois a pequena boca parecia reprovar-me. Augusta empalideceu como só ela sabia empalidecer, tomou a criança em seus braços e saiu. Pareceu-me que também cometia um excesso: então me deixara comer sozinho como um cão? Logo retornou sem a criança, repôs a mesa, sentou-se diante do próprio prato, no qual meteu a colher como se quisesse recomeçar a comer.

Eu, de mim para mim, resmungava, mas já cônscio de que estava sendo um joguete nas mãos de forças desordenadas da natureza. A natureza, que não encontrava grandes dificuldades em acumulá-las, também não as tinha menores em desencadeá-las. As minhas imprecações agora eram dirigidas a Carla, que fingia agir só em proveito de minha mulher. Eis no que dera aquilo tudo!

Augusta, graças a um sistema ao qual se manteve fiel até hoje, quando me vê em semelhantes condições, não protesta, não chora, não discute. Quando humildemente comecei a pedir-lhe desculpas, ela só quis explicar uma coisa: não havia rido; apenas sorrira daquela forma que tanto me agradava e que eu tantas vezes havia gabado.

Envergonhei-me profundamente. Supliquei que mandasse buscar a criança para junto de nós e, quando a tive entre os meus braços, fiquei a brincar demoradamente com ela. Depois, fi-la sentar-se sobre a minha cabeça e com o vestidinho que me cobria o rosto pude enxugar meus olhos repletos das lágrimas que Augusta não havia provocado. Brincava com a criança sabendo que com isso, sem me rebaixar em pedir desculpas, reaproximava-me de Augusta, cuja face, na verdade, já readquirira as cores habituais.

Por fim, também esse dia terminou muito bem e a tarde pareceu-se com a precedente. Tudo se passava como se eu, naquela manhã, tivesse encontrado Carla no seu lugar de costume. Nem me faltara o desabafo. Pedi reiteradas desculpas a Augusta, a fim de induzi-la a reaver aquele sorriso maternal de quando eu dizia ou cometia extravagâncias. Que desagradável seria se ela em minha presença forçasse uma determinada atitude ou se tivesse que privar-se de um dos seus habituais sorrisos afetuosos, que me pareciam o mais completo e benévolo dos juízos que se poderia fazer a meu respeito.

À noite voltamos a falar de Guido.

Parece que estava inteiramente de pazes feitas com Ada. Augusta admirava-se da maravilhosa bondade da irmã. Desta vez, contudo, tocou a mim sorrir, pois era evidente que ela não fazia ideia de sua própria bondade, que era enorme. Perguntei-lhe:

— E se eu manchasse o nosso lar, você me perdoaria?

Ela hesitou:

— Nós temos nossa filha — exclamou —, ao passo que Ada não tem filhos que a prendam àquele homem!

Ela não gostava de Guido; penso às vezes que lhe guardava rancor porque me fizera sofrer.

Poucos meses depois, Ada presenteou Guido com gêmeos, e este nunca compreendeu por que eu lhe apresentava congratulações tão calorosas. É que, tendo filhos, segundo o juízo de Augusta, podia desfrutar de todas as empregadas da casa sem perigo algum para ele.

Na manhã seguinte, contudo, quando encontrei sobre a mesa do escritório um envelope com a caligrafia de Carla, respirei contente. Eis que nem tudo estava acabado e que se podia continuar a viver munido de todos os elementos necessários. Com palavras breves, marcava um encontro para as 11 da manhã no Jardim Público, na entrada defronte da sua casa. O encontro não se daria no seu quarto, embora fosse num lugar não muito distante dele.

Não consegui esperar e cheguei ao local do encontro 15 minutos antes. Se Carla não estivesse ali, teria ido sem maiores titubeios à sua casa, o que seria bastante mais cômodo.

Também aquele dia estava impregnado pela nova primavera doce e luminosa. Depois de passar pela rumorosa Corsia Stadion e entrar no jardim, achei-me no silêncio bucólico, interrompido apenas pelo suave e contínuo rumor das plantas roçadas pela brisa.

Com passo célere preparava-me para deixar o jardim, quando Carla veio ao meu encontro. Trazia o envelope na mão e aproximou-se de mim sem um sorriso de cumprimento, senão que com uma rígida decisão na palidez do rosto. Vinha com um vestido simples de fazenda grossa com listras azuis, que lhe assentava muito bem. Parecia fazer parte do jardim. Mais tarde, nos momentos em que mais a odiei, atribuí-lhe a intenção de vestir-se assim só para tornar-se ainda mais desejável no próprio momento em que se recusava a mim. Mas era, na verdade, o primeiro dia da primavera que a vestia. É preciso ainda recordar que, no meu longo mas brusco amor, o trajar de minha amante desempenhava para mim pequeníssimo papel. Eu corria diretamente para aquele quarto, ou ia sempre encontrá-la diretamente em sua sala de música, e as mulheres modestas são de fato muito simples quando estão em casa.

Estendeu-me a mão, que apertei dizendo:

— Obrigado por ter vindo!

Como teria sido mais decoroso para mim se durante todo aquele colóquio eu tivesse mantido essa brandura!

Carla parecia comovida e, quando falava, uma espécie de tremor lhe fazia mover o lábio. Às vezes, até mesmo ao cantar, aquele tremor dos lábios a impedia de alcançar a nota. Disse-me:

— Gostaria de satisfazê-lo, aceitando este dinheiro, mas não posso, não posso de maneira alguma. Peço-lhe que o receba de volta.

Vendo-a próxima das lágrimas, atendi imediatamente, tomando o envelope que permaneceu em minha não até muito tempo depois de ter deixado aquele lugar.

— É verdade então que não quer mais saber de mim?

Fiz a pergunta sem me lembrar de que ela já me respondera no dia anterior. Seria possível que, desejável como a via, ela se recusasse a mim?

— Zeno! — respondeu a moça com alguma doçura. — Não havíamos combinado que não nos veríamos mais? Em decorrência disso, assumi compromissos iguais aos que você já tinha antes de me conhecer. São tão solenes quanto os seus. Espero que agora sua mulher perceba que você é inteiramente dela.

Em seu pensamento continuava, portanto, a ter importância a beleza de Ada. Se eu tivesse certeza de que me abandonava por causa de minha cunhada, teria meios de remediar o caso. Bastava dizer-lhe que Ada não era minha mulher e fazer com que visse Augusta com seus olhos míopes e sua figura de ama de leite. Mas os compromissos que havia assumido já não eram agora mais importantes? Precisava discutir o caso.

Tratei de falar com calma, embora a mim também os lábios tremessem, só que de desejo. Deixei-a ver que ela não sabia o quanto representava para mim e que não tinha o direito de dispor assim de sua pessoa. Em meu cérebro agitava-se a prova científica de tudo quanto queria exprimir, ou seja, a famosa experiência de Darwin com uma égua árabe, mas, graças ao céu, estou quase seguro de que não cheguei a falar-lhe disso. Devo, contudo, ter mencionado os animais e sua fidelidade física, num balbuciar sem sentido. Abandonei, pois, os argumentos mais difíceis, não acessíveis nem a ela nem a mim naquele instante, e disse:

— Que compromissos pode ter assumido? E que importância podem ter em confronto com o afeto que lhe dedico há mais de um ano?

Agarrei-a rudemente pela mão, sentindo necessidade de um ato enérgico, não encontrando qualquer palavra que pudesse supri-lo.

Desprendeu-se com tanta violência do meu agarro que parecia ser a primeira vez que eu tomava a liberdade de semelhante ato.

— Nunca — disse com atitude de quem jura. — Assumi um compromisso sagrado! E com um homem que por sua vez assumiu igual compromisso em relação a mim.

Não havia dúvida! O sangue, que lhe tingiu as faces de improviso, era incitado pelo rancor a um homem que não assumira qualquer compromisso em relação a ela. E explicou-se ainda melhor:

— Ontem saímos juntos a passear, de braços dados com a mãe dele.

Era evidente que minha amante se afastava cada vez mais de mim. Eu corria atrás dela loucamente, como um cão ao qual se negaceia um saboroso pedaço de carne. Agarrei-lhe de novo a mão com violência:

— Pois bem — propus —, vamos passear também os dois assim pela cidade inteira. A fim de que melhor nos vejam, vamos andar pela Corsia Stadion para lá e para cá, percorrer todo o Corso até Sant'Andrea, sempre de braços dados, e voltar depois a casa por outro caminho, e que toda a gente o saiba.

Eis que renunciava a Augusta pela primeira vez! Pareceu-me uma libertação porque era de Augusta que Carla queria arrancar-me.

Esta se livrou de novo de meu aperto e disse com secura:

— Seria mais ou menos o mesmo passeio que fizemos ontem!

Saltei então:

— E ele sabe, sabe de tudo? Sabe que ainda ontem você foi minha?

— Sim — disse com orgulho. — Ele sabe de tudo, tudo.

Senti-me perdido; na minha raiva, igual a um cão que, quando não pode mais alcançar o bocado desejado, morde as vestes de quem lho arrebata, disse:

— Este seu futuro marido tem excelente estômago. Hoje digere a mim e amanhã poderá digerir tudo o que você quiser.

Não ouvia o som exato de minhas palavras. Sabia que estava gritando de dor. Ela teve, ao contrário, uma expressão indignada de que eu não julgara capaz aquele escuro e meigo olhar de gazela:

— Por que diz isto a mim? Não tem coragem de dizer a ele?

Voltou-me as costas e com passo rápido encaminhou-se para a saída. Eu já estava com remorso das minhas palavras, ofuscado pela grande surpresa de que doravante não poderia mais tratar Carla com doçura. Ela me mantinha pregado ao chão. A pequena figura azul e branca, com passo breve e célere, já alcançava a saída, quando decidi correr atrás. Não sabia o que lhe dissera, e era impossível que nos separássemos assim.

Fui alcançá-la no portão de sua casa e expressei-lhe sinceramente a grande dor daquele momento:

— Vamos separar-nos assim, depois de tanto amor?

Ela continuava a proceder como se não me ouvisse e segui-a ainda pelas escadas. Depois, olhou-me com olhar inamistoso:

— Se quer ver meu marido, venha comigo. Não está ouvindo? É ele quem está ao piano.

Só então ouvi as notas sincopadas do "Adeus" de Schubert transcrito por Liszt.

Embora sem ter desde a infância empunhado uma espada ou um porrete, a verdade é que não sou medroso. O grande desejo que me agitara até então desaparecera de repente. Do macho não restava em mim senão a combatividade. Exigira imperiosamente uma coisa que não me pertencia. Para diminuir o meu erro, necessitava bater-me; de outra forma, a recordação daquela mulher que me ameaçava com a punição do marido, haveria de ser atroz para mim.

— Pois bem! — disse-lhe. — Se deixar, vou com você.

O coração me batia, não de medo, mas do temor de não me comportar bem.

Continuei a subir ao lado dela. De repente, ela estacou, apoiou-se à parede e começou a chorar em silêncio. Lá de cima continuavam a chegar as notas do "Adeus", ecoando do piano que eu comprara. O pranto de Carla tornava os sons comoventes.

— Farei o que você quiser! Quer que eu vá embora? — perguntei.

— Quero — disse ela, mal conseguindo articular a breve palavra.

— Então, adeus! — disse-lhe. — Já que quer assim, adeus para sempre!

Desci lentamente as escadas, assoviando eu também o "Adeus" de Schubert. Não sei se seria uma ilusão, mas pareceu-me que ela me chamava:
— Zeno!

Naquele momento, ela podia chamar-me até mesmo por aquele estranho nome de Dário, que eu achava até carinhoso, e eu não teria parado. Tinha grande desejo de sair dali e retornar, mais uma vez puro, para Augusta. Até um cão, a quem à força de pontapés se impede a aproximação da fêmea, vai-se embora puríssimo num momento assim.

Quando, no dia seguinte, fiquei novamente reduzido ao estado em que me encontrava no momento de correr para o Jardim Público, pareceu-me simplesmente ter bancado o canalha: ela me chamara, ainda que não fosse com o nome do amor, e não lhe respondi! Foi o primeiro dia de dor, ao qual se seguiram muitos outros de amarga desolação. Não conseguia compreender por que me afastara daquele modo, atribuindo-me a culpa de ter tido medo do homem ou receio de escândalo. Teria aceito novamente qualquer compromisso agora, como quando propusera a Carla o longo passeio através da cidade. Perdera um momento favorável e sabia perfeitamente que certas mulheres só no-lo concedem uma vez em toda a vida. A mim teria bastado aquela única vez.

Resolvi imediatamente escrever-lhe uma carta. Não podia deixar passar nem mais um dia sem fazer uma tentativa de aproximar-me dela. Escrevi e reescrevi a carta para sintetizar em poucas palavras toda a sagacidade de que era capaz. Reescrevi-a muitas vezes também porque o fato de redigi-la era um grande conforto para mim; era o desabafo de que necessitava. Pedia-lhe perdão pela ira que lhe havia demonstrado, asseverando que meu grande amor necessitava de tempo para aquietar-se. Acrescentava: "Cada dia que passa, me traz uma outra migalha de calma", e escrevi esta frase várias vezes, sempre rangendo os dentes. Depois dizia-lhe que não me perdoava as palavras que lhe dirigira e sentia necessidade de pedir desculpas. Não podia, contudo, oferecer-lhe aquilo que Lali lhe oferecia e de que ela era tão digna.

Imaginava que minha carta surtiria grande efeito. Já que Lali sabia de tudo, Carla poderia mostrar-lhe a carta, e para ele poderia ser vantajoso ter um amigo da minha classe. Sonhei até que poderíamos arranjar uma doce vida a três, uma vez que meu amor era tal que naquele momento eu veria mitigada a minha sorte, caso me fosse permitido fazer simplesmente a corte a Carla.

No terceiro dia recebi um curto bilhete dela. Não me chamava na verdade nem de Zeno nem de Dário. Dizia apenas: "Obrigada! Seja igualmente feliz com sua mulher, que é digna de todo o bem!" Falava de Ada, naturalmente.

O momento favorável não havia continuado e, vindo das mulheres, não continua nunca, a não ser que as paremos, segurando-as pelas tranças. Meu desejo condensou-me numa bile furiosa. Não contra Augusta! Minha alma estava tão cheia de Carla que eu sentia remorsos, e diante de Augusta ficava limitado a um sorriso imbecil, estereotipado, que a ela parecia autêntico.

Contudo, eu tinha que fazer alguma coisa. Não podia mais esperar e sofrer assim cada dia! Não queria voltar a escrever-lhe. A escrita tem pouca importância para as mulheres. Era preciso encontrar algo melhor.

Sem intenção precisa, encaminhei-me a correr para o Jardim Público. Depois, muito mais lentamente, para a casa de Carla, e, chegando ao patamar, bati à porta da cozinha. Se houvesse possibilidade, evitaria contato com Lali, embora não me desagradasse encontrar-me com ele. Seria a crise de que eu sentia necessidade.

A velha senhora, como de hábito, estava ao fogão, em que ardiam duas trempes. Ficou admirada ao ver-me; depois, riu-se como boa inocente que era. Disse:

— Fico satisfeita em vê-lo por aqui! Estava tão acostumada com o senhor todos os dias que compreendo muito bem como esta ausência há de fazer-lhe falta.

Não tive dificuldade em motivá-la a falar. Contou-me que a afeição de Carla por Vittorio se revelava cada vez maior. Naquele dia, juntamente com a mãe dele, viriam almoçar com elas. Acrescentou sorridente:

— Daqui a pouco ele estará convencendo Carla a acompanhá-lo à casa de seus alunos, nas lições de canto que dá durante o dia. Não sabem ficar separados nem por um segundo.

Sorria maternalmente dessa felicidade. Contou-me que dentro de poucas semanas se casariam.

Senti um gosto amargo na boca e quase ganhei a porta para ir-me embora. Depois, contive-me na esperança de que a conversa da velha pudesse sugerir-me alguma ideia boa ou dar-me qualquer esperança. O último erro que cometi com Carla foi exatamente afastar-me antes de haver estudado todas as possibilidades que se me podiam oferecer.

Por um instante cheguei a pensar que tivera uma ideia. Perguntei à velha se estava decidida a bancar a empregada da filha até a morte. Disse-lhe que sabia que Carla não era muito afável com ela.

Continuou a trabalhar assiduamente ao lado do fogão, mas sem deixar de ouvir-me. Foi de um candor que eu não merecia. Queixou-se de Carla, que perdia a paciência por tudo e por nada. Desculpava-se:

— É verdade que a cada dia estou mais caduca e esqueço tudo. Ela não tem culpa disto!

Esperava, contudo, que as coisas andassem melhor. O mau humor de Carla diminuiria, agora que era feliz. Além disso, Vittorio, desde o início, não se cansava de demonstrar-lhe grande respeito. Por fim, sempre dedicada a revestir uma forma com massa e recheio de fruta, acrescentou:

— É meu dever acompanhar minha filha. Não posso agir de outra forma.

Com certa ansiedade tentei convencê-la. Disse-lhe que podia perfeitamente libertar-se de tamanha escravidão. Não me conhecia? Eu continuaria a dar-lhe o estipêndio mensal que até então vinha concedendo a Carla. Queria manter fosse quem fosse! Queria conservar comigo a velha, que me parecia parte da filha.

A velha manifestou-me reconhecimento. Admirava minha bondade, mas pôs-se a rir ante a ideia de que lhe pudessem propor abandonar a filha. Era algo impensável.

Eis uma dura palavra que me bateu contra a fronte, fazendo-a curvar-se! Retornei à grande solidão onde não havia Carla, nem mesmo um caminho visível que conduzisse a ela. Recordo que fiz um último esforço para iludir-me de que aquela via pudesse permanecer pelo menos assinalada. Disse à velha, antes de me retirar, que podia ocorrer viesse a mudar de ideia dali a algum tempo. Pedi-lhe então que não deixasse de se lembrar de mim.

Saí daquela casa cheio de despeito e rancor, exatamente como se tivesse sido maltratado ao praticar uma boa ação. Aquela velha ofendera-me de fato com sua explosão de riso. Senti que ressoava ainda em meus ouvidos e que significava algo mais que simples irrisão à minha última proposta.

Não quis seguir para junto de Augusta em tal estado. Previa o meu destino. Se fosse para junto dela, acabaria por maltratá-la, e ela se vingaria com a palidez que me fazia tanto mal. Preferi percorrer as ruas num passo ritmado, que ao menos serviria para dar um pouco de ordem ao meu espírito. E de fato a ordem veio! Parei de me queixar do destino e vi-me como se uma grande luz me houvesse projetado de corpo inteiro sobre o calçamento observado por mim. Já não queria a posse de Carla, queria o seu abraço, e preferivelmente o seu último abraço. Uma coisa ridícula! Mordi com força os lábios para atrair a dor, ou seja, um pouco de seriedade, sobre a minha ridícula figura. Sabia tudo a meu respeito; era imperdoável que sofresse tanto quanto me era oferecida uma oportunidade única de ruptura.

Clareei de tal forma o ânimo que pouco depois, numa rua alegre da cidade, a que fora dar sem nenhuma intenção, ao ver uma mulher muito pintada fazendo-me sinais, acompanhei-a sem a menor hesitação.

Cheguei a casa bem tarde para o almoço; fui tão carinhoso com Augusta que ela ficou logo satisfeita. Não fui capaz, no entanto, de beijar minha filhinha e por algum tempo nem consegui comer. Sentia-me avoltado! Não fingi qualquer doença, como de outras vezes, para ocultar ou atenuar o delito e o remorso. Não me parecia possível encontrar conforto em quaisquer propósitos para o futuro, e pela primeira vez não os fiz de fato. Foram necessárias várias horas para que eu voltasse ao ritmo habitual que me projetava do negro presente para o luminoso futuro.

Augusta percebeu que alguma coisa de novo se passava comigo. E rindo:

— Com você a gente nunca se enfada. Cada dia você é um homem diferente.

Sim! Aquela mulher do subúrbio não se parecia com nenhuma outra, e eu a tinha em mim.

Passei toda a tarde e a noite com Augusta. Estava ocupadíssima e eu inerte ao seu lado. Parecia-me ser transportado, assim inerte, por uma corrente, uma corrente de água límpida: a honesta vida de minha casa.

Deixava-me levar pela correnteza que me conduzia mas não purificava. Pelo contrário! Evidenciava a minha mácula.

Naturalmente, na longa noite que se seguiu, cheguei aos propósitos. O primeiro foi o mais férreo. Haveria de munir-me de uma arma com a qual me suicidaria imediatamente, se me surpreendesse a correr para aquela parte da cidade. Tal propósito fez-me bem e aliviou-me.

Não me lamentei mais na cama e até simulei uma respiração regular de adormecido. Assim retornei à antiga ideia de purificar-me com uma confissão à minha mulher, exatamente como ao estar prestes a traí-la com Carla. Contudo, já agora era uma confissão bem difícil, não pela gravidade do malfeito, mas pela complicação que daí resultou. Diante de um juiz da qualidade de minha mulher, devia alegar as circunstâncias atenuantes, e estas prevaleceriam apenas se eu pudesse dizer da impensada violência com que fora destruída minha relação com Carla.

Então, porém, teria sido necessário confessar igualmente aquela traição, já agora antiga. Era mais pura que a atual, mas (quem sabe?) talvez mais ofensiva para minha mulher.

À força de estudar-me, cheguei a propósitos cada vez mais razoáveis. Pensei que evitaria a repetição de um transe semelhante, apressando-me a estabelecer uma nova relação como aquela que eu perdera e que me fazia falta, como se podia observar. Até mesmo uma nova amante me atemorizava. Mil perigos ameaçavam a mim e à minha resumida família. Não havia outra Carla neste mundo, e com lágrimas de amargura voltei a lamentá-la, ela, doce e boa que era, que tentara inclusive amar a mulher que eu amava, e só não o conseguira porque eu pusera diante dela uma outra — exatamente aquela que eu de fato não amava!

7 – História de uma sociedade comercial

Foi Guido quem me quis com ele em sua nova casa comercial. Eu queria muito participar da empresa, mas estou certo de que nunca lhe permiti adivinhar o meu desejo. Compreende-se que, na minha inatividade, a proposta de um empreendimento em companhia de um amigo houvesse de me soar simpática. Mas existia algo mais. Eu ainda não abandonara a esperança de vir a ser um bom negociante, e pareceu-me mais fácil progredir ensinando a Guido que aprendendo de Olivi. Há muitos neste mundo que aprendem ouvindo apenas a si mesmos ou, pelo menos, que não conseguem aprender o que os outros lhes ensinam.

Eu tinha, além disso, outras razões para aceitar a sociedade. Queria ser útil a Guido! Antes de mais nada, queria-lhe bem e, conquanto ele desejasse parecer forte e seguro, para mim não passava de um inerte, carente de proteção, a qual de bom grado eu lhe queria prestar. Ademais, diante de minha consciência, e não só aos olhos de Augusta, parecia-me que, quanto mais me ligasse a Guido, mais clara se patentearia minha absoluta indiferença por Ada.

Em suma, não esperava mais que uma palavra de Guido para pôr-me à sua disposição, e essa palavra só não veio antes porque ele não me achava assim tão inclinado ao comércio, já que me escusava de empreender o que se me apresentava em minha própria casa.

Um dia falou-me:

— Cursei toda a Escola Superior de Comércio: ainda assim, tenho certa preocupação em gerir devidamente todos os pormenores que garantem o perfeito funcionamento de uma casa comercial. É verdade que o bom comerciante não tem necessidade de saber nada, porque, se precisa de uma balança, chama o balanceiro; se precisa compreender uma lei, convoca o advogado; e mesmo para a contabilidade, vale-se do guarda-livros. Mas é bem desagradável ter que entregar desde o início dos negócios a contabilidade da firma a um estranho!

Foi sua primeira alusão clara ao propósito de ter-me na firma. Na verdade, eu não dispunha de outra prática de assuntos contábeis senão aquela adquirida nos poucos meses que mantive em meu poder o livro-razão de Olivi; estava, porém, certo de ser o único contabilista que Guido não considerava estranho.

Falou-se claramente pela primeira vez da eventualidade de uma associação comercial entre nós, quando ele começou a escolher os móveis do escritório. Ordenou imediatamente que colocassem duas escrivaninhas no gabinete da administração. Perguntei-lhe, corando:

— Por que duas?

Respondeu:

— A outra é para você.

Senti por ele tal reconhecimento que quase lhe dei um abraço.

Quando saímos do escritório, Guido, um pouco embaraçado, explicou-me que não era ainda o caso de oferecer-me um posto em sua casa comercial. Deixava o lugar à minha disposição em sua própria sala, para me motivar a vir fazer-lhe companhia sempre que assim desejasse. Não queria obrigar-me a nada, e ele também ficaria livre de compromisso. Se os negócios prosperassem, dar-me-ia um cargo na administração da empresa.

Falando de seus negócios, o belo rosto moreno de Guido adquiria feição bastante séria. Parecia que já planejara todas as operações a que pretendia dedicar-se. Olhava a distância, por cima de minha cabeça, e eu me fiava tanto na seriedade de suas meditações que chegava a voltar-me para ver também o que ele via, ou seja, as operações que deviam trazer-lhe fortuna. Ele não queria nem palmilhar o mesmo caminho que fora percorrido com tanto êxito por nosso sogro, nem a trilha modesta e segura batida por Olivi. Ambos, em sua opinião, eram comerciantes à antiga. Impunha-se um novo sendeiro, e de boa vontade associava-se a mim por considerar que eu não fora estragado pelos velhos.

Tudo isso me parecia verdade. Conquistava meu primeiro sucesso comercial e corei de prazer pela segunda vez. Foi assim, e pela gratidão da estima que ele lhe demonstrara, que trabalhei com ele e para ele, ora mais, ora menos intensamente, por bem dois anos, sem outra compensação do que a glória daquele lugar no gabinete da administração. Não há dúvida de que aquele foi, até hoje, o mais longo período em que me dediquei a uma mesma ocupação. Só não me posso gabar disto porque essa minha atividade não produziu frutos nem para mim nem para Guido, e em comércio — todos sabem — só se pode julgar pelos resultados.

Mantive a ilusão de estar entregue ao grande comércio por cerca de três meses, tempo necessário à instalação da firma. Soube que me competia não apenas verificar certos pormenores como a correspondência e a contabilidade, mas ainda supervisionar os negócios. Guido, contudo, exerceu sempre grande ascendência sobre mim, tanto que teria podido até mesmo arruinar-me, e só mesmo a minha boa sorte foi que impediu isto. Bastava um aceno seu para que corresse a ele. Isto desperta minha estupefação ainda agora quando escrevo, depois de tanto tempo que tive para meditar neste assunto ao longo de minha vida.

E insisto em escrever sobre esses dois anos porque meu apego a ele me parece clara demonstração da minha doença. Que motivos tinha eu para me apegar a ele a fim de aprender os grandes negócios, e logo depois permanecer apegado a ele para ensinar-lhe os pequenos? Que razões tinha para sentir-me bem em tal posição só porque me parecia que minha amizade por Guido significava uma grande indiferença por Ada? Quem exigia de mim tudo aquilo? Não bastava, para provar nossa indiferença recíproca, a existência de todos aqueles fedelhos que dávamos assiduamente à vida? Não queria mal a Guido, mas não seria certamente o amigo que eu teria escolhido livremente. Sempre observei tão claramente os seus defeitos que sua maneira de pensar às vezes me irritava, quando não me comovia algum ato seu de fraqueza. Por quanto tempo entreguei-lhe o sacrifício de minha liberdade e deixei-me arrastar por ele às posições mais odiosas, só para assisti-lo! Uma verdadeira e clara manifestação de doença ou de grande bondade, duas qualidades intimamente relacionadas entre si.

Tudo isso permanece válido, mesmo quando se tem em conta que o tempo desenvolveu entre nós um grande afeto, como sempre acontece entre pessoas que se veem todos os dias. E não foi pequena a minha afeição! Agora que ele não mais existe, senti por muito tempo o quanto me fazia falta, e até minha própria vida pareceu-me vazia com sua ausência, pois grande parte dela estava invadida por ele e por seus negócios.

Acontece-me rir ao recordar de repente que logo em nossa primeira operação comercial, a compra dos móveis, esquecemos um detalhe. Estávamos com os móveis às costas, mas ainda não havíamos decidido onde abrir o escritório. A escolha do local gerou entre nós uma divergência de opinião que retardou a abertura. Eu sempre tinha observado pelo procedimento de meu sogro e de Olivi que, para tornar possível a vigilância do armazém, era necessário que o escritório lhe fosse contíguo. Guido protestava com uma careta de repugnância:

— Nada desses escritórios triestinos que cheiram a bacalhau e curtume! — Ele estava seguro de organizar a vigilância mesmo de longe, embora hesitasse em decidir-se. Um belo dia, o vendedor dos móveis intimou-o a retirá-los do depósito, senão os atiraria à rua; então, ele correu a alugar um local, o último que lhe fora oferecido, bem no centro da cidade, onde não era possível ter armazém por perto. E com isso nunca chegamos a ter um.

O escritório compunha-se de duas vastas salas bem iluminadas e de um cubículo sem janelas. Na porta desse cubículo inabitável foi deixado um cartãozinho com a inscrição em letras lapidares: *Contabilidade*; depois, nas outras duas portas, uma teve a inscrição: *Caixa*; e a outra foi guarnecida com a designação um tanto inglesa de *Privado*. Guido também estudara comércio na Inglaterra e de lá trouxera noções úteis. A *Caixa* dispunha, como devia, de um magnífico baú de ferro e da grade tradicional. Nossa sala *Privada* transformou-se num gabinete de luxo esplendidamente atapetado de uma cor escura aveludada e fornido com duas escrivaninhas, um sofá e várias poltronas comodíssimas.

Depois adquirimos os livros e os vários utensílios. Nisto a minha autoridade de diretor era indiscutível. Encomendava e os objetos chegavam. Na verdade, teria preferido não ser atendido tão prontamente, mas meu dever era dizer tudo aquilo que faltava num escritório. Então imaginei ter descoberto a grande diferença que havia entre nós dois. Tudo que eu sabia me servia para falar, e a ele para agir. Quando ele chegava a saber aquilo que eu sabia e não mais, ele comprava. É verdade que, vez por outra, no comércio, acabou por não fazer nada, ou seja, a não comprar nem vender, mas mesmo esta me pareceu a resolução de uma pessoa que acredita saber muito. Mesmo na inércia eu haveria de ficar mais hesitante.

Fui muito prudente nas compras. Corri a Olivi para ver o modelo dos copiadores e dos livros de contabilidade. Em seguida, o filho ensinou-me a abrir o termo dos livros e me explicou mais uma vez a contabilidade por partidas dobradas, coisa nada difícil, mas que se esquece facilmente. Quando chegássemos ao balanço, haveria de me explicar também aquilo.

Não sabíamos então o que haveríamos de fazer naquele escritório (agora sei que Guido também não sabia) e discutíamos a propósito de todos os aspectos de nossa organização. Recordo-me de que durante dias falamos sobre onde colocaríamos outros empregados se deles tivéssemos necessidade. Guido sugeria que metêssemos na *Caixa* quantos lá pudessem caber. Mas o pequeno Luciano, único empregado que tínhamos no momento, insistia em que na *Caixa* só podíamos deixar os funcionários que trabalhassem com dinheiro. Era duro ter que aceitar lições do nosso contínuo! Tive uma inspiração:

— Se não incorro em erro, na Inglaterra paga-se tudo com cheque.

Era algo que ouvira dizer em Trieste.

— Bravo! — disse Guido. — Agora também me recordo. Curioso como pude me esquecer disso!

Começou a explicar a Luciano extensamente como já não se usava o manuseio de grandes somas. Os cheques passavam de uma a outra pessoa, em quaisquer importâncias que se quisesse. Foi uma bela vitória a nossa, e Luciano calou-se.

O rapaz aproveitou-se bem de quanto aprendeu com Guido. Aquele moço de recados é hoje respeitado comerciante em Trieste. Cumprimenta-me ainda com certa humildade, atenuada por um sorriso. Guido passava sempre uma parte do dia a ensinar a princípio a Luciano, depois a mim, e mais tarde à empregada. Lembro que durante muito tempo acalentara a ideia de dedicar-se ao comércio em bases de comissão, para não arriscar seu próprio dinheiro. Explicou-me a essência de tal atividade e, visto que eu evidentemente aprendia rápido demais, tornou a explicá-la a Luciano, que esteve a ouvi-lo por muito tempo com ares da mais viva atenção, os grandes olhos brilhantes no rosto então imberbe. Não se pode dizer que Guido tenha perdido seu tempo, porque Luciano foi o único de nós que teve êxito em tal gênero de comércio. Depois se diz que a ciência é que sai vencedora!

Nesse ínterim, chegaram os *pesos* de Buenos Aires. Foi um negócio sério! A princípio, pareceu-me coisa simples; o mercado triestino, contudo, não estava preparado para essa moeda exótica. Tivemos novamente necessidade do jovem Olivi, que nos ensinou o modo de realizar a ordem. Depois, dado que houve um momento em que ficamos sozinhos, com Olivi acreditando já nos ter conduzido a bom porto, Guido se encontrou vários dias com os bolsos abarrotados de coroas, até que encontramos um banco que nos livrou do incômodo pacote, entregando-nos um talão de cheques de que logo aprendemos a fazer uso.

Guido sentiu necessidade de dizer a Olivi que nos havia facilitado a dita transação:

— Asseguro-lhe que jamais farei concorrência à firma de meu amigo!

Mas o jovem, que do comércio tinha um outro conceito, respondeu:

— Quem dera houvesse um número maior de contratantes para os nossos artigos. Estaríamos bem melhor de vida!

Guido ficou de boca aberta, compreendeu bastante bem, como lhe acontecia sempre, e aferrou-se àquela teoria que ministrava a três por dois.

A despeito de sua Escola Superior, Guido tinha conceito pouco preciso do *Deve* e do *Haver*. Observou com surpresa como constituí a conta do capital e também como registrava as despesas. Depois, porém, ficou tão douto em contabilidade que, quando lhe era proposto qualquer negócio, analisava-o antes de tudo do ponto de vista contábil. Parecia-lhe, sem dúvida, que o conhecimento da contabilidade conferia ao mundo um novo aspecto. Via nascer devedores e credores em todos os lados, mesmo quando duas pessoas se esmurravam ou se beijavam.

Pode-se dizer que entrou no comércio armado da máxima prudência. Recusou uma quantidade de negócios e durante seis meses chegou a recusar todos, com um ar tranquilo de quem sabe melhor:

— Não! — dizia, e o monossílabo parecia o resultado de um cálculo preciso, até quando se tratava de um artigo que ele nunca tinha visto. Mas toda essa reflexão era malbaratada em verificar como o negócio, após o lucro ou a perda eventuais, haveria de ser contabilizado. Era a última coisa que ele aprendera e que se sobrepunha a todas as outras noções.

Lamento ter que falar tão mal de meu pobre amigo, mas devo ser verídico, inclusive para compreender melhor a mim mesmo. Recordo toda a inteligência que ele empregou para obstruir o nosso modesto escritório com teorias fantásticas, impeditivas de qualquer operação corrente. A um dado ponto, para iniciar o trabalho em comissão, devíamos expedir pelo correio um milhar de circulares. Guido saiu-se com esta reflexão:

— Quantos selos poderíamos economizar, se antes de expedir as cartas soubéssemos quais delas se destinam às pessoas que de fato nos interessam!

A frase, em si mesma, não teria impedido nada, mas ele gostou tanto dela que começou a atirar para o ar as circulares já fechadas nos envelopes, a fim de expedir apenas os que caíssem com o endereço voltado para cima. A experiência recordava algo semelhante que eu próprio fizera no passado, embora acredite não ter eu chegado a tal ponto. É claro que não cheguei a expedir as circulares eliminadas por ele, pois não me sentia seguro para julgar se o método eliminatório não provinha realmente de uma inspiração autêntica, caso em que me competia economizar os selos, pagos afinal por ele.

Minha boa sorte impediu-me de ser arruinado por Guido, mas essa mesma boa sorte me impediu igualmente de tomar uma parte mais ativa em seus negócios. Digo-o alto e bom som porque há muita gente em Trieste que não pensa assim: durante o tempo que passei na firma, nunca interferi com qualquer inspiração que fosse, do gênero daquela das frutas secas. Nunca o impeli a um negócio e nunca o impedi de fazê-lo. Era seu assessor! Incitava-o à atividade, à cautela. Nunca, porém, ousaria jogar com o dinheiro dele.

Ao seu lado eu me punha sempre inerte. Procurei metê-lo no caminho certo, e só não o consegui por demasiada inércia. De resto, quando duas pessoas trabalham juntas, não lhes compete decidir quem deve ser D. Quixote e quem, Sancho Pança. Ele fazia os negócios e eu, como bom Sancho, seguia-o devagar nos meus livros, depois de tê-los criticado e examinado como era de meu dever.

O comércio em comissão fracassou completamente, mas sem nos causar qualquer prejuízo. Recebemos uma única remessa de mercadorias, de uma papelaria de Viena, e uma parte daqueles artigos de escritório foi vendida por Luciano, que aos poucos soube quanto receberíamos de comissão e fez com que Guido lha desse quase toda. Guido acabou por condescender, pois eram ninharias, e porque o primeiro negócio assim liquidado devia trazer-nos sorte. Aquele primeiro negócio deixou-nos o pequeno quarto de depósito abarrotado de uma quantidade de material de escritório que tivemos de pagar e guardar. Dava para o consumo normal de muitos anos de uma firma comercial bem mais ativa que a nossa.

Durante uns meses o pequeno escritório tão claro, no centro da cidade, foi para nós um agradável recreio. Trabalhava-se pouco (creio que realizamos ao todo duas transações com sacos de aniagem usados, para os quais encontramos no mesmo dia vendedor e comprador, dando-nos uma pequena margem de lucro) e conversava-se muito, como bons amigos, até mesmo com o inocente Luciano, que, quando ouvia falar de negócios, excitava-se como rapazes de sua idade quando ouvem falar de mulheres.

Era fácil para mim, àquela altura, divertir-me inocentemente com os inocentes, pois ainda não havia perdido Carla. E recordo os dias inteiros dessa época. À noite, em casa, tinha muito que contar a Augusta, e podia dizer-lhe tudo o que se referia ao escritório, sem omitir nada e sem nada acrescentar para falsear a verdade.

Não me preocupava de maneira alguma quando Augusta exclamava pensativa:

— Mas quando vocês começam a ganhar dinheiro?!

Dinheiro? Sequer havíamos pensado nele. Sabíamos que primeiro era necessário observar, estudar as mercadorias, o país e até mesmo o nosso *Hinterland*. Não se improvisava uma casa comercial de um dia para outro! E até Augusta se acalmava com minhas explicações.

Pouco depois, admitimos no escritório um hóspede muito barulhento. Um cão de caça de poucos meses, agitado e enxerido. Guido apreciava-o muito e organizou para ele um abastecimento regular de leite e de carne. Quando não tinha o que fazer ou pensar, também eu o via saltitar pelo escritório, naquelas suas quatro ou cinco atitudes que sabíamos interpretar e que o tornavam tão querido a nós todos. Mas não me parecia destinado a nós, assim barulhento e imundo. Para mim a presença daquele cão em nosso escritório foi a primeira prova que Guido forneceu de não ser digno de dirigir uma casa comercial. Aquilo provava absoluta ausência de seriedade. Tentei explicar-lhe que o cão não podia promover os nossos negócios, mas não tive coragem de insistir, e ele, com uma resposta qualquer, me fez calar.

Contudo, pareceu-me que devesse dedicar-me à educação daquele nosso colega, e desfechava-lhe com grande satisfação alguns pontapés quando Guido não estava. O cão latia e, a princípio, retornava para junto de mim, julgando que eu o tivesse chutado por engano. Mas um segundo chute explicava-lhe melhor o sentido do primeiro e então ele ia esconder-se a um canto, e de lá só saía quando Guido regressava ao escritório. Arrependi-me depois por me haver encarniçado em cima de um inocente, mas já era tarde demais. Cumulei o cão de gentilezas; este, porém, não confiava mais em mim, e em presença de Guido deu claros sinais dessa antipatia.

— Estranho! — disse Guido. — Por sorte que o conheço, senão desconfiava de você. Os cães, de modo geral, não se enganam em suas antipatias.

Para dissipar as suspeitas de Guido, estive a ponto de contar-lhe como conseguira conquistar a antipatia do cão.

Com pouco surgiu um desentendimento entre nós a propósito de uma questão que de fato não tinha tanta importância para mim. Entregue à sua paixão pela contabilidade, Guido meteu na cabeça escriturar seus gastos domésticos na conta das despesas gerais. Depois de haver consultado Olivi, opus-me a isso e defendi os interesses do velho *Cada Volta*. Na verdade, não era possível levar àquela conta tudo o que gastava Guido, Ada e o que custaram depois os gêmeos que nasceram. Eram despesas que incumbiam diretamente a Guido e não à firma. Em compensação, sugeri que Guido escrevesse a Buenos Aires, solicitando a atribuição de um salário a si próprio, mas o pai recusou-se, observando que Guido já percebia 75% dos lucros, enquanto a ele tocava apenas o resto. A mim pareceu-me uma resposta justa, ao passo que Guido continuou a escrever longas cartas ao pai, discutindo a questão de um ponto de vista superior, como dizia. Buenos Aires ficava muito distante e assim a correspondência durou enquanto existiu a nossa empresa. Afirmei, porém, meu ponto de vista! A conta das despesas gerais permaneceu pura, não fui inquinado das despesas particulares de Guido e o capital ficou todo compreendido na falência da firma, íntegro, sem qualquer dedução.

A quinta pessoa admitida no escritório (incluindo na conta *Argos*) foi Carmen. Presenciei sua admissão ao emprego. Eu chegara ao escritório depois de ter estado com Carla e me sentia muito calmo, cheio daquela serenidade das oito da manhã do príncipe de Talleyrand. No corredor escuro dei com uma senhorita que Luciano me disse estar à espera de Guido para uma entrevista pessoal. Eu tinha algo a fazer e pedi-lhe que esperasse lá fora. Guido entrou pouco depois em nosso gabinete, evidentemente sem dar com a senhorita, e Luciano veio trazer-lhe um cartão de visita de que a moça era portadora. Guido leu-o.

— Não! — disse secamente, tirando o paletó por causa do calor. Mas logo teve uma hesitação:

— É melhor que a receba em consideração à pessoa que a recomendou.

Fê-la entrar e só olhei para ela quando percebi que Guido se atirara de um salto para vestir o paletó antes de se dirigir à bela jovem de rosto moreno, corado, e olhos cintilantes.

Ora, estou certo de já ter visto moças tão bonitas quanto Carmen, mas não de beleza tão agressiva, ou seja, tão evidente ao primeiro olhar. Em geral as mulheres são criadas mais pelo nosso próprio desejo, ao passo que esta não necessitava desta primeira etapa. Olhando para ela, sorri e cheguei mesmo a rir. Parecia um industrial que saísse pelo mundo apregoando a excelência de seus produtos. Apresentava-se para candidatar-se a um emprego, e eu tive vontade de intervir na contratação e perguntar:

— Qual emprego? De alcova?

Vi que seu rosto não estava pintado, mas nele as cores eram tão precisas, a candura e o rubor tão semelhantes ao das frutas maduras que o artifício estava admiravelmente simulado. Seus grandes olhos escuros refratavam tal quantidade de luz que o menor de seus movimentos se carregava de importância.

Guido fizera-a sentar-se, e ela olhava modestamente para a ponta da sombrinha ou mais provavelmente para o bico das botas de verniz. Quando Guido falou, ela ergueu rapidamente os olhos e revolteou-os tão luminosos naquela face que o meu pobre chefe recebeu um choque. Estava modestamente vestida, mas isso não a favorecia porque em seu corpo qualquer modéstia se anulava. Só as botas eram de luxo e faziam pensar naquelas folhas de papel branquíssimo que Velásquez punha embaixo dos pés de seus modelos. O próprio Velásquez, para destacá-la do ambiente, haveria de figurar Carmen apoiada sobre aquele negror de laca.

Na minha serenidade, fiquei a ouvir curioso. Guido perguntou-lhe se sabia estenografia. Ela confessou que de fato não sabia, mas acrescentou que tinha grande prática de escrever cartas sob ditado. Curioso! Aquela figura alta, esbelta e tão harmônica, emitia uma voz rouca. Não consegui calar minha surpresa:

— Está resfriada? — perguntei.

— Não! — respondeu-me. — Por que pergunta? — E de intrigada dirigiu-me um olhar que era ainda mais intenso que o habitual. Ela decerto ignorava possuir voz rouca e tive de supor que seu ouvidinho também não era assim tão perfeito quanto apregoava.

Guido perguntou-lhe se conhecia inglês, francês ou alemão. Ele deixava-lhe a escolha de vez que mesmo nós não sabíamos que língua nos seria mais útil. Carmen respondeu que sabia um pouco de alemão, muito pouco.

— Alemão até que nem precisamos porque domino muito bem.

A moça esperava a palavra decisiva que a mim parecia já ter sido dada e, para apressá-la, declarou que buscava no novo emprego uma oportunidade de praticar, contentando-se por isso com um salário modesto.

Um dos primeiros efeitos da beleza feminina sobre um homem é o de tirar-lhe a avareza. Guido encolheu os ombros como para dizer que não se preocupava com estas ninharias, fixou-lhe um salário que ela aceitou satisfeita e recomendou-lhe com grande seriedade que estudasse estenografia. Creio que fez a recomendação apenas em consideração a mim, julgando-se comprometido por ter antes declarado que só admitiria alguém que fosse estenógrafa perfeita.

Na mesma noite falei com minha mulher sobre a nova colaboradora. Ela mostrou-se excessivamente preocupada. Sem que lhe dissesse nada, pensou logo que Guido admitira a moça ao serviço com a intenção de fazer dela sua amante. Eu discuti o assunto e, embora admitindo que Guido se comportava um pouco como enamorado, asseverei que poderia recuperar-se daquela paixão sem maiores consequências. A moça, afinal de contas, parecia pessoa de bem.

Poucos dias depois — não sei se por acaso — recebemos no escritório a visita de Ada. Guido ainda não havia chegado e ela esteve um instante comigo a perguntar sobre ele. Depois, com passo hesitante, conduziu-se para a sala vizinha, onde se achavam apenas Carmen e Luciano. Carmen exercitava-se na máquina de escrever, toda absorta em catar as letras. Ergueu os belos olhos para Ada que a fitava. Como eram diferentes as duas mulheres! Semelhavam-se um pouco, mas Carmen parecia uma caricatura de Ada. Eu pensei que a mais ricamente vestida tinha sido feita de fato para tornar-se mulher ou mãe, ao passo que a outra, apesar de naquele instante estar com um modesto avental para não sujar o vestido na máquina, nascera para amante. Não sei se neste mundo há sábios que possam dizer por que motivo os belíssimos olhos de Ada concentravam menos luz que os de Carmen e davam a impressão de órgãos destinados exatamente para ver as coisas e as pessoas, e não para aturdir. Contudo, Carmen suportou bravamente o olhar desdenhoso e também cheio de curiosidade de Ada: havia talvez nele um pouco de inveja, ou quem sabe fosse eu a atribuir-lhe isso?

Esta foi a última vez que eu vi Ada ainda bela, como no tempo em que me desprezou. Depois, ocorreu sua desastrosa gravidez e os gêmeos que tiveram necessidade de intervenção cirúrgica para virem ao mundo. E logo foi acometida pela doença que lhe exauriu toda a beleza. Por isso me recordo tão bem daquela visita. Recordo-a ainda porque naquele momento toda a minha simpatia era para ela, para a sua beleza suave e modesta, afrontada por outra tão diferente. Era certo que eu não gostava de Carmen, não lhe conhecia senão os magníficos olhos, as cores esplêndidas, a voz rouca e por fim a maneira — de que era inocente — como fora admitida na firma. Quis mesmo muito bem a Ada naquele momento, e é uma coisa bastante estranha querermos bem a uma mulher que já desejamos com ardor, que não foi nossa e que agora nos é indiferente. Em suma, chega-se desta forma à mesma condição em que estaríamos se ela tivesse então cedido ao nosso desejo, e é surpreendente poder constatar mais uma vez como certas coisas pelas quais vivemos acabam por ter importância insignificante.

Quis abreviar-lhe a dor e trouxe-a de volta para a outra sala. Guido, que chegou em seguida, ficou muito vermelho ao dar com a presença da mulher. Ada apresentou uma razão bastante plausível para a visita, perguntando-lhe ao sair:

— Vocês admitiram uma nova empregada?

— Admitimos! — disse Guido e, para dissimular seu embaraço, não encontrou nada melhor do que interromper-se para perguntar se alguém viera à sua procura. Recebendo resposta negativa, teve ainda uma expressão de desagrado como se estivesse à espera de uma visita importante embora eu soubesse perfeitamente que não esperava ninguém. Só então disse a Ada, com um ar de indiferença que finalmente conseguiu simular:

— Precisávamos de um estenógrafo!

Achei muitíssimo divertido ouvi-lo enganar-se até quanto ao sexo da pessoa de quem necessitava.

A vinda de Carmen trouxe grande animação ao nosso escritório. Não falo da vivacidade oriunda de seus olhos, nem de sua graciosa figura ou das cores de sua face; falo mesmo dos negócios. Guido sentiu estímulo pelo trabalho com a presença da jovem. Antes de mais nada quis demonstrar a mim e aos outros que a nova empregada era necessária, e cada dia inventava tarefas das quais ele próprio participava. Depois, por muito tempo, sua atividade foi um meio eficaz de cortejar a moça. Alcançou mesmo eficácia inaudita. Conseguia ensinar-lhe a maneira de datilografar as cartas que ditava e corrigia também a grafia de muitíssimas palavras. Fazia-o sempre com delicadeza. Qualquer que fosse a retribuição por parte da jovem, nunca seria excessiva.

Das tarefas inventadas por ele em função do namoro poucas produziram resultados. Certa vez trabalhou longamente para comerciar um artigo que acabou por nos trazer problemas. Houve um momento em que nos deparamos com um homem de face contraída pela dor sobre cujos calos estávamos pisando sem saber. Queria que lhe disséssemos por que motivo queríamos comerciar com tal artigo e acreditava que fôssemos mandatários de algum poderoso concorrente estrangeiro. Quando nos surgiu pela primeira vez, estava transtornado e temia o pior. Ao perceber que não passávamos de ingênuos, riu nas nossas bochechas e afiançou-nos que nada conseguiríamos. Acabou tendo razão, mas até recebermos o castigo passou-se muito tempo e Carmen teve cartas e mais cartas a escrever. Descobrimos que não encontrávamos o artigo porque ele estava circundado de barreiras. Não revelei tais negócios a Augusta, mas ela mencionou-os a mim porque Guido falara com Ada sobre isto, para demonstrar a trabalheira que tinha o nosso estenógrafo. Esse negócio, jamais realizado, permaneceu sempre de muita importância para Guido. Falava-me dele todos os dias. Estava convencido de que em nenhuma outra cidade do mundo aconteceria coisa semelhante. Nosso ambiente comercial era miserável e qualquer comerciante empreendedor acabava por ser estrangulado. Ele se incluía no caso.

Na louca e desordenada sequência dos negócios que passaram por nossas mãos naquela época, houve um que de fato nos prejudicou. Não fomos atrás dele; o negócio é que tombou sobre nós. Fomos procurados no escritório por um senhor dálmata, de nome Tacich, cujo pai trabalhara na Argentina com o pai de Guido. Veio a princípio procurar-nos só para obter informações comerciais que conseguimos fornecer-lhe.

Tratava-se de um belo jovem, até belo demais. Alto, forte, de face morena, na qual se casavam em tons delicados o azul baço dos olhos, às longas sobrancelhas e bigodes curtos e densos, onde havia reflexos áureos. Em suma, havia nele uma tal exuberância de cores que me pareceu a pessoa ideal para cortejar Carmen. Isso também lhe deve ter ocorrido, pois vinha ao escritório todos os dias. As conversas duravam o dia inteiro, e nunca eram enfadonhas. Os dois lutavam para conquistar a mulher, e como todos os animais no cio, pavoneavam suas melhores qualidades. Guido estava um pouco inferiorizado pelo fato de que o dálmata ia encontrá-lo até em casa, e por isso conhecia Ada, mas não havia nada mais que pudesse prejudicar aos olhos de Carmen; eu, que conhecia tão bem aqueles olhos, percebi-o imediatamente, ao passo que Tacich só o aprendeu muito mais tarde, e, para ter um pretexto de vê-la com maior frequência, adquiriu de nós, e não diretamente do fabricante, vários vagões de sabão, que pagou alguns por cento mais caro. Depois, sempre por amor, acabou arrastando-nos àquele negócio desastroso.

Seu pai observara que, constantemente, em determinadas épocas do ano, o sulfato de cobre subia e em outras baixava de preço. Decidiu-se assim a comprar para especulação no momento mais favorável, na Inglaterra, umas sessenta toneladas. Falamos demoradamente sobre a operação e chegamos inclusive a prepará-la, estabelecendo contato com a firma inglesa. Depois o pai telegrafou ao filho, dizendo que lhe parecia adequado o momento, mencionando até o preço pelo qual se disporia a fechar negócio. Tacich, apaixonado como estava, correu ao escritório e nos consignou a operação, em paga do que recebeu um belo, grande e acariciante olhar de Carmen. O pobre dálmata acolheu reconhecido o olhar, sem saber que era uma manifestação de amor por Guido.

Recordo-me da tranquilidade e da segurança com que Guido agarrou-se à operação, que de fato parecia facílima, pois na Inglaterra era possível consignar a mercadoria ao nosso porto, onde seria cedida, sem ser desembaraçada, ao nosso comprador. Guido estipulou exatamente a comissão que haveria de receber e, com minha ajuda, estabeleceu o limite que imporia ao nosso amigo inglês para a aquisição. Com a ajuda do dicionário combinamos juntos os termos do telegrama em inglês. Uma vez expedido, Guido esfregou as mãos e se pôs a calcular quantas coroas iriam chover na *Caixa* como prêmio daquele leve e rápido esforço. Para propiciar a mercê dos deuses, achou justo prometer uma pequena comissão a mim e logo, com certa malícia, também a Carmen, que colaborara no negócio com a força do olhar. Ambos quisemos recusar, mas ele pediu que ao menos fingíssemos aceitar. Temia que a recusa pudesse trazer mau augúrio e eu aquiesci imediatamente para tranquilizá-los. Sabia com certeza matemática que de minha parte não lhe podiam vir senão os melhores augúrios, mas compreendia que ele pudesse duvidar disso. Neste mundo, quando não nos queremos mal, amamo-nos todos; contudo, os nossos vivos desejos só acompanham os negócios de que participamos.

O negócio foi discutido minuciosamente em todos os detalhes e até recordo que Guido calculou mesmo por quantos meses, com o lucro que nos iria dar, poderia manter a família e o escritório, ou seja, suas duas famílias, como dizia algumas vezes, ou seus dois escritórios, como dizia em outras, quando se aborrecia em casa. Foi estudado em demasia aquele negócio, e talvez não tenha dado certo por isso. De Londres chegou um telegrama conciso: *Anotado*, seguido da indicação do preço do sulfato no dia, bastante superior ao autorizado por nosso comprador. Adeus negócio. Tacich foi informado do insucesso e pouco depois abandonou Trieste.

Na época, fiquei cerca de um mês sem ir ao escritório; por isso não passou por minhas mãos uma carta que chegou à firma, de aspecto inofensivo, mas que devia acarretar graves consequências para Guido. Com esta, a companhia inglesa confirmava seu telegrama e acabava informando que anotara nossa ordem para atendimento futuro, caso o pedido não fosse cancelado. Guido esquecera-se de revogar a ordem e eu, quando retornei ao escritório, nem me lembrava mais do assunto. Meses depois, numa noite, Guido veio procurar-me em casa com um telegrama que ele não compreendia e pensava nos fosse endereçado por engano, embora trouxesse claro nosso endereço telegráfico, que eu mandara registrar tão logo instalamos o escritório. O despacho continha apenas três palavras: *60 tons settled*, que logo compreendi, por não ser nada difícil já que o do sulfato de cobre fora o único negócio de vulto que havíamos tratado. Expliquei-lhe que se podia concluir do telegrama que o preço fixado por nós para a execução da ordem fora finalmente alcançado e que por isso éramos naquele momento os felizes proprietários de sessenta toneladas de sulfato.

Guido protestou:

— Eles estão doidos se pensam que vou consentir na execução dessa ordem depois de passado tanto tempo!

Logo me lembrei que devíamos ter no escritório a carta de confirmação do primeiro telegrama, ao passo que Guido não se lembrava de havê-la recebido. Ele, inquieto, propôs que fôssemos imediatamente ao escritório para ver se a encontrávamos; isso muito me agradou porque me aborrecia a discussão na presença de Augusta, que ignorava o fato de não ter eu durante um mês comparecido ao escritório.

Corremos ao escritório. Guido estava tão desgostoso de se ver obrigado a aceitar aquele primeiro grande negócio que, para eximir-se, teria corrido até Londres. Abrimos o escritório; tateando pela escuridão, encontramos o caminho para a nossa sala e conseguimos acender o gás. A carta foi encontrada e continha os dizeres que eu supunha; confirmava que nossa ordem, sendo válida enquanto não revogada expressamente, fora agora cumprida.

Guido fitou a carta com a face contraída não sei se pelo desgosto ou pelo esforço de querer aniquilar com seu olhar tudo aquilo que se anunciava existente com tanta simplicidade de palavras.

— E pensar — observou — que teria bastado escrever duas linhas para evitar um prejuízo destes!

Não era certamente uma censura dirigida a mim, pois eu estivera ausente do escritório e, conquanto tivesse achado a carta sem dificuldades por saber onde deveria estar, aquela era a primeira vez que eu lhe deitava os olhos. Mas para eximir-me radicalmente de qualquer reprovação, voltei para ele decidido:

— Durante a minha ausência você devia ter lido cuidadosamente todas as cartas!

A fronte de Guido desenrugou-se. Ergueu os ombros e murmurou:
— Este negócio ainda pode acabar dando sorte para nós!
Pouco depois nos separamos e retornei a casa.

Mas Tacich tinha razão: em certas épocas o sulfato de cobre baixava de preço, cada dia mais e mais, e nós tínhamos, na execução de nossa ordem e na impossibilidade de ceder a mercadoria àquele preço a outrem, a oportunidade de estudar todo o fenômeno. Nosso prejuízo aumentou. No primeiro dia, Guido perguntou minha opinião. Teria podido vender com um prejuízo mínimo em confronto com o que deveria suportar depois. Não quis dar-lhe conselhos, mas não deixei de lembrar-lhe a convicção de Tacich, segundo a qual a queda de preço deveria continuar por mais de cinco meses. Guido riu:

— Não me faltava outra coisa deixar esse provinciano dirigir os meus negócios!

Recordo que tentei ainda corrigi-lo, dizendo-lhe que aquele provinciano há muitos anos lidava com sulfato de cobre em sua cidadezinha na Dalmácia. Não posso ter o menor remorso pelo prejuízo que Guido sofreu com a operação. Se me tivesse ouvido, teria evitado o que ocorreu.

Mais tarde, discutimos o negócio do sulfato de cobre com um agente, um homenzinho baixo, gordote, vivo e sagaz, que nos reprovou por termos feito aquela compra, mas que não parecia esposar a opinião de Tacich. Segundo ele, o sulfato de cobre, conquanto constituísse um mercado à parte, não deixava de se ressentir da flutuação do preço do metal. Guido adquiriu com aquela conversa uma certa segurança. Pediu ao agente que o mantivesse informado sobre qualquer oscilação do preço; esperaria para vender mais tarde não só sem qualquer prejuízo, mas ainda com um pequeno lucro. O agente riu discretamente e, em meio à conversa, disse uma frase que observei por me parecer bastante correta:

— Curioso como neste mundo há tão pouca gente que se resigna com pequenos prejuízos; os vultosos é que induzem imediatamente às grandes resignações.

Guido não fez caso dele. E admirei também que não tivesse contado ao agente a maneira pela qual havíamos chegado àquela compra. Perguntei-lhe a razão e não se fez de rogado. Temera, disse-me, desacreditar-nos e mesmo à nossa mercadoria, se tivesse revelado a história da sua aquisição.

Depois, ficamos sem falar do sulfato por outro tanto, até que nos chegou de Londres uma carta que nos convidava a efetuar pagamento e a mandar as instruções para a remessa. Imagine-se, receber sessenta toneladas! Guido começou a ficar doido. Fizemos os cálculos de quanto teríamos que gastar para a armazenagem de tal mercadoria durante vários meses. Uma soma enorme! Eu não disse nada, mas o corretor que vira satisfeito a chegada da mercadoria no porto de Trieste, pois mais cedo ou mais tarde seria incumbido de vendê-la, fez observar a Guido que aquela soma aparentemente enorme não era tanto, se expressa em "porcentos" sobre o valor da mercadoria.

Guido pôs-se a rir, porque a observação lhe pareceu estranha:

— Acontece que eu não tenho só cem quilos de sulfato; infelizmente, tenho sessenta toneladas!

Acabaria por se deixar convencer pelo cálculo do agente, sem dúvida justo, visto que com uma pequena elevação do preço as despesas estariam mais do que cobertas, se naquele momento não fosse tomado por uma das suas chamadas inspirações. Quando lhe ocorria uma ideia comercial própria, ficava tão empolgado que não admitia qualquer outra consideração. Eis a ideia: a mercadoria lhe fora vendida e entregue no porto de Trieste pelo exportador que pagara o transporte da Inglaterra até lá. Ora, se revendesse a mercadoria aos antigos vendedores, estes economizariam o valor do frete e Guido poderia obter na Inglaterra um preço bem mais vantajoso de quantos lhe foram oferecidos em Trieste. O raciocínio não era de todo verdadeiro, mas, para agradá-lo, ninguém o contestou. Depois de liquidado o negócio, Guido mostrou uma expressão um tanto amarga no rosto, parecendo de fato um pensador pessimista; disse:

— Não falemos mais disto. A lição saiu-me cara; precisamos agora saber como aproveitá-la.

Contudo, voltamos a falar do assunto. Ele não tinha mais aquela grande segurança em recusar negócios e, ao fim do exercício, quando lhe mostrei o quanto havíamos perdido, murmurou:

— Aquele maldito sulfato de cobre foi a minha desgraça! Sinto sempre necessidade de refazer-me desse prejuízo!

Minha ausência do escritório fora provocada pelo abandono de Carla. Não conseguia mais assistir aos amores de Carmen e Guido. Trocavam olhares, sorrisos, em minha presença. Afastei-me desdenhosamente com uma resolução que tomei à tarde no momento de fechar o escritório e sem nada dizer a ninguém. Esperava que Guido me perguntasse a razão de tal afastamento e me preparava para dar-lhe a devida resposta. Podia mostrar-me bem severo com ele, que ignorava inteiramente minhas andanças pelo Jardim Público.

Era uma espécie de ciúmes meus, pois Carmen se me afigurava como a Carla de Guido, uma Carla mais meiga e submissa. Até com a segunda mulher tivera mais sorte do que eu, como no caso da primeira. Mas talvez — e isto me proporcionava a razão para reprová-lo duplamente — devesse também essa sorte àquelas qualidades que eu invejava nele e que continuava a considerar como inferiores: paralelamente à sua segurança no manejo do arco, seguia sua desenvoltura no caminho da vida. Eu reconhecia haver sacrificado Carla a Augusta. Quando revivia no pensamento os dois anos de felicidade que Carla me concedera, era-me difícil compreender como — sendo assim como agora eu sabia — conseguira suportar-me tanto tempo. Não a ofendera todos os dias por amor a Augusta? Já Guido era capaz de usufruir Carmen sem ao menos lembrar-se de Ada. No seu espírito desenvolto, duas mulheres não eram demais. Confrontando-me com ele, achava-me perfeitamente inocente. Eu tinha casado com Augusta sem amor e, no entanto, não sabia traí-la sem sofrer. É possível que ele também se tivesse casado com Ada sem amá-la, mas — embora eu já não me importasse com ela na verdade — recordava o amor que ela me inspirara e parecia-me que pelo fato de tê-la amado tanto em seu lugar eu seria ainda mais delicado do que o era agora no meu.

Não foi Guido quem veio procurar-me. Eu mesmo retornei ao escritório, em busca de consolo para a minha grande perda. Ele comportou-se segundo as cláusulas de nosso contrato, que não me obrigava a qualquer atividade regular em sua casa comercial e, quando se encontrava comigo na rua ou em família, demonstrava por mim a sólida amizade de que sempre lhe fui grato e nem parecia perceber que eu deixara vazia a mesa que ele adquirira para mim. Entre nós só havia um embaraço: o meu. Quando retornei ao meu posto, acolheu-me como se eu estivesse ausente apenas por um dia, exprimiu calorosamente o prazer de reconquistar a minha companhia e, percebendo meu propósito de retomar o trabalho, exclamou:

— Acho que fiz bem em não permitir que ninguém tocasse nos seus livros!

Na verdade, encontrei o livro-razão e até o diário no mesmo ponto em que os deixara.

Luciano disse-me:

— Agora que o senhor voltou, vamos ver se as coisas aqui também melhoram. O sr. Guido andou meio desanimado com uns dois ou três negócios que tentou fazer e não lhe saíram bem. Não diga nada que contei ao senhor; faço-o para ver se consegue encorajá-lo.

Ocorreu-me que de fato pouco se trabalhava naquele escritório, e até o momento em que o prejuízo sofrido com o sulfato de cobre se tornou realidade, levava-se ali uma vida realmente idílica. Concluí que Guido já não sentia tanta necessidade de trabalhar para manter Carmen sob sua direção e também que o período da corte já passara e que ela já se tornara sua amante.

A acolhida de Carmen trouxe-me surpresa, pois ela sentiu imediatamente a necessidade de recordar-me uma coisa que eu já havia completamente esquecido. Creio que, pouco antes de abandonar o escritório, tentei dar também em cima de Carmen, naqueles dias em que andava atrás de quantas mulheres visse, no desespero de não poder recuperar a que perdera. Acolheu-me com grande seriedade e com certo embaraço; estava contente em ver-me, pois achava que eu era amigo de Guido e que meus conselhos lhe podiam ser úteis, e queria manter comigo — se eu permitisse — uma bela e fraterna amizade. Disse mesmo alguma coisa nesse sentido, estendendo-me num gesto largo a mão direita. Em seu rosto, de uma beleza que parecia sempre doce, havia uma expressão bastante severa, como a enfatizar a pura fraternidade da relação proposta.

Agora que lembrei, estou envergonhado. Talvez se me tivesse lembrado antes não teria mais voltado ao escritório. Fora uma coisa tão insignificante e encravada em meio a tantas outras ações do mesmo valor que se não me recordasse agora do fato poderia acreditar que ele jamais tivesse ocorrido. Poucos dias após o abandono de Carla, eu estava examinando os livros com a ajuda de Carmen e, com muito jeito, para ver melhor a mesma página, passei o braço pela sua cintura, que depois apertei com mais força. Com um repelão, Carmen desvencilhou-se de mim e fui-me embora.

Teria podido defender-me com um sorriso, induzindo-a a sorrir comigo, porque as mulheres são bastante propensas a sorrir de delitos assim! Poderia dizer-lhe:

— Tentei algo que não deu certo e que lastimo, mas não lhe guardo rancor e quero ser seu amigo, se não puder ser outra coisa.

Ou podia ter bancado o sério, escusando-me com ela e mesmo com Guido:

— Desculpe-me e por favor não me julgue antes de conhecer as condições em que me encontro.

Contudo, as palavras faltaram-me. Minha garganta — creio — estava cerrada pelo rancor que se solidificava, e eu não conseguia falar. Todas essas mulheres que me repudiaram resolutamente emprestavam cores negras à minha vida. Nunca eu passara por período tão trágico. Em vez de responder, só consegui ranger os dentes, coisa pouco cômoda quando se deseja ocultá-la. Talvez a palavra me tivesse faltado também pela dor de ver tão peremptoriamente excluída uma esperança que, todavia, eu acalentara. Não posso deixar de confessá-lo: não havia melhor substituta do que Carmen para a amante que eu perdera, aquela jovem tão pouco comprometedora que só exigia de mim permissão para estar ao meu lado, até o momento em que me pediu para não vê-la mais. Uma amante para dois é a amante menos comprometedora. Certamente que as minhas ideias não se mostravam assim tão claras, mas eu as sentia, e agora sei. Tornando-me amante de Carmen, teria trabalhado em favor de Ada sem prejudicar muito Augusta. Ambas seriam menos traídas do que se Guido e eu tivéssemos cada qual a sua amante.

Só dei a resposta a Carmen alguns dias depois, e até hoje me envergonho dela. A excitação em que me atirara o abandono de Carla devia subsistir ainda para me fazer chegar a tal ponto. Dela tenho remorsos como de nenhuma outra ação de minha vida. As palavras impensadas que deixamos escapar remordem mais fortemente do que as ações mais nefandas a que a paixão nos induz. Naturalmente, designo por palavras só aquelas que não são realmente atos, pois sei muito bem que as palavras de Iago, por exemplo, são verdadeiras e indiscutíveis ações. Mas as ações, inclusive as palavras de Iago, são cometidas para que se tenha um prazer ou um benefício; aí então todo o nosso ser, até mesmo aquela porção que depois se erigirá em juiz, faz parte delas e julga a nosso favor. A língua estúpida, esta age independentemente ou no interesse de uma pequena porção do nosso ego, que sem ela se sentiria vencido, e continua a simular uma luta quando esta já está perdida ou acabada. Quer ferir ou acariciar. Move-se sempre em meio a metáforas gigantescas. E quando são ardentes, as palavras escaldam quem as pronuncia.

Observei que Carmen já não tinha as cores saudáveis que determinavam sua pronta admissão em nosso escritório. Supus que as tivesse perdido por algum sofrimento cuja causa, não me parecendo física, eu atribuía a seu amor por Guido. De resto, nós, os homens, somos muito inclinados a compadecer-nos da mulher que se entrega aos outros. Não vemos que vantagem possam esperar disto. Podemos até mesmo apreciar esse outro — como acontecia no meu caso —, mas nem por isso nos esquecemos de como em geral acabam as aventuras de amor. Senti por Carmen uma sincera compaixão, como jamais sentira por Augusta ou por Carla. Disse-lhe:

— E já que teve a gentileza de me oferecer sua amizade, permita que lhe faça umas advertências.

Ela não permitiu porque, como todas as mulheres em tais circunstâncias, achava que qualquer advertência seria uma agressão. Corou e balbuciou:

— Não compreendo! Por que me diz isto? — E para me fazer calar: — Se eu tivesse necessidade de conselhos, recorreria certamente ao senhor.

Com isto não me foi concedida a oportunidade de pregar-lhe moral, o que muito me prejudicou. Caso contrário, certamente atingiria um elevado grau de sinceridade, embora tentando prendê-la novamente nos meus braços. Não me arrependeria nunca de ter querido assumir a hipócrita atitude de mentor.

Por vários dias da semana, Guido não deu as caras no escritório, pois se apaixonara pela caça e a pesca. Eu, por minha vez, após o retorno, por algum tempo revelei-me muito assíduo ao trabalho, ocupadíssimo em pôr em dia os livros contábeis. Ficava quase sempre a sós com Carmen e Luciano, que me consideravam seu chefe. Não me parecia que Carmen sofresse com a ausência de Guido e imaginei que o amava tanto que se alegrava sabendo-o a divertir-se. Devia igualmente estar avisada quanto ao período de sua ausência, já que não deixava trair qualquer espera ansiosa. Por Augusta eu sabia, ao contrário, que Ada não procedia assim, pois se lamentava com azedume das frequentes ausências do marido. De resto não era aquela a sua única lamentação. Como todas as mulheres não amadas, lamentava-se com a mesma intensidade tanto das pequenas quanto das grandes ofensas. Guido não só a traía como passava o tempo todo a praticar violino quando se achava em casa. Aquele violino, que tanto me fizera sofrer, era uma espécie de lança de Aquiles pela variedade de suas aplicações. Soube mesmo que ele visitara o escritório, onde contribuíra para a conquista de Carmen com belíssimas variações sobre o *Barbeiro de Sevilha*. Depois retornou a casa, pois não havia lugar para ele no escritório; no lar, poupava a Guido o desprazer de ter que conversar com a esposa.

Entre mim e Carmen não houve mais nada. Muito cedo passei a devotar-lhe indiferença absoluta, como se ela tivesse mudado de sexo, algo semelhante ao que eu sentia por Ada. Uma viva compaixão por ambas, nada mais. Exatamente isto!

Guido cumulava-me de gentilezas. Creio que no mês em que o deixei sozinho soube apreciar o valor de minha companhia. Uma coisinha como Carmen pode ser agradável de tempos em tempos; torna-se, porém, insuportável ao longo de dias inteiros. Guido convidou-me a caçar e pescar. Abomino a caça e recusei-me terminantemente a acompanhá-lo. Contudo, uma noite, movido pelo enfado, acabei por ir com ele à pesca. Falta aos peixes qualquer meio de comunicação conosco; assim, não conseguem despertar a nossa compaixão. Abocanham a isca mesmo quando estão sãos e salvos na água! Além disso, a morte não lhes altera o aspecto. Sua dor, se existe, permanece perfeitamente oculta sob as escamas.

Quando uma vez me convidou para uma pescaria noturna, quis antes saber se Augusta me permitiria sair aquela noite e permanecer fora até tão tarde. Disse-lhe estar ciente de que o barco largaria do cais do Sartório às nove da noite e, se pudesse, iria encontrá-lo lá. Pensei que com isto ele ficasse certo de que não me veria mais aquela noite, pois, como já fizera inúmeras vezes, eu não compareceria ao encontro.

Contudo, nessa noite fui expulso de casa pelo berreiro de minha filhinha Antônia. Quanto mais a mãe a ninava, mais a pequena vagia. Pus então em prática meu sistema, que consiste em gritar insolências no ouvidinho da macaquinha berrante. Tudo o que consegui foi mudar o ritmo dos berros, porque ela então começou a estrilar espavorida. Quis tentar novo método, um pouco mais enérgico; Augusta, porém, recordou a tempo o convite de Guido e me acompanhou à porta, prometendo que iria deitar-se se eu não conseguisse voltar senão muito tarde. De forma que, além de me mandar embora, parecia até disposta a tomar o café da manhã sem mim, se eu tivesse que estar ausente até lá. Há uma pequena dissensão entre mim e Augusta — a única — no que respeita ao modo de tratar as crianças birrentas: para mim a dor da criança é menos importante que a nossa, e vale a pena infligi-la aos menores desde que nos poupe distúrbio a nós adultos; ela, ao contrário, acha que nós, que fizemos os filhos, devemos igualmente suportá-los.

Tinha tempo de sobra para chegar ao local do encontro e atravessei a cidade lentamente a olhar as mulheres e ao mesmo tempo inventando um esquema especial que impedisse qualquer dissídio entre mim e Augusta. A humanidade, contudo, ainda não estava suficientemente evoluída para o que eu trazia em mente! Meu esquema destinava-se a um futuro longínquo e sua única utilidade para mim era a de demonstrar em que consistiam minhas dissensões com Augusta: a falta de um esquema semelhante! Tratava-se de algo bastante simples, um trenzinho caseiro, uma espécie de cadeirinha com duas rodas sobre trilhos, na qual a criança passaria o tempo todo: se a criança chorasse, bastaria premir um botão para que a cadeirinha se deslocasse ao outro extremo da casa levando consigo a pequena birrenta até um ponto do qual seus gritos, suavizados pela distância, poderiam parecer inclusive agradáveis. E eu e Augusta viveríamos felizes e tranquilos.

Era uma noite rica de estrelas e desprovida de lua, uma daquelas noites em que se vê muito longe, por isso ficamos calmos e ternos. Olhei as estrelas, que talvez ainda retivessem o sinal do olhar de adeus de meu pai moribundo. Haveria de passar o período horrendo em que meus filhos se sujavam e berravam. Depois, ficariam parecidos comigo; eu os amaria como de meu dever e sem esforços. Na bela e vasta noite, acalmei-me de todo, sem qualquer necessidade de fazer propósitos.

Quase ao chegar ao fim do molhe Sartório, as luzes que brilhavam na cidade eram interrompidas por uma construção em ruínas, que acabava em ponta como um curto quebra-mar. A escuridão era profunda e a maré cheia, negra e quieta, parecia preguiçosamente inchada.

Não via mais nem os céus nem o mar. A poucos passos de mim estava uma mulher, que despertou minha curiosidade para as suas botas de verniz refletindo por um instante na escuridão. No breve espaço e na obscuridade, pareceu-me que aquela mulher alta e decerto elegante estava trancada num quarto comigo. As aventuras mais agradáveis podem acontecer quando menos se pensa, e vendo que ela de súbito avançava para mim deliberadamente, conheci por instantes uma sensação agradabilíssima, que logo desapareceu, quando ouvi a voz rouca de Carmen. Tentava fingir satisfação ao saber que também eu faria parte do grupo. Contudo, na obscuridade e com aquele tipo de voz, não se podia fingir.

Disse-lhe rudemente:

— Guido convidou-me. Mas, se quiser, arranjo uma desculpa e deixo vocês a sós!

Ela protestou declarando que estava muito contente com o fato de me ver pela terceira vez naquele dia. Contou-me que no pequeno barco estaria reunido o escritório em peso, já que Luciano também vinha. Pobres de nossos negócios se o barco fosse a pique! Disse-me que Luciano também vinha certamente para dar-me a prova da inocência do passeio. Depois, ainda conversou sobre coisas fúteis, a princípio afirmando que era a primeira vez que ia à pesca com Guido, confessando depois que era a segunda. Deixou escapar que não lhe desagradava estar sentada *a pagliolo*, ou seja, diretamente sobre o fundo da lancha, e achei estranho que ela conhecesse tal termo. Confessou-me que o aprendera na primeira vez que fora à pesca com Guido.

— Naquele dia — acrescentou para enfatizar a completa inocência do primeiro passeio —, pescamos cavalas e não dourados. De manhã.

Pena que não tive tempo de fazê-la desembuchar mais um pouco, pois teria sabido tudo o que importava; surgindo da escuridão da Sacchetta, veio-se aproximando de nós rapidamente a barca de Guido. Eu continuava na dúvida: dada a presença de Carmen, não devia tratar de desaparecer? É possível que Guido nem sequer tivesse a intenção de convidar nós dois, já que me recordava de haver praticamente recusado o convite. Nesse ínterim a lancha aproou e

Carmen, juvenilmente segura até mesmo na obscuridade, pulou para dentro dela, sem apoiar-se na mão que Luciano lhe oferecia. E como eu hesitasse, Guido gritou:

— Não nos faça perder tempo!

Com um salto, ali estava eu também na barca. Meu salto foi quase involuntário: um produto do grito de Guido. Olhava para terra com grande vontade de ficar, mas bastou um momento de hesitação para tornar impossível o desembarque. Acabei sentando-me à proa da lancha nada grande. Quando me habituei com a escuridão, percebi que à popa, de frente para mim, estava sentado Guido e, a seus pés, *a pagliolo*, Carmen. Luciano, que remava, estava entre nós. Eu não me sentia nem muito seguro nem muito cômodo na pequena barca, mas habituei-me e contemplei as estrelas, que de novo me tranquilizaram. É verdade que, em presença de Luciano — empregado devoto da família de nossas mulheres —, Guido não se arriscaria a trair Ada; assim, nada havia de mal que eu estivesse com eles. Desejava vivamente poder desfrutar daquele céu, daquele mar e da calma vastidão. Se tivesse que sentir remorsos e sofrer, melhor teria sido ficar em casa, deixando-me torturar pela pequena Antônia. O ar fresco da noite encheu-me os pulmões e admiti que poderia divertir-me em companhia de Guido e Carmen, a quem no fundo eu queria bem.

Passamos diante do farol e entramos em mar aberto. A algumas milhas além brilhavam as luzes de inúmeros veleiros: lá se preparavam insídias bem diversas para os peixes. Saindo dos Banhos Militares — imenso molhe escurecido sobre os seus pilares —, começamos a mover-nos para cima e para baixo na Riviera de Sant'Andrea, o local predileto dos pescadores. Junto de nós, silenciosamente, muitos outros barcos faziam manobras iguais à nossa. Guido preparou as três linhas e iscou os anzóis, espetando-os nas caudas de pequenos camarões. Entregou uma linha a cada um de nós, dizendo que a minha, a da proa — a única munida de chumbeira —, seria a preferida dos peixes. Vislumbrei na obscuridade o meu camarãozinho com a cauda espetada e pareceu-me que movia lentamente a parte superior do corpo, a que não se havia transformado em bainha. Esse movimento deixava transparecer mais um gesto de meditação do que um espasmo de dor. Talvez o centro que provoca a dor nos grandes organismos se reduza nos seres minúsculos a uma experiência nova, a um estímulo ao pensamento. Deixei-o afundar-se na água, dando-lhe dez braças de linha segundo as instruções de Guido. Após o que, também Guido e Carmen soltaram as suas. Guido tinha agora à popa também um remo, com o qual impulsionava a barca com arte para que os anzóis não se enredassem. Luciano provavelmente não estava ainda em condições de executar esta manobra. Além disso, tinha a seu cargo uma pequena rede com que retiraria da água os peixes que os anzóis trariam à superfície. Por muito tempo ficou sem o que fazer. Guido falava pelos cotovelos. Quiçá o que o prendia a Carmen era antes sua paixão pelo ensino do que mesmo o amor. Eu preferia não ouvi-lo, para poder pensar no animalzinho que eu mantinha suspenso à voracidade dos peixes e que com seus movimentos de antenas — se ainda estivesse ali na água — melhor haveria de atraí-los. Contudo, Guido chamava-me repetidas vezes e tive de ouvir suas teorias sobre a pesca. O peixe haveria de tocar por várias vezes a isca; nós o sentiríamos, mas só devíamos puxar a linha no momento em que estivesse tesa. Então dávamos um puxão firme para trespassar seguramente o anzol pela boca do peixe. Guido, como de hábito, era prolixo em suas explicações. Queria explicar-nos claramente o que sentiríamos na mão quando o peixe beliscasse a isca. E continuava a discorrer, enquanto eu e Carmen já conhecíamos pela experiência a repercussão quase sonora que nos vinha às mãos a cada contato que o anzol sofria. Amiúde tivemos que recolher a linha para renovar a isca. O pequeno animal pensativo acabava imolado nas fauces de algum peixe destro em evitar o anzol.

A bordo havia cerveja e sanduíches. Guido temperava tudo com sua inesgotável tagarelice. Agora falava das imensas riquezas que jaziam no mar. Não se tratava, como supunha Luciano, dos peixes ou dos tesouros que os homens deixaram submergir. Na água do mar havia ouro dissolvido. De repente, recordou-se de que eu estudara química e disse-me:

— Você também deve saber sobre esse ouro.

Eu não me lembrava, mas anuí, arriscando uma observação de cuja veracidade não podia estar seguro. Declarei:

— O ouro do mar é o mais dispendioso de todos. Para obtermos um dos napoleões que nele estão dissolvidos teríamos que gastar cinco.

Luciano, que se voltara para mim ansioso, na expectativa de que eu confirmasse as riquezas sobre as quais vagávamos, voltou-me desiludido as costas. Não lhe interessava aquela espécie de riqueza. Guido, ao contrário, me deu razão, acreditando lembrar-se de que o preço daquele ouro era exatamente cinco vezes mais elevado, conforme eu dissera. Queria elogiar-me, sem dúvida, confirmando a asserção inventada por mim. Via-se que me considerava pouco perigoso, e nele não havia sombra de ciúme pela mulher estendida a seus pés. Pensei um instante em metê-lo em apuros, declarando que agora me recordava melhor e que, para extrair um daqueles napoleões, seriam suficientes três ou até mesmo dez.

Nesse momento, porém, fui convocado pela minha linha, que se estendia com um arranco poderoso. Dei-lhe um puxão e gritei. Guido aproximou-se com um salto e tomou-me a linha das mãos. Entreguei-a sem mais. Pôs-se a puxá-la para fora, de início pouco a pouco, depois, vencida a resistência, de estirão. E na água turva viu-se brilhar o corpo argênteo de um grande peixe. Corria agora rapidamente e sem resistência no rastro de sua dor. Foi quando compreendi também a dor do animal mudo, que parecia um grito na pressa de correr para a morte. Logo o tive arquejante a meus pés. Luciano tirara-o da água com a rede e agarrando-o sem receio arrancou-lhe da boca o anzol.

Sopesou o gordo peixe:

— Um dourado de três quilos!

Admirado, mencionou o preço a pedir por um peixe daqueles no mercado. Depois, Guido observou que estávamos na preamar e seria difícil apanhar mais peixes. Contou que os pescadores afirmam que, quando a água não flui nem reflui, os peixes não comem, não podendo, portanto, ser apanhados. Filosofou sobre os perigos a que era arrastado um animal pelos seus apetites. Depois, pondo-se a rir, sem perceber que se comprometia, disse:

— Você foi o único que apanhou alguma coisa esta noite.

Minha presa ainda se debatia no fundo do barco, quando Carmen deu um grito. Guido perguntou sem mover-se e traindo na voz uma grande vontade de rir:

— Outro dourado?

Carmen respondeu confusa:

— Parecia! Mas não fisgou o anzol!

Estou seguro de que, instigado pelo desejo, ele lhe dera um beliscão.

Comecei a sentir-me pouco à vontade na barca. Já não acompanhava com interesse os sinais do anzol e até agitava a linha de modo a que os pobres animais não fisgassem. Aleguei que estava com sono e pedi a Guido que me desembarcasse em Sant'Andrea. Depois, preocupado em tirar-lhe a suspeita de que me afastava molestado pelas implicações do grito de Carmen, contei a cena que minha filhinha fizera aquela noite e o meu desejo de certificar-me logo de que tudo agora corria bem.

Complacente como sempre, Guido acostou a barca à margem. Ofereceu-me o dourado pescado por mim, mas recusei. Propus devolver-lhe a liberdade, atirando-o ao mar, o que provocou um grito de protesto por parte de Luciano, ao passo que Guido bondosamente disse:

— Se pudesse devolver-lhe a vida e a saúde, bem que o faria. Mas agora o pobrezinho só serve para o prato!

Segui-os com os olhos e verifiquei que não aproveitaram o espaço que eu deixara livre. Continuavam bem juntinhos e a barca se foi um pouco inclinada à frente, por causa do excesso de peso na popa.

Pareceu-me punição divina saber que minha filha se achava febril. Não lhe teria eu provocado a doença, simulando diante de Guido uma preocupação que não sentia pela sua saúde? Augusta ainda estava de pé; pouco antes viera o dr. Paoli e tranquilizou-a, dizendo que uma febre súbita tão violenta não podia ser indício de doença grave. Ficamos durante muito tempo a contemplar Antônia, que jazia abatida no pequeno leito, com a pele do rostinho intensamente afogueada sob os cachinhos castanhos e desordenados. Não chorava, mas lamentava-se de tempos em tempos, um lamento breve, interrompido por um torpor imperioso. Meu Deus! Como o sofrimento me aproximava dela. Teria dado uma parte de minha vida para tornar sua respiração menos difícil. Como evitar o remorso de ter imaginado que não podia amá-la e depois o de ter passado todo aquele tempo de sofrimento longe dela e em que companhia!?

— Parece-se com Ada! — disse Augusta com um soluço. Era verdade! Dávamos por isso pela primeira vez; a semelhança tornou-se cada vez mais evidente à medida que Antônia cresceu, tanto que às vezes sinto tremer o coração ao pensar que lhe poderá tocar o destino da pobre com quem se parece.

Fomo-nos deitar depois de pôr junto do nosso o leito da criança. Mas eu não podia dormir: sentia um peso no coração como naquelas noites em que os meus erros do dia se espelhavam em imagens noturnas de dor e remorso. A doença da menina pesava em mim como se fosse minha culpa. Rebelei-me! Estava inocente e podia falar, podia dizer tudo. Contei a Augusta meu encontro com Carmen, a posição que ela ocupava no barco e também sobre o grito que desconfiei fosse provocado por uma carícia mais forte de Guido, sem contudo poder asseverá-lo. Augusta estava convencida disso. Por que a voz de Guido se mostraria alterada, logo em seguida, pela hilaridade, se não fosse por isso? Procurei atenuar sua convicção, mas acabei contando mais ainda. Fiz uma confissão que inclusive dizia respeito a mim, descrevendo o aborrecimento que me afastara de casa e meu remorso de não amar Antônia como devia. Senti-me melhor e adormeci profundamente.

Na manhã seguinte, Antônia estava também melhor, quase sem febre. Jazia calma e liberta da aflição, embora pálida e abatida, como se consumida por um esforço desproporcional ao seu pequeno organismo; evidentemente, já saíra vitoriosa da breve batalha. Na calma que daí decorreu até mesmo para mim, recordei, com mágoa, haver comprometido horrivelmente Guido e quis que Augusta me prometesse que não falaria com ninguém sobre as minhas suspeitas. Ela protestou que não se tratava de suspeitas, mas de evidências certas, coisa que neguei sem conseguir convencê-la. Depois prometeu-me tudo o que pedi e fui tranquilamente para o escritório.

Guido não havia chegado e Carmen contou que tinham tido bastante sorte logo depois de minha partida. Pescaram outros dois dourados, menores que o meu, mas de peso considerável. Não acreditei e pensei que quisesse convencer-me de que após minha partida tivessem abandonado a ocupação a que tanto se entregaram enquanto estive presente. A água não estava parada? Até que horas ficaram no mar?

Carmen, para convencer-me, fez com que Luciano confirmasse a pesca dos dois dourados; pensei então que Luciano seria capaz de qualquer atitude para atrair a simpatia de Guido.

Durante toda a idílica quietude que precedeu o negócio do sulfato de cobre, ocorreu no escritório um fato bastante estranho que não consigo esquecer, não só porque coloca em evidência a desmesurada presunção de Guido como também porque projeta sobre mim uma luz sob a qual é difícil distinguir-me.

Um dia, estávamos os quatro no escritório e o único de nós que falava de negócios era, como sempre, Luciano. Houve em suas palavras algo que soou aos ouvidos de Guido como uma repreensão ao seu procedimento, coisa que, em presença de Carmen, lhe era difícil suportar. Contudo, era igualmente difícil defender-se, pois Luciano tinha as provas de que um negócio, aconselhado por ele há algumas semanas e recusado por Guido, acabara por render um bom dinheiro a quem dele se ocupara. Guido acabou por declarar que nutria verdadeiro desprezo pelo comércio e que, se não tivesse sorte nos negócios, arranjaria meios de ganhar a vida exercendo atividades muito mais inteligentes. Com o violino, por exemplo. Todos concordaram, até eu, ressalvando, porém:

— Desde que estude bastante.

A minha ressalva desagradou-o; informou que, se fosse o caso de estudar, poderia fazer muitas outras coisas, como, por exemplo, na literatura. Também nisto os outros se puseram todos de acordo, e eu também, embora com alguma hesitação. Não me lembrava bem dos traços de nossos grandes escritores e os evocava para ver se encontrava algum que se parecesse com Guido. Este então gritou:

— Querem umas boas fábulas? Sou capaz de improvisá-las como Esopo!

Todos riram, menos ele. Pediu a máquina de escrever e, fluentemente, como se escrevesse sob ditado, com gestos mais amplos do que um trabalho a máquina exige, produziu a primeira fábula. Já estendia a folha de papel a Luciano quando mudou de opinião, trazendo-a de volta e metendo-a na máquina para escrever uma segunda fábula; esta, porém, lhe custou mais esforços que a primeira, tanto que esqueceu de simular com gestos a inspiração e teve de corrigir várias vezes o que escrevera. Daí eu admitir que a primeira fábula não fosse realmente de sua autoria e que a segunda realmente tivesse brotado de seu cérebro, do qual me pareceu digna. A primeira contava a história de um passarinho que nota a porta da gaiola aberta. A princípio, a ave pensa aproveitar o ensejo para escapulir; depois, retrai-se, temendo que, durante sua ausência, alguém feche a porta, perdendo ela a liberdade. A segunda tratava de um elefante, e era verdadeiramente elefantina. Sofrendo de uma fraqueza nas pernas, o enorme animal foi consultar um homem, médico célebre, o qual, ao ver aqueles membros poderosos, exclamou:

— Nunca vi pernas tão fortes!

Luciano não se deixou entusiasmar pelas fábulas, mesmo porque não as compreendera. Ria fartamente, mas via-se que achava cômico alguém apresentar-lhe aquelas coisas como sendo rentáveis. Riu depois por complacência quando Guido explicou que o passarinho temia ser privado da liberdade de retornar à gaiola e o homem admirava as pernas do elefante não obstante estarem fracas. Perguntou, porém:

— Que se ganha com estas fábulas?

Guido mostrou-se superior:

— O prazer de havê-las feito, mas pode-se ganhar muito dinheiro se se fizer um livro.

Carmen, ao contrário, estava agitada de emoção. Pediu licença a Guido para copiar as duas fábulas e agradeceu-lhe reconhecida quando este lhe ofertou a folha datilografada, depois de nela apor o seu autógrafo.

Que fazia eu ali? Não tinha necessidade de bater-me pela admiração de Carmen, à qual, como já disse, não dava a mínima importância; recordando no entanto minha maneira de proceder, devo acreditar que mesmo uma mulher que não seja objeto de nosso desejo pode arrastar-nos à luta. Não é verdade que os cavaleiros medievais se batiam inclusive por mulheres que nunca haviam visto? Aconteceu que nesse dia as dores lancinantes de meu pobre organismo subitamente se tornaram tão agudas que não tive alternativa para atenuá-las senão me bater com Guido na composição de fábulas.

Passou-me a máquina e comecei verdadeiramente a improvisar. É verdade que a primeira dessas fábulas já há muitos dias estava em meu espírito. Improvisei o título: "Hino à Vida!" Depois, após curta reflexão, escrevi por baixo: "Diálogo". Parecia-me mais fácil fazer os animais falarem do que descrevê-los. Assim nasceu minha fábula com este brevíssimo diálogo:

O camarão meditativo:

— A vida é bela, mas é preciso ter cuidado com o lugar em que se senta.

O dourado, correndo ao dentista:

— A vida é bela, mas precisamos acabar com estes animaizinhos traidores que escondem na carne saborosa um metal assassino.

Tocava agora a vez de fazer a segunda fábula, só que os animais me faltavam. Olhei para o cão que jazia no seu cantinho e também ele olhou para mim. Daqueles olhos tímidos extraí uma recordação: poucos dias antes, Guido retornara da caça cheio de pulgas e fora catar-se em nosso gabinete. Tive logo a inspiração e escrevi de um lance: "Era uma vez um príncipe que foi atacado pelas pulgas. Rogou aos deuses que lhe infligissem uma única pulga, enorme e famélica, mas uma só, destinando as demais aos outros homens. Porém, nenhuma das pulgas aceitou ficar sozinha com tal imbecil, e ele teve que alojar as pulgas todas."

Naquele momento as minhas fábulas pareceram-me esplêndidas. As coisas que brotam de nosso cérebro têm um aspecto de todo amável, principalmente quando examinadas logo após o nascimento. Para dizer a verdade, meu diálogo me agrada ainda hoje, quando já tenho bastante prática de escrever. O hino à vida feito pelo morituro é algo simpático para aqueles que o veem morrer e é mesmo verdade que muitos moribundos gastam seu último alento em dizer o que julgam ser a causa de sua morte, erguendo assim um hino à vida dos que saberão evitar aquele acidente. Quanto à segunda fábula não quero falar a respeito, já que foi comentada argutamente pelo próprio Guido, que gritou sorridente:

— Não é uma fábula; não passa de uma maneira de me chamar de imbecil.

Ri com ele, e as dores que me haviam levado a escrever de repente se atenuaram. Luciano riu quando lhe expliquei o que eu queria dizer e observou que ninguém daria um níquel nem pelas minhas nem pelas fábulas de Guido. A Carmen, contudo, as minhas fábulas não agradaram. Lançou-me um olhar indagador, verdadeiramente novo para aqueles olhos, e que entendi como sendo uma palavra dita:

—Você não gosta de Guido!

Fiquei totalmente perturbado, pois decerto ela não se enganava. Pensei que procedia mal, comportando-me como se não apreciasse Guido, eu que, no entanto, trabalhava desinteressadamente para ele. Devia prestar atenção à minha maneira de me comportar.

Disse brandamente a Guido:

— Reconheço de bom grado que as suas fábulas são melhores que as minhas. Mas é preciso lembrar que são as primeiras que faço.

Ele não se rendeu:

— E você acha que andei fazendo outras antes?

O olhar de Carmen já se havia adoçado e, para fazê-lo ainda mais doce, eu disse a Guido:

—Você tem, sem dúvida, um talento fabuloso.

O elogio fez com que rissem ambos e logo eu também, todos satisfeitos, pois notava-se que eu falara sem qualquer intenção malévola.

O negócio do sulfato de cobre imprimiu maior seriedade ao nosso escritório. Já não havia tempo para fábulas. Quase todos os negócios que nos eram propostos acabavam por ser aceitos por nós. Houve os que deram algum lucro, apesar de pouco: outros que deram prejuízo, e grande. O principal defeito de Guido era uma estranha avareza, ele que fora dos negócios se mostrava tão generoso. Quando um negócio se revelava bom, liquidava-o apressadamente, ávido de realizar o pequeno lucro daí proveniente. Quando, ao contrário, se encontrava num negócio desfavorável, só decidia o momento de sair quando os efeitos já repercutiam no seu bolso. Por isso creio que os seus prejuízos foram sempre relevantes e mínimos os seus lucros. As qualidades de um comerciante não são mais que as consequências de todo o seu organismo, da ponta dos cabelos às unhas dos pés. A Guido se aplicaria perfeitamente uma palavra dos gregos: "astuto imbecil". Verdadeiramente astuto, mas um autêntico palerma. Era cheio de umas astúcias que só serviam para lubrificar o plano inclinado sobre o qual deslizava cada vez mais para baixo.

Junto com o sulfato de cobre aconteceu-lhe inesperadamente a chegada dos gêmeos. Sua primeira impressão foi de surpresa nada agradável; contudo, logo depois de me haver anunciado o acontecimento, saiu-se com uma piada que me fez rir muito, e ele, satisfeito com o sucesso, não pôde conservar a cara feia. Associando os dois filhinhos às sessenta toneladas de sulfato, disse:

— Estou condenado a ser atacadista!

Para confortá-lo, recordei-lhe que Augusta estava de novo no sétimo mês e que em breve, em matéria de filhos, eu estaria empatando com a tonelagem dele. Respondeu, sempre argutamente:

— Como bom contador que você é, não me parece a mesma coisa.

Alguns dias depois, foi tomado (por certo tempo) de grande afeto pelos fedelhos. Augusta, que passava parte do dia com a irmã, contou-me que ele dedicava diariamente algumas horas às crianças. Acariciava-as, ninava-as, e Ada ficava tão reconhecida que entre os dois cônjuges parecia reflorir um novo afeto. Foi por essa ocasião que pagou vultoso prêmio a uma companhia de seguros para que os filhos, ao completarem vinte anos, tivessem algum capital. Lembro-me disto por ter sido eu a registrar a importância a débito de sua conta.

Também a mim convidaram para ver os gêmeos: a própria Augusta me disse que eu poderia igualmente cumprimentar a irmã, que não pôde receber-me, pois estava de resguardo, embora já passassem dez dias do parto.

Os infantes jaziam em dois bercinhos num gabinete contíguo ao quarto dos pais. Ada, de seu leito, gritou:

— São bonitos, Zeno?

Fiquei surpreso com o tom de sua voz. Pareceu-me mais suave: era um verdadeiro grito porque nele se percebia um esforço, permanecendo, porém, doce. Sem dúvida, a doçura da voz provinha da maternidade, mas fiquei comovido ao descobrir que ela se dirigia propriamente a mim. Essa doçura me fez sentir como se Ada não me chamasse apenas pelo nome, que lhe acrescentava algum qualificativo afetuoso como caro ou me chamava de irmão! Senti um vivo reconhecimento e tornei-me bom e afetuoso. Respondi festivamente:

— Lindos, uns amores, iguaizinhos, duas maravilhas. — Na verdade pareciam-me dois anjinhos lívidos. Que nem berravam no mesmo ritmo.

Com pouco Guido voltou à vida de antigamente. Depois do negócio do sulfato vinha mais amiúde ao escritório; todas as semanas, aos sábados, partia para a caça e só retornava segunda de manhã, já tarde e a tempo apenas de dar uma olhadela no escritório antes do almoço. Ia pescar de tarde e não raro passava a noite no mar. Augusta relatava-me os aborrecimentos de Ada, que não apenas sofria com ciúmes doentios, mas por ficar sozinha em casa a maior parte do dia. Augusta tentava acalmá-la, recordando-lhe que caçadas e pescarias não eram frequentadas por mulheres. Contudo — não se sabia por quem — Ada fora informada de que Carmen vez por outra acompanhava Guido à pesca. Guido confessou-lhe isto depois, acrescentando que não via mal nenhum em prestar uma gentileza a uma auxiliar que lhe era tão útil. E Luciano não estava sempre com eles? Acabou por prometer que não convidaria mais a moça, já que desagradava a esposa. Afirmava não querer renunciar nem à caça, que lhe saía tão dispendiosa, nem à pescaria. Dizia que trabalhava muito (e na verdade, naquela época, em nosso escritório havia muito o que fazer) e que um pouco de distração até lhe fazia bem. Ada não pensava da mesma forma e achava que a melhor distração seria estar com a família, nisto encontrando o apoio incondicional de Augusta, ao passo que para mim tal distração se revelava barulhenta demais.

Augusta então exclamava:

— Mas você não vem para casa todos os dias nas horas de costume?!

Era verdade e tinha que confessar que entre Guido e eu havia uma grande diferença, de que eu, aliás, não me gabava. Dizia a Augusta, acariciando-a:

— O mérito pertence a você que soube usar métodos drásticos para educar-me.

Por outro lado, as coisas para o pobre Guido andavam piores de dia para dia: a princípio, apesar dos dois filhos, tinha apenas uma ama, pois pensava que Ada seria capaz de amamentar um dos meninos. Mas ela não pôde e tiveram que mandar vir uma segunda ama. Quando Guido queria fazer-me rir, passeava para um lado e para outro do escritório marcando o tempo com as palavras:

— Uma mulher... dois filhos... duas amas!

Havia uma coisa que Ada odiava em especial: o violino de Guido. Era capaz de suportar os vagidos dos gêmeos, mas sofria horrivelmente com o som do violino do esposo. Havia confidenciado a Augusta:

— Tenho vontade de latir como um cão contra aquele violino!

Estranho! Augusta, ao contrário, ficava feliz quando passava diante de meu estúdio e sentia sair de lá meus sons arrítmicos!

— Contudo, o casamento de Ada foi por amor — dizia eu admirado. — E o violino não é o que Guido tem de melhor?

Tais conversas foram de todo esquecidas quando tornei a ver Ada, pela primeira vez após o parto. Fui o primeiro a perceber sua doença. No começo de novembro — um dia frio, sem sol, enevoado — deixei o escritório excepcionalmente às três da tarde e corri para casa pensando repousar e sonhar por algum tempo na tepidez de meu estúdio. Para chegar a ele tenho que passar por um longo corredor; diante do quarto de trabalho de Augusta detive-me ao ouvir a voz de Ada. Era doce ou insegura (o que se equivale, creio) como no dia em que se dirigira a mim. Entrei no quarto levado pela estranha curiosidade de ver como a serena, a calma Ada podia assumir aquela voz que recordava um pouco a de certas atrizes nossas quando querem fazer chorar, embora elas próprias não saibam. Na verdade, era uma voz falsa ou eu assim a sentia, só porque, sem ter ainda visto quem a emitia, percebi, depois de tantos dias, que continuava comovida e comovente. Pensei que falassem de Guido, pois qual outro argumento poderia comovê-la daquela maneira?

Contudo, as duas senhoras, tomando juntas uma chávena de café, falavam de assuntos domésticos: lavagem de roupa, empregadas etc. E bastou-me ver Ada para compreender que a voz não era falsa. Comovente era também o rosto, que pela primeira vez eu o via assim alterado, e a voz, se não correspondia a um sentimento, espelhava exatamente todo um organismo, e por isso era sincera e verdadeira. Senti isto imediatamente. Não sou médico; não pensei, portanto, em doença, mas procurei explicar a mim mesmo a alteração que via no aspecto de Ada como efeito da convalescença. Como, porém, explicar que Guido não se desse conta de todas aquelas alterações por que passava a mulher? Eu, no entanto, que conhecia de cor aqueles olhos, aqueles olhos que tanto receei porque logo percebi que examinavam friamente as pessoas e as coisas para aprová-las ou repeli-las, constatei de imediato que haviam mudado, intumescidos, como se, para verem melhor, forçassem as órbitas. Aqueles olhos enormes destoavam do pequenino rosto acabrunhado e descolorido.

Estendeu-me com grande afeto a mão:

— Já sei — disse-me — que você aproveita todos os instantes para vir em casa ver sua mulher e a filha.

Tinha a mão úmida de suor e sei que isto é sinal de fraqueza. Tanto mais me pareceu que, uma vez restabelecida, haveria de recuperar sua antiga cor e as linhas seguras do rosto e do contorno dos olhos.

Interpretei as palavras a mim endereçadas como censura dirigida a Guido; bondosamente respondi que ele, na qualidade de chefe da firma, tinha responsabilidades maiores que o retinham no escritório.

Observou-me indagadora, para assegurar-se de que eu falava a sério.

— Apesar disso, acho que ele poderia encontrar um tempinho para a mulher e os filhos. — E sua voz surgia embargada de lágrimas. Refez--se com um sorriso que pedia indulgência e acrescentou:

— Além dos negócios ainda caça e pesca! E isto lhe toma tanto tempo.

Com uma volubilidade que me surpreendeu, começou a falar sobre os pratos deliciosos que se preparavam em casa com os produtos das caçadas e pescarias de Guido.

— Mas eu bem que renunciaria a eles! — acrescentou com um suspiro e uma lágrima. Não se reputava infeliz, ao contrário! Custava--lhe até acreditar que tivera aquelas duas crianças que tanto adorava! Com um pouco de malícia, acrescentou sorrindo que as amava ainda mais agora que cada uma tinha a sua ama. Ela não costumava dormir muito; ao menos, porém, quando chegava a cair no sono, ninguém a incomodava. E quando lhe perguntei se na verdade dormia assim tão pouco, pôs-se séria e confessou pateticamente que este era o seu maior distúrbio. Depois, alegre, acrescentou:

— Mas já estou melhor!

Teve de deixar-nos por duas razões: antes de entardecer queria ir ver a mãe e não conseguia suportar a temperatura dos nossos quartos dotados de grandes lareiras. Eu, que achava aquela temperatura simplesmente agradável, pensei fosse um sinal de força o fato de senti-la excessivamente quente.

— Não me parece que esteja tão fraca — disse-lhe sorrindo —; vai ver como se sente quando tiver a minha idade.

Ela ficou bastante satisfeita por se sentir tratada como jovem.

Eu e Augusta acompanhamo-la até o terraço. Parecia necessitar bastante de nossa amizade, pois que, para dar aqueles poucos passos, caminhou entre nós dois, tomando primeiro o braço de Augusta e em seguida o meu, que logo enrijeci, com receio de ceder a um velho hábito de comprimir qualquer braço feminino que se oferecesse a meu contato. No terraço ainda falou muito e, lembrando-se do pai, teve de novo os olhos úmidos, pela terceira vez em um quarto de hora. Quando se foi, eu disse a Augusta que aquela não era uma mulher, mas um chafariz. Embora houvesse entrevisto a doença de Ada, não lhe dei qualquer importância. Tinha os olhos dilatados; a face emagrecida; a voz estava transformada e até mesmo o caráter propenso a uma afetuosidade que não lhe era própria — tudo isso porém eu atribuía à dupla maternidade que a enfraquecera. Em suma, mostrei-me magnífico observador, pois pude ver tudo, embora também um grande ignorante por não ter dado com a palavra exata: doença!

No dia seguinte, o obstetra de Ada pediu o parecer do dr. Paoli, que imediatamente pronunciou a palavra que eu não soubera dizer: *Morbus basedowii*. Guido contou-me, descrevendo com grande sapiência a moléstia e lamentando-se por Ada que sofria muito. Sem qualquer malícia, acho que sua compaixão e o seu cientificismo não eram grandes: assumia um ar acanhado ao falar da mulher; quando, no entanto, ditava cartas a Carmen, manifestava toda uma alegria de viver e ensinar; supunha que o nome da doença derivasse de Basedow, amigo de Goethe, ao passo que eu, ao estudá-la numa enciclopédia, percebi que se tratava de outro.

Grande, importante essa doença de Basedow! Para mim foi importantíssimo havê-la conhecido. Estudei-a em várias monografias e achei que só então havia descoberto o segredo essencial de nosso organismo. Creio que há muitos indivíduos como eu que, em certos períodos de tempo, deixam-se ocupar por ideias que atravancam o cérebro, bloqueando-o para tudo o mais. Mas isto acontece também com a coletividade! Vivemos de Darwin depois de termos vivido de Robespierre e Napoleão, e depois de Liebig e oxalá de Leopardi, quando Bismarck não está trovejando sobre o cosmos!

Mas eu vivia apenas de Basedow! Pareceu-me que ele trouxera luz às raízes da vida, que assim era feita: todos os organismos distribuíam-se numa linha, em cuja cabeça está a moléstia de Basedow, que acarreta um consumo abundante e alucinado das forças vitais a um ritmo imprudente; no outro extremo acham-se os organismos debilitados pela avareza orgânica, destinados a perecer de uma moléstia semelhante a um esgotamento e que, em vez disso, é uma ociosidade. A medida áurea entre as duas moléstias se encontra no centro e vem designada impropriamente por saúde, não passando de uma simples pausa. E entre o centro e uma das extremidades — precisamente a de Basedow — encontram-se todos aqueles que se exaltam e consomem a vida em grandes desejos, ambições, prazeres e até em trabalhos, e na outra aqueles que no prato da vida deitam apenas migalhas propiciando o advento de longevos abjetos que surgem como um peso para a sociedade. Contudo, mesmo esse peso parece necessário. A sociedade avança porque os basedowianos a impulsionam, e só não se precipita no abismo porque os outros a detêm. Estou convencido de que, se pudéssemos constituir a sociedade, haveríamos de fazê-la mais simples; ela, porém, já está constituída assim, com o bócio num extremo e o edema no outro, e nada podemos fazer. Os que estão no centro têm tendência para um ou outro dos males, e ao longo da linha de toda a humanidade não há lugar para a saúde perfeita.

Quanto a Ada, a julgar pelo que dissera a Augusta, faltava-lhe o bócio; contava, no entanto, com todos os outros sintomas da doença. Pobre Ada! Vira nela a encarnação da saúde e do equilíbrio, tanto que por muito tempo pensei que tivesse escolhido marido com o mesmo ânimo frio com que o pai selecionava mercadorias, e agora estava atacada por uma moléstia que a conduzia em direção oposta: às perversões psíquicas. De minha parte, adoeci com ela, de uma enfermidade leve, mas prolongada. Durante muito tempo só pensava em Basedow. Chego a acreditar que em qualquer parte do universo em que nos coloquemos vamos acabar contaminados por ela. Precisamos mover-nos. A vida está cheia de venenos letais, mas há também aqueles que agem como antídotos. Só correndo podemos subtrair-nos aos primeiros e aproveitar-nos dos outros.

A minha enfermidade consistia numa ideia fixa, um sonho, e mesmo um pesadelo. Deve ter-se originado de uma reflexão: sob o nome de perversão queremos significar um desvio da saúde, aquela espécie de saúde que nos acompanhou por um período de nossa vida. Agora sabia em que consistia a saúde de Ada. Não poderia sua doença levá-la a amar-me, a mim que repelira quando estava boa?

Não sei como este terror (ou esta esperança) nasceu no meu cérebro! Talvez porque a voz doce e rouca de Ada me parecesse de amor quando se dirigiu a mim? A pobre Ada tornara-se tão feia que eu já não conseguia desejá-la. Contudo, revendo nosso relacionamento passado, parecia-me que de repente fora tomada de amor por mim, o que me colocaria nas desagradáveis circunstâncias que lembravam um pouco as de Guido em relação ao amigo inglês das sessenta toneladas de sulfato de cobre. Exatamente o mesmo caso! Poucos anos antes eu lhe havia feito uma declaração de amor e não a revogara senão pelo fato de me ter casado com a irmã. Um contrato em que não a protegia a lei, mas o cavalheirismo. Parecia-me estar de tal forma comprometido que se ela se apresentasse diante de mim, daqui a muitos e muitos anos, aperfeiçoada quem sabe pela doença de Basedow com um enorme papo, eu ainda assim teria que honrar minha palavra.

Recordo, no entanto, que tal perspectiva tornou meu pensamento mais afetuoso para com ela. Até ali, quando era informada dos padecimentos que sofria por causa de Guido, eu certamente não me comprazia, mas de certa forma voltava o pensamento para a casa em que Ada se recusava a entrar e onde não se sofria na verdade. Agora as coisas haviam mudado: já não existia aquela Ada que me refugara com desdém, a menos que os meus textos de medicina se enganassem.

A doença de Ada era bastante grave. O dr. Paoli, poucos dias depois, aconselhou que a afastassem da família e a internassem numa casa de saúde em Bolonha. Soube por Guido; Augusta depois me contou que nem naquele momento foram poupados grandes desgostos à pobre irmã. Guido tivera o descaramento de propor ficasse Carmen a cuidar da família durante a ausência da esposa. Ada não tivera coragem de dizer abertamente o que pensava de semelhante proposta; declarou que não arredaria pé de casa se não lhe fosse permitido entregar a direção da mesma à tia Maria, e Guido acabou por concordar. Contudo, ele continuava a acalentar a ideia de poder manter Carmen à sua disposição no lugar deixado livre por Ada. Um dia, disse a Carmen que, se ela não tivesse tanto com o que se ocupar no escritório, lhe entregaria satisfeito a direção da casa. Luciano e eu nos entreolhamos, e certamente descobrimos um no rosto do outro uma expressão maliciosa. Carmen enrubesceu e murmurou que não seria possível aceitar.

— Eu sei — disse Guido furioso — que as estúpidas convenções sociais nos impedem de fazer o que seria recomendável!

Mas logo também se calou e foi com surpresa que o vimos calar-se diante de um tema tão interessante.

A família inteira acompanhou Ada à estação. Augusta pediu-me que levasse flores à irmã. Cheguei um pouco atrasado, com uma bela caixa de orquídeas que entreguei a Augusta. Ada observava-nos e, quando Augusta lhe ofereceu as flores, disse:

— Agradeço-lhes de coração!

Queria dizer que recebia as flores também de mim, mas foi como uma manifestação de afeto fraternal, doce conquanto um tanto fria. Basedow decerto nada tinha a ver com aquilo.

Parecia uma recém-casada a pobre, com aqueles olhos desmesuradamente dilatados, como se o fossem de felicidade. Sua doença sabia dissimular todas as emoções.

Guido seguia com ela, retornando dias depois. Esperamos na plataforma a partida do trem. Ada seguiu debruçada à janela do vagão, agitando o lenço, até nos perder de vista.

Acompanhamos então a sra. Malfenti em lágrimas de volta para casa. No momento de nos despedirmos, minha sogra, após beijar Augusta, beijou-me também a mim.

— Desculpe! — disse com um riso entre as lágrimas. — Não o fiz de propósito, mas se quer posso dar-te outro beijo.

Até Anninha, agora com 12 anos, quis beijar-me. Alberta, na iminência de trocar o teatro nacional pelo casamento, e que de hábito era um pouco reservada comigo, nesse dia estendeu-me calorosamente a mão. Todos me queriam bem porque minha mulher se mostrava saudável; com isso demonstravam antipatia por Guido, cuja mulher estava enferma.

Contudo, mesmo assim corri o risco de tornar-me um marido menos exemplar. Dei grande consternação à minha mulher, não por minha culpa, antes por causa de um sonho que inocentemente cometi a tolice de contar.

Eis o sonho: estávamos os três, Augusta, Ada e eu debruçados a uma janela, precisamente a mais estreita que havia em nossas três habitações, ou seja, a minha, a de minha sogra e a de Ada. Estávamos consequentemente na janela da cozinha da casa de minha sogra, que na realidade se abre sobre um pequeno pátio, ao passo que no sonho dava diretamente para o Corso. O pequeno peitoril era tão estreito que Ada, posta entre nós dois e apoiando-se em nossos braços, acabava ficando totalmente colada comigo. Fitei-a de perto e vi que seus olhos se tinham tornado frios e precisos, e que as linhas de seu rosto estavam puríssimas até a nuca coberta pelos leves cachos, aqueles cachos que eu vira tantas vezes quando me voltava as costas. Apesar de tanta frieza (tal me parecia sua atitude), continuava colada a mim, como supus que estivesse naquela tarde de meu noivado, em torno à mesa falante. No sonho, eu falava alegremente para Augusta (sem dúvida, fazendo força para ocupar-me também dela): "Olha como está curada! Que fim levou o Basedow?" "Não vê?", perguntou Augusta, que era a única de nós a conseguir ver a rua. Com um esforço, debruçamo-nos também e percebemos uma grande multidão que avançava ameaçadoramente a gritar "Que fim levou o Basedow?", perguntei de novo. Depois o vi. Era ele que seguia acompanhado pela multidão: um velho andrajoso coberto por um grande manto esfrangalhado, de brocado rígido, a enorme cabeça coberta por uma cabeleira branca e revolta, esvoaçante ao vento, os olhos saltados das órbitas a fitar ansiosos com um olhar que eu havia notado nos animais perseguidos, de medo e de ameaça. E a multidão gritava: "Morte ao propagador da peste!"

Depois, houve um intervalo vazio na noite. Em seguida, Ada e eu nos encontrávamos sozinhos na escada mais íngreme que existia em nossas três casas, a que conduz ao sótão do meu sobrado. Ada se achava alguns degraus acima de mim, voltada em minha direção; eu subia, ela parecia querer baixar. Abracei-lhe as pernas e ela se curvou para mim, não sei se em decorrência de sua fragilidade ou se para ficar mais junto de mim. Por um momento pareceu-me desfigurada pela moléstia; logo, olhando-a com atenção, consegui vê-la novamente tal como havia aparecido à janela, saudável e bela. Dizia-me com a voz firme: "Vá na frente que sigo você!" Voltei-me para precedê-la correndo, mas sem deixar de perceber que a porta do sótão começava a entreabrir-se devagar e que por ela passava a cabeça branca e eriçada de Basedow, o rosto entre temeroso e ameaçador. Vi-lhe também as pernas inseguras e o pobre e mísero corpo que o manto não chegava a ocultar. Consegui correr na frente, não sei se para preceder Ada ou se para fugir dela.

Ora, parece que ofegante despertei em meio à noite, e na minha sonolência contei todo ou parte do sonho a Augusta, para voltar ao sono, já mais tranquilo e profundo. Creio que naquela semiconsciência segui cegamente meu antigo desejo de confessar os meus erros.

De manhã, o rosto de Augusta estampava a palidez de cera das grandes ocasiões. Recordava perfeitamente o sonho, mas não exatamente o quanto lhe havia contado. Com um ar de resignação dolorosa ela disse:

— Você está infeliz porque ela ficou doente e foi-se embora; é por isso que você sonha com ela.

Defendi-me, sorrindo e escarnecido. Basedow e não Ada era importante para mim; contei-lhe sobre os meus estudos e as conclusões a que chegara. Não sei se consegui convencê-la. Quando se é apanhado no sonho, é difícil defender-se. É totalmente diverso do que chegar junto à mulher logo depois de havê-la traído em plena consciência. De resto, por tais ciúmes de Augusta, eu nada tinha a temer, porque ela amava tanto Ada que o ciúme não seria capaz de lançar sombra alguma entre ambas, e quanto a mim ela me tratava com um respeito ainda mais afetuoso e me era ainda mais grata pela mais leve manifestação de afeto de minha parte.

Em poucos dias Guido retornou de Bolonha com as melhores notícias. O diretor da casa de saúde garantia uma cura definitiva sob a condição de que Ada posteriormente desfrutasse em casa de total tranquilidade. Guido transmitiu com simplicidade e bastante inconsciência as impressões do clínico, sem compreender que na família Malfenti aquele veredicto vinha confirmar muitas suspeitas contra si. Eu disse a Augusta:

— Eis-me novamente ameaçado pelos beijos de sua mãe.

Guido parecia não estar muito à vontade na casa dirigida pela tia Maria. Por vezes, caminhava para um lado e outro do escritório murmurando:

— Dois filhos... três babás... nenhuma mulher...

Permanecia ausente, com frequência até mesmo do escritório, desafogando seu mau humor no extermínio de animais nas caçadas e pescarias. Mas pelo fim do ano, quando tivemos de Bolonha a notícia de que Ada obtivera alta e se dispunha a regressar, não me pareceu que ele ficasse mais feliz. Já estava habituado à tia Maria, ou melhor, via-a tão pouco que se tornara fácil e agradável suportá-la. Comigo, naturalmente, não manifestou mau humor a não ser exprimindo a dúvida de que talvez Ada se apressasse demais em deixar a casa de saúde antes de se assegurar contra uma recaída. De fato, quando ela, após alguns meses e ainda no curso daquele inverno, teve que regressar a Bolonha, Guido me disse triunfante:

— Não falei?

Não creio, contudo, que naquele triunfo houvesse outra alegria senão a viva satisfação de ter previsto com exatidão. Não desejava mal à mulher; teria, porém, preferido que ela permanecesse por muito tempo em Bolonha.

Quando Ada retornou, Augusta estava de resguardo pelo nascimento de nosso filho Álfio e na ocasião foi de fato comovente. Quis que comparecesse com flores à estação e dissesse a Ada que ela queria vê-la no mesmo dia. E se Ada não pudesse vir diretamente da estação, que eu voltasse imediatamente para casa a fim de dar-lhe notícias da irmã e dizer se havia recuperado inteiramente a beleza que era o orgulho da família.

Na estação estávamos apenas eu, Guido e Alberta, pois a sra. Malfenti passava grande parte do dia junto a Augusta. Na plataforma, Guido procurava convencer-nos de sua alegria com a chegada da esposa; Alberta ouvia-o, fingindo grande distração de propósito — como depois me disse — para não ter que responder. Quanto a mim, a simulação com Guido não me exigia muito trabalho. Estava tão habituado a fingir que não me dava conta de sua preferência por Carmen, e nunca ousei fazer alusões ao seu procedimento em relação à esposa. Por isso não me era difícil mostrar uma feição atenta como se admirasse sua alegria ante o retorno da mulher amada.

Quando o trem entrou na estação ao meio-dia em ponto, ele avançou na frente para receber a mulher que descia. Tomou-a nos braços e beijou-a carinhosamente. Eu, que via seu dorso curvado para poder beijar a mulher mais baixa do que ele, pensei: "Que grande artista!" Em seguida, tomou Ada pela mão e trouxe-a para junto de nós:

— Ei-la de volta ao nosso afeto!

Então Guido revelou-se como era, ou seja, falso e simulador, pois, se tivesse encarado melhor a pobre moça, teria percebido que, em vez de vir destinada ao nosso afeto, vinha mas era à nossa indiferença. A face de Ada dava má impressão porque seus pômulos pareciam fora do lugar como se as carnes, ao lhe voltarem, tivessem esquecido a que região pertenciam e fossem refugiar-se mais abaixo. Tinham antes o aspecto de inchações do que de pômulos. Os olhos haviam retornado às órbitas, mas nada conseguiu reparar os danos que produziram ao saltarem delas. Estavam destruídas ou deslocadas as antigas linhas precisas e importantes. Quando nos despedimos, ao sair da estação, ao sol de inverno ofuscante, vi que todo o colorido daquele rosto não era mais o mesmo que eu tanto amava. Havia empalidecido e sobre as partes carnosas só havia manchas de carmim. Parecia que a saúde desertara dali, e só com artifício fosse possível fingi-la.

Imediatamente eu disse a Augusta que a irmã estava belíssima, tal como quando em criança, e ela acreditou. Mais tarde, depois de tê-la visto, ela confirmou várias vezes, para minha surpresa, como se fosse verdade evidente a minha piedosa mentira. Exclamava:

— Está tão bonita como era em criança, assim como vai ficar minha filha!

Constate-se aqui que o olhar de uma irmã não é de todo arguto.

Por algum tempo não voltei a ver minha cunhada. Ela tinha filhos demais e nós também. Contudo, Ada e Augusta arranjavam modo de encontrar-se várias vezes por semana, e sempre nas horas em que eu estava ausente de casa.

Aproximava-se a época do balanço e eu tinha muito que fazer. Foi a época de minha vida em que mais trabalhei. Houve dias em que fiquei à mesa de trabalho por cerca de dez horas. Guido oferecera-me o auxílio de um contador, que recusei. Tinha assumido o encargo e devia corresponder à expectativa. Queria com isso compensá-lo de minha funesta ausência de um mês; agradava-me igualmente demonstrar a Carmen a minha diligência, que não podia ser inspirada senão por meu afeto a Guido.

Porém, à medida que ia acertando a escrita, comecei a descobrir os grandes prejuízos em que incorrêramos naquele primeiro ano de exercício. Preocupado, falei por alto a Guido sobre o assunto; ele, que se preparava para ir à caça, não quis prestar atenção:

—Você verá que não é tão grave quanto lhe parece; além do mais, o ano ainda não terminou.

Na verdade, faltavam oito dias inteiros para o fim do ano. Resolvi falar com Augusta. A princípio, viu no caso apenas os danos que poderiam recair sobre mim. As mulheres são sempre assim; Augusta, porém, ficava extraordinariamente preocupada, mesmo para uma mulher, quando se tratava de seus próprios danos. Eu não iria acabar — perguntava ela — sendo responsabilizado pelos prejuízos sofridos pelo cunhado? Queria que consultássemos imediatamente um advogado.

Enquanto isso, era necessário que me desligasse de Guido e parasse de frequentar o escritório.

Não me foi fácil convencê-la de que eu não podia ser responsabilizado por coisa alguma, já que não passava de empregado de Guido. Ela argumentava que quem não tem salário fixo não pode ser considerado um simples empregado, e sim algo semelhante ao patrão. Mesmo após tê-la convencido, manteve a sua opinião, pois descobriu que eu não perderia nada se deixasse de frequentar aquele escritório, onde seguramente acabaria por desacreditar-me comercialmente. Diabo! Minha reputação comercial! Eu próprio concordava que era importante salvá-la e, conquanto ela não tivesse razão em seus argumentos, concluímos que eu devia fazer o que ela queria. Consentiu que eu terminasse o balanço, já que o iniciara, mas logo em seguida, no entanto, devia encontrar uma maneira de recolher-me ao meu estúdio, no qual não se ganhava dinheiro, mas pelo menos não se perdia.

Fiz então uma curiosa experiência comigo mesmo. Não consegui abandonar a minha atividade, embora houvesse decidido fazê-lo. Fiquei estupefato! Para compreender bem as coisas, é preciso recorrer a imagens. Recordei que houve tempos na Inglaterra em que o castigo aos trabalhos forçados se aplicava ao condenado pendurando-o por cima de uma roda acionada pela força da água, e obrigando a vítima a mover as pernas num certo ritmo para não serem esfaceladas. Quando se trabalha, tem-se sempre o sentido de uma constrição desse gênero. É verdade que, quando não se trabalha, a posição é a mesma e acho justo afirmar que eu e Olivi sempre estivemos ambos pendurados; apenas eu sempre fiquei de modo que não era preciso mover as pernas. Por isso mesmo nossa posição dava um resultado diferente; agora, no entanto, sei com certeza que isso não legitimava nem uma reprovação nem um elogio. Em suma, o caso depende de estar pendurado sobre uma roda móvel ou sobre uma imóvel. Desembaraçar-se dela é sempre difícil.

Vários dias depois de encerrado o balanço, continuei a ir ao escritório, embora houvesse decidido nunca mais voltar lá. Saía de casa sem destino certo; tomava uma direção ao acaso, que era sempre a do escritório; à medida que avançava, tal direção se ia tornando precisa, até encontrar-me sentado à cadeira de sempre em frente a Guido. Por sorte, num dado momento, fui solicitado a não abandonar meu posto, ao que logo aquiesci, visto que nesse ínterim me dera conta de como estava aferrado a ele.

Por volta de 15 de janeiro, o balanço estava fechado. Um verdadeiro desastre! Um prejuízo de metade do capital! Guido não quis que o mostrasse ao jovem Olivi, temendo alguma indiscrição, mas insisti, na esperança de que este, com sua grande prática, conseguisse encontrar na minha escrita algum erro capaz de inverter toda a posição. Podia ser que alguma importância escriturada no *deve* pertencesse ao *haver* e, uma vez retificada, poderíamos chegar a uma diferença significativa. Sorrindo, Olivi prometeu a Guido a máxima discrição e trabalhou ao meu lado durante um dia inteiro. Infelizmente não encontrou erro algum. Devo dizer que aprendi muito com a revisão feita a dois; a partir de então ser-me-ia possível analisar balanços ainda mais importantes do que o nosso.

— E o que vão fazer agora? — perguntou com seus grandes óculos enquanto se despedia. Já imaginava qual a sugestão. Meu pai, que muitas vezes me falara de comércio em minha infância, já me havia ensinado. Segundo as leis vigentes, dada a perda de metade do capital, o que devíamos era liquidar a firma e, com sorte, restabelecê-la imediatamente sobre novas bases. Deixei-o repetir-me o conselho. Acrescentou:

— Trata-se de simples formalidade. — Depois, sorrindo: — Mas pode custar caro se não procederem assim!

À tarde, Guido também se pôs a rever o balanço ao qual ainda não se rendera. Fê-lo sem qualquer método, verificando os lançamentos ao acaso. Quis interromper esse trabalho inútil e transmitir-lhe o conselho de Olivi, a fim de que liquidássemos logo, ainda que *pro forma*, a razão social.

Até então Guido apresentava o rosto contraído pelo esforço de buscar nas contas o erro libertador: um cenho complicado pela contração de quem tivesse na boca um sabor amargo. À minha comunicação, ergueu a face, que se clareou num esforço de atenção. Não compreendeu logo, mas quando o fez, pôs-se a rir satisfeito. Interpretei assim a sua expressão: áspera, ácida, até encontrar-se diante daquelas cifras que não se podiam alterar; alegre e resoluta, quando o doloroso problema foi lançado à parte por uma proposta que lhe propiciava o ensejo de recuperar o sentimento de patrão e árbitro.

Não compreendia. Parecia-lhe o conselho de um inimigo. Expliquei-lhe que a advertência de Olivi tinha seu valor especialmente pelo perigo, que recaía de modo evidente sobre a firma, de perder ainda mais dinheiro e entrar em falência. Uma falência eventual seria considerada fraudulenta, se depois do balanço, já agora consignado em nossos livros, não tomássemos as medidas aconselhadas por Olivi. E ajuntei:

— A penalidade, no caso de falência culposa, segundo a lei é a prisão!

O rosto de Guido cobriu-se de tal rubor que temi estivesse ameaçado por uma congestão cerebral. Gritou:

— Nesse caso Olivi não tem necessidade de dar-me conselhos! Se isso um dia tiver que acontecer, saberei resolver o problema sozinho!

Sua decisão fê-lo impor-se e tive a sensação de encontrar-me diante de uma pessoa perfeitamente cônscia de suas responsabilidades. Baixei meu tom de voz. Passei imediatamente para o seu lado e, esquecendo de lhe haver apresentado o conselho de Olivi como digno de consideração, acrescentei:

— Foi o que eu próprio objetei a Olivi. A responsabilidade é sua e nada temos a ver com o que você decidir sobre o destino da firma, que pertence a você e a seu pai.

Era o que, na verdade, eu dissera à minha mulher e não a Olivi, mas, em suma, era também verdade que o dissera a alguém. Ora, após ouvir a viril declaração de Guido, seria capaz de dizê-lo igualmente a Olivi, porque a decisão e a coragem sempre tiveram o dom de me conquistar. Tanto que eu apreciava a mera desenvoltura que podia resultar não só daquelas qualidades, mas de outras muito inferiores.

E como quisesse transmitir todas as suas palavras a Augusta para tranquilizá-la, insisti com ele:

—Você sabe que dizem a meu respeito, provavelmente com razão, que não tenho qualquer talento para o comércio. Posso executar tudo aquilo que você mandar, mas nunca assumir a responsabilidade pelo que você faz.

Ele assentiu vivamente. Sentia-se tão bem na parte que eu lhe atribuía que até esqueceu o aborrecimento pelo péssimo balanço. Declarou:

— Sou o único responsável. Tudo está em meu nome e não admitiria que alguém mais quisesse repartir a responsabilidade comigo.

Ótima coisa para contar a Augusta, muito melhor mesmo do que eu havia desejado. Precisava ver o ar que ele assumia ao fazer a declaração: em vez de um semifalido, parecia um apóstolo! Estava comodamente instalado em seu balanço passivo, e dali se proclamava meu patrão e senhor. Dessa vez, como de tantas outras no curso de nossa vida em comum, meu impulso de afeto por ele foi sufocado pelas suas expressões

reveladoras da desmesurada estima que nutria por si mesmo. Ele desafinava. Sim: é preciso dizê-lo desta forma; o grande músico desafinava!
Perguntei-lhe bruscamente:
— Quer que eu faça uma cópia do balanço para seu pai?
Por um instante estive a ponto de lhe fazer uma declaração bem mais rude, dizendo que, logo após o encerramento do balanço, eu não iria mais ao escritório. Não o fiz por não saber como empregar todas as horas livres que me sobrariam. Contudo, a minha pergunta substituía quase perfeitamente a declaração que não cheguei a fazer. Assim lhe recordava que não era o único a mandar naquele escritório. Mostrou-se surpreso com as minhas palavras, que não lhe pareceram conformes ao quanto até então havíamos falado, com minha evidente concordância, e com o mesmo tom de voz anterior disse:
— Vou instruir você sobre a maneira de fazer a cópia.
Protestei gritando. Em toda a minha vida nunca gritei tanto quanto o fiz com Guido, que me parecia estar surdo. Disse-lhe claramente que a lei responsabilizava o contador igualmente e que eu não estava disposto a impingir como cópia fiel uma coluna de cifras fantasiosas.
Ele empalideceu e admitiu que eu tinha razão, acrescentando, porém, que estava no seu direito de ordenar que não se tirassem de maneira alguma extratos de seus livros. Quanto a isto reconheci com prazer que ele tinha razão, e logo, reanimado, declarou que ele próprio escreveria ao pai. Parecia querer fazê-lo imediatamente, mas mudou de ideia e me propôs tomar um pouco de ar. Desejei satisfazê-lo. Supunha que ainda não tivesse digerido bem o balanço e quisesse exercitar-se um pouco para consegui-lo.
O passeio recordou-me o da noite de meu noivado. Faltava lua, pois havia muita névoa no céu, mas na Terra era igual, e caminhávamos seguros através da atmosfera límpida. Guido também recordou aquela noite memorável:
— É a primeira vez que caminhamos novamente juntos à noite. Você se lembra? Você então me explicou que na lua também se beija como aqui. Embora hoje não se possa ver, estou certo de que na lua aquele beijo continua eterno, ao passo que aqui...
Recomeçaria a falar mal de Ada? Da pobre enferma? Interrompi-o brandamente, quase concordando com ele (não o havia acompanhado com a intenção de ajudá-lo a esquecer?):

— Claro que na Terra não se pode beijar para sempre! Mas o que está lá em cima não passa da imagem de um beijo. O beijo é antes de tudo movimento. Tentava afastar-me de todos os seus problemas, do balanço e de Ada; e tanto é verdade, que consegui eliminar devidamente uma frase que estive a pique de pronunciar, qual seja, a de que lá em cima o beijo não gerava gêmeos. Mas ele, a fim de se livrar do balanço, não encontrava nada melhor para se lamentar de seus outros infortúnios. Como havia pressentido, começou a falar mal de Ada. A queixar-se de seu primeiro ano de casado, que achava desastroso. Não por causa dos gêmeos, tão bonzinhos e bonitos, mas da enfermidade da esposa. Afirmava que a moléstia a tornava irascível, ciumenta e ao mesmo tempo pouco afetuosa. Terminou por exclamar desconsolado:

— A vida é injusta e dura!

Parecia-me absolutamente interdito dizer uma só palavra que implicasse uma posição minha entre ele e Ada. Achava, no entanto, que devia dizer algo. Ele acabara de falar a respeito da vida e lhe pespegara dois predicados que não pecavam por excesso de originalidade. Eu seria capaz de formular coisa melhor, mesmo porque mentalmente fazia a crítica daquilo que ele dissera. No mais das vezes dizemos coisas que seguem o som das palavras numa associação casual. Depois é que se vai ver se aquilo que se disse vale o esforço da emissão, e vez por outra descobrimos que a associação casual partejou uma ideia. Disse:

— A vida não é boa nem má; é original!

Tive a impressão de haver exprimido algo importante. Enunciada assim, a vida me pareceu de tal maneira nova que estive a olhá-la como se a visse pela primeira vez com seus corpos gasosos, fluidos e sólidos. Se a descrevesse assim a alguém não habituado a ela, e por isso destituído de nosso senso comum, este haveria de ficar boquiaberto diante daquela enorme construção desprovida de objetivo. Certamente perguntaria: "Mas como vocês conseguem suportá-la?" E, informado dos mínimos detalhes, daqueles corpos celestes suspensos do azul, que vemos mas não podemos tocar, inclusive o mistério que circunda a morte, teria certamente exclamado: "Muito original!"

— Original, a vida? — disse Guido, a rir-se. — Onde leu isto?

Não me dei ao trabalho de assegurar-lhe que não o havia lido em parte alguma porque as minhas palavras haveriam de ter menos importância para ele. Contudo, quanto mais pensava nela, mais achava a vida original. E não era necessário que viessem os de fora para considerá-la construída de uma forma tão bizarra. Bastava recordar tudo aquilo que nós, homens, esperamos da vida para a acharmos tão estranha, a ponto de concluirmos que talvez o homem tenha sido posto nela por engano e que de fato não pertença a ela.

Sem que nos déssemos conta da direção tomada por nosso passeio, acabamos por chegar, como da outra feita, à ladeira da Via Belvedere. Topando com a mureta sobre a qual se estendera aquela noite, Guido pulou para ela e deitou-se exatamente como da vez anterior. Cantarolava, talvez oprimido pelos pensamentos, e meditava certamente sobre as cifras inexoráveis da sua contabilidade. De minha parte, recordei que tive vontade de assassiná-lo ali naquele lugar, e confrontando meus sentimentos de então com os de agora admirava mais uma vez a incomparável originalidade da vida. De súbito recordei que pouco antes e por capricho de pessoa ambiciosa me havia irritado com o pobre Guido, e isto num dos piores dias de sua vida. Concentrei-me numa indagação: assistia sem compaixão à tortura infligida a Guido pelo balanço que eu preparara com tamanho cuidado, e me veio uma dúvida curiosa, seguida de uma curiosíssima recordação. A dúvida: eu era bom ou mau? A recordação, provocada repentinamente pela dúvida que não era nova: via-me em criança e vestido (estou certo) ainda de calças curtas, erguendo o rosto para perguntar à minha mãe sorridente: "Eu sou bom ou sou mau?" Essa dúvida devia ter sido inspirada ao menino por todos que o achavam bom, e por tantos outros que, de brincadeira, o qualificavam de mau. Não era, portanto, de admirar que a criança se sentisse embaraçada por tal dilema. Oh! Incomparável originalidade da vida! Era extraordinário que a dúvida já infligida por ela à criança, de forma tão pueril, não fosse resolvida pelo adulto depois de transposta metade de sua existência.

Na noite escura, exatamente naquele lugar onde uma vez já quisera matar, aquela dúvida angustiou-me profundamente. Decerto a criança não sofrera tanto ao sentir a dúvida vagar por sua cabeça mal-liberta da touca, pois em pequenos nos dizem que nos podemos emendar. Para libertar-me de tanta angústia, quis acreditar de novo nisto e consegui. Se não tivesse conseguido, teria que chorar por mim, por Guido e por nossa vida tão triste. O propósito renovou a ilusão! O propósito de ficar ao lado de Guido e de colaborar com ele no desenvolvimento de seus negócios, dos quais dependia a sua vida e a dos seus, e isto sem qualquer proveito para mim. Entrevi a possibilidade de correr, brigar e estudar por causa dele e admiti a possibilidade de me tornar, para ajudá-lo, um grande empreendedor, um genial negociante. Foi o que pensei naquela noite escura desta vida originalíssima!

Guido, no entanto, parou de cismar no balanço. Saiu do lugar onde estava e pareceu tranquilizado. Como se tivesse extraído uma conclusão de um raciocínio sobre o qual eu nada sabia, disse-me que não comunicara nada ao pai com receio de que este empreendesse enorme viagem de vir de seu sol de verão até a nossa névoa hibernal. Aduziu que o prejuízo parecia à primeira vista imenso, mas que não haveria de ser tanto assim se não tivesse que suportá-lo sozinho. Pedira a Ada que arcasse com a metade, dando-lhe em compensação uma parte dos lucros do exercício seguinte. A outra metade do prejuízo ele a suportaria sozinho.

Eu não disse nada. Achei até que me era interdito dar conselhos, pois de outra forma acabaria por fazer aquilo que de fato não queria, ou seja, erigir-me em juiz entre os dois cônjuges. Além do mais, no momento sentia-me tão cheio de bons propósitos que me pareceu fosse negócio conveniente para Ada participar de uma empresa dirigida por nós.

Acompanhei Guido até a porta de casa e apertei-lhe demoradamente a mão para renovar em silêncio o propósito de querer-lhe bem. Depois ensaiei dizer-lhe alguma coisa agradável, acabando por achar esta frase:

— Que seus gêmeos tenham uma boa noite e deixem você dormir, pois certamente você tem necessidade de repouso.

Ao ir-me embora, mordi os lábios, reprovando-me por não ter encontrado nada melhor que dizer. Bem que sabia que os gêmeos tinham agora cada qual a sua ama e que dormiam a meio quilômetro dele, não lhe podendo perturbar o sono! De qualquer modo, percebeu a intenção do augúrio, pois aceitou-o reconhecido.

Chegando em casa, encontrei Augusta no quarto de dormir com as crianças. Álfio sugava-lhe o seio, enquanto Antônia dormia em sua caminha, os caracóis da nuca voltados em nossa direção. Achei que devia explicar as razões de meu atraso; por isso contei-lhe até a maneira arquitetada por Guido para libertar-se do déficit. A proposta de Guido pareceu-lhe indigna:

— Se eu fosse Ada, recusaria! — exclamou com violência, embora em voz baixa para não despertar o pequeno.

Impelido por meus propósitos de bondade, argumentei:

— Contudo, se eu me encontrasse nas mesmas dificuldades de Guido, você não me ajudaria?

Ela riu:

— Seria muito diferente! Veríamos entre nós o que seria mais vantajoso para eles! — E acenou para a criança nos seus braços e Antônia. Após um momento de reflexão, continuou:

— Se aconselharmos Ada a empregar seu dinheiro num negócio de que em breve você não fará mais parte, não ficaremos na obrigação de indenizá-la, se depois vier a perdê-lo?

Era uma ideia de ignorante, mas, no meu novo altruísmo, exclamei:

— E por que não?!

— Mas não vê que temos dois filhos nos quais devemos pensar?

Claro que os via! A pergunta era uma figura retórica verdadeiramente isenta de sentido.

— E eles também não têm dois filhos? — perguntei vitorioso.

Ela pôs-se a rir estrepitosamente, acordando Álfio, que de repente deixou de mamar para chorar. Augusta ocupou-se dele, sempre rindo, e aceitei o seu riso como se provocado pela minha espirituosidade, ao passo que, na verdade, no momento em que fizera aquela pergunta, sentira agitar-se em meu peito um grande amor pelos pais de todas as crianças e pelos filhos de todos os pais. Mas tendo-se rido dele, nada mais sobrou de tal afeto.

Contudo, até a mágoa de não me saber essencialmente bom se mitigou. Pareceu-me haver resolvido o angustioso problema. Não se era nem bom nem mau, como não se era tanta outra coisa mais. A bondade era a luz que iluminava em lampejos, por instantes, a escuridão da alma humana. Era necessária uma tocha flamejante para iluminar o caminho (houve momentos em minha vida em que essa tocha brilhava e certamente voltaria a brilhar) e o ser pensante podia escolher sob aquela luz a direção em que se mover na obscuridade. Por isso uma pessoa podia apresentar-se boa, muito boa ou sempre boa, e isto era o importante. Quando a chama voltasse, não haveria de surpreender-me nem ofuscar-me. Então, assoprá-la-ia para extingui-la, pois já não teria necessidade dela. Teria sabido conservar meu propósito, ou seja, a direção.

O propósito de bondade é plácido e prático, e eu estava calmo e tranquilo. Curioso! O excesso de bondade me fizera exceder na autoestima e na crença em meu poder. Que podia fazer por Guido?

Era verdade que na sua empresa eu era superior aos demais, tal como na minha o velho Olivi era superior a mim. Isto, porém, não provava muito. E para ser bastante prático: que aconselharia a Guido no dia seguinte? Talvez me ocorresse alguma inspiração. Mas se nem nas mesas de jogo nos deixamos guiar pelas inspirações quando jogamos com o dinheiro dos outros! Para fazer prosperar uma casa comercial, era necessário encontrar uma atividade diária para ela, e só se podia chegar a isto trabalhando cada hora em prol da organização. Eu não seria capaz de fazer coisa semelhante, nem me parecia justo submeter-me, por força da bondade, a ser condenado a uma vida de chatura.

Sentia, contudo, a impressão, decorrente de meu impulso de bondade, de que assumira um compromisso com Guido e não podia esmorecer. Suspirei profundamente várias vezes e numa delas até gemi, decerto no momento em que me julguei obrigado a me ligar ao escritório de Guido, assim como Olivi se ligara ao meu.

Augusta, entredormindo, murmurou:

— O que é que você tem? Encontrou algo mais para dizer a Olivi?

Eis a ideia que eu buscava! Aconselharia Guido a contratar o filho de Olivi como gerente! Aquele jovem tão sério e tão trabalhador, que eu via com maus olhos metido em meus negócios como à espera de suceder ao pai na direção de minha firma, a fim de me expulsar definitivamente dela, certamente haveria de funcionar muito melhor e com vantagens para todos no escritório de Guido. Dando-lhe um lugar em sua firma, Guido conseguiria salvar-se e a mim também.

A ideia exaltou-me e despertei Augusta para conversarmos. Ela se mostrou entusiasmada, a ponto de despertar completamente. Pareceu-lhe que assim eu me livraria mais facilmente dos negócios comprometedores de Guido. Adormeci com a consciência tranquila. Encontrara um modo de salvar Guido sem precisar condenar-me; muito pelo contrário.

Nada mais desagradável do que ver repudiado um conselho sincero que nos custou um esforço e mesmo horas de sono. No meu caso custara ainda um duplo esforço: a ilusão de imaginar que eu poderia ser útil nos negócios de Guido. Um desmedido esforço. A princípio, chegara a uma verdadeira bondade, em seguida a uma absoluta objetividade, para tudo ir por água abaixo!

Guido recusou meu conselho terminantemente e com desdém. Não acreditava na capacidade do jovem Olivi; além disso, desagradava-lhe sua aparência de velho prematuro e, mais que tudo, não suportava aqueles óculos imensos faiscando na cara lavada. Os argumentos eram verdadeiramente aptos a me fazer crer que apenas um tivesse fundamento: o desejo de me provocar despeito. Acabou por dizer que teria aceito como chefe do escritório não o moço, e sim o velho Olivi. Eu, porém, não me sentia em condição de buscar o auxílio deste, já que não seria capaz de assumir, de um momento para outro, a direção de meus negócios. Caí na besteira de discutir com Guido e disse-lhe que o velho Olivi pouco valia. Contei-lhe o quanto me custara sua teimosia em não querer comprar a tempo umas famosas passas.

— Pois bem! — exclamou Guido. — Se o velho não vale mais que isto, que valor poderá ter o filho, que não passa de um discípulo dele?

Era, sem dúvida, um bom argumento, e tanto mais desagradável para mim, que o havia fornecido com minha tagarelice imprudente.

Poucos dias depois, Augusta contou-me que Guido propusera a Ada que arcasse com metade do prejuízo dele. Ada recusara, dizendo a Augusta:

— Ele me trai e ainda quer o meu dinheiro!

Augusta não teve coragem de aconselhá-la a dá-lo, mas assegurou que fez o possível para dissuadir a irmã da ideia de que o marido a traía. Ela respondeu de modo a dar a entender que sabia muito mais do que podíamos imaginar. E Augusta comentou o assunto comigo:

— A mulher deve fazer qualquer sacrifício pelo marido, mas será que esta regra se aplicaria também a Guido?

Nos dias subsequentes, a atitude de Guido mostrou-se verdadeiramente extraordinária. Vinha ao escritório de tempos em tempos e não permanecia por mais de meia hora. Saía correndo, como alguém que tivesse esquecido alguma coisa em casa. Soube depois que ia apresentar a Ada novos argumentos, que lhe pareciam decisivos, a induzi-la a fazer o que ele queria. A sua era de fato a aparência de alguém que tivesse chorado ou gritado muito e em seguida fugido, e nem mesmo em nossa presença conseguia dominar a emoção que lhe contraía a garganta e fazia brotar lágrimas em seus olhos. Perguntei-lhe o que tinha. Respondeu-me com um sorriso triste, mas amistoso, para demonstrar que não me cabia a culpa. Depois, controlou-se de modo a poder falar sem agitar-se muito. Disse enfim umas poucas palavras: Ada fazia-o sofrer com seus ciúmes.

Procurava convencer-me de que discutiam assuntos íntimos, ao passo que eu sabia estar em jogo também a questão lucros e perdas.

Mas parece que isto não tinha importância. Era o que ele me dizia e também o que Ada dizia a Augusta, não mencionando senão a questão dos ciúmes. A própria violência das discussões, que deixavam marcas profundas no rosto de Guido, levava a crer que dissessem a verdade.

De fato, o que se passou foi que entre os cônjuges não se discutiu outro assunto senão dinheiro. Ada, por orgulho e conquanto se deixasse guiar por suas mágoas passionais, nada mencionava sobre isto, e Guido, talvez pela consciência da culpa e conquanto sentisse Ada enfurecida pelos ciúmes, continuava a discutir os negócios como se o resto não existisse. Precipitava-se a correr cada vez mais atrás daquele dinheiro, enquanto ela, que na verdade não dava atenção aos assuntos comerciais, protestava contra a proposta de Guido com um único argumento: o dinheiro devia ficar para os filhos. Quando ele encontrava outros argumentos, a sua paz, a vantagem que seu trabalho faria recair sobre os próprios filhos, a segurança de se encontrar conforme os preceitos legais, ela concluía com um duro "não". Guido exasperava-se e — como acontece com as crianças — o seu desejo se aguçava mais. Ambos — quando falavam a outrem — se acreditavam, no entanto, sinceros, ao afirmar que sofriam por amor e por ciúmes.

Foi uma espécie de mal-entendido que me impediu de interferir a tempo para pôr fim à lamentável questão do dinheiro. Eu podia provar a Guido que isto realmente não tinha importância. Como guarda-livros sou um pouco moroso e só compreendo as coisas depois de registrá-las nos livros, preto no branco; pareceu-me, porém, haver percebido desde o princípio que a importância solicitada por Guido à mulher não mudaria muito a situação. Que proveito teria, na verdade, receber aquela soma em dinheiro? O prejuízo não ia aparecer menos, se Ada tivesse aceito jogar fora o dinheiro naquela contabilidade; coisa aliás que Guido não lhe pedia. A lei jamais se deixaria enganar ao descobrir que, após ter perdido tanto, a firma quisesse arriscar ainda mais, atraindo à empresa novos acionistas.

Uma manhã Guido não apareceu no escritório, o que nos surpreendeu, pois sabíamos que na noite anterior não fora à casa. À hora do almoço, soube por Augusta, comovida e agitada, que Guido tentara suicidar-se na noite anterior. Já estava fora de perigo. Devo confessar que a notícia, que a Augusta soava trágica, a mim provocou raiva.

Recorrera àquele meio drástico para quebrar a resistência da mulher! Soube igualmente que o fizera com toda a prudência, pois, antes de tomar o comprimido de morfina, deixou que o vissem com o frasco aberto à mão. De modo que, ao primeiro torpor em que caiu, Ada chamou o médico, que o pôs imediatamente fora de perigo. Ada passou uma noite horrenda, porque o doutor se mostrara reticente sobre as consequências do envenenamento; sua agitação prolongou-se em seguida, pois Guido, recobrando-se e talvez não consciente de todo, pôs-se a dirigir-lhe reprovações, chamando-a de inimiga, perseguidora, que lhe frustrava o sadio exercício do trabalho ao qual queria tanto dedicar-se.

Ada concedeu-lhe de imediato o empréstimo pedido; depois, finalmente, no intuito de defender-se, falou às claras e fez-lhe todas as reprovações que há tanto tempo vinha calando. Com isto chegaram a entender-se, porque ele conseguiu — assim supunha Augusta — dissipar em Ada quaisquer suspeitas quanto à sua fidelidade. Mostrou-se enérgico e, quando esta falou de Carmen, exclamou:

— Está com ciúmes dela?! Pois bem, mando-a embora hoje mesmo.

Ada não respondera, admitindo assim que tivesse aceito a proposta e que ele se empenharia em cumpri-la.

Admirei-me que Guido tivesse conseguido comportar-se assim em sua semiconsciência, e cheguei até a crer que ele não tivesse engolido sequer a pequena dose de morfina. Eu achava que um dos efeitos do entorpecimento do cérebro pelo sono consistia em abrandar o ânimo mais endurecido, induzindo-o às mais ingênuas confissões. Não passara eu por situação semelhante? Isto aumentou meu desdém e meu desprezo por Guido.

Augusta chorava ao contar-me o estado em que Ada se encontrava. Não! Ada já não tinha a mesma beleza, com aqueles olhos que pareciam arregalados pelo terror.

Entre minha mulher e eu estabeleceu-se uma longa discussão sobre se eu devia fazer imediatamente uma visita a Guido e Ada, ou se seria melhor fingir ignorar o assunto e esperar seu regresso ao escritório. Tal visita constituía para mim um incômodo insuportável. Ao vê-lo, como poderia deixar de manifestar-lhe o que pensava a seu respeito? Eu dizia:

— É uma atitude indigna de um homem! Não tenho a menor intenção de matar-me, mas, se me decidisse a fazê-lo, estou certo de que iria até o fim!

Era o que eu de fato sentia e desejava expressá-lo a Augusta. Pareceu-me, porém, que dava demasiada importância a Guido, comparando-o comigo:

— Não é preciso ser químico para destruir um organismo tão sensível como o nosso. Quase todas as semanas, aqui mesmo em nossa terra, a costureirinha que engole uma solução de fósforo preparada em segredo em seu próprio quarto miserável não acaba, apesar de toda a assistência médica, encontrando a morte, o pobre rosto contraído ainda pela dor física e moral que sofreu sua pobre alma inocente?

Augusta não admitia que a alma de uma costureirinha suicida fosse assim tão inocente; depois de um leve protesto, no entanto, retornou à tentativa de induzir-me a tal visita. Garantiu que eu não devia temer qualquer embaraço. Já falara inclusive com Guido e ele a tratara com tal serenidade que parecia ter cometido a mais corriqueira das ações.

Saí de casa sem dar a Augusta a satisfação de me mostrar convencido de seus argumentos. Após leve hesitação, tratei sem mais de satisfazer o desejo de minha mulher. Por breve que fosse o percurso, o ritmo de meus passos concorreu para um abrandamento de meu juízo em relação a Guido. Recordei a direção que me fora assinalada poucos dias antes pela luz que iluminara o meu caminho. Guido era uma criança, uma criança a quem eu prometera a minha indulgência. Se não conseguisse matar-se antes disto, mais cedo ou mais tarde ele também haveria de chegar à maturidade.

A empregada fez-me entrar para uma salinha que devia ser o quarto de vestir de Ada. O dia estava nublado e o ambiente estreito, com a única janela coberta por pesados reposteiros, mergulhava na escuridão. À parede estavam os retratos dos pais de Ada e de Guido. Permaneci ali por pouco tempo; a criada voltou a chamar-me e levou-me ao quarto onde se achava o casal. Este era amplo e iluminado, mesmo naquele dia, graças às suas imensas janelas e ao mobiliário claro. Guido jazia no leito com a cabeça enfaixada e Ada sentava-se ao lado dele.

Guido recebeu-me sem qualquer embaraço, diria até com o mais vivo reconhecimento. Parecia sonolento, mas, para cumprimentar-me e dar-me em seguida suas recomendações, soube erguer-se no leito e mostrar-se de todo desperto. Deixou, em seguida, a cabeça cair sobre o travesseiro e cerrou os olhos. Lembrou-se acaso de que devia simular o grande efeito da morfina? De qualquer modo inspirava piedade e não ira, e com isto senti-me generoso.

Não olhei logo para Ada: tinha medo da fisionomia de Basedow. Quando a olhei, tive uma agradável surpresa, pois esperava algo pior. Seus olhos estavam de fato desmesuradamente dilatados, mas as inchações que haviam substituído os pômulos da face já tinham desaparecido; achei-a mais bonita. Trajava um amplo robe cor-de-rosa, fechado até o pescoço, dentro do qual seu pobre corpo se perdia. Nela havia qualquer coisa de muito casto e, a julgar pelos olhos, algo de bastante severo. Não consegui aclarar de todo os meus sentimentos; na verdade, pensei ter a meu lado uma mulher que se assemelhava àquela Ada que eu amara tanto.

Em certo momento, Guido arregalou os olhos, extraiu de sob o travesseiro um cheque, no qual imediatamente distingui a assinatura de Ada, entregou-me e pediu que o resgatasse, creditando a importância numa conta que eu devia abrir em nome de Ada.

— Em nome de Ada Malfenti ou de Ada Speier? — perguntou ele a Ada, gracejando.

Ela ergueu os ombros e disse:

— Vocês dois é que sabem o que é melhor.

— Depois eu lhe digo como fazer os outros lançamentos — acrescentou Guido com uma brevidade que me ofendeu.

Eu estava a ponto de interromper-lhe a sonolência, à qual de súbito se abandonara, dizendo-lhe para fazer ele mesmo os lançamentos que quisesse.

Nesse ínterim, trouxeram-lhe uma grande chávena de café puro, que Ada lhe deu. Ele tirou os braços de baixo das cobertas e com ambas as mãos levou a xícara à boca. Ali, agora, com o nariz metido na chávena, parecia mesmo uma criança.

Quando me despedi, garantiu-me que no dia seguinte iria ao escritório.

Já me havia despedido de Ada, por isso fiquei um tanto surpreso quando ela veio acompanhar-me à porta de saída. Ofegava:

— Zeno, por favor! Venha comigo um instante. Preciso falar-lhe uma coisa.

Segui-a até a salinha, onde estivera a princípio e de onde agora se ouvia o choro de um dos gêmeos.

Ficamos de pé olhando-nos face a face. Ela ainda ofegava e por isto, só por isto, pensei que me tivesse feito entrar naquele cômodo escuro para reclamar o amor que eu lhe oferecera.

Na obscuridade seus grandes olhos apareciam terríveis. Cheio de angústia, perguntava a mim mesmo o que devia fazer. Não seria meu dever tomá-la em meus braços, poupando-lhe assim a necessidade de pedir-me fosse o que fosse? Num breve instante, que multiplicidade de propósitos! Saber o que uma mulher pretende é uma das coisas mais difíceis da vida. Ouvir-lhe as palavras não adianta, porque todo um discurso pode ser anulado por um olhar e nem mesmo este pode dar-nos indicações precisas quando nos encontramos com ela, a seu pedido, num pequeno compartimento escuro.

Não conseguindo adivinhar sua intenção, tentava compreender-me a mim mesmo. Qual era o meu desejo? Queria beijar aqueles olhos e aquele corpo esquelético? Não sabia dar uma resposta precisa, porquanto, pouco antes, a vira na severa castidade de sua camisola fofa, tão desejável como a jovenzinha que eu havia amado.

À sua ânsia agora se associava o pranto; assim, prolongou-se o tempo em que eu não sabia o que ela desejava e o que desejava eu. Finalmente, com voz entrecortada, falou mais uma vez de seu amor por Guido, de modo que não tive mais nem direitos nem deveres em relação a ela. Balbuciou:

— Augusta me disse que você queria deixar Guido sozinho e não se ocupar mais dos negócios dele. Queria pedir-lhe que continuasse a ajudá-lo. Não creio que ele esteja em condições de agir sozinho.

Pedia-me para continuar fazendo aquilo que eu já fazia. Era pouco, bem pouco, e tentei conceder-lhe mais:

— Já que assim deseja, continuarei a trabalhar com Guido; vou fazer todo o possível para assisti-lo ainda mais do que tenho feito.

Eis de novo o exagero! Percebi-o no momento exato em que incorria nele, mas não soube renunciar. Queria dizer a Ada (ou talvez mentir-lhe) que ela me oprimia. Ela não queria o meu amor, mas o meu apoio, e eu lhe falava de modo a fazê-la crer que estava pronto a conceder-lhe ambos.

Ada, de repente, agarrou-me a mão. Arrepiei-me. Muito promete a mulher que nos estende a mão! Sempre senti isto. Quando uma mulher me dava a mão era como se eu a tomasse inteira. Ao sentir o contato, pareceu-me que estávamos praticando algo semelhante a um abraço. Sem dúvida, foi um contato íntimo.

Ela acrescentou:

— Devo regressar brevemente a Bolonha, para a casa de saúde, e seguirei tranquila se souber que você está com ele.

— Ficarei ao lado dele! — respondi com ar resignado. Ada deve ter imaginado que o ar de resignação significava o sacrifício que eu estava disposto a fazer. Em vez disso, o que estava era resignando-me a voltar a uma vida inteiramente vulgar, visto que ela nem pensara em seguir-me para a vida de exceção com que eu sonhara.

Esforcei-me para baixar de todo à terra, e imediatamente descobri em meu bestunto um problema de contabilidade nada simples. Devia creditar a importância do cheque que estava em meu bolso numa conta de Ada. Isto era bastante claro; mas não a maneira como tal registro afetaria a rubrica de "lucros e perdas". Não lhe disse nada talvez pelo receio de que ela não soubesse da existência neste mundo de um livro-razão que continha contas de espécie tão variada.

Contudo, não quis sair da sala sem haver dito algo. Foi assim que, em vez de falar de contabilidade, pronunciei uma frase que no momento deixei escapar ali, negligentemente, só para dizer alguma coisa, que depois, porém, senti de grande importância para mim, para Ada e para Guido, principalmente para mim mesmo, pois me comprometia mais uma vez ainda. A frase foi de tal modo importante que durante anos recordei a maneira displicente como articulei os lábios para pronunciá-la na sala exígua e escura, na presença daqueles quatro retratos dos genitores de Ada e Guido, defrontando-se também estes entre si na parede. Disse:

— Você acabou casando com um homem ainda mais estranho do que eu, Ada!

Como a palavra sabe atravessar o tempo! Ela própria é um acontecimento que se interliga aos acontecimentos! Tornava-se um acontecimento, trágico acontecimento, porque dirigida a Ada. Em meu pensamento, nunca conseguiria evocar com tanta vivacidade a hora em que Ada escolhera entre Guido e mim, naquela rua ensolarada onde, após dias de espera, encontrei-a para caminhar a seu lado e esforçar-me por conquistar seu riso, que tolamente eu acolhia como uma promessa! E recordei ainda que, então, já me tornara inferior pelo embaraço dos músculos de minhas pernas, ao passo que Guido se movia com mais desenvoltura que a própria Ada e não era marcado por nenhum sinal de inferioridade, a não ser que se considerasse como tal a estranha bengala que insistia em carregar.

Ela disse em voz baixa:

— É verdade!

Depois, sorrindo afetuosamente:

— Mas estou feliz por Augusta, sabendo que você é bem melhor do que eu supunha. — Depois, com um suspiro: — Tanto que me atenua um pouco a mágoa de que Guido não seja o que esperava.

Eu, sempre mudo, ainda me mantinha em dúvida. Pareceu-me dizer que eu me tornara aquilo que ela esperava de Guido. Seria, pois, amor? E disse ainda:

— Você é o melhor homem de nossa família, a nossa fé, a nossa esperança. — Voltou a estender-me a mão, e apertei-a talvez demais. Retirou-a, porém, com tal rapidez, que qualquer dúvida se dissipou. Naquele compartimento escuro eu soube novamente como devia comportar-me. Talvez para atenuar seu ato, dirigiu-me outro afago:

— Conhecendo-o melhor, lamento o que fiz você sofrer. Você sofreu muito, não?

Mergulhei os olhos na escuridão de meu passado, à procura daquela dor, e murmurei:

— Sofri!

Pouco a pouco recordei o violino de Guido e imaginei que me teriam posto fora daquele salão se não me tivesse agarrado a Augusta; lembrei da sala de visita em casa dos Malfenti, onde em torno a uma mesinha Luís XIV um casal se acariciava enquanto outro, na mesinha ao lado, o invejava. Repentinamente recordei-me até de Carla, porque Ada estivera também com ela. Então senti viva a voz de Carla a dizer-me que eu pertencia à minha mulher, ou seja, a Ada. Repeti, enquanto as lágrimas me brotavam dos olhos:

— Sofri muito! Muito!

Ada a bem dizer soluçava:

— Lamento tanto, tanto!

Fez um esforço e disse:

— Mas agora você ama Augusta!

Um soluço interrompeu-a por um instante e estremeci sem saber se ela parava para ouvir se eu iria afirmar ou negar aquele amor. Para minha felicidade, não me deu tempo de falar, pois continuou:

— Por isso é que entre nós existe e deve existir um verdadeiro afeto fraternal. Preciso de você. Para aquela criança que lá está, preciso agora ser como mãe, tenho o dever de protegê-lo. Você quer ajudar-me nessa tarefa difícil?

Em sua grande emoção quase se apoiava em mim, como no sonho. Mas eu me ative às suas palavras. Pedia-me um afeto fraterno; o compromisso de amor que eu pensava me ligasse a ela transformava-se assim em mais um direito seu; não obstante, prometi-lhe sem hesitar que ajudaria Guido, que ajudaria a ela, que faria tudo o que ela quisesse.

Se estivesse mais calmo, deveria ter mencionado a minha incapacidade para a tarefa que ela me atribuía, mas teria destruído toda a inesquecível emoção daquele instante. Além do mais, estava tão comovido que não podia sentir minha incapacidade. Naquele momento pensava que na verdade não existia incapacidade para ninguém. Até mesmo a de Guido podia ser despachada com algumas palavras que lhe dessem o necessário entusiasmo.

Ada acompanhou-me ao patamar e ali ficou, apoiada ao corrimão, enquanto eu descia. Era assim que Carla sempre fazia, mas o estranho é que o fizesse Ada, que amava Guido, e eu lhe estava tão grato que, antes de atingir o segundo lance da escada, ergui ainda uma vez o rosto para vê-la e despedir-me. Assim se fazia no amor de amantes, embora se pudesse fazer também (não estava vendo?) no amor fraternal.

Saí contente da vida. Ada acompanhou-me até o patamar, apenas até ali. Já não pairavam dúvidas. As coisas estavam neste pé: eu a amara e agora amava Augusta, mas meu antigo amor dava-lhe direito à minha devoção. Ela continuava a amar a sua "criança", embora me dispensando um grande afeto fraternal, não só porque me casara com a irmã, mas ainda para indenizar-me dos sofrimentos que me causara e que constituíam um vínculo secreto entre nós. Tudo aquilo era de uma grande doçura, de um sabor raro em nossa vida. Tamanha doçura não me poderia proporcionar verdadeira saúde? Na verdade, eu naquele dia caminhava sem embaraço e sem dores, sentindo-me magnânimo e forte e trazendo no coração um sentimento de segurança que era novo para mim. Esqueci-me de que traíra minha mulher da maneira mais vergonhosa ou de que me propusera a não fazê-lo mais — o que se equivalia a sentir-me de fato, como Ada me via, o melhor homem da família.

Quando esse heroísmo enfraqueceu, quis reavivá-lo; a essa altura, porém, Ada partira para Bolonha e todos os meus esforços no sentido de extrair um estímulo de tudo o que ela me dissera tornavam-se vãos. Sim! Faria o pouco que pudesse por Guido, mas tal propósito não aumentava nem o ar em meus pulmões nem o sangue em minhas veias. Em meu coração sempre permaneceu uma grande doçura para com Ada, que se renovava cada vez que ela, em suas cartas a Augusta, se recomendava a mim com alguma palavra afetuosa. Eu correspondia cordialmente ao seu afeto e acompanhava seu tratamento com votos de melhora. Oxalá conseguisse recuperar toda a sua saúde e beleza!

No dia seguinte, Guido chegou ao escritório e pôs-se imediatamente a estudar os lançamentos que queria fazer. Propôs:

— Agora estornamos metade da conta de "lucros e perdas" para a conta de Ada.

Então era isto o que ele queria fazer e que não adiantava nada? Se eu permanecesse o executor indiferente de sua vontade, como o fora até poucos dias antes, teria simplesmente executado os lançamentos e não se pensaria mais nisto. Ao contrário, achei de meu dever dizer-lhe tudo; acreditava que o estimularia ao trabalho, fazendo-o saber que não era assim tão fácil cancelar o prejuízo em que incorrera.

Expliquei-lhe que, quanto me era dado saber, Ada entregara o dinheiro para ser posto a crédito de sua conta e isto não aconteceria se nós a saldássemos, debitando ao lado, na outra coluna, metade das perdas de nosso balanço. E mais, que a parte da perda que ele queria transportar da conta própria pertencia a ele e até lhe pertencia toda, e que isto não implicava sua anulação, e sim, ao contrário, a própria constatação da mesma. Pensara tanto nestas coisas que me era fácil explicar-lhe tudo; concluí:

— Ainda que ocorra — livre-nos Deus! — o quadro previsto por Olivi, a perda apareceria claramente em nossos livros, mal fossem examinados por um perito-contador.

Olhava-me atônito. Sabia o bastante de contabilidade para compreender, mas não conseguia fazê-lo porque o anseio o impedia de submeter-se à evidência. Depois, acrescentei, para fazê-lo ver tudo claramente:

— Está percebendo como não tinha sentido Ada fazer este depósito?

Quando por fim compreendeu, ficou terrivelmente pálido e começou a roer nervosamente as unhas. Permaneceu aturdido e quis dominar-se com aquela sua cômica atitude de comando; determinou que os lançamentos fossem feitos assim mesmo, acrescentando:

— Para eximi-lo de qualquer responsabilidade estou disposto a fazer eu próprio os lançamentos e apor minha assinatura!

Compreendi! Queria continuar sonhando ali onde não havia lugar para sonhos: nas partidas dobradas!

Recordei o que prometera a mim mesmo na ladeira da Via Belvedere, e mais tarde a Ada, na escura saleta de sua casa; falei generosamente:

— Farei imediatamente os lançamentos que você deseja: não sinto necessidade de ser protegido pela sua assinatura. Estou aqui para ajudá-lo e não para lhe opor obstáculos!

Apertou-me afetuosamente a mão.

— A vida é difícil — disse — e para mim é um grande conforto ter ao lado um amigo como você.

Comovidos olhamo-nos, nos olhos. Os seus brilhavam. Para escapar à comoção que também me ameaçava, disse-lhe rindo:

— A vida não é difícil, mas muito original.

Ele também riu satisfeito.

Depois, ficou ao meu lado para ver como iria saldar aquela conta de "lucros e perdas". Fi-lo em poucos minutos. A conta morreu, mas levou a zero também a de Ada, cujo crédito anotamos paralelamente num pequeno livro, para o caso de que algum imprevisto pudesse destruir as outras provas e para sabermos que lhe devíamos pagar juros. A outra metade da conta de "lucros e perdas" serviu para aumentar o "deve" já considerável da conta de Guido.

Por sua natureza, os contabilistas são um gênero de animais muito chegados à ironia. Fazendo aqueles lançamentos eu pensava: "Uma conta — a intitulada de 'lucros e perdas'— havia morrido assassinada, e a outra — a de Ada — morrera de morte natural, porque não conseguíamos mantê-la viva; já a de Guido, não sabíamos como acabar com ela, e sendo de um devedor duvidoso ser mantida assim era o mesmo que preparar a cova para a nossa empresa."

Por muito tempo continuamos a falar de contabilidade no escritório. Guido azafamava-se para encontrar outra forma que pudesse protegê-lo melhor das eventuais ciladas (como as chamava) da lei. Creio que chegou inclusive a consultar algum contabilista porque um dia entrou no escritório propondo-me a destruição dos livros antigos para fazermos outros novos, nos quais registraríamos uma venda fictícia em nome de uma pessoa qualquer, que figuraria depois como tendo pago a mercadoria com a importância que Ada cedera. Dava-me pena ter que desiludi-lo, pois chegara ao escritório a correr, animado de grandes esperanças! Propunha-me uma falsificação que de fato me repugnava. Até então só havíamos deslocado realidades que ameaçavam prejudicar aquela que implicitamente nos dera o seu consentimento. Agora, ao contrário, ele queria inventar movimentos de mercadoria, transações comerciais. Eu bem que via que assim, e só assim, poderíamos apagar os traços do prejuízo sofrido, mas a que preço! Era necessário ainda inventar o nome do comprador ou obter a permissão de quem quiséssemos fazer figurar como tal. Nada tinha em contrário à destruição dos livros, que eu, no entanto, escriturara com tamanho zelo; o que me aborrecia era ter que fazê-los de novo. Minhas objeções acabaram por convencer Guido. Não se pode simular uma fatura facilmente. Precisávamos saber falsificar também os documentos comprobatórios da existência e da propriedade da mercadoria.

Ele renunciou ao plano; no dia seguinte, porém, surgiu no escritório com outro, que acarretava igualmente a destruição dos livros. Cansado de ver nossas atividades embaraçadas por discussões semelhantes, protestei:

— Você pensa tanto nisto que até parece querer de fato provocar uma falência! Por outro lado, que importância pode haver numa diminuição tão insignificante do capital? Até agora ninguém tem o direito de consultar os livros. O que precisamos é trabalhar, e trabalhar bastante, sem nos ocuparmos com tolices.

Confessou-me que aquele pensamento era a sua obsessão. E como poderia ser de outra forma? Com um pouco de azar poderia incorrer direitinho naquela sanção penal e acabar na cadeia!

De acordo com meus conhecimentos jurídicos, sabia que Olivi expusera com grande exatidão o que competia fazer a um comerciante com um balanço igual ao nosso; contudo, para livrar Guido e também a mim daquela obsessão, aconselhei-o a consultar algum advogado amigo.

Respondeu-me que já o fizera, ou seja, que não recorrera a um advogado expressamente para aquele fim, pois não queria confiar nem mesmo a um advogado o seu segredo, mas tocara no assunto com um causídico amigo quando estavam ambos à caça. Sabia, pois, que Olivi não se enganara nem estava exagerando... Infelizmente!

Percebendo a inutilidade, parou de fazer descobertas para falsificar as contas; nem por isso, no entanto, readquiriu a calma. Vez por outra vinha ao escritório e se aterrorizava consultando os livros. Confessou-me um dia que, entrando em nosso gabinete, pareceu-lhe encontrar-me na antecâmara da prisão e quis fugir.

De certa feita perguntou:

— Augusta sabe tudo sobre o nosso balanço?

Corei porque na pergunta pareceu-me sentir uma reprovação. Evidentemente, porém, se Ada sabia do balanço, Augusta também podia saber. Não pensei imediatamente assim; ao contrário, achei merecer a reprovação que ele pretendia fazer-me. Murmurei:

— Deve ter sabido através de Ada ou de Alberta, a quem Ada certamente contou!

Levei em conta todos os possíveis canais que poderiam conduzir a Augusta, e não me pareceu com isto negar que ela tivesse sabido tudo de primeira fonte, ou seja, de mim, mas antes afirmar que teria sido inútil de minha parte silenciar sobre o caso. Que pena! Se tivesse logo confessado que entre mim e Augusta não havia segredos, ter-me-ia sentido mais leal e honesto! Um leve incidente assim, ou seja, a dissimulação de um ato que seria melhor confessar, proclamando sua inocência, basta para estremecer a mais sincera amizade.

Registro aqui um fato, embora sem qualquer importância nem para Guido nem para a minha história: o corretor falastrão, com quem lidamos para o sulfato de cobre, encontrou-me na rua; olhando-me de cima a baixo, como lhe obrigava sua pouca estatura, que ele sabia exagerar abaixando-se ainda mais, falou ironicamente:

— Comenta-se que vocês fizeram outros negócios tão bons quanto aquele do sulfato!

Depois, vendo-me empalidecer, apertou-me a mão, acrescentando:

— De minha parte, desejo-lhes os melhores negócios. Espero que não duvide de minhas palavras!

E deixou-me. Suponho que as nossas transações tivessem chegado ao seu conhecimento por intermédio da filha, que frequentava a mesma classe da menina Anna. Não mencionei a Guido essa pequena indiscrição. Meu objetivo principal era defendê-lo de angústias inúteis.

Surpreendeu-me que Guido não tomasse nenhuma atitude em relação a Carmen, pois sabia que ele prometera formalmente à mulher que a despediria. Imaginava que Ada estaria de volta ao fim de alguns meses, como da vez anterior. Ela, porém, sem passar por Trieste, foi veranear numa pequena aldeia do Lago Maior, aonde pouco depois Guido levou as crianças.

De volta da viagem, não sei se ao recordar-se espontaneamente da promessa ou porque Ada lhe houvesse avivado a memória, perguntou-me se não seria possível arranjar uma colocação para Carmen em meu escritório, ou seja, no de Olivi. Eu sabia que lá todos os lugares estavam ocupados; visto, porém, que Guido me pedia com insistência, aquiesci em falar com o meu administrador. Por feliz coincidência, um empregado de Olivi ia deixar o escritório por aqueles dias, só que com um salário inferior ao atribuído a Carmen nos últimos meses graças à liberalidade de Guido, que, a meu ver, estava pagando suas mulheres a débito da conta de "despesas gerais". O velho Olivi perguntou-me sobre a capacidade de Carmen; conquanto eu lhe tivesse dado as melhores informações, dispôs-se a só admiti-la dentro das condições do empregado que saía. Transmiti a informação a Guido que aflito e embaraçado coçava a cabeça.

— Como é possível oferecermos a ela um salário inferior ao que percebe? Não seria possível convencer Olivi a chegar pelo menos ao que ela já recebe?

Eu sabia que não era possível, até porque Olivi não costumava considerar-se comprometido com seus empregados como fazíamos nós. Quando percebesse que Carmen merecia uma coroa menos que o salário acordado, ele a rebaixaria sem misericórdia. E a coisa acabou assim: Olivi não teve nem nunca pediu sequer uma resposta definitiva e Carmen continuou a revirar seus belos olhos em nosso escritório mesmo.

Entre Ada e mim havia um segredo, e era importante exatamente porque permanecia segredo. Ela escrevia assiduamente a Augusta, mas nunca lhe contou que tivera uma conversa particular comigo ou que pusera Guido aos meus cuidados. Eu também nada lhe disse. Um dia, Augusta mostrou-me uma carta de Ada que me dizia respeito. De início, pedia notícias minhas e acabava por apelar à minha gentileza no sentido de lhe transmitir algo sobre o andamento dos negócios de Guido. Perturbei-me ao sentir que se dirigia a mim, mas esfriei ao perceber que, como de costume, se dirigia mais uma vez a mim para saber do marido. Não havia, portanto, motivos de esperança.

Com o conhecimento de Augusta, mas sem mencioná-la a Guido, escrevi uma carta a Ada. Sentei-me à escrivaninha com o verdadeiro propósito de elaborar uma resposta comercial e comuniquei-lhe estar agora contente com a maneira pela qual Guido dirigia os negócios, ou seja, com assiduidade e prudência.

O que era verdade; pelo menos, eu estava contente com sua atuação naquele dia em que nos fizera ganhar algum dinheiro, vendendo mercadorias estocadas há vários meses. Verdade também era que parecia mais assíduo, conquanto fosse todas as semanas à caça ou à pesca. Eu exagerava de propósito os meus elogios, já que assim me parecia contribuir para a cura de Ada.

Reli a carta e não me bastou. Faltava qualquer coisa nela. Ada se dirigia a mim e decerto queria também notícias minhas. Seria falta de delicadeza se não lhas desse. E pouco a pouco — recordo-me como se tivesse acontecido agora — fui-me sentindo embaraçado naquela mesa, como se me encontrasse novamente face a face com Ada na saleta escura. Devia apertar com força a mãozinha que me fora estendida?

Escrevi algo; depois, tive que refazer a carta, pois deixara escapar algumas palavras bastante comprometedoras: ansiava por voltar a vê-la e desejava que recuperasse inteiramente a saúde e toda a sua beleza. Isto significava prender para sempre a mulher que apenas me estendera a mão. Meu dever era apertar simplesmente a pequenina mão, apertá-la suave e demoradamente, para expressar que eu desejava tudo, tudo quanto não se devia jamais dizer.

Não repetirei todas as frases que passei em revista para encontrar algo que pudesse substituir aquele longo, doce e significativo aperto de mão; apenas aquelas que depois escrevi. Falei longamente da velhice iminente. Não podia ficar um momento tranquilo sem sentir a velhice. A cada circulação de meu sangue alguma coisa se agregava a meus ossos e às minhas veias que significava envelhecer. Cada manhã, ao despertar, o mundo era mais cinza e eu não me dava conta disto, porque tudo mantinha o mesmo tom; nela não havia nenhuma pincelada do dia anterior, pois, se o notasse, a recordação me faria desesperar.

Recordo-me perfeitamente de haver expedido a carta com plena satisfação. Não estava de fato comprometido com aquelas palavras; contudo, parecia-me igualmente certo que, se o pensamento de Ada fosse igual ao meu, ela haveria de compreender aquele amoroso aperto de mão. Não era preciso muita perspicácia para adivinhar que a longa dissertação sobre a velhice significava apenas o meu temor de que não pudesse, na minha corrida pelo tempo, ser alcançado pelo amor. Parecia gritar ao amor: "Venha, venha!" Contudo, não estou seguro de ter realmente querido esse amor e, se há uma dúvida, essa resulta apenas do fato de eu haver escrito algo assim.

Para Augusta fiz uma cópia da carta, omitindo a peroração sobre a velhice. Ela não compreenderia; contudo, prudência nunca é demais. Eu poderia ter corado, sentindo que ela me via apertar a mão da irmã! Sim! Agora eu sabia corar. E corei mesmo, quando recebi um bilhete de agradecimento de Ada no qual ela não mencionava minha dissertação sobre a velhice. Parecia-me que ela se comprometia muito mais comigo do que eu com ela. Não retirava a mãozinha ao meu aperto.

Deixava-a jazer inerte na minha e, para a mulher, a inércia é uma forma de consentimento.

Poucos dias depois de escrita a carta, soube que Guido estava jogando na Bolsa. Soube-o por uma indiscrição do corretor Nilini.

Eu o conhecia há longos anos porque havíamos sido colegas no curso secundário, que ele não terminou ao se ver forçado a logo trabalhar no escritório de um tio. Depois, voltamos a encontrar-nos algumas vezes, e recordo que a diferença de nossos destinos criara uma superioridade minha em relação a ele. Cumprimentava-me sempre primeiro e fazia de vez em quando tentativas de se aproximar. Isso me parecia natural, daí ter achado menos explicável, numa certa altura que não posso precisar, viesse ele a mostrar-se bastante altivo em relação a mim. Já não me cumprimentava e mal-mal respondia aos meus cumprimentos. Fiquei um pouco preocupado, pois sou muito sensível e irrito-me com qualquer coisa. Mas que fazer? Talvez me tivesse descoberto no escritório de Guido e, ao achar que eu ali desempenhava um papel subalterno, passasse a me desprezar, ou quem sabe, com a mesma possibilidade, eu podia supor que, com a morte do tio, ao se tornar ele corretor independente da Bolsa, ficasse agora orgulhoso. Nos ambientes provincianos há sempre reações desta natureza. Sem qualquer ato de animosidade, um belo dia alguém olha para outrem com aversão e desprezo.

Foi por isso que me surpreendi ao vê-lo entrar no escritório, onde me encontrou só, e perguntar por Guido. Tirara o chapéu e me apertara a mão. Logo depois, com absoluta sem-cerimônia, escarrapachou-se numa de nossas poltronas. Observei-o com curiosidade. Há quantos anos não o via de tão perto, e a aversão que agora me inspirava granjeou-lhe a minha mais forte atenção.

Devia contar quarenta anos e sua feiura era ressaltada por uma calvície quase total, que se interrompia em oásis de cabelos negros e grossos na nuca e nas têmporas; a face era amarelada e pelancuda, apesar do imenso nariz. Pequeno e magro, esticava-se de tal forma para falar comigo que acabei por sentir uma leve dor simpática no pescoço, aliás única simpatia que experimentei por ele. Na ocasião parecia esforçar-se por não rir e era como se o rosto estivesse contraído por um desprezo ou uma ironia não destinados a ferir-me, de vez que me cumprimentara com tanta gentileza. Descobri depois que a ironia lhe fora estampada no rosto pela bizarria da natureza. Seus curtos maxilares não combinavam exatamente entre si e, numa parte da boca, ficara para sempre um desvão onde habitava, estereotipada, a sua ironia. Talvez fosse para se conformar com essa máscara — da qual não podia fugir senão quando bocejava — que ele mostrava tanto gosto em zombar do próximo. Não sendo nada tolo, lançava suas flechadas venenosas, de preferência contra os ausentes.

Tagarelava bastante e fantasiava ainda mais, especialmente sobre os negócios da Bolsa. Falava dela como se se tratasse de pessoa viva, que ele descrevia trepidante sob alguma ameaça, entorpecida na inércia ou dotada de um rosto que sabia rir e também chorar. Ele a imaginava subindo as escadas dos câmbios a bailar ou descendo por ela com o risco de precipitar-se; depois, admirava-a acariciar um valor ou a estrangular outro, ou mesmo a ensinar moderação e atividade. Só as pessoas de senso podiam tratar com ela. Havia muito dinheiro espalhado pelo chão da Bolsa, mas não era fácil abaixar-se e apanhá-lo.

Ofereci-lhe um cigarro e deixei-o à espera de Guido, enquanto me ocupava da correspondência. Algum tempo depois, cansou-se e disse que não podia esperar mais. Além disso, viera só para dizer a Guido que certas ações com o estranho nome de Rio Tinto, as quais na véspera aconselhara Guido a adquirir — sim, isto mesmo, há 24 horas apenas — haviam subido naquele dia cerca de 10%. Pôs-se a rir satisfeito.

— Enquanto falamos aqui, ou seja, enquanto espero, os especuladores estão agindo. Se o sr. Speier quisesse comprar agora tais ações, quem sabe a que preço teria que pagá-las. Eu, porém, adivinhei logo qual era a tendência da Bolsa.

Gabou-se de sua visão, devido à longa intimidade com a Bolsa. Interrompeu-se para perguntar:

— Quem acha que instrui melhor: a universidade ou a Bolsa?

Sua mandíbula caiu um pouco mais ainda, ampliando o orifício da ironia.

— A Bolsa evidentemente! — disse-lhe com convicção. Isto valeu-me dele um aperto de mão afetuoso quando se foi.

Então Guido jogava na Bolsa! Se eu tivesse observado melhor, teria adivinhado antes, pois, quando lhe apresentei a cifra exata dos importes bem significativos que havíamos ganho com nossas últimas operações, ele a olhou sorrindo, só que com um certo desprezo. Achava que trabalháramos demais para ganhar aquele dinheiro. E note-se que, com algumas dezenas de operações iguais, teríamos podido cobrir o prejuízo em que incorrêramos no ano anterior! Que devia fazer agora, eu que dias antes escrevera loas à sua atuação?

Em seguida, Guido chegou ao escritório; transmiti-lhe fielmente as palavras de Nilini. Ouviu-me com tal ansiedade que nem se importou com o fato de eu saber que ele jogava, e saiu a correr.

À noite falei sobre o caso com Augusta, que achou melhor deixarmos a pobre Ada em paz e, em vez disso, avisarmos à minha sogra sobre os perigos a que Guido se expunha. Pediu-me também que fizesse tudo para impedi-lo de cometer desatinos.

Preparei longamente as palavras que devia dizer. Finalmente realizava meus propósitos de bondade ativa e mantinha a promessa feita a Ada. Sabia como tratar Guido para induzi-lo a me obedecer. Jogar na Bolsa é sempre uma leviandade — haveria de explicar-lhe —, principalmente se quem joga é um negociante que apresentou um balanço como o nosso.

No dia seguinte comecei muito bem:

— Então você anda jogando na Bolsa? Está querendo acabar na cadeia? — perguntei-lhe duramente. Estava preparado para uma cena e guardava de reserva a declaração de que abandonaria a firma, já que ele procedia de modo a comprometê-la.

Guido soube desarmar-me. Mantivera tudo em segredo até então, mas agora, com franqueza de amigo, revelava todos os detalhes do negócio. Trabalhava com ações de companhias mineradoras de não sei que país, que já lhe tinham proporcionado lucro quase suficiente para cobrir o prejuízo do nosso balanço. Como os riscos haviam cessado, podia contar tudo. Se tivesse o azar de perder o que ganhara, simplesmente pararia de jogar. Mas se, em vez disso, a sorte continuasse a acompanhá-lo, trataria imediatamente de acertar.

Vi que não era o caso de me enfurecer e que, pelo contrário, devia congratular-me com ele. Quanto à escrita, disse que agora podia estar tranquilo, pois com dinheiro no bolso era sempre fácil dar um jeito à contabilidade mais fastidiosa. Quando em nossos livros a conta de Ada fosse reintegrada como de direito e quando diminuísse um pouco aquilo que eu chamava de "abismo" de nossa empresa, ou seja, a conta de Guido, nossa contabilidade ficaria impecável.

Propus-lhe fazermos a regularização imediatamente, lançando na conta da firma as tais operações da Bolsa. Por sorte ele não aceitou, pois, do contrário, eu estaria transformado no guarda-livros de um jogador, assumindo responsabilidade ainda maior, ao passo que assim as coisas ocorreram como se eu não existisse. Ele refutou minha proposta com razões que me pareceram boas. Era de mau agouro pagar assim de súbito as dívidas e havia uma superstição divulgadíssima em todas as mesas de jogo, segundo a qual o dinheiro alheio nos dá sorte. Não creio nisso, mas, quando jogo, não desprezo nenhuma precaução.

Durante algum tempo reprovei-me por ter acolhido tais explicações sem protestar. Quando, porém, vi que a sra. Malfenti se comportava da mesma maneira ao contar-me como o marido soubera ganhar bom dinheiro na Bolsa, e que também Ada considerava esse jogo como uma espécie qualquer de comércio, compreendi que ninguém poderia levantar contra mim qualquer reprovação por ter agido como agi. Para deter Guido à beira do abismo meus protestos só teriam efeito se apoiados por todos os membros da família.

Foi assim que continuou a jogar, e toda a família com ele. Até eu participava da comitiva, tanto que entrei em relações de amizade um tanto curiosas com Nilini. É certo que não podia suportá-lo, pois achava-o ignorante e presunçoso; parece, contudo, que por causa de Guido, que dele esperava bons palpites, consegui disfarçar tão bem meus sentimentos que ele acabou imaginando ter em mim um amigo devotado. Não nego que talvez a minha gentileza para com ele fosse devida também ao desejo de coibir aquele mal-estar que a sua inimizade havia produzido, e que a ironia estampada em sua face horrenda tornava ainda mais forte. Mas não lhe dispensei mais gentilezas do que estender-lhe a mão para cumprimentá-lo à chegada e à saída. Ele, ao contrário, mostrava-se gentilíssimo, e não pude aceitar suas cortesias senão com gratidão, que é de fato gentileza que podemos dispensar neste mundo. Conseguia-me cigarros de contrabando e me cobrava por eles apenas o preço de custo, ou seja, muito pouco. Se me fosse mais simpático, poderia induzir-me a jogar na Bolsa por seu intermédio; nunca o fiz só para não ter que vê-lo com frequência.

No entanto, tive que vê-lo assim mesmo! Já o via demais! Passava horas em nosso escritório, apesar de não estar — como era fácil perceber — apaixonado por Carmen. Era a mim que vinha procurar. Parece que estava resolvido a introduzir-me na política, de que era profundo conhecedor em função da Bolsa. Mostrava-me como as grandes potências um dia se davam as mãos e no seguinte trocavam bofetadas. Não sei se chegou a prever o futuro, porque eu nunca o ouvia de fato.

Eu mantinha um sorriso idiota, estereotipado. Nosso mal-entendido decerto teria sido gerado de uma interpretação errônea de meu sorriso, que lhe parecia de admiração. Não me cabe a culpa.

Sei apenas o que me repetia todos os dias. Lembro que era um italiano não muito convicto, pois achava melhor que Trieste permanecesse austríaca. Adorava a Alemanha, especialmente os trens alemães, que sempre chegavam com absoluta pontualidade. Era socialista à sua maneira, e considerava que devia ser proibido uma única pessoa possuir mais de cem mil coroas. Não ri no dia em que, conversando com Guido, admitiu possuir exatamente cem mil coroas, nenhum centavo mais. Não ri nem lhe perguntei se, caso ganhasse mais dinheiro, não mudaria de opinião. Nosso relacionamento era de fato estranho. Eu não sabia rir nem dele nem com ele.

Quando destrinçava uma de suas sentenças, erguia-se tanto na poltrona que seus olhos fitavam o teto, voltando para mim apenas aquele orifício que eu designara por mandibular. Parecia ver com aquele furo! Eu às vezes queria aproveitar-me da sua posição para pensar em outras coisas, mas ele reclamava minha atenção, perguntando de chofre:

— Está ouvindo?

Após aquela simpática efusão, Guido por muito tempo não me voltou a falar de seus negócios. A princípio, Nilini deixava escapar algo sobre eles, mas depois se tornou também reservado. Soube pela própria Ada que Guido continuava a ganhar.

Quando regressou, achei-a desfigurada como da outra vez. Estava flácida em vez de gorda. Seus pômulos, desenvolvidos, pareciam ainda fora do lugar e davam-lhe ao rosto uma expressão quase quadrada. Os olhos continuavam disformes nas órbitas. Minha surpresa foi grande, porque ouvira de Guido e de outros que tinham ido visitá-la que ela estava cada vez mais forte e saudável. Mas a saúde de uma mulher é antes de tudo a sua beleza.

Com Ada passei ainda por outras surpresas. Cumprimentou-me afetuosamente, mas não de forma diversa com que cumprimentara a irmã. Era como se entre nós não houvesse qualquer segredo e certamente ela não se recordava mais de que chorara ao recordar o quanto me fizera sofrer. Tanto melhor! Ela esquecia afinal os direitos que tinha sobre mim! Era para ela o bom cunhado a quem amava apenas por encontrar inalterado o meu afetuoso relacionamento com Augusta, motivo de orgulho e admiração para toda a família Malfenti.

Um dia, fiz uma descoberta que me surpreendeu. Ela se considerava ainda bela! Em seu retiro, à beira do lago, andaram fazendo-lhe a corte, e era evidente que ela se rejubilava com seu êxito. Provavelmente exagerava um pouco, pois me parecia um excesso pretender que fora forçada a deixar o retiro para fugir às perseguições de alguém enamorado. Admito que alguma coisa realmente se passasse, pois que havia de parecer menos feia a quem não a tivesse conhecido antes. Mas daí ao que dizia, com aqueles olhos, aquelas cores e o rosto deformado! A nós parecia pior, porque, lembrando-nos de como fora no passado, discerníamos as evidentes devastações que a doença empreendia.

Uma noite, convidamos a ela e Guido à nossa casa. Foi um reencontro agradável, verdadeiramente em família. Parecia a continuação do nosso noivado a quatro. Só que a cabeleira de Ada não refletia nenhuma luz.

No momento de nos separarmos, eu, enquanto a ajudava a vestir o casaco, fiquei por um instante a sós com ela. Tive de súbito uma sensação um pouco diferente das nossas relações. Estávamos sós e talvez pudéssemos falar algo que em presença dos outros não queríamos. Enquanto a ajudava, refleti e acabei por encontrar o que devia dizer:

— Você sabe que ele anda jogando! — disse-lhe com voz séria. Vez por outra me vem a dúvida de que com tais palavras eu pretendesse reevocar nosso último encontro por não admiti-lo completamente esquecido.

— Sei — disse ela sorrindo — e acho que está certo. Ele está indo muito bem, pelo que me disseram.

Ri com ela, alto. Sentia-me aliviado de qualquer responsabilidade. E já saindo ela sussurrou:

— A tal Carmen continua no escritório?

Não cheguei a responder porque saiu antes. Entre nós já não havia o passado. Havia o ciúme. Que estava vivo como em nosso último encontro.

Agora, pensando a frio, acho que devo ter percebido, muito antes de me advertirem expressamente, que Guido estava começando a perder na Bolsa. Desaparecera de seu rosto aquele ar de triunfo que o iluminava e voltou a se preocupar com o balanço.

— Por que está preocupado com isto — perguntei-lhe na minha inocência — se você tem no bolso o necessário para realizar aqueles lançamentos? Com tanto dinheiro ninguém vai parar na cadeia. — Mas já então, como soube depois, não tinha mais nada no bolso.

Acreditei tão firmemente que a sorte estava de seu lado que não levei em conta tantos indícios capazes de me convencerem do contrário.

Uma noite, em agosto, arrastou-me de novo à pesca. À luz deslumbrante de uma lua quase cheia, poucas eram as possibilidades de pegarmos qualquer peixe. Ele insistiu, dizendo que encontraríamos no mar uma fuga ao calor. Na verdade, foi só o que aconteceu. Após uma única tentativa, não voltamos a iscar os anzóis e deixamos as linhas penderem, à borda do barco que Luciano conduzia para o largo. Os raios da lua atingiam até o fundo do mar, facilitando a visão dos peixes maiores e tornando-os previdentes quanto ao nosso engodo, e mesmo a dos animálculos, que eram capazes de roer levemente a isca sem chegar a pequenina boca ao anzol. As nossas iscas não passavam, pois, de uma concessão à miuçalha.

Guido acomodou-se à popa e eu à proa. Pouco depois murmurou:
— Que tristeza toda esta luz.

Provavelmente falava assim porque a luz o impedia de dormir; concordei para lhe ser agradável e também para não perturbar com uma tola discussão a solene quietude em que lentamente nos movíamos. Mas Luciano protestou, dizendo que a luz lhe agradava muito. Como Guido não respondesse, quis eu fazê-lo calar-se, dizendo que a luz era certamente uma coisa triste porque nos deixava ver as coisas deste mundo. Além de impedir a pesca. Luciano riu e calou-se.

Ficamos mudos por muito tempo. Bocejei várias vezes na cara da lua. Lamentava ter-me deixado levar a subir naquele barco.

Guido de repente perguntou:
—Você que é químico é capaz de me dizer o que é mais eficaz, se o Veronal puro ou o Veronal com sódio?

Eu, na verdade, não sabia nem mesmo da existência de um Veronal com sódio. Não se pode de maneira alguma pretender que um químico saiba tudo de cor. Eu de química sei o bastante para encontrar em meus livros as informações que quero, além de poder discutir — como era o caso — sobre assuntos que ignoro.

Com sódio? Mas se todos sabiam que as combinações com o sódio eram as que mais facilmente se eliminavam. Ainda a propósito do sódio recordei — e reproduzi mais ou menos exatamente — um hino àquele elemento, composto por um de meus professores na única de suas preleções a que assisti. O sódio era um veículo que permitia aos elementos uma movimentação mais rápida. O professor recordara como o cloreto de sódio passava de um organismo a outro e como mergulhava apenas por efeito da gravidade no abismo mais profundo da Terra, o mar. Não sei se reproduzi exatamente o pensamento do meu professor; naquele momento, porém, diante da enorme extensão de cloreto de sódio, falei deste com respeito infinito.

Após certa hesitação, Guido voltou a perguntar:

— Logo, se uma pessoa quer morrer, deve tomar Veronal com sódio?

— Exatamente — respondi.

Depois, recordando casos em que se pode querer simular um suicídio e não me lembrando de que recordava a Guido um episódio desagradável de sua vida, acrescentei:

— E quem não quer morrer deve tomar o Veronal puro.

Os estudos de Guido sobre o Veronal poderiam dar-me o que pensar. Em vez disso, não atentei para o fato, preocupado que estava com o sódio. Nos dias seguintes, achava-me em condições de trazer a Guido novas provas das qualidades que eu atribuíra ao sódio: até para acelerar os amálgamas — que não são mais que intensos abraços entre dois corpos, abraços que substituem as combinações ou as assimilações — usava-se juntar sódio ao mercúrio. O sódio era o intermediário entre o ouro e o mercúrio. Mas Guido já não se mostrava interessado no Veronal, e agora acho que naquele momento a sua posição na Bolsa teria melhorado.

No curso de uma única semana, Ada veio bem umas três vezes ao escritório. Só na segunda vez é que me ocorreu a ideia de que queria falar comigo.

Na primeira vez, topou com Nilini que se entregava uma vez mais à minha edificação. Esperou por toda uma hora que ele se fosse, mas caiu na tolice de lhe dar atenção; com isto Nilini achou que devia ficar. Após as apresentações, respirei aliviado, ao sentir que o orifício mandibular de Nilini não mais estava voltado para mim. Escusei-me de participar da conversa.

Nilini mostrou-se inclusive espirituoso e surpreendeu Ada contando-lhe que na Bolsa havia tanto mexerico quanto num salão de senhoras. Só que, segundo ele, no Tergesteo, como sempre, estavam mais bem informados. Ada achou que ele caluniava as mulheres. Disse não saber sequer o que fosse maledicência. Neste ponto intervim para confirmar que, durante todos os longos anos em que a conhecia, jamais ouvi de seus lábios uma palavra que pudesse, mesmo de leve, soar maledicente. Sorri ao falar assim; pareceu-me dirigir-lhe uma reprovação. Ela não era maledicente porque não se preocupava com os assuntos alheios. A princípio, em plena saúde, pensara em seus próprios assuntos; quando a doença a atingiu, só lhe restou um pequenino espaço livre, imediatamente ocupado pelos ciúmes. Tratava-se de uma verdadeira egoísta; ela, porém, acolheu meu testemunho com gratidão.

Nilini fingiu não dar crédito nem a ela nem a mim. Disse que me conhecia há muitos anos e que me achava dotado de grande ingenuidade. Isto me divertiu e também a Ada. Fiquei, contudo, perturbado quando ele — pela primeira vez diante de terceiros — proclamou que era um de meus melhores amigos e, portanto, conhecia-me a fundo. Não ousei protestar, mas me senti ofendido em meu pudor com essa declaração tão desarrazoada, como uma donzela a quem em público se reprova por haver fornicado.

Eu era tão ingênuo, dizia Nilini, que Ada, com a costumeira perspicácia das mulheres, podia tecer maledicências na minha frente sem que me apercebesse. Pareceu-me que Ada continuava a se divertir com tais elogios de caráter dúbio, embora tenha sabido depois que ela o deixava falar à espera de que, esgotado o assunto, ele se fosse. Mas teve que esperar muito.

Quando Ada voltou pela segunda vez, encontrou-me com Guido. Li então em seu rosto uma expressão de impaciência e adivinhei que queria falar era mesmo comigo. Enquanto não voltou uma terceira vez, fiquei a me entreter com meus sonhos de costume. No fundo ela não queria o meu amor; gostava, porém, cada vez mais de estar a sós comigo. Para os homens é difícil entender o que as mulheres desejam, até porque elas próprias não raro o ignoram.

Suas palavras, contudo, não despertaram qualquer novo sentimento em mim. Ela, mal pôde falar-me, fê-lo com voz embargada pela emoção, e não pelo fato de me dirigir a palavra. Queria era saber por que Carmen ainda não fora mandada embora. Contei-lhe tudo quanto sabia a respeito, inclusive nossa tentativa de arranjar um lugar para ela junto de Olivi.

Mostrou-se de súbito mais calma, porque o que eu lhe dissera correspondia exatamente ao que ouvira de Guido. Depois, soube que suas crises de ciúme se tinham tornado periódicas. Surgiam sem causa determinada e desapareciam ante uma palavra convincente.

Fez-me duas perguntas mais: se era de fato difícil encontrar um emprego para Carmen e se a família dela se encontrava em tais condições que dependia exclusivamente do salário da moça.

Expliquei-lhe que era realmente difícil em Trieste encontrar escritórios com vaga para moças. Quanto à segunda pergunta, não podia responder, de vez que não conhecia ninguém da família de Carmen.

— Mas Guido conhece todos naquela casa — murmurou Ada furiosa, e as lágrimas novamente irrigaram-lhe o rosto.

Depois, estendeu-me a mão para se despedir e agradeceu. Sorrindo através das lágrimas, disse que sabia poder contar comigo. O sorriso agradou-me porque certamente não era dirigido ao cunhado, mas a alguém ligado a ela por vínculos secretos. Tentei provar que merecia o sorriso; murmurei:

— O que temo por Guido não é Carmen, mas o jogo na Bolsa!

Ela ergueu os ombros.

— Não tem importância. Já falei com mamãe. Papai também jogava na Bolsa e ganhou muito dinheiro!

Fiquei desconcertado com a resposta. Insisti:

— Esse Nilini não me agrada. Não é verdade que eu seja seu amigo!

Olhou-me surpresa.

— Pois eu o acho um cavalheiro. Guido também gosta muito dele. Em todo caso, creio que Guido está atento aos seus negócios.

Eu estava totalmente decidido a não falar mal de Guido e me calei. Quando fiquei só, não pensei nele, mas em mim mesmo. Talvez fosse bom que Ada finalmente me surgisse como irmã e nada mais. Ela não prometia nem ameaçava amor. Por vários dias corri a cidade, inquieto e desequilibrado. Não chegava a me compreender. Por que me sentia como se Carla me tivesse abandonado naquele instante? Não me acontecera nada de novo. Sinceramente creio que sempre tive necessidade de aventuras ou de complicações semelhantes. Minhas relações com Ada já não eram intrincadas como antigamente.

Nilini, um dia, de sua poltrona predicou mais que de costume: uma nuvem negra apontava no horizonte, nada menos que o alto preço do dinheiro. A Bolsa já estava além de saturada, e não podia absorver mais nada!

—Tratemo-la com sódio! — propus.

A interrupção não lhe agradou de modo algum, mas, para não se aborrecer, passou ao largo: de um momento para outro o dinheiro escasseara e, portanto, encarecera. Estava surpreso de que isto já ocorresse, quando só o previra para dali a um mês.

— Terão mandado todo o dinheiro para a lua! — disse eu.

— Estou falando sério e não há razão para rir — afirmou Nilini, olhando sempre para o teto. — Agora veremos os que têm fibra de lutador e os que perecerão ao primeiro golpe.

Porque não compreendesse como o dinheiro neste mundo podia tornar-se escasso, também não adivinhei que Nilini punha Guido entre os lutadores cuja coragem estaria à prova. Estava tão habituado a me defender de suas prédicas com a desatenção que também esta, embora a ouvisse, passou sem me causar arrepio.

No entanto, poucos dias depois, Nilini entoou uma música completamente diferente. Ocorrera um fato novo. Descobrira que Guido fizera transações com outro corretor. Começou a protestar num tom agressivo, dizendo que nunca falseara em relação a Guido, nem faltara jamais com a devida discrição. Disso queria o meu testemunho. Não havia mantido em sigilo os negócios de Guido até mesmo de mim, que ele continuava a considerar como seu melhor amigo? Agora, sentia-se desobrigado de qualquer reserva e podia gritar-me no ouvido que meu cunhado estava envolvido até a ponta dos cabelos. Quanto aos negócios que fizera por seu intermédio, podia garantir que com a mais leve melhoria era possível resistir, à espera de tempos mais propícios. Era, contudo, inconcebível que na primeira adversidade Guido lhe faltasse com a confiança.

O ciúme indomável de Nilini era superior ao de Ada! Queria saber informações por seu intermédio; ele, em vez disso, se exasperava cada vez mais e continuava a falar da sujeira que Guido lhe fizera. Ainda assim, em oposição aos seus propósitos, continuava a se manter discreto.

De tarde, encontrei Guido no escritório. Estava estendido no sofá, num curioso estado intermédio entre o desespero e o sono. Perguntei:

— É verdade que você está à beira da ruína?

Não me respondeu de pronto. Levantou o braço com o qual cobria o rosto acabado e disse:

— Você já viu alguém mais desgraçado do que eu?

Voltou a baixar o braço e mudou de posição, deitando-se de costas. Fechou de novo os olhos e pareceu ter-se esquecido de minha presença.

Não consegui dar-lhe nenhum conforto. Na verdade, ofendia-me vê-lo considerar-se o homem mais infeliz do mundo. Não era um exagero de sua parte; era uma deslavada mentira. Eu o teria socorrido se pudesse, mas era-me impossível confortá-lo. A meu ver nem mesmo os mais inocentes e mais desgraçados que Guido merecem compaixão, pois de outra forma não haveria lugar em nossa vida senão para tal sentimento, o que seria bastante tedioso. A lei natural não dá direito à felicidade; ao contrário, prescreve a miséria e o sofrimento. Sempre que o alimento é exposto, acorrem parasitas de todas as partes e, se não são em número suficiente, logo outros se apressam em nascer. Com pouco a presa mal é suficiente para eles, e logo em seguida já não lhes basta, pois a natureza não faz cálculos; procede por experiências. Quando o alimento começa a rarear, eis que os consumidores devem diminuir através da morte precedida de dor; é assim que o equilíbrio, por um instante, se restabelece. Para que lamentar-se? No entanto, todos se lamentam. Os que nada tiveram da presa morrem gritando contra a injustiça, e os que tiveram parte dela acham que deviam ter direito a muito mais. Por que não morrem e não vivem em silêncio? Por outro lado, é simpática a alegria de quem soube conquistar uma parte exuberante do festim e se manifesta em pleno sol entre os aplausos. O único grito admissível é o de quem triunfa.

Mas Guido! Faltavam-lhe todas as qualidades para conquistar ou simplesmente para manter a riqueza. Vinha do jogo na Bolsa e se lamentava por ter perdido. Não se comportava mesmo como um cavalheiro; causava-me náusea. Por isso, e só por isso, no momento em que teve tanta necessidade do meu afeto, não o encontrou. Nem mesmo meus constantes propósitos puderam conduzir-me a isto.

No entanto, a respiração de Guido começava a se tornar cada vez mais regular e rumorosa. Adormecera! Como era pouco viril na desventura! Haviam-lhe tirado o alimento e ele fechava os olhos talvez para sonhar que ainda o possuía, em vez de abri-los bem para ver se conseguia arrebatar uma porção que fosse.

Veio-me a curiosidade de saber se Ada fora informada da desgraça caída sobre ele. Perguntei-lhe em voz alta. Sobressaltou-se e teve necessidade de uma pausa para se habituar à desgraça, que de repente lhe aparecia por inteira.

— Não! — murmurou. Depois, voltou a fechar os olhos.

É sabido que todo aquele que se sente atingido duramente recorre ao sono para retemperar suas forças. Fiquei ainda a olhá-lo, hesitante. Como poderia ajudá-lo se dormia? Não era o momento de dormir. Agarrei-o rudemente por um ombro e o sacudi.

— Guido!

Havia realmente dormido. Olhou-me incerto, com olhos ainda velados pelo sono; depois perguntou:

— Que quer você? — Em seguida, irritado, repetiu a pergunta: — Diga: o que quer?

Queria ajudá-lo, pois, do contrário, não teria sequer o direito de despertá-lo. Irritei-me também e gritei-lhe que não era o momento de dormir, pois devia apressar-se para ver como seria possível reparar a situação. Precisava avaliar tudo e discutir o assunto com todos da família, inclusive com os de Buenos Aires.

Guido voltou a sentar-se. Estava ainda um pouco aturdido por ser despertado daquela forma. Disse com amargura:

— Era melhor que me tivesse deixado dormir. Quem você acha que pode ajudar-me agora? Não se lembra dos esforços que tive de fazer da outra vez a fim de conseguir o pouco que era preciso para me salvar? Agora, trata-se de somas consideráveis! Para quem quer que eu apele?

Sem nenhum afeto e até com raiva por ter de me sacrificar e aos meus por sua causa, exclamei:

— Mas não estou aqui?! — A avareza, porém, em seguida me compeliu a atenuar meu sacrifício:

— E não tem Ada? Não temos nossa sogra? Não podemos reunir-nos para salvá-lo?

Ergueu-se e aproximou-se de mim com a intenção evidente de me abraçar. Mas era exatamente isto que eu não queria. Tendo-lhe oferecido minha ajuda, cabia-me agora o direito de repreendê-lo e não tive mãos a medir. Reprovei-o pela fraqueza de agora, precedida por uma presunção que o levara à ruína. Agira por si mesmo sem consultar ninguém. Tantas vezes tentei obter esclarecimentos seus para sofreá-lo ou protegê-lo, e ele sempre os sonegava depositando confiança apenas em Nilini.

Neste ponto Guido sorriu, sim, sorriu, o desgraçado! Disse-me que há duas semanas já não trabalhava mais com Nilini, pois lhe havia encasquetado na cabeça que o focinho do homem trazia azar.

Aquele sono e aquele riso eram suas características: arruinava todos em redor e ainda sorria. Arvorei-me em juiz severo; para salvar Guido era preciso primeiro educá-lo. Quis saber quanto perdera e aborreci-me quando disse que não sabia exatamente. Enfureci-me ainda quando enunciou uma cifra relativamente modesta, que depois acabou sendo apenas a importância de que necessitava para pagar uma prestação quinzenal no fim do mês, a qual estava apenas por dois dias. Mas Guido imaginava que até lá havia tempo de sobra e que as coisas poderiam mudar. A escassez de dinheiro no mercado não duraria eternamente.

Gritei:

— Mas se já falta dinheiro na Terra, você quer recebê-lo da lua? — Acrescentei que não devia jogar nem mais um dia. Para que se arriscar a ver aumentado um prejuízo já enorme? Disse ainda que, se o atual prejuízo fosse dividido em quatro partes, haveríamos de suportá-lo eu, ele (ou seja, seu pai), a sra. Malfenti e Ada, a fim de que pudéssemos voltar ao nosso comércio isentos de riscos, onde não queria mais ver nem Nilini nem qualquer outro corretor de câmbio.

Ele, com muito jeito, pediu-me para não gritar tanto, pois podíamos ser ouvidos pelos vizinhos.

Fiz um grande esforço para me acalmar, mas só consegui continuar a dizer-lhe desaforos em voz baixa. Seu prejuízo era sem dúvida nenhuma o resultado de um crime. Era preciso ser um paspalhão para se meter em semelhante apuro. Achei que não lhe devia poupar o sermão completo.

Aqui, Guido protestou com delicadeza. Quem nunca jogara na Bolsa? Nosso sogro, comerciante bastante sólido, nunca deixara passar um dia sem alguma especulação. E eu também — Guido sabia —, até eu já jogara.

Protestei que, entre uma e outra maneira de jogar, havia grande diferença. Ele arriscara na Bolsa todo o seu patrimônio, eu apenas os rendimentos de um mês.

Causou-me triste efeito que Guido tentasse puerilmente fugir à responsabilidade. Afirmou que Nilini o induzira a jogar mais do que pretendera, fazendo-o crer que lhe traria grande fortuna.

Ri e zombei dele. Não era o caso de criticar Nilini, que fazia seus próprios negócios. E — além do mais — depois de haver repudiado Nilini, não correra a aumentar a própria aposta por intermédio de outro corretor? Poderia gabar-se de sua nova ligação se com esta pelo menos começasse a jogar na baixa, sem que Nilini soubesse. Para remediar o prejuízo não bastava mudar de corretor e continuar no mesmo caminho perseguido pelo mesmo azar. Quis induzir-me finalmente a deixá-lo em paz e, com um soluço na garganta, reconheceu que se enganara.

Parei de repreendê-lo. Agora causava-me verdadeira compaixão e eu o teria abraçado se ele quisesse. Disse-lhe que trataria imediatamente de providenciar o dinheiro da minha parte e que eu poderia igualmente incumbir-me de falar com nossa sogra. Ele, por sua vez, se incumbiria de Ada.

Minha compaixão cresceu quando confessou que de bom grado falaria com a sogra em meu lugar, mas o que o atormentava era ter que falar com Ada.

— Você sabe como são as mulheres! Não entendem nada de negócios ou só se interessam quando a coisa vai bem! Prefiro não falar com ela e pedir à sra. Malfenti que a informe de tudo.

Esta decisão aliviou-o grandemente e saímos juntos. Via-o caminhar ao meu lado com a cabeça baixa e sentia-me arrependido de tê-lo tratado com tamanha rudeza. Como, porém, proceder de outra forma se o amava? Tinha que ser chamado à razão, se não quisesse precipitar-se na ruína! Como deviam ser suas relações com a mulher se temia tanto falar com ela?

Contudo, ele descobriu uma forma de indispor-me de novo. Enquanto caminhava, aperfeiçoava o plano de que tanto se envaidecia. Não só não falaria nada à mulher, como também arranjaria inclusive um modo de ausentar-se por uns dias, partindo de repente para a caça. Depois de enunciar o seu propósito, mostrou-se de todo desafogado. Parecia-lhe suficiente a perspectiva de estar ao ar livre, longe de suas preocupações, para ter o aspecto de quem já lá estivesse a gozar plenamente. Fiquei indignado! Com a mesma facilidade, ele poderia retornar à Bolsa para continuar no jogo em que arriscava a fortuna da família e também a minha.

Disse-me:

— Quero proporcionar-me este último divertimento e convido-o a vir comigo, mas você tem de se comprometer a não me recordar nem mesmo com uma única palavra os acontecimentos de hoje.

Até aqui falara sorridente. Diante de minha fisionomia fechada, tornou-se mais sério do que eu. Acrescentou:

— Você há de reconhecer que tenho necessidade de um descanso após um golpe desse. Depois, me será mais fácil para reassumir o meu lugar na luta.

Sua voz estava velada por uma emoção de cuja sinceridade não consegui duvidar. Contudo, soube reprimir o meu despeito ou manifestá-lo apenas na recusa ao seu convite, dizendo-lhe que devia permanecer na cidade para providenciar o dinheiro necessário. Já era uma espécie de censura! Eu, inocente, permanecia em meu posto, ao passo que ele, o culpado, andava a divertir-se.

Chegáramos em frente à casa da sra. Malfenti. Ele não conseguira readquirir o aspecto de alegria para o divertimento de algumas horas que o esperava e, enquanto ficou comigo, conservou estereotipada no rosto a expressão de dor que eu lhe havia provocado. Mas antes de se despedir, encontrou alívio numa manifestação de independência e — como me pareceu — de rancor. Disse-me que estava verdadeiramente surpreso por ter encontrado em mim um tal amigo. Hesitava em aceitar o sacrifício que eu lhe propunha e queria por toda a força que eu me compenetrasse de que não tinha qualquer obrigação para com ele, estando, pois, livre para dispor ou não de meu dinheiro.

Estou certo de que corei. Para sair do embaraço, respondi-lhe:

— Por que acha que eu queira voltar atrás se há poucos minutos, sem que você me tivesse pedido nada, prontifiquei-me a ajudá-lo?

Olhou para mim um pouco indeciso e depois disse:

— Já que você quer assim, aceito sem relutância e agradeço. Mas faremos um contrato de sociedade inteiramente novo, para que cada qual tenha aquilo que merece. Se houver trabalho, e você quiser se dedicar a ele, há de ter o seu salário. Faremos a nova sociedade em bases completamente diferentes. Assim, não teremos mais que temer outros danos por haver ocultado o prejuízo de nosso primeiro ano de exercício.

Respondi:

— Esse prejuízo já não tem a menor importância e você não deve pensar mais nisto. Procure agora obter o apoio de nossa sogra. O que importa é isto, nada mais.

Foi então que nos despedimos. Creio ter sorrido diante da ingenuidade com que Guido manifestava os seus sentimentos mais íntimos. Prendera-me com aquela longa exposição apenas para poder aceitar o meu oferecimento, sem a necessidade de manifestar-me gratidão. Mas eu nada pretendia. Bastava-me saber que ele devia a mim tal reconhecimento.

Com efeito, ao afastar-me dele, também senti alívio, como se só então saísse para o ar livre. Sentia de fato a liberdade que me fora roubada com o propósito de educá-lo e reconduzi-lo ao bom caminho.

No fundo, o pedagogo está mais acorrentado que o aluno. Decidido a arranjar-lhe aquele dinheiro, não sei dizer se o fazia por ele, por afeição a Ada, ou para me libertar da pequena parte de responsabilidade que me poderia tocar por ter trabalhado naquele escritório. Em suma, decidira sacrificar uma parte de meu patrimônio e até hoje encaro esse dia de minha vida com grande satisfação. O dinheiro salvaria Guido e me garantiria grande paz de consciência.

Caminhei até o cair da noite na maior das tranquilidades e com isto perdi o tempo útil para procurar Olivi na Bolsa, a quem devia recorrer para a obtenção de soma tão vultosa. Depois, pensei que a coisa não era tão urgente. Eu tinha esse dinheiro à minha disposição e ele bastava para regularizar o pagamento que se deveria fazer no fim do mês. Quanto à outra quinzena, haveria de providenciar posteriormente.

Naquela noite não pensei mais em Guido. Mais tarde, ou seja, quando as crianças se recolheram, ensaiei várias vezes contar a Augusta o desastre financeiro de Guido e o prejuízo que devia repercutir sobre mim, mas não quis aborrecer-me com discussões; achei melhor reservar-me para convencer Augusta no momento em que a regularização dos negócios fosse decidida por todos. Ademais, enquanto Guido se divertisse, teria sido curioso que fosse eu a me importunar.

Dormi otimamente e, pela manhã, com o bolso não muito cheio de dinheiro (lá estava o antigo envelope que fora abandonado por Carla e que até então eu conservara religiosamente para ela, ou para uma possível sucessora, e um pouco mais de outro dinheiro que eu sacara de um banco) cheguei ao escritório. Passei a manhã a ler os jornais, entre Carmen, que costurava, e Luciano, que se adestrava em multiplicações e adições.

Quando voltei para casa à hora do almoço, encontrei Augusta perplexa e abatida. Seu rosto estava coberto por aquela palidez que só os desgostos provindos de mim lhe provocavam. Falou-me com brandura:

— Soube que você decidiu sacrificar uma parte de seu patrimônio para salvar Guido! Sei que eu não tinha o direito de ser informada...

Estava tão em dúvida quanto a seu direito que hesitou. Depois decidiu-se e reprovou o meu silêncio:

— É bem verdade que não sou como Ada, porque nunca me opus à sua vontade.

Foi preciso tempo para eu perceber o que ocorrera. Augusta fora informada pela irmã quando esta discutia os problemas de Guido com a mãe. Vendo-a, Ada rompera a chorar, dizendo-lhe que ela não queria de modo algum aceitar a minha generosidade. Havia mesmo pedido a Augusta que me convencesse a desistir de minha oferta.

Percebi logo que Augusta sofria de sua antiga doença, ciúmes da irmã, mas não lhe fiz caso. Surpreendia-me mais a atitude que Ada assumira.

— Você acha que ela ficou ofendida? — perguntei, fingindo-me surpreso.

— Não! Não! Nada ofendida! — gritou Augusta com sinceridade. — Ela me abraçou e me beijou... talvez pensando em você.

Parecia um modo de se exprimir bastante cômico. Observava-me, estudando-me, desconfiada.

Protestei:

— Você acha que Ada gosta de mim? Por que passou isto pela sua cabeça?

Não consegui acalmar Augusta, cujos ciúmes me aborreciam horrivelmente. Digamos que Guido àquela hora estivesse longe de se divertir, tendo passado certamente um mau quarto de hora entre a sogra e a mulher; de minha parte, no entanto, também estava aborrecidíssimo e achando que padecia demais para a minha inocência.

Tentei acalmar Augusta fazendo-lhe carícias. Ela afastou o rosto do meu para ver-me melhor e me fez uma branda censura, que me comoveu:

— Sei que você também me ama.

Evidentemente, o estado de espírito de Ada não tinha importância para ela, e sim o meu, e veio-me uma inspiração para provar-lhe minha inocência:

— Então você acha que Ada está apaixonada por mim? — falei rindo. Depois, afastando-me dela para me fazer ver melhor, enchi um pouco as bochechas e arregalei de maneira despropositada os olhos, de modo a parecer-me com Ada doente. Augusta olhou-me surpreendida, mas adivinhou logo a minha intenção. Foi tomada por acesso de riso de que imediatamente se arrependeu.

— Não! — disse. — Por favor não zombe dela. — Depois confessou, sempre rindo, que eu conseguira imitar verdadeiramente as protuberâncias que davam ao rosto de Ada aspecto tão estranho. E eu o sabia, pois, imitando-a, tinha a sensação de beijá-la. E, a sós comigo, muitas vezes repeti aquele esgar que me causara desejo e repugnância.

Pela tarde fui ao escritório na esperança de encontrar Guido. Esperei-o por algum tempo e depois resolvi procurá-lo em casa. Precisava saber se era necessário recorrer a Olivi para conseguir o dinheiro. Tinha que cumprir o meu dever embora não me agradasse rever Ada com as feições desta vez alteradas pela gratidão. Quem sabe as surpresas que me podiam vir ainda daquela mulher!

Ao entrar em casa de Guido dei com a sra. Malfenti que subia as escadas com dificuldade. Contou-me por alto o que até então ficara decidido em relação ao caso. Na noite anterior chegaram perto da convicção de que era necessário salvar aquele homem que sofreu desdita tão desastrosa. Somente pela manhã Ada tivera conhecimento de que eu iria colaborar para cobrir o prejuízo de Guido e frontalmente se recusara a aceitar. A sra. Malfenti procurava desculpá-la:

— Que se pode fazer? Ela não quer carregar o remorso de ter empobrecido a irmã predileta.

No patamar, a senhora estancou para respirar e também para falar, e me disse rindo que tudo acabaria sem prejuízo para ninguém. Antes do almoço, ela, Ada e Guido se tinham reunido para ouvir os conselhos de um advogado, velho amigo da família e agora também tutor da pequena Anna. O advogado disse que não era o caso de pagar porque pela lei não se estava obrigado a isso. Guido opusera-se vivamente a essa interpretação, falando em honra e dever, mas ele teria que se resignar.

— Mas a firma, na Bolsa, não será declarada em falência? — perguntei-lhe perplexo.

— Provavelmente! — disse a sra. Malfenti com um suspiro, antes de empreender a subida do segundo lance.

Guido, após o almoço, costumava repousar; por isso fomos recebidos apenas por Ada na saleta que eu conhecia tão bem. Ao me ver ficou por um instante confusa, apenas por um instante, que eu, no entanto, surpreendi e retive, claro, evidente, como um atestado de sua confusão. Depois recompôs-se e estendeu-me a mão com um movimento decidido, quase viril, destinado a apagar a hesitação feminina que o precedera.

Disse-me:

— Augusta já lhe terá transmitido o quanto lhe sou reconhecida. Não saberia repetir agora o que sinto, pois estou confusa. Sinto-me também doente. Sim, estou doente! Estou novamente precisando da casa de saúde de Bolonha!

Um soluço interrompeu-a:

— Peço-lhe agora um favor. Rogo dizer a Guido que você não está em condições de dar o dinheiro. Assim será mais fácil induzi-lo a fazer aquilo que deve.

Antes soluçara recordando a própria doença; soluçou depois novamente, antes de continuar a falar do marido:

— É uma criança, e precisamos tratá-lo como tal. Se sabe que você está disposto a dar o dinheiro, se obstinará ainda mais na ideia de sacrificar até o resto inutilmente. Inutilmente, porque agora sabemos com absoluta certeza que é permitida a falência em Bolsa. O advogado nos disse.

Comunicava-me o parecer de uma alta autoridade sem perguntar o meu. Como velho frequentador da Bolsa, a minha opinião, mesmo em confronto com a do advogado, podia ter seu peso, mas nem me recordei de meu parecer, se é que tinha algum. Recordei, em vez disso, que estava numa posição difícil. Não podia retirar a palavra dada a Guido: graças a esse compromisso é que me achava autorizado a gritar-lhe na cara tantas insolências, embolsando assim uma espécie de juro sobre o capital que agora não podia mais recusar-lhe.

— Ada! — disse hesitante. — Não creio que possa voltar atrás assim de um dia para outro. Não seria melhor você convencer Guido a fazer as coisas como vocês desejam?

A sra. Malfenti, com a grande simpatia que sempre demonstrou para comigo, disse que compreendia perfeitamente minha posição delicada, e que de resto, quando Guido visse à sua disposição apenas um quarto da importância de que necessitava, teria necessariamente de adaptar-se à vontade delas.

Ada, porém, ainda não havia exaurido suas lágrimas. Chorando com o rosto enterrado no lenço, disse:

—Você agiu mal, muito mal em fazer essa oferta verdadeiramente extraordinária! Agora se pode ver o mal que você fez!

Parecia-me hesitante entre uma grande gratidão e um grande rancor. Acrescentou que não queria que se falasse mais da minha oferta e pedia-me para não providenciar o dinheiro, pois ela me impediria de dá-lo ou impediria Guido de recebê-lo.

Estava tão embaraçado que acabei por pregar uma mentira. Disse-lhe que eu já conseguira o dinheiro e apontei para o bolso interno do paletó, onde estava o envelope pouco pesado. Ada olhou-me desta vez com expressão de verdadeira admiração, da qual talvez me tivesse alegrado se não soubesse quão pouco a merecia. De todo modo foi exatamente esta mentira, que não sei explicar senão como uma tendência para elevar-me diante de Ada, que me impediu de esperar Guido e me arrancou daquela casa. Podia ter ainda acontecido que, em dado ponto, contrariamente a toda expectativa, pedissem-me para entregar o dinheiro que eu dizia trazer comigo, e então que figura haveria de fazer? Informei que tinha negócios urgentes a tratar no escritório e escapuli.

Ada acompanhou-me até a porta e assegurou-me que ela faria Guido seguir ao meu encontro para agradecer a minha bondade e recusar a minha oferta. Fez essa declaração com tal firmeza que me sobressaltei. Pareceu-me que esse firme propósito me atingia em parte. Não! Naquele instante, ela não me amava. Meu ato de bondade era grande demais. Esmagava as pessoas sobre as quais recaía e não era de admirar que os beneficiários protestassem. Indo para o escritório procurei libertar-me do mal-estar provocado pela atitude de Ada, recordando que eu fazia aquele sacrifício por Guido, e só por ele. Que tinha Ada a ver com isto? Prometi a mim mesmo que o diria à própria Ada na primeira ocasião.

Fui ao escritório mais para não ser depois forçado a mentir uma segunda vez. Ninguém me esperava. Caía desde cedo uma chuvinha miúda e contínua que refrescara consideravelmente o ar daquela primavera indecisa. Com dois passos estaria em casa, enquanto, para ir ao escritório, teria que percorrer um caminho bem mais longo, o que era bastante enfadonho. Mas era como se tivesse um compromisso a cumprir.

Pouco depois, Guido veio reunir-se a mim. Afastou Luciano do escritório para ficar a sós comigo. Estava com aquele seu ar transtornado que o ajudava em sua luta com a mulher e que eu conhecia tão bem. Devia ter chorado e gritado.

Perguntou-me o que achava eu dos projetos da mulher e de nossa sogra, que já sabia ser do meu conhecimento. Mostrei-me hesitante. Não queria manifestar minha opinião, contrária à das duas mulheres, mas sabia também que, se concordasse com ela, provocaria novas cenas da parte de Guido. Por outro lado, desagradava-me parecer indeciso em minha ajuda, e afinal estávamos de acordo com Ada de que a decisão devia partir de Guido, e não de mim. Disse-lhe que precisávamos calcular, ver, ouvir também outras pessoas. E não entendia assim tanto de negócios para poder dar conselhos numa questão tão importante. E, para ganhar tempo, perguntei-lhe se queria que eu fosse consultar Olivi.

Tanto bastou para fazê-lo gritar:

— Aquele imbecil! — gritou. — Peço-lhe por gentileza que o deixe de lado!

Eu não estava, na verdade, disposto a acalorar-me na defesa de Olivi, mas minha calma não foi suficiente para tranquilizar Guido. Estávamos na mesma situação do dia anterior, com a diferença de que agora era ele quem gritava e cabia a mim calar. É uma questão de disposição. Eu estava tomado de um embaraço que me atava os membros.

Ele queria a todo custo que manifestasse a minha opinião. Por inspiração que considero divina, falei muito bem, tão bem que se as minhas palavras surtissem um efeito qualquer a catástrofe que se seguiu teria sido evitada. Disse-lhe que me inclinava no momento a separar as duas questões, a da liquidação do dia 15 da do fim do mês. Quanto à do dia 15, a importância a pagar não era tão relevante; precisávamos apenas convencer as duas mulheres a suportar o prejuízo relativamente leve. Depois, teríamos o tempo necessário a providenciar devidamente a outra liquidação.

Guido interrompeu-me para perguntar:

— Ada disse que você já tinha o dinheiro no bolso. Está aí?

Corei. Encontrei imediatamente uma outra mentira que me salvou:

— Já que em sua casa não quiseram aceitar o dinheiro, depositei-o no banco ainda há pouco antes de vir para cá. Mas podemos sacá-lo novamente quando quisermos, até mesmo amanhã cedo.

Censurou-me então por haver mudado de opinião. Se eu próprio afirmara no dia anterior que não queria esperar a outra liquidação para regular o assunto! E neste ponto teve um acesso de ira violenta, que acabou por derreá-lo sem forças sobre o sofá! Poria para fora do escritório Nilini e os outros corretores que o haviam arrastado ao jogo. Oh! Jogando ele havia, é certo, entrevisto a possibilidade de ruína; jamais, porém, a sujeição a mulheres que não entendiam nada de nada.

Corri a apertar-lhe a mão e, se me tivesse permitido, eu o teria abraçado. Só queria vê-lo chegar àquela decisão. Nada mais de jogo, e sim o trabalho habitual de cada dia!

Tal seria o nosso futuro e a sua independência. Era necessário agora superar o breve e duro período; depois, tudo seria mais fácil e simples.

Abatido, mais calmo, pouco depois me deixou. Também ele, na sua fraqueza, estava penetrado por uma forte decisão.

—Volto para Ada! — murmurou e deu um sorriso amargo, mas firme.

Acompanhei-o até a porta, e o teria acompanhado até sua casa se à porta não estivesse um veículo à espera dele.

Nêmesis perseguia Guido. Meia hora após me haver deixado, achei que seria prudente de minha parte ir à sua casa apoiá-lo. Não que suspeitasse de algum perigo que pudesse pairar sobre ele, mas é que agora estava inteiramente do seu lado e poderia contribuir para convencer Ada e a sra. Malfenti a ajudá-lo. A falência em Bolsa não era de meu agrado, ao passo que o prejuízo repartido entre os quatro, conquanto não fosse insignificante, não chegava a representar a ruína para nenhum de nós.

Recordei-me em seguida de que meu principal dever era não propriamente ajudar Guido com minha presença, mas proporcionar-lhe sem tardar no dia seguinte a importância prometida. Por isso, parti à procura de Olivi, preparado para uma nova luta. Tinha imaginado um modo de reembolsar a minha firma, pagando a vultosa quantia ao longo de alguns anos; depositaria mesmo dentro de alguns meses tudo o que ainda me restava da herança de minha mãe. Esperava que Olivi não criasse dificuldades, porque até então eu não lhe pedira senão o que me cabia dos lucros, e podia inclusive prometer não mais apoquentá-lo com semelhantes solicitações. Era evidente que podia ainda esperar recuperar de Guido pelo menos parte da importância.

Naquela tarde não consegui encontrar Olivi. Tinha acabado de sair do escritório quando cheguei. Achavam que fora para a Bolsa. Não o encontrei lá; dirigi-me à sua casa, onde soube que estava participando de uma assembleia na Associação Econômica, na qual ocupava um posto honorífico. Poderia ter ido encontrá-lo lá, mas já era de noite e caía uma chuva ininterrupta e abundante que transformava as ruas em verdadeiros riachos.

Foi um dilúvio que durou toda a noite e cuja lembrança se guardou por muitos anos. A chuva caía tranquila, mas sem parar, perpendicularmente, sempre com a mesma abundância. Dos morros que circundam a cidade descia lama que, misturada à escória da nossa vida citadina, obstruiu os escassos bueiros. Quando resolvi voltar a casa após ter esperado inutilmente num refúgio que a chuva passasse, e quando percebi claramente que o tempo era mesmo de chuva, sendo tolice esperar que melhorasse, já a água invadia a parte mais alta das calçadas. Corri para casa a amaldiçoar a chuva, encharcado até os ossos. Amaldiçoava-me também por ter perdido tanto tempo para localizar Olivi. Meu tempo pode não ser assim tão precioso; o certo, porém, é que sofro horrivelmente quando constato que o perdi em vão. E corria pensando: "Vamos deixar tudo para amanhã, quando a chuva passar. Amanhã procurarei Olivi e amanhã irei ver Guido. Sou capaz até de acordar mais cedo, se o tempo tiver melhorado." Estava tão convicto da justeza de minha decisão que disse a Augusta havermos todos combinado deixar a decisão para o dia seguinte. Troquei de roupa, enxuguei a cabeça e com os pés estropiados metidos em cômodas e quentes pantufas primeiro jantei e depois fui deitar-me, para dormir profundamente até a manhã, enquanto os vidros da janela eram fustigados por uma chuva grossa como corda.

Foi assim que só bem tarde soube dos acontecimentos da noite. Primeiro nos disseram que a chuva provocara inundações em várias partes da cidade, e depois que Guido morrera.

Muito tempo após é que soube como tudo acontecera. Cerca das 11 horas, quando a sra. Malfenti deixou a casa, Guido preveniu a mulher de que ingerira uma quantidade enorme de Veronal. Quis convencê-la de que fatalmente morreria. Abraçou-a, beijou-a, pediu-lhe perdão por tê-la feito sofrer. Depois, antes ainda que suas palavras se convertessem num balbucio, afirmou-lhe que ela fora o único amor de sua vida. No momento ela não acreditou nem nesta afirmação nem que ele houvesse ingerido tanto veneno que pudesse morrer. Não acreditou sequer que ele estivesse fora de sentidos, pois achou que fingia para arrancar-lhe mais dinheiro.

Depois, transcorrida quase uma hora, vendo que ele dormia cada vez mais profundamente, sentiu certo receio e escreveu um bilhete a um médico que morava não longe dali. Disse no bilhete que o marido necessitava de auxílio urgente, de vez que havia ingerido grande quantidade de Veronal.

Até aquele momento não havia na casa qualquer agitação que pudesse despertar na criada, uma senhora idosa há pouco tempo no emprego, a consciência da gravidade de sua missão.

A chuva contribuiu para o resto. A criada enfrentou a chuva com a água a lhe bater pelos joelhos e acabou perdendo o bilhete. Só foi dar por isso quando em presença do médico. Contudo, soube informar que se tratava de caso de urgência e convenceu-o a acompanhá-la.

O dr. Mali, homem de cerca de cinquenta anos, longe de ser um portento, era um médico prático que sempre cumprira o seu dever da melhor maneira possível. Não tinha clientela própria considerável; por outro lado, não lhe faltava o que fazer, pois trabalhava intensamente para uma associação cujo grande número de filiados lhe retribuía modestamente. Tinha regressado para casa ainda há pouco e mal conseguira aquecer-se e secar-se postado junto ao fogo. Pode-se imaginar com que disposição abandonou o seu cantinho tépido. Quando me pus a indagar melhor sobre as causas da morte de meu pobre amigo, preocupei-me também em conhecer o dr. Mali. Dele soube apenas o seguinte: quando saiu de casa e se sentiu encharcado pela água que atravessava os panos do seu guarda-chuva, arrependeu-se de haver estudado medicina em vez de agronomia, recordando-se de que os lavradores, quando chove, ficam em casa.

Junto ao leito de Guido encontrou Ada inteiramente calma. Agora que tinha o médico ao lado, lembrava melhor o papelão que ele havia feito meses antes simulando suicídio. Não lhe cabia assumir qualquer responsabilidade, mas ao médico, a quem devia informar de tudo, inclusive das razões que podiam fazer pensar numa simulação de suicídio. Tais razões o doutor as soube todas, ao mesmo tempo em que aguçava os ouvidos para as ondas de chuva que varriam as ruas. Não tendo sido avisado de que o buscavam para socorrer um caso de envenenamento, viera desprovido dos apetrechos necessários ao tratamento. Deplorou-o balbuciando algumas palavras que Ada não compreendeu. O pior era que, para proceder a uma lavagem estomacal, não podia mandar alguém buscar os instrumentos; tinha que ir ele mesmo, atravessando duas vezes a rua. Tomou o pulso de Guido e achou-o magnífico. Perguntou a Ada se Guido sempre tivera sono profundo. Ada respondeu que sim, mas não àquele ponto. O doutor examinou os olhos de Guido: reagiram prontamente à luz! Saiu, portanto, recomendando que lhe dessem de tempos em tempos uma colherzinha de café bem forte.

Soube ainda que, ao chegar à rua, murmurou com raiva:

— Devia ser proibido alguém simular suicídio com um tempo destes!

Eu, quando o conheci, não ousei fazer-lhe qualquer censura pela sua negligência, mas ele adivinhou minha intenção e defendeu-se. Disse que ficara aturdido ao saber na manhã seguinte que Guido morrera, tanto é que suspeitou ter o doente voltado a si e tomado outro Veronal.

Depois acrescentou que os leigos não podiam imaginar como os médicos no exercício de sua profissão tinham que aprender a defender sua vida contra os clientes que atentavam contra ela, pensando apenas na deles.

Pouco mais de uma hora depois, Ada cansou-se de introduzir a colherzinha entre os dentes de Guido; vendo que ele sorvia cada vez menos líquido, com o resto a derramar pelo travesseiro, voltou a ficar espavorida e pediu à criada que fosse à procura do dr. Paoli. Desta vez a criada não perdeu o bilhete, mas levou mais de uma hora para encontrar o endereço do médico. É natural que num dia de chuva torrencial como aquele tivesse necessidade de abrigar-se de tempos em tempos junto a algum portal. Uma chuva assim não só encharca, como fustiga.

O dr. Paoli não se achava em casa. Chamado pouco antes por um cliente, saíra, dizendo que voltaria logo. Parece que depois preferiu esperar em casa do cliente que a chuva passasse. Sua empregada, pessoa boníssima e já de certa idade, fez a criada sentar-se junto ao fogo e tratou de reanimá-la. O doutor não deixara o endereço de seu paciente; assim, as duas passaram várias horas ao pé do fogo à espera do médico, que só chegou depois de passada a chuva. Por isso, quando alcançou a casa de Ada com todos os instrumentos médicos que já havia utilizado para Guido, era madrugada. Tudo o que agora podia fazer junto daquele leito era ocultar de Ada que Guido já estava morto e fazer com que viesse a sra. Malfenti, antes que Ada percebesse, para assisti-la no momento da dor.

Por isso a notícia só me chegou muito tarde e de forma imprecisa.

Levantando-me cedo, tive pela última vez um ímpeto de ira contra o pobre Guido: complicava todas as desventuras com as suas comédias! Saí de casa sem Augusta, que não podia deixar as crianças sozinhas. Fora, fui assaltado por uma dúvida! Não seria melhor esperar que os bancos abrissem e que Olivi estivesse no escritório para comparecer diante de Guido já trazendo o dinheiro que lhe prometera? Tampouco acreditava na gravidade das condições de Guido, de quem tivera notícias!

Soube a verdade pelo dr. Paoli, que encontrei ao subir as escadas. Senti uma perturbação que quase me fez cair. Guido, depois de nosso convívio, tornara-se para mim personagem de grande importância. Enquanto vivo, eu o via sob uma certa luz que iluminava a parte mais longa de meus dias. Morrendo, aquela luz se modificava, como se tivesse passado de súbito através de um prisma. Era exatamente isto que me perturbava. Ele errara, mas agora que estava morto, nada restava de seus erros. A meu ver, não passava de um imbecil aquele tipo galhofeiro que perguntou, num cemitério coberto de epitáfios laudatórios, onde é que naquela terra sepultavam os maus e os pecadores. Os mortos nunca foram pecadores. Guido agora era um puro! A morte o purificara.

O doutor mostrava-se comovido por ter presenciado o sofrimento de Ada. Referiu-se vagamente à noite horrenda que ela havia passado. A esta altura já conseguira convencê-la de que a quantidade de veneno ingerida por Guido fora tal que nenhum socorro adiantaria. Pior se tivesse sabido o contrário!

— Na verdade — acrescentou o doutor, compungido —, se eu tivesse chegado algumas horas antes o teria salvo. Encontrei os frascos vazios do veneno. Examinei-os. Uma dose forte, mas pouco mais forte do que a anterior.

Deu-me a ver alguns frascos, nos quais estava estampado: Veronal. E nem era Veronal com sódio. Mais do que ninguém, eu podia agora estar certo de que Guido não queria mesmo morrer. Contudo, nunca o disse a ninguém.

O dr. Paoli deixou-me, após dizer que eu não devia estar com Ada por ora. Ministrara-lhe fortes calmantes e não duvidava de que em breve fariam efeito.

No corredor, senti chegar daquela saleta, onde fora recebido duas vezes por Ada, seu choro manso. Eram palavras isoladas que eu não entendia, cheias de angústia. O pronome *ele* era repetido várias vezes e imaginei o que dizia. Estava estabelecendo relações com o pobre morto, decerto bem diferentes das que tivera com o vivo. Para mim era evidente que ela se enganara com o marido. Ele morrera por um delito cometido por eles, pois jogara na Bolsa com o consentimento de todos. Na hora de pagar, deixaram-no sozinho. E ele apressou-se em pagar. E o único parente, que na verdade não estava metido na história, eu, sentira-me no dever de socorrê-lo.

No quarto do casal o pobre Guido jazia abandonado coberto por um lençol. A rigidez já avançada exprimia aqui não uma força, mas a estupefação por ter morrido sem querer. Na face morena e bela estampava-se uma censura. Certamente não dirigida a mim.

Voltei para casa a fim de pedir a Augusta que viesse assistir a irmã. Sentia-me muito comovido e Augusta chorou abraçando-me:

— Você foi um irmão para ele — murmurou. Só agora concordo com você em sacrificarmos uma parte de nosso patrimônio para honrar sua memória.

Preocupei-me em prestar todas as homenagens ao meu pobre amigo. Tratei de afixar à porta do escritório um cartãozinho anunciando o fechamento por morte do proprietário. Eu próprio compus o aviso fúnebre. Mas só no dia seguinte, de acordo com Ada, foram tomadas as disposições para o funeral. Soube então que Ada decidira acompanhar o enterro ao cemitério. Queria conceder-lhe todas as provas de afeto que podia. Pobrezinha! Eu sabia qual a dor de um remorso sobre um túmulo. Também eu sofrera com a morte de meu pai.

Passei a tarde trancado no escritório em companhia de Nilini. Chegamos assim a fazer um pequeno balanço da situação de Guido. Espantoso! Não só consumira todo o capital da firma, mas ainda devia outro tanto, se tivesse que responder por tudo.

Sentia necessidade de trabalhar, trabalhar mesmo em proveito de meu pobre amigo morto, mas não sabia fazer mais do que sonhar. Minha primeira ideia foi sacrificar toda a minha vida naquele escritório e trabalhar para o sustento de Ada e de seus filhos. Mas estaria seguro de consegui-lo?

Nilini, como de hábito, tagarelava enquanto eu olhava para longe, muito longe. Até ele sentia necessidade de mudar radicalmente seu conceito de Guido. Agora compreendia tudo! O pobre, quando não procedia corretamente com ele, já era presa da moléstia que o conduziria ao suicídio. Por isso, agora tudo estava esquecido. E exortou dizendo que era mesmo assim: não sabia guardar rancor de ninguém. Sempre quisera bem a Guido e continuava a querer.

Acontece que os sonhos de Nilini acabaram por se associar aos meus, sobrepondo-se a eles. Não era na lerdeza do comércio que se poderia encontrar maneira de remediar uma catástrofe daquela natureza; só na própria Bolsa. E Nilini contou-me que uma pessoa de suas relações conseguira salvar-se no último momento dobrando a parada.

Falamos por muitas horas; a proposta de Nilini de continuar o jogo iniciado por Guido foi das últimas coisas, já quase ao meio-dia, sendo imediatamente aceita por mim. Aceitei-a com tal alegria como se tivesse conseguido ressuscitar meu amigo. Acabei comprando em nome do pobre Guido uma quantidade de outras ações de nomes bizarros: *Rio Tinto*, *South French*, coisas do gênero.

Assim, iniciaram para mim as cinquenta horas de maior trabalho que já tive em toda a minha vida. A princípio e até a tarde fiquei a andar de um lado para outro no escritório, em grandes passadas, à espera de saber se minhas ordens haviam sido executadas. Temia que na Bolsa tivessem sabido do suicídio de meu cunhado e que seu nome estivesse desacreditado para compromissos ulteriores. Por muitos dias, no entanto, ninguém ali atribuiu sua morte ao suicídio.

Depois, quando Nilini conseguiu avisar-me de que todas as minhas ordens haviam sido seguidas, começou para mim uma verdadeira excitação, aumentada pelo fato de que, no momento em que recebi os avisos, fiquei sabendo que já perdia algumas frações bastante significativas. Recordo aquela agitação como um verdadeiro e exaustivo trabalho. Tenho a curiosa sensação, em minha lembrança, de haver permanecido à mesa de jogo, ininterruptamente, por cinquenta horas, "chorando as cartas". Não conheço ninguém que por tantas horas tenha conseguido resistir a semelhante fadiga. Todas as oscilações de preço eram vigiadas e registradas por mim, e (por que não dizê-lo?) ora estimuladas, ora contidas, conforme conviesse a mim, ou seja, ao meu amigo. Minhas noites foram igualmente insones.

Temendo que alguém da família pudesse interferir no sentido de impedir a obra de salvamento a que me entregara, não falei a ninguém da liquidação quinzenal quando esta chegou. Paguei tudo eu mesmo, porque ninguém mais se recordou do compromisso, visto que todos estavam em torno do cadáver que esperava o sepultamento. Ademais, o montante da liquidação era inferior ao estabelecido a princípio, porque a sorte de repente me ajudara. Era tal minha dor pela morte de Guido que me parecia atenuá-la comprometendo-me de todas as maneiras, tanto com minha assinatura quanto com o risco de meu dinheiro. Até então me acompanhara o sonho de bondade que eu tivera há muito tempo junto dele. Sofria tanto daquela agitação que não joguei mais na Bolsa por minha conta.

Mas à força de "chorar" (esta era a minha ocupação precípua) acabei por não intervir no funeral de Guido. A coisa passou-se assim. Exatamente naquele dia, os papéis em que estávamos empenhados sofreram tremenda alta. Nilini e eu passamos o tempo todo calculando o quanto havíamos recuperado do prejuízo. O patrimônio do velho Speier estava agora reduzido apenas à metade! Um magnífico resultado que me enchia de orgulho. Ocorrera exatamente o que Nilini havia previsto em tom dubitativo, mas que ele fazia agora, naturalmente, desaparecer, ao repetir as palavras ditas, apresentando-se como verdadeiro profeta. A meu ver ele previra isto e também o contrário. Assim, jamais se enganaria, mas nunca lhe disse isto, pois me convinha que permanecesse no negócio com a sua ambição. Até o seu desejo podia influir sobre os preços.

Partimos do escritório às três e corremos porque nos lembramos de que o funeral teria lugar às 14h45.

À altura dos arcos de Chiozza, vi a distância o cortejo e pareceu-me até mesmo reconhecer a carruagem que um amigo pusera à disposição de Ada para o funeral. Saltei com Nilini para dentro de uma viatura de praça, dando ordens ao cocheiro para seguir o féretro. E no interior da viatura, Nilini e eu continuamos a "chorar". Tínhamos o pensamento tão distante do pobre defunto que exigíamos o passo lento dos animais. Nesse ínterim o que se estaria passando na Bolsa não vigiada por nós? Nilini, a dada altura, olhou-me bem nos olhos e perguntou por que eu não arriscava na Bolsa algum por conta própria.

— Por ora — respondi, e não sei por que enrubesci — só trabalho por conta do meu pobre amigo.

Ao que, após uma leve hesitação, acrescentei:

— Depois pensarei em mim. — Queria deixar-lhe a esperança de poder induzir-me ao jogo, sempre no esforço de conservá-lo inteiramente meu amigo. Mas de mim para mim formulei as palavras que não ousava dizer-lhe: "Nunca cairei nas suas mãos!" Ele pôs-se a exortar:

— Quem sabe se haverá outra ocasião como esta? — Esquecia haver-me ensinado que na Bolsa a ocasião surge a cada instante.

Quando chegamos ao lugar onde habitualmente as carruagens paravam, Nilini meteu a cabeça para o lado de fora e deu um grito de surpresa. A viatura continuava a seguir o funeral que se dirigia para o cemitério grego.

— O sr. Guido era grego? — perguntou surpreso.

Na verdade, o féretro ultrapassava o cemitério católico e se dirigia para outro qualquer, judeu, grego, protestante ou sérvio.

— Era capaz de ser protestante! — disse eu a princípio, mas logo me lembrei de ter assistido ao casamento na Igreja Católica.

— Deve ter havido um engano! — exclamei, pensando a princípio que quisessem enterrá-lo em lugar errado.

Nilini, de repente, começou a rir, um riso irrefreável, que o deixou sem forças no fundo do carro, a bocarra escancarada na carinha miúda.

— Nós nos enganamos! — exclamou. Quando conseguiu frear o ímpeto de sua hilaridade, descarregou suas objurgatórias contra mim. Eu devia ter prestado atenção para onde íamos, e devia saber a hora e quem ia etc. Estávamos no enterro de outro!

Irritado, não rira com ele e agora me era difícil suportar as reprovações. Por que ele também não observara melhor? Controlei o mau humor só porque me interessava mais a Bolsa do que o funeral. Descemos da carruagem para nos orientarmos melhor e nos dirigimos para a entrada do cemitério católico. A viatura nos seguiu. Observei que os familiares do outro defunto nos olhavam surpresos, não sabendo explicar por que, depois de havermos prestado ao morto a homenagem fúnebre até aquele momento, o abandonávamos assim sem mais nem menos.

Nilini impaciente me precedia. Perguntou ao porteiro do cemitério, após hesitar um instante:

— O funeral do sr. Guido Speier já entrou?

O guardião não pareceu surpreso com a pergunta que me parecia cômica. Respondeu que não sabia. Sabia dizer que no recinto haviam entrado na última meia hora dois enterros.

Olhamos perplexos um para o outro. Evidentemente, não podíamos saber se o funeral já entrara ou não. Decidi então por minha conta. Eu não devia intervir no serviço fúnebre talvez já iniciado, perturbando-o. Por isso não entraria no cemitério. Por outro lado, não podia arriscar-me a cruzar com o féretro, se retornasse. Renunciava, portanto, a assistir ao sepultamento e voltaria para a cidade fazendo uma longa volta por Sérvola. Deixei a viatura a Nilini, que não queria renunciar a fazer ato de presença em atenção a Ada, a quem conhecia.

Com passo rápido, para fugir a qualquer encontro, subi pela estrada de terra que conduz à cidade. Agora, na verdade, não me desagradava ter-me enganado de enterro e não prestar as últimas homenagens ao pobre Guido. Não podia delongar-me naquelas práticas religiosas. Outro dever me incumbia: salvar a honra de meu amigo e defender-lhe o patrimônio em benefício da viúva e dos filhos. Quando informasse a Ada que conseguira recuperar três quartos do prejuízo (e voltava a refazer as contas já feitas tantas vezes: Guido perdera o dobro do patrimônio do pai; após minha intervenção, o prejuízo se reduzia à metade daquele patrimônio. Estava, portanto, certo. Eu recuperara três quartos do prejuízo), ela certamente me iria perdoar não ter comparecido ao funeral.

Naquele dia, o tempo firmara de fato. Brilhava um magnífico sol primaveril e, sobre a terra ainda úmida, o ar estava limpo e saudável. Meus pulmões, num movimento que há vários dias não me era concedido, se dilatavam. Sentia-me saudável e forte. A saúde só se projeta mediante comparação. Comparava-me com o pobre Guido e elevava-me, elevava-me bem alto com a minha vitória na mesma luta em que ele perecera. Tudo era saúde e força ao meu redor. Até o campo rebentava de erva nova. O mesmo e abundante aguaceiro, a catástrofe do dia anterior, agora só produzia efeitos benéficos e o sol luminoso era a tepidez desejada pela terra enregelada. Era certo que, quanto mais nos afastássemos da catástrofe, o céu azul se tornaria enfadonho se não voltasse a obscurecer no devido tempo. Esta, porém, era a previsão da experiência e eu não a recordei; ocorre-me só agora enquanto escrevo. Naquele momento havia em minha alma um hino à saúde, à minha e à de toda a natureza; saúde perene.

Meu passo tornou-se mais rápido. Alegrava-me senti-lo tão leve. Descendo a colina de Sérvola, apressei-o até quase a avenida. Ao chegar ao passeio de Sant'Andrea, já no plano, diminui-o de novo, sempre com a sensação de grande facilidade. O ar me carregava.

Esquecera inteiramente que vinha do funeral de meu amigo mais íntimo. Tinha o passo e a respiração de um vitorioso. E a minha alegria pela vitória era uma homenagem ao meu pobre amigo em cujo interesse eu descera à liça.

Fui até o escritório para ver as cotações do fechamento. Estavam um pouco mais baixas, mas não o suficiente para me fazerem perder a confiança. Estava determinado a continuar especulando e não tinha dúvida de atingir o meu objetivo.

Fui finalmente à casa de Ada. Augusta veio abrir a porta. Perguntou de chofre:

— Como é que você foi faltar ao enterro, logo você, o único homem da família?

Depus o guarda-chuva e o chapéu e um tanto embaraçado disse-lhe que queria falar na presença de Ada para não ter que repetir a história. Contudo, podia assegurar-lhe que tinha minhas razões para faltar ao enterro. Já não me sentia tão seguro e de repente comecei a sentir dor nas costas, talvez pelo cansaço. Deve ter sido a observação de Augusta que me fez duvidar de que me desculpassem pela ausência, a qual certamente causara escândalo; estava mesmo a ver todos os participantes do serviço fúnebre distraídos de sua dor para perguntar onde me metera eu.

Ada não apareceu. Depois, soube que sequer fora avisada de que eu a esperava. Fui recebido pela sra. Malfenti, que começou a me falar com uma expressão severa, como jamais lhe havia visto. Comecei por me desculpar, mas estava longe da segurança com que voltara do cemitério para a cidade. Gaguejava. Contei-lhe algo de menos verdadeiro em apêndice à verdade, que era a minha corajosa iniciativa na Bolsa em favor de Guido, ou seja, que tive de expedir um telegrama a Paris pouco antes da hora do funeral, não podendo afastar-me do escritório antes de receber a resposta. Era verdade que eu e Nilini telegrafamos a Paris, mas dois dias antes, e dois dias antes havíamos recebido a resposta. Em suma, compreendia que a verdade não bastava para me desculpar, até porque eu não podia dizê-la toda e contar as operações tão importantes que há dias eu esperava, ou seja, a possibilidade de regular ao meu desejo os câmbios mundiais. Contudo, a sra. Malfenti desculpou-me quando ouviu a cifra a que agora se reduzira o prejuízo de Guido. Agradeceu-me com lágrimas nos olhos. Eu era de novo não o único homem da família, mas o melhor.

Pediu-me que viesse à noite com Augusta para estar com Ada, a quem nesse meio-tempo contaria tudo. Ela não estava em condições de receber ninguém no momento. E eu de bom grado fui embora com minha mulher. Esta, no entanto, antes de deixar a casa, sentiu necessidade de se despedir da irmã, que passava do pranto desesperado a um abatimento que a impedia de dar acordo da presença de quem lhe falava.

Tive uma esperança:

— Ada então não deu pela minha ausência?

Augusta confessou-lhe que não me queria contar, mas Ada demonstrara um ressentimento excessivo pela minha falta. Exigira explicações de Augusta e quando esta lhe disse não saber de nada por não me ter visto ainda ela se abandonou de novo ao seu desespero, gritando que Guido tinha que acabar assim, odiado por toda a família.

Eu achava que Augusta devia ter-me defendido, recordando a Ada que sempre estive pronto para socorrer Guido da maneira como devia. Se me tivessem ouvido, Guido não teria motivo algum para tentar ou simular suicídio.

Augusta, no entanto, havia calado. Comovida pelo desespero de Ada, temera ultrajá-la se armasse uma discussão. Além disto, confiava em que as explicações da sra. Malfenti convenceriam Ada da injustiça que ela me fazia. Devo dizer que também eu confiava; confesso igualmente que naquele momento saboreei a certeza de assistir à surpresa de Ada e às suas manifestações de gratidão. Com ela agora, por causa do Basedow, tudo era excessivo.

Retornei ao escritório, onde soube que de novo havia na Bolsa uma leve tendência de alta, levíssima, mas o bastante para que se pudesse esperar, na abertura do dia seguinte, as cotações daquela manhã.

Após o jantar tive que ir à casa de Ada sozinho pois Augusta se viu impedida de me acompanhar por uma indisposição da pequena. Fui recebido pela sra. Malfenti, que se disse ocupada num serviço na cozinha, deixando-me a sós com Ada. Depois, confessou que Ada lhe pedira para deixá-la só comigo, já que queria dizer-me algo que não podia ser ouvido pelos outros. Antes de deixar-me na saleta onde por duas vezes me encontrara com Ada, a sra. Malfenti declarou sorrindo:

— Sabe, ela ainda não está disposta a perdoar sua ausência no funeral de Guido, mas... está quase!

Naquele pequeno cômodo o coração sempre me batia. Desta vez não pelo temor de me ver amado por quem eu não amava. Há poucos instantes, e só pelas palavras da sra. Malfenti, reconhecera haver cometido uma grave falta para com a memória do pobre Guido. A própria Ada, que já sabia que para desculpar-me daquela ausência eu lhe oferecia um patrimônio, não saberia perdoar-me de imediato. Eu me sentara e olhava os retratos dos pais de Guido. O velho *Cada Volta* mostrava um ar de satisfação que me parecia devido a meu milagre, ao passo que a mãe de Guido, mulher magra vestida com um traje de mangas abundantes e um chapeuzinho equilibrado sobre uma montanha de cabelos, revelava um ar muito severo. Mas é isso! Todo mundo diante da máquina fotográfica assume outro aspecto, e olhei para o lado, indignado comigo mesmo por perscrutar aqueles rostos. A mãe certamente não podia ter previsto que eu não assistiria ao enterro de seu filho!

A maneira como Ada me falou constituiu para mim dolorosa surpresa. Deve ter estudado bastante o que dizer-me e não deu importância às minhas explicações, aos meus protestos e às minhas retificações, que ela não podia ter previsto e para as quais não estava preparada. Correu o tempo todo como um cavalo espavorido, até cansar.

Entrou vestida simplesmente com uma camisola negra, a cabeleira bastante desgrenhada e como emaranhada por dedos que estivessem nervosamente à procura de algo que lhes contivesse o nervosismo. Chegou-se à mesinha junto à qual eu me achava sentado e apoiou-se nela com as mãos para me fitar mais de perto. Seu rosto estava de novo emagrecido e isento daquela estranha saúde que lhe crescia fora do lugar. Não era bela como quando Guido a conquistara, contudo ninguém, ao vê-la, se lembraria da doença. Desaparecera! Havia em seu rosto uma dor profunda que o realçava todo. Eu compreendia tão bem aquela dor que não conseguia falar. Enquanto a olhava, ia pensando: "Que palavras poderei dizer, mais significativas do que tomá-la fraternalmente em meus braços para confortá-la e permitir que chore a desabafar?" Depois, quando me senti agredido, quis reagir, mas de maneira tão débil que ela nem me ouviu.

Falou, falou sem parar, e não sei repetir todas as suas palavras. Se não me engano, começou por agradecer seriamente, mas sem calor, tudo o que eu fizera por ela e as crianças. Logo, porém, reprovou-me:

— Você acabou fazendo com que ele morresse por uma causa que não valia a pena!

Baixou a voz como se quisesse manter em segredo aquilo que me dizia e em sua voz apareceu um pouco mais de calor, um calor que resultava de seu afeto por Guido e (ou assim me pareceu?) também por mim:

— E eu o desculpo por não ter vindo ao enterro. Você não podia fazê-lo e eu perdoo. Ele também o desculparia se estivesse vivo. Que haveria você de fazer naquele enterro? Você, que não gostava dele! Bom como você é, poderia chorar por mim, pelas minhas lágrimas, mas não por ele que você... odiava! Pobre Zeno! Meu pobre irmão!

Era incrível que me pudesse dizer semelhante coisa, alterando desta forma a verdade. Protestei; ela não ouviu. Creio ter gritado, pelo menos senti o esforço na garganta:

— Mas é um erro, uma mentira, uma calúnia. Como você pode acreditar numa coisa destas?

Continuou sempre em voz baixa:

— Mas eu também não soube amá-lo. Nunca o traí, nem mesmo em pensamento, mas sentia que não tinha força para protegê-lo. Eu via a sua vida conjugal e a invejava. Parecia-me melhor do que aquela que ele me oferecia. Fico-lhe grata por não ter comparecido ao enterro, porque de outra forma não teria compreendido o que só hoje consegui. Agora, ao contrário, vejo e compreendo tudo. Até que eu não amava o meu marido: se não, por que haveria de odiar inclusive seu violino, a expressão mais completa de seu grande espírito?

Foi então que apoiei a cabeça sobre o braço e ocultei o meu rosto. As acusações que me dirigia eram tão injustas que não se podia discutir, e também a sua irracionalidade era tão mitigada pelo tom afetuoso que a minha reação não podia ser áspera como devia, para se fazer vitoriosa. Além do mais, Augusta já me dera o exemplo de um silêncio respeitoso para não ultrajar nem exasperar tamanha dor. Quando, no entanto, meus olhos descerraram, vi na obscuridade que suas palavras haviam criado um mundo novo, tal como todas as palavras não verdadeiras. Pareceu-me perceber que também eu sempre odiara Guido e que vivera a seu lado, assíduo, à espera de poder golpeá-lo. Em seguida, ela mencionava o violino... Se não soubesse que ela andava às cegas entre a dor e o remorso, teria acreditado que aquele violino fora tirado da caixa como uma parte de Guido para convencer meu espírito da acusação de ódio.

Depois, na escuridão, revi o cadáver de Guido, e sempre estampado em seu rosto o estupor de estar ali, privado da vida. Espavorido contraí a testa. Era preferível enfrentar a acusação de Ada, que eu sabia injusta, do que fitar a escuridão.

Ela continuava a falar de mim e de Guido:

— E você, pobre Zeno, sem saber, continuava a viver ao lado dele, odiando-o. Servia-o por amor a mim. Não era possível! Tinha que acabar assim! Eu mesma pensei certa vez em aproveitar do amor que você conservava por mim para aumentar em torno dele a proteção que lhe podia ser útil. Mas ele só poderia ser protegido por quem o amava, e entre nós ninguém o amou.

— Que mais podia ter feito por ele? — perguntei, chorando grossas lágrimas, para fazer sentir a ela e a mim mesmo a minha inocência. As lágrimas às vezes substituem o grito. Eu não queria gritar e estava indeciso sobre se devia falar. Contudo, tinha de superar suas asserções e chorei.

— Salvá-lo, caro irmão, um de nós devia salvá-lo. Em vez disso, eu que estava ao lado dele não soube fazê-lo por me faltar o verdadeiro afeto, e você permaneceu à parte, distante, sempre ausente, até mesmo no dia do enterro. Só então você apareceu, seguro, armado de seu afeto. Mas antes não se preocupou com ele. E foi em sua companhia que ele ficou até a noite. E você bem podia imaginar, se se preocupasse com ele, que alguma coisa de grave estava para acontecer.

Embora as lágrimas me impedissem de falar, murmurei qualquer coisa que devia estabelecer o fato de que ele havia passado a noite anterior a divertir-se nos charcos, e que ninguém no mundo poderia prever que uso ele faria da noite seguinte.

— Ele sentia necessidade de caçar, sentia realmente! — exprobou-me em voz alta. Em seguida, como se o esforço daquele grito tivesse sido superior às suas forças, desfaleceu de todo e caiu sem sentidos sobre o pavimento.

Recordo-me de que por um instante hesitei em chamar a sra. Malfenti. Pareceu-me que o desfalecimento poderia revelar algo do que ela me dissera.

Mas a sra. Malfenti e Alberta acorreram logo. A sra. Malfenti, amparando Ada, perguntou-me:

— Estiveram falando sobre aquelas malditas operações da Bolsa?
— E logo: — É o segundo desmaio que teve hoje!

Pediu-me que me afastasse por um instante; saí pelo corredor onde fiquei à espera para saber se devia voltar à saleta ou ir embora. Preparava-me para explicações ulteriores com Ada. Ela se esquecia de que, se tivesse procedido da maneira que eu lhe propusera, a desgraça seguramente teria sido evitada. Bastaria dizer-lhe isto e a convenceria da sua injustiça para comigo.

Pouco depois, a sra. Malfenti veio ter comigo, disse-me que Ada recuperara os sentidos e queria despedir-se de mim. Repousava no divã sobre o qual ainda há pouco eu estava sentado. Vendo-me, começou a chorar, e foram as primeiras lágrimas que a vi derramar. Estendeu-me a pequena mão porejada de suor:

— Adeus, caro Zeno! Peço-lhe que não se esqueça! Recorde sempre! Não se esqueça!

Interveio então a sra. Malfenti para perguntar o que ela queria que eu recordasse; informei que Ada queria que fosse imediatamente procedida a liquidação de todas as posições de Guido na Bolsa. Corei com esta mentira e cheguei a temer um desmentido por parte de Ada. Em vez disso, pôs-se a dizer com voz forte:

— Sim, isto mesmo! Tudo é para ser liquidado! Nunca mais quero ouvir falar dessa terrível Bolsa!

Estava novamente mais pálida e a sra. Malfenti, para acalmá-la, assegurou-lhe que tudo seria feito imediatamente conforme ela queria.

Em seguida, a sra. Malfenti acompanhou-me à porta e pediu-me que não precipitasse as coisas: fizesse da maneira que achasse melhor para os interesses de Guido. Respondi que não me arriscaria mais. O risco era enorme e não podia mais ousar tratar daquela maneira os interesses de outrem. Não acreditava mais no jogo da Bolsa ou pelo menos me faltava confiança de que minha especulação pudesse regular seu andamento. Devia, pois, liquidar tudo, satisfeito de que as coisas seguissem esse rumo.

Não transmiti a Augusta as palavras de Ada. Para que afligi-la? Aquelas palavras, porém, talvez porque não as tivesse transmitido a ninguém, continuaram a martelar nos meus ouvidos e me acompanharam por longos anos. Ressoam até hoje em minha alma. Com frequência ainda hoje as analiso. Não posso afirmar que tivesse afeição por Guido, mas a culpa cabia àquele estranho homem. Contudo, permaneci a seu lado como um irmão e assisti-o no que me foi possível. Não mereço a reprovação de Ada.

Nunca mais me encontrei a sós com ela. Ela não sentiu necessidade de me dizer mais nada, nem ousei exigir-lhe uma explicação, talvez para não reavivar a dor.

Na Bolsa a coisa acabou como previsto, e o pai de Guido, depois do primeiro telegrama em que lhe fora comunicado que perdera todo o seu capital, teve certamente o prazer de recuperar a metade. Obra minha, que não me deu a satisfação que eu esperava.

Ada tratou-me afetuosamente até a sua partida para Buenos Aires, para onde foi com os gêmeos viver junto à família do marido. Gostava de estar conosco, comigo e Augusta. Cheguei a imaginar certa vez que todo aquele discurso não passara de um ímpeto da dor num momento de loucura e que ela já nem se lembrava dele. No entanto, certa vez, quando se falou de Guido em nossa presença, ela repetiu e confirmou em duas palavras tudo aquilo que me dissera naquele dia:

— Ninguém gostava dele, coitadinho!

No momento de embarcar, tendo no braço um dos meninos meio indisposto, deu-me um beijo de despedida. Depois, quando por um momento ninguém estava ao nosso lado, ela disse:

— Adeus, Zeno, meu irmão. Sempre me lembrarei de que não soube amá-lo como devia. Quero que saiba! É com satisfação que vou para longe. Parece que assim me afasto de meus remorsos!

Censurei-a por se martirizar assim. Disse que fora uma boa esposa, coisa que eu sabia e podia testemunhar. Não sei se consegui convencê-la. Não falou mais, vencida pelos soluços. Muito tempo depois, senti que, despedindo-se de mim, ela queria renovar com aquelas palavras inclusive as reprovações que me fizera. Mas sei que não me julgou com justiça. Sem dúvida, não tenho do que me penitenciar por não ter querido bem a Guido.

O dia estava turvo e feio. Parecia que uma nuvem imensa, apesar de inofensiva, se distendesse para encobrir o céu. À força de grandes remadas, tentava sair do porto um grande barco de pesca cujas velas pendiam inertes dos mastros. Apenas dois homens remavam e, com inúmeros golpes, mal conseguiam mover o imenso arcabouço. Talvez ao largo encontrassem uma brisa favorável.

Ada, da coberta do vapor, agitava um lenço. Depois, voltou-se de costas. Decerto olhava em direção a Sant'Andrea onde Guido repousava. Sua silhueta elegante tornava-se mais perfeita quanto mais se distanciava. As lágrimas ofuscavam meus olhos. Ia-se sem que jamais lhe pudesse provar minha inocência.

3 DE MAIO DE 1915

    Acabei com a psicanálise. Depois de havê-la praticado assiduamente durante três meses inteiros, sinto-me pior do que a princípio. Ainda não despachei o doutor, mas minha resolução é irrevogável. Ontem já lhe mandei dizer que estava impossibilitado de ir à consulta e vou deixá-lo à espera por mais uns dias. Se estivesse bastante seguro de poder rir dele sem me irritar, seria até capaz de voltar a vê-lo. Tenho medo, porém, de chegar às vias de fato.
    Nesta cidade, depois que rebentou a guerra, a vida é mais enfadonha do que antes e, para me recompensar da psicanálise, volto-me novamente aos meus caros escritos. Havia um ano que não consignava nenhuma palavra aqui, nisto como em tudo o mais seguindo obedientemente as recomendações do médico, que achava indispensável durante o tratamento fossem as minhas reflexões feitas ao seu lado, pois sem a sua vigilância eu estaria reforçando os freios que impediam a minha sinceridade, a minha entrega. Hoje, contudo, acho-me mais desequilibrado e enfermo do que nunca e, escrevendo, creio que me livrarei mais facilmente do mal que a cura me provocou. Pelo menos estou seguro de que este é o verdadeiro sistema de reatribuir importância a um passado que já não dói e expulsar o mais rápido possível o tedioso presente.
    Tal era a confiança com que me havia entregue ao doutor que, quando ele me declarou curado, acreditei piamente nisto em vez de acreditar nas dores que continuavam a me achacar. Dizia a elas: "Vocês não estão aí coisa nenhuma!" Agora, porém, já não há dúvida! São elas mesmas! Os ossos de minha perna se converteram em feixes vibrantes que lesam a carne e os músculos.
    Mas eu não dava, na verdade, grande importância a isso nem seria esta a razão de abandonar o tratamento. Se as horas de reflexão junto ao médico tivessem continuado a ser portadoras de surpresas e emoções interessantes não o teria abandonado ou, para abandoná-lo, teria aguardado o fim dessa guerra que me impede qualquer outra

atividade. Agora, no entanto, que conheço o tratamento, quando sei que não passa de uma tola ilusão, de um truque capaz de comover apenas solteironas histéricas, como poderia suportar a companhia daquele homem ridículo, com um olhar que se pretendia escrutador e uma presunção que lhe permite agrupar todos os fenômenos deste mundo em torno de sua grande e nova teoria? Empregarei o tempo que me resta livre para escrever. Por isso escreverei sinceramente a história de minha cura. Toda a sinceridade entre mim e o doutor havia desaparecido e hoje respiro aliviado. Nenhum esforço me é mais imposto. Não devo estar constrito a uma fé nem preciso simular que a tenha. Com o propósito de melhor ocultar meu pensamento, acreditava dever demonstrar-lhe um respeito servil, e ele se aproveitava disto para inventar todos os dias novas tramas. Minha cura devia acabar porque minha doença fora descoberta. Era a mesma que em seu tempo o falecido Sófocles diagnosticara em Édipo: eu amava minha mãe e queria matar meu pai.

Nem por isto me irritei! Ouvia encantado da vida. Era uma doença que me elevava à mais alta nobiliarquia. Notável, cujas origens remontavam aos tempos mitológicos! E não me irrita nem mesmo agora, quando estou aqui sozinho, com esta pena à mão. Rio-me satisfeito. A melhor prova de que eu não tinha aquela doença decorre do fato de não estar curado. Esta prova convenceria inclusive o doutor. Ele não precisa preocupar-se: suas palavras não conseguiram conspurcar a recordação da minha juventude. Cerro os olhos e vejo imediatamente, puro, infantil, ingênuo, o amor por minha mãe, e meu respeito e grande afeto por meu pai.

O doutor confia tanto nas minhas benditas confissões que não quer nem mesmo devolvê-las para que as reveja. Meu Deus! Ele só estudou medicina; por isso não sabe o que significa escrever em italiano para nós que falamos (e não sabemos escrever) o dialeto. Uma confissão escrita é sempre mentirosa. Mentimos em cada palavra toscana que dizemos! Podemos falar com naturalidade das coisas para as quais temos frases prontas, mas evitamos tudo quanto nos obrigue a recorrer ao dicionário! Dessa mesma forma, escolhemos de nossa vida os episódios mais notáveis. Compreende-se que ela teria uma feição totalmente diversa se fosse narrada em dialeto.

O médico confessou-me que, em toda a sua longa prática, jamais assistira a uma emoção tão forte quanto a minha ao me defrontar com imagens que conseguiu despertar em mim. Daí talvez a sua pressa em me declarar curado.

E não simulei tal emoção. Foi mesmo uma das mais profundas que senti em toda a minha vida. Encharquei-me de suor ao criar essas imagens, chorei de fato ao relembrar as lágrimas. Já adorava a esperança de reviver um dia de inocência e ingenuidade. Durante meses e meses essa esperança ergueu-me e animou-me. Não era o mesmo que obter através da lembrança em pleno inverno as rosas de maio? O próprio doutor assegurava que a lembrança seria nítida e completa, como se representasse um dia a mais em minha vida. As rosas conheceriam seu pleno eflúvio e quem sabe até mesmo os seus espinhos.

Foi assim que, à força de correr atrás daquelas imagens, eu as alcancei. Sei agora que foram inventadas. Inventar, porém, é uma criação, não uma simples mentira. As minhas eram invenções como as nascidas da febre, que caminham pelo quarto para que possamos vê-las de todos os ângulos, inclusive tocá-las. Tinham a solidez, as cores, a petulância das coisas vivas. À força de desejo, projetei as imagens, que existiam apenas em meu cérebro, no espaço em que as guardava, um espaço do qual sentia o ar, as luzes e até os ângulos contundentes, que não faltaram em nenhum daqueles por onde passei.

Quando atingi o torpor que deveria facilitar a ilusão e que me parecia não ser mais que a associação de um grande esforço a uma grande inércia, acreditei que as imagens fossem verdadeiras reproduções dos dias longínquos. Teria podido suspeitar logo de que não eram assim, pois, mal desvaneciam, eu as recordava, só que sem qualquer excitação ou comoção. Recordava-as como nos recordamos dos fatos que nos são contados por alguém que não os tenha presenciado. Se fossem verdadeiras reproduções, teria continuado a rir delas e a chorá-las, como no instante em que as tivera. E o doutor registrava. Dizia: "Conseguimos isto, conseguimos aquilo." Na verdade, não havíamos obtido mais que signos gráficos, esqueletos de imagens.

Fui levado a crer que se tratava de uma reevocação de minha infância, porque a primeira das imagens me colocava numa época relativamente recente, da qual eu conservara antes uma pálida recordação que agora parecia confirmar-se. Houve um ano na minha vida em que eu ia à escola e meu irmão ainda não. Parecia pertencer a essa época o momento agora evocado. Eu me via sair de casa pela manhã ensolarada de primavera, passar pelo jardim para descer em direção à cidade, lá embaixo, levado pela mão de nossa velha criada Catina. Meu irmão não aparecia na cena evocada por mim, mas era o personagem principal. Eu o sabia em casa, livre e feliz, enquanto eu ia à escola. Eu caminhava com soluços na garganta, o passo relutante, levando na alma intenso rancor. Não visualizei senão uma dessas idas à escola; contudo, o rancor de minha alma me dizia que todos os dias eu ia à escola e todos os dias meu irmão ficava em casa. Isso ao infinito, embora, na realidade, creia que, após não longo tempo, meu irmão, mais novo do que eu apenas um ano, deve também ter entrado na escola. Mas a verdade do sonho me parecia indiscutível: eu estava condenado a ir sempre à escola, enquanto meu irmão tinha licença para ficar em casa. Caminhando ao lado de Catina calculava a duração da tortura: até o meio-dia! E ele em casa! Recordava também que nos dias precedentes eu fora perturbado na escola por ameaças e reprovações e que naquela ocasião também pensara: nele não podem tocar. Era uma visão de enorme evidência. Catina, que eu sabia baixinha, me aparecia imensa, certamente porque eu era pequenino. Parecia-me igualmente velhíssima, mas sabe-se que os muito jovens veem sempre como velhas as pessoas adultas. E no caminho que eu devia percorrer para chegar à escola, distinguia as pequenas e estranhas colunas que naquele tempo marginavam os passeios de nossa cidade. De fato, em adulto cheguei a ver ainda aquelas coluninhas em nossas ruas centrais; mas as do caminho que percorri naquele dia com Catina já haviam desaparecido, mal saí da infância.

A fé na autenticidade de tais imagens perdurou na minha alma até mesmo quando, estimulada pelo sonho, minha fria memória descobriu outros pormenores daquela época. O principal: meu irmão também me invejava por eu ir à escola. Eu estava seguro de ter notado isto, mas tal fato não bastou para lançar suspeitas imediatas sobre a veracidade do sonho. Mais tarde, retirou-lhe qualquer aspecto de verdade: houvera inveja, é certo, mas no sonho ela aparecia deslocada.

A segunda visão reportou-me igualmente a uma época recente, se bem que muito anterior à da primeira: um quarto da casa em que eu vivia, não sei qual, pois muito mais amplo do que qualquer dos existentes. É estranho que me visse encerrado no quarto e logo percebi um detalhe que não podia resultar simplesmente da visão: o quarto era distante do lugar em que então dormiam minha mãe e Catina. E um segundo: eu ainda não estava na escola.

O quarto era inteiramente branco, como jamais vi outro igual, e completamente iluminado pelo sol. Será que aquele sol atravessava as paredes? Já devia andar alto, mas eu ainda me achava na cama com uma chávena à mão, da qual havia bebido todo o café com leite e na qual continuava a mexer com uma colherzinha raspando o açúcar. Em certo ponto, a colherzinha já não conseguia trazer mais nada e eu tentava alcançar o fundo da chávena com a língua e não conseguia. Acabei por ficar com a chávena numa das mãos e a colherzinha na outra, olhando para meu irmão, que estava deitado na cama ao lado da minha e vagarosamente ainda sorvia o seu café, o nariz enfiado na xícara. Quando finalmente ergueu o rosto, vi-o como se estivesse contraído por causa dos raios de sol que lhe davam em cheio, ao passo que o meu (Deus sabe por quê) se encontrava na sombra. Seu rosto estava pálido e um pouco enfeado por um leve prognatismo. Disse-me:

— Me empresta a sua colher?

Percebi então que Catina se esquecera de lhe trazer a colher. Súbito e sem qualquer hesitação, respondi:

— Empresto, mas só se você me der em troca um pouco de açúcar.

Levantei a colher ao alto para aumentar o seu valor. De repente, a voz de Catina ressoou no quarto:

— Que vergonha! Interesseiro!

O susto e a vergonha fizeram-me recair no presente. Estava disposto a discutir com Catina, mas ela, meu irmão e eu, tal como era então, pequenino, inocente e interesseiro, desaparecemos mergulhados no abismo.

Arrependi-me de ter sentido aquela vergonha de maneira tão forte que chegou a destruir a imagem a que eu chegara com tanto esforço. Melhor seria se tivesse oferecido gentilmente e *grátis* a colherzinha, sem tentar discutir minha ação má, provavelmente a primeira que eu havia cometido. Aí talvez Catina chamasse minha mãe para infligir-me algum castigo e eu, finalmente, voltasse a vê-la.

Poucos dias depois via-a de fato, ou penso que a vi. Posso imaginar que foi uma ilusão porque a imagem de minha mãe, tal como a evocara, assemelhava-se muito ao seu retrato, que tenho à minha cabeceira. Devo, porém, confessar que na aparição ela se movia como uma pessoa viva.

Sol, muito sol, a ponto de ofuscar! Era tanto o sol que me chegava da imagem dessa minha juventude que era difícil duvidar não viesse dela própria. A sala de jantar nas horas vespertinas. Meu pai, de volta a casa, está sentado em um sofá junto de minha mãe, que imprime com uma tinta indelével as iniciais na roupa branca espalhada sobre a mesa, ao lado da qual se senta. Eu estou embaixo da mesa, a brincar com bolinhas de gude. Aproximo-me cada vez mais de minha mãe. Provavelmente a querer que ela participe de minhas brincadeiras. Num dado ponto, para erguer-me dali agarro as pontas da toalha que pendem da mesa e acontece o desastre. O tinteiro cai na minha cabeça, derrama-se pelo meu rosto e roupas, pela saia de mamãe e vai respingar levemente também as calças de papai. Este ergue uma perna para acertar-me um pontapé...

Retorno a tempo de minha longa viagem e me encontro seguro aqui, adulto, velho. Mas devo confessá-lo: por um instante sofri com a ameaça da punição e logo após lamentei não ter podido assistir ao gesto de proteção que sem dúvida terá partido de minha mãe. Quem pode deter essas imagens quando começam a fugir através de um tempo que jamais foi tão semelhante ao espaço? Tal era o conceito que dele tinha, quando acreditava na autenticidade daquelas imagens! Agora, infelizmente (oh! Quanto o lamento!), não creio mais nelas e sei que não eram as imagens que fugiam, mas os meus olhos enevoados, abertos de novo para o verdadeiro espaço em que não há lugar para fantasmas.

Contarei agora sobre as imagens de um outro dia, às quais o doutor atribuiu tamanha importância que me considerou curado.

Na sonolência a que me entregara, tive um sonho em que havia a imobilidade dos pesadelos. Sonhei que voltara a ser criança para descobrir como eu sonhava em pequeno. Jazia mudo, presa de uma alegria que penetrava o meu minúsculo organismo. Parecia-me haver finalmente alcançado o meu antigo desejo. Contudo, permanecia ali, sozinho e abandonado! E via e sentia com aquela nitidez com que nos sonhos vemos e sentimos até mesmo as coisas longínquas. A criança, deitada num quarto da minha casa, via (Deus sabe como) que sobre o telhado da mesma havia uma prisão construída sobre bases muito sólidas, desprovida de portas e janelas, mas iluminada por quanta luz se possa imaginar e abastecida de ar puro e perfumado. O menino sabia que somente ele era capaz de chegar àquela masmorra, e para tanto nem precisava andar, pois ela podia vir a ele. Em seu interior só havia um móvel, uma poltrona, na qual se achava sentada uma bela mulher, de formas delicadas, vestida de negro, loura, com grandes olhos azuis, as mãos alvíssimas e os pequeninos pés metidos em sapatos de verniz, dos quais, por baixo do vestido, se via apenas um leve reflexo. Devo dizer que essa mulher constituía para mim um todo, com seu vestido preto e seus sapatos de verniz. Ela era tudo! E o menino sonhava possuir a mulher, da maneira mais estranha possível: estava certo de que podia comê-la aos pedacinhos desde o vértice até a base.

Agora, pensando nisto, fico admirado de que o médico que leu, segundo disse, com tamanha atenção este manuscrito não se tenha lembrado do meu sonho antes de ir ao encontro de Carla. Algum tempo depois, quando voltei a pensar no caso, pareceu-me que este sonho não passava de uma variação do anterior, realizada de forma mais infantil.

Em vez disto, o doutor registrou cuidadosamente tudo e, em seguida, perguntou-me com ar um tanto sonso:

— Sua mãe era loura e bonita?

Fiquei surpreso com a pergunta e respondi que minha avó também o fora. Para ele, porém, eu estava curado, bem curado. Escancarei a boca para me alegrar com ele do resultado e adaptei-me a tudo quanto se seguiria, ou seja, não mais indagações, pesquisas, meditações, mas uma autêntica e assídua reeducação.

Até então, as sessões haviam sido uma verdadeira tortura e eu continuava com elas apenas porque sempre me fora difícil dar fim a uma coisa que tivesse iniciado, ou iniciar alguma coisa quando estava indeciso. Vez por outra, quando ele me vinha com alguma que ultrapassava os limites, eu arriscava uma objeção. Não era nada certo — como ele imaginava — que todas as minhas palavras, todos os meus pensamentos fossem os de um delinquente. Ele arregalava os olhos. Eu estava curado e não queria admiti-lo! Mas que cegueira a minha! Ele me mostrara que eu desejava fugir com a mulher de meu pai — minha mãe! — e não me sentia curado? Obstinação inaudita a minha: o doutor, porém, admitia uma cura mais completa, quando terminasse a minha reeducação, em consequência da qual eu me habituaria a considerar aqueles atos (o desejo de assassinar o pai e possuir a própria mãe) como coisas inocentíssimas, pelas quais não precisava sofrer remorsos, porque ocorriam frequentemente nas melhores famílias. Afinal, que mal me podiam causar? Um dia, disse-me que eu não passava de um convalescente que ainda não se acostumara a viver sem febre. Pois bem: haveria de me acostumar.

Ele sentia que ainda não me havia dominado de todo e, apesar da reeducação, voltava, de tempos em tempos, ao tratamento. Tentava novamente os sonhos, mas não tivemos mais nenhum autêntico. Aborrecido com tanta espera, acabei por inventar um. Não o teria feito, se pudesse prever a dificuldade de semelhante simulação. Não é nada fácil balbuciar como se estivéssemos imersos num meio-sono, cobrir-nos de suor ou empalidecer, não nos trair, eventualmente ficarmos vermelhos, pelo esforço, e não corar: falei como se me dirigisse à mulher da prisão e tentasse convencê-la a introduzir o pé através de um buraco que repentinamente se abriu na parede, a fim de que eu o pudesse chupar e comer. "O esquerdo, o esquerdo!", murmurei, introduzindo na visão um detalhe curioso, para fazê-la mais parecida com os sonhos precedentes. Demonstrava desse modo ter compreendido perfeitamente a doença que o médico exigia de mim. O Édipo infantil devia ser exatamente assim: sugava o pé esquerdo da mãe para deixar o direito ao pai. Em meu esforço de imaginar fatos autênticos (e aqui não se trata de uma contradição), acabei por enganar-me a mim mesmo, sentindo o sabor daquele pé. Quase cheguei a vomitar.

Não só por causa do doutor; eu próprio queria ainda a visita das queridas imagens de minha juventude, autênticas ou não tanto, mas que eu não tinha necessidade de construir. Visto que junto ao doutor já não me vinham, tentei evocá-las na ausência dele. Sem ele, corria o perigo de não consigná-las; contudo, já não me preocupava o tratamento! Queria eram as rosas de maio em pleno inverno! Já as tivera uma vez; por que não haveria de reavê-las?

Mesmo na solidão me aborrecia bastante; depois, porém, em vez das imagens veio-me qualquer coisa que por algum tempo as substituiu. Estava simplesmente convencido de que fizera uma importante descoberta científica. Acreditei-me incumbido de completar todas as teorias das cores fisiológicas. Meus predecessores, Goethe e Schopenhauer, jamais imaginaram aonde se poderia chegar, manejando habilmente as cores complementares.

É preciso saber que eu passava meu tempo estirado num sofá de frente para a janela de meu estúdio, da qual via um trecho do mar e do horizonte. Eis que numa tarde, ao pôr do sol, com o céu colorido em que as nuvens se espalhavam, abandonei-me demoradamente a admirar numa nesga límpida uma cor magnífica, um verde puro e suave. No céu havia também, em grande quantidade, uma coloração encarnada, na fímbria das nuvens no poente, um vermelho-pálido, descorado pelos raios diretos e fortes do sol. Ofuscado, após um intervalo de tempo, fechei os olhos e vi que o verde tinha chamado a minha atenção, o meu afeto, porque na minha retina se produzia a sua cor complementar, um vermelho-brilhante que nada tinha a ver com o vermelho-luminoso, embora pálido, do céu. Observei, acariciei aquela cor fabricada por mim. Tive uma grande surpresa quando, ao abrir os olhos, vi aquele vermelho-flamejante invadir todo o céu e cobrir até o verde-esmeralda, que por longo tempo não enxerguei mais. Com que então eu descobrira o modo de tingir a natureza! Naturalmente a experiência foi repetida por mim muitas outras vezes. O melhor é que havia até movimento naquela coloração. Quando reabria os olhos, o céu não aceitava logo a cor de minha retina. Ocorria mesmo um instante de hesitação, durante o qual chegava ainda a rever o verde-esmeralda que havia gerado aquele vermelho pelo qual seria destruído. Este surgia do fundo, inesperado, e se dilatava como um incêndio pavoroso.

Ao adquirir certeza da exatidão de minhas observações, comuniquei-as ao médico na esperança de reavivar nossas sessões tão aborrecidas. O doutor acabou logo com a história, dizendo que minhas retinas eram hipersensíveis por causa da nicotina. Quase deixei escapar que, neste caso, até as imagens que atribuíramos a acontecimentos de minha juventude também podiam perfeitamente ser derivadas dos efeitos desse veneno. Assim, porém, lhe revelaria não estar curado e ele quereria induzir-me a recomeçar o tratamento desde o princípio.

No entanto, o idiota nem sempre me tratou como se eu estivesse intoxicado. A prova está inclusive na reeducação preconizada por ele para curar-me da doença que atribuía ao fumo. Eis as suas palavras: o fumo não me fazia mal e, se me convencesse que era inócuo, ele realmente passaria a sê-lo. E continuava: agora que as relações com meu pai tinham sido analisadas à luz do dia e apresentadas ao meu julgamento de adulto, podia compreender que adquirira aquele vício para poder competir com meu pai, e que a atribuição de um efeito venenoso ao tabaco fora feita por um íntimo sentimento moral, desejoso de punir-me por haver competido com meu pai.

Nesse dia, deixei o consultório do médico fumando como um turco. Tratava-se de submeter-me a uma prova e prestei-me de bom grado a isso. Durante todo o dia fumei ininterruptamente. Seguiu-se daí uma noite inteiramente insone. Minha bronquite crônica voltou a manifestar-se e dela eu não podia duvidar, pois que era fácil descobrir suas consequências na escarradeira.

No dia seguinte, contei ao doutor que fumara muito e que já não me importava com isso. O médico olhou-me sorridente e adivinhei que seu peito se inflava de orgulho. Retomou com calma a minha reeducação! Procedia com a segurança de ver florir cada torrão sobre o qual punha o pé.

Dessa reeducação pouco me recordo. Submeti-me a ela, e, quando saía do consultório, sacudia-me como um cão que sai da água e fica úmido, mas não encharcado.

Recordo, no entanto, com indignação que o meu educador admitia ter o dr. Coprosich razão ao dirigir-me as palavras que me provocaram tanto ressentimento. Com que então eu havia até mesmo merecido a bofetada que meu pai quis dar-me ao morrer? Não sei se ele teria dito também isto. Sei, porém, com certeza que me atribuía ódio também ao velho Malfenti, a quem eu entronizara no lugar de meu pai. Há muita gente neste mundo que não consegue viver sem um afeto; eu, ao contrário, segundo ele, perdia o equilíbrio emocional se me faltava uma razão de ódio. Casei-me com uma ou outra das filhas do velho, sendo-me indiferente qualquer uma delas, porque meu objetivo era colocar o pai delas num lugar onde meu ódio o pudesse alcançar. Depois aviltei a casa que fizera minha com todo o meu requinte. Traí minha mulher e é evidente que, se tivesse conseguido, seduziria Ada e mesmo Alberta. Naturalmente que não procuro negá-lo, e até tive vontade de rir quando o médico, ao dizer-me isto, assumiu uma atitude de Cristóvão Colombo descobrindo a América. No entanto, acho que ele há de ser a única pessoa neste mundo, percebendo que eu queria ir para a cama com duas belíssimas mulheres, capaz de perguntar:

—Vejamos por que ele quer ir para a cama com elas.

Foi para mim mais difícil suportar o que teve a ousadia de me dizer sobre as minhas relações com Guido. Deduzira de meu próprio relato a antipatia que acompanhou o início de meu relacionamento com este. Tal antipatia, segundo o médico, jamais cessou e Ada tinha razão em ver na minha ausência do funeral a sua última manifestação. Não percebeu que eu estava então entregue à minha obra de amor para salvar o patrimônio de Ada, nem me dignei recordar-lhe isto.

Parece que ele andou fazendo algumas indagações a propósito de Guido. Admitiu que, tornando-se o eleito de Ada, não podia ser como eu o descrevera. Descobriu que um imenso depósito de madeiras, vizinho à casa onde praticávamos a psicanálise, pertencia à firma Guido Speier & Cia. Por que eu não lhe falara sobre isto?

Se o tivesse feito, teria que enfrentar uma nova dificuldade na minha exposição já um tanto difícil. Esta omissão não passa de uma prova de que uma confissão feita por mim em italiano não podia ser nem completa nem sincera. Num depósito de madeiras há enorme variedade de espécies que nós em Trieste designamos por barbarismos tomados ao dialeto, ao croata, ao alemão e às vezes até ao francês (*zapin*, p. ex., nada tem a ver com *sapin*). Quem me forneceria o verdadeiro vocabulário? Velho como sou, conseguiria arranjar um emprego com um comerciante de madeiras toscano? Além do mais, o depósito de madeiras da firma Guido Speier & Cia. não deu senão prejuízo. Também dele nada teria o que dizer, pois permaneceu inativo, salvo quando foi visitado pelos ladrões que fizeram desaparecer aquelas madeiras de nomes estranhos, como se estivessem destinadas à construção de mesas para sessões espíritas.

Propus ao doutor que obtivesse informações sobre Guido através de minha mulher, de Carmen, ou mesmo de Luciano, que era um grande comerciante conhecido de todos. Segundo me consta, ele não se dirigiu a nenhum destes, e devo acreditar que se absteve por medo de ver ruir com tais informações todo o edifício de acusações e suspeitas que erguera contra mim. Quem sabe o motivo de me votar tamanho ódio? Decerto não passava de um grande histórico que, tendo desejado a mãe em vão, se vingava em quem nada tinha a ver com isso.

Acabei por me sentir muito cansado da luta que era obrigado a manter com o médico a quem pagava. Creio que mesmo aqueles sonhos não me haviam feito bem, e a liberdade de fumar quando bem quisesse acabou por dar cabo de mim. Tive uma boa ideia: fui ver o dr. Paoli.

Há muitos anos que não o via. Encanecera um pouco, mas sua figura avantajada não se deformara com a idade, não estava obeso nem curvado. Continuava a olhar as coisas como se as acariciasse. Desta vez descobri por que sempre me dava essa impressão. É que ele tem prazer no simples ato de olhar, e vê as coisas, as belas como as feias, com a mesma satisfação com que os outros acariciam.

Fui ao seu consultório com o propósito de perguntar se eu devia continuar as sessões de psicanálise. Quando, porém, me vi diante daquele olhar, friamente inquisitivo, não tive coragem. Talvez fizesse papel ridículo, contando-lhe que, na minha idade, eu me havia deixado arrastar por uma charlatanice daquelas. Desagradou-me ter que calar, pois, se o dr. Paoli me tivesse proibido a psicanálise, minha posição ficaria bastante simplificada; contudo, haveria de desagradar-me ainda mais ver-me acariciado um longo tempo por aquele olhar.

Contei-lhe sobre as minhas insônias, minha bronquite crônica, uma erupção na face que agora me afligia, certas dores lancinantes nas pernas e, finalmente, sobre minha estranha falta de memória.

Dr. Paoli examinou minha urina em minha presença. A mistura coloriu-se de negro e o médico ficou pensativo. Era finalmente uma análise de fato, não uma psicanálise. Recordei-me com emoção e simpatia de meu remoto passado de químico a fazer análises semelhantes; eu, um tubo de ensaio e um reagente! O outro, analisado, dorme até o momento em que o reagente irá imperiosamente despertá-lo. Não existe resistência no interior do tubo ou, pelo menos, ela cede à menor elevação da temperatura; também não há lugar para simulações. Naquele tubo nada ocorria que pudesse recordar minha atitude de agradar o dr. S., inventando novos pormenores de minha infância, que iriam confirmar o diagnóstico de Sófocles. Aqui, ao contrário, tudo era autêntico. O corpo a ser analisado estava preso no interior de um tubo e, sempre igual a si mesmo, esperava o reagente. Toda vez que este ocorria, a reação era a mesma. Na psicanálise nunca se repetem as mesmas imagens nem as mesmas palavras. Seria preciso dar-lhe outro nome. Chamemo-la *aventura psíquica*. Isto mesmo: quando semelhante análise tem início, é como se entrássemos num bosque sem saber se vamos topar com um bandido ou um amigo. Tampouco se sabe, depois de passada a aventura. Nisto a psicanálise lembra o espiritismo.

O médico não acreditava que se tratasse de açúcar. Queria voltar a me examinar no dia seguinte, depois de submeter o líquido à polarização.

Eu, no entanto, saí do consultório glorioso, carregado de diabete. Estive prestes a procurar o dr. S. para perguntar-lhe como ele analisaria agora no meu interior as causas de tal doença, a fim de exterminá-las. Mas já estava farto daquele indivíduo e não queria revê-lo nem mesmo para gozá-lo.

Devo confessar que o diabete foi para mim de uma grande doçura. Falei dele a Augusta, que logo teve lágrimas nos olhos:

— Você tanto falou de doenças durante toda a vida, que acabou por arranjar uma! — disse; depois tratou de consolar-me.

Eu amava a minha doença. Recordei com simpatia o pobre Copler, que preferia a doença real à imaginária. Agora, concordava com ele. A doença real era tão simples: bastava deixá-la agir. De fato, quando li num livro de medicina a descrição de minha doce enfermidade, descobri um programa de vida (não de morte!) em seus vários estágios. Adeus propósitos: era finalmente livre. Tudo seguiria o seu destino sem a minha intervenção.

Descobri ainda que minha doença era sempre ou quase sempre muito doce. O enfermo come e bebe muito e não passa por grandes sofrimentos desde que consiga evitar os abscessos. Depois, morre num coma docíssimo.

Pouco depois, o dr. Paoli chamou-me ao telefone. Comunicou-me não haver traço de açúcar. Fui ao seu consultório no dia seguinte e ele me prescreveu uma dieta que não segui senão durante alguns dias e uma xaropada que garatujou numa receita ilegível e que me fez beber por um mês inteiro.

— O diabete lhe deu muita preocupação? — perguntou-me sorrindo.

Protestei, mas sem lhe revelar, agora que o diabete me havia abandonado, que eu me sentia muito sozinho. Não acreditaria em mim.

Foi por essa altura que me caiu nas mãos a célebre obra do dr. Beard sobre neurastenia. Segui seus conselhos e trocava de medicação a cada semana, segundo as suas receitas, que copiei com letra bem legível. Por alguns meses o tratamento pareceu-me excelente. Nem mesmo Copler tivera em vida a tão abundante consolação medicinal de que eu agora dispunha. Depois, passou-me também essa fé; no entanto, eu ia adiando cada vez mais o meu retorno à psicanálise.

Um dia, encontrei por acaso o dr. S. Perguntou-me se eu decidira abandonar o tratamento. Fê-lo de maneira cortês, muito mais do que quando me tinha em suas mãos. Evidentemente, queria agarrar-me de novo. Disse-lhe que tinha negócios urgentes a tratar, questões de família que me ocupavam e preocupavam, e tão logo me encontrasse mais desimpedido retornaria ao seu consultório. Queria pedir-lhe que me restituísse o manuscrito, mas não ousei, teria equivalido a confessar-lhe que eu não queria mais saber do tratamento. Reservei uma tentativa semelhante para outra época, quando ele percebesse que eu não pensava mais em tratamento e já estivesse resignado com isto.

Antes de se despedir de mim, disse algumas palavras destinadas a reaver-me:

— Se o senhor examinar seu espírito há de encontrá-lo mudado. Verá que retornará aos meus cuidados, tão logo se aperceba de como eu consegui em tempo relativamente curto aproximá-lo da saúde perfeita.

Eu, na verdade, creio que com sua ajuda, à força de estudar minha alma, acabaria por meter-lhe dentro novas enfermidades.

Estou decidido a curar-me de seu tratamento. Evito os sonhos e as recordações. Por causa destes minha pobre cachola transformou-se de modo a já não se sentir segura sobre o pescoço. Padeço distrações terríveis. Falo com as pessoas e, enquanto digo uma coisa, tento involuntariamente lembrar-me de outra que pouco antes disse ou fiz e de que não me recordo mais, ou ainda algum pensamento que me parece de enorme importância, daquela importância que meu pai atribuiu aos pensamentos que teve pouco antes de morrer e de que ele também não conseguia lembrar-se.

Se não quiser parar no manicômio, tenho que acabar com essas brincadeiras.

15 DE MAIO DE 1915

Passamos dois dias feriados em nossa casa de Lucinico. Meu filho Álfio, que convalesce de uma gripe, deve permanecer aí por algumas semanas em companhia da irmã. Nós voltaremos no dia de Pentecostes.

Consegui finalmente retornar aos meus doces hábitos e deixar de fumar. Estou muito melhor desde que consegui eliminar a liberdade que o tolo do médico me queria conceder. Hoje que estamos em meados do mês, enfrento as dificuldades que o nosso calendário opõe a uma resolução regular e ordenada. Nenhum mês é igual ao outro. Para destacar melhor a própria resolução, é necessário que se acabe com o fumo juntamente com o término de alguma coisa, como, por exemplo, o mês. Salvo, porém, julho e agosto e dezembro e janeiro, não há dois meses consecutivos que tenham o mesmo número de dias. Uma verdadeira desordem no tempo!

Para recolher-me melhor, passei a tarde do segundo dia solitário junto à margem do rio Isonzo. Não há melhor recolhimento do que ficarmos a olhar a água corrente. Estamos parados e a água corrente fornece a distração que surge porque nunca é igual a si mesma na cor e no desenho, nem mesmo por um átimo.

Fazia um tempo esquisito. Certamente no alto soprava um vento forte, pois as nuvens mudavam continuamente de forma, mas embaixo o ar não se movia. Ocorria, de tempos em tempos, através das nuvens em movimento, o sol já tépido encontrar uma fresta por onde assestava seus raios sobre este ou aquele trecho da colina, ou sobre o cimo da montanha, fazendo ressaltar o doce verde de maio em meio à sombra que cobria toda a paisagem. A temperatura era agradável, e até aquela fuga das nuvens no céu tinha qualquer coisa de primaveril. Não havia dúvida: o tempo estava convalescendo!

Foi um verdadeiro recolhimento o meu, um dos raros instantes que a vida avara nos concede, de grande e verdadeira objetividade em que finalmente cessamos de nos crer e de nos sentir vítimas. Em meio àquele verde, ressaltado tão deliciosamente pelos reflexos do sol, eu soube sorrir à vida e até à minha doença. O encanto feminino encheu a minha existência. Ainda que pouco a pouco, uns pezinhos, uma cintura, uma boca povoaram os meus dias. E revendo a minha vida e também a minha doença, eu as amei e compreendi! Como a minha vida era mais bela que a dos chamados homens sãos, que batem na mulher ou têm vontade de fazê-lo todos os dias, salvo em certos momentos! Eu, ao contrário, sempre fora acompanhado de amor. Quando não pensava em minha mulher, pensava nela para perdoar-me de haver pensado nas outras. Havia os que abandonavam um amor, desiludidos e desesperados, ao passo que minha vida jamais fora privada de desejos e as ilusões renasciam inteiras a cada naufrágio, no sonho de membros, de vozes, de atitudes mais perfeitas.

Naquele momento, recordei que entre tantas mentiras que preguei ao profundo observador que era o dr. S., havia também a de que eu não traíra mais minha mulher depois da partida de Ada. Até sobre esta mentira ele fabricou as suas teorias. Mas ali, à margem do rio, de repente, com surpresa recordei ser verdade que desde há alguns dias, talvez desde aquele em que abandonara o tratamento, eu não tinha procurado a companhia de outras mulheres. Estaria curado como pretendia o dr. S.? Velho como estou, desde algum tempo que as mulheres não me olham mais. Se deixo de olhá-las também, eis que qualquer relação entre nós acabará interrompida.

Se semelhante dúvida me tivesse ocorrido em Trieste, teria sabido resolvê-la em seguida. Aqui era um pouco mais difícil.

Alguns dias antes, tivera em mãos o livro de memórias de Da Ponte, o aventureiro contemporâneo de Casanova. Também ele certamente passara por Lucinico, e fiquei sonhando encontrar uma daquelas mulheres de que fala, empoadas e metidas em saias de crinolina. Meu Deus! Como faziam aquelas mulheres para se entregarem tão rápida e tão frequentemente, defendidas por todas aquelas farpelas?

Parece-me que a lembrança das saias de crinolina, apesar do tratamento, foi bastante excitante. Contudo, meu desejo era um tanto fictício e não bastou para me dar confiança.

A experiência que eu procurava surgiu pouco depois e foi suficiente para dar-me confiança, embora não me tenha custado pouco. Para obtê-la, conspurquei e destruí uma das mais puras relações que tive na vida.

Conheci Teresina, filha mais velha de um colono de uma fazenda situada nas imediações de minha casa. O pai, há dois anos, ficara viúvo, e sua numerosa prole encontrara uma segunda mãe em Teresina. Moça robusta, despertava muito cedo para trabalhar, acabava suas tarefas à hora de deitar e descansar a fim de enfrentar novo dia de trabalho. Naquele dia, ela conduzia o burrico que habitualmente ficava aos cuidados do irmãozinho, e caminhava ao lado da carroça carregada de forragem, já que seria impossível ao pequeno animal transportar morro acima também o peso da rapariga.

No ano anterior, Teresina parecia-me ainda criança, e não tivera para com ela senão uma simpatia sorridente e paternal. Mesmo no dia anterior, quando voltei a vê-la, apesar de ter achado que crescera, o rosto moreno tornado mais sério, os ombros estreitos alargando sobre os seios que começavam a desenhar-se no lento desenvolver do pequeno corpo fatigado, eu continuava a vê-la como uma menina imatura em quem não poderia admirar senão a extraordinária atividade e o instinto maternal de que se aproveitavam os irmãozinhos. Se não fosse a maldita cura e a necessidade de verificar em que estado se achava a minha doença, também dessa vez teria podido deixar Lucinico sem haver perturbado aquela inocência.

Ela não usava crinolina. E a carinha rechonchuda e sorridente jamais conhecera pó de arroz. Andava descalça e trazia à mostra metade das pernas. A carinha, os pés e as pernas não conseguiram excitar-me.

O rosto e os membros que Teresina deixava à mostra eram da mesma cor; pertenciam ao ar livre e não havia mal em que ficassem expostos assim. Talvez por isso não conseguissem excitar-me. Mas, ao sentir-me tão indiferente, fiquei preocupado. Será que depois da cura eu necessitava de crinolina?

Comecei por acariciar o burrico, concedendo-lhe assim um pequeno descanso. Depois voltei-me para Teresina e pus-lhe na mão nada menos que dez coroas. Era o primeiro atentado! No ano anterior, a ela e aos irmãozinhos, para exprimir meu sentimento paterno, dei apenas uns trocados. Sabe-se, porém, que o afeto paterno é outra coisa. Teresina ficou perturbada com o rico presente. Cautelosamente ergueu a sainha para guardar em não sei que bolso escondido o precioso pedaço de papel. Assim vi um trecho adicional da perna, também moreno e casto.

Voltei-me de novo para o burrico e dei-lhe um beijo na testa. Minha afetuosidade despertou a dele. Ergueu o focinho e emitiu um grande zurro de amor, que ouvi sempre com respeito. Como transpõe a distância e como é significativo aquele primeiro grito que invoca e se repete, atenuando-se depois e terminando num pranto desesperado. Mas, ouvido assim de tão perto, fez-me doer os tímpanos.

Teresina ria e seu riso encorajou-me. Retornei a ela e de repente agarrei-a pelo bracinho sobre o qual fiz deslizar a mão lentamente, em direção ao ombro, estudando as minhas sensações. Graças aos céus ainda não estava curado! Interrompera o tratamento a tempo.

Contudo, Teresina, com uma vergastada, fez seguir o asno para acompanhá-lo e livrar-se de mim.

Rindo satisfeito, pois permanecia alegre mesmo sabendo que a camponesinha não queria saber de mim, disse-lhe:

—Você tem namorado? Precisa ter. Seria pena se não tivesse.

Sempre afastando-se de mim, respondeu:

— Se eu arranjar, será decerto mais novo que o senhor!

Minha alegria não se ofuscou por causa disto. Quis dar uma pequena lição a Teresina e procurei lembrar-me da passagem de Boccaccio em que "Mestre Alberto de Bolonha critica honestamente uma dama que o queria repreender por estar enamorado dela". Mas o raciocínio de Mestre Alberto não surtiu efeito porque Madona Malgherida de Ghisolieri lhe disse: "O vosso amor é-me decerto caro, provindo de alguém tão nobre e valente como vós; por isso podeis impor-me o que seja de vosso desejo, *salvo a minha honra*."

Tentei fazer melhor:

— Quando vai se dedicar aos velhos, Teresina? — gritei para ser ouvido por ela que já se afastava de mim.

— Quando eu também for velha! — gritou, rindo com satisfação e sem interromper o passo.

— Mas então os velhos não vão querer saber de você. Ouça o que digo! Eu os conheço bem!

Eu berrava, satisfeito com aquele humor que me vinha diretamente do sexo.

Nesse instante, num ponto qualquer do céu as nuvens se abriram e deixaram passar os raios do sol, que foram atingir Teresina distante de mim uns quarenta metros e a uns dez metros ou mais encosta acima. Era morena, pequenina, mas luminosa!

A mim o sol não iluminou! Quando se é velho, fica-se na sombra mesmo quando se tem espírito.

26 DE JUNHO DE 1915

A guerra atingiu-me afinal! Eu, que andava a ouvir as histórias de guerra como se se tratasse de um conflito de outros tempos sobre o qual era divertido falar, mas que seria tolice deixar-me preocupar, eis que me vi metido nela sem querer e ao mesmo tempo surpreso por não haver percebido antes que mais cedo ou mais tarde acabaria envolvido. Era como se vivesse tranquilamente num prédio cujo andar térreo estava em chamas e eu não imaginasse que mais cedo ou mais tarde todo o edifício acabaria por arder.

A guerra apoderou-se de mim, sacudiu-me como um trapo, privou-me de uma só vez de toda a minha família e até de meu administrador. De um dia para o outro, eu era um homem totalmente diferente, ou, para ser mais exato, todas as minhas 24 horas foram inteiramente diversas. Desde ontem estou um pouco mais calmo porque finalmente, depois de esperar um mês, tive as primeiras notícias de minha família. Estão sãos e salvos em Turim, quando eu já perdia todas as esperanças de revê-los.

Devo passar o dia inteiro no escritório. Não tenho muito o que fazer, mas é que os Olivi, como cidadãos italianos, tiveram que partir e todos os meus poucos empregados, os melhores, foram convocados para um lado ou outro, daí ter eu que permanecer vigilante em meu posto. À noite vou para casa carregando o peso das grandes chaves do armazém. Hoje, que me sinto bem mais calmo, trouxe comigo para o escritório este manuscrito, que pode ajudar-me a passar o tempo sem fim. Na verdade, ele me proporcionou um quarto de hora maravilhoso, em que eu soube ter havido neste mundo uma época de tamanha paz e de silêncio, que nos permitia ocuparmo-nos com brincadeiras desta espécie.

Seria engraçado que alguém me convidasse a sério a mergulhar num estado de semiconsciência tal que pudesse reviver pelo menos uma hora de minha vida precedente. Rir-lhe-ia na cara. Como se pode abandonar um presente semelhante para andar em busca de coisas de nenhuma importância? Parece-me que só agora estou definitivamente desligado tanto de minha saúde quanto de minha doença. Caminho pelas ruas de nossa mísera cidade, sentindo-me um privilegiado que não vai à guerra e que encontra todos os dias aquilo que lhe agrada para comer. Em comparação com os demais, sinto-me tão feliz — principalmente depois que tive notícias dos meus — que seria provocar a ira dos deuses se quisesse estar perfeitamente bem.

A guerra e eu nos encontramos de um modo violento, que agora me parece um tanto ridículo.

Augusta e eu havíamos retornado a Lucinico para passar a festa de Pentecostes com os filhos. No dia 23 de maio, levantei-me cedinho. Tinha que tomar o sal de Carlsbad e dar também um passeio antes do café. Durante esse tratamento em Lucinico percebi que o coração, quando se está em jejum, atua mais ativamente no trabalho de reconstituição, irradiando sobre todo o organismo grande bem-estar. Minha teoria devia aperfeiçoar-se naquele mesmo dia em que fui constrangido a passar a fome que me fez tanto bem.

Augusta, para me dar bom-dia, ergueu do travesseiro a cabeça branca e me lembrou que eu prometera à nossa filha trazer-lhe rosas. Nosso pequeno roseiral estava murcho; era necessário ir procurá-las fora. Minha filha já estava uma bela mocinha, parecida com Ada. De um momento para outro, eu me esquecera de manter em relação a ela o meu ar de educador severo e me transformara naquele cavalheiro que respeita a feminilidade mesmo na própria filha. Ela rapidamente se deu conta de seu poder sobre mim e, com grande regozijo meu e de Augusta, não raro abusa dele. Queria rosas e eu tinha que ir buscá-las.

Propus-me caminhar por umas duas horas. O sol estava bonito e já que minha intenção era a de caminhar sem parar até a volta para casa não levei comigo nem o chapéu nem o casaco. Por sorte lembrei-me que devia pagar as rosas; só por isso não deixei também junto com o paletó a carteira.

Logo ao sair dirigi-me à casa do pai de Teresina, para pedir-lhe que me cortasse as rosas, as quais eu apanharia no meu retorno. Entrei no grande pátio cercado por um muro um tanto derruído e não encontrei ninguém. Gritei por Teresina. Da casa saiu o menor dos filhos, que devia ter uns seis anos. Pus-lhe na mãozinha alguns trocados e ele me disse que a família toda saíra bem cedinho para o outro lado do rio a fim de trabalhar num campo de batatas cuja terra precisava ser batida.

Isto não me desagradava. Conhecia aquele campo e sabia que, para chegar a ele, teria de caminhar cerca de uma hora. Visto que havia fixado um passeio de duas horas, agradava-me poder atribuir à minha caminhada um objetivo determinado. Assim, não havia o receio de interrompê-la por um ataque imprevisto de preguiça. Avancei através da planície a um nível mais elevado que o da estrada de modo que desta eu só podia ver as margens e a copa de alguma árvore em flor. Estava realmente feliz: assim em mangas de camisa e sem chapéu, sentia-me bem mais leve. Respirava o ar puríssimo e, como de hábito desde algum tempo, caminhava fazendo a ginástica respiratória de Niemeyer, que me fora ensinada por um amigo alemão, coisa utilíssima para quem leva vida sedentária.

Chegando ao campo, vi Teresina a trabalhar exatamente naquela parte do caminho. Aproximei-me e ocorreu-me que bem ali do outro lado trabalhavam junto ao pai os dois irmãos dela, com idades que eu não sabia precisar, entre os dez e os 14 anos. Na fadiga os velhos se sentem em geral exaustos, mas dada a excitação que a acompanha, sentem-se, apesar de tudo, mais jovens do que na inércia. Sorrindo aproximei-me de Teresina:

— Ainda está a tempo, Teresina. Mas não demore.

Ela não compreendeu e eu não lhe expliquei nada. Não era o caso. Já que não se lembrava, podia voltar às minhas antigas relações com ela. Já repetira a experiência e alcancei, também desta vez, resultado favorável. Ao dirigir-lhe aquelas palavras acariciei-a não apenas com o olhar.

Com o pai de Teresina entendi-me facilmente sobre as rosas. Permitiu que eu apanhasse quantas quisesse, e depois não iríamos brigar por causa do preço. Ele queria voltar de imediato ao trabalho e eu já me punha no caminho de volta quando este resolveu vir atrás de mim. Alcançando-me, perguntou em voz muito baixa:

— O senhor não soube nada? Dizem que arrebentou a guerra.
— Ora essa! Claro que sabemos! Já faz um ano — respondi eu.
— Não falo dessa — disse impaciente. — Falo da guerra com... — E fez um sinal em direção à fronteira italiana vizinha. — O senhor não sabe nada? — Ficou a me olhar ansioso pela resposta.

— Há de compreender — disse-lhe com toda a segurança — que se nada sei é porque realmente não há nada. Venho de Trieste e as últimas novidades que soube davam a possibilidade de guerra como definitivamente afastada. Em Roma haviam derrubado o ministério que queria a guerra e chamaram Giolitti.

Ele sossegou imediatamente.

— Então estas batatas que estamos cobrindo e que tanto prometem hão de ser nossas! O que não falta por aí é gente boateira! — Com a manga da camisa enxugou o suor que lhe corria da testa.

Vendo-o tão contente, tratei de fazê-lo ainda mais feliz. Gosto de ver as pessoas felizes. Por isso falei coisas de que verdadeiramente não gosto de recordar. Afirmei-lhe que, mesmo no caso de rebentar a guerra, os combates não se travariam ali. Em primeiro lugar haveriam de bater-se no mar, e na Europa não faltavam campos de batalha para quem quisesse. Havia a Flandres e vários departamentos franceses. Além disso, ouvira dizer — já não sabia de quem — que havia no mundo tal carência de batatas que estas eram colhidas cuidadosamente até nos campos de batalha. Falei muito, sempre de olhos em Teresina que, pequena, miúda, se agachara sobre a terra para apalpá-la antes de começar com a enxada.

O agricultor, perfeitamente tranquilizado, voltou ao seu trabalho. Eu, ao contrário, transferira uma parte de minha tranquilidade para ele e me sobrara muito menos. Era certo que em Lucinico estávamos muito próximos da fronteira. Falaria sobre isto a Augusta. Talvez fizéssemos bem em retornar a Trieste, e talvez até para mais longe, num sentido ou noutro. Não havia dúvida que Giolitti retornara ao poder, mas não se podia garantir se, chegando lá, continuaria a ver as coisas como um cidadão qualquer.

Tornou-me ainda mais nervoso um encontro casual com um pelotão de soldados que marchava pela estrada em direção a Lucinico. Eram soldados nada jovens e com fardamento e apetrechos ordinários. Pendia-lhes da cintura aquela baioneta longa que em Trieste chamávamos de *durlindana* e que os austríacos, no verão de 1915, deviam ter exumado de velhos depósitos.

Por algum tempo caminhei à retaguarda deles, ansioso por chegar a casa. Porém, como me desagradasse o cheiro azedo que emanava deles, acabei por diminuir o passo. Minha inquietação e minha pressa eram injustificadas. Como também o era inquietar-me por ter assistido à inquietação de um camponês. Principalmente agora que via ao longe a minha vila e que o pelotão desaparecera na estrada. Acelerei o passo para chegar finalmente ao meu café da manhã.

Foi aí que começou a minha aventura. Numa curva do caminho, fui detido por uma sentinela que me gritou:

— *Zurück!* — pondo-se em posição de tiro. Quis responder-lhe em alemão, já que me havia gritado nessa língua, mas de alemão o sentinela só conhecia aquela palavra que repetia sempre mais ameaçador.

Era necessário voltar *zurück* (para trás) e eu, olhando sempre em sua direção, com medo de que ele, para se fazer compreender melhor, disparasse, retirei-me com certa rapidez de que não descuidei nem mesmo quando o soldado desapareceu de vista.

Contudo, não renunciei logo a voltar imediatamente para a minha vila. Pensei que, galgando a colina à minha direita, poderia contornar a sentinela, saindo muito à frente.

A subida não foi difícil, principalmente porque o capim alto estava curvado pelas pisadas de muita gente, que devia ter passado por ali antes de mim, sem dúvida obrigada como eu por causa da proibição de transitar pela estrada. Caminhando, readquiri minha segurança e pensei que a primeira coisa que ia fazer, quando chegasse a Lucinico, seria protestar junto ao burgomestre pelo tratamento que eu fora constrangido a sofrer. Se permitissem que os veranistas fossem tratados daquela forma, em pouco tempo ninguém mais visitaria Lucinico!

Contudo, ao atingir o alto da colina, tive a desagradável surpresa de vê-la ocupada pelo pelotão dos soldados que cheiravam a azedo. Muitos deles repousavam à sombra de uma cabana de camponês que eu conhecia desde muito e que sabia inteiramente abandonada; três pareciam de guarda, mas não do lado por onde eu subira, e alguns outros formavam um semicírculo em torno a um oficial que lhes transmitia instruções, utilizando-se de um mapa que trazia à mão.

Eu não dispunha nem mesmo de chapéu com que servir-me para cumprimentá-los. Inclinando-me várias vezes e com o mais belo dos sorrisos, encaminhei-me em direção ao oficial que, vendo-me, parou de falar aos soldados e pôs-se a olhar-me. Os cinco "mamelucos" que o circundavam regalaram-me com toda a sua atenção. Andando sob todos aqueles olhares e por um terreno não plano, não era nada fácil mover-me.

O oficial gritou:

— *Was will der dumme Kerl hier?* (Que vem fazer aqui este idiota?)

Estupefato de que me ofendessem sem qualquer provocação minha, quis demonstrar virilmente que compreendera a ofensa, mas ainda com a discrição que o caso me impunha, desviei da estrada e tentei chegar à encosta que me levaria a Lucinico. O oficial pôs-se a gritar que, se desse mais um passo, mandaria abrir fogo sobre mim. Tornei-me muito cortês e daquele dia até este em que escrevo jamais deixei de demonstrar cortesia. Era uma barbaridade ser constrangido a tratar com um tipo semelhante; pelo menos, porém, ele tinha a vantagem de falar corretamente o alemão. Recordando essa vantagem, tornou-se mais fácil para mim falar-lhe com brandura. Se aquela toupeira não compreendesse o alemão, eu decerto estaria perdido.

Pena é que eu não falasse fluentemente essa língua pois, do contrário, ter-me-ia sido fácil fazer rir o azedo senhor. Contei-lhe que em Lucinico esperava-me um café da manhã do qual eu estava separado apenas por seu pelotão.

Ele riu afinal, juro que sim. Riu sempre a praguejar e nem teve a paciência de me deixar concluir. Declarou que alguém haveria de beber meu café em Lucinico e, quando soube que além do café me esperava ainda minha mulher, gritou:

— *Auch Ihre Frau wird von anderen gegessen werden.* (Sua mulher também será comida por outros.)

Ele estava agora com melhor humor que o meu. Pareceu-me em seguida que se arrependera de me ter dito algo que, sublinhado pelo riso clamoroso dos cinco mamelucos, pudesse parecer ofensivo. Pôs-se sério e explicou que eu não devia esperar regressar aquele dia a Lucinico e, mesmo a título de amizade, me aconselhava a não lhe perguntar mais nada, porque bastaria uma pergunta qualquer para comprometer-me!

— *Haben Sie verstanden?* (O senhor entendeu?)

Eu entendera, mas não era nada fácil conformar-me com a ideia de renunciar a um café da manhã que estava a não mais de meio quilômetro de mim. Só por isso hesitava em prosseguir meu caminho, pois estava certo que, se descesse de novo a colina na direção oposta, não chegaria à minha vila no mesmo dia. Para ganhar tempo, perguntei ao oficial tranquilamente:

— Mas a quem devo dirigir-me para ir a Lucinico pelo menos apanhar meu casaco e meu chapéu?

Devia calcular que o oficial estivesse ansioso para ficar a sós com seus soldados e o mapa, mas nunca esperaria que minha pergunta provocasse tanta ira.

Urrou, a ponto de me ensurdecer os ouvidos, que já me havia prevenido para não lhe fazer perguntas. Depois mandou-me para onde o diabo quisesse levar-me (*wo der Teufel Sie tragen will*). A ideia de me fazer transportar fosse por quem fosse não me desagradava em absoluto, porque estava esgotado, mas ainda assim hesitei. Contudo, o oficial à força de gritar, ficava cada vez mais irritado, e com tom de grande ameaça chamou a si um dos cinco homens à sua volta e, tratando-o por *senhor cabo*, deu-lhe ordem de me conduzir colina abaixo, vigiando-me até a estrada que conduz a Gorizia, e podendo disparar contra mim se não obedecesse às suas ordens.

Por isso desci da colina com certa satisfação:

— *Danke schön* — disse ainda, sem qualquer intenção de ironia.

O cabo era um eslavo que falava discretamente o italiano. Achou que devia mostrar-se rude na presença do oficial e, para obrigar-me a precedê-lo na descida, comandou:

— *Marsch!* — Quando, porém, já nos afastáramos um pouco, tornou-se mais afável e familiar. Perguntou-me se tinha notícias da guerra e se era verdade que estava iminente a intervenção italiana. Olhava-me ansioso, à espera da resposta.

Com que então nem mesmo eles que faziam a guerra sabiam ao certo se ela existia ou não! Quis torná-lo tão feliz quanto possível e transmiti-lhe as notícias que propiciara ao pai de Teresina. Depois, isso pesou-me na consciência. No horrendo temporal que desabou, provavelmente todas aquelas pessoas que eu tranquilizara pereceram. Quem sabe a surpresa que terá ficado cristalizada em seus rostos pela morte. Meu otimismo era incoercível. Não sentira a guerra nas palavras do oficial, e mais ainda no tom com que as proferiu?

O cabo alegrou-se muito e, para me compensar, deu-me também o conselho de não tentar chegar a Lucinico. A julgar pelas notícias que lhe dera, achava ele que as eventualidades que me impediam de retornar a casa seriam levantadas no dia seguinte. Mas até lá me aconselhava a ir ao *Platzkommando* de Trieste, onde talvez pudesse obter uma permissão especial.

— Ir a Trieste? — perguntei apavorado. — A Trieste, sem casaco, sem chapéu e sem ter tomado o café da manhã?

A julgar pelo que sabia o cabo, enquanto falávamos, um forte cordão de infantaria fechava o trânsito para a Itália, criando uma fronteira nova e intransponível. Com sorriso superior afirmou que, segundo ele, o caminho mais curto para Lucinico era o mesmo que conduzia a Trieste.

À força de ouvi-lo dizer, resignei-me e rumei para Gorizia, pensando poder ali pegar o trem do meio-dia para Trieste. Estava agitado, mas devo dizer que me sentia muito bem. Fumara pouco e não comera realmente nada. Sentia-me de uma leveza que há muito tempo não conhecia. Não me desagradava ter ainda que caminhar. Doíam-me um pouco as pernas; parecia-me, porém, poder aguentar até Gorizia, tanto que senti a respiração livre e desimpedida. Espertando as pernas com passo ligeiro, nenhum cansaço me adveio da caminhada. E nesse bem-estar, marcando o passo, alegre por me sentir insolitamente célere, retornei ao meu antigo otimismo. Ameaçavam daqui, ameaçavam dali, mas à guerra não chegariam. Foi assim que, ao chegar a Gorizia, hesitei se devia tomar um quarto no hotel a fim de passar a noite e retornar no dia seguinte a Lucinico para apresentar minhas reclamações ao burgomestre.

Corri, no entanto, à agência postal para telefonar a Augusta. De casa, contudo, ninguém me respondeu.

O empregado, um homenzinho de barbicha rala que parecia, na sua pequenez e severidade, algo de ridículo e obstinado — que é tudo quanto dele me lembro —, ouvindo-me praguejar furioso diante do aparelho mudo, aproximou-se de mim e disse:

— Hoje já é a quarta vez que Lucinico não responde.

Quando voltei-me para ele, em seu olhar brilhava uma grande e alegre malícia (Enganava-me! Também disto me recordo agora!) e seus olhos brilhantes procuraram os meus para ver se eu estava de fato surpreso e aborrecido. Foram necessários uns dez minutos para que eu compreendesse. Já não havia dúvidas para mim. Lucinico encontrava--se, ou em poucos minutos se encontraria, na linha de fogo. Quando compreendi perfeitamente aquele olhar eloquente, já me encaminhava para um café a fim de tomar, à espera do almoço, a xícara de café que me faltara de manhã. Desviei de repente e me dirigi à estação. Queria estar junto dos meus, e — seguindo as indicações de meu amigo cabo — embarquei para Trieste.

Foi durante essa minha breve viagem que a guerra estourou.

Pensando chegar bem depressa a Trieste, não tomei na estação de Gorizia, embora tivesse tempo de sobra, a xícara de café por que tanto ansiava. Subi no vagão e, uma vez, sozinho, voltei o pensamento para os meus familiares de quem fora afastado de forma tão estranha. O trem avançou sem contratempos até além de Monfalcone.

A guerra parecia não ter chegado ainda ali. Readquiri minha tranquilidade, pensando que provavelmente em Lucinico as coisas se estariam passando como do lado de cá da fronteira. Àquela hora, Augusta e as crianças se encontrariam viajando para o interior da Itália. Aquela tranquilidade, associada à minha enorme e surpreendente fome, fez-me cair num sono profundo.

Foi provavelmente a mesma fome que me despertou. O trem parara no meio da assim chamada Saxônia de Trieste. Não se via o mar, conquanto devesse estar bem próximo, porque uma leve bruma impedia a vista ao longe. Em maio, o Carso possui uma grande doçura, mas só aqueles que não estão viciados pelas primaveras exuberantes de cores e vidas de outras plagas é que o podem compreender. Aqui a pedra que brota de todos os lados é circundada por um verde suave, só não humilde porque logo se torna a nota predominante da paisagem.

Em outras condições, eu me teria irritado enormemente por não poder comer quando tinha tanta fome. Nesse dia, ao contrário, a grandeza do acontecimento histórico a que eu assistia impunha-me e induzia-me à resignação. O condutor, a quem presenteei com cigarros, não conseguiu arranjar-me nem mesmo um pedaço de pão. Não contei a ninguém as minhas experiências da manhã. Falaria delas em Trieste a qualquer amigo. Da fronteira para a qual assestava o meu ouvido, não me chegava qualquer sinal de combate. Havíamos parado naquele local para dar passagem a uma composição que arrastava oito ou nove vagões, subindo vertiginosamente em direção à Itália. A chaga cancerosa (como na Áustria logo se chamou a frente italiana) estava aberta e precisava de matéria para nutrir a sua purulência. E os pobres homens para lá partiam a rir e a cantar. De todos aqueles vagões vinham os mesmos sons de alegria e ebriedade.

Quando cheguei a Trieste a noite já caíra sobre a cidade.

A sombra iluminava-se pelo resplandecer de muitos incêndios e um amigo que me viu seguir para casa em mangas de camisa gritou:

—Você esteve no saque?

Finalmente consegui comer alguma coisa e logo me deitei.

Um cansaço imenso, total, me empurrava para a cama. Creio que fora produzido pela esperança e pelas dúvidas que se debatiam em minha mente. Continuava a me sentir muito bem e no breve período que precedeu o sono, cujas imagens a psicanálise me ensinara a reter, recordo que terminei o dia com uma ideia otimista e infantil: ninguém morrera ainda na fronteira e por isso a paz ainda podia fazer-se.

Agora que sei minha família sã e salva, a vida que levo não me desagrada. Não tenho muito o que fazer, mas não posso afirmar que esteja inerte. Não se deve comprar nem vender. O comércio renascerá quando vier a paz. Olivi mandou-me conselhos da Suíça. Se soubesse como seus conselhos destoam deste ambiente de todo mudado! Quanto a mim, no momento nada faço.

24 DE MARÇO DE 1916

Desde maio do ano passado não tocava neste caderno. Eis que me escreve da Suíça o dr. S. pedindo-me que lhe mande tudo quanto eu tenha anotado. Trata-se de um pedido curioso, mas nada tenho contra o fato de lhe mandar este livrinho no qual verá claramente o que penso dele e do seu tratamento. Já que está de posse de todas as minhas confissões, que tenha também estas poucas páginas e algumas outras que eu venha a acrescentar para a sua edificação. Não tenho muito tempo, pois o comércio me ocupa o dia inteiro. Ao sr. dr. S. quero, no entanto, dar aquilo que merece. Meditei tanto nisto que agora tenho as ideias claras.

Ele estará à espera de receber outras confissões de minha doença e da minha fraqueza e, em vez disso, receberá a descrição de uma saúde sólida, perfeita, tanto quanto a minha idade avançada o permite. Estou curado! Além de não querer submeter-me à psicanálise, também não tenho necessidade dela. E minha saúde não provém apenas do fato de que me sinto um privilegiado em meio a tantos mártires. Não é pelo confronto que me sinto são. Estou são, totalmente são. Eu já sabia desde muito que a saúde para mim era um caso de convicção e que era uma tolice digna de um sonhador hipnagógico querer tratar-me, em vez de querer persuadir-me. É verdade que ainda sofro de algumas dores, mas de nenhuma importância no quadro de minha grande saúde. Às vezes ponho um emplastro aqui ou ali, mas o resto se move e luta, jamais se entregando à imobilidade dos esclerosados. Dor e amor; portanto a vida, em suma, não pode ser considerada uma doença pelo simples fato de doer.

Admito que, para chegar à persuasão de estar sadio, o meu destino teve de mudar e o meu organismo se escaldou na luta e sobretudo no triunfo. Foi o comércio que me curou e quero que o dr. S. o saiba.

Inerte e atônito, até o início de agosto último, estive a olhar o mundo transtornado. Foi então que comecei a *comprar*. Sublinho o verbo para frisar que tem um significado mais amplo do que antes da guerra. Antes, na boca de um comerciante, significava que ele estava disposto a comprar um determinado artigo. Contudo, quando agora o digo, quero significar que compro qualquer mercadoria que me for oferecida. Como todas as pessoas fortes, só tinha uma ideia em mente e dela vivi e com ela adquiri fortuna. Olivi não estava em Trieste, mas é certo que ele não teria permitido um risco semelhante e o reservaria aos outros. Para mim, ao contrário, não era um risco. Eu sabia do bom resultado com toda a certeza. A princípio, seguindo antigo costume em época de guerra, tratei de converter todo o meu patrimônio em ouro, embora houvesse certa dificuldade em comprar e vender ouro. O ouro por assim dizer líquido, porque mais móvel, era a mercadoria e tratei de açambarcá-la. Efetuo de tempos em tempos algumas vendas, mas sempre em quantidades inferiores às adquiridas. Porque comecei no momento propício, minhas compras e vendas foram tão oportunas que me forneceram os grandes meios de que necessitava para adquiri-las.

Com orgulho recordo que minha primeira aquisição foi uma verdadeira loucura na aparência, unicamente destinada a pôr logo em prática a minha ideia: uma partida razoável de incenso. O vendedor tentava convencer-me da possibilidade de vir o incenso a ser utilizado como sucedâneo da resina, que já começava a escassear; na qualidade de químico, porém, eu tinha plena certeza de que esse produto jamais poderia substituir a resina, de que diferia *toto genere*. A minha ideia, contudo, era a de que o mundo chegaria a uma miséria tal que era capaz de aceitar o incenso como sucedâneo da resina. E comprei! Poucos dias depois vendi uma pequena parte do estoque e ganhei tanto quanto despendera para adquirir a partida inteira. No momento em que embolsei o dinheiro, meu peito distendeu-se com a sensação da minha força e da minha saúde.

O doutor, quando receber esta parte de meu manuscrito, certamente mo devolverá. É preciso refazê-lo para maior clareza porque como poderia compreender a minha vida quando ainda não lhe conhecia este último período? Talvez eu tivesse vivido todos estes anos apenas a fim de me preparar para isto!

Naturalmente não sou ingênuo e desculpo o doutor que vê na própria vida uma manifestação da doença. A vida assemelha-se um pouco à enfermidade, à medida que procede por crises e deslizes e tem seus altos e baixos cotidianos. À diferença das outras moléstias, a vida é sempre mortal. Não admite tratamento. Seria como querer tapar os orifícios que temos no corpo, imaginando que sejam feridas. No fim da cura estaríamos sufocados.

A vida atual está contaminada até as raízes. O homem usurpou o lugar das árvores e dos animais, contaminou o ar, limitou o espaço livre. Mas o pior está por vir. O triste e ativo animal pode descobrir e pôr a seu serviço outras forças da natureza. Paira no ar uma ameaça deste gênero. Prevê-se uma grande riqueza... no número de homens. Cada metro quadrado será ocupado por ele. Quem se livrará da falta de ar e de espaço? Sufoco só de pensar nisto!

E infelizmente não é tudo.

Qualquer esforço de restabelecer a saúde será vão. Esta só poderá pertencer ao animal que conhece apenas o progresso de seu próprio organismo. Desde o momento em que a andorinha compreendeu que para ela não havia outra vida possível senão emigrando, o músculo que move as suas asas engrossou-se, tornando-se a parte mais considerável de seu corpo. A toupeira enterrou-se e todo o seu organismo se conformou a essa necessidade. O cavalo avolumou-se e seus pés se transformaram em cascos. Desconhecemos as transformações por que passaram alguns outros animais, mas elas certamente existiram e nunca lhes puseram em risco a saúde.

O homem, porém, este animal de óculos, ao contrário, inventa artefatos alheios ao seu corpo, e se há nobreza e valor em quem os inventa, quase sempre faltam a quem os usa. Os artefatos se compram, se vendem, se roubam e o homem se torna cada vez mais astuto e fraco. Compreende-se mesmo que sua astúcia cresça na proporção de sua fraqueza. Suas primeiras máquinas pareciam prolongamentos de seu braço e só podiam ser eficazes em função de sua própria força, mas, hoje, o artefato já não guarda nenhuma relação com os membros. E é o artefato que cria a moléstia por abandonar a lei que foi a criadora de tudo o que há na Terra. A lei do mais forte desapareceu e perdemos a seleção salutar. Precisávamos de algo melhor do que a psicanálise: sob a lei do possuidor do maior número de artefatos é que prosperam as doenças e os enfermos.

Talvez por meio de uma catástrofe inaudita, provocada pelos artefatos, havemos de retornar à saúde. Quando os gases venenosos já não bastarem, um homem feito como todos os outros, no segredo de uma câmara qualquer neste mundo, inventará um explosivo incomparável, diante do qual os explosivos de hoje serão considerados brincadeiras inócuas. E um outro homem, também feito da mesma forma que os outros, mas um pouco mais insano que os demais, roubará esse explosivo e penetrará até o centro da Terra para pô-lo no ponto em que seu efeito possa ser o máximo. Haverá uma explosão enorme que ninguém ouvirá, e a Terra, retornando à sua forma original de nebulosa, errará pelos céus, livre dos parasitos e das enfermidades.

Posfácio
Uma cultura doente?

James Joyce chegou a Trieste em setembro de 1903. Foi por acaso. Procurava um emprego e o encontrou na Escola Berlitz da nossa cidade. Emprego medíocre. Mas chegava a Trieste trazendo no bolso, além do pouco dinheiro necessário para a longa viagem, dois manuscritos: grande parte das líricas que seriam publicadas sob o título de *Música de câmara* e algumas das novelas dos *Dublinenses*. Todo o restante da sua obra, até o *Ulisses*, nasceu em Trieste. Aliás, também parte do *Ulisses* nasceu à sombra de San Giusto, porque Joyce morou entre nós durante alguns meses depois da guerra. Em 1921 fui eu o encarregado de levar-lhe, de Trieste a Paris, as anotações para o último episódio. Eram alguns quilos de papel solto, que nem sequer ousei tocar, para não lhe alterar a ordem, que me parecia instável.[5]

Enquanto Joyce redigia *Ulisses*, Italo Svevo começou a escrever *A consciência de Zeno*. Eram amigos íntimos e correspondiam-se. Conhece-se uma carta de Joyce a Svevo elogiando a representação precisa, insistente até a obsessão, do vício do fumante, que se encontra nas primeiras páginas da *Coscienza*. Essa "afinidade" de interesses, de temas e, em parte, de processos narrativos tem sido objeto de comentários marginais ou anedóticos em que se exaure respeitável mole da literatura comparada.

Entretanto, a permanente importância de Joyce e a atenção crescente da crítica à obra de Italo Svevo fazem pensar em uma relação mais organicamente *atual* entre os dois narradores; relação cujos motivos nos devem interessar de perto, porque hoje se repropõe no mundo do romance (e não só de romance, naturalmente) aquela fome de objetividade radical que marcou o irlandês e o triestino.

O que Joyce admirava em Svevo era a capacidade de fixar em um esquema narrativo novo as distrações, os pequenos vícios e manias, a "psicopatologia da vida cotidiana":

> *Paris, 30 de janeiro de 1924. Obrigado pelo romance com a dedicatória. Estou lendo com muito prazer. Por que se desespera? Deve saber*

---
[5] Italo Svevo, *Saggi e pagine sparse*, Mondadori, 1954, p. 201.

> que é sem comparação o seu melhor livro... Por enquanto duas coisas me interessam: o tema; nunca teria pensado que o fumo pudesse dominar uma pessoa daquele modo. Segundo: o tratamento do tempo no romance. Argúcia não lhe falta e vejo que o último capítulo de Senilità ("Sì, Angiolina pensa e piange...") desabrochou grandemente à socapa...[6]

E o que Svevo admirava inicialmente, no Joyce dos *Dublinenses*, fora a "impersonalidade" que nada esquece, nem uma linha, nem uma cor. Era ainda, no fundo, a mesma admiração estética de Pound, para quem, com os *Dublinenses*, finalmente Flaubert teria entrado na literatura inglesa. Mas Svevo logo constatou que o realismo de Joyce já não era o do século XIX. E que o "poder de colocar na casca de uma noz todo o destino de uma personagem", como o fizera Maupassant, diferia do poder de Joyce, que na mesma casca de noz de um conto inseria "apenas" aquela parte de um destino que nela pudesse caber. De onde, a maior abertura e o dom de ambiguidade que define o universo dos contos dublinenses.

Svevo não se enganou diante da verdadeira impersonalidade de Joyce porque também ele, filho de uma cultura de contrastes, marginal mas aberta para a Europa (Trieste, então uma cidade ítalo-austríaco-eslavo-judaica), sentia no ar a crise de uma realidade social e as dilacerações que essa crise operava no âmago da pessoa. Svevo e Joyce eram bem os contemporâneos de outros analistas do contraditório que se chamavam Freud, Pirandello e Proust. Então toda uma cultura perplexa pesquisava uma linguagem mais verdadeira, isto é, mais dúctil, que abrangesse *toda a realidade*, na qual o mundo oitocentista ou a *belle époque* aparecessem como um setor, quando não como um simples resíduo.

Sabe-se que há um *continuum* de esvaziamento do herói desde o poema épico e cavaleiresco ao romance dos pícaros, do romance romântico ao romance naturalista. Esvazia-se o herói na medida em que cresce a consciência das forças condicionadoras. Mas o romancista de gênio dispõe de muitos meios para significar os caminhos do anti-herói: está em suas mãos dizer tanto a conformidade maciça da criatura com o ambiente (a personagem-tipo) quanto os desvãos de titanismo ou de onirismo, de erotismo ou de estetismo, para onde

---

[6] Carteggio Svevo-Joyce, introd. H. Levin, em *Inventario*, II, I, p. 120.

tendem a evadir-se as personagens "irregulares" nos seus sonhos de liberdade absoluta.

É nessa perspectiva que se encontram e nos interessam as trajetórias de Joyce e de Svevo. Para eles o realismo "corrosivo" de Maupassant, assim como o realismo agônico dos grandes russos, era sempre uma plataforma que não podiam ignorar. Mas essa plataforma é o cais de onde zarpa o cantor de *Ulisses* para a sua viagem ao mesmo tempo rotineira e espantosa, para a qual inventa uma linguagem de múltiplos planos no seu desejo de abarcar e fundir todos os reinos, do fisiológico ao mítico, do histórico ao suprarreal. Svevo, não. Mais tímido, menos inventor, mais inventariante, é o homem que se detém no cais de uma Trieste sem cor e monta peça por peça a figura do "herói" que, de romance a romance, irá murchando e sucumbindo, sob o peso das contradições, à imanência abafadiça da cidade moderna.

Joyce parece dizer-nos: "Vejam quantas paragens da Odisseia, quantos ciclos do Inferno, quantas torres de Babel eu soube reinventar neste mísero 16 de junho de 1904 de um misérrimo irlandês chamado Leopold Bloom!" Svevo nos diz apenas que o calendário é eterno retorno, ocasião de marcar as datas de nossas promessas não cumpridas, isto é, mais uma prova da covardia e da mesmice a que acabou reduzido o herói infatigável de antanho. "*La vita é una malattia della materia.*"

O poeta Eugenio Montale, que foi um dos primeiros a compreender a importância de Svevo, definiu a atmosfera de *Una vita*, seu primeiro romance, como "a causalidade cinzenta da nossa vida de todos os dias". Para esse ponto de vista, Svevo teria feito "novo romance" antes do tempo, com a diferença de que, "*in illo tempore*", o homem ainda despertava mais interesse do que as maçanetas e os paralelepípedos.

A ótica de Svevo partiu de uma situação stendhaliana: em *Una vita*, o humilde bancário Nitti, valendo-se de sua conversa elegante, seduz a filha do banqueiro para subir de classe; mas diante da jovem que ainda hesita em aceitar um casamento desigual em vista de melhor partido, o herói provinciano suicida-se. Foi, porém, o primeiro e o último enredo entre o romântico e realista em que Svevo opõe a vontade de um homem à rede bem articulada do preconceito. Nos outros romances já não haverá lugar para jovens literatos sôfregos de dinheiro e de prestígio. Ao contrário, será sob o signo da senilidade precoce, mas remediada (*Senilità*), quando não abastada (*La coscienza di Zeno*), que se irão constituir as suas novas estruturas narrativas. A plataforma econômica continua sólida no rico porto triestino (Svevo nem sequer pressentiu a crise de 1929), mas o cais já tem muros leprosos e a memória caminha por labirintos para desnudar alcovas de amores alugados ao tédio senil. E a vida aparece cada vez mais como *"una malattia della materia"*.

Nessa perspectiva, Svevo é escritor de hoje: o seu mundo cinzento continua, pouco diferenciado, nos romances de Alberto Moravia, cujo livro de estreia, *Gli indifferenti*, foi escrito em 1928, ano da morte de Svevo.

Em uma sociedade que envelheceu, até os jovens aprendem cedo a amornar no banho-maria dos interesses as suas relações mais espontâneas. Essa atmosfera de decomposição, simulada mas detectável a cada passo, assumirá contornos nítidos, desencantados e quase clínicos, nas confissões do velho Zeno a quem um psicanalista aconselhou a redação de suas memórias.

O vício do fumo é o motivo condutor de *A consciência de Zeno*. Tudo é centrado na "cura", ou antes, na veleidade da cura: as folhinhas e as próprias paredes do dormitório estão coalhadas de datas que atestam os bons propósitos de deixar o fumo... Num dos primeiros capítulos, Zeno instala-se em uma clínica moderníssima para tratar-se, mas nem bem desce a noite corrompe com bebidas a enfermeira e vão por água abaixo as técnicas mais apuradas do terapeuta. Svevo sintetiza no fumo a velhice, o cinismo, a doença; e o profundo mal-estar que corrói a existência, aproxima, nesse leitor de Freud[7] e de Schopenhauer, o princípio do prazer e a fatalidade da morte.

Narrador objetivo de consciências ocupadas pela esperteza do dia a dia e consumidas no compromisso com as situações mais escusas, Svevo parece às vezes tangenciar o cinismo. Como o Joyce "proibido" que, desencadeada a corrente de consciência das suas criaturas, não se

---

[7] "*Grande uomo quel nostro Freud, ma più per i romanzieri che per gli ammalati*" (*Lettere Ined.*, p. 57). Svevo admitia só em parte a influência de Freud no seu último romance. Falando de "coincidências" entre este e a psicanálise, saiu-se com esta *boutade*: "É conhecida a aventura de Wagner com Schopenhauer. O compositor mandou-lhe uma sua música com protestos de gratidão a quem ele considerava o seu mestre. Mas Schopenhauer respondeu-lhe que julgava a música de Rossini como a que melhor se ajustasse à sua filosofia" (*Saggi*, p. 173). Mas há uma crítica mais profunda, ou, pelo menos, mais despachada: "Mas que psicanálise, que nada! Sob a lei do possuidor do maior número de engenhos mecânicos, continuarão a prosperar doenças e doentes" (*La coscienza di Zeno*, p. 519).

detém diante de nada até ser arrastado pelo gosto febril das associações mais chocantes. (Para Jean Paris, a cidade dos *Dublinenses* já era a própria imagem da esclerose e da degradação, antecipando os corredores viscosos de *Stephen* e os quarteirões infernais do *Ulisses*.)

Mas no plano linguístico opera e impõe-se uma diferença visível entre os dois escritores. Joyce compõe, mediante processos insólitos, uma linguagem nova, animada pelo ímpeto do artista para quem, como pensava Dedalus, "a História é um pesadelo de que é preciso despertar". Italo Svevo, ao contrário, arrasta-se num andamento de prosa analítica, fruto de uma posição cética de desencanto com seu quê de regressivo. Zeno-Svevo é a consciência de uma realidade histórica e psíquica que se sabe enferma. E não quer ser senão isto:

> *E para que curar a nossa doença? Será que devemos arrancar à humanidade o que ela tem de melhor? Eu creio sinceramente que o verdadeiro acontecimento que me deu paz foi esta convicção: nós somos um protesto vivo contra a ridícula concepção do super-homem como nos foi contrabandeada (sobretudo a nós italianos...).*

A partir de *Senilità* o que interessa a Svevo é a fixação dos limites fatais do burguês "realizado": a sua estrutura declinante, a erosão da sua vontade e da força dos seus afetos. O cinquentão Emilio Brentani sente desejos pela costureirinha Angiolina, mas propõe-lhe uma "*cauta relazione*": no fundo, não crê nem em Angiolina nem nos seus próprios sentimentos. Para o crítico Alberto Consiglio, as páginas dedicadas à traição de Angiolina com o vendedor de guarda-chuvas estão entre as mais belas e eficazes do livro: a longa meditação noturna de Emilio resolve-se em uma contínua impossibilidade de exprimir paixões e emoções veementes.

E na *Consciência de Zeno* impressiona aquele deter-se no enfermiço, aquele comprazer-se nos atos falhos (célebre o episódio em que Zeno segue um enterro que *não* é o do seu sócio e cordial inimigo), na representação de viciados que se espreguiçam no vão desejo de se emendarem; dos fanfarrões que ingerem doses (fracas) de Veronal para fingirem suicídio; dos abúlicos que se estendem no sofá do psicanalista e não pretendem levantar-se tão cedo, não por fé no método, mas pela tibieza acariciante de uma distração. São gordos flácidos que querem e não querem emagrecer; são ineptos mornos que querem e não querem agir; são impotentes precoces, sem amor, mas curiosos de sensações e de prazer. O romance é o diário de um universo obsolescente colhido pela via humorística da autoexibição.

Ora, tudo isso tem um nome na história da cultura europeia, um nome corrente na crítica italiana: decadentismo. Mas o decadentismo não é senão a inflexão agônica e contraditória de um Realismo que se quer mais profundo, isto é, a sua hora negativa. E, sem a referência constante e dialética ao Realismo, parece também difícil compreender muito da literatura "dissolvente" que hoje se repropõe em termos ainda mais radicais do que o fazia um Italo Svevo há cinquenta anos.

Alfredo Bosi[8]
(In: *Céu, inferno: ensaios de crítica literária e ideologia*.
São Paulo: Ática, 1988. Direitos gentilmente cedidos pelo autor.)

---

[8] Acadêmico, crítico e historiador de literatura brasileira, foi docente de literatura italiana da USP de 1959 a 1969 e depois se dedicou ao ensino de literatura brasileira na mesma instituição. Vencedor de diversos prêmios, incluindo duas vezes o Jabuti, ocupa desde 2003 a cadeira número 12 da Academia Brasileira de Letras.

Conheça os títulos da Coleção Clássicos de Ouro

132 crônicas: cascos & carícias e outros escritos — Hilda Hilst
24 horas da vida de uma mulher e outras novelas — Stefan Zweig
A câmara clara: nota sobre a fotografia — Roland Barthes
A conquista da felicidade — Bertrand Russell
A consciência de Zeno — Italo Svevo
A força da idade — Simone de Beauvoir
A guerra dos mundos — H.G. Wells
A ingênua libertina — Colette
A mãe — Máximo Gorki
A mulher desiludida — Simone de Beauvoir
A náusea — Jean-Paul Sartre
A obra em negro — Marguerite Yourcenar
A riqueza das nações — Adam Smith
As belas imagens (e-book) — Simone de Beauvoir
As palavras — Jean-Paul Sartre
Como vejo o mundo — Albert Einstein
Contos — Anton Tchekhov
Contos de terror, de mistério e de morte — Edgar Allan Poe
Crepúsculo dos ídolos — Friedrich Nietzsche
Dez dias que abalaram o mundo — John Reed
Física em 12 lições — Richard P. Feynman
Grandes homens do meu tempo — Winston S. Churchill
História do pensamento ocidental — Bertrand Russell
Memórias de Adriano — Marguerite Yourcenar
Memórias de um negro americano — Booker T. Washington
Memórias de uma moça bem-comportada — Simone de Beauvoir
Memórias, sonhos, reflexões — Carl Gustav Jung
Meus últimos anos: os escritos da maturidade de um dos maiores gênios de todos os tempos — Albert Einstein
Moby Dick — Herman Melville
O banqueiro anarquista e outros contos escolhidos — Fernando Pessoa
O deserto dos tártaros — Dino Buzzati
O eterno marido — Fiódor Dostoiévski
O Exército de Cavalaria (e-book) — Isaac Bábel
O fantasma de Canterville e outros contos — Oscar Wilde
O filho do homem — François Mauriac
O imoralista — André Gide

O príncipe — Nicolau Maquiavel
O que é arte? — Leon Tolstói
O tambor — Günter Grass
Orgulho e preconceito — Jane Austen
Orlando — Virginia Woolf
Os mandarins — Simone de Beauvoir
Retrato do artista quando jovem — James Joyce
Um homem bom é difícil de encontrar e outras histórias — Flannery O'Connor
Uma morte muito suave (e-book) — Simone de Beauvoir

Direção editorial
Daniele Cajueiro

Editora responsável
Ana Carla Sousa

Produção editorial
Adriana Torres
Mariana Bard
Nina Soares
Thaís Entriel

Revisão
Eduardo Carneiro

Capa
Victor Burton

Diagramação
Filigrana

Este livro foi impresso em 2020
para a Nova Fronteira.